D1918430

Andreas Sommer

DRACHENBERG

Andreas Sommer

DRACHENBERG

Ein magischer Roman aus der Schweizer Sagenwelt

Neptun Verlag

DANK

Daniel Vaucher und meiner Frau Nathalie für aufmerksames Probelesen und kritische Rückmeldungen

Martin Aeschlimann, Dominique Bischofberger und Mirjam Helfenberger für die künstlerische Ausgestaltung

Meinem Verleger Roman Wild für die vertrauensvolle Bereitschaft, dieses Buch im Neptun Verlag zu publizieren

Meiner Familie, dass sie mich immer wieder in die magische Natur und in meine inneren Welten hinausziehen lässt, wo diese Geschichten entstehen können

Für all jene Menschenseelen,
die sich von den magischen Strömen
unter den Wurzeln unseres Landes
berühren lassen

«... Den Bergstock am Wendelsee, darinnen weyland St. Batten gehauwset, nennen sie gemeyniglich den Drackenberg, sintemalen allda in alter Vorzeyth eyn greuwlicher Lindtwurm heymisch geweszen. Dasz man in seynen Abyssen auch nach Guld und Ertz gegraben und daraus eyne güldene Statt erbauwet, behertet Volkes Zungen im gesamten Landte.»

Aus dem Legendarium Antiquae Helvetiae *des Albin Zurlauben, frühe Sammlung von Sagen, Mythen und Legenden der alten Eidgenossenschaft, 16. Jahrhundert*

«Tief unter der (...) Höhle soll eine zweite Höhle, bewohnt von Zwergen oder Bergmännchen, sein. Diese hüten dort einen Schatz von drei Diamanten, der köstlicher ist als alle Reichthümer des Berneroberlandes zusammen.»

Aus Habkern – Tal und Leute, Sagen, Überlieferungen und Brauchtum *von Melchior Sooder, erste Hälfte des 20. Jahrhunderts*

«... Uiber die Archaeolithen oder Mirackel-Steynen (Lapides Archaici) iszt eyn Mythus aus den helvethischen Landen zu citieren, wonach vor dem Anbeginn der Annalen eyn omnipotentes Arcanum im Fundamentum des Alpengebirgs beschloszen ward, welchselbigem mirum in modum der genuine Aether, ergo die Prima Materia der Kosmogenesis, per se immanent iszt. Die Maere benamset eyne Trinitas von Gemmae oder Crystall-Steynen. Primo dero Weyszen als wie frischer Schnee, Helys geheyszen. Secundo dero Blauwen als wie ein Kobalt, Urmen nomine. Tertio dero feuwrig Roten als wie eyn Rubinus und Amor dicitur. Ex arches seyen diese Kleynode dem Gewirke der heydnischen Albae entfloszen, ea sunt Wesenheyten aus der Anders-Sphaere und im Lichte Wandelnde als wie die Angeli der himmlischen Hierarchey ...»

Aus dem Dialogus Miraculorum *des Cesarius Heisterbachiensis, 11. Jahrhundert, frühneuzeitliche Übersetzung aus dem Lateinischen*

«Bergspiegel oder Adamanthenglas (Speculum Adamantis) heisst man ein magisches Instrumentum der geomanthischen Kunst, welches den Initiierten befähigt, mit Hilfe der Elementhargeister bis in die siebte Schicht des Erdenkoerpers hinabzuschauen und daselbst verborgene Schaetze aufzuspueren.»

Aus Sapientissimus Philosophus Picatrix, *Kompilation zu Magie, Astrologie und Talismankunde, Original vermutlich im 11. Jahrhundert in Andalusien verfasst, Autor unbekannt, Übersetzung aus dem Arabischen*

INHALT

PROLOG

Rallingen im Freigericht Sigriswyl, im Hornermonat A.D. 1709

Ein rauer Nordostwind fiel aus dem Gebirge herab und strich unbändig über die bleigrauen Fluten des Wendelsees. Das Wasser bäumte sich zu einer Legion von kleinen Wellen auf, über deren Kämmen schäumende Kronen zitterten. Die spritzende Gischt gefror am Ufer zu bizarren Eisskulpturen, welche Geröll und Treibholz gleichsam mit einem kristallenen Mantel überzogen. Eine knietiefe Schneedecke lag auf Hügeln und Wäldern und lastete schwer auf den Walmdächern der behäbigen Blockbauhäuser, welche sich auf einer Anhöhe über dem See schützend zusammendrängten, als wollten sie einer eingeschneiten Schafherde gleich gemeinsam der beissenden Bise trotzen. Aus den hochragenden Kaminen wehten Rauchfahnen, die der übermütige Wind sogleich mit Begeisterung zerpflückte. Dunkle Wolkenmassen drängten unaufhaltsam heran und wogten gegen die weissfleckigen Gestalten der hohen Berge im Süden. Sie kündeten von neuen Schneefällen.

In der gemauerten Küche eines Hauses sass die Bauernsippe am prasselnden Herdfeuer und labte sich an der Wärme, die sich in dem kleinen Raum mit den niedrigen, russgeschwärzten Deckenbalken ausgebreitet hatte.

«Grossatt», rief ein kleines Mädchen mit langen blonden Haarflechten, «es ist Geschichtenwetter. Erzählst du uns die Sage vom Untergang der Stadt Roll?»

Eine Handvoll weiterer Kinder stimmte sofort mit begeistertem Geschrei in die Bitte ein. Der Angesprochene, ein betagter Bauer, dessen wettergegerbtes, zerfurchtes Gesicht von einem silberweissen Vollbart umrahmt wurde, verzog den Mund zu einem wohlwollenden Lächeln und rückte seinen dreibeinigen Hocker näher an die Feuergrube heran. Bedächtig klaubte er eine Prise Tabak aus einem Beutel und stopfte sie mit geübten Bewegungen in seine Pfeife. Während sich die Kinder unter den belustigten Blicken ihrer Eltern und Verwandten um ihn herum scharten wie ein Haufen halbwüchsiger Ziegen, welche die Lecksalztasche des Hirten gerochen hatten, hielt der Alte einen Kienspan in die Glut und entfachte damit die Pfeife. Genüsslich sog er daran und blies würzigen Qualm in das Feuer.

«Diese Geschichte habt ihr doch schon hundertmal gehört», murmelte er den erwartungsvollen Kindern mit gespieltem Unwillen zu.

«Nein, nein!», schrien sie im Chor. «Bitte erzähle sie uns nochmals!»

Der alte Bauer lachte gutmütig und nuckelte zufrieden an seiner Pfeife. Dann legte er seine Hände auf die Knie und richtete sich auf. «Nun gut, immerhin ist es die Geschichte jenes Landstriches, den wir seit undenklichen Zeiten bewohnen. Es kann nicht schaden, diese Mär immer und immer wieder zu hören, denn sie gemahnt uns, keinen Unfug mit der Schöpfung zu treiben und alle lebendigen Wesen dieses Landes zu achten.»

Er nahm einen langen Zug aus seiner Pfeife und richtete seinen Blick konzentriert auf die Flammen. Auf einmal schien er in weite Ferne zu schauen, fast als suchte er im Feuer die Bilder zu fassen, welche er seinem gespannten Publikum nun malen wollte. Als die Erwartung im Raum beinahe zu knistern begann, hob er mit seiner eintönig rauen Stimme zu sprechen an.

«In jenen längst verwichenen Tagen, als Sankt Batt den Drachen aus unserem Land vertrieb, erhob sich am Ufer des Wendelsees, just an jener Stelle, wo heute unsere Behausungen stehen, die stolze und strahlende Stadt Roll. Es war die grösste und wohlhabendste Stadt weit und breit. Ihre hochragenden weissen Mauern blendeten die Betrachter, welche von den umliegenden Gestaden über das Wasser blickten. Es heisst, die Türme und Paläste von Roll waren mit Ziegeln aus lauterem Gold gedeckt. Die Bewohner dieser Stadt waren hochmütige und machthungrige Heiden, welche die Bauern und Fischer am Wendelsee verachteten und ausbeuteten. Ihren Reichtum verdankten sie dem Gold, welches sie aus tiefen Löchern unter dem Drachenberg und unter der Spitzfluh[1] hervorschürften. Viele Bauernsöhne verloren bei dieser gefährlichen Fronarbeit

[1] Fluh (Schweizerdtsch.) = mächtiger Felsen, Felswand

in den Eingeweiden des Gebirges ihr Leben. Doch die Menschen von Roll bekümmerte das Leid ihrer Untertanen nicht, in ihrer Gier liessen sie nur immer tiefere Stollen in den Felsen hineintreiben. Wenn der grimmige Winter kam, verkrochen sie sich hinter dicken Mauern in ihren geheizten Sälen und liessen das Landvolk draussen darben. Nie erbarmten sie sich der ausgehungerten Frauen und Kinder, die an ihren Toren um einen Bissen Brot flehten. Lange Jahre währte diese Schreckensherrschaft, deren Schatten unser schönes Land umwölkte.»

Die Kinder am Feuer starrten ihren Grossvater mit grossen Augen an. In ihren betroffenen Gesichtern spiegelten sich das Leid und das Entsetzen, welches die Erzählung der damaligen Zeit zuschrieb. Der Alte hielt einen Augenblick inne, fast als müsse er sich sammeln und in den tiefen Gewölben seiner Erinnerung nach dem richtigen Faden forschen, um die Geschichte fortspinnen zu können. Schliesslich schöpfte er Atem und fuhr fort.

«An einem schwülheissen Abend im Erntemonat trippelte einst ein kleines Männchen über den Alten Oberländer Weg, welcher von Sankt Battens Einsiedelei dem rechten Seeufer entlang, unterhalb von Sigriswyl vorbei, bis nach Thun führt. Es schien in Eile zu sein und blickte sich immer wieder hastig nach den Siebentaler Bergen am anderen Seeufer um, wo schwarzes Gewölk stockte und warnendes Donnergrollen rumorte. Ein fürchterliches Unwetter zog dort herauf – und wer immer sich in Sicherheit bringen wollte, musste sich dringend nach einem Unterschlupf umsehen. Das Männchen gelangte bald an das mächtige schimmernde Tor von Roll, welches nach dortiger Sitte Tag und Nacht geschlossen war, um keinen lästigen Landstreichern Einlass gewähren zu müssen. Mit seinem knorrigen Stock pochte der Zwerg an die Pforte und bat um Eintritt. Eine Stimme schallte vom Turm herab. ‹Verschwinde, du elender Wicht, wir haben keinen Platz für dich.› ‹Bitte habt Erbarmen›, greinte das Männchen und deutete verängstigt auf das nahende Wetter. ‹Ihr wollt mich doch nicht diesem Sturm überlassen.› Die Stimme vom Turm lachte höhnisch. Ein Stein flog herab und zerschellte in unmittelbarer Nähe des Zwerges. Der Kleine umrundete hastig die hohe Mauer und

wiederholte seine Bitte auf der gegenüberliegenden Seite der Stadt am anderen Tor. Aber auch dort erfuhr er nichts als Unfreundlichkeit und Abweisung durch den Türmer. Inzwischen rauschten die Vorboten des aufkommenden Unwetters mächtig in den Tannen, und das Tageslicht verdüsterte sich unter den finsteren Wolkenbergen am Himmel. Die ersten Blitze zuckten auf die aufgepeitschte Seefläche hernieder, gefolgt von fürchterlichem Donnerkrachen, welches an der Siebenfluh zerspellte. Das Männchen schrie gegen den stürmischen Wind an und flehte in Gottes Namen um Erbarmen. Doch das goldene Tor blieb verschlossen.»

Grossvater nahm sich einen Moment Zeit, um seine Pfeife mit frischem Kraut zu bestücken. Die Kinder warfen verängstigte Blicke durch das Fenster, als erwarteten sie draussen Anzeichen des geschilderten Sturmes zu erkennen. Doch es war nur die frostige Bise, welche sich heulend im Rauchfang austobte. Endlich hatte der alte Erzähler seine Pfeife wieder angesteckt.

«Nun, ihr müsst wissen, nicht weit vom Stadttor entfernt duckte sich ein ärmliches windschiefes Tauner[2]häuschen in den Schatten der mächtigen Mauer. Ein flackerndes Licht fiel durch sein elendes kleines Fensterchen. In seiner Verzweiflung wandte sich das Männchen nun dieser zusammengedrückten Hütte zu und klopfte behutsam an deren schäbige Brettertür. Es fürchtete wohl, das wurmstichige Holz könnte bersten, wenn es etwas zu forsch dagegen schlüge. Zu seinem Erstaunen ruckte die Tür sogleich auf und ein zerknittertes Mütterchen blinzelte dem unverhofften Besucher entgegen. ‹Komm herein›, raunzte die Alte, ‹bei diesem garstigen Wetter sollte man nicht einmal einen Hund draussen stehen lassen.› Hurtig zog sie den kleinen Gast in das Innere des Häuschens, wo ein bescheidenes Feuerchen in der Grube brannte und für ein flackerndes Zwielicht sorgte. Es war wohlig warm. Ein alter verhutzelter Mann hiess den Zwerg willkommen und wies ihm einen Platz an der Herdstatt. Das Mütterchen schlurfte zu einem Kessel, der über dem Feuer hing, und füllte einen Napf mit einer wässrigen Suppe. Es streckte sie dem Gast mit einem trockenen Stück Brot hin und forderte ihn auf, zu essen. Während draussen die ersten schweren Regentropfen gegen das Häuschen prasselten

[2] Tauner (Schweizerdtsch.) = Tagelöhner

und der Tag zur Nacht wurde, erzählten die alten Leute ihrem Besucher, dass sie einst aus Roll vertrieben worden seien, weil sie die Machenschaften seiner hoffärtigen Bewohner nicht gutgeheissen hatten. Nun führten sie hier ein einfaches Leben und ertrügen geduldig den Spott der Stadtbewohner. Was der Berg und der Wald ihnen böten, reiche lange für sie beide, den Putz und das Gepränge der Menschen von Roll bräuchten sie nicht für ihr stilles Glück. Das Männchen nickte und bedankte sich für die Gastfreundschaft. ‹Ihr lieben Leute›, raunte es nach einer Weile, ‹ein gutes Werk trägt immer Zinsen ein, auch wenn es noch so unbedeutend scheint. Aber was übel ist und von böswilliger Art, erhält ebenfalls, was ihm zusteht.› Die Äuglein des Wichtes blitzten unvermittelt im Feuerschein auf. ‹Heute Nacht müsst ihr euch hier drin stillhalten›, verkündete er den erschrockenen Alten mit fester Stimme. ‹Geschehe, was wolle. Weicht nicht aus diesem Häuschen. Ihr habt ein gutes Herz, und das soll euch zugutekommen. Aber bleibt ja, wo ihr seid.› Da sprang das Männchen unerwartet auf und griff nach Mantel und Stock. Das Mütterchen wollte aufbegehren und den Kleinen zurückhalten. ‹Aber bei diesem Wetter …›, stotterte es verständnislos. Ihr Mann hielt die alte Frau sanft zurück und lächelte begütigend. Der Zwerg wandte sich nach einer tiefen Verbeugung ab und trat mit entschlossenen Schritten in den brausenden Gewittersturm hinaus.

In dieser Nacht fanden die beiden alten Leute keinen Schlaf. Unablässig tobten sich die Elemente draussen aus und rüttelten mit Urgewalt an dem baufälligen Häuschen. Plötzlich zerbarst ein ohrenbetäubendes Krachen in der finsteren Nacht, und vom Berg herab gellten Harsthörner. Erschrocken sprangen das Mütterchen und sein Mann von ihrem Laubsack auf und hasteten zum kleinen Fenster. Ein gleissender Blitz erhellte die Dunkelheit und gewährte einen Blick auf die Spitzfluh, die sich über der Stadt Roll auftürmte. Für einen Augenblick erkannten die zwei alten Leute dort oben eine Schar von Zwergen, welche den Felsen mit Werkzeug bearbeiteten. Im flackernden Schein der zuckenden Strahlen[3] *waren sie deutlich zu sehen. Eine mächtige Stimme dröhnte vom Gebirge herab. ‹Flieh, Volk von Roll, flieh! Schlägel und Wecken erkalten. Die*

[3] Strahl (Schweizerdtsch.) = Blitz

Spitze Fluh ist gespalten. Flieh, Volk von Roll, flieh!› Der Mann und die Frau blickten sich eindringlich an. Ohne ein Wort zu sagen, nickten sie einander zu. Sie vertrauten darauf, was das Männchen ihnen geraten hatte, und beobachteten weiterhin mit atemholendem Staunen, was oben am Berg geschah. Jedes Mal, wenn ein lodernder Blitz die sturmheulende Finsternis durchzüngelte, tauchten die Zwerge oben am Felsenturm der Spitzfluh für die Dauer eines Lidschlages aus der Dunkelheit auf. Das metallische Klirren und Klimpern ihrer Hammerschläge klang unüberhörbar bis zur Stadt herab. Plötzlich mischte sich ein Krachen und Bersten unter den grollenden Donnerhall. Die beiden alten Leute hielten sich entsetzt aneinander fest. Ein grosses Stück der Spitzfluh neigte sich bedrohlich von der Bergflanke weg und stürzte schliesslich in die Tiefe. Gewaltige Felsbrocken, so gross wie Häuser und Scheuern, brachen splitternd durch den Wald und wälzten sich dem See entgegen. In der Stadt schlugen die Alarmglocken. Ein vielstimmiges Wehgeschrei übertönte das Getöse des Sturmes und des einstürzenden Berges. Unaufhaltsam rückten die Felsmassen auf die prächtigen Schanzen der Stadt zu. Die beiden alten Leute in ihrem windschiefen Häuschen schlotterten wie Espenlaub. Da erkannten sie zuvorderst einen turmgrossen Felsen, der dem nachstürzenden Geröll eine Schneise durch den Bergwald walzte. Zuoberst auf diesem Brocken sass rittlings ein jauchzendes Männchen und schwang eine Tannengrotze wie eine Reitgerte. Es war unzweifelhaft derselbe Zwerg, der am Vorabend in der Behausung der Alten eingekehrt war. Wie ein ungeheuerlicher Reiter lenkte er den zerstörerischen Felsenkoloss auf das wehrlose Häuschen zu. Im Angesicht des sicheren Unterganges kniffen Mütterchen und Väterchen ihre Augen zusammen und empfahlen sich mit einem Avemaria der Obhut des Himmlischen Vaters an. Doch der mächtige Stein verschonte die kleine Hütte. Einige Schritte davor verharrte er augenblicklich. Das Männchen auf seiner Spitze hatte ihm mit einer machtvollen Geste Einhalt geboten. Die nachfolgenden Geröllmassen schieden sich an dem riesenhaften Hindernis und donnerten auf beiden Seiten weiter voran. So überdauerte das Häuschen der Alten im Schirm des Felsblockes die Katastrophe.

Die Stadt Roll aber wurde vom herabstürzenden Berg überrollt und viele Klafter[4] tief verschüttet. Nicht ein Mensch überlebte das Unglück. Von dieser einst so prachtvollen und ruhmreichen Stadt blieb keine Spur zurück. Die Zwerge hatten ihren Bewohnern deren Treulosigkeit und deren tausendfältigen Frevel an den Wesenskräften des Landes heimgezahlt.

Die beiden alten Leute aber verlebten ihre letzten Jahre am Rande der Wüstenei, welche das Strafgericht zurückgelassen hatte. Später überzog wieder frisches Grün die Trümmerstätte, und der Wald eroberte den Schuttkegel zurück. Die Bauern der Umgebung, welche nun vom tyrannischen Joch der goldenen Stadt befreit waren, bauten hier ihre Behausungen und weideten ihr Vieh. Zuletzt errichteten die Gotteshausleute von Inderlappen ihr Rebgut an den Hängen unter der Spitzfluh. Bevor die Gnädigen Herren von Bern das Kloster in der Aarmühle schlossen, hat einst ein neugieriger Propst der Augustiner den Boden von Rallingen aufstechen und nach den Überresten der verschütteten Stadt forschen lassen, aber ohne Erfolg.»

Grossvater blickte seine Zuhörerschaft bedeutungsvoll an und hob die Augenbrauen. «Genau hier haben auch wir heute unser Haus», fügte er schliesslich hinzu. «Deshalb wollen wir die Schöpfungskräfte allzeit achten und das Kleine Volk ehren.» Er deutete durch das Fenster hinaus zu den wuchtigen schneefleckigen Flühen des nahen Berges. «Und diesem Berg sein Gold belassen. Denn wer zu tief wühlt, erweckt lediglich den Zorn uralter Mächte.»

Alle am Feuer waren in ihre eigenen Gedanken versunken. Draussen hatte unterdessen starker Schneefall eingesetzt. Der Wendelsee und die umliegenden Berge, Hügel und Wälder verschwanden hinter wehenden weissen Schleiern. Es schien beinahe, als wolle das ganze Land die unselige Erinnerung an die entsetzlichen Tage der Stadt Roll mit einem dicken Vorhang verhüllen.

Bald krochen die Bauernkinder auf ihre gut gestopften Laubsäcke, kuschelten sich in die wärmenden Schaffelle und zogen die grob gewobenen Wolldecken bis weit über ihre Ohren hinauf. Die murmelnde Stimme ihres erzählenden Grossvaters begleitete sie tief in ihre Träume hinein.

[4] Klafter = altes Längenmass (entspricht ca. 1.8m)

TEIL I

SCHATTEN ÜBER VENDOLINDIUM

I

DIE HÖHLE DES ZORNIGEN GOTTES

Pagus Vendolindensis, Königreich Byrgondia, im Mond Aedrînios[5] *des zehnten Regierungsjahres von König Godemâr, A.D. 533*

«Da drinnen haust das Ungeheuer, welches unser Volk frisst», raunte Anêrios schaudernd und blickte zu seinem Gefährten Tarvo hinüber.

Die beiden Jungen waren vom Seeufer her über den ausgetretenen Fusspfad hochgestiegen, welcher sich in steilen Kehren zwischen zerklüfteten Felsen, Wacholdergestrüpp und mächtigen Eichen und Eiben bis zum Höhleneingang hochwand. Wie eine Wunde, welche ein urzeitlicher Riese in die Bergflanke geschlagen hatte, klaffte die Öffnung am Fuss einer schwindelerregenden Klippe. Milchweisses Wasser schoss aus der Kluft hervor und stürzte rauschend in ein Felsenbecken, welches unterhalb des dunklen Bergmundes ausgewaschen war, ehe es in stiebenden Kaskaden zum See herabsprühte, der in der Tiefe unter ihnen tiefblau glitzerte.

Tarvo nickte und lächelte. Das Unheil, welches förmlich aus der schaurigen Finsternis heraussickerte, schien ihn nicht sonderlich zu beeindrucken.

Anêrios hielt inne und duckte sich vorsichtig hinter eine der halbkreisförmig aufgerichteten Steinstelen, welche sich vor der Höhlenöffnung aus dem dürren sonnenverbrannten Gras erhoben. Der würzige Geruch von Artemisia, Dost und Thymian umschmeichelte die urtümlichen Steinsetzungen. Der Blick des Jungen schweifte forschend über die Umgebung. Der grosse See Vendolindon breitete sich unter ihnen wie ein weiter blauer Spiegel aus, eingebettet in die umliegenden Hügel, über deren Kuppen sich dichte Wälder zogen. Jetzt im Herbst schien der Laubteppich der Buchen, Eichen und Ulmen gleichsam in Flammen zu lodern. Das weiche Licht der Sonne erzeugte ein überwältigendes Farbenspiel, das im unbewegten Wasser der Seefläche seinen Widerschein fand. Im Süden türmten sich die Gebirgsketten immer höher auf, wölbten sich zunächst zu den gelben und braunen Höhen der Vorberge empor, ehe sie zuhinterst in den weiss leuchtenden Riesengestalten von Albenônas gewaltigem Garten gipfelten. Wie schimmernde Türme inmitten eines kristallenen Schildwalls thronten die

[5] Aedrînios = Keltische Bezeichnung für den Monat September

drei erhabenen Berghäupter der alten Göttinnen Albenôna, Vermêna und Dubaugra über dem See und dem ihn schützend umfangenden Bergkranz. Es waren dies die *Drei Uralten Mütter*, welche das Land der Vendolindier seit undenklichen Zeiten behüteten. Ob sie ihre strahlenden Augen in diesem Moment auch auf die beiden törichten Jungen aus Vernausium richteten, welche vielleicht im Begriff waren, den grössten Fehler ihres jungen Lebens zu begehen?

Welcher Sylvân[6] hatte Anêrios aufgestachelt, an diesem milden Tag im Herbstmond Aedrînios mit seinem Freund Tarvo eine derartige Freveltat zu begehen? Sie waren mit dem Weidling[7] seines Vaters Ambaros in den See hinaus gestochen, weil dieser derzeit krank in seiner Hütte lag und nicht zum Fischfang ausfahren konnte. *Wir werden uns darum kümmern, heute Abend etwas auf den Tisch zu bringen*, hatte Anêrios grossmäulig verkündet und war frohlockend zu Tarvo gesprungen, dessen Familie im gleichen Dorf hauste wie er. Wie sehr hatten die beiden ungestümen Burschen darauf gebrannt, die legendäre Drachenhöhle einmal aus der Nähe zu besichtigen. Obwohl es eigentlich streng verboten war, den Opferplatz des zornigen Berggottes Urâgus ausserhalb der festgesetzten Feiertage und ohne Begleitung durch die göttergeweihten Priester zu betreten.

Anêrios winkte seinen Freund Tarvo herbei, und die beiden tollkühnen Entdecker kauerten sich gemeinsam in den Schatten eines der mächtigen Monolithen, welche die Sicht auf den dräuenden Höhleneingang verdeckten.

«Bestimmt sind die beiden *Erwählten* schon längst weg», murmelte Tarvo mit verhaltener Stimme. Er war der Ältere von ihnen, ein quirliger hochgeschossener Springinsfeld, dessen sommersprossiges Gesicht von einem ungezähmten kupferroten Lockenschopf gekrönt wurde. Es schien nichts zu geben, wovor er sich fürchtete. Deshalb war es ursprünglich seine Idee gewesen, die unheimliche Höhle am Fuss des Berges Aurîg aufzusuchen. Anêrios war knapp ein Jahr jünger als sein Freund, von etwas kleinerer und kräftigerer Statur, er hatte eine weizenblonde Haarmähne und blitzende blaue Augen, aber seine Unternehmungslust war nicht weniger ausgeprägt. Den kühnen Gedanken, zu der verbotenen Höhle zu rudern, hätte er allerdings nicht von sich aus gefasst, wenn Tarvo nicht gewesen

[6] Sylvân (Aus dem Lat.) = Waldgeist der antiken Welt
[7] Weidling = kleines Boot, Nachen

wäre. Nachdem jener an der letzten Paktfeier am Eingang der Höhle teilgenommen hatte, wollte er seinem Freund nun unbedingt zeigen, was er dort entdeckt hatte.

«Es ist eine Woche her seit dem Fest», sinnierte der Rotschopf. «Der Drache hat die beiden inzwischen bestimmt geholt und gefressen. Sie sind längst tot.»

Anêrios erschauderte bei diesem gleichmütig vorgebrachten Kommentar. Er hatte die beiden jungen Leute nicht gekannt, welche anlässlich des herbstlichen *Dubosantionfestes* zum Erntedank in einer feierlichen Prozession hierhergeführt worden waren. Sie waren jedenfalls nicht aus Vernausium gewesen. Da Tarvo im vergangenen Sonnenlauf durch seinen vierzehnten Winter gegangen war, hatte er erstmals Zeuge dieser grausamen Zeremonie sein müssen. Sein Namensstein würde im kommenden Jahr auch in der Orakelschale liegen, wenn die Priester an den Sonnwendtagen die neuen Lose zogen. Er war jetzt Teil der *Gemeinschaft der Dienenden*, welche dazu ausersehen war, den tobenden Drachengott Urâgus zu besänftigen und das Wohlergehen der Vendolindier in diesem Land zu sichern. Deshalb wurden dem Ungeheuer zweimal jährlich ein Bursche und eine Jungfrau aus den Dörfern Vendolindiums als Opfergabe dargebracht. Die Priester nannten diese wiederholt stattfindende kultische Handlung *Die Erneuerung des Paktes.* Die regelmässigen Opferungen vermochten den zürnenden Drachengott jeweils soweit zu beschwichtigen, dass er die Menschen während der restlichen Zeit des Jahres verschonte. Alljährlich fielen ihm auf diese Weise vier junge Menschen aus den Umlanden des Sees zu. Seit ungezählten Jahren wurde es nun bereits so gehalten. Anêrios konnte sich nicht entsinnen, dass es jemals anders gewesen wäre.

Und nun befanden sie sich selbst an diesem furchterregenden Ort, wo sich das Monstrum seine Menschenopfer vorwerfen liess, um seinen Pakt mit dem Seevolk zu bekräftigen. Anêrios fröstelte es am helllichten Tage. Er war sich plötzlich absolut sicher, dass es keine gute Idee gewesen war, hierher zu kommen. Seine närrische Neugierde hatte ihn diesmal entschieden zu weit getrieben.

Aber Tarvo schien immer noch keine Angst zu empfinden. Er legte seinem verunsicherten Gefährten die Hand auf die Schulter und lächelte ihm aufmunternd zu.

«An der Felswand dort drüben haben sie die beiden angekettet», erklärte er in nüchternem Tonfall. «Die Priester haben die Namenssteine der Unglücklichen in die Höhle geworfen. Dann wurde getrommelt und gesungen. Die Leute waren wie im Rausch. Den Opfern haben sie irgendeinen Trank eingeflösst. Vielleicht waren sie deshalb so still, als wir sie zurückliessen. Das war wohl nicht immer so. Mein Grossvater hat mir erzählt, dass die Angstschreie der Geopferten früher manchmal über den offenen See bis nach Lyesia und Taralêgis zu hören gewesen seien, wenn der Wind talaufwärts wehte ...»

«Ich weiss nicht, ob ich das alles so ausführlich wissen will», unterbrach ihn der Jüngere beklommen und blickte sein Gegenüber gequält an. «Wie kannst du nur so unbekümmert darüber sprechen? Dein Name liegt doch nun auch in der Losurne. Du könntest der Nächste sein.»

Anêrios bereute diese bissige Bemerkung sofort. Ein solches Schicksal war gewiss das letzte, was er seinem Freund wünschte. Tarvo war mit Abstand sein engster Vertrauter. Da Anêrios seine Mutter früh verloren hatte, besass er keine Geschwister. Mit dem unerschrockenen Rotschopf hätte er sich jedoch selbst in das verfluchte Land Nemetônia gewagt oder sich mit ihm auf die Suche nach der sagenumwobenen Goldenen Stadt Aureoclastis begeben. Und mit keinem anderen hätte er den gefahrvollen Weg zur grausigen Opferstätte des Drachengottes Urâgus auf sich genommen. Das wollte etwas heissen, es war ein echter Freundschaftsbeweis.

Aber wer wusste schon, ob der zornige Gott nicht längst seine flammenden Augen auf sie geworfen hatte – und ob ihr Leben darob nicht in höchster Gefahr schwebte.

Anêrios rang sein Unbehagen tapfer nieder und fügte versöhnlich hinzu: «Ich meine, die Wahrscheinlichkeit ist ja eigentlich sehr klein, dass es dich trifft. Es gibt viele Dörfer in Vendolindium – und viele *Dienende,* deren Namenssteine nun allesamt in den *Schicksalsurnen* liegen.»

«Alle jungen Burschen und Mädchen, die ihren vierzehnten Winter durchlaufen haben, müssen ihre Namenssteine in die Losschalen legen», bestätigte Tarvo. «Nur wenn du früher heiratest, fällst du raus ... Das ist die Lösung, Êrio!» Ein schelmisches Grinsen stahl sich über das laubfleckige Gesicht des grösseren Jungen. «Wir sollten uns beizeiten darum kümmern, den Bund zu knüpfen. Wie hältst du es denn mit Ariovinna? Vielleicht müsstest du langsam ernst machen mit der Sache und bei Drugantos um ihre Hand anhalten.»

«Ach hör schon auf», wies Anêrios die anzügliche Bemerkung zurück. «Du weisst, dass ich noch zu jung bin. Die wenigsten von uns heiraten in diesem Alter.»

Unvermittelt blitzte hoch über der Felswand ein grelles Licht auf. Anêrios war so hinter der Steinsäule positioniert, dass er es deutlich erkennen konnte.

«Hast du das gesehen?» fragte er erschrocken. «Dort oben ist etwas. Wir sollten schleunigst das Weite suchen. Mir reicht vollauf, was ich hier gesehen habe.»

Er sprang hastig auf.

Der Ältere hielt ihn lächelnd zurück. «Was soll schon sein?», wandte er ruhig ein. «Das Ungeheuer hat vor einer Woche gefressen. Es schlummert jetzt arglos in der Tiefe des Berges und träumt von seiner nächsten Fütterung. Und ausser uns wagt sich ohnehin niemand hierher. Komm, wir gehen etwas näher heran. Wir haben es bisher ohne Schwierigkeiten geschafft. Unsere gute Seegöttin Vendolindia hält ihre schützende Hand über uns.»

Vendolindia war die Schirmherrin der Fischer und Schiffer am See – und seit jeher war sie ihrem Stammvolk, den Vendolindiern, sehr gewogen. Während der tollkühnen Überfahrt der jungen Waghälse hatte sie wohl tatsächlich über sie gewacht, denn nichts und niemand hatte sich den beiden Burschen bei ihrem verwegenen Unterfangen in den Weg gestellt.

Tarvo schien das Aufleuchten über der Fluh nicht gesehen zu haben. Oder es beirrte ihn nicht. Gelassen erhob er sich und trat durch den Halbkreis der Megalithen vor den Höhleneingang. Diese Felssäulen mussten sehr alt sein und waren eindeutig von menschlicher Hand bearbeitet worden. Anêrios erkannte in den Stein gehauene Symbole. Das achtspeichige

Rad wiederholte sich immer wieder. Es versinnbildlichte bei den Vendolindiern und ihren Nachbarn den Lauf des göttlichen Jahres mit seinen heiligen Feiertagen und Übergängen. Aber auch verschlungene Ornamente und Darstellungen von mythischen Tieren und Ungeheuern waren zu erahnen. Ein monströser Drachenkopf mit dolchartigen Zähnen stach Anêrios ins Auge. Dieses naturgetreue Bildnis verstärkte seine Abneigung gegen diesen Ort auf erschreckende Weise.

Unter der hochragenden Felswand huschten sie zu jener Stelle, wo das schäumende Wildwasser aus dem gähnenden Höhlenschlund zutage trat. Beidseits des Bachgerinnes staken blutverkrustete Stierschädel auf Holzpfählen. Sie schienen die Ankömmlinge geradezu höhnisch anzugrinsen. Zu gewissen Zeiten sprudelte hier viel mehr Wasser aus der Tiefe heraus als üblich. *Wenn Urâgus zürnt,* so sagten die Leute in den Dörfern am See, *dann schiesst das Wasser brüllend aus seiner unterirdischen Heimstatt. Wenn es hingegen ruhig dahinplätschert, dann schläft der blutsaufende Drachengott.*

«Schau, Êrio», bemerkte Tarvo scheinbar beiläufig und deutete auf den ausgewaschenen Felsenkanal. «Der Bach führt derzeit wenig Wasser. Wie ich schon sagte, die Bestie liegt im Tiefschlaf.» Er schenkte seinem jüngeren Freund ein Lächeln voller Zuversicht, so dass dieser gar nicht anders konnte, als ihm zu glauben.

Es war empfindlich kühl im Schatten der himmelragenden Felswand. Anêrios bezweifelte freilich, dass die Gänsehaut auf seinen Armen bloss davon herrührte. Wenn Tarvo nicht furchtlos weiter in die Höhlenöffnung hinein geschritten wäre, hätte er sich längst aus dem Staub gemacht. Die bedrohliche Stimmung dieses Ortes kroch erneut wie eine zähe Masse in seine Brust und verdichtete sich dort zu einem beengenden Kloss. Anêrios wagte sich nur zaghaft weiter vor. Das Knirschen des Gerölls unter seinen Ledersohlen erzeugte einen lauten Widerhall an den Wänden des Höhleneingangs. Wie ein lichtloses Auge schien ihn die finstere Öffnung hinter dem tosenden Wasser des Baches anzustarren. Irgendwo dort drin lauerte ein namenloser Schrecken. Den *Blutschlinger* nannten seine Leute den Drachengott mit Abscheu. Dieses Ungeheuer zehrte ihr Volk auf. Und er war so leichtsinnig, dem Scheusal die Ehre eines freiwilligen Besuches zu erweisen.

«Komm schon, Tarvo, es reicht jetzt», zischte Anêrios so leise wie möglich und stellte fest, dass die Angst ihm die Worte in der Kehle feststecken liess.

Tarvo war im Schatten des Höhleneingangs vor ihm nur noch undeutlich zu erkennen. Ein metallisches Klirren ertönte aus seiner Richtung. Das Geräusch löste in Anêrios Panik aus. Er brachte keine Silbe mehr hervor.

«Das sind die Ketten, womit die Opfer jeweils an den Felsen geheftet werden», erläuterte Tarvo seinen Fund mit einer Art von Begeisterung, welche Anêrios die Haare zu Berge stehen liess. «Und da hinten muss das grosse, krumme Signalhorn sein, mit dem sie das Biest gerufen haben.»

Anêrios beobachtete atemlos, wie sein wagemutiger Freund in der Dunkelheit verschwand. Er fühlte eine erdrückende Last auf seinem Herzen und war unfähig, tiefer in die Höhle einzutreten. Zu seinem Entsetzen stand er nun nicht mehr auf Geröllschutt, sondern auf einem Trümmerfeld zersplitterter Knochen. Er glaubte, die Bruchstücke von Schädeln, Wirbeln und Rippen zu erkennen. Der ganze Eingangsbereich war übersät mit den verstreuten Überresten von Gerippen. Darunter waren eindeutig auch menschliche Gebeine auszumachen. Der Junge rang nach Luft, er befürchtete, jeden Moment ersticken zu müssen.

«Da ist es!», rief Tarvo aus der Dunkelheit eine Spur zu laut, so dass er das Rauschen des Baches mühelos übertönte. «Mit diesem Horn haben sie den Drachen gerufen, bevor sich die Prozession zurückzog und die beiden *Erwählten* alleine liess. Von welchem Wesen stammt wohl dieses urwüchsige Ding? Ich frage mich, ob ich das Ungeheuer jetzt gleich wecken könnte damit.»

Ist dieser Kerl denn eigentlich wahnsinnig!

Anêrios nahm allen Mut zusammen und sprengte die Fesseln der lähmenden Furcht, die seine Kehle zuschnürte. «Hör auf, du Tor, weisst du denn nicht, welche Mächte du hier heraufbeschwörst?», rief er entrüstet in die Schwärze hinein. «Lass uns endlich abhauen.»

Tarvo tauchte so überraschend wieder aus der finsteren Höhlentiefe auf, dass Anêrios unweigerlich zurückprallte. Obwohl das Licht im Schatten des Höhleneingangs gedämpft war, glaubte der Junge in den Augen seines älteren Gefährten einen fiebrigen Glanz zu erkennen.

«Du fürchtest dich», wisperte Tarvo und fasste Anêrios am Handgelenk. «Zu Recht. Dies ist der Eingang in ein schreckliches unterirdisches Reich. Vielleicht beginnt da drinnen tatsächlich Anunnion, das dunkle Land der Schatten. Oder der Orcus, wie sie in Raûlium sagen.»

Er zog den Jüngeren etwas vom Bach weg in eine Nische, die sich seitlich auswölbte. Dort war seine Stimme besser zu verstehen. «Ich will dir jetzt etwas verraten, Êrio. Ein Geheimnis.»

Er sah Anêrios eindringlich an und suchte einen Moment nach den geeigneten Worten. «Meine Eltern haben mich ermahnt, es niemandem ausserhalb der Familie anzuvertrauen. Aber du bist der Freund meines Herzens, mehr noch, du bist wie ein Bruder für mich. Etwas Wahrhaftiges verbindet unsere Seelen, mehr als Blutsbande dies vermögten.»

Anêrios starrte sein Gegenüber bestürzt an, unfähig zu ergründen, welche Offenbarung ihm nun bevorstehen mochte.

«Nach meiner Geburt», fuhr Tarvo flüsternd fort, und das Gewicht seiner Worte schien die bedrückende Dunkelheit um sie herum etwas zu verscheuchen. «Nach meiner Geburt suchte mein Vater die Valâda auf, die auf einer Insel in den Schwarzaugensümpfen haust. Sie ist eine Seherin vom alten Blut. Sie kennt die Lebensfäden der Vendolindier und liest ihr Geschick im Gewebe von Leben und Sterben. Da ich sein Erstgeborener war, ging mein Vater zu ihr, um sie nach meinem Schicksal zu befragen. Die Valâda hat ihm prophezeit, dass es mir dereinst bestimmt sei, den erlösenden Stein zu werfen, um unserem unterdrückten Volk dadurch den Weg zur Freiheit zu bereiten. Ein brüderlicher Freund in tiefster Seele würde dabei mein Zeuge sein.»

Anêrios blieb ob dieser Enthüllungen die Sprache weg. Er hatte schon oft gehört, dass die Weissagungen der Valâda niemals von ungefähr kamen. Die Götter schienen Tarvo ein aussergewöhnliches Leben zugedacht zu haben. Aber ob er selbst wohl mit dem *brüderlichen Freund* gemeint war?

«Deshalb, Êrio», fügte Tarvo hinzu, und er sprach nun ganz langsam und erfüllt von einer ernsthaften Feierlichkeit, «ist heute noch nicht das Ende meiner Tage. Und auch nicht dein Ende. Denn wir sind zusammen hier. Und ich spüre untrüglich, dass uns nichts geschehen kann.»

Er atmete hörbar aus und hielt einen Moment inne. «Demnach wird das Los auch nicht auf meinen Namen fallen, wenn die Priester demnächst wieder das Orakel befragen, um die Erwählten zu erküren. Ja, ich habe die vierzehn Winter überschritten und mein Name wird in der Losschale liegen. Aber es ist nicht mein Schicksal, dem Blutschlinger anheimzufallen. Und deines auch nicht.»

Unvermittelt kullerten Steine von der Felswand herab und zersprangen mit lautem Knallen vor dem Höhleneingang. Die beiden Burschen wurden jäh aus ihrem vertraulichen Zwiegespräch herausgerissen und fuhren zusammen.

Tarvo verzog das Gesicht und sprang aus der Felsennische. «Es ist Zeit», zischte er, «wir müssen jetzt gehen.»

Dicht an die schützende, überhängende Felswand gedrängt eilten die Jungen aus dem Schatten des Höhleneingangs und sprangen zwischen den Stelen hindurch an das blendende Tageslicht hinaus, welches die Seefläche unter ihnen wie ein unermesslicher Spiegel reflektierte. Allen Befürchtungen zum Trotz blieb es in der Fluh über ihnen ruhig.

Aber plötzlich nahm Anêrios ein Aufblitzen im herbstdürren Kraut vor sich wahr. Es handelte sich um einen kleinen metallischen Gegenstand, der im Sonnenschein glänzte. Rasch bückte er sich und hob das augenfällige Ding hoch. Es war eine bronzene schimmernde Scheibe, annähernd so gross wie seine Handfläche. Obwohl ihre Oberfläche zerkratzt war, liess sich das eingravierte Bildnis eines Adlers mit gespreizten Schwingen darauf erkennen. Für Anêrios Auge wirkte dieses Fundstück wie eine prunkvolle Gürtelschliesse oder eine Fibel, die jemand hier verloren haben musste. Oder gehörte das kostbare Stück vielleicht ebenfalls zu den Opfergaben für den Drachengott?

«Ein Zeichen», flüsterte Tarvo über Anêrios' Schulter und lächelte. «Siehst du, mein Freund, die Götter haben uns einen besonderen Weg zugedacht. Wer weiss, welche Gunst des Schicksals uns durch diesen Bronzeadler zulächelt.»

Die beiden abenteuerlustigen Burschen warfen sich vielsagende Blicke zu. Anêrios steckte den unerwarteten Fund achselzuckend ein, ohne sich viel dabei zu denken, und schickte sich an, mit seinem Gefährten über den steilen Pfad an das Seeufer hinunter zu steigen, wo ihr Nachen im Gestrüpp verborgen lag.

II

GEFANGENE DES GOLDENEN ADLERS

Anêrios' Vater Ambaros baute die besten Weidlinge in Vernausium. Im Verlaufe unzähliger Generationen hatte seine Sippe diese Handwerkskunst vervollkommnet und bestritt damit seit jeher ihr Auskommen. Es hiess, dass die Göttin Vendolindia Ambaros besonders gewogen sei. Im Dorf wurde gar gemunkelt, er stünde wie die altvorderen Schiffbaumeister von Vendolindium mit dem geheimnisvollen Wasservolk der Lindônen im Bunde, dessen gläserne Städte sich in den tiefen Abgründen des Sees Vendolindon verbargen ... Vielleicht schwamm sein einziger Sohn Anêrios deshalb wie ein Fisch und vermochte ungleich länger zu tauchen als alle anderen Leute. Seine Finger- und Zehennägel hatten eine blasse blaugrüne Färbung, und die Hautlappen zwischen seinen Fingern und Zehen waren sehr ausgeprägt, sie sahen beinahe aus wie seltsame Schwimmhäute. Sein Vater behauptete immer, Anêrios' Mutter hätte diese Merkmale einst auch besessen.

Der Junge hatte seine Mutter allerdings nie gekannt. Man hatte ihm lediglich gesagt, sie sei kurz nach seiner Geburt gestorben. Er war seines Vaters einziges Kind und er hatte ihn oft nach ihr gefragt. Aber Ambaros verfiel jedes Mal in eine schwermütige Stimmung, wenn die Sprache darauf kam. Es war beinahe, als läge ein dunkler Schatten über der Verbindung von Anêrios' Eltern. Oder vielleicht kam sein Vater einfach nicht über den Verlust seiner dahingegangenen Gefährtin hinweg und grämte sich vor Trauer.

Wenn ich einst das Alter dafür habe, werde ich auch zu der Valâda in die Sümpfe gehen, so wie Tarvos Vater, um das Geheimnis um meine Herkunft zu ergründen.

Ambaros hatte seinen Sohn gelehrt, dem See und seinen Mächten allzeit die erforderliche Ehrfurcht entgegenzubringen. Er pflegte nie ohne die übliche Opfergabe und die rituelle Schutzformel auf den See hinauszurudern. Die vorspringende Bugspiere seines Nachens war auffallenderweise mit einer langen Strange silberweiss schimmernden Haares umwunden. Diese stammte angeblich von einer Lindôna, einer Wasserfrau, und für Ambaros und die anderen Fischer auf dem Vendolindon galt sie als Talisman für besonderen Schutz und Segen im wässerigen Reich der Seegöttin Vendolindia.

An diese besondere Beziehung seiner Familie zum See und zu dessen Geheimnissen musste Anêrios unweigerlich denken, als er mit Tarvo in den schwankenden Weidling am Fuss des Drachenberges stieg. Er nahm Platz auf seinem Bug und strich geradezu zärtlich über das Sirenenhaar an der vorspringenden Spiere. Mittlerweile plagten ihn Gewissensbisse, dass er die Krankheit seines Vaters schamlos ausgenutzt hatte, um dessen Boot zu entwenden. Anêrios wusste nur zu gut, dass dieser Nachen für Ambaros eine nahezu heilige Bedeutung hatte. Deshalb bemühte er sich, die Traditionen seines Vaters jetzt gerade ganz besonders zu ehren. Er warf eine kleine türkisfarbene Glasperle in das glitzernde Wasser und murmelte die traditionelle Fürbitte für eine sichere Überfahrt an die Seemutter Vendolindia.

Tarvo hatte sich derweil im Heck des mehr als drei Mannlängen messenden Flachbootes niedergelassen und stiess das Gefährt mit einer langen Stange vom Felsenufer ab. Anschliessend ergriffen die beiden Burschen zwei abgeplattete Ruder mit kurzen Schäften und hielten mit geübten, gleichmässigen Stössen auf das offene Wasser hinaus. Sie glitten an einer hölzernen Plattform vorbei, die in den See hinausgebaut war. Hier legten anlässlich der Prozessionen an den Paktfeiern jeweils viele Boote an. Für die prunkvolle Barke der Urâgus-Priesterschaft gab es einen eigenen Anlegesteg, der von bemalten Holzpfählen mit furchteinflössenden Drachenkopfschnitzereien gestützt wurde. Hier begann der Fussweg, der in steilen Windungen zum Höhleneingang hinaufführte. Er war stark ausgetreten und die Felsen, in die der Steig gehauen war, waren durch die generationenlange Begehung regelrecht glattgeschliffen.

Als sie sich bereits ein Stück weit vom Ufer entfernt hatten, blickte Anêrios nochmals über die Schulter zum Höhlenportal am Fuss der himmelhohen Felswand hinauf. Die Erinnerung an diesen unheilvollen Ort jagte ihm einen Schauder über den Rücken, obwohl die Herbstsonne warm auf den See herabschien. Gleichzeitig klang Tarvos geheimnisvolle Enthüllung in ihm nach, und er wunderte sich, welche tiefere Bedeutung diese rätselhafte Weissagung wohl in sich barg. Er hoffte bloss, dass ihr Ausflug an diesen verbotenen Ort unbemerkt geblieben war. Üblicherweise gab es auf dieser Seeseite kaum Bootsverkehr, denn niemandem, der bei klarem Verstand war, wäre es in den Sinn gekommen, ohne den schützenden Beistand der Priesterschaft in die Gewässer am Fuss der Drachenhöhle vorzudringen. Und weiter westlich befand sich das Hoheitsgebiet der mächtigen Seestadt Raûlium, welches die einfachen Fischer der umliegenden Dörfer ebenfalls mieden, um keine Auseinandersetzungen mit deren hochmütigen Bewohnern zu riskieren.

Zugunsten einer besseren Deckung lenkten Anêrios und Tarvo ihren Nachen im Schatten der uralten, knorrigen Bäume, welche das felsige Ufer auf der Nordseite des Vendolindon bestanden. Hier war die Wahrscheinlichkeit am geringsten, entdeckt zu werden.

«Wollen wir einen kurzen Blick auf die Weisse Stadt werfen?»

Tarvos euphorische Stimme schreckte Anêrios unvermittelt aus seinen Gedanken hoch. «Es wäre doch jammerschade, diese Gelegenheit zu verpassen, jetzt wo wir schon so nahe heran sind», bemerkte der Gefährte unternehmungslustig.

Tarvo schien wirklich keine Gelegenheit auslassen zu wollen, um seine Tollkühnheit unter Beweis zu stellen. Raûlium war die grösste und wohlhabendste Stadt am See, der Sitz des *Procurators*[8], eines machthungrigen Despoten, der für die Ausbeutung seiner Goldminen im Baranbannogebirge fast unerschöpflichen Bedarf an Sklaven hatte. Da die Vendolindier aber dem König von Byrgondia tributpflichtig waren und unter dem Schutz des Centenarius[9] Theudoricius von Dûnon standen, liessen die Schergen des Procurators die Bewohner der Seedörfer notgedrungen in Ruhe. Die Befürchtung in Vendolindium war jedoch gross, dass sich dieser Zustand gelegentlich ändern mochte, nachdem Theudoricius unlängst an der Seite des byrgondiônischen Königs Godemâr in den Krieg gegen die eindringenden Farancier gezogen war und auf unbestimmte Zeit fernab seines Stammlandes weilte. Ohne den beschirmenden Beistand des Centenarius mochte es den skrupellosen Herren der Weissen Stadt früher oder später nach den Erzeugnissen und Arbeitskräften der Vendolindier gelüsten.

[8] Procurator (Lat.) = Romanischer Verwalter
[9] Centenarius (Lat.) = Verwalter mit richterlichen Befugnissen in einem kleinen, abgegrenzten Gebiet

Während Anêrios noch darüber nachgrübelte, ob er sich wirklich auf Tarvos Vorschlag zu einem neuerlichen Abenteuer einlassen und sich der verrufenen Stadt annähern wollte, hatten sie eine dicht bewaldete Felsnase erreicht, welche weit in den See vorsprang und die Sicht auf die dahinter liegende Uferpartie verwehrte. Mächtige Eiben, Eichen und Ilexbäume ragten hier weit auf die dunkle Wasserfläche hinaus. Der ältere Ruderer machte keine Anstalten, den Kurs zu ändern, wie es jetzt eigentlich längst angezeigt gewesen wäre, um den See zu queren, sondern er hielt sich weiterhin beharrlich an die Uferlinie. Unvermittelt glitten sie an der Landzunge vorbei und kniffen die Augen zusammen, als ein unerwarteter Glanz sie blendete.

Keine halbe Leuge[10] entfernt erhoben sich die strahlendweiss getünchten Mauern von Raûlium in den klaren Herbsthimmel und fingen die ganze Leuchtkraft der Nachmittagssonne ein. Die Stadt war auf einem Felssporn direkt über dem See errichtet und besass am Fuss dieser natürlichen Bastion ein zusätzlich ummauertes Hafenbecken, welches sich ein Stück weit in das Wasser hinaus erstreckte. Ein Kranz von wuchtigen Türmen betonte den wehrhaften Charakter der Anlage. Am eindrücklichsten waren aber gewiss die ineinander verschachtelten Steildächer und Kuppeln, die sich hinter die beschirmende Ringmauer drängten und allesamt schimmerten wie aus schierem Gold. Zuoberst auf dem Felsen thronte die Weisse Zitadelle, eine Palastanlage von verschwenderischer Pracht, in welcher der Procurator residierte. Im Rücken der unwirklich erscheinenden Stadt reckte der schroffe Berg Baranbanno seine kahle Felsenspitze über die Weinberge und Wälder himmelwärts. Zuoberst auf der kühnen Zinne glomm ein helles Licht. Es war der Widerschein eines gewaltigen goldenen Adlerstandbildes, welches von seiner hohen Warte aus über die reiche Stadt wachte.

Der Blick auf diese ausserordentlich prachtvolle Erscheinung erweckte den Eindruck, dem entrückten Land der Götter nahe zu sein.

Aber den jungen Schiffern blieb nur wenig Musse, um sich an diesem Bild zu weiden, denn kaum waren sie um die Felsnase herumgebogen, dröhnte unvermittelt der dumpfe Klang eines Signalhorns über das Was-

[10] Leuge (Kelt.) = Keltisches Längenmass (entspricht ca. 2.2 km)

ser. Kaum drei Steinwürfe von ihrem Nachen entfernt steuerte eine grosse Prunkbarke auf sie zu. Die Zierfigur am Bug des grossen Schiffes stellte einen hoch aufgerichteten, goldenen Adler mit stolzem Blick und abgespreizten Schwingen dar, der wie ein beutegieriges Raubwesen geradewegs auf sie zustrebte. Auf dem dahinter liegenden Deck war eine Art Baldachin aus rotem Tuch aufgespannt, über dem ein Banner wehte, das ebenfalls einen Goldadler auf rotem Feld zeigte. Ein hünenhafter grobschlächtiger Mann in einem messingglänzenden Brustpanzer, der eine lange geschwungene Peitsche in der Faust hielt, beugte sich über den Schiffsbord zu ihnen herüber. Zwei Riemenreihen trieben das schwerfällig wirkende Gefährt an. Auf ein scharfes Kommando des Hünen tauchten die Ruder jetzt alle gleichzeitig wie die Beine eines riesigen Käfers in das Wasser und bremsten die Barke erstaunlich schnell ab.

Tarvo war beim Anblick des unerwartet aufgetauchten schwimmenden Goldadlers jäh aus seinem Erstaunen herausgerissen worden und zum langen Heckruder gestürzt, um ihren Nachen rechtzeitig herumzureissen. Einen Zusammenprall mit der weitaus mächtigeren Barke hätten sie nicht überstanden. Aber der Führer des grösseren Schiffes schien sie nicht versenken zu wollen und brachte die goldene Barke mit seinem erfolgreichen Haltemanöver zum Stehen, ehe es zu einem verhängnisvollen Zusammenstoss kam. Drohend richtete sich der vergoldete Galionsadler über dem Weidling der beiden jungen Burschen auf und warf seinen einschüchternden Schatten über sie. Die Umrisse mehrerer Gestalten waren im Gegenlicht zu erkennen, welche anscheinend genauso verwundert zu ihnen hinüber äugten wie umgekehrt. Zwei lange Stangen mit Hakenenden reckten sich über das Schanzkleid der Barke und fingerten nach dem schmächtigen Nachen der Jungen.

Für Tarvo und Anêrios gab es kein Entrinnen mehr. Die beiden Burschen beobachteten fassungslos, wie zwei Männer zu ihnen herübersprangen und ihr Boot mit starken Stricken an der Barke festmachten. Dann wurden sie von kräftigen Händen gepackt und in den Bug des schwankenden Fischerkahns gezerrt. Der stiernackige Schiffsführer funkelte sie zornig an. Er trug unter seinem kostbar verzierten Brustpanzer eine vornehme Tunika[11] in satten Rot- und Gelbtönen. Ein polierter Messinghelm nach romanischer Machart mit einer purpurrot eingefärbten Quaste aus Pferdehaar sass schief auf seinem kantigen, glatt geschabten Kopf. Um den muskulösen Hals trug der Hüne eine auffällige Kette aus krummen Bärenzähnen, die vernehmlich gegen die Rüstung klapperten.

«Furor furibundus[12]! Was habt ihr in den Gewässern des Procurators zu suchen?», fuhr er die überrumpelten Jünglinge mit rauer Stimme an. Er sprach in der *Lingua Romana*, wie sie überall in den ehemaligen Provinzen des zerfallenen Imperiums geläufig war. Obwohl dies nicht die Muttersprache der Vendolindier war, verstanden sie diese Zunge leidlich. Alle ehemaligen Untertanen und Föderaten[13] der Romanen benutzten sie als gemeinsame Verkehrssprache.

«Lausiges Pack, wisst ihr denn nicht, dass jegliches Eindringen auf diese Seeseite bei Strafe verboten ist?», donnerte die Stimme des ungeschlachten Schiffsführers.

Tarvo gewann als erster die Fassung wieder. «Wir bitten dich um Verzeihung, *Dominus*[14]», stammelte er verlegen, «wir haben zu spät bemerkt, dass wir uns der Stadt annähern. Eigentlich befinden wir uns bloss auf Fischfang und sind ein bisschen vom gewohnten Kurs abgekommen.»

Eine zweite Gestalt trat vor die Sonne. Kleiner und gedrungener als die erste, aber mit aufgerichteter würdevoller Haltung. Es war ein Mann in einem kostbaren langen Mantel, auf dessen schulterlangem gelocktem Haar nach Art der Priester ein Kopftuch mit einem reich ornamentierten kronenartigen Aufsatz ruhte. Er legte dem Schiffsführer geradezu väterlich die Hand auf den Arm.

«Auf diesem See kann man sich nicht verirren, Beligomâgus?», sprach er mit auffallend hoher und näselnder Stimme zu ihm. «Ich habe eher den Eindruck, sie sind ein Zeichen des Goldenen Gottes. Es ist ein besonderer Tag heute. Schafft sie her.»

Auf seinen Wink hin wurden Anêrios und Tarvo grob auf die Barke hinübergestossen.

Das grössere Schiff war mindestens so prunkvoll, wie es auf den ersten Blick gewirkt hatte. Etwa ein Dutzend Männer in weissen Tuniken hielten

[11] Tunika (Lat.) = halblanges Obergewand
[12] Furor furibundus (Lat.) = wütender Wahnsinn
[13] Föderaten (Lat. Foederati) = Verbündete
[14] Dominus (Lat.) = Herr

sich auf dem Deck auf. Einige trugen mit glänzenden Messingbeschlägen verzierte Lederpanzer und waren mit Lanzen und Kurzschwertern bewaffnet. Unter dem roten Baldachin im Heck sass eine junge Frau in einem blütenweissen, langen Gewand und mit aufwendig aufgesteckter Frisur. Sie schien von hoher Abkunft zu sein, wie die drei Dienerinnen bewiesen, welche sie umgaben. Auf beiden Seiten des langgezogenen Schiffes kauerten angekettete Sklaven auf flachen Ruderbänken, etwa zwei Dutzend an der Zahl. Sie erweckten einen erbärmlichen Eindruck.

Anêrios war zuvor nie in die Nähe der Weissen Stadt und ihrer Bewohner gekommen. Alles, was er über sie wusste, hatte er aus den Erzählungen im Dorf vernommen. Der ungewohnte Anblick ihrer üppig zur Schau gestellten Pracht blendete ihn beinahe. Zugleich verursachte ihm das unglückliche Los der erniedrigten Rudersklaven grosses Unbehagen.

Während der grobknochige Kerl mit der Peitsche sie immer noch verächtlich musterte, trat nun dessen Begleiter mit dem würdevoll priesterlichen Aussehen näher an sie heran. Sein Mantel bestand aus einem edlen karminroten Tuch und war an den Säumen aufwendig mit Goldfäden bestickt. Das füllige unbewegte Gesicht war von auffällig dunkler Hautfarbe und verriet ein gesetztes Alter, es war sauber barbiert und wies merkwürdigerweise keine Augenbrauen auf. Der Blick der dunklen Augen unter dem ebenfalls blutroten Kopfschleier und der goldglänzenden Kopfbedeckung in Gestalt eines stilisierten Löwenhauptes wirkte auf unangenehme Weise einnehmend.

«Nennt uns eure Namen», forderte der pompöse Priester die beiden Jünglinge in gelassenem Tonfall auf.

Während Anêrios noch immer um seine Fassung rang, verneigte sich Tarvo an seiner Seite umständlich und sprach mit verlegener Stimme. «Ich bin Tarvônius, Sohn des Korbflechters Gobanôr aus Vernausium. Dies ist mein Freund Anêrios, Sohn des Bootsbauers Ambaros. Es tut uns leid, dass wir unsere angestammten Fischgründe unbefugt verlassen haben.»

Der Priester verzog sein starres Gesicht zu einem freudlosen Lächeln, dem jegliche Wärme und Anteilnahme fehlten. «Ihr seid aus jener Richtung gekommen, wo die Höhle des Löwenköpfigen liegt. Habt ihr etwa den Herrn der Heiligen Dunkelheit behelligt?» Ein gefährliches Blitzen fiel aus den rauchigen Augen des Sprechenden.

Tarvo schwieg unbehaglich, und auch Anêrios fühlte sich unfähig, etwas von sich zu geben. Mit zornfunkelnden Blicken mass der Rotgewandete die beiden verstörten Jünglinge. Der Gerüstete umfasste derweil seine Peitsche mit beiden Händen und ging mit schwerfälligen Schritten um die Burschen herum. Mit geübten Griffen fingerte er an Anêrios' Gürteltasche herum und nestelte etwas daraus hervor.

Es war die verzierte Scheibe, die dieser vom Höhleneingang mitgenommen hatte.

Die Augen des Schiffsführers verengten sich zu lauernden Schlitzen, als er das Objekt dem Priester hinstreckte. Mit einem Ausdruck von Missbilligung nahm dieser das Fundstück an sich. Die groben Hände des Hünen betasteten nun prüfend die Oberarme, Schultern und Kreuzpartien der beiden Jünglinge, beinahe so, als untersuche er interessante Tiere auf dem Viehmarkt.

«Sie sind kräftig und haben ein gutes Alter», brummte er mit sichtlichem Wohlgefallen. «Und wenn sie so erpicht darauf sind, unsere vielgerühmte Gastfreundschaft kennenzulernen, dann sollten wir sie ihnen nicht vorenthalten.»

Er packte Tarvo am Haarschopf und zog dessen Kopf ganz nahe an sein hämisches Gesicht heran. «Nun denn, Tarvônius, Sohn des Gobanôr, wir nehmen dich und deinen Kumpanen gerne eine Weile in unsere Obhut», raunte er schmeichlerisch und strich ihm mit seiner Peitsche über die Wange. «Wir werden euch aus der Nähe zeigen, woher unser Reichtum kommt.» Das joviale Lächeln in seiner abgebrühten Visage gefror unvermittelt zu einem Ausdruck bodenloser Verachtung. «Bei Mithras, ihr werdet in unseren Goldminen die Strafe für eure Unverfrorenheit abverdienen. Bis der erste Schnee fällt. Dann werdet ihr eure verfluchte Neugier hinreichend gestillt haben.»

Anêrios rang nach Luft. Es ging alles so schnell, dass er nicht begreifen konnte, was wirklich gerade mit ihnen geschah. Seine Arme wurden unsanft nach hinten gerissen. Auch Tarvo war jegliche Farbe aus dem Gesicht gewichen. Aber dieser gab sich plötzlich einen Ruck und erhob aufbegehrend seine Stimme: «Unser Volk untersteht dem Schutz des Centenarius von Dûnon. Ihr habt nicht das Recht, uns zu verknechten.»

Nun baute sich der stämmige Schiffsführer der Barke bedrohlich vor dem aufmüpfigen Fischerjungen auf und ballte seine klobige Faust. «Willst du wohl dein Maul halten, du erbärmlicher Abkömmling eines barbarischen Volkes. Raûlium ist das letzte verbleibende Bollwerk des Imperiums nördlich des Alpenwalls, und der Procurator vertritt den heiligen Willen des Augustus[15] in diesem Land. Wie kannst du es wagen, unser Gesetz in Frage zu stellen. Warte nur, dich werde ich Mores lehren ...» Anêrios zuckte unwillkürlich zusammen, als der bärbeissige Mann seinen Freund am Kragen packte und rüde auf ihn einschlagen wollte.

Da hielt der Priester die erhobene Faust des Wüterichs beschwichtigend zurück und sprach mit besonnener Stimme auf ihn ein. «Dieser Junge hat Recht, Beligomâgus. Wir sind nicht befugt, die Leute von Vendolindium in unsere Dienste zu pressen.»

Nun sah er Tarvo scharf in die Augen. «Es sei denn, sie vergreifen sich an unserem Besitz.» Er hob die Bronzescheibe mit dem Adleremblem in die Höhe, welche der Schiffsführer Anêrios abgenommen hatte. «Dies hier gehört unzweifelhaft nicht euch. Sagt rasch, woher ihr es habt!» Seine Stimme klang auf einmal gefährlich.

«Wir haben es am Eingang der ...», wollte Anêrios bekennen, ehe ihm Tarvo mit laut vorpreschender Stimme über das Maul fuhr. «Er hat es aus dem See gefischt, als wir heute Morgen im seichten Wasser auf der anderen Seeseite die Netze einholten.»

Anêrios blickte beschämt auf die Schiffsplanken. Beinahe hätte er ihren verbotenen Ausflug zu der Höhle des zornigen Gottes preisgegeben.

Der Priester mit der Löwenkopfhaube neigte den Kopf und lächelte mit gespielter Freundlichkeit. «Wie dem auch sei, auf jeden Fall habt ihr ungeladen die Grenze unseres Hoheitsgebietes überschritten. Ihr befindet euch hier in den Gewässern von Raûlium ... *und* ihr tragt etwas bei euch, das uns gehört. Wir müssen davon ausgehen, dass ihr es gestohlen habt. Es steht uns demnach zu, euch angemessen für dieses Vergehen zu bestrafen.»

[15] Augustus (Lat.) = oberster Herrscher (Kaiser) des romanischen Reiches

Er liess den Arm des Schiffsführers los und nickte ihm zu.

Dieser zögerte nicht und bellte einen Befehl zu seinen Männern. «Schafft sie in den Bug. Ihren primitiven Kahn stosst zurück auf den See.»

Unerwartet liess sich vom Baldachin her die gebieterische Stimme der thronenden Frau vernehmen. «Lasst mich sehen, wen ihr da aufgegriffen habt, Amonträkius», forderte sie mit einer Bestimmtheit, die keinen Widerspruch duldete.

Anêrios sah noch, wie sich der Priester und der Schiffsführer einen bedeutungsvollen Blick zuwarfen, dann wurde er grob herumgezerrt und in den Schatten des Zeltaufbaus auf der Heckseite der Barke gestossen. Dort sass die vornehme Frau im Kreis ihrer Domestiken auf einem kostbaren Teppich und winkte die Burschen mit einer herrischen Geste herbei. Ihr abschätzender Blick verriet eine Mischung aus Interesse und Verachtung. Verwirrt starrte Anêrios die Edelfrau an. Zu seiner Überraschung war sie nicht älter als er selbst, doch verlieh ihr das Gepränge ihrer Erscheinung eine deutliche Überlegenheit. Ihr schwarzes Haar war kunstvoll aufgetürmt und mit funkelnden Goldspangen durchsetzt. Das makellos weisse Gewand warf anmutige Falten um ihre sitzende Gestalt. Ein merkwürdiges haariges Geschöpf mit ängstlich geweiteten Kugelaugen, kaum grösser als eine Katze, sass an einer langen goldenen Kette zu ihren Füssen. Anêrios fragte sich, ob dies wohl ein gefangener Sylvân des Waldes war. Das blasse, ebenmässige Gesicht des Mädchens wirkte wie aus Marmor geschnitten. Seltsam traurig anmutende Schatten lagen unter den dunklen, glänzenden Augen. Über der erhabenen Erscheinung dieser jungen Magnatin aus der Weissen Stadt flatterte das rote Banner mit dem Emblem des goldenen Adlers im frischen Seewind.

«Auf die Knie, ihr fischfressenden Barbaren», zischte der Schiffsführer in ihrem Rücken, und Anêrios und Tarvo wurden von kräftigen Händen grob auf die Schiffsplanken gestossen. «Erweist der *Filia Aurea*[16] von Raûlium eure Ehrerbietung an diesem hohen Tag!»

Atemlos kauerten die beiden Jünglinge am Rand des weichen Teppichs nieder und wagten kaum aufzublicken.

 [16] Filia Aurea (Lat.) = Goldene Tochter

«Wie ungehobelt und schmutzig sie sind», bemerkte das vornehme Mädchen zu einer seiner Dienerinnen, die abfällig lächelte. «Ob sie wohl unsere Sprache verstehen?»

Tarvo räusperte sich, ohne seine demütig niedergekrümmte Haltung zu verändern. «Wir können dich verstehen, *Domina*[17]», murmelte er unterwürfig.

Die Jungfrau kicherte belustigt und betrachtete die beiden knienden Jünglinge wie eingefangene Tiere, die man ihr zur Erheiterung vorführte. Ihre langen weissen Finger fuhren verlegen durch das Fell ihres Schosstierchens. Dann blickte sie zu dem Priester auf, der inzwischen mit einem gönnerhaften Lächeln an ihre Seite getreten war. «Warum sind denn die Barbaren zu uns gekommen, Amonträkius?», fragte sie ihn kühl. «Wollen sie mir etwas darbringen?»

Der würdevolle Mann im rotgoldenen Mantel legte die Hand auf sein Herz und neigte huldvoll den Kopf. «Gewiss, meine strahlende Gebieterin, sie haben sich eingefunden, um sich dem unvergleichlichen Glanz deines Hauses zu unterwerfen.»

Anêrios' Kehle war auf einmal staubtrocken. Wie konnten diese Menschen so selbstverständlich über sie verfügen, ohne sie nach ihrer eigenen Meinung zu fragen? Soweit er zurückdenken konnte, hatte er von seinem Heimatdorf aus stets die Pracht der Weissen Stadt auf der gegenüberliegenden Seeseite vor Augen gehabt. Und er hatte viel über das überhebliche Wesen ihrer Bewohner gehört. Aber was soeben mit ihm und seinem Freund geschah, ging weit über alles hinaus, was er sich je über Raûlium ausgemalt hatte. Warum wurden sie behandelt wie Gefangene – und nicht wie achtbare Nachbarn? Er hörte, wie der Priester in seiner gestelzten Sprache weiter zu der noblen Jungfrau sprach.

«Sie sind unzweifelhaft ein Geschenk des Goldenen Löwen für dich, an diesem ausgesuchten Tag im Jahresrund. Wenn du willst, lasse ich sie in deinen Palast schaffen, wo sie dir zu deiner Kurzweil frommen mögen. Gewiss stehen sie dir zuallererst zu, meine strahlende Gebieterin, denn heute ist ja dein *Dies Natalis*[18].»

Das Gesicht des Mädchens nahm einen überheblichen Ausdruck an.

[17] Domina (Lat.) = Herrin
[18] Dies Natalis (Lat.) = Geburtstag

Es bedachte die schlotternden Burschen, die immer noch vor ihm niedergebeugt waren, mit geringschätzigen Blicken. «Der Kleinere passt gut in meinen Palastgarten. Er mag mir dort die Blumen binden. Aber wascht ihn zuerst gründlich, stutzt seine struppigen Haare und steckt ihn in saubere Kleider. Der Rotschopfige hingegen gefällt mir nicht. Sein Platz ist in der bodenlosen Grube, er soll dort nach Gold und Metallen schürfen, bis seine Zähne ausfallen.»

«Wie du wünschst, Lusilla Aquileia von Raûlium, unvergängliche Blüte deines Hauses», schmeichelte der rotgewandete Priester und gebot den Männern, die beiden in Gewahrsam zu nehmen.

Der Hüne mit dem Messinghelm donnerte einen Befehl und liess die Peitsche knallen. Sogleich legten sich die angeketteten Sklaven in die Riemen. Ein Ruck ging durch das Schiff, als es sich wieder in Bewegung setzte.

Anêrios spürte, wie eisige Beklemmung nach seiner Brust griff. Dies war eindeutig nicht ihr Glückstag! Die Seemutter Vendolindia war gewiss zornig auf sie, denn ihr leichtsinniger Ausflug zu der verbotenen Drachenhöhle hatte unverhofft ein böses Ende genommen.

III

DIE MUTTER DER NACHTBLAUEN TIEFEN

Im Rhythmus von dumpfen Trommelschlägen und angetrieben durch die knallende Peitsche und die wüsten Flüche des Schiffsführers ruderten die Sklaven die prunkvolle Barke über das dunkelblaue Wasser des Vendolindon. Die beiden Gefangenen kauerten hinter der grossen goldenen Adlerfigur im Bug des Schiffes und harrten eines ungewissen Schicksals. Anêrios sah, wie sein Freund sehnsüchtig zur anderen Seeseite hinüberstarrte, wohl um den Verlust seiner entschwindenden Heimat zu betrauern, die in diesem Moment so nah und doch so unerreichbar fern war. Ihm wurde nun endgültig klar, dass es ein verhängnisvoller Fehler gewesen war, die verbotene Drachenhöhle aufzusuchen. Aber jegliche Reue kam zu spät. Sie befanden sich unwiderruflich in der Gewalt der Leute von Raûlium. Das vornehme Mädchen mit dem merkwürdigen Tierchen an der Goldkette schien eine Art Prinzessin zu sein. Bei der Vorstellung, dass er diesem blasierten Gör als Sklave Zerstreuung verschaffen sollte, krampfte sich sein Herz schmerzlich zusammen. Anêrios hatte viel darüber gehört, dass die Bewohner der Weissen Stadt Menschen wie Vieh hielten und sie für sich schuften liessen. Seinem Volk, den Vendolindiern, galt die Freiheit, wie allen Abkömmlingen der Helvêten, hingegen als höchstes Gut. Gefangene wurden niemals versklavt, sondern rasch getötet oder gegen Lösegeld wieder freigelassen. Der Anblick der erbarmungswürdigen Kreaturen, welche sich unter der Knute des grobschlächtigen Hünen plagten, um das Schiff ihrer Herren anzutreiben, stimmte den jungen Fischer aus Vernausium zutiefst betroffen. Gewiss, er führte mit seiner Sippe ein einfaches Dasein, aber sie waren zumindest freie Menschen.

Oder vielmehr, er war ein freier Mensch *gewesen* bis zu diesem denkwürdigen Tag, an dem er sich durch seine verfluchte Neugier hatte dazu verleiten lassen, sich und seinen besten Freund auf gefährliche Abwege zu führen. Eine verzweifelte Träne rann über seine Wange.

Tarvos Blick hing immer noch am gegenüberliegenden Seeufer fest. Die grüne Anhöhe über dem schilfbewachsenen Uferstreifen, auf der ihr Dorf Vernausium stand, war auf diese Entfernung und bei den klaren Sichtverhältnissen gut zu erkennen. Etwas weiter westlich, unter dem mächtigen

Felsenturm des düsteren Berges Karnorîg erhob sich das *Castellum*[19] des Centenarius von Dûnon auf dem Eichenhügel von Stralingânum. Dieser tapfere Mann war gewiss ein Freund der Vendolindier, aber ob er sich für die Befreiung von zwei törichten Fischerjungen einsetzen würde, war mehr als zweifelhaft. Diese Hoffnung erübrigte sich ohnehin, da sich der Centenarius gegenwärtig weit weg und auf einem Heerzug befand.

Plötzlich erschallte wieder das dröhnende Hornsignal vom Bug, welches die hadernden Jungen aus ihren trüben Gedanken riss. Als Anêrios aufblickte, fiel für einen Augenblick jeglicher Kummer von ihm ab.

Die Barke glitt auf die Hafeneinfahrt von Raûlium zu. Der Sohn eines einfachen Fischers aus Vernausium wusste sogleich, dass er diesen Anblick sein Lebtag lang nie mehr vergessen würde.

Über ihnen ragten die blendenden Mauern der Weissen Stadt auf den Uferfelsen empor. Eine breite, von kerzengleich strahlenden Säulen gesäumte Rampe führte zum Hafenbecken hinunter, das ebenfalls von einem niedrigen Wall aus weissen Quadersteinen umfasst war. Der Zugang zu dieser geschützten Anlegestelle wurde von zwei turmhohen goldenen Adlern flankiert, die einander mit stolz erhobenen Häuptern entgegenblickten. Der Glanz dieser beiden vollendet geschaffenen Statuen überwältigte Anêrios. Sein Volk stand im Ruf, begnadete Handwerker hervorzubringen, aber nie zuvor hatte er derart kunstvolle Standbilder gesehen wie hier an der Hafenpforte von Raûlium. Und schon gar nicht in dieser Grösse. Auf dieser Stadt musste fürwahr die machtvolle Gunst der ewigen Götter ruhen!

Tarvo schien ähnlich zu empfinden wie er. Mit offenem Mund und weit aufgerissenen Augen bewunderte er die majestätischen Adlergestalten, welche sich ehrfurchtgebietend über ihren Häuptern auftürmten und ungerührt über sie hinwegblickten, als gingen sie die Nöte der Sterblichen nichts an. Der ungeschlachte Schiffsführer hiess die Ruderer nun mit seiner rauen Stimme, die Geschwindigkeit zu drosseln. Er selbst stand an der langen Ruderpinne im Heck und steuerte das träge Schiff behutsam durch die offene Einfahrt.

Nachdem die Barke zwischen den Goldadlern hindurchgeglitten war,

[19] Castellum (Lat.) = Burg, Festung, Kastell

tat sich vor den staunenden Blicken der Jungen das geräumige Hafenbecken auf. Entlang der Umfassungsmauer reihte sich ein Boot an das andere. Schlanke wendige Weidlinge ebenso wie gedrungene Lastkähne und prunkvoll ausgestattete Barken. In einem Trockendock am Fuss der Felsen lag ein mächtiger Schiffskörper, der sich anscheinend noch im Bau befand. Wie Ameisen wimmelten zahlreiche Arbeiter auf dem grossen Gerüst herum, hobelten, sägten und hämmerten an den hellen Planken und Spanten. Nach Anêrios' Einschätzung würde daraus einst ein sehr grosses Schiff entstehen. Es erinnerte ihn an die Darstellung einer Kriegsgaleere aus Byzanthium, die er einst auf einem uralten Pergament ihres Dorfpriesters Carodrûnos gesehen hatte. Wollten sich die Raûlianer mit diesem neuen Schlachtschiff etwa die Seehoheit auf dem Vendolindon sichern?

Die Barke drehte sachte bei und näherte sich einer Anlegestelle unweit des betriebsamen Bauplatzes. Anêrios sah, wie die Arbeiter mit nackten, schweissbedeckten Oberkörpern an dem noch unvollständigen Schiffsrumpf zugange waren. In die Geräusche ihrer Tätigkeiten mischten sich das scharfe Knallen von Peitschen und die demütigenden Ausrufe der Aufseher. Zweifelsohne arbeiteten diese Männer nicht aus freien Stücken. Es waren Sklaven.

Anêrios beobachtete, wie der rotgewandete Priester namens Amontrâkius lächelnd zu einem grossen Lastkahn hinüberblickte, der in ihrer Nähe festgemacht hatte. Eine Handvoll Legionäre mit Kettenpanzern und messingglänzenden Helmen war dort soeben im Begriff, eine Schar von gekrümmten Gestalten über den Landesteg zu treiben. Mit den langen Schäften ihrer Lanzen stiessen sie die Bedauernswerten vorwärts. Erschrocken sah Anêrios, dass es sich bei den Gefesselten beileibe nicht nur um Männer handelte, auch Frauen und Kinder befanden sich darunter. Die Prinzessin hatte ihren blassen Kopf ebenfalls hochgereckt und betrachtete das Schauspiel am Ufer mit einem amüsierten Lächeln auf ihren feinen Lippen. Unwillkürlich drehte sie ihren Kopf mit den aufgetürmten schwarzen Haaren zu ihm herüber und schenkte ihm einen abfälligen Blick. Am liebsten hätte er ihr in ihr herablassendes Antlitz gespuckt. In der Weissen Stadt schien es wahrhaft gebräuchlich zu sein, dass Menschen wie Tiere gehalten wurden.

Eine Woge des Entsetzens erfasste Anêrios' Gedanken, als er innewurde, dass er nie wieder aus den Mauern von Raûlium würde entrinnen können, wenn er erst einmal in die Knechtschaft dieser grausamen Menschen gezwungen wäre.

Die Trommel an Deck ihrer Barke verstummte, der Schiffsführer brüllte einen Befehl und die Ruderer holten alle gleichzeitig ihre Riemen ein. Einer der weissgewandeten Männer an Bord warf eine lange Leine aus, um das Boot zu vertäuen. Eine Gruppe vornehmer Gestalten in hellen Togen[20] erwartete sie bereits an der Hafenmauer. Zwei Luren[21]bläser liessen ein Signal erklingen, als die Barke mit einem Ruck zum Stehen kam.

Anêrios suchte Tarvos Augen und flüsterte ihm in seiner Muttersprache aufgeregt zu: «Wir werden hier nie mehr wegkommen, wenn wir jetzt nicht das Weite suchen.»

«Du hast recht», erwiderte der Ältere mit gedämpfter Stimme. «Das ist vielleicht unsere letzte Gelegenheit. Aber was willst du tun?»

«Vendolindia steh' uns bei!», zischte Anêrios und zerrte seinen Gefährten am Ärmel hoch. Verwundert über seine eigene Verwegenheit sprang der Junge auf die Beine und schwang sich über den Schiffsbord hinter einem der goldenen Flügel des Galionsadlers. Die Barke lag tief im Wasser, es war nicht weit bis zur Seeoberfläche.

Als sein Leib mit einem Platschen in das vertraute Element eintauchte, umflutete Erleichterung das angespannte Herz des Fischerjungen. Das Wasser schien ihn geradezu willkommen zu heissen. Ein flüchtiger Blick zurück offenbarte Anêrios, dass Tarvo ebenfalls gesprungen war. Ob ihre Flucht bereits bemerkt wurde, vermochte er auf die Schnelle jedoch nicht einzuschätzen.

Anêrios tauchte unter und stiess sich mit kräftigen Zügen vorwärts. Nun zeigte sich, dass seine Beweglichkeit im Wasser nicht zu Unrecht bewundert wurde. Mit geradezu unheimlicher Geschwindigkeit zog er durch die Wellen davon. Tarvo fiel rasch zurück. Er war zwar ebenfalls kein ungeschickter Schwimmer, aber die aussergewöhnliche Befähigung seines Freundes erreichte er nicht. Als Anêrios bereits die Öffnung zwischen den

[20] Toga, Togen (Lat.) = Faltengewand der noblen Romanen
[21] Lure = hornähnliches Blasinstrument aus Bronze, Horn oder Holz

goldenen Adlern erreicht hatte, paddelte sein Gefährte immer noch mitten im Hafenbecken.

Ein kleines Ruderboot hatte sich vom Ufer abgestossen und hielt pfeilschnell auf Tarvo zu. Aus den Augenwinkeln gewahrte Anêrios, wie messingglänzende Gestalten der Hafenmauer entlanghuschten, um sie an der Einfahrt abzufangen.

Der Junge wusste, dass er es schaffe konnte, dem Zugriff der Verfolger rechtzeitig zu entwischen. Aber Tarvo müsste er dafür zurücklassen, sein Freund war zu langsam.

Anêrios rang mit sich. Die unerwartet aufgekeimte Hoffnung, der Gefangenschaft in Raûlium doch noch entrinnen zu können, zerbröckelte angesichts der unleugbaren Tatsache, dass er sich nun rasch zwischen seiner Freiheit und seinem Freund entscheiden musste.

Er sah, wie Tarvo verzweifelt um sein Leben strampelte. Das Ruderboot näherte sich ihm mit erschütternder Geschwindigkeit.

Da schnellte Anêrios ohne weitere Überlegungen herum. Er bewegte sich im flüssigen Element mit einer Vertrautheit, als sei er darin geboren worden. Mit der Kraft der Verzweiflung brachte er die Strecke bis zu Tarvo geschwind hinter sich.

«Vertraue dich mir an», raunte er seinem Gefährten zu, in dessen Gesichtszügen sich Ohnmacht und Verzagtheit spiegelten.

Aber da waren die Verfolger bereits heran. Anêrios erkannte, wie eine hoch aufgerichtete Gestalt im Bug des Nachens ein Netz in den Händen wog und sich anschickte, es über sie auszuwerfen.

Tarvo schrie vor Entsetzen auf.

Unvermittelt spürte Anêrios, wie er von kühlen Händen gepackt und unter Wasser gezerrt wurde. Undeutlich erkannte er eine geschmeidige Gestalt, die ihn unklammert hielt und in die lichtlose Tiefe des Seegrundes hinabzog. Noch ehe er sich nach Tarvo umsehen konnte, versank er in einem Strudel von Blasen. Er hielt die Luft an, wie er es gelernt hatte. Das Licht um ihn herum schwand immer mehr. Bald verschleierte sich sein Bewusstsein und er trieb nur mehr in einem wogenden Nebel aus blauen und grünen Schlieren.

Es war still. Anêrios fühlte sich von unsichtbaren Händen getragen. Es kam ihm vor, als schwebte er leicht dahin. Einmal lächelte ihm ein merkwürdiges Frauengesicht freundlich zu. Es war fein geschnitten und von einem Fächer silberschimmernder Haare umweht. Die Augen leuchteten daraus hervor wie Perlen. Ein Kranz heller Strahlen fingerte durch die undurchdringliche Schwärze. Vereinzelt schälten sich leuchtende Formen aus der Dunkelheit. Sie bewegten sich träge wie Rauch an einem windstillen Wintermorgen über den Schilfdächern der Fischerhütten. Seltsame melodische Stimmen drangen wie ein ferner Gesang an sein Gehör. Das Bewusstsein des Jungen schaukelte auf eine unbeständige Weise auf und ab. Er war nicht in der Lage, einen klaren Gedanken zu fassen. Einmal sah er die Umrisse eines leblos dahintreibenden Körpers neben sich. War es Tarvo?

Etwas kitzelte ihn im Gesicht. Er hörte das feine Plätschern von Wellen. Ein vertrauter Geruch stieg in seine Nase. Erschrocken fuhr der Junge auf. Was war geschehen?

Die weissen Mauern von Raûlium … die Gesichter der fremden Menschen … die goldenen Adler … die Flucht ins Wasser.

Er erkannte nichts dergleichen um sich herum. Stattdessen lag er auf einem Streifen hellen Sandes zwischen hohen Schilfhalmen, die sich raschelnd in der Seebrise wiegten. Dahinter schimmerte das dunkle Blau des Sees. Und weit weg, am gegenüberliegenden Ufer, leuchteten die Mauern der Weissen Stadt. Von den Verfolgern war nichts zu sehen.

Schlagartig wurde ihm bewusst, dass er in Sicherheit war. Er hatte den See überquert. Aber wie hatte er das schaffen können? Und wo war Tarvo?

Benommen rappelte sich der Junge auf. Seine Kleidung war durchnässt, und er fror am ganzen Leib. Es schien gegen Abend zu gehen, das Licht der untergehenden Sonne nahm bereits einen rötlichen Ton an.

Ein abruptes Husten in seiner Nähe liess Anêrios herumfahren. Tarvo lag einen Steinwurf von ihm entfernt am Strand und krümmte sich würgend. Er sah mitgenommen aus, aber allem Anschein nach war er ebenso heil wie er selbst.

Ungläubig blinzelte der Rotschopf Anêrios entgegen, als dieser sich über ihn beugte. Ein Lächeln huschte über dessen blasses Gesicht, in dem noch einige Strähnen grüner Algen klebten. Nie zuvor hatte ihm der Anblick seines Freundes grössere Freude bereitet als in diesem Moment.

«Junge, wo sind wir?», keuchte Tarvo und richtete sich auf seine Ellbogen auf. Ein Seufzer der Erleichterung entfuhr ihm hörbar, als er den letzten verdämmernden Schimmer von Raûlium auf der anderen Seeseite erkannte. Die Stadt mit ihren Wundern und Gefahren war weit weg.

«Hast du mich etwa quer über den See geschleppt?», fragte Tarvo mit einem Ausdruck bodenlosen Erstaunens.

Anêrios schüttelte nachdenklich den Kopf. «Nein», hauchte er. «Jemand hat uns geholfen. Ich habe gespürt, wie ich durch das Wasser getragen wurde. Da war eine Gestalt, eine Frau vielleicht ... und leuchtende Gebilde in der Dunkelheit. Ich weiss nicht, vielleicht eine Stadt unter den Wellen ...»

Tarvo riss die Augen auf. «Dann ist es wahr ...»

«Was meinst du?», wollte Anêrios verwundert wissen.

«Die Lindônen ... das Wasservolk.» Tarvo kam umständlich hoch und hielt Anêrios an den Armen fest. «Was die Leute im Dorf erzählen ... dass du der Sohn einer Lindôna bist.»

Ein Schauder durchfuhr den Jüngeren von Kopf bis Fuss. Anêrios fühlte, dass es nicht die Unterkühlung war, die ihn frösteln liess.

«Wer sonst könnte uns durch das Wasser gebracht haben, Êrio?», brach es aus Tarvo hervor, und er blickte ehrfürchtig auf das Wasser hinaus.

Verwirrt starrte Anêrios auf seine Hände, die immer noch zitterten. Er sah, dass die aquamarinblauen Verfärbungen seiner Nägel deutlicher hervortraten als üblich. Und die Hautlappen zwischen seinen Fingern sahen wirklich aus wie ... Schwimmhäute.

Seine Mutter? Wie war das möglich?

Oder war die Göttin Vendolindia ihnen beigestanden, weil er ihr vor dem Auslaufen Glasperlen geopfert und sie um Beistand angerufen hatte?

Das Boot, fuhr es Anêrios plötzlich durch den Kopf. *Wir haben den Weidling meines Vaters verloren.* Bestürzt sah er seinen Freund an. «Ihr

Uralten Mütter! Es war sein ganzer Stolz.»

Die Freude über ihre wundersame Errettung trübte sich durch die Erkenntnis dieses bitteren Verlustes.

Tarvo legte Anêrios seinen klatschnassen Arm um die Schulter und drehte ihn sanft gegen den See hin. Sein bebender Arm deutete durch den Schilfwald hinaus auf das Wasser. «Schau nur», hauchte er kaum hörbar.

Anêrios sah es mit eigenen Augen. Im Röhricht lag ihr Nachen. Aufgeregt sprang der Jüngling durch das seichte Wasser, dass es aufspritzte, und klammerte sich an den Bord des Weidlings, als befürchte er, seine überreizten Sinne gaukelten ihm lediglich ein Trugbild vor, welches sich jeden Moment wieder in der Abendluft auflösen konnte.

Aber er war es wirklich. Ambaros' Nachen lag unversehrt im Uferwasser. Alles war noch da. Die Ruder, die Netze, der Leinenbeutel mit all ihrer Habe. Und der Bugfortsatz mit dem schimmernden Haar der Wasserfrau.

Nachdem er sich einigermassen gefasst hatte, klaubte Anêrios das Säckchen mit den Glasperlen aus dem Gepäckstück hervor und watete ein paar Schritte in das Wasser hinaus. Sobald er den äusseren Rand des Schilfwaldes hinter sich gelassen hatte, straffte er sich und liess seine Blicke über das unergründliche dunkle Wasser schweifen, dessen Oberfläche bereits vom Schatten der einbrechenden Dämmerung überhaucht wurde. Auch das Leuchten von Raûlium war inzwischen verglommen. Nur der gleissende Funken auf der Spitze des Berges Baranbanno hoch über der Stadt glühte noch. Gleichsam ein dräuendes Auge, das argwöhnisch zu ihnen herüber spähte.

Anêrios liess eine dunkelgrüne Perle in seine Handfläche rollen und schloss seine Finger darum.

«Gütige Wassergöttin», murmelte er inbrünstig, «Gebieterin der Wellen und Hüterin der Fischschwärme. Oh Vendolindia, nährende Mutter der nachtblauen Tiefen, ich danke Dir, dass Du uns aus dieser Not errettet und uns vor der Sklaverei bewahrt hast!»

Er drückte seine Hand fest zu und spürte die warme Glätte der Perle, die scheinbar zu pulsieren begann. «Ich verspreche Dir, dass ich Dich immer ehren und Dir getreulich dienen werde.» Mit einer schwungvollen

Bewegung schleuderte er die Opfergabe in hohem Bogen auf die offene Wasserfläche hinaus.

«Und wenn meine Mutter wirklich in Deinen Armen lebt», fügte er feierlich flüsternd hinzu, «dann werde ich sie eines Tages finden.»

Als Anêrios zu Tarvo zurückkehrte, hatte er immer noch Tränen in den Augen. Die Freunde fielen sich in die Arme und hielten sich eine Weile schweigend umfangen.

Als das silberne Auge des Nachtgottes Nuithion am samtenen Himmelszelt aufging, schoben Anêrios und Tarvo ihren Weidling durch die rauschenden Schilfstengel auf den offenen See hinaus. Von einer andächtigen Stimmung erfasst ruderten sie lautlos dem endlosen Röhricht entlang, welches sich dem flachen Ufer folgend bis nach Vernausium erstreckte. Bald tauchte jene Anhöhe vor ihnen auf, welche die Hütten ihrer Sippe auf ihrem Rücken trug. Anêrios konnte sich nicht entsinnen, dass ihn der Anblick seines Heimatdorfes jemals so entzückt hatte wie an diesem Abend. Als er gemeinsam mit seinem Freund den Nachen am Fischersteg festmachte und den vertrauten Weg zum Dorf hinauf unter die durchweichten Ledersohlen nahm, schweiften seine Gedanken abermals zurück zum See und tasteten in dessen dunklen Tiefen nach einem verlorenen Geheimnis, das an diesem bedeutungsvollen Tag begonnen hatte, ihn zu locken.

IV

EINEN FREUND ZU VERLIEREN

Munter tanzen, munter springen
Lasst uns endlos weitersingen
Immer weiter kreisen, Runden drehen
Wir wollen jetzt endlich ausersehen
Wer bleibt froh und wer kann lachen
Und wer vergeht im Schlund des Drachen

Nachdem sie gemeinsam den Reim gesungen hatten, stoben die Kinder kreischend auseinander. Die einen schlüpften behände zwischen die Weidlinge am Ufer. Andere suchten Zuflucht im dichten Schilf und bei den Holzgerüsten, an denen die Netze zum Trocknen hingen. Nur zwei Jungen waren auf dem staubigen Platz stehengeblieben und machten zerknirschte Gesichter. Der eine hatte struppige Haare in der Farbe von Kupfer und ein rundes, sommersprossiges Gesicht mit zwei auffallend vorstehenden Schneidezähnen. Es war Reido, ein Sohn des Korbflechters Gobanôr – und somit Tarvos jüngerer Bruder. Er war noch klein, sicher kaum sieben Winter alt. Der andere überragte ihn beinahe um Haupteslänge und war von kräftiger Statur. Ihm war anzusehen, dass er es gewohnt war, anzupacken. Sein Gesichtsausdruck wirkte aber friedfertig und besonnen. In seinen blauen Augen schien sich das Wasser des Sees zu spiegeln an diesem ersten schönen Frühlingstag. Yôn war eines jener vierschrötigen Hirtenkinder, die nur selten von den Bergen herunterkamen, wenn sie ihre Eltern zu Tauschgeschäften in eines der Seedörfer begleiteten. Oder an eines der heiligen Feste im Rad des göttlichen Jahres.

Anêrios betrachtete die beiden ungleichen Knaben und spürte, wie ihre verdrossenen Gesichter seine Stimmung noch mehr trübten. *Es ist doch nur ein Spiel,* versuchte er sich selbst zu beruhigen. Ja es war nur ein Spiel. Aber wie konnte man einem derart grauenhaften Brauch wie der alljährlichen Drachenopferung bloss spielerisch nacheifern?

Für die Dauer einiger Augenblicke breitete sich Stille zwischen den

Fischerhütten aus. Nur das Geräusch der kleinen Wellen, die gegen die Bootsrümpfe schlugen, und das Wispern des Windes im winterdürren Schilf waren zu hören. Reido und Yôn blickten sich aufmerksam um und versuchten Spuren ihrer verschwundenen Kameraden auszumachen. Die kleine Lys, die sich hinter einer kugelig gestutzten Kopfweide verbarg, konnte sich ein Kichern nicht verkneifen und wurde von Reido sogleich mit scharfer Stimme aufgerufen.

Anêrios seufzte. Er kannte das Spiel nur zu gut. Er hatte sich jahrelang selbst daran beteiligt, wenn sich die Gelegenheit dazu bot. Das war vor allem dann gewesen, wenn die Sippen zusammenkamen, um einen der geheiligten Festtage im Jahreslauf zu begehen. So wie jetzt. Sie feierten nämlich in diesen Tagen *Albosantion*, das Fest des erwachten Jahres, zu Ehren der lieblichen Frühlingsgöttin Albenôna, der Weissen Urmutter. Nachdem man die Winterunholde in der Gestalt kunstvoll geflochtener Puppen aus Stroh und Weidenreisig rituell verbrannt hatte, huldigte man mit leichten Tänzen und frohlockenden Gesängen der lieblichen Hüterin der Saaten und der Lebenskeime. Ebenso hiess man den jungen Sonnenhelden Abêlios willkommen und jubelte ihm in rauschhafter Verzückung zu, wenn er auf der ewigen Blumenwiese des Lichtlandes *Elysion* mit seiner Gefährtin Belisâna um die Wette lief und mit ihr Kränze aus Sonnenstrahlen flocht. Bei all diesen Lobpreisungen liess man auch die gütige Wassermutter Vendolindia nicht aus, welche die Fischschwärme des Sees und der angeschwollenen Bergflüsse in ihrer Obhut hielt und den Fischern allzeit die Netze füllte. Es wurde viel gespielt und gelacht in diesen unbeschwerten Tagen, Liebesbanden wurden geknüpft und Hochzeiten verkündet. Die Priesterschaft segnete das Saatgut und besprenkelte die Kinder und die Hoftiere mit dem lebensspendenden Wasser aus dem Wunderbrunnen der strahlenden Göttin. Als Höhepunkt der Feier wurde der Lebenstrunk *Belisanto* aus dem uralten Kessel *Albodunêbron*, der Schale des Ewigen Wandels, verteilt. Alle erwachsenen Mitglieder des Stammes durften an den Hohen Festen im Jahresrad aus diesem geweihten Gefäss trinken und dadurch den flüssigen Segen der Götter in ihre Leiber hineinrinnen lassen. Der Überlieferung zufolge war dieser Wunderkessel in den längst vergangenen glanzvollen Tagen der Helvêten nach Vendolindium gekommen. Er war ein Relikt aus einem Goldenen Zeitalter der Fülle und des immerwährenden Frohsinns.

Wenn der Tag und die Nacht genau gleich lang waren in den milden Lüften des Frühlings, nahm man am See Abschied von der gestrengen Winterzeit mit ihren Entbehrungen und ihren grimmigen Launen. Das ganze Jahr hindurch war der hoffnungsvolle Glanz in den Augen der Menschen nie so stark wie an Albosantion. Wahrhaft ein Fest des Erwachens und der erstarkenden Lebensfreude.

Wenn nicht …! Anêrios verzog das Gesicht, als er fühlte, wie sein Herz sich plötzlich verkrampfte. *Wenn nicht im Geleit dieser Feier jeweils auch der Pakt erneuert würde.*

Der Pakt mit dem Drachen!

Anêrios spürte, wie ihm der blosse Gedanke daran den Atem abschnürte. Wie konnte man einerseits überschwänglich die Lebenskraft und die Güte der Götter preisen und zugleich einem derart widerwärtigen Brauch frönen? Die Paktfeier gehörte schon so lange zu den kultischen Festen im Frühling und Herbst, wie er denken konnte. Immer wenn Licht und Dunkelheit sich die Hände reichten, wenn der Tag und die Nacht genau gleich lang waren, opferte man in Vendolindium dem Drachengott Urâgus zwei junge Menschenleben.

Von einem inneren Schauder erfasst stampfte Anêrios auf, als könnte er die unheilvollen Gedanken dadurch abschütteln. Es hatte keinen Sinn, sich darüber den Kopf zu zerbrechen. So war es nun einmal Sitte bei ihnen.

Er zwang sich, seinen Blick über die blauschimmernde Fläche des Sees schweifen zu lassen. Am gegenüberliegenden Ufer umwogten feine Dunstschleier die Umrisse der Weissen Stadt, die wie ein fernes wachsames Mahnmal über die weite Wasserfläche herüber äugte. Nie mehr würde Anêrios vergessen, was er im vergangenen Herbst dort drüben erlebt hatte. Wenn er nachts alleine auf seinem Lager lag, erschien der goldene Adler bisweilen vor seinem inneren Gesicht, und in unruhigen Träumen fixierten ihn die dunklen Augen des schwarzgelockten Priesters mit dem rotgoldenen Mantel.

Energisch entwand er sich dem Bann dieser unauslöschlich in seine Seele eingebrannten Bilder und richtete seine Augen gegen Süden, dorthin, wo sich die lange Zunge des Sees zwischen den aufgetürmten Bergmassen hervorschob. Sogleich klärte sich sein Bewusstsein, als er die Krönung aller Erhabenheit in diesem Land erblickte. Die hochragenden Gestalten der schneeweissen Berge, die wie kristallene Albiônenpaläste hoch über den Tälern thronten und ihren Glanz weithin erstrahlen liessen. Sie erfüllten ihn auch nach den vielen Jahren, die er bereits hier zugebracht hatte, immer noch mit Ehrfurcht. Dieser Anblick bekräftigte in ihm die Gewissheit, dass es sich lohnte, in diesem Land zu leben, selbst wenn …

«Êrio!», rief sein Vater von den Booten herüber. «Was träumst du, Junge? Komm, wir wollen endlich ablegen.»

Der Junge atmete erleichtert auf. Die Aufforderung zur Arbeit war wie eine Erlösung. Sie erlaubte ihm, die quälenden Gedanken ziehen zu lassen und sich in eine Tätigkeit zu vertiefen, die ihm wohltuende Ablenkung verschaffte. Sein Vater wollte an diesem Nachmittag nochmals die Netze auf dem See auswerfen und einen guten Fang einbringen. Jetzt war ein guter Zeitpunkt dafür, denn Vendolindia war günstig gestimmt. Der Göttin des Sees waren so viele Opfergaben geweiht worden am gestrigen Tag, dass sie sich nun gewiss erkenntlich zeigen würde. So wie sie es immer tat, denn die Wassermutter war grosszügig und liebenswürdig zu den Mitgliedern seiner Sippe.

Während Anêrios zu seinem Vater hinüberschlenderte, beobachtete er, wie Yôn und Reido die einzelnen Kinder nach und nach aus ihren Verstecken hervorzitierten. Das Spiel würde erst enden, wenn alle gefunden und diejenige Person entlarvt wäre, welche die beiden während des Singreigens zuvor angetippt hatte. Dann würden sie fröhlich lachend eine neue Runde beginnen, solange bis sie von ihren Eltern in den Hain am See gerufen wurden, wo man auch an diesem Abend wieder das heilige Feuer entfachte.

Es war ja lediglich ein Spiel. *Munter tanzen, munter springen, lasst uns endlos weitersingen …*

Anêrios biss verdrossen die Zähne zusammen. Wenn es wirklich so einfach wäre …

«Was machst du bloss für ein Gesicht, Êrio?», fragte sein Vater Ambaros mit ernster Miene. «Hat die lichtvolle Strahlenmutter dein Gemüt nicht zu erheitern vermocht? Oder hättest du lieber mitgespielt als mir zur Hand zu gehen?»

«Ich bin aus dem Alter für dieses alberne Spiel hinaus, Vater, das weisst du doch.» Anêrios vollführte eine wegwerfende Handbewegung und warf einen abfälligen Blick zurück zu den spielenden Dorfkindern. «Ich habe meinen vierzehnten Winter durchlaufen und mache mir … Ich mache mir bloss Gedanken wegen morgen.»

Er griff an den hölzernen Rand des Weidlings, mit dem er so manches Geheimnis teilte, und stiess ihn gemeinsam mit seinem Vater über den knirschenden Kiesstrand in das Wasser. Er kannte jeden Handgriff auswendig, so oft war er schon zum Fischen ausgefahren. Als sie den grössten Teil des Nachens eingewassert hatten, hielt er inne und rollte sein Beinkleid bis weit über die Knie hoch. Dann warf er seinem abwartenden Vater einen bestätigenden Blick zu und sie wateten in das kühle Wasser, um den kunstvoll gezimmerten Bootsrumpf ganz in den See hinauszuschieben. Mit geschmeidigen Bewegungen sprangen der jüngere und der ältere Fischer schliesslich fast gleichzeitig auf. Dabei balancierten sie ihre Körperhaltung routiniert aus, so dass der Kahn kaum schwankte. Anêrios' Vater verstaute die Netze im Heck und warf seinem Sohn eines der beiden Ruder zu. Mit wenigen kräftigen Stössen bewegten sie ihr Boot zielstrebig auf die offene Wasserfläche hinaus. Rasch fiel das Ufer zurück.

Über die Schulter betrachtete der Junge die Ansammlung verstreuter Hütten, welche unter hohen Pappeln und Weiden auf der Anhöhe eines flachen Hügels über dem Seeufer lag.

Vernausium war seine Welt. Das Dorf, in welchem er geboren und aufgewachsen war. Als Sohn eines Bootsbauers, der fast täglich auf das grosse Wasser ausfuhr, um dessen Gaben zu erbitten. Sie lebten von der Gnade der gütigen Seemutter Vendolindia und waren noch kaum je von ihr enttäuscht worden. Anêrios fühlte die Entspannung, die sich augenblicklich in seinem Körper ausbreitete. Wenn er auf der weiten Seefläche dahintrieb, schien er sich gleichsam von allen bedrückenden Gedanken und Anhaftungen lösen zu können. Der frische Wind, der sein Gesicht streichelte, war wie eine Einladung, sich ganz auf die Schönheit dieses Landes zwischen Gebirge und Wasserfläche einzustimmen. Je weiter weg er vom Ufer mit seiner alltäglichen Geschäftigkeit abtrieb, desto traulicher umfing ihn eine Stimmung ruhiger Gelassenheit. Versonnen strich er mit einer Hand über die silberweisse Haarflechte der Wasserfrau, welche den Bug zierte. Er hatte immer noch nicht herausgefunden, wie er vor einem halben Jahr auf seiner Flucht aus Raûlium mit Tarvo den See auf einer Länge von fast zwei Leugen hatte überqueren können. Und wie dieses beseelte Boot von selbst nach Hause zurückgekehrt war. Seinem Vater hatte er nie von diesem turbulenten Tag und dessen wundersamen Ereignissen erzählt – zu sehr hatte er sich davor gefürchtet, das Vertrauen des gutmütigen Bootsbauers dadurch zu verspielen. Auf jeden Fall war die Verbundenheit des Jungen mit den Elementen des Sees seither noch inniger geworden – und wenn er im Vendolindon schwamm, fühlte er sich jedes Mal von einer unendlich wohlwollenden Macht getragen.

Nach einer Weile erst richtete Ambaros ein Wort an seinen in Gedanken versunkenen Sohn. Fast als hätte er in dessen Gedanken gelesen, sprach er: «Es tut gut, sich den weiten Armen Vendolindias anzuvertrauen, nicht wahr, mein Sohn?» Er versuchte dem Jüngeren ein aufmunterndes Lächeln zu schenken.

Anêrios seufzte und erwiderte die gutmütige Geste des graubärtigen Fischers mit einem flüchtigen Nicken.

«Ja, es tut gut», brummte er, «solange ich nicht auf die andere Seite des Sees hinüberschaue.» Er deutete schwermütig zum gegenüberliegenden Ufer. Es war nicht die weisse Stadt Raûlium unter der funkelnden Bergspitze des Baranbanno, die er im Auge hatte, sondern die hell gebänderte breite Flanke des Aurîgmassives, das sich weiter seeaufwärts an das schimmernde Wasser duckte. Dieser wuchtige Berg sah aus wie ein gewaltiger Felsenschild, der schräg zum Seeufer abfiel, gleichsam das titanische Dach einer urzeitlichen Riesenbehausung, das mit Föhren- und Birkenwäldern bestockt war.

Es war der dräuende Drachenberg.

«Ich habe jetzt das Alter, Vater», fügte er schwermütig hinzu. «Dieser Berg wird mich vielleicht im kommenden Herbst verschlingen. Oder im darauffolgenden Frühling. Wer weiss.» Gequält zuckte Anêrios mit den Schultern und hielt in seiner Ruderbewegung inne. Der Nachen schlingerte leicht.

Der ältere Fischer sog hörbar die Luft ein und stemmte sein Ruder in die Fluten, um das Boot wieder auf den gewünschten Kurs auszurichten. «Ich verstehe deinen Kummer, Junge», murmelte er. «Wir leben in einem von den Göttern gesegneten Land. Und wir wissen, dass dieser Segen seinen Preis hat. Aber ich glaube nicht, dass die Spinnerinnen der Schicksalsfäden dir den Weg in die Drachenhöhle zugedacht haben.» Sein Blick blieb lange an dem düsteren Berg auf der anderen Seeseite hängen. Dunstschleier verhüllten dessen Umrisse und erweckten den Anschein, als gehöre diese wuchtige Felsmasse bereits nicht mehr zu ihrer Welt.

«Vier Menschenleben fordert er jedes Jahr», erwiderte Anêrios trotzig. «Junge Menschen, deren Hoffnungen sich in Nichts auflösen, wenn das Los auf sie fällt.»

Viele seiner Altersgenossen betrachteten es als eine Ehre, ihr Leben zum Wohl des Volkes hingeben zu dürfen. Sie nahmen die furchtbare Tradition der Menschenopfer gelassen hin.

Nicht so Anêrios.

Er verachtete diesen Brauch. Er verachtete das gefrässige Ungeheuer aus dem dunklen Loch im Berg. Und er verachtete die herzlosen Priester, welche diese grausame Tradition Jahr für Jahr aufrechterhielten. *Weil Urâgus alle von uns mit seinem fürchterlichen Zorn heimsuchen wird, wenn wir ihn nicht besänftigen*, sagten sie. Alle erzitterten vor dem unersättlichen Gott im Bergschlund. Warum nur, so fragte er sich immer wieder, hatte der Centenarius noch keine Krieger ausgeschickt, um diesem Untier den Garaus zu machen? *Weil man einen Gott nicht töten kann*, würden sie alle ohnmächtig und voller Demut behaupten, *und weil es uns nicht zusteht, den Willen eines Gottes in Frage zu stellen.*

Anêrios wusste, dass sein Vater früher selbst ähnlich aufmüpfige Gedanken gehegt hatte wie er und deswegen oft genug hatte Auseinandersetzungen austragen müssen. Nach einer langen stürmischen Nacht in der Ratshalle, während der er mit dem Priester Carodrûnos und dem Dorfoberhaupt Tumbîlo lange über seine Haltung gestritten hatte, war er eines Morgens mit einem ausdruckslosen Gesicht heimgekehrt und hatte seither kein Wort mehr über seine Vorbehalte gegenüber den Jahresopfern verloren.

Anêrios hatte dem grossmäuligen Sohn des Dorfvorstehers einmal beinahe die Zähne eingeschlagen, als dieser die Frechheit gehabt hatte, zu behaupten, ein grosser Goldklumpen aus der Mine von Raûlium habe seinen Vater damals zum Schweigen gebracht. Und es sei nicht die Gunst der Wassermutter Vendolindia, welche den Bootsbauer und seine Schutzbefohlenen seither ernähre, sondern jenes Gold.

All dies ging dem jungen Fischer durch den Kopf, als er stumm neben seinem Vater im Weidling sass und zum Drachenberg hinüberstarrte.

Nach einer Weile seufzte Ambaros und legte seinem Sohn die schwielige Hand auf das Knie. «Es tut mir leid», raunte er und blickte Anêrios mit aufrichtigem Mitgefühl tief in die Augen. «Ich weiss, was Tarvo dir bedeutet.»

Endlich sprach sein Vater aus, was Anêrios seit der Orakelzeremonie vom vergangenen Mittwinterfest wie ein vertrockneter Klumpen geronnenen Blutes das Herz verstockte. Wie viele Nächte lang hatte er seinen Kummer mit stillen Tränen ertragen. Wie oft hatte er die Seemutter Vendolindia angefleht, seinen Freund zu verschonen.

Sie hatten im vergangenen Winter in der längsten Nacht des Jahres Tarvos Namensstein gezogen! Der rothaarige Gefährte aus Anêrios' Jugendtagen war einer der beiden *Erwählten*, die in diesem Frühjahr den Drachen besänftigen und das Wohlergehen des Seevolkes gewährleisten mussten. Da er nun selbst das Alter erreicht hatte, war Anêrios Zeuge gewesen, wie *die Stimmen des Unergründlichen*, die zwei zahmen Raben des Hohepriesters Verunorêgios, am Mittwinterfest *Artorîgion* das Orakel vollzogen und zwei Steine aus den Schicksalsurnen herausgepickt hatten. Einen für einen jungen Mann, einen für eine Jungfrau. Nie würde Anêrios das unsäglich verblüffte Gesicht seines sonst immerzu unverzagten

Freundes vergessen, welches dieser gemacht hatte, als der Priester verkündet hatte, dass das Los auf ihn gefallen war. Dabei war Tarvo so felsenfest davon überzeugt gewesen, dass ihn das Los unmöglich würde treffen können. Die Seherin in den Sümpfen hatte es seinem Vater doch prophezeit gehabt! Ob die Götter ihn für die Dreistigkeit bestraften, die verbotene Höhle des Gottes Urâgus im vergangenen Herbstmond betreten zu haben? Aber dann müsste das Gericht der Unsterblichen eines Tages auch Anêrios treffen, denn er war an jenem unseligen Tag gemeinsam mit Tarvo in das Heiligtum eingedrungen. Mehr noch, er war es gewesen, der das Boot seines kranken Vaters ins Spiel gebracht und die Freveltat überhaupt erst ermöglicht hatte. Wie gerne hätte er Tarvos Los geteilt und wäre mit ihm am kommenden Tag den Leidensweg gegangen. Auch wenn dieser Weg unzweifelhaft den Tod verhiess.

Seit jenem schicksalhaften Moment, in dem das Mittwinterorakel seinen unfassbaren Ratschluss verkündet hatte, war Anêrios seinem Freund kaum mehr begegnet. Als *Erwählter* hatte er zum ersten Mal aus dem heiligen Kessel *Albodunêbron* trinken dürfen. Er war danach von seinen alltäglichen Pflichten entbunden worden, um sich unter der gestrengen Aufsicht der Priester auf sein Amt vorzubereiten. Hierfür war er in das heilige Tal von Valtrimatrônas am Fuss der Drei Uralten Mütter geschickt worden, wo er sich in Gebet und Enthaltsamkeit um seine innere und äussere Reinigung kümmern musste. Die *Erwählten* wurden in der kurzen Zeit, die ihnen bis zu ihrem Opfergang verblieb, wie Heilige behandelt. Sie waren mit einer göttlichen Aufgabe zum Heil der Volksgemeinschaft betraut und liessen in diesem Zustand alles hinter sich zurück, was sie mit dem gewöhnlichen Menschsein verband. Zu Beginn der Albosantion-Feier hatte Anêrios seinen Gefährten zum ersten Mal seit Langem wieder gesehen. Und ihn kaum mehr wiedererkannt.

Aus dem leutseligen Draufgänger, den früher nichts und niemand hatte verdriessen können, war innerhalb von kaum drei Monden ein versonnener, junger Mann mit seltsam verklärtem Blick geworden. Aus demütigen Augen hatte Tarvo seinen einstmaligen Freund angeschaut und mit einem stillen Lächeln verkündet, *dass er nun seinem Volk dienen würde, indem er sich in den Rachen des Urâgus begebe. So wie die Valâda es seinem Vater verkündet habe.*

Anêrios hatte sich gefragt, was die Priester in Valtrimatrônas wohl mit dem lebensfrohen Jüngling angestellt hatten. Wie sie es zustande gebracht hatten, dessen Lebenswillen zu brechen und aus ihm ein willfähriges Opfertier zu machen.

Wie ein *Rix*[22] und eine *Rigâna*[23] aus den legendären Tagen der alten Helvêten waren Tarvo und die *erwählte* Jungfrau während der gesamten Dauer der Frühlingsfeiern geehrt und umschwärmt worden. Sie hatten stets im Zentrum der Zeremonien gestanden, sie hatten an der Seite der Priesterschaft die heiligen Handlungen vollzogen, und an den allabendlichen Gelagen war ihnen lautstark zugejubelt und zugetrunken worden. Sie waren es auch gewesen, welche allen erwachsenen Angehörigen des Stammes den Lebenstrunk *Belisanto* aus Albodunêbron, dem Kessel des Ewigen Wandels, ausgeschenkt hatten. Das war ein ehrenvoller Dienst und hob sie auf eine Stufe mit den höchsten Göttergeweihten. In blütenweissen Gewändern, mit kostbaren Spangen und Halsreifen aus Glas und Bronze geschmückt, die stolz erhobenen Häupter von Kränzen aus blühenden Schlehdornzweigen umwunden, hatten sie auf reich verzierten Holzsesseln gethront und das ganze Gehabe mit unbewegt verklärten Gesichtern über sich ergehen lassen. Die Vendolindier erwiesen den *Erwählten* überschwängliche Zuneigung und Verehrung, denn diese gingen für das Wohl ihres Volkes in den Tod und besänftigten den gierigen Blutschlinger. Solange, bis jener an Mittsommer ein neues Opfer fordern würde. Und so würde es immer weitergehen, Jahresrund für Jahresrund. Das Volk vom See warf seine jungen Leute, die ganze Hoffnung seines zukünftigen Fortbestehens, einem gefrässigen Ungeheuer dar. Und es hörte nicht auf damit.

Warum?

In der vergangenen Nacht hatte Anêrios beinahe pausenlos um seinen Freund geweint. Und seit diesem Morgen war es die bare Wut, die wie ein glühender Kloss in seinen Eingeweiden sengte. Die Wut auf sein eigenes Volk, das ohne jegliche Bedenken bereit war, seine tapferen und blühenden Söhne und Töchter einfach an den Drachen zu verfüttern.

[22] Rix (Kelt.) = König

[23] Rigâna (Kelt.) = Königin

Er hasste diese Menschen, deren Blut in seinen Adern floss, und die bereitwillig Jahr für Jahr stillschweigend taten, was niemals getan werden dürfte.

Mit flackernden Augen entgegnete Anêrios den mitfühlenden Blick seines Vaters, dessen Hand immer noch anteilnehmend auf seinem Knie ruhte. War dieser unbescholtene Mann ein feiger Schwächling? Wie alle übrigen Männer seines Stammes, die dieser Ungerechtigkeit einfach zusahen – anstatt wie die Heroen der altvorderen Zeiten den Gefahren der Unterwelt zu trotzen?

Später tauchten sie ihre Ruder in stummem Einvernehmen wieder in das Wasser und fuhren weiter hinaus zu den Fischgründen. Ein leises Gebet an die Seemutter auf den Lippen, entrollten sie die Netze und spreiteten sie mit geübten Bewegungen in das dunkle Wasser. Als die Sonne ihren letzten Lichtschleier von der Welt abzog, hockte der Drachenberg wie ein dräuendes Monstrum seeaufwärts über den Schatten. Anêrios vermeinte, die glühenden Augen der Bestie förmlich spüren zu können, die sich aus der Dunkelheit heraus grausam in seine erschütterte Seele bohrten.

V

DIE ERWÄHLTEN

Da Anêrios nun selbst dem Kreis der *Dienenden* angehörte, wurde er am kommenden Tag Teil der feierlichen Opferprozession über den See. Zusammen mit mehreren Dutzend Burschen und Mädchen aus den verschiedenen Dorfschaften an den Gestaden des Vendolindon sollte er bezeugen, wie die Gabe an den Drachen dargebracht wurde – damit er vor Augen hatte, welche Bestimmung ihm die Götter in Bälde selbst zugedenken mochten. Zwölf Männer und Frauen aus der Sippe der *erwählten* Jungfrau sowie deren zwölf aus der Verwandtschaft des *erwählten* Jungmannes bildeten das letzte Geleit der Todgeweihten.

Unter der Anleitung der Priesterschaft setzte die Gesandtschaft in mehreren grossen Nachen über den See. Trommelwirbel und Lurenklänge schallten vom Ufer auf das Wasser hinaus, als die Schiffe ablegten. Kein Weinen und Wehklagen verabschiedete den Zug. Die rituellen Gesänge, welche die Zurückgebliebenen angestimmt hatten, erwiesen den festlich geschmückten Opfergängern abermals Ehre und baten den grausamen Berggott Urâgus um gefällige Annahme des versprochenen Paktgeschenkes.

Als wolle das Land selbst das furchtbare Geschehen dieses trostlosen Tages verhüllen, trieben dichte Nebel über dem trüben Wasser des Sees. Die am Ufer versammelte Menge verschwand bald darin, und nur mehr ihre monotonen Gesänge folgten den Ziehenden eine Weile geisterhaft hinaus durch die klammen Schwaden.

Anêrios' Antrag, als dessen engster Freund auf Tarvos Boot mitfahren zu dürfen, war von der Priesterschaft stattgegeben worden. Vor Bangen und Kälte zitternd kauerte der Junge nun auf dem festlich geschmückten Nachen und betrachtete seinen Freund, der mit entrücktem Blick auf einer kleinen Empore sass, den Blick zurück gerichtet, *so dass er seiner irdischen Heimat ein letztes Mal die gebührende Reverenz erweisen konnte.* Vergeblich hatte Anêrios versucht, Augenkontakt zu seinem Gefährten aufzunehmen. Vermutlich hatten die Priester den Auserkorenen bereits vor der Abfahrt einen berauschenden Trank eingeflösst, der ihre Gedanken lähmte und ihre Sinne stumpf machte. Tränenblinzelnd prägte sich der Junge das starre Gesicht seines Freundes ein, das unter dem Schlehdornkranz auf groteske Weise feierlich und entspannt wirkte. Die fein gewobene, helle Tunika des *Erwählten* und der kostbare Schmuck an Hals, Brust und Armen gehörten wohl mit zu der Opfergabe an den Drachen.

Anêrios bemühte sich, Haltung zu bewahren und seinem Freund dadurch Ehre zu bezeugen, aber es fiel ihm schwer, die Erinnerungen und Bilder abzuschütteln, die ihn unweigerlich überkamen und Zeugnis seiner langjährigen Verbundenheit mit dem rothaarigen Sohn des Korbflechters waren. Kaum ein halbes Jahr lag es zurück, dass er mit Tarvo diesen Weg bereits einmal gegangen war, beflügelt von jugendlicher Neugier und dem ungestümen Drang nach Abenteuern. Wie hätten sie damals erahnen können, dass ihnen bald eine Wiederholung unter wesentlich schlimmeren Vorzeichen bevorstünde.

Es wird mir dereinst bestimmt sein, einen erlösenden Stein zu werfen und unserem Volk dadurch den Weg zur Freiheit zu bereiten. Ein brüderlicher Freund in tiefster Seele wird dabei mein Zeuge sein. Diese Prophezeiung der Seherin hatte Tarvo ihm damals am Höhleneingang anvertraut. Hoffnungsvoll hatten sie daraus ein kraftvolles Zeichen für ihren künftigen freundschaftlichen Weg gelesen.

Nun waren die Dinge ganz anders gekommen. Tarvos Beitrag zum Wohl seines Volkes bestand offenkundig allein darin, dass er heute dem Drachen geopfert werden sollte.

Falls nicht ein Wunder einträte.

Inbrünstig flehte Anêrios zu Vendolindia und Albenôna, zu Abêlios, Lûgos und Akârnos, zu allen Gottheiten, denen er sich verbunden fühlte, sie möchten das unbedarfte jugendliche Leben seines Freundes schonen und dem furchtbaren Urâgus seine Opfergabe entziehen. Auch für das Wohl von Tarvos Leidensgefährtin betete Anêrios, obwohl er sie nicht kannte. Es war angeblich ein Mädchen aus Berenis, die älteste Tochter eines begnadeten Figurenschnitzers. Ihr schönes Antlitz war ebenso gelöst und von stoischer Ruhe erfüllt wie dasjenige von Tarvo. *Ein weiteres junges Vendolindierleben, das sinnlos zugrunde geht.*

Unvermittelt lichtete sich der Nebelvorhang vor ihnen. Anêrios hatte insgeheim gehofft, dass sie in den dichten Schwaden das Ziel verfehlen und versehentlich in die Gewässer von Raûlium geraten würden. Die Knechtschaft in den Fängen der goldhungrigen Menschenschinder wäre ihm jetzt das denkbar erträglichere Los gewesen als der Verlust seines besten Freundes an eine Bestie aus *Anunnion*, dem Dunklen Reich der Unterwelt.

Aber als sich die Nebel unversehens verflüchtigten, tauchte direkt vor ihnen die breitstirnige Gestalt des Drachenberges Aurîg auf. Strahlend blauer Himmel umkränzte die wuchtigen Schultern des Felsmassivs. Am Fuss einer viele Turmhöhen aufragenden Felswand klaffte der Höhlenschlund wie ein gieriges Maul. Rauschende Wassermassen entströmten der schwarzen Kluft und stürzten in stiebenden Kaskaden zum See herunter.

Viel Wasser, dachte Anêrios bitter, *der Herr des Abgrunds ist zornig! Welchen Grund hat er dazu, wo er doch heute üppig fressen wird?*

Der Priester Carodrûnos, der hoch aufgerichtet im Bug ihres Nachens stand und sie auf wundersame Weise durch den Nebel gelotst hatte, hob eine bronzene Carnyx[24] mit einer drachenkopfgestaltigen Mündung an seine Lippen. Schauerlich erschallte deren dumpfes Brummen zu der hohen Fluh hinauf, welche den Gruss auf unheimliche Weise erwiderte. Mit seiner ausladenden Kopfbedeckung aus der gehörnten Schädeldecke eines Waldbüffels sah Carodrûnos selbst aus wie ein Wesen aus der Unterwelt. Vom Boot der *erwählten* Jungfrau erklang ebenfalls ein Hornstoss, welchen der dortige Priester aus dem Dorf des Mädchens abgab. Beinahe gleichzeitig legten die beiden Nachen mit den Opfergeweihten am Steg mit den geschnitzten Drachenköpfen an. Abermals dröhnten die Hörner der Götterdiener zum Berg hinauf und verscheuchten die letzten Nebelfetzen.

Nun trat der Hohepriester Vendolindiums, der greise Verunorêgios, mit den beiden zahmen Raben auf seinen Schultern auf den Steg. Zwei Priesterschüler in grünen Tuniken stützten seine gebrechliche Gestalt. Weitere Neophyten[25] positionierten eine reich verzierte kupferne Feuerschale am Rand der Plattform und legten Reisig von zwölferlei heiligen Gehölzen darein. Während der Hohepriester mit zitternden, aber immer noch geschickten Fingern das Weihefeuer entfachte, führten Carodrûnos und der Priester aus Berenis die beiden *Erwählten* herbei. Die versammelte Priesterschaft stimmte eine dreistimmige Inkantation in der heiligen Spra-

[24] Carnyx (Kelt.) = hornartig gebogene Bronzetrompete, die beim Blasen aufrecht gehalten wird
[25] Neophyten (aus dem Grch.) = Priesterschüler

che der alten Druiden[26] an, welche Anêrios nicht verstand. Die klangvollen Worte muteten an wie längst vergessene Zaubersprüche und versetzten die Anwesenden unweigerlich in einen Zustand der Versenkung. Anêrios beobachtete aus den Augenwinkeln, wie die Zeugenschaft der *Dienenden* auf der benachbarten grösseren Holzplattform Aufstellung bezogen hatte, derweil das Ehrengeleit der *Erwählten* sich im Halbkreis hinter den Opfern formierte. Niemand erhob Einwände, als sich Anêrios im Rücken seines Freundes einfand. Er wartete verzweifelt auf eine letzte Gelegenheit, um sich gebührend von Tarvo verabschieden zu können. Womöglich war der Junge allerdings bereits so berauscht, dass dieser ihn gar nicht mehr wahrnehmen konnte.

Als der beschwörende Gesang der Priester verklungen war, trat unvermutet eine neue Gestalt an das Weihefeuer. Es war offenkundig eine hochgewachsene Frau in einem bodenlangen nachtblauen Kapuzenmantel. Sie trug einen Stab aus dunklem Holz, der von kunstreichen Rankenschnitzereien umwunden war. Die hochgeklappte Kapuze verbarg ihr Gesicht, aber unschwer zu erkennen war die weisse Schlange, welche um ihren Hals hing wie ein lebendiger Schmuck. Seit Menschengedenken gab es doch keine Priesterinnen mehr in Vendolindium …

Anêrios erschauderte bei ihrem ungewohnten Anblick, und auch die Priester schienen durch das Auftreten der Frau verunsichert in ihrem Ritus zu stocken. Einer von ihnen wollte ihr in den Weg treten, doch er prallte unwillkürlich zurück, als sie den Kopf in seine Richtung hob und ihm unverwandt in die Augen blickte. Verunorêgios gebot seiner Gefolgschaft mit einem Kopfnicken Zurückhaltung. Gemessenen Schrittes trat die Frau mit dem dunkelblauen Umhang nun auf die beiden *Erwählten* zu. Obwohl sie wesentlich grösser war als Tarvo, tat dieser keinen Wank, als sich die Fremde zu ihm herabbeugte und vor ihm das Gesicht entblösste. Da Anêrios hinter seinem Freund stand, konnte er das Antlitz der Frau flüchtig erkennen. Es war von überwältigender Schönheit. Ein mondsilbernes Diadem mit einer einzelnen, blau leuchtenden Gemme auf der Stirn hielt ihr dunkles Haar zurück. Ein ehrfürchtiges Raunen erfasste die umstehenden Dörfler.

 [26] Druiden (Kelt.) = traditionelle Zauberpriester, Heiler und Gelehrte der keltischen Helvêten

«Das ist die Valâda», raunte jemand ungläubig.

Die Valâda!

Die geheimnisumwitterte Seherin aus den Sümpfen, welche Tarvo einst ein besonderes Schicksal verheissen hatte.

Sie flüsterte dem *Erwählten* etwas in sein Ohr. Dann küsste sie ihn auf die Stirn und zog ihre Kapuze wieder über den Kopf. Anschliessend wiederholte sie dieselbe Prozedur mit der jungen Frau an Tarvos Seite. Wiederum konnte Anêrios das Gesicht bestaunen, welches die zurückgeschlagene Kapuze enthüllte. Er vermeinte einen zauberischen Glanz darauf wahrzunehmen und spürte unwillkürlich ein befremdliches Kribbeln in seinem Herzen. Etwas an dieser ehrfurchtgebietenden Frau spendete ihm Trost. Ob es bloss an ihrer Erscheinung lag, an ihrem bedächtigen Gebaren – oder gar an einem Zauber, der von ihr ausging, vermochte er freilich nicht zu sagen.

Schliesslich kehrte die blaugewandete Seherin zu der Feuerschale zurück und streute einige trockene Blüten in das Feuer. Dann war sie plötzlich verschwunden.

Wie vom Erdboden verschluckt.

Verwundert blickten sich die Versammelten um. Auch die Priester wirkten irritiert durch das unerklärliche Erscheinen und Untertauchen der mysteriösen Besucherin.

Ehe sich Verwirrung ausbreiten konnte, ergriff der greise Hohepriester wieder die Führung und gebot den Leuten, sich zu formieren und alsbald in Bewegung zu setzen. Auf dem schmalen Pfad, den Anêrios bereits kannte, schritten sie gemächlich den steilen Hang hinauf und folgten dem Wildwasser, das rauschend über die Felsen schoss. Uralte verknorpelte Eiben und Eichen säumten den Steig zum Höhleneingang. Die Göttergeweihten hatten die beiden *Erwählten* in ihre Mitte genommen, so dass Anêrios wiederum keine Möglichkeit fand, auf Tarvo zuzugehen. Es hätte wohl auch reichlich Ungemach erweckt, wenn er die fest gefügte Ordnung des feierlichen Geleitzuges verlassen hätte. So stapfte er schicksalsergeben den steilen Pfad hinauf. Die rituellen Gesänge, welche nun wieder aus den Reihen der Priester erklangen, zerstreuten Anêrios' grübelnde Gedanken und versetzten ihn zusehends in einen Zustand innerer Gelassenheit. Jegliches Begehren und Bestreben schienen aus seinem Bewusstsein hinwegzuschmelzen. Bald begann seine Wahrnehmung zu verschwimmen und er vermochte die Sinnhaftigkeit dessen nicht mehr klar zu erfassen, was es hier überhaupt genau tat.

Um die Mittagszeit erreichte der Zug den grasbewachsenen Sims vor dem Höhleneingang, wo die reliefgeschmückten Steinpfeiler wie stumme Wächter im Halbkreis standen. Ein grüngewandeter Neophyt wies die Begleitgruppe aus den Dörfern an, bei den Stelen stehenzubleiben. Allein die Priester mit den beiden *Erwählten* überschritten die unsichtbare Bannlinie vor dem Felsenportal, welche die Steinsetzung andeutete. Noch immer erklangen die monotonen Gesänge und woben eine verheissungsvolle Stimmung über diese sonst so verrufene und bedrückende Opferstätte.

Eine vage Ahnung streifte Anêrios' Bewusstsein. Eigentlich hätte er Tarvo noch etwas mitteilen wollen. Aber er vermochte keinen klaren Gedanken mehr zu fassen.

Sein Freund und die Jungfrau standen nun Seite an Seite jenseits der Megalithen und hielten ihre verklärten Blicke unverwandt auf den offenen See und die dahinter liegenden Berge gerichtet. Verunorêgios forderte die versammelte Gemeinschaft auf, in den nachfolgenden Hymnus einzustimmen. Es war ein überaus feierlicher Gesang, der viele Anwesenden zu Tränen rührte. Anêrios verstand die altertümlichen Worte nur sehr undeutlich, aber es schien sich um eine Lobpreisung an das junge Paar zu handeln, welches nun zum Heil seines Volkes der Welt der Lebendigen entsagen und sich opfermütig in den Rachen des zornigen Berggottes hineinbegeben würde, um das Gemüt des Schrecklichen zu beschwichtigen und den Frieden des Landes zu sichern.

Da wurden die beiden Erwählten von den Priestern in die Mitte genommen und zum Höhleneingang geführt. Fackeln flammten auf, Ketten klirrten. Tarvo und die Tochter des Figurenschnitzers wurden an die Felswand geführt und mit den Gesichtern zum Höhlenmund angekettet.

Berauschendes Räucherwerk waberte durch die Luft. Anêrios spürte, wie sein Herz balsamweich wurde.

Trommeln schlugen. Schellen rasselten. Lurenklänge umwoben die Anwesenden.

Verunorêgios rief den Drachengott Urâgus an und bat ihn um gnädige Aufnahme des dargebrachten Opfers. Dass ihn diese beiden jungen Seelen versöhnen mögen und sein gewaltiges Herz mit friedfertiger Gewogenheit erfüllen.

Unvermittelt schallte ein durchdringendes sonores Horn aus dem Höhlenmaul heraus.

Das grosse gewundene Horn, welches Tarvo dermassen fasziniert hat, ging es Anêrios sogleich durch den Kopf. *Jetzt rufen sie den Drachen!*

Die Fackeln begannen zischend zu flackern. Die beiden Raben flatterten von den Schultern des Hohepriesters auf und zogen krächzend ihre Kreise vor dem Höhlentor.

Carodrûnos mit dem furchterregenden Büffelgehörn auf dem Kopf schritt mit den anderen Priestern und den Neophyten auf die wartende Menge vor der Steinreihe zu und rief sie zum raschen Aufbruch auf.

Die entrückte Stimmung der versammelten Leute schien auf einmal wie weggeblasen. Überstürzt wandten sie sich zum Rückweg. Eine alte Frau strauchelte. Ein Kind begann zu weinen. Einige der *Dienenden*, welche zum ersten Mal der Opferzeremonie beigewohnt hatten, fielen aus ihrer Trance und brachen in Wehklagen aus.

«Weichet zurück, Kinder Vendolindias!», erscholl die tragende Stimme des Büffelgehörnten. «Rasch, kehret zurück zu den Schiffen, ehe der zornige Gott erscheint! Zwei Opfer müssen ihm genügen für heute und für einen halben Jahreskreis.»

Anêrios spürte, wie die heraufziehende Ahnung drohenden Unheils, welche er bereits von seinem ersten Besuch kannte, die samtweichen Schwaden der rauschhaften Verzückung aus seinem Schädel drängte. Es fühlte sich an, als würden die farbigen Schleier schlagartig fortgerissen, welche sein Bewusstsein zuvor eingelullt hatten. Er trieb mit der aufgebrachten Menge den steilen Pfad hinunter. Ein Blick über die Schulter offenbarte ihm, dass ihnen Carodrûnos mit den anderen Priestern und den Neophyten folgten.

Wie eine Eingebung flammte in Anêrios plötzlich das Verlangen auf, sich jetzt nicht fortscheuchen zu lassen. Ein unbestimmtes Gefühl zog ihn zurück zum Höhleneingang. Er musste Tarvo noch einmal sehen und sich Auge in Auge von ihm verabschieden. Das war ein letzter Dienst, den er ihm im Namen ihrer Freundschaft erweisen musste! Er hoffte, dass die Götter ihm einen kurzen Augenblick gewährten, ehe der Drache erschien. Dass er sich dabei selbst einer tödlichen Gefahr aussetzen musste, hielt ihn nicht von seinem Vorhaben ab. Geistesgegenwärtig duckte er sich hinter eine dick verwachsene Eibe am Wegrand und hielt den Atem an. Niemand bemerkte ihn, die Priester und ihre Zöglinge hasteten achtlos an ihm vorbei und folgten der fliehenden Menge hinunter zu den Booten.

VI

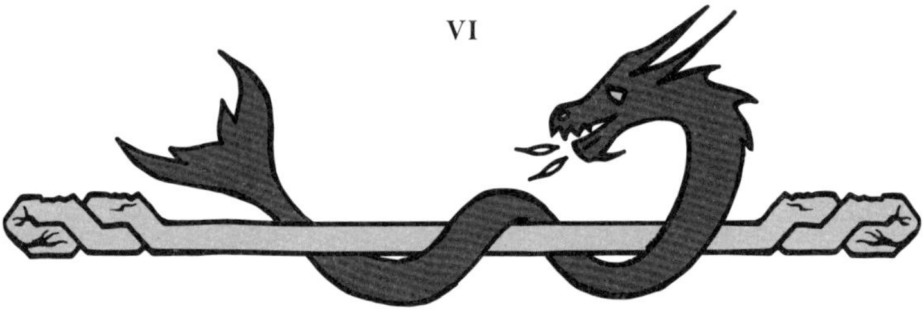

DER ZORN DES DRACHEN

Als Anêrios den Höhleneingang wieder erreichte, sah er, wie die Boote weit unten am Seeufer bereits abgelegt hatten. Alle bis auf eines, das immer noch an der Plattform mit den geschnitzten Drachenköpfen vertäut lag.

Der Junge spürte, wie sich lähmende Angst von Neuem in seiner Herzgrube einnistete und seinen Atem beengte. Die unheilvolle Bedrohung aus der finsteren Tiefe des Berges begann seine vordem klare Entschlossenheit zu umnebeln. Das Ungeheuer mochte jeden Augenblick auftauchen und sich auf seine Opfer stürzen. Ein zusätzlicher Happen würde ihm gewiss willkommen sein ...

Anêrios zwang die überwältigende Furcht in seinem Innern nieder und eilte zu jener Stelle, wo der schäumende Bach aus der Schwärze hervorsprudelte. Tarvo und die Jungfrau aus Berenis lagen in ihren weissen Gewändern an die Felswand gelehnt, als hätte der Rausch sie überwältigt. Oder schlossen sie in der Versenkung gerade ihren Frieden mit den Göttern und der Welt? Die unerschütterliche Ergebenheit, mit der sie ihres grausigen Schicksals harrten, beelendete Anêrios.

«Tarvo, mein Freund, ich bin hier», wisperte er und rüttelte an den Schultern der zusammengesunkenen Gestalt. Der rothaarige Bursche stöhnte und bemühte sich, seine Augen aufzureissen, aber seine Lider schienen zu schwer zu sein.

Vergeblich zerrte Anêrios an den massiv geschmiedeten Schliessen, welche Tarvos Handgelenke umfassten. Sie waren von kundiger Hand mit klobigen Stiften verschlossen worden, die sich ohne geeignetes Werkzeug nicht lösen liessen.

«Tarvo, ich werde immer dein Freund bleiben», flüsterte Anêrios mit tränenerstickter Stimme und betrachtete bestürzt das entspannte Gesicht seines Gefährten. «Möge Elovâna, die Göttin des Lichtlandes, dich in der anderen Welt freundlich empfangen!» Verzweiflung erschütterte die Stimme des Jungen, als dieser sich eingestehen musste, dass jegliche Möglichkeit, seinem Freund noch irgendwie zur Flucht verhelfen zu können, unweigerlich zum Scheitern verurteilt war.

«Êrio», wisperte Tarvo kaum hörbar. «Bist du es, Junge?»

Anêrios verdrängte die unsägliche Trauer, die ihm in der Kehle stockte, und beugte sich hastig über seinen Freund. «Ja, ich bin hier … die Ketten, ich kann sie nicht öffnen», bekannte er verzweifelt.

Tarvos Augenlider flatterten. Rasselnd bewegte er einen Arm. «Êrio, sei kein Narr», hauchte er. «Du musst verschwinden, schnell …» Er stöhnte und verzog gequält den Mund. «Ach, Êrio, hätte ich doch niemals aus diesem verfluchten Kessel getrunken …»

Welchen Kessel meinte er wohl? Etwa *Albodunêbron*, die Schale des Ewigen Wandels?

Als Anêrios seinen benommenen Freund genauer danach befragen wollte, liess ihn ein unvermitteltes Geräusch von oben herab zusammenzucken.

Es war ein grosser Rabe mit goldglänzenden Augen. Er sass in einer Felsennische über ihnen und äugte argwöhnisch zu ihnen herab.

Plötzlich vernahm Anêrios hallende Schritte, die aus der Dunkelheit der Höhle herausdrangen. Erschrocken sprang der Junge auf und suchte Zuflucht in jener Felsenwölbung, in der ihm Tarvo anlässlich ihres verbotenen Besuches im vergangenen Jahr das Geheimnis um die Prophezeiung der Valâda offenbart hatte.

Unvermutet war eine Stimme aus dem Innern der Höhle zu hören. Es war freilich zu dunkel, um jemanden erkennen zu können.

«Dieses verfluchte Weibsstück ist eindeutig zu weit gegangen», ereiferte sich ein Mann in brüchigem Tonfall, gefolgt von einem heiseren Husten. Anêrios erstarrte. Er war sich beinahe sicher, dass diese Stimme dem greisen Hohepriester Verunorêgios gehörte. Er hätte sie beinahe nicht erkannt, da er merkwürdigerweise in der *Lingua Romana* sprach, was er sonst nie tat. «Die *Malefica*[27] aus den Sümpfen hat heute unsere Zeremonie gestört», fauchte er ungehalten.

In der undurchdringlichen Dunkelheit meldete sich die hohe Stimme eines zweiten Mannes zu Wort. Ihr ungewohnt hoher Klang war näselnd und überheblich, dabei triefte sie vor Häme. Sie kam Anêrios ebenfalls bekannt vor. Da dieser Mann auch die *Lingua* benutzte, musste sich der heimlich Lauschende anstrengen, um die volle Bedeutung des Gesproche-

[27] Malefica (Lat.) = böse Hexe, Schwarzzauberin

nen erfassen zu können.

«Mir scheint, du fürchtest diese Frau», höhnte die zweite Stimme. «Was soll die armselige Zauberin schon bewirken können.»

«Sie ist mächtig», keuchte Verunorêgios. «Und sie steht in der Achtung des Seevolkes. Sie könnte Verwirrung stiften und unser Vorhaben gefährden.»

«Sei unbesorgt», erwiderte der Spöttische. Er sprach nun so laut, dass seine Stimme deutlich durch das Dunkel schallte. «Wir werden uns ihrer bei Bedarf annehmen. Dem Auge des Goldenen Löwen entgeht nichts. Mithras ist der wahre Herr dieser Welt. Er ist einem Lichtstrahl entsprungen, der aus einer Felsspalte fiel, als dieses Weltzeitalter anbrach. In Gestalt eines kleinen goldenen Knaben hat er den dreigehörnten Auerstier mit blossen Händen erwürgt. So hat er die Götzen der Heiden überwunden und sich selbst zum einen und einzigen Beherrscher dieses Landes gemacht. Und als er im Blut des Monstrums gebadet hat, ist aus ihm ein starker Löwe mit einer Mähne aus reinem Licht geworden. Es ist dieser Löwe, welcher die Weisse Stadt beschützt und uns das Gold aus den Eingeweiden des aufgerissenen Berges schenkt.»

Des Goldenen Löwen! Schlagartig wurde Anêrios klar, wem die zweite Stimme gehören musste. Dem rotgoldenen Priester aus Raûlium. Dem herablassenden Mann mit den dunklen Haarlocken und den stechenden Augen, dessen Schiff ihn und Tarvo letzten Herbst unweit der Weissen Stadt aufgegriffen hatte. Dieser protzige Kerl hatte einen goldenen Löwenkopf auf seinem fremdländischen Schädel zur Schau getragen. Der überhebliche Klang seiner Stimme war unverkennbar. Aber wie kam er hierher und was hatte er mit der Opferung zu schaffen?

«Der *Magos* ist ungehalten, Pontifex», liess sich nun Verunorêgios wieder vernehmen. Er sprach mit betonter Schärfe. «Er fordert, dass ihr die Mirakelsteine rasch ans Tageslicht bringt. Ich bin mir sicher, dass der Drache schläft. Ihr könnt also vorerst unbehelligt weitersuchen.»

Nun war es der Priester aus der Weissen Stadt, der verunsichert klang. «Wir bemühen uns, jeden Tag unser Bestes zu geben. Aber da unten ist sonst noch irgendetwas, was unsere Suche behindert. Dieser verwunschene

Berg ist zu tief.»

Verunorêgios kicherte spöttisch. «So weit hinunter in das Herz der Welt dringt der Glanz des goldenen Kosmokrators[28] Mithras also nicht.» Aber der Alte wurde sogleich wieder ernst. «Ja ja, ich kann dir durchaus bestätigen, dass da unten noch andere Mächte hausen als dieses Ungeheuer. Der abgründige Orcus ist verborgen vor dem Licht der Himmelsgötter. Ihr müsst sie beschwichtigen, wenn ihr die Geheimnisse der verlorenen Tiefen ergründen wollt. Da draussen hast du jedenfalls wieder zwei neue Armselige als Opfergaben. Seht zu, dass sie ihrer Bestimmung zugeführt werden, so wie es vorgesehen ist. Der Zorn des Magos wäre fürchterlich, wenn ...»

«Wer sind die beiden?», unterbrach ihn der herablassende Priester mit ruhiger Stimme.

«Der Bursche, der hier letzten Herbst herumgeschnüffelt hat», erläuterte der Hohepriester und lachte gehässig. «Und der euch anschliessend entwischt ist. Erstaunlicherweise ist das Winterlos auf ihn gefallen.»

«Und was ist mit seinem Kumpan. Du weisst, dass diese Bengel den Goldenen Adler ...»

Ein unerwartetes Rumpeln aus der Tiefe des Berges liess die Stimme abrupt verstummen. Anêrios fuhr zusammen und spürte, wie sich die Angst wieder in seine Kehle krallte. Aber wie hätte er seinen Unterschlupf jetzt verlassen können, ohne die Aufmerksamkeit der beiden Männer zu erregen? Ein quälendes Schweigen herrschte in der Höhle, und Anêrios wagte kaum zu atmen.

Da schlug der goldäugige Rabe in seiner Nähe unvermittelt mit den Flügeln und liess ein heiseres Krächzen ertönen.

Ohne Vorwarnung tauchte Verunorêgios aus der Dunkelheit auf und blinzelte in das blendende Tageslicht hinaus. Es dauerte nur wenige Herzschläge, ehe er Anêrios entdeckte, der unweit der Angeketteten in der Nische kauerte.

«Unglückseliger!», zischte der greise Hohepriester erbost und hob mit zitternder Hand seinen Stab. «Was erdreistest du dich, den Zorn des gewaltigen Urâgus herauszufordern?»

Die zweite Gestalt trat aus der Schwärze des Höhlenmundes hervor.

[28] Kosmokrator (Grch.) = Weltenschöpfer

Wie Anêrios bereits vermutet hatte, war es der geckenhafte Priester aus Raûlium. Eine Zornesfalte stand in seinem befremdlichen dunkelhäutigen Gesicht, das keine Brauen aufwies. Seine Augen glichen lodernden Fackeln.

«Mithras Sol Invictus!», knurrte er und starrte Anêrios entgeistert an. «Wenn wir schon davon sprechen. Das ist der andere der beiden Schnüffler. Decurio[29], ergreift ihn!» Wie ein Peitschenhieb zischte der Befehl über den Kopf des Jungen hinweg.

Ein zweites Mal wird er mich nicht entwischen lassen, schoss es Anêrios durch den Kopf. Bevor die aufwallende Panik ihn gänzlich lähmen konnte, stürzte er sich aus der Nische davon. Sein Blick streifte Tarvos regloses Gesicht, das immer noch benommen an der Felswand ruhte. Ihm blieb jetzt keine Zeit für weitere Abschiedsworte. Wie ein jagender Falke schoss er auf den Halbkreis der behauenen Steinsäulen zu.

Und prallte unerwartet gegen ein hartes metallisches Hindernis.

Ächzend sank Anêrios zu Boden. Ihm schwanden die Sinne.

Da wurde er schon von groben Fäusten gepackt und wieder hochgezerrt.

Mit dröhnendem Schädel erkannte der Junge den hünenhaften Schiffsführer von der goldenen Barke, der auf ihn zutrat. Eine Schar Legionäre in frisch geölten Kettenpanzern, schimmernde Messinghelme auf den bartlosen Köpfen, lange Stosslanzen und runde glänzende Schilde in den Fäusten, stand um ihn herum. Anêrios war einem von ihnen direkt in die Arme gelaufen. Der kräftige Krieger bog die Arme des Gefangenen auf den Rücken und drückte dem keuchenden Jungen unsanft sein eisengeschientes Knie in den Rücken. Anêrios schrie vor Schmerz und bäumte sich auf. Funken tanzten vor seinen Augen.

«Soll ich ihm gleich an Ort und Stelle seinen ungewaschenen Barbarenkopf abschlagen?», dröhnte die Stimme des hünenhaften Anführers, der mit einem hässlich scharrenden Geräusch seine *Spatha*, ein prunkvolles Schwert mit breiter Klinge, aus der Scheide zog.

«Warte einen Moment, Beligomâgus», wies ihn der dunkelhäutige Priester zurecht. «Er könnte uns noch von Nutzen sein.»

Die gebeugte Gestalt von Verunorêgios war inzwischen näher gehumpelt. Anêrios riss angestrengt den Kopf hoch, um dem uralten Hohepries-

[29] Decurio (Lat.) = Militärischer Führer einer Zehnerschaft im romanischen Heer

ter seines Volkes in das zerfurchte Gesicht blicken zu können. Die beiden Raben hatten sich wieder auf den Schultern des Alten niedergelassen. Einer von ihnen war der Goldäugige, welcher Anêrios' Anwesenheit unglücklicherweise verraten hatte.

Der Junge spürte kalten Stahl an seiner Kehle, als ihm der Anführer der Soldaten seine Schwertklinge an den Hals drückte.

Verzweifelt kniff Anêrios die Augen zusammen. Sollte er seinem Freund Tarvo nun auf diese Weise vorausgehen. Zumindest würden sie so in den seligen Gefilden des Lichtlandes bald wieder vereint sein.

Ungewohnt energisch erhob Verunorêgios seine Stimme.

«Töte ihn nicht!», zischte er und trat furchtlos in den Schatten des baumlangen Befehlshabers. «Lasse mich seine Hände sehen.»

Unsanft wurde Anêrios in die Höhe gerissen und seine Arme nach vorne gedreht. Der stählerne Griff um seine Handgelenke liess nicht locker.

Der Junge sah, wie Verunorêgios mit forschenden Blicken seine vorgestreckten Hände betrachtete. «Schau selbst, was wir da haben, Pontifex», raunte der Hohepriester dem Rotgoldenen zu.

Der Angesprochene trat widerstrebend herbei und musterte mit abfälligen Blicken die zitternden Hände des wimmernden Jungen.

«Das ist etwas Besonderes», lächelte Verunorêgios. «Siehst du die Färbung der Nägel und die Häute zwischen den Fingern?»

Amontrâkius warf dem Hohepriester einen fragenden Blick zu.

Der Greis kicherte hemmungslos. «Die Sirêna, die ihr in eurer Gewalt habt, Amontrâkius, sie ...»

Der Hohepriester wurde abrupt in seiner Rede unterbrochen und taumelte zu Boden, als ein Donnerkrachen den Berg erschütterte. Der Fels erbebte unter den Füssen der Männer. Die Raben flatterten entrüstet von Verunorêgios' ausgemergelten Schultern auf. Auch der Priester aus Raûlium konnte sich nur mit Mühe auf den Beinen halten.

Verängstigt blickten die Soldaten zum Höhleneingang. Ihr Anführer weitete entsetzt die Augen. «Mars Catûrix! Was ist das!», keuchte der vierschrötige Hüne bestürzt. Jegliche Farbe war aus seinem bulligen Gesicht gewichen.

Anêrios spürte, wie sich der Griff um seine Handgelenke lockerte.

Amontrâkius schien als erster die Fassung wiederzuerlangen. «Decurio!», brüllte er zum Anführer seiner Männer. «Sofortigen Rückzug anordnen! Nehmt den Tattergreis mit. Lasst den Jungen als Opfer hier.»

Die Überheblichkeit im Gesicht des raûlianischen Priesters war einem Ausdruck ungläubiger Furcht gewichen. «Dieser erbärmliche Heidenpriester hat behauptet, das Ungeheuer schlafe», stiess er fassungslos hervor, während er sein üppiges Gewand hochschürzte und überstürzt den Fusspfad hinunterhastete.

Zwei Soldaten nahmen den Hohepriester der Vendolindier eilig in ihre Mitte und schleiften ihn regelrecht mit sich fort. Der alte Verunorêgios verdrehte seinen aschfahlen Hals und suchte mit seinen hervorquellenden Augen den Höhleneingang. «Urâgus!», keuchte er gequält. «Mächtiger Hüter von Anunnion, nimm dieses Opfer gnädig an und verschone deine demütigen Diener.»

Anêrios wurde achtlos zu Boden gestossen. Die Krieger hatten es plötzlich eilig, von hier wegzukommen. In ungeordneter Formation folgten sie dem Priester, der von ihrem Befehlshaber gedeckt wurde. Zwei Legionäre sicherten mit vorgereckten Lanzen und erhobenen Schilden den überstürzten Rückzug der davonstrauchelnden Kolonne. Ein erneuter Donnerschlag fuhr aus dem Felsen und beschleunigte die Flucht der Männer. Steine prasselten von der Höhe der Fluh herab.

Anêrios versuchte, einen klaren Kopf zu bewahren. Erst als dicht neben ihm ein kopfgrosser Steinbrocken aufschlug, realisierte er, dass er noch immer in höchster Lebensgefahr schwebte. Er kroch hinter die nächste Steinstele und kauerte sich nieder. Freilich bezweifelte er, ob ihm dieser Unterschlupf genügend Deckung bieten würde. Als er einen Blick auf den Höhleneingang warf, sah er, dass schwarzer Qualm in trägen Schwaden aus dem dunklen Loch quoll und die Sicht verschleierte. Ein ohrenbetäubendes Brüllen wie von einem gewaltigen, nie zuvor gehörten Tier zerriss die Luft und drückte Anêrios geradezu in den Felsen hinein.

«Gütige Mutter Vendolindia, steh' mir bei», winselte der Jüngling und drängte sich schutzsuchend an die Felssäule. Die darin eingeschnittenen

Tiergesichter schienen ihn gleichgültig anzustarren.

Tarvo!, fuhr es Anêrios durch den Kopf. *Er ist immer noch da drin.*

Verzweifelt huschten die Blicke des Jungen zurück zu der breiten schwarzen Kluft im Felsen, die durch den dichten Rauch kaum mehr zu erkennen war. Etwas Mächtiges bewegte sich in den russigen Schwaden. Eine grosse dunkle Masse. Anêrios bohrte seine Blicke angestrengt durch den Qualm. Er glaubte, einen riesigen schlangengleichen Leib zu erkennen, der sich aus dem Höhlenloch herauswälzte.

Der Drache war gekommen!

Noch einmal liess das Ungeheuer sein zorniges Brüllen erschallen. Der felsige Untergrund erbebte. Eine atemberaubende Hitze schlug Anêrios entgegen, und er duckte sich reflexartig tiefer in sein Versteck. Todesangst erfasste ihn und drohte seine Besinnung in einen finsteren Abgrund hinabzuziehen. Nur einen Gedanken vermochte er in diesen erstickenden Wirbeln noch zu halten*: Ich muss hier schleunigst weg!*

Mit einem Ruck sprang der Sohn des Bootsbauers Ambaros aus Vernausium hinter dem Steinpfeiler hervor und taumelte hangabwärts. Der beissende Rauch trieb ihm Tränen in die Augen und vernebelte seine Sicht. *Hinunter zum See!*, schrien seine Instinkte. *Hinein in das Wasser!*

Ohne zu sehen, wohin er seine Füsse setzte, strauchelte er den steilen Hang hinunter. Sein Herz raste. Er vermeinte bereits den glühenden Atem der Bestie in seinem Nacken zu spüren. So manches hatte er bereits über die Geissel Vendolindiums gehört. Aber die Gegenwart des Drachen war weitaus entsetzlicher als alle vernommenen Geschichten zusammen. Nichts, aber auch gar nichts, vermochte die Panik zu beschreiben, welche Anêrios' Gedanken zu ersticken drohte. Ihm war klar, dass nur das Wasser des Sees ihn jetzt noch retten konnte.

Wie eine Sturmböe fegte ein neuerliches Brüllen über ihn hinweg. Selbst die uralten Eichen und Eiben schienen sich unter dem entsetzlichen Getöse ächzend zu beugen. Unvermittelt verlor Anêrios den Halt unter den Füssen. Im letzten Augenblick griff er in die stacheligen Zweige eines Wacholderstrauches und verbiss den Schmerz, der sich in seine empfindliche Handfläche grub. Seine Beine zappelten in der Leere.

Die Flühe!

Dem Jungen wurde bewusst, dass der Pfad zum Höhleneingang stellenweise in die senkrecht zum See abfallenden Felswände gehauen war. Er konnte nicht einfach kopflos durch dieses gefährliche Gelände rennen!

Sich in den Felsen das Genick zu brechen, war allerdings immer noch besser, als von diesem fürchterlichen Scheusal zerfleischt zu werden.

Ein Funke Lebenswille glomm indes noch in seinem jugendlichen Herzen. Anêrios klammerte sich mit beiden Händen an den kratzigen Busch und suchte mit den Füssen verzweifelt eine Kante im Felsen, welche sicheren Halt versprach.

Die Rauchfetzen gegen den See hin verwehten. Weit unten war ein grosser Nachen zu erkennen, welcher hastig in das offene Wasser hinausgerudert wurde. Anêrios vernahm das dumpfe Schallen einer Carnyx vom Boot herauf, welches wie eine lächerliche Erwiderung auf das tobende Gebrüll des Drachen erklang.

Plötzlich drang ein mächtiges Rauschen durch die schwarzen Schwaden. Anêrios verschlug es abermals den Atem. Ein riesiger geflügelter Schatten glitt über ihn hinweg und schoss auf den See hinaus.

Unter den baumelnden Beinen des Jungen fiel die Felswand turmhoch gegen die Wasserfläche hinab. Da unten erwartete ihn der rettende See. Aber einen Sturz würde er nicht überleben. Das Wasser war am Ufer zu wenig tief und von zerborstenen Felsen durchsetzt.

Vergeblich scharrten Anêrios' lederne Bundschuhe über den Felsen. Sie fanden keinen geeigneten Halt. Seine Hände brannten. Warmes Blut rann seinen Armen entlang.

Der Drache war fort. Der Rauch verzog sich. Beklemmende Stille senkte sich über das Höhlenmaul.

Aber Anêrios' Kräfte schwanden. Er begann zu zittern. Sein krampfhafter Griff wurde schwächer. Es konnte nicht mehr lange dauern, dann würde er loslassen.

Er schloss die Augen und dachte daran, was sein Vater immer wieder gesagt hatte. *Wenn dereinst unser letzter Atemzug in den Himmel aufsteigt, dann sinkt unsere Seele in die Arme der Seemutter hinab.*

Vergeblich suchte er Trost in diesen Worten. Vendolindia hätte an diesem Tag bereits mehrfach Gelegenheit gehabt, ihn zu sich zu holen. Aber warum nur trieb sie dieses grausame Spiel mit ihm?

Und was hatte der Hohepriester mit seinen Worten gemeint, ehe der Zorn des Berges ausgebrochen war? Warum hatten seine entstellten Hände den alten Verunorêgios dermassen erstaunt?

Plötzlich spürte Anêrios, wie etwas nach ebendiesen Händen griff und seine zerschundenen Unterarme umfasste. Mit kräftigem Schwung wurde er in die Höhe gezogen. Der Junge hob seine tränenverschmierten Augen und blickte in ein fremdartiges Gesicht.

Dieses knorrige kleine Gesicht wurde von einem struppigen, eisgrauen Bart umrahmt, der aussah wie Tannenflechten. Die Haut war wettergegerbt und borkig. Dunkle Augen blickten ernsthaft unter buschigen Brauen hervor. Auf dem zerzausten Haarschopf sass eine grob gewobene, braune Kappe.

Das Gesicht gehörte einer kleinwüchsigen, gedrungenen Gestalt, welche den bebenden Jungen mit behänder Kraft über die gähnende Fluhkante hochgehievt hatte. Eine brummende Stimme drang beruhigend an Anêrios' Ohr, dann schwappte der schwarze Rauch von allen Seiten wieder über das Gesichtsfeld des Jungen herein.

Mit einem Seufzen entspannte sich sein erschöpfter Körper, als er endlich das Bewusstsein verlor.

VII

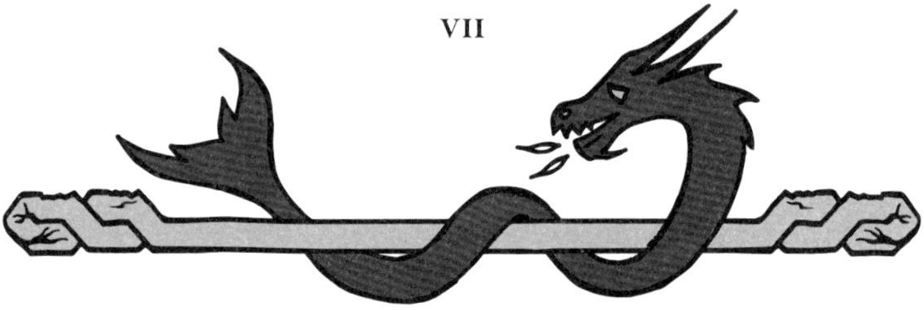

EIN STECKEN VOLLER LAUB

Ein tiefes an- und abschwellendes Brummen hallte in Anêrios' Kopf wider. Es klang beinahe wie ein fremdartiger Gesang, der tief aus dem Innern der Erde aufstieg. Ganz anders als die verzückenden Lieder der Priester, welche das Denken zum Stillstand brachten und einen rauschhaften Zustand erzeugten. Dieses monotone Summen schien vielmehr die Wogen der bewegten Seele zu glätten und eine durchdringende Ruhe hervorzurufen.

Stark und unerschütterlich wie die Grundfesten des Berges.

Als Anêrios später wieder zu sich kam, glaubte er sich an bärtige Gesichter zu erinnern. Knorrig und verwachsen wie altes Wurzelholz. Knollenförmige Nasen und struppige Brauen, welche sich über tiefliegenden Augen wölbten. Augen wie funkelnde Rauchquarze und Amethyste. Sie hatten ihm etwas zu trinken eingeflösst. Etwas, das erdig und bitter schmeckte, zugleich herb und würzig wie gut gedörrtes Bergheu. Der Geruch nach feuchtem Stein hing noch eine Weile in seiner Nase. Und vor dem inneren Auge verblassten allmählich die Bilder von tanzenden Lichtern in der Dunkelheit, ein Reigen von flimmernden Punkten, der sich im schwerfälligen Rhythmus des gleichtönigen Brummens gemächlich zu bewegen schien. Er hatte ein hoch gewölbtes Portal gesehen, aus dem dunklen Felsen gewachsen, mit Bildnissen überzogen, die an die Tiergesichter und Dämonenfratzen auf den Steinstelen vor der Drachenhöhle gemahnten. Als die schweren Torflügel aufgeglitten waren, war ein überwältigender Lichtschein herausgefallen, ein blendendes Leuchten, welches das melodiöse Murmeln förmlich aufgesogen hatte …

Anêrios blinzelte. Helles Licht verscheuchte die schemenhaften Bilder, die noch unter seinen Augenlidern nisteten. Das schmetternde Frühlingslied eines Buchfinken verdrängte die dumpfen Basstöne, welche in seinen Knochen nachvibrierten. Aus einer anderen Richtung drang das geschwätzige Plaudern von Wasserwellen heran, welche massige Felsen umschmeichelten. Ein lauer Luftzug kitzelte die Nase des liegenden Jungen und trug eine Vielzahl von vertrauten Gerüchen heran, welche vom Seeufer erzählten, vom Fischfang und von den noch unbelaubten Wäldern des erwachten Frühjahres.

Anêrios zuckte hoch, als er gewahrte, dass sein seltsamer Traum von ihm abgefallen war. Er lag zwischen den Wurzeln eines grossmächtigen Ahornbaumes, dessen knospenübersäte Äste über seinem Kopf ein verworrenes Geflecht vor dem wolkenlosen Himmel zeichneten. Ein Polster aus trockenem Moos und dürrem Farnkraut bettete ihn ganz annehmlich. Der Buchfink keckerte ärgerlich und flog davon, als der Junge sich stöhnend aufrichtete und verwundert um sich schaute.

Der uralte Baum, unter dem er sich wiedergefunden hatte, wurzelte zwischen mächtigen Felsbrocken, die am Ufer des Sees verstreut lagen. Nicht weit dahinter stieg eine zerklüftete Felswand zu den waldgesäumten Flanken des Berges auf. Es war der Drachenberg, zu dessen Füssen er lag, aber der Anlegesteg und der Steig zum Höhleneingang waren nirgends zu sehen.

Der Drache. Der rotgoldene Priester. Die Soldaten aus Raûlium. Die Flucht durch den schwarzen Rauch.

Schlag auf Schlag erlangte Anêrios sein Gedächtnis wieder. Die friedfertigen Bilder aus der Tiefe seines Traumbewusstseins wichen den Erinnerungsfetzen an seinen dramatisch missglückten Versuch, Tarvo zu befreien.

Nun war er selbst bereits zum zweiten Mal auf wundersame Weise vor einer übermächtigen Gefahr errettet worden. Diesmal nicht durch die geheimnisvollen Wasserwesen, welche ihn unbeschadet durch den Vendolindon geleitet hatten, sondern durch kleinwüchsige, bärtige Gestalten, deren beruhigende, murmelnde Stimmen er nie mehr würde vergessen können.

Die Dverîgen! Das Kleine Volk!

Hatten die mürrischen Halblinge ihn etwa vor dem Absturz bewahrt? Jene dienstbaren Geschöpfe der gutmütigen Erdmutter Elovâna, welche über die Schätze im Berginnern wachten und den Quellwassern ihren Weg aus dem verborgenen Schoss der Göttin wiesen. Hatten *sie* ihn durch den Berg getragen?

Anêrios' forschende Blicke wanderten über die Felswand, die über ihm aufragte. Aber er entdeckte das lichterhelle Portal nirgends, das noch frisch in seinem Gedächtnis strahlte.

Der See lag ruhig da und spiegelte den hochgewölbten Frühlingshimmel, über den eine Schar heimkehrender Wildgänse in keilförmiger Formation dahinzog. Die grossen Vögel hielten anscheinend auf die nahen Sümpfe zu, die durch wehende Dunstschleier hindurch am anderen Seeufer undeutlich zu erkennen waren.

Dahinter ragten die ewigen unverrückbaren Berghäupter von Albenônas Garten auf. Verträumt und friedlich breitete sich die vertraute Landschaft Vendolindiums vor Anêrios' Augen aus. Der drohende Schatten des Drachen war nirgends zu erkennen.

Umständlich erhob sich der Junge auf die Beine und streckte sich. Ob das Ungeheuer inzwischen zu seinen Opfern zurückgekehrt war? Anêrios hoffte inbrünstig, dass Tarvos Ende rasch und schmerzlos gewesen war. Und dass der Freund inzwischen von jeglichen irdischen Nöten erlöst in den seligen Gefilden der anderen Welt wandelte.

Stimmengewirr drang unvermittelt über das Wasser heran. Unverkennbarer Rauchgeruch lag in der Luft.

Anêrios' Herz krampfte sich unwillkürlich zusammen. Er duckte sich hinter den breiten Ahornstamm.

Aber da war kein Schrecken weit und breit. Eine Viertelleuge seeaufwärts standen einige Hütten an einem Bachlauf, der aus einem tief eingeschnittenen bewaldeten Graben vom Berghang herunterrauschte und sich vielfach verzweigt in den Vendolindon ergoss. Das musste Sudûbnum sein, die einzige Dorfschaft des Seevolkes, welche so nahe am Drachenberg siedelte.

Wenn er nicht die trügerischen Schwarzaugensümpfe durchqueren wollte, konnte sich Anêrios hier nach einem hilfsbereiten Fischer umschauen, der ihn über den See setzen würde. Auf der alten Romanenstrasse würde er dann binnen eines halben Tages dem Südufer entlang nach Vernausium zurückwandern können. Aber der Tag war bereits fortgeschritten, der Sonnenwagen würde seine tägliche Reise bald hinter dem markanten Felsenkegel des Berges Andûrios abschliessen.

Bestimmt liesse sich im Dorf eine Bleibe für die Nacht finden.

Vorsichtig schritt Anêrios auf die Hütten zu. Unter den durchhängenden Schilfdächern sprangen dunkel verwitterte Firstbalken hervor, die in geschnitzte, bunt bemalte Drachenfiguren ausliefen. Der Lehmverputz der Langhäuser war von einer russigen Schicht überzogen, als hätte der allgegenwärtige Qualm des Drachenberges ihn eingeschwärzt. Über den Türstürzen aus knorpeligen Holzbalken prangten grinsende Tierschädel, Kräuterbuschen und eingeritzte Runen zur Abwehr von bösen Mächten. Anêrios erinnerte sich, was man den Leuten von Sudûbnum nachsagte. Sie seien verschlossen und argwöhnisch, die Nähe zum gefährlichen Berg habe ihre Seelen stumpf gemacht und ihre Augen trüb. Er würde sich etwas einfallen lassen müssen, um die verstockten Herzen dieser Leute für eine Gefälligkeit erweichen zu können.

Auf dem kleinen Dorfplatz zwischen den Langhäusern hatte sich eine kleine Menschenmenge versammelt. Die Stimmen, die Anêrios zuvor gehört hatte, schienen von hier zu stammen. Etliche Fischer und Hirten standen mit ihren Weibern und Kindern unter der ausladenden Linde, welche die Mitte des Dorfes überschattete. Auf dem gemauerten Rand des Sodbrunnens sass ein Mann in einer erdbraunen Tunika aus grob gewobenem Leinen, die um die Hüfte mit einem langen Strick gegürtet war. Gegen die nasskühle Witterung des Frühjahres hatte er zusätzlich einen Umhang aus ockerfarbenem Wolltuch über die breiten Schultern geworfen. Er hielt einen Stock aus Ebereschenholz in der einen Hand. Die andere vollführte weitschweifende Gebärden und unterstrich dadurch auf lebhafte Weise die Erzählungen, welche der Mann anscheinend im Begriff war, den Dorfbewohnern vorzutragen. Im Gegensatz zu den mürrischen Mienen der versammelten Zuhörer strahlte das Gesicht des Erzählers eine unbekümmerte Heiterkeit aus. Die himmelblauen Augen versprühten Lebendigkeit und Frohsinn. Das schulterlange, dunkelblond gewellte Haupthaar und der kurze Bart waren sorgfältig gestutzt. Anêrios schätzte, dass dieser Fremde nicht viel älter als zwanzig Winter sein konnte. Ein geschnürtes Bündel, welches zu seinen Füssen lag, verriet, dass er sich wohl auf Wanderschaft befand. Wie es die hiesigen Priester zu tun pflegten, trug er keine Schuhe, denn die kräftigen Füsse waren nackt, die dunklen Sohlen von lederartiger Hornhaut überzogen.

Als Anêrios zu den Lauschenden unter die Linde trat, sprach der Reisende gerade über den Drachen. Obwohl er landesfremd sein musste, sprach er die Zunge der Vendolindier leidlich mit einem eigenartig singenden Akzent.

«Das Wichtigste ist, dass ihr eure Furcht überwindet», erklärte er den Dörflern mit einem ermutigenden Lächeln auf seinen jugendlichen Zügen. «Dieser Drache mag euch heimsuchen, eure Kinder, euer Vieh und eure Habe bedrohen, aber er ist gleichwohl nicht euer ärgster Feind. Die Angst, die eure Seelen vergiftet, der Hass, der eure Herzen lähmt, sind weitaus gefährlichere Widersacher.»

«Diese Bestie frisst unsere Kinder», begehrte eine hagere Frau auf, die von hohem Alter gekrümmt war. «Jedes Jahr müssen wir ihr zwei Jungmannen und zwei Jungfrauen in den Schlund werfen, damit sie uns in Ruhe lässt.»

Die umstehenden Männer und Frauen murmelten bestätigend und nickten. Einige kleine Kinder begannen zu weinen und suchten Zuflucht unter den Gewändern ihrer Mütter.

Der Erzähler umfasste seinen Stock mit beiden Händen und schmiegte seine Wange an das glatt geschabte Holz. Er beugte sich zu den Leuten vor und schenkte ihnen ein liebevolles Lächeln. «Das ist fürwahr ein grausamer Brauch, der schwer auf euren Seelen lastet. Aber sagt mir, ihr Menschen vom See, deren Freiheitsliebe weithin gerühmt wird, warum lasst ihr euch dazu verleiten, euer junges Blut diesem Dämonen aus der Tiefe auszuliefern?»

«Weil Urâgus uns sonst alle verschlingen würde. Jeden Mann. Jede Frau, jedes Kind der Vendolindier würden ihm zum Opfer fallen, wenn unsere Priester ihn nicht besänftigten», erklärte eine junge Frau, die schützend die Arme um ihre wimmernden Kinder gelegt hatte.

«Die Götter haben sich von uns abgewandt», klagte ein Greis mit schütterem langem Silberhaar und eingefallenen Augen. «Die Sklaven des Procurators wühlen schon viel zu lange in den Eingeweiden des Baranbanoberges. Urâgus ist erzürnt über diesen Frevel.»

Ein stämmiger Fischer mit prächtigem schwarzem Vollbart schwenkte drohend die Faust. «Und nicht nur das, Arîmus, diese elenden Goldgräber unterdrücken das Wasservolk. Sie halten eine edle Lindôna in ihrer Stadt gefangen. Deshalb trifft der Zorn der Wassermutter Vendolindia nun alle Menschen am See.»

«Es ist nicht recht», setzte der silberhaarige Greis hinzu. «Raûlium erzürnt die Götter unseres Landes. Und wir zahlen den Preis für sein schändliches Treiben. Leider sind die alten Tage dahin. Als Avolûdorix noch König der Helvêten war, hätte er keinen solchen Frevel vor den Göttern geduldet. Er hätte alle freien Männer um seine Trommel versammelt und die protzigen Paläste dieser Menschenschinder niedergerissen.»

«Das wohl, das wohl», riefen nun etliche Stimmen beipflichtend und zornige Fäuste wurden geschüttelt.

«Haltet ein, ihr Narren», fiel eine ältere Frau mit fleckigem Kopftuch ein. «Raûlium steht unter dem Schutz des Imperiums. Keine Macht in diesem Land vermag sich dagegen zu erheben. Selbst unsere älteren Götter scheuen den Glanz des göttlichen Augustus.»

«Das Imperium des Goldenen Adlers ist längst nicht mehr», schnarrte der Alte verbittert. «Der letzte Augustus wurde durch seine eigenen Föderaten gestürzt, die Legionen haben unser Land vor vielen Jahren verlassen. Raûlium ist nur ein letzter spärlicher Abglanz dieses zerrütteten Reiches. Heutzutage regen sich neue Mächte. König Godemâr liegt im Feld gegen die Farancier. Nördlich der Rinôna drängen die Alamânier. Aber wo sind unsere unbeugsamen Krieger der Altvorderenzeit? Hätten wir in Vendolindium noch Männer, müsste der Procurator in seiner sauber geschleckten Marmorhalle vor Furcht erzittern.»

Eine zierliche junge Frau legte dem aufgebrachten Greis versöhnlich ihre feine Hand auf den Arm. «Friede, Onkel Arîmus, ich verstehe deinen Zorn. Aber siehe, Avolûdorix und seine Heroen sind längst im Land des Ewigen Leuchtens eingekehrt und trinken aus Elovânas Kessel der nie versiegenden Freuden. Die Zeiten haben sich gewandelt. Wir sind ein friedliebendes Volk. Wir ehren die Wassermutter Vendolindia und ihre Kinder, die auf dem Seegrund hausen. Lasst uns hören, was dieser Fremde vorschlägt. Vielleicht bringt er uns Hoffnung in diesen dunklen Zeiten der Not.»

Murrend schüttelte Arîmus den Kopf und kratzte sich an seinem dünnen Bauch. Das aufgeregte Stimmengewirr verstummte allmählich und aller Augen richteten sich wieder auf den Barfüssigen mit dem freundlichen Gesicht, der sich immer noch an seinen Wanderstock lehnte. Anêrios hatte in den glimmenden Augensternen des Fremden etwas entdeckt, das ihn sehr berührte. Aus diesem Blick strahlten ihm eine Offenheit und eine erfrischende Lebensfreude entgegen, wie sie in Vendolindium kaum mehr anzutreffen waren. Er liess sich in der Nähe des jungen Mannes unter der alten Linde nieder und hoffte, aus der Nähe mehr über diesen reisenden Erzähler erfahren zu können.

«Wenn ihr die nagende Furcht in euren Herzen bezwingt, wird der Schrecken aus dem Berg seine Macht über euch verlieren», verkündete der Fremde und blickte begütigend über die versammelte Menge. «Jeder Mensch unter dem Licht der Sonne hat Anteil an Gottes unerschöpflicher Liebe. Sie ist wie ein überfliessendes Gefäss, an dem wir uns immerzu stärken und erlaben können. Die Kraft dieser Liebe ist so stark, dass kein Unhold ihr standzuhalten vermag. Sie ist wie eine leuchtende Fackel, die Licht in die dunkelsten Winkel des Weltenkreises trägt.»

Anêrios sah, wie die Worte des Mannes mit den strahlenden Augen hier und dort ein Lächeln auf die düsteren Gesichter lockten. Verängstigte Kinder wagten sich wieder unter dem Rockzipfel ihrer Mütter hervor und setzten sich ruhig hin.

Der Erzähler schien die gebündelte Aufmerksamkeit der Leute von Sudûbnum auf dem Lindenplatz zu spüren. Er seufzte tief und nahm den Faden seiner Rede erneut auf.

«Im Land der Eburônen und der Karnûten, viele Tagesreisen westlich von hier, hauste einst eine gewaltige feuerspeiende Schlange in einem Felsenloch am Fluss Lirôna. Wer könnte das bittere Los der geplagten Menschen, welche unter der Heimsuchung durch diese Bestie unsäglich litten, besser nachvollziehen als ihr? Nicht Mensch noch Tier waren sicher vor den Nachstellungen durch das grauenvolle Ungeheuer. Da erschien einst ein Mann von vornehmer Abkunft im Castellum von Vindocînum, welches in der Nähe der Drachenhöhle stand, und bat den Landpfleger, ihm eine Stätte in der Wildnis zuzuweisen, wo er seine Tage in stillem Gebet und Enthaltsamkeit zubringen könne. Er möge sich in der Wüstenei des bösartigen Wurmes eine Einsiedelei herrichten, wurde ihm von dem Verwalter beschieden. Ihr müsst wissen, dieser fromme Wanderer hatte aller seiner Reichtümer und Privilegien entsagt, um sich ganz dem Dienst an den Gott der einen und wahren Liebe zu verschreiben. Dem Fährmann, der ihn über die Lirôna setzte, vermachte er seine letzte Münze. So erreichte er nur mit seinem leuchtenden Herzen und seinem Wanderstab versehen die Wildnis jenseits des Flusses, wo die Bestie ihr verheerendes Unwesen trieb. Dieser Mann war zweifellos ein Heiliger im Geiste Christi. Nicht weil er die alten Heiligtümer der Einheimischen schändete und deren überlieferte Gottheiten verhöhnte, sondern weil er in der aufrichtigen Liebe zu jeglicher lebendiger Kreatur wandelte.

Als er der brandschwarzen Spur des Drachen zu dessen rauchender Behausung folgte, zwängte sich das Scheusal bald aus der Felsenkluft hervor und entblösste die giftgeschwollene Zunge in seinem dräuenden Rachen. Der Mann Gottes stellte sich unerschütterlich vor das tobende Ungetüm, seinen Stab hoch erhoben, die Augen unerschütterlich auf sein Gegenüber gerichtet. Nichts als reine Gottesliebe strömte aus dem offenen Herzen dieses bedingungslos aufrichtigen Mannes. Selbst den feindseligen Drachen mit seinen Krallen und Zähnen, mit seinem Feueratem und dem zuckenden Schweif ehrte er mit seiner Achtung und Zuwendung. Entwaffnet durch solche Wahrhaftigkeit sank der Wurm vor dem Heiligen zu Boden und verhauchte jegliche Bösartigkeit auf der Stelle. Zurück blieb eine wunderschöne Jungfrau in einem Strahlenkleid aus reinem Liebeslicht. Sie wurde die Heilige Alêsia genannt und verlebte fortan an der Seite des Eremiten ihre Tage in der nun leeren und wohnlichen Höhle, welche zuvor dem Drachen als Heimstatt gedient hatte. Derjenige, der die Bestie durch sein reines liebendes Sein von der Bosheit erlöst hatte, erhielt fortan den Namen Beâtus und er lebte noch viele Jahre segensreich im Lande Kallium.»

In gebanntem Schweigen sassen die Bewohner von Sudûbnum unter der frisch knospenden Krone des grossen Lindenbaumes im Herzen ihres Dorfes. Ein feierlicher Zauber hatte sich über ihre Versammlung gespreitet. Jeglicher Schrecken schien von ihnen abgefallen zu sein. Als der Erzähler im rotbraunen Mantel lächelte, spiegelte sich das Licht der untergehenden Sonne in seinen klaren Augen. «Und deshalb sage ich euch, Menschen von Vendolindium, sucht in euren Herzen nach dem Kelch der Liebe. Trinkt reichlich daraus und schwemmt den Gram und den Hass der alten Tage hinfort. So wie der Winter jetzt den erneuernden Kräften des Frühlings weicht, so soll der Hader in euch der strahlenden Kraft der Liebe Platz machen. Tragt diese Liebe in den Berg, der euer Dorf beschirmt.» Er deutete mit ausgestrecktem Arm auf den Drachenberg im Hintergrund. «Schenkt diesem Berg und seinen tiefen Schlünden eure ganze reine und unverbrüchliche Liebe. So wahr ich hier vor euch stehe, so wahr dieses ehrwürdige Holz bald frisches Laub austreiben wird, so wahr wird jegliche Bedrohung aus diesem Gebirge rasch hinfortweichen.»

Die letzten Strahlen der versinkenden Sonne liessen das gelöste Gesicht des Fremden in einem warmen, weichen Licht aufleuchten.

Die Dorfbewohner hielten den Atem an, als sich plötzlich überall zarte Knospen aus dem dürren Stecken des Wanderers auswölbten. Anêrios sah mit eigenen Augen, wie sich daraus frische Blätter entrollten und den gesamten Stab alsbald in ein grünes raschelndes Kleid einhüllten. Ausrufe des Erstaunens vermischten sich mit erleichterten Seufzerlauten. Die vordersten Zuhörer tasteten ungläubig nach dem wundersamen Laub, das ihren verschütteten Hoffnungen unerwartet einen frischen Lebenshauch verlieh.

«Nenne uns deinen Namen, Fremder», hauchte die zierliche Frau, welche den energischen Arîmus zuvor beschwichtigt hatte.

Der Fremde lehnte den belaubten Stab gegen seine Schulter und nickte. «Mein Name ist Beodân», erklärte er. «Ich stamme aus Hibernia und bin zu euch gewandert, um den Winterfrost aus euren leidenden Herzen zu vertreiben und euch die Liebe Gottes zu offenbaren.»

Männer und Frauen drängten zu Beodân, um ihm ihre Dankbarkeit zu bezeugen.

Unerwartet vernahm Anêrios eine unbekannte Stimme, die über den Dorfplatz drang. Es war ein spröder dumpfer Klang, der so unangenehm in die feierliche Stimmung schnitt wie ein schadhaftes, rostiges Messer in ein frisches, dampfendes Brot.

«Dann erkläre uns doch, Beodân von Hibernia», salbaderte die heisere Stimme, «warum dein Gott selbst sich der Boshaftigkeit dieser Welt geopfert hat.»

Erschrocken wichen die traulich zusammengeströmten Menschen wieder auseinander, als wären sie allesamt verstörte Kinder, die überraschend dabei ertappt worden waren, wie sie eine Unartigkeit begingen.

Eine hochgewachsene Gestalt schlurfte unter die Linde. Es war ein alter Mann in einem langen Priestergewand. Er trug den Schädel eines Wildebers auf dem Kopf, dessen borstiges Fell ihm wie ein Überwurf über Schultern und Rücken fiel. Die knorrige Faust des Alten umklammerte einen merkwürdig gedrillten Stab, der über und über mit eingefärbten Symbolen und Schnitzereien überzogen war. Die Dorfbewohner rückten vor dieser Erscheinung ehrfürchtig zur Seite und senkten die Blicke, einige ältere Leute fielen ungelenk auf die Knie. Nur die junge Frau an Beodâns Seite hatte plötzlich ein trotziges Funkeln in den Augen.

Der Alte mit dem Keilerkopf stellte sich vor den jungen Erzähler, der immer noch auf dem Brunnenrad sass, und fixierte diesen mit seinen dunklen Augen.

«Ich bin Creviocarnos und versehe in diesem Dorf seit vielen Jahren den Dienst an den Alten Göttern», schnarrte er mit schleppender Stimme und streckte seine dürren Finger aus, um den belaubten Stecken des jungen Erzählers flüchtig zu berühren. «Du bist eloquent und verstehst dich etwas auf die Magie der Vegetationsflüsse. Bemerkenswert für einen Jüngling in deinem Alter. Freilich möchte ich von dir wissen, warum du unseren Opferkult in Zweifel ziehst und zugleich einem Gott huldigst, der sich selbst dahingegeben hat, um Erlösung zu bewirken. War es nicht dieses sakrale Selbstopfer des Christos am Kreuz, welches die Menschen einer leidgeplagten Welt ihrer Sünden entäussert und ihnen Versöhnung mit dem göttlichen Licht verheissen hat?»

Beodân erwiderte den prüfenden Blick des düsteren Alten mit einem ruhigen Lächeln. «Es war ein Opfer der Liebe, ehrwürdiger Creviocarnos, dargebracht in der Gewissheit, dass nur die eine und wahrhaftige Liebe in Gott den Menschen erlösen kann. Ihr aber haltet die Menschen hier in ihrer Angst gefangen und nötigt ihnen ihr Blut ab ...», er stockte einen Moment, ohne seine Augen jedoch von dem Alten abzuwenden, «... um dadurch eure eigene Macht zu festigen.»

Wie ein unerwarteter Windstoss fuhr ein erschrockenes Raunen durch die versammelten Menschen. Einige Frauen nahmen ihre Kinder an die Hand und verliessen hastig den Dorfplatz. Anêrios hielt den Atem an, als er die Anspannung gewahrte, welche sich unter der Linde aufbaute wie die Ladung eines dräuenden Sommergewitters.

Creviocarnos liess ein leises kratzendes Lachen hören. «Du bist fremd in diesem Land, Beodân», fügte er in verdächtig freundlichem Tonfall hinzu. «Und du bist jung. Aber was weisst du schon von unseren alten Pakten mit den Unsterblichen, welche die Menschen verpflichten, ihren Teil zum Gedeihen dieses Landes zu leisten? Der drachengestaltige Berggott Urâgus wurde vor beinahe zwanzig Jahren aus seinem Äonenschlaf gerissen, weil närrische Weltverbesserer wie du in ihrer unsäglichen Gier nach Schätzen in den schwarzen Orcus tief im Berginnern eindrangen, welcher von alters her sein Heiligtum ist. Seither zürnt er den Vendolindiern und fordert von ihnen, dass sie ihm ihre Reue und ihre Ehrerbietung durch ein wiederkehrendes Blutopfer erweisen. So wie Christos sein Blut vergoss, um den leidenden Menschen im Land der Morgensonne Erlösung zu verschaffen, so opfern wir das Blut der Unseren, um den erbosten Urâgus zu versöhnen. *Er* ist das Feuer, welches unter den Grundfesten dieses Berges lodert. *Sein* ist die Kraft, welche das Leben in diesem Gau schützend umhüllt. Würden wir den Drachen nicht regelmässig besänftigen, dann würdest du deine Schritte nicht unbehelligt über diesen Grund lenken können. Und niemand von uns vermöchte dieses Land zu bewohnen. Eine einzige lebensfeindliche Wüstenei erstreckte sich unter dem schimmernden Dreihaupt der Uralten Mütter.»

Beinahe tonlos hatte der alte Priester gesprochen. Er wies mit seinem ausgestreckten Stab zu den himmelstürmenden Schneebergen, deren erhabene Gipfel im letzten Abendlicht rosenrot glühten.

«Aber der Drache schläft, Vater. Wie soll er uns bedrohen?», wagte sich die junge zierliche Frau einzumischen. Ihre Stimme schwankte unsicher, als sie sich der Autorität des Priesters entgegenstellte.

Creviocarnos wandte sein furchteinflössendes Wildeberhaupt der Frau zu und liess die ganze Macht seiner flammenden Augen auf ihr feines verletzliches Gesicht fallen. Seine Stimme klang hingegen eher heiter, als er sie ansprach.

«Amalissa, Tochter meines Blutes, vielleicht bist du diejenige, die schläft. Hast du den Drachen heute Nachmittag nicht gesehen? Den schwarzen Rauch, der aus der Höhle aufstieg? Hast du das furchterregende Brüllen des zornigen Gottes nicht gehört?»

Er wandte sich langsam zu der Menge um, die sich bangend in seinem Rücken drängte.

«Ihr alle habt den zornigen Gott heute erlebt. Er hat sein Opfer erhalten, ich selbst war zugegen. Nur den beiden Erwählten, die zu ihm gegangen sind, haben wir es zu verdanken, dass sein Unmut uns nicht alle getroffen hat.»

Seine Stimme schwoll unvermutet an wie ein aufkommender Wintersturm über dem See. «Aber Uragûs rast vor Wut. Irgendetwas hat ihn verstimmt. Wir müssen herausfinden, was es ist, und den zornigen Gott beschwichtigen. Sonst wird dieses Jahr uns alle masslos leiden sehen.»

Er wies mit seinem Stab drohend über die Schilfdächer der Hütten hinweg zu den nahen Sümpfen, deren Schilfsäume immer noch von Nebelschlieren umwallt waren. «Ich vermute, es war einmal mehr das Werk dieser Malefica aus den Sümpfen, die vor den Toren eurer Hütten noch immer unbehelligt ihren verderbten Künsten frönt. Ihre Einmischung in den alten Ritus der heutigen Paktfeier war zweifellos ein unverzeihlicher Frevel. Wir sollten die armselige Hütte dieses verwirrten Weibes niederbrennen und die Götterfrevlerin aus unserem Land vertreiben.»

Unvermutet schnell drehte sich der keilerköpfige Priester wieder zu Beodân herum, welcher immer noch ungerührt beim Brunnen sass. «Und du, edelmütiger Thaumaturg[30] mit den feinen Worten», zischte er mit unverhohlener Verachtung, «magst weiterhin mit der trunkenen Begeiste-

[30] Thaumaturg (Grch.) = Wundertäter

rung deiner törichten Jugend von einem Gott der Liebe psalmodieren, nur zu. Aber hüte dich davor, den Menschen meines Stammes die Augen vor jener Kraft zu verschliessen, welche sie am Leben erhält. Du weisst nichts von den Mächten, welche unter den Wurzeln dieses Landes wirken. Nichts!»

Creviocarnos ballte seine knochige Faust und liess die Finger in einer abrupten Geste gegen Beodâns laubumkränzten Stock auseinanderschnellen. Als hätte ein bösartiger fauliger Odem den Wunderstab gestreift, krümmten sich die schön entfalteten Ebereschenblätter jäh zusammen, verdorrten und fielen raschelnd zu Boden.

Mit entsetzten Blicken und unfähig, sich zu rühren, beobachteten die Bewohner von Sudûbnum, wie ihr Priester nach dieser unmissverständlichen Demonstration seiner Macht mit langsamen, schlurfenden Schritten den Platz wieder verliess, ohne sich noch einmal umzublicken.

Schweigend zerstreute sich die Volksmenge in der kühlen Dämmerung, die Menschen kehrten in ihre Hütten zurück, um sich an den Feuergruben zu wärmen und ihr Eigen mit den altüberlieferten Schutzzeichen vor dem allgegenwärtigen Unheil des Drachenberges zu bewahren. Beodân sass lange noch am Brunnen und unterhielt sich leise flüsternd mit Amalissa. Die zartgliedrige, junge Frau war die Einzige, die sich nach dem Einschreiten des Dorfpriesters nicht von dem fremden Wanderer mit den freundlichen Augen abgewandt hatte.

Abgesehen von Anêrios, der immer noch unter der Linde kauerte und die überstürzten Ereignisse des allmählich verklingenden Tages in seinen Gedanken nachhallen liess. Unverwandt hielt der Junge seinen Blick auf den Drachenberg gerichtet, dessen dunkle reglose Masse sich wie eine stumme Warnung über dem zuckenden Feuerschein auftürmte, der hier und dort aus den geduckten Hütten fiel.

VIII

DER WUNDERSAME MANTEL

Amalissa war die jüngste Tochter des Dorfpriesters Creviocarnos, aber weil sie dessen kompromisslose Ansichten nicht teilte, musste sie bei ihrem Onkel Arîmus leben, der seine aus Weidenruten geflochtene und mit hellem Lehm verputzte Hütte am Rand der Sümpfe hatte. Arîmus war ein verhärmter und verbitterter Mann, welcher der ruhmreichen Vergangenheit seines Volkes nachtrauerte und in den Priestern trotz ihrer herrschaftlichen Machenschaften die einzige rechtmässige Verbindung zur alten Tradition zu erkennen vermeinte. Da er alle seine Kinder an den Drachen und an den Krieg verloren hatte, hatte er Amalissa in seine Obhut genommen, wenngleich diese vor seinem priesterlichen Bruder in Ungnade gefallen war.

Als seine Nichte nach Einbruch der Dunkelheit mit dem Wanderprediger Beodân und mit dem Jüngling aus Vernausium in das Innere seiner Hütte trat, warf Arîmus den Fremden zwar missbilligende Blicke zu, erhob aber keine Einwände gegen deren Gastung. Die zierliche Ziehtochter des griesgrämigen Kauzes machte sich sogleich an der Herdstatt zu schaffen, derweil sich die Gäste bereitwillig um die Versorgung der Ziegen und Schweine kümmerten.

Dem begnadeten Erzähler mit den klaren, blauen Augen war der andächtige Junge unter dem Baum sofort aufgefallen und er hatte diesen aufgefordert, mit ihnen zu gehen, als Amalissa ein Nachtquartier in der Hütte ihres Onkels angeboten hatte.

«Ich danke dir für deine Gastfreundschaft, Arîmus», sagte Beodân zu dem mürrischen Hausherrn, der seine Besucher auch während des Essens keines Blickes würdigte. «Kannst du mir sagen, wie ich am einfachsten auf die andere Seeseite hinüberkomme? Ich möchte morgen die Dörfer dort drüben aufsuchen.»

Arîmus stocherte lustlos in seinem Eintopf aus Gerstenbrei, Bohnen und Fisch herum. Wenn er einen Löffel voll in seinen schmalen Mund geschoben hatte, kaute er langsam und geräuschvoll. Die Frage des jungen Mannes im rostroten Umhang schien er geflissentlich zu überhören.

«Onkel, willst du ihn nicht mit deinem Weidling übersetzen?», versuchte Amalissa zu vermitteln. «Das ist beileibe sicherer als der beschwerliche und gefährliche Weg durch die Sümpfe. Anêrios hier muss auch hinüber, sein Vater ist der Bootsbauer Ambaros aus Vernausium.»

Zum ersten Mal seit ihrer Ankunft hob Arîmus den Kopf und musterte den Jungen aufmerksam. Sein Gesichtsausdruck verriet, dass ihm Ambaros' Name geläufig war. Anêrios entging nicht, dass der Alte einen verstohlenen Blick auf seine Hände warf. Die merkwürdige Blaufärbung seiner Fingernägel schien überall Aufmerksamkeit zu erregen. Für ihn selbst waren diese Merkmale freilich nichts Ungewöhnliches.

«Dein Vater ist ein guter Handwerker», brummte Arîmus nach einer Weile. «Er baut die besten Nachen in Vendolindium. Hat es im Blut.» Schmatzend leerte er seinen Napf und wischte sich mit dem Ärmel über den silbersträhnigen Schnauzbart. «Deine Sippe steht dem Wasservolk nahe. Also was brauchst du einen Weidling, um überzusetzen? Du bist gewiss schneller, wenn du schwimmst.»

Amalissa beugte sich empört zu ihrem verdrossenen Onkel hinüber. «Das Wasser des Sees ist jetzt noch viel zu kalt. Und du hast doch gehört, dass Beodân auch auf die andere Seite hinüber möchte.»

Arîmus schüttelte murrend den Kopf. «Kind, ich will damit nichts zu schaffen haben. Dein Vater würde mich verfluchen. Kein Fischer in Sudûbnum wird diesem Mann sein Boot anbieten, nach dem, was heute unter der Linde vorgefallen ist.»

Er besann sich einen Augenblick, ehe er fortfuhr. «Es ist gefährlich genug, dass ich ihn unter meinem Dach beherberge. Morgen muss er weiter. Von mir aus soll er den Knüppelweg durch die Sümpfe nehmen. Der Junge kann auch im Frühjahr schwimmen. Er hat das Blut der Lindônen in seinen Adern. Schau dir seine Hände an.»

Amalissa betrachtete verwirrt Anêrios' Hände und legte die Stirn in Falten. «Du weisst, dass Ylûra noch nicht besänftigt ist. Sie wird den Sumpfpfad nicht freigeben. Es ist jetzt sehr gefährlich, da hinein zu gehen», klärte sie ihren Onkel auf. «Lasse mich morgen deinen Weidling führen, ich bringe ihn sicher wieder zurück.»

Arîmus' Gesicht wurde weiss vor Zorn. «Was fällt dir ein, meinen Entscheid in Frage zu stellen, Mädchen! Willst du einen Graben zwischen mich und deinen Vater treiben? Mein Weidling ist dafür da, dass ich damit meine Leute ernähren kann. Ich werde ihn nicht für Fremde aufs Spiel setzen. Dies ist mein letztes Wort!» Bebend vor Erregung fuhr der alte Mann auf und warf Beodân einen feindseligen Blick zu. «Meinetwegen schlaft heute Nacht im Stall, wenn meiner Ziehtochter so viel an euch liegt, aber macht, dass ihr bei Anbruch des Tages fortkommt, wenn ihr euch Ärger ersparen wollt.»

Der junge Mann mit den blauen Augen erhob sich und deutete vor dem Alten eine Verneigung an. «Friede in dein Haus, ehrwürdiger Arîmus. Möge Gott dich und die deinen in seinen barmherzigen Händen wiegen.»

Er zupfte Anêrios am Ärmel und deutete zur Tür, die in den Stall hinüberführte. Amalissa schenkte ihnen ein gequältes Lächeln und schickte sich hernach an, das Nachtlager ihres aufgebrachten Onkels herzurichten.

Anêrios verstand nicht, warum der liebenswürdige, junge Mann mit dem sanften Wesen und den herzhaft strahlenden Augen dermassen den Unmut der Dorfbewohner auf sich zog. Dass die göttergeweihten Priester in den Seedörfern der Vendolindier so viel Macht besassen und ungefragt darüber urteilen konnten, wer in diesem Land willkommen war und wer nicht, stimmte ihn nachdenklich.

«Mache dir deswegen keinen Kummer», tröstete ihn Beodân und zog seinen ockerfarbenen Mantel über sie beide. Auf einem Haufen aus dürrem Schilf und Binsen hatten sie sich einigermassen behaglich neben dem Ziegenpferch eingerichtet. «Ich bin es gewohnt, dass mir viele Menschen mit Argwohn begegnen. Nach langen Jahren des Umbruchs, der Entbehrungen und der Unsicherheit sind ihre Herzen rau und verstockt geworden. Ich versuche den Leuten nahezubringen, dass ein jedes fühlendes Wesen die Quelle der göttlichen Liebe in sich trägt. Dafür mögen mich eure Priester nicht, denn sie haben sich daran gewöhnt, alleine den Willen der Götter zu vertreten und das Volk dadurch an sich binden zu können.»

Anêrios hatte die Macht der Priester noch nie in Frage gestellt, aber nach allem, was er in jüngster Zeit erlebt hatte, empfand er einen zunehmenden Widerwillen gegen das herrschaftliche Gebaren der Göttergeweihten. Seit die Vendolindier keinen eigenen Fürsten mehr hatten, fällte die Priesterschaft alle wichtigen Entscheidungen der Stammesgemeinschaft.

«Meinst du … meinst du, unsere Priester verkünden gar nicht die Gebote der Götter, sondern missbrauchen ihr hohes Ansehen bloss zu ihrem eigenen Vorteil?», fragte er den besonnenen Mann neben sich. Dies war für den Jungen freilich eine erschütternde Vorstellung.

Beodân räusperte sich. «Gewiss gibt es auch unter euren Göttergeweihten aufrichtige und gutmütige Menschen. Ich will dir nur sagen: Sobald einer von ihnen seinen eigenen Willen über deine persönlichen Empfindungen und Gefühle stellt, sobald er dir vorschreiben will, was in dein Herz gehört und was nicht, überschreitet er die Grenze dessen, was ihm eigentlich zusteht. Kein Mensch darf über das Empfinden und die Gefühle anderer bestimmen.»

«Aber wenn Jôl der Fürst der Götter ist, dann verkörpern seine Priester doch natürlicherweise das Gesetz und die Befehlsgewalt, und sie vertreten seinen Willen, oder etwa nicht?», fragte Anêrios unsicher. «Oder glaubst du vielleicht, dass unsere Götter gar nicht existieren?» Der Junge fühlte, wie das feste Gefüge all dessen, woran er bisher geglaubt hatte, zu schwanken begann. Obwohl er auf der Streu ausgestreckt lag, wurde ihm nachgerade schwindlig. Vermutlich war es gefährlich, solche Gedanken weiter zu verfolgen.

Beodân seufzte und fuhr dem Jüngeren mit der Hand durch den ungezähmten Haarschopf. Es war eine sehr vertraute Geste, und Anêrios empfand sie nicht als unangenehm.

«Ich halte die Alten Götter in hoher Achtung», erklärte der Mann mit der fremdartig singenden Sprechweise, und seine Augen begannen in der Dunkelheit zu leuchten. «Das kannst du mir glauben. Ich bin in Hibernia aufgewachsen, auf der Insel Eriû, dort verehrt das Volk die alten Gottheiten genauso wie hier, wenn auch unter anderen Namen. Sie sind ehrwürdige Mächte des Landes und stehen in uralter Verbindung mit den Menschen, die darin leben. Und genauso mit den Tieren, Kräutern, Bäumen, Flüssen und Gebirgen.»

«Und mit den Lindônen, den Dverîgen, den Kelimônen, den Albiônen und Sylvânen, den Wesenheiten des Sees, der Wälder und der Berge», ergänzte Anêrios rasch und stellte erfreut fest, dass er den Ausführungen seines neuen Gefährten durchaus zu folgen vermochte.

«Und mit den Genien der Elemente. Und selbst mit den Drachen!», schloss Beodân. «Die Götter sind machtvolle Schöpfungsprinzipien. Aber ihre Existenz wird von einer höheren Quelle genährt. Von der einen und einzigen Kraft, die hinter allen Erscheinungen der Welt wirkt und webt. Von der Liebe.» Er hielt inne und schaute forschend in die Seelentiefe hinter Anêrios' Augen. «Der Gott, dem ich diene, ist die reine Liebe, mein Freund. Diese Liebe ist so stark, dass der Christos in ihrem Dienst sein Leben für unsere notleidende Welt hingegeben hat.»

Anêrios sog hörbar die Luft ein. «Und was ist mit Urâgus? Wie kann hinter einem Gott, der Menschenopfer fordert, die ewige Kraft der Liebe wirken?»

«Ich will dir sagen, was ich glaube, Anêrios: Urâgus ist nicht, wofür ihn die Priester ausgeben. Vielleicht ...», Beodân hob zweifelnd die Augenbrauen, «... vielleicht ist er lediglich ein Trugbild – dazu ersonnen, Angst in die Herzen der Menschen zu säen und dadurch Gewalt über ihre Gedanken und über ihre Gefühle zu erlangen. Vielleicht existiert dieser dämonische Gott nur in den Reden eurer Priester, Anêrios.»

«Aber ich habe ihn gesehen», widersprach der Junge energisch, «heute ist er leibhaftig aus der Höhle gekrochen. Die Leute von Sudûbnum waren ebenfalls Zeuge.»

«Den Drachen gewiss», pflichtete Beodân bei. «Dass in diesem Berg da drüben ein Drache haust, bezweifle ich nicht. Ein ungetümes Relikt aus uralten Tagen, Ausgeburt einer unergründlichen Laune der Schöpfung. Aber wer möchte dahinter vorbehaltlos eine göttliche Wesenheit vermuten? Erinnere dich der Geschichte von Beâtus, die ich heute im Dorf erzählt habe. Die bedingungslose Liebe des Heiligen hat die zarte Seele der Kreatur aus ihrer monströsen Hülle befreit, so dass alles Ungeheuerliche verging und nur die lichte Jungfrau zurückblieb. Ich glaube fest daran, dass dieses furchterregende Untier ein sterbliches Wesen ist. Und dass irgendwo in seinem Herzen ein Funken Liebe haust.»

«Wie kann in diesem Monstrum Liebe hausen?», widersprach Anêrios entsetzt. «Der Drache hat heute meinen Freund Tarvo verschlungen. Er war eines der beiden Frühlingsopfer. Ich habe versucht, ihm zu helfen, deshalb bin ich nach dem Abschluss der Prozession nochmals zum Höhleneingang zurückgekehrt. Sie hatten ihn betäubt und angekettet. Aber ich konnte nichts mehr für ihn tun. Oh, gütige Mutter Vendolindia! Bei aller Liebe, die mir innewohnt. Tarvo war mein bester Freund! Ich liebte ihn inniger als einen Bruder. Aber was ich nicht verstehe, da waren überall Soldaten aus Raûlium. Und dieser goldene Priester … ich konnte nichts mehr für Tarvo tun …» Die Erinnerung daran krampfte Anêrios' Herz zusammen, und er kämpfte vergeblich gegen die Tränen.

Beodân strich dem Jungen tröstend über die Wangen. «Dein Freund ist in Gottes wohlwollender Hand schützend geborgen. Gott kümmert sich wie ein liebender Vater um jede Seele, welche diese Welt verlässt. Was sagt dir dein Herz, Anêrios, wo wähnst du Tarvo jetzt?»

Anêrios blinzelte die Tränen aus seinen Augen und lächelte. «Tarvo trägt nun gewiss ein Gewand aus Lichterglanz und wandelt in den leuchtenden Gefilden von Elysion. Dort, wo unsere Toten einkehren, nachdem sie aus ihren Leibern entflogen sind. Er befindet sich in der Obhut der milden Göttin Elovâna.»

«Das ist die Kraft, von der ich spreche, Anêrios. Deine Liebe für Tarvo lässt ihn ewig in deinem Herzen weiterleben. Eine wahrhaftige Verbindung zwischen zwei Seelen ist stärker als Leben und Sterben.»

Beodân runzelte nachdenklich die Stirn. «Aber dieser raûlianische Priester und seine Soldaten, was hatten sie wohl an der Opferzeremonie bei der Drachenhöhle zu schaffen? Das dünkt mich wahrlich seltsam.»

«Der goldene Priester mit den schwarzen Haarlocken war überrascht, als das Ungeheuer plötzlich auftauchte. Sie hatten geglaubt, der Drache schlafe. Er hat mit unserem Hohepriester Verunorêgios über merkwürdige Steine gesprochen, die irgendwo in der Tiefe der Unterwelt liegen sollen … Mirakelsteine hat er sie genannt, oder so ähnlich, glaube ich. Und einen gewissen Magos hat er erwähnt. Seltsam, alle diese verwirrenden Dinge …» Anêrios schloss erschöpft die Augen, dieser Tag war wahrhaft zu viel für ihn gewesen.

«Ja, du sagst es, wirklich seltsam», bestätigte Beodân leise und atmete langsam aus. «Aber das sind viele verworrene Stränge. Lass uns nun schlafen und uns von aller Sorge entschlagen. Der Morgen ist bisweilen weiser als der Abend. Ruhe dich aus, mein junger Freund. Möge Gottes Hand dich in Frieden wiegen.» Er zog den roten Umhang über den Jungen und drehte sich auf den Rücken.

Anêrios war so erschöpft, dass er sogleich in einen tiefen Schlaf fiel. Demnach merkte er nicht mehr, wie sein unvermutet aufgetauchter Gefährte aus dem Norden noch lange wach lag und seine eigenen Gedanken um all die verwirrenden Einblicke kreisen liess, die er an diesem Tag in die dunklen Geheimnisse des Landes Vendolindium erhalten hatte. Er bekam auch nichts davon mit, wie Amalissa spät in der Nacht im Licht einer Öllampe zur äusseren Stalltür trat und ein Kräuterbündel an den Türsturz hängte. Erst am Morgen, als Beodân ihn sanft weckte, nahm der junge Vendolindier die getrockneten Pflanzen wahr. Er erkannte in ihnen die Blume *Samolus*, welche die Druiden angeblich bereits in Vorzeiten für Segnungen und die Pflege des Seelenheils verwendet hatten. Ihre junge Gastgeberin mühte sich wirklich hingebungsvoll um ihr Wohlbefinden. Sie war zweifellos ein herzensgutes Geschöpf. Genau wie der freundliche fremde Mann aus Hibernia, der sich seiner angenommen hatte. Und solche Menschen waren leider etwas Rares geworden in diesem Land.

Vor Einsetzen der Morgendämmerung stahl sich Amalissa erneut in den Stall und überreichte den beiden jungen Männern einen Brotfladen und ein Stück Hartkäse als Wegzehrung. Beodân und Anêrios waren bereits dabei, ihre Habe zu packen.

«Ihr dürft nicht den Knüppelweg durch die Schwarzaugensümpfe nehmen», raunte die zierliche Frau sorgenvoll. «Ylûra hat ihr Frühlingsopfer noch nicht erhalten. Sie wird euch in ein Sumpfloch herabziehen.»

«Wer ist Ylûra?», fragte Beodân in vorsichtigem Flüsterton.

Amalissa senkte ihre Stimme noch mehr. «Die vielarmige Ersäuferin. Sie wacht über das Sumpfland zwischen den beiden Seen. Die Menschen der umliegenden Dorfschaften müssen ihr zur Zeit der Schneeschmelze jedes Jahr ein Opfer darbringen, damit sie den Knüppelpfad durch ihr verwunschenes Reich freigibt. Ihr Gemahl ist der jähzornige Berggeist Hardûr, der in diesem langgezogenen Bergrücken dort drüben lauert und jeden Sommer ein Menschenleben fordert.»

«In eurem Land scheint es von grausamen Dämonen nur so zu wimmeln, die allesamt nach Opferblut lechzen», bemerkte der junge Mann betroffen.

Amalissa griff nach seinem Arm und sah ihn eindringlich an. «Ihr müsst dem Fuss des Drachenberges nach Nordosten folgen und die Limâva überqueren, sobald die letzten Ausläufer der Sümpfe hinter euch liegen. Wendet euch dann nach Tamarnis am Ufer des Berolindon. Dort lebt eine Tochter meiner älteren Mutterschwester. Sie heisst Eridâna und ist das Weib des Fischers Relemînos. Sagt ihr, dass ich euch schicke, dann wird ihr Mann euch über den See bringen. Aber bitte meidet in Vendolindias Namen die Sümpfe.» Geradezu flehend blickte sie die beiden jungen Männer an.

Beodân nahm die Hand der aufgebrachten Frau und lächelte unverdrossen. «Sei unbesorgt, Amalissa. Wir werden sicher über den See gelangen. Aber sage mir zuletzt noch eines. Diese Ylûra, ist das die Frau aus den Sümpfen, gegen die dein Vater gestern geschmäht hat. Die sich zum Verdruss der Priester angeblich in die Opferzeremonie am Drachenberg eingemischt hat?»

Amalissa seufzte schwer und lehnte sich gegen einen Stützbalken. «Nein, er hat die Valâda gemeint. Sie ist eine Seherin vom alten Blut, die in den Sümpfen haust. Die Leute sagen, sie sei die letzte Hohepriesterin Vendolindiums, die sich vor langer Zeit in der Wildnis verbergen musste. Früher hatten wir viele Priesterinnen. Aber heutzutage sind es nur mehr Männer, welche die Götterweihe erhalten und die heiligen Riten vollziehen …»

«Aber dann muss sie ja uralt sein», fiel ihr Anêrios bestürzt ins Wort. «Die letzten Priesterinnen legten ihr Amt wohl vor mehr als hundert Jahren nieder.» Der Junge stellte fest, wie die Figur dieser Valâda für ihn immer rätselhafter wurde.

«Ja, sie ist wohl sehr alt», bestätigte Amalissa. «Einige behaupten, sie sei so alt wie das Land selbst. Und ich glaube, sie hat immer noch grosse Macht. Mein Vater lässt keine Gelegenheit aus, um die Leute von Sudûbnum gegen sie aufzuwiegeln. Ich glaube nicht, dass sie böse ist. Manchmal suchen die Frauen unseres Dorfes sie insgeheim auf, um guten Rat bei ihr einzuholen.»

«Tarvos Vater Gobanôr war auch bei ihr», erklärte Anêrios eifrig. «Sie hat ihm das Schicksal seines Sohnes geweissagt.» Trauer trübte unvermittelt seinen Blick. «Aber die Prophezeiung hat sich nicht erfüllt. Tarvo wurde gestern in Urâgus' Schlund geworfen. Er war mein bester Freund.»

Beodân legte seinem jungen Gefährten tröstend den Arm um die Schultern und nickte der jungen Priestertochter zu, welche sie betroffen ansah. «Wir danken dir, Amalissa. Du hast ein gutes Herz. Möge der gütige Gott der Liebe dich allzeit behüten. Und sei versichert. Wir werden nicht durch die Sümpfe gehen. Uns steht noch ein anderes Mittel zur Verfügung, um den See zu queren.»

Die beiden jungen Männer reichten ihrer Wohltäterin zum Abschied die Hand und huschten durch die Hintertür aus dem kleinen Stall von Arîmus' Hütte hinaus. Im ersten Zwielicht des anbrechenden Tages eilten sie über die dunstverhangenen Riedwiesen zum nahen Seeufer. Die mächtige Silhouette des dreieckigen Berges Andûrios reckte sich auf der gegenüberliegenden Seite des Vendolindon den zartrosa schimmernden Wolken entgegen. Dasselbe weiche Lichtspiel lag auch auf der weit ausgebreiteten Seefläche vor ihnen. Ein verheissungsvoller Frühlingsduft wehte den beiden Männern entgegen. Das Geheimnis eines neu anbrechenden Tages lag in der lauen Luft. Anêrios drehte seinen Kopf nochmals zur Hütte zurück und winkte Amalissa dankbar zu, die noch lange unter dem vorkragenden Schilfdach stand und ihnen nachblickte.

«Was hast du vor?», fragte Anêrios seinen älteren Begleiter, als sie zwischen borstigen Binsenbüscheln hindurch schliesslich an das Ufer des Sees traten. «Willst du gleichwohl schwimmen?»

Beodân lächelte geheimnisvoll und nahm seinen ockerroten Umhang von den Schultern. Sorgfältig spreitete er das fein gewobene Tuch auf die

Wasseroberfläche. Verwirrt beobachtete der Junge diese merkwürdige Handlung.

Prüfend tastete Beodân mit seinem Wanderstock über den schwimmenden Mantel und nickte. «Er ist bereit», raunte er Anêrios zu. «Steige auf. Er ist ebenso gut wie ein Boot.»

Ungläubig starrte der Vendolindierjunge seinen Gefährten an und verzog den Mund zu einem einfältigen Grinsen. «Du meinst, wir sollen auf deinem Mantel über den See fahren?»

«Gewiss», bestätigte Beodân und lachte herzhaft. Er rollte sein Beinkleid über die Knie hoch und watete in das seichte Wasser hinaus. Nachdem er seinen Beutel und den Stock behutsam auf den Umhang gelegt hatte, reichte er Anêrios einladend die Hand. «Komm», forderte er ihn lachend auf. «Er wird uns beide tragen. Gottes Grossmut ist grenzenlos.»

Zaghaft kletterte der Junge an Beodâns Hand auf das ungewohnte Gefährt. Zu seinem Erstaunen trug der Stoff sein Gewicht mühelos. Durch das feine Gewebe hindurch konnte er die sanfte Dünung des Sees spüren.

«Da staunt selbst ein Seekind wie du, was?», feixte Beodân und schwang sich behände an Anêrios' Seite. Der Mantel sank keinen Fingerbreit in das Wasser ein. Der Mann mit den strahlenden Augen ergriff seinen Stock und tauchte ihn wie ein Ruder in das schimmernde Wasser. Mit ruhigen Zügen lenkte er ihr merkwürdiges Gefährt auf den offenen See hinaus. Anêrios vermochte immer noch nicht zu fassen, was er soeben erlebte. Dabei hatte er am Vortag mit eigenen Augen gesehen, wie dieser wundersame Fremde frisches Laub aus seinem Stab hatte spriessen lassen.

«Du bist ein Zauberpriester», vermutete er ehrfurchtsvoll.

Beodân warf ihm einen verschmitzten Blick zu. «Kein Zauberer, nur ein Mensch mit einem wachen Geist und einem offenen Herzen», murmelte er. «In meiner Heimat Eriû war ich einst ein Königskind, und meine Eltern scheuten keine Mühen, um mich mit den Lehren der Altvorderen vertraut zu machen. Aber ich wusste früh, dass ich bereits alles in mir trage, wofür mich der gütige Gott in dieses Schöpfungsspiel eingesetzt hat.»

«In deinen Adern fliesst königliches Blut?» Anêrios blieb der Atem weg. Welche Geheimnisse würde ihm dieser genügsame Reisende mit dem liebevollen Blick wohl noch alles enthüllen?

«Ich habe meiner Abstammung längst entsagt», bekannte Beodân ernst. «Denn mich hat der Ruf ereilt, in allen Landen von den guten Werken des Nazareners zu künden und dadurch der einen Liebe, welche alle Menschenkinder eint, eine kraftvolle Stimme zu verleihen.»

«Wer ist denn der Nazarener?», fragte der Junge verwundert. «Von einem solchen Gott habe ich noch nie gehört.»

«Jesus von Nazareth, den wir auch den Christos nennen», erklärte der Mann aus dem Norden versonnen, und der Glanz in seinen Augen schien den hellen Sonnenglast widerzuspiegeln. «Ein herzensweiser Lehrer der darbenden Menschheit, entsandt von seinem göttlichen Vater, um auf Erden die Herrschaft durch die Liebe zu ersetzen. Seine beschwichtigenden Worte verhallten bereits vor vielen Jahrhunderten, als er noch leibhaftig hienieden umging, ungehört. In den drangvollen Zeiten, die da um uns sind, ist es nun umso wichtiger, die Völker daran zu erinnern, dass alle Menschenseelen geschwisterlich miteinander verbunden sind und dass das wahre Friedensreich allein aus dem innersten Heiltum unserer Herzen entspringen kann. Deshalb sind wir losgezogen, meine Brüder und ich, um allerorten die Botschaft des Christos zu verkünden.»

Er deutete auf ein Dorf, das sich am gegenüberliegenden Ufer im Schatten eines hohen Bergkammes abzeichnete. «Das muss Taralêgis sein. Wir wollen den Leuten dort unsere Aufwartung machen. Wenn du nicht in Eile bist, können wir anschliessend zusammen nach Vernausium wandern. Wir folgen einfach der Romanenstrasse nach Westen. Gerne werde ich dir dann mehr erzählen, wenn du willst.»

Anêrios nickte begeistert. Er freute sich ungemein, dass er noch eine Weile mit diesem bewunderungswürdigen Mann unterwegs sein durfte. «Vater wird sich freuen, wenn du unser Gast bist», verkündete er überschwänglich. «Aber du musst dich vor Carodrûnos hüten, unserem Göttergeweihten. Ich glaube, er wird dich genauso wenig mit offenen Armen empfangen wie dieser finstere Alte in Sudûbnum.»

Beodân lächelte gelassen. «Ich kenne eure Priester mittlerweile gut genug. Es ist wohl besser, wenn ich mich ihnen gegenüber in Zurückhaltung übe. Aber gegen einen reisenden Geschichtenerzähler haben deine Leute gewiss nichts einzuwenden. Auch wenn ich kein Barde bin, die Herzen der Menschen vermag ich wohl zu berühren. Und das ist das Wesentliche.»

Dem schilfbestandenen Saum der Sümpfe entlang waren sie mittlerweile bereits ein gutes Stück in den See hinaus gelangt. Anêrios warf verstohlene Blicke auf die düsteren und kahlen Baumgestalten der Erlen und Weiden, die sich abweisend hinter dem raschelnden, winterdürren Röhricht erhoben. Er hatte sich noch nie so nahe an die verrufenen Schwarzaugensümpfe herangewagt.

«Weisst du, wo diese Seherin wohnt?», fragte Beodân unvermittelt mit einem ernsten Ausdruck im Gesicht. «Wir sollten sie warnen. Der Priester Creviocarnos hat gestern vermutlich nicht nur leere Drohungen gegen sie ausgestossen. Ich befürchte, dass sich die verängstigten Dorfbewohner früher oder später dazu aufstacheln lassen, gegen die Einsiedlerin vorzugehen.»

IX

DAS GESICHT IM SCHWARZEN BRUNNEN

Anêrios war noch nie auf der Insel der Valâda gewesen. Aber Tarvo hatte ihm erzählt, dass diese nur zu gewissen Zeiten im Jahr aus dem Nebel auftauchte und niemand sie ungeladen zu betreten vermochte. Der Junge teilte die spärlichen Bruchstücke seines Wissens mit seinem Gefährten.

Aufmerksam wanderten Beodâns Augen dem Schilfwald entlang, der sich immer wieder verschlungenen Wasserarmen öffnete, welche aus der Tiefe des dunstumhüllten Sumpflandes gegen den offenen See hinaus fingerten. Silbergefiederte Reiher mit rubinroten Schnäbeln staksten lautlos durch das ölig schillernde Brackwasser. Auf einer riesigen dürren Weide lärmten russschwarze Krähen ungehalten, fast als wollten sie die menschlichen Eindringlinge beschimpfen. Ein schlanker Fischotter glitt geschmeidig in einen Teppich von Seerosenblättern. Er war eine Weile verspielt neben dem roten Mantel hergeschwommen und hatte das seltsame Gefährt aus seinen dunklen Kugelaugen aufmerksam beäugt.

«Wir müssen uns von den Zeichen leiten lassen», murmelte Beodân bedächtig. «Wenn sie ein offenes Herz hat, wird die Seherin spüren, dass wir in guter Absicht zu ihr kommen. Nicht als Bittsteller, sondern um sie vor einer Gefahr zu warnen.»

Ratlos betrachtete Anêrios den braunfleckigen Wall aus Holz und Halmen, der den Zugang in dieses unheimliche Sumpfreich beschirmte. Bei aller Furcht, die ihn unweigerlich beschlich, war er auch fasziniert von der Fülle an Lebewesen, die sich ihm hier allenthalben darbot. Nach allem, was ihm Beodân vermittelt hatte, fragte er sich, ob in diesem Landstrich wirklich die Pforte in das dunkle Land Anunnion lag, wie die Priester die Sümpfe mit schrecklich rollenden Augen seit jeher zu beschreiben pflegten.

Beodân drückte seinem Gefährten den Stock in die Hand und richtete sich vorsichtig auf dem schwankenden Untergrund des Mantels auf.

«Valâda!», rief er mit hohlen Händen vor dem Mund. «Offenbare dich uns. Wir kommen in Frieden.»

Die kräftige Stimme des jungen Mannes wurde von den Dunstschleiern zwischen den grotesk verrenkten Baumgerippen förmlich verschluckt. Entrüstet kreischende Vogelschwärme stoben davon. Etwas Grosses sank mit einem ploppenden Geräusch in das dunkle Wasser hinab.

Anêrios' Unbehagen wuchs. «Wir sollten nicht näher herangehen», flüsterte er. «Was sich die Leute über diesen Ort erzählen, kommt bestimmt nicht von ungefähr.»

Beodân bedeutete ihm mit ausgestreckter Hand zu schweigen. Angestrengt starrte er in das verworrene Rankengeflecht am nahen Ufer.

Plötzlich schlug etwas mit Wucht von unten gegen den Mantel. Der rote Stoff bäumte sich auf. Beodân ruderte mit den Armen, verlor den Halt und stürzte, ohne einen Laut von sich zu geben, ins Wasser.

Anêrios schrie auf und wandte sich entsetzt seinem Gefährten zu, der prustend wieder auftauchte und nach dem Mantelsaum griff. Eine dunkle Gestalt zeichnete sich hinter ihm unter der Wasseroberfläche ab. Rasch schnellte diese auf den Schwimmenden zu und packte seine strampelnden Beine. Undeutlich erkannte Anêrios die Umrisse eines menschenähnlichen Wesens im Wasser. Da schoss ein grosser, heller Fischschwanz aus den Fluten. Wie Geschmeide funkelte das silberne Schuppenkleid im Sonnenlicht. Kurz darauf erschien neben Beodâns verblüfftem Gesicht ein Frauenkopf mit langen nassen Haaren, die wie Silbergespinst das filigrane Antlitz umflossen. Ein glockenhelles Kichern sprang von den blaugrünen Lippen der Wasserfrau.

«Eine Lindôna», hauchte Anêrios fassungslos und streckte Beodân seine Hand entgegen. Dieser zögerte nicht und liess sich zurück auf den treibenden Mantel helfen. Seine Beine waren wieder frei. Offenbar hatte die Sirene lediglich einen spielerischen Scherz mit ihm getrieben.

Die verdutzten Männer sahen nun, wie zwei weitere fischschwänzige Frauenleiber durch das umliegende Wasser pflügten, gleichsam Schatten unter den Wellen.

Durchnässt und mit einem Ausdruck bodenlosen Erstaunens in seinem ebenmässigen Gesicht kauerte Beodân neben Anêrios auf dem Mantel und betrachtete die geschmeidigen Bewegungen der herumtollenden Wasserfrauen. Geradezu lautlos flitzten sie um den roten Mantel herum, klopften bisweilen sachte an seine Unterseite oder zupften neckisch an seinen Säumen.

Blitzschnell schnappte eine blaugrüne Hand nach Anêrios' Arm und zog daran. Das zugehörige Gesicht schob sich verschmitzt über den Rand des Umhangs und schenkte dem überraschten Jungen ein liebreizendes Lächeln.

Diese unbeschwerte Erscheinung vertrieb jeglichen Schrecken aus der verkrampften Brust des Jungen. Er entspannte sich und genoss den unbeschreiblich friedfertigen und anmutigen Anblick dieses Wesens. «Wer seid ihr?», fragte er schliesslich unsicher.

«Wir kennen dich», trillerte die Wasserfrau in einer wunderschönen melodiösen Sprache. «Letztes Mal haben wir dich durch den See geführt, heute hast du einen neuen Gefährten mit einem merkwürdigen Boot. Wo ist dein Freund mit dem kupferfarbenen Haar?»

«Tarvo», erwiderte Anêrios rasch und blickte kummervoll hinüber zu der massigen Gestalt des Drachenberges, die sich über Sudûbnum wie ein buckliger Riese hochwölbte. «Er ist ... er ist dem Drachen geopfert worden.»

Da trübte sich der aquamarinhelle Blick der Wasserfrau und ihr kalter Griff um Anêrios' Unterarm lockerte sich.

«Wo ist er jetzt?», fragte die Sirene mit einem leisen Klingeln in ihrer zarten Kehle.

«Tot!», stellte der Junge ohne Umschweife klar.

«Aber du lebst», sang eine zweite Nixe, die sich hinter Anêrios' Rücken aus dem Wasser erhoben hatte und ihren Oberkörper auf den schwimmenden Mantel schob. «Und du sollst weiterleben, wir mögen dich.»

«Geht nicht zu tief in das Land der schwimmenden Inseln hinein», säuselte die dritte Wasserfrau, die ihr Gesicht vom Wasser aus ebenfalls zu ihnen hochgewandt hatte. «Es ist zu gefährlich für euch und ihr könnt euch darin verirren. Wir vermögen euch da hinein nicht zu folgen.»

Zum ersten Mal erhob nun Beodân seine warme, volle Stimme. Der Anblick der fremdartigen Seewesen schien ihn genauso zu verwundern wie Anêrios.

«Wir suchen die Valâda», erklärte er ihnen langsam. «Wir haben ihr etwas Wichtiges mitzuteilen.»

Die Wasserfrauen warfen einander ratlose Blicke zu.

«Eine wunderschöne Frau mit einem silbernen Stirnreif», mischte sich Anêrios ein. «Darauf funkelt ein einzelner Edelstein. Sie trägt einen dunkelblauen Mantel … und eine weisse Schlange um den Hals.»

Unerwartet lachten die drei Nixen mit ihren hellen Stimmen durcheinander. «Du meinst Mutter Uyôla vom Seerosenhof», berichtigte die erste Sirene, die sich immer noch mit sanftem Griff an Anêrios' Arm festhielt. Ihr Blick wirkte auf einmal verträumt. «Sie ist sehr freundlich. Wir kennen sie gut. Sie ist …»

«Sei still …», fuhr ihr eine andere energisch ins Wort. «Du darfst den Menschen nicht zu viel verraten. Du weisst nicht, was sie damit anzustellen trachten.»

«Aber dieser hier ist kein gewöhnlicher Mensch», hielt die erste entgegen und warf der anderen einen schmollenden Blick aus ihren wasserklaren Augen zu.

«Der andere schon», sagte die zweite streng und wandte sich an Beodân. «Wir kennen die Herrin vom Wasserheim gut. Aber ihr könnt sie nur besuchen, wenn sie euch empfangen will. Ein Nebelzauber schützt ihren Hain.»

«Singt ihr ein Lied», schlug nun die dritte Sirene vor, die halb auf dem Mantel lag und mit ihrer gelenkigen Flosse spielerisch auf das Wasser klatschte. «Dann sieht sie direkt in eure Herzen und vertraut euch.»

«Was für ein Lied?», fragten Beodân und Anêrios wie aus einem Mund.

Die Wasserfrau, welche Anêrios festgehalten hatte, zog sich mit einer einzigen fliessenden Bewegung auf den schwankenden Mantel hinauf. Der Junge spürte, wie sich ihr nasser, kühler Körper vertraulich an ihn schmiegte. Ihre feingliedrige Hand strich über die warme Haut seines Armes. Ihr Gesicht war dem seinen ganz nahe, und er spürte, wie eine heisskalte Woge durch ihn hindurchfuhr. Mit einem entrückten Blick wandte sich die Sirene den Sümpfen zu. Fasziniert und gleichzeitig etwas verlegen betrachtete Anêrios ihren nackten fraulichen Leib, der von den geschwungenen Hüften abwärts in einen grazilen, silbergeschuppten Flossenschwanz auslief.

Während ihre Finger immer noch zärtlich über seinen Arm streichelten, erhob sie ihre reine Stimme zu einem mehrstimmigen Gesang von berückender Schönheit. Nie zuvor hatte Anêrios etwas Derartiges vernommen. Zugleich berührte ihn das Lied der Wasserfrau mit einer unerklärlichen Vertrautheit, welche ihm warme Tränen in die Augen trieb. Einhellig fielen nun auch die beiden anderen Nixen in die Melodie ein und woben einen Zauber über das düstere Sumpfland, welcher jeglichen Anhauch von Bedrohung daraus verscheuchte. Aus den Augenwinkeln sah Anêrios, wie auch Beodân ergriffen den Mund öffnete und unentrinnbar der Magie des Sirenengesangs verfiel.

Was immer die schönen Wasserfrauen in diesem Zustand von ihnen verlangt hätten, sie hätten es ohne zu zögern getan.

Eine halbe Ewigkeit schien das gemeinsame Klingen der Lindônen anzudauern, ehe es abrupt verstummte.

«Grüsse deinen Vater von uns», wisperte es in Anêrios' Ohr, dann schreckte ein lautes Platschen die zwei Männer aus ihrer traumhaften Verzückung.

Die Wasserfrauen waren verschwunden. Der Nachhall ihres zauberisch schönen Liedes verwehte über den Wassern. Seine Wirkung schien aber weiterhin wie ein feiner silberner Schleier über der Wildnis zwischen Land und See zu flimmern.

«Da!», lachte Beodân unvermittelt auf und packte seinen jüngeren Gefährten an der Schulter. Er zeigte auf eine armlange, weisse Schlange, die sich mit anmutigen Bewegungen vor ihnen durch das Wasser wand und einer schmalen, beinahe unsichtbaren Bresche im Schilfwald zustrebte.

«Sie zeigt uns den Weg», erkannte Anêrios geistesgegenwärtig. Er griff rasch nach dem Stock seines Begleiters, um den schwimmenden Mantel in das Gewirr von Ästen und Halmen hineinzusteuern.

Unvermittelt zog dichter Nebel auf, als hätte die Göttin des Sumpflandes ihren trüben Schleier über den Irrgarten aus stakigem Röhricht, fauligen Wasserarmen und düsteren Gehölzen geworfen. Anêrios und Beodân verloren auf einen Schlag die Orientierung. Hilflos schoben sie ihr schwankendes Gefährt aus weichem Tuch durch das undurchdringliche

Grau, welches sie vollständig einhüllte.

«So kann ich die weisse Schlange nicht mehr sehen», flüsterte Anêrios schaudernd zu seinem Gefährten, der nur mehr als schattenhaftes Schemen neben ihm kauerte.

Ohne Vorwarnung stiessen sie gegen ein hartes Hindernis. Der schwimmende Mantel schaukelte bedrohlich und Anêrios suchte instinktiv Halt an seinem Begleiter.

«Da ist etwas», murmelte Beodân, und seine Stimme klang im Nebel seltsam unwirklich. Er griff nach einem dunklen Umriss, der sich vor ihnen abzeichnete. Es war wohl ein verrenkter Baumstamm, der aus dem trüben Wasser aufragte. Ein geschwungenes Horn war auf Brusthöhe daran aufgehängt. Anêrios vermochte es keinem ihm bekannten Tier zuzuordnen. Als sein Gefährte es behutsam an sich nahm, war zu erkennen, dass es teilweise mit einem silberfarbenen Zwirn umwickelt war, der auch die Aufhängung bildete.

«Wir müssen hineinblasen», stiess der Junge einer plötzlichen Eingebung folgend hervor. «Dann wird die Valâda hören, dass wir gekommen sind.»

«Falls sie es nicht ohnehin längst weiss», versetzte Beodân lächelnd und führte das seltsame Horn an seine Lippen. Nach einigen zaghaften Versuchen vermochte er ihm einen vollen Klang zu entlocken, der durchdringend durch den Nebel schallte. Anêrios zuckte unwillkürlich zusammen. Er fühlte sich schmerzhaft an das grosse, goldene Horn erinnert, mit dem die Priester den Drachen aus seinem tiefen Höhlenschlund heraufgerufen hatten. Unweigerlich musste er einmal mehr an Tarvos grausiges Schicksal denken.

Nachdem die Männer eine Weile schweigend in die lichtlose Nebelwand gelauscht hatten, vernahmen sie auf einmal das Geräusch eines Bootes, das langsam auf sie zugerudert wurde. Wenige Herzschläge später tauchte ein schattenhafter Nachen vor ihnen auf. Drei Gestalten befanden sich an Bord, welche lange Mäntel mit hochgezogenen Kapuzen trugen. Die vorderste griff mit einer gemessenen Bewegung nach dem Pfahl, um das Gefährt zum Stillstand zu bringen. Die mittlere winkte den beiden verblüfften Männern wortlos zu. Die hinterste hielt eine lange Stange umklammert, mit der sie den Kahn anscheinend durch das Sumpfwasser gestakt hatte.

Anêrios und Beodân warfen sich einen kurzen Blick zu, dann ergriffen sie ihr Gepäck und kletterten auf das Boot, welches weitaus mehr Raum bot als ihr schwimmender Mantel. Der Wanderer aus dem fernen Hibernia fischte seinen triefenden Umhang aus dem Wasser und wrang ihn etwas umständlich aus, ehe er ihn zusammenschlug und bei sich verstaute.

Zweifelnd betrachtete Anêrios die drei schweigenden Gestalten, die sich nun anschickten, ihr Boot wieder in Bewegung zu setzen. Scheinbar mühelos fanden sie einen Weg durch den dichten Nebel, ohne gegen unsichtbare Hindernisse zu stossen, welche sich in dem tückischen Gespinst zweifelhaft allenthalben verbergen mochten. Während der hinterste Schiffer seine lange Stange mit schwungvollen Bewegungen immer wieder ins dunkle Wasser stiess und das Boot auf diese Weise voranschob, blickten die beiden anderen reglos voraus, als vermöchten sie in den eintönigen Schwaden etwas Bedeutsames auszumachen.

So schnell wie er aufgezogen war, lichtete sich der Nebel plötzlich wieder. Helles Sonnenlicht fiel auf die blinzelnden Augen der jungen Männer. Als hätte jemand einen Vorhang gelüftet, tat sich vor ihnen ein ungewohnter Anblick auf.

Da war ein saftig grünes, grasbestandenes Ufer mit einem zierlichen Steg, über den sich mächtige Weiden und Eschen beugten. Dahinter erstreckte sich eine weite Wiese, die mit leuchtenden Blumen in allen Farben besprenkelt war. Anêrios stutzte. Wie konnte in diesem diesigen Sumpfland bereits Sommer herrschen, derweil an den Gestaden des Vendolindon eben erst der letzte Schnee geschmolzen war?

Die drei Bootsführer warfen ihre Kapuzen zurück und enthüllten die ebenmässig schönen Gesichter von Jungfrauen, deren Haut und Haar so weiss schimmerten wie der ewige Schnee auf den höchsten Gipfeln von Albenônas Garten. Ihre Augen leuchteten unternehmungslustig, als sie ihre Gäste mit unverhohlener Neugier betrachteten. Eine der Maiden hatte Augen so hell wie Aquamarinsteine, sie erinnerten an diejenigen der

Wasserfrauen. Die Augen der zweiten waren grünlich und wild funkelnd wie Chrysopras. Diejenigen der dritten schimmerten in einem dunklen, geheimnisvollen Violett wie Amethystkristall. Erst jetzt, im hellen Lichtschein, erkannte Anêrios, dass die Umhänge der drei Frauen über und über mit blütenweissen Federn besetzt waren, die bei jeder Bewegung leise raschelten. Der Junge fragte sich, ob die drei Wasserfrauen von vorhin unversehens ihre Gestalt gewandelt hatten.

Im Schein der hellen Sonne war nun auch das Boot deutlich zu erkennen, auf dem sie an diesen wunderlichen Ort gelangt waren. Es schimmerte so hell wie die drei Schifferinnen selbst. Anêrios versuchte mit fachmännischem Blick festzustellen, ob die kleine Barke wohl mit Birkenrinde überzogen war. Am meisten verzückte ihn freilich der Bug des Gefährtes. Dieser war geformt wie ein anmutig geschwungener Schwanenhals. In das Schnitzwerk eingelassen waren zwei runde, jettschwarze Edelsteine, welche die Augen des zierlichen Bildnisses darstellten. Sein Vater Ambaros wäre bei diesem Anblick gewiss in helle Freudenrufe ausgebrochen.

Während Anêrios noch unbeholfen versuchte, sich in dem Knäuel verschlungener Gedanken zurechtzufinden, das seinen Kopf heillos verwirrte, fasste ihn die Jungfrau mit den hellblauen Augen unvermittelt bei der Hand und führte ihn auf den Steg. Am Rand der Blumenwiese blieb sie stehen. Die Weissgefiederte deutete auf einen Kreis aus aufrechtstehenden Steinen, der sich mitten auf der offenen Grasfläche erhob. «Geht dort hinüber, ihr Hübschen», verkündete diejenige mit den Moosaugen hinter ihnen mit weicher, wohlklingender Stimme. Anêrios bemerkte, wie die Helläugige ihm aufmunternd zulächelte, dann liess sie seine Hand los und kehrte mit ihren Gefährtinnen zurück zum Wasser. Eine Weile noch war ihr lustiges Kichern und Schäkern zu hören, dann wurde es unvermittelt still.

Anêrios und Beodân betrachteten ungläubig die unerwartete Umgebung, in die sie geführt worden waren.

«Ich hatte mit einer alten, weisen Frau gerechnet», brach der Ältere schliesslich das Schweigen und wandte sich zu der Stelle um, wo die drei Jungfrauen verschwunden waren. «Ich bin ehrlich gesagt sehr überrascht, in eurem von mannigfachen düsteren Bedrohungen heimgesuchten Land einen solch reizvollen und freundlichen Ort vorzufinden.»

Anêrios nickte verwirrt. «Ich kann mir das selbst nicht erklären», gestand er kleinlaut, «mir scheint, wir befinden uns nicht mehr in Vendolindium. So stelle ich mir vielmehr das leuchtende Land der Götter vor, wie es in unseren Mythen beschrieben wird.»

Beodân lächelte versonnen. «Vielleicht stehen wir wahrhaft an der Pforte des Paradieses. Hier strahlt Gottes endlose Liebe aus jedem Grashalm und aus jedem Baumblatt. Schau nur dort.» Beodân wies auf den Ring der Steine. «Wir sollten uns dort umsehen, vielleicht ist dies der Hain der Seherin, wo wir sie antreffen können.»

Gemeinsam schritten die beiden jungen Männer über die blütengeschmückte Wiese, auf der sie bald von gaukelnden Faltern und schwärmenden Bienen umtanzt wurden. Ein belebender Duft, in dem die lockenden Verheissungen des Sommers schwangen, schmeichelte ihren Nasen.

Es waren insgesamt acht stehende Steine, welche in einem weiten Kreis angeordnet waren. Sie erinnerten Anêrios unwillkürlich an die Stelen, welche den Eingang zur Drachenhöhle bewachten. Sie zeigten aber gänzlich andere Darstellungen. Zwischen verschlungenen Ranken und Blätterornamenten waren allenthalben Fische und Muscheln, Kröten und Schlangen zu sehen, aber auch Otter und Reiher und zahlreiche weitere vielgestaltige Geschöpfe, welche Flüsse und Seen bewohnten. An einer Stelle starrte ihnen sogar der furchterregende Drache aus dem Stein entgegen. Und immer wieder war das Motiv des achtspeichigen Rades in die üppigen Bildwerke eingebettet.

Im Zentrum des Kreises ruhte eine runde Platte aus dunklem Gestein, die ebenfalls von verschlungenen Mustern bedeckt war. Wenn Anêrios den verflochtenen Linien zu folgen versuchte, wurde ihm beinahe schwindlig. Ein überaus begnadeter Steinmetz musste hier zu Werke gegangen sein. Keiner der Bildhauer der Vendolindier, welchen Anêrios zu benennen vermochte, wäre imstande gewesen, ein derartiges Kunstwerk zu erschaffen.

Was die Aufmerksamkeit der beiden Männer aber ungleich stärker erregte, war eine unterarmdicke weisse Schlange, welche auf der sonnenwarmen Felsplatte zusammengeringelt lag. Unzweifelhaft war es dasselbe

Tier, welches die Wasserfrauen herbeigesungen hatten, um ihnen den Weg zur Insel der Seherin zu weisen. Erstaunlicherweise trug das alabasterweisse Kriechtier ein Krönchen aus hauchfein getriebenem Silber auf seinem dreieckigen Kopf. Dies war für Anêrios ein unmissverständliches Zeichen dafür, dass sie hier die Gefilde der unsterblichen Götter betreten hatten.

Unweit des wundersamen Geschöpfes klaffte ein kreisförmiges Loch im dunklen Stein, welches wie ein Auge mitten aus der verzierten Steintafel blickte. Es schien eine Art Brunnen zu bilden, denn die Vertiefung war bis unter den Rand mit dunklem Wasser gefüllt. Anêrios und Beodân erkannten die Spiegelbilder ihrer staunenden Gesichter auf seiner glatten Oberfläche.

Der Jüngere der beiden Gefährten verspürte unwillkürlich den Sog einer starken Anziehungskraft, welche von der gähnenden Wassertiefe ausging. Wenngleich er sich lieber noch ein bisschen länger den faszinierenden Flechtornamenten auf dem dunklen Stein gewidmet hätte, konnte er sich nicht dagegen wehren, an den Rand des Wasserbeckens heranzutreten. Fast als hätte ein fremder Wille den Körper des Jungen übernommen.

Anêrios blickte in das undurchdringliche Wasserrund und vernahm plötzlich den Klang einer dunklen hallenden Frauenstimme.

Siehe, was ich dir offenbare!, klang es in seinem Kopf. Der Kraft, welche den Jungen immer näher zum Wasserspiegel heranlockte, vermochte er sich nicht mehr zu widersetzen. Unweigerlich musste er sich über den schwarzen Brunnen beugen, der sich wie ein klaffender Schlund vor seinen weit aufgesperrten Augen auftat.

Die Höhle!, fuhr es Anêrios mit Schrecken durch den Kopf. *Das Tor in das allesverschlingende Schattenreich Anunnion, wo der unerbittliche Tod lauert.* Eine Woge der Angst schwappte über Anêrios' Bewusstsein zusammen und schwemmte alle jene leichten Empfindungen hinweg, die ihn soeben noch in atemholendes Erstaunen versetzt hatten. Die Schwärze füllte allmählich das gesamte Gesichtsfeld des Jungen aus und verdrängte das heitere Sonnenlicht und den bunten Zauber der Blumenwiese. Anêrios vermeinte unwillkürlich, in diesen lichtlosen Schacht hineingezogen zu werden. Ein kaltes Grausen kroch seinen Nacken empor und zerpflückte seinen Verstand wie ein dräuender Alptraum.

Da flammten zwei lodernde Augen in der Dunkelheit auf, durchschlitzt von schwarzen Pupillen. Die entsetzliche Fratze des Drachen nahm Gestalt an. Anêrios sah sich dem gewaltigen Antlitz des zornigen Urâgus gegenüber, dessen lodernder Blick ihm den Herzschlag stocken liess. Die monströsen Kiefer des Ungeheuers klafften auf und entblössten einen tödlichen Wald dolchlanger Zähne, hinter denen sich eine schwarzschuppige gespaltene Zunge aufbäumte.

Anêrios glaubte regelrecht, in das aufgerissene Drachenmaul hineinzustürzen, und hörte sich wie aus weiter Ferne aufschreien. Aber er wurde nicht verschlungen. Es war lediglich ein Bild, das sich ihm im Wasser des schwarzen Brunnens zeigte.

Überraschend blickte er von oben in einen grossen Kessel hinein, der kunstvoll aus verschiedenen Metalllegierungen getrieben war. Verschlungene Motive von Tieren und mythischen Figuren bedeckten die Aussenseite des bauchigen Gefässes. In seinem Innern brodelte eine dunkelgoldene Flüssigkeit wie kochendes Moorwasser. War dies der Lebenstrunk *Belisanto*, den die Vendolindier an den *Hohen Jahresfesten* jeweils kosteten? Anêrios erschrak, als er plötzlich eine eklige Masse schwarzer Würmer erkannte, die in dem Gebräu wimmelten. Der Anblick war so grauenhaft, dass sich in seinem Innersten alles zusammenzog und eine Woge von Übelkeit in ihm aufstieg. Bevor er sich übergeben musste, verblasste das zuckende Knäuel und ein neues Bild schob sich davor.

Aus dem runden Mantel des Kessels formte sich nun eine Grotte, deren Wände auf merkwürdig gläserne Weise durchscheinend waren. Eine Gruppe kleiner gedrungener Gestalten hielt hier Wache an einer Art Schrein. Waren diese bärtigen Wesen Dverîgen aus demselben geheimnisvollen Geschlecht wie die Halblinge, welche ihn vor dem tödlichen Absturz unterhalb der Drachenhöhle bewahrt hatten? In ihrer Mitte schimmerten drei ungewöhnlich grosse Edelsteine von klarer Farbe. Anêrios glaubte, einen weissen, einen blauen und einen roten Stein zu erkennen. Aus dem Innern der Gemmen pulsierte ein kraftvolles Strahlen.

Die leuchtenden Edelsteine lösten sich unvermittelt im Glanz eines geheimnisvollen Augenpaares auf. Es gehörte zu einem wunderschönen Frauengesicht, das ihm aufmerksam entgegenblickte. Es war mit einem filigranen, silberhellen Diadem geschmückt, dessen einer einzelner Edelsteinschmuck wie ein drittes Auge auf der Stirn der Frau leuchtete. War dies ein Abbild der Valâda, welche er flüchtig wahrgenommen hatte, als diese sich den beiden *Erwählten* vor deren Opfergang am Seeufer offenbart hatte?

In den tiefen Augen dieser Frau schienen alle Geheimnisse der Welt zu ruhen.

Erhaben wie eine Königin sass sie auf einem Thron aus blaugrünem Glas unter einer Kaskade sprühenden Wassers. Die weisse Schlange ringelte sich in ihrem Schoss und erhob züngelnd den silbergekrönten Kopf zu ihm.

Diese Frau, welche sein Schicksal in ihren Händen zu halten schien – gleichsam die Mutter aller Gottheiten – schenkte ihm ein wissendes Lächeln, in dem ein Versprechen aufglomm.

Da zerflossen die berückend schönen Züge der lächelnden Frau, und Anêrios stach der Glanz blendend weisser Mauern in die Augen. Es war die Stadt Raûlium, welche am Fuss des Gebirges auf dem Uferfelsen thronte und ihre unerschütterliche Macht weit über die Fläche des Vendolindon hinaus erstrahlen liess. Der Junge glaubte, erneut das Entsetzen in seinem Herzen zu spüren, welches die Bewohner dieser Stadt in ihm ausgelöst hatten. Er vermeinte, das weisse Hafenbecken zu erkennen, in dem sich die prächtigen Schiffe reihten. Und er sah Kolonnen von geduckten Sklaven, welche von erbarmungslosen Aufsehern zum goldenen Tor der mächtigen Zitadelle hinauf gepeitscht wurden.

Das Bild eines lieblichen Gartens legte sich darüber. Weiss gekieste Wege, die sich in raffinierten Mustern zwischen üppigen Blumenrabatten und fremdartigen blühenden Gehölzen hindurchwanden. Vornehme Gestalten in edlen, fliessenden Gewändern flanierten durch dieses Gepränge und unterhielten sich angeregt miteinander, während demütige Sklaven beschattende Schirme über sie gespreitet hielten. Da war auch die junge Prinzessin mit dem kunstvoll aufgetürmten Haar und den goldenen Spangen. Sie warf Anêrios ihr überhebliches Lächeln zu und winkte einen unterwürfigen Knaben herbei, welcher ihr mit ausdrucksloser Miene ein Blumengebinde entgegenstreckte.

Ein hell gekalkter, runder Zierbrunnen leuchtete aus der prunkvollen Gartenanlage heraus. Ein Gitter aus rostigem Eisen verdeckte den Blick in dessen Tiefe. Aber Anêrios schlüpfte durch einen schmalen Zwischenraum im Gitterrost hindurch und stürzte in einen feuchten dunklen Schacht hinab. Zischende Fackeln brannten im Kreis um einen Pfuhl herum. Eine langgestreckte Gestalt kauerte zuunterst im Schlamm und zuckte hilflos … mit einer Flosse. Anêrios erbebte innerlich, als er das unendlich leidvolle Gesicht einer schönen Wasserfrau erkannte. Ihr feines, silbernes Haar klebte in wirren Strähnen an dem schmalen, filigranen Gesicht. Dunkle Schatten nisteten unter den eingefallenen, erloschenen Augen. Schwarzes verkrustetes Blut bedeckte Schläfen und Wangen. Der Junge spürte, wie sich sein Herz in einem stummen Aufschrei zusammenzog. Die gequälte Sirene schien ihn direkt anzublicken und bewegte die schmalen Lippen, als wollte sie ihm etwas zuflüstern.

Da hatte er plötzlich wieder Raûlium vor Augen. Ein heftiges Donnerkrachen erschütterte das Bild der Weissen Stadt, und Anêrios sah mit angstgeweiteten Augen, wie der Gipfel des Berges Baranbanno über den Türmen und Kuppeln zerbarst. Eine Woge von Felstrümmern und Staub wälzte sich auf die hochmütige Stadt herab, ein Kreischen und Schreien aus tausend Kehlen brandete auf. Entsetzt versuchte der Junge die Augen zusammenzukneifen, aber eine unbestimmte Kraft zwang ihn, das Geschehen weiter zu verfolgen.

Er sah, wie die zerschmetterten Mauern der Weissen Stadt in den brodelnden See hinabstürzten, zuckende Feuerflammen und wehender schwarzer Rauch wischten das Bild der zerfallenden Paläste schliesslich aus.

Dann türmte sich eine haushohe Wasserwoge im Vendolindon auf und raste einer Schlachtreihe schäumender Geisterpferde gleich auf die Ufer zu. Mit zerstörerischer Wucht prallte die Flut gegen den Hügel von Vernausium und liess die Fischerhütten zerstieben wie zerbrechliche Gebilde aus Reisig. Anêrios sah den Nachen seines Vaters mit der silberfarbenen Haarflechte im Bug, welcher haltlos auf den tobenden Wellen taumelte.

Aber kein Mensch war weit und breit zu sehen. Als hätte die zürnende Seemutter Vendolindia sie längst allesamt verschlungen.

Anêrios schrie und schwankte, als das Gesicht unvermittelt vor seinen Augen zerfloss und nur mehr die schweigende dunkle Wasserfläche im runden Brunnen von ihm übrigblieb.

Der Junge hatte sich weit über den Rand des Schachtes hinausgelehnt und krallte sich mit beiden Händen an der Felsenplatte fest. Er keuchte und wimmerte. Es dauerte einen Moment, bis er sich darüber klar wurde, dass er diese erschreckenden Bilder lediglich im Wasser des schwarzen Brunnens geschaut hatte. Aber er fühlte sich, als hätte er all dies leibhaftig erlebt, in einer rasenden Abfolge sich überstürzender Eindrücke von furchtbarer Intensität. Wie quälende Alpträume glitten die Bilder allmählich von ihm ab und sanken gleichsam zurück in die unergründliche Tiefe des unheimlichen Brunnenloches. Sonnenwärme rieselte über seinen Nacken und verriet ihm, dass er sich immer noch auf der Insel der Valâda befand. Oder wohin immer diese Jungfrauen mit den weissen Federumhängen ihn und Beodân entführt hatten.

Die Erkenntnis, dass er sich nicht alleine hier befand, vermittelte dem erschütterten Jungen unverhofften Trost. Als er aufblickte, sah er, wie sein Gefährte am gegenüberliegenden Brunnenrand kniete und genau in diesem Moment ebenfalls sein Gesicht zu ihm erhob. Ein entrückter Ausdruck lag in seinen edlen Zügen, als hätte er gleichfalls in weite Fernen geschaut. Seine Augen wanderten mitfühlend über die verstörten Züge des Jüngeren.

«Dies ist fürwahr die Wirkstätte einer Seherin», hauchte er noch etwas benommen und legte andächtig die Hand auf seinen Scheitel, als müsse er sich versichern, dass er noch da war.

Dann schüttelte er langsam den Kopf und lächelte.

Unvermittelt erklang eine unbekannte Stimme.

Gleichzeitig wandten Anêrios und Beodân ihre Köpfe und sahen die Gestalt eines stattlichen Mannes in einem hellen, beinahe leuchtenden Wildledergewand, welches seine kraftvolle Gestalt auf gefällige Weise betonte. Das Gesicht des Neuankömmlings war kühn geschnitten und wettergegerbt. Seine Augen waren von eigentümlicher Farbe, wie Bernstein, und strahlten Wachsamkeit und Scharfsinnigkeit aus. Von auffallend geschwungener Form war die markante Nase, was dem Antlitz Ähnlichkeit mit einem Raubvogel verlich. Schwarzes Haar fiel in dichten Wellen auf die breiten Schultern herab, während Wangen und Kinn nach Art der Romanen säuberlich geschabt waren.

«Einer von euch mag mir nun nachfolgen», sprach der Fremde freundlich, aber bestimmt.

«Wohin, mein Freund?», fragte Beodân, dessen Gesicht immer noch von einem seligen Lächeln überhaucht war.

«Zu meiner Gebieterin», erwiderte der Mann mit dem Adlergesicht ungerührt. «Zu derjenigen, die euch all dies hat erschauen lassen.»

«Und warum können wir deiner Herrin nicht gemeinsam unsere Aufwartung machen?», versuchte Beodân zu klären. «Wo wir doch beide zusammen diesen wundersamen Ort aufgesucht haben.» Anêrios stellte fest, dass sein Freund bereits wieder Herr der Lage zu sein schien.

«Weil einer von euch in das Land, wo See und Berg sich vereinen, zurückkehren muss, um die Menschen davor zu warnen, was das Gesicht im Brunnen euch offenbart hat», erwiderte der Adlernasige geheimnisvoll.

«Was sollen wir denn nun tun?», fragte Anêrios seinen Gefährten unschlüssig. «Ich verstehe nicht ... wir sollten doch ... ich meine, *wir* wollten doch eigentlich die Valâda vor dem Unmut der Priester warnen.»

«Ich werde mich darum kümmern», eröffnete Beodân mit einer Bestimmtheit, welche verriet, dass er seinen Entschluss bereits gefasst hatte. «Kehre du zu deinen Leuten zurück, Anêrios. Ich hege das untrügliche Gefühl in mir, dass sie dich jetzt brauchen. Du bist in Vendolindium zuhause.»

Er legte Anêrios beide Hände auf die Schultern und drückte sie sanft. Sein Lächeln war wie immer voller Zuversicht. «Ich fühle mich gerufen, mit diesem ... Freund hier zu gehen. Derweil magst du deinem Vater versichern, dass du unversehrt bist. Gewiss macht er sich längst Sorgen um dich. Nach allem, was ich soeben schauen durfte, glaube ich zu erahnen, dass in eurem Land grosse Veränderungen bevorstehen.»

Beodân fuhr seinem Gefährten wieder mit dieser vertraulichen Geste durch das Haar und tätschelte ihm die bartlose Wange. «Ich werde dir später nachfolgen und gerne die angebotene Gastfreundschaft deines Vaterhauses in Anspruch nehmen. Geh jetzt, und passe auf dich auf. Gott möge deine Schritte lenken.»

Er wandte sich dem Mann mit dem Lederanzug zu. «Erlaube mir noch eine Frage, mein Freund: Wie kommt mein kleiner Bruder wieder nach Hause?»

Der Angesprochene lächelte freundlich. «Auf demselben Weg, wie er hierher gelangt ist», erklärte er bedächtig und deutete zu dem Steg, wo immer noch die Barke mit dem geschnitzten Schwanenkopf vertäut lag.

X

DIE STIMMEN DES UNERGRÜNDLICHEN

Die Sommergöttin hatte ihr schönstes Gewand über das Land gespreitet. Leuchtend blau dehnte sich die Wasserfläche des Vendolindon zwischen den grünen Hügelkuppen aus, überragt von der unüberwindlichen Mauer der dunklen Felsenberge, die trotz ihrer gewaltigen Erscheinung bloss wie eine schüchterne Kinderschar wirkten im Angesicht der Uralten Mütter, deren weisshäuptigen Riesengestalten im Hintergrund ewige Wacht hielten.

Anêrios war dieser Anblick so vertraut wie die Hütte seines Vaters, in deren Schatten er kauerte und auf die Romanenstrasse hinüberblickte, die sich zwischen dem sumpfigen Seeufer und dem verschlungenen Flusslauf der wilden Chandra über die Hügelkette heranwand. Tag für Tag liess der Junge seine Augen angestrengt über diese Strasse wandern und verfolgte ungeduldig jeden schwarzen Punkt, der sich von Albavallis und den Gebirgspässen her annäherte. In der Hoffnung, es könnte endlich jener ersehnte Besucher sein, den er schon so lange erwartete.

Aber Beodân kam nicht.

Der Wanderer mit den liebevollen, himmelklaren Augen hatte Anêrios versprochen, dass er ihm nachfolgen würde, sobald er die Valâda von der Feindseligkeit der Priester unterrichtet hätte. Womöglich war er aber im leuchtenden Land der Götter verblieben – und würde nie mehr in die Welt der Sterblichen zurückkehren.

Ein kummervoller Schatten in Anêrios' Gedanken verdüsterte die sommerliche Heiterkeit, welche sich auf leichten Schwingen über Vernausium niedergelassen hatte und das muntere Treiben der Dorfbewohner umspielte. Seit er diesem Boten der offenen Herzen aus Hibernia begegnet war, konnte Anêrios den jungen Mann mit dem freundlichen sanften Wesen nicht mehr vergessen – und auch nicht jene viel zu kurze Zeit, die sie gemeinsam verbracht hatten. Oder war es vielmehr die Hoffnung, welche Beodân in dem verdunkelten Gemüt des Jungen hatte aufblühen lassen, welche er nun so vermisste? Die Hoffnung darauf, dass es im Leben noch mehr gab als Angst und Bedrohung. Dass es sich lohnte, auf eine Kraft zu vertrauen, welche dem furchtbaren Drachen und allen Schrecken der Welt gewachsen war.

Nach dem traurigen Verlust seines Freundes Tarvo war Beodân ganz unvermutet wie ein neuer Lichtstrahl in Anêrios' Leben aufgetaucht und hatte ihm die Sicht auf einen weiten, lebendigen Horizont geöffnet. Zum ersten Mal in seinem jungen Leben hatte den Sohn des Bootsbauers ein Gefühl von Lebensmut und Zuversicht erfasst, wenn er an seine Zukunft dachte. An dieses Gefühl, welches unteilbar mit der Erinnerung an Beodân verknüpft war, klammerte sich der junge Vendolindier seither mit der Kraft der Verzweiflung.

Die grauenvollen Bilder, welche er im vergangenen Frühjahr im schwarzen Brunnen hinter dem Nebel gesehen hatte, verfolgten ihn beinahe jede Nacht. Sobald er die Augen schloss, suchten sie ihn heim, bedrängten ihn mit quälenden Fragen und nagten unerbittlich an den zarten Keimen der Hoffnung, welche Beodân in ihm geweckt hatte.

Nachdem er sich von dem Mann mit dem wundersamen, schwimmenden Mantel verabschiedet hatte, war Anêrios von den drei Jungfrauen mit den Schwanengefiedermänteln wiederum durch die Nebel geführt und an das Südufer des Sees gebracht worden. Wie im Traum hatte der Junge diese Überfahrt erlebt. Die Schifferinnen hatten sich im Nebel wieder unter ihren Kapuzen verborgen und ihr heiteres, unbeschwertes Wesen abgelegt. Wie schweigende Schatten hatten sie ihn begleitet und ihn keines Blickes und keines Wortes gewürdigt. Noch ehe sie durch die bedrückende Nebelwand hindurchgelangt waren, hatte Anêrios der Schlaf übermannt. Und als er aus den unruhigen Traumbildern wieder hochgeschreckt war, hatten sie ihn bereits am Ufer abgelegt und waren spurlos wieder verschwunden. Anêrios hatte sich anschliessend lange mit der quälenden Frage beschäftigt, ob er dies alles nur geträumt hatte. Je länger er der alten Romanenstrasse von Dorf zu Dorf nach Nordwesten gefolgt war, desto mehr befiel ihn eine heillose Verwirrung, die er bis zu diesem Tag noch nicht hatte abschütteln können. Im Gegenteil.

Nach seiner unvermuteten Heimkehr war Anêrios von seinem erleichterten Vater mit offenen Armen empfangen worden. Ambaros war in grosser Sorge gewesen, nachdem sein Sohn nicht von der Opferprozession zurückgekehrt war. Zumal er nur zu gut wusste, wie sehr der Opfergang seines besten Freundes Anêrios zu Herzen gegangen war. Was sich der Heimkehrer aber überhaupt nicht zu erklären vermochte: Merkwürdigerweise waren seit der Paktfeier am See sieben Tage und Nächte verstrichen, obwohl Anêrios felsenfest davon überzeugt gewesen war, nach seinem Aufbruch von Vernausium nur die eine Nacht in Sudûbnum verbracht zu haben. Kein Wunder, dass der Bootsbauer mit dem Schlimmsten gerechnet hatte. Dazu kam, dass der Drache diesmal leibhaftig aus der Höhle gekrochen und überall am See Angst und Schrecken ausgelöst hatte. Seither eiferten die Priester noch verbissener als zuvor und beharrten auf der Notwendigkeit des Paktes, welcher allein den zürnenden Urâgus zu beschwichtigen vermöge. Angeblich hatte das Ungeheuer nach seinem Auftauchen mehrere Kreise über den Türmen der Weissen Stadt gezogen und auch die Menschen von Raûlium in grosse Aufruhr versetzt.

Natürlich hatte Anêrios seinem Vater erzählt, was er auf seiner wundersamen Reise seinerseits alles erlebt hatte. Er hatte von seinem merkwürdigen Zusammentreffen mit dem raûlianischen Priester und den Legionären vor der Höhle berichtet. Ebenso von der Begegnung mit Beodân und dessen Wunderkräften. Als er auf die Wasserfrauen zu sprechen kam, hatte Anêrios in den Augen seines Vaters Tränen aufglänzen sehen. Auch die Erzählung von der Insel der Valâda hatte den Bootsbauer sehr berührt. Die Beschreibung der eindringlichen Bilder aus dem Schwarzen Brunnen war ihm augenscheinlich nahe gegangen. Anêrios hatte während seines Berichtes mehr als einmal das Gefühl, in der Seele seines Vaters wälzten sich grosse Gewichte. Aber auf sein entsprechendes Nachfragen hatte Ambaros nur tiefe Seufzer von sich gegeben und ratlos mit den Schultern gezuckt. Selbst als Anêrios abermals auf seine ungewöhnlich gearteten Hände hingewiesen und nach dem Verbleib seiner unbekannten Mutter gefragt hatte, war die alte bekannte Mauer des Schweigens, welche den Bootsbauer umgab, unnachgiebig geblieben. Ambaros schien jene Bereiche seines erfahrungsreichen Lebens, welche mit dem Wasservolk zusammenhingen, tief in seinem Innern unter festem Verschluss zu verwahren und um keinen Preis etwas davon preisgeben zu wollen.

Anêrios war wiederholt in seinen Vater gedrungen, die Bilder aus dem Brunnen der Valâda seien eine Warnung gewesen und dem Volk von Vendolindium drohe grosses Unheil.

«Die Götter werden es schon richten», hatte Ambaros gemurmelt und ein hilfloses Lächeln aufgesetzt. Er hatte sich immerhin dazu bewegen lassen, dem Priester Carodrûnos darüber Bericht zu erstatten. Die einzige Rückmeldung, die daraufhin an Anêrios zurückgeflossen war, war eine Ermahnung des Göttergeweihten von Vernausium, der Junge solle sich nicht in quälenden Albträumen verlieren und standhaft an die unverbrüchliche Gunst und Treue der Götter glauben. Entmutigt von dieser abweisenden Reaktion hatte Anêrios bald alle Bemühungen unterlassen, die schrecklichen Bilder aus dem Brunnen weiter zu verkünden. Er war zurückgefallen in sein verzehrendes Sehnen nach einem Wiedersehen mit Beodân und in seine Trauer um den unwiederbringlich dahingegangenen Freund Tarvo.

Obwohl Ambaros sich redlich gemüht hatte, seinen Sohn in die alltägliche Arbeit einzubinden und ihn mit verantwortungsvollen Aufgaben zu betrauen, fühlte sich der Junge in der Zeit nach seiner Heimkehr einsamer als je zuvor. Mit Tarvos Tod und Beodâns Verschwinden waren bedeutende Stücke aus dem Fundament seines Daseins weggebrochen. Niemandem im Dorf war es geglückt, Anêrios über diesen Verlust hinwegzutrösten. Nicht einmal Ariovinna, die lebenslustige Tochter des Fischers Drugantos, welche ihm stets sehr nahegestanden war, hatte ihn aus seiner trübseligen Stimmung herauszulocken vermocht. Je länger je mehr hatte sie sich schliesslich von ihm abgewandt. Ob aus Enttäuschung oder aus Verunsicherung, vermochte Anêrios nicht zu sagen. Es war ihm ehrlich gesagt auch einerlei. Das Getue und die Gepflogenheiten der jungen Leute verschafften ihm keine Zerstreuung mehr. Im Gegenteil, sie lenkten ihn lediglich von seinem Bemühen ab, die verwirrenden Erlebnisse der letzten Zeit zu ordnen und daraus Aufschluss über sein weiteres Vorgehen zu gewinnen.

So war der Sommer über Vendolindium heraufgezogen – und Beodân fand sich immer noch nicht unter den Reisenden, welche vom Gebirge her in

Vernausium eintrafen. Der junge Mann mit den strahlenden blauen Augen und dem wundersamen roten Mantel blieb verschwunden.

Dafür wurde Anêrios von den Traditionen seines Volkes eingeholt. Die längsten Tage des Jahres standen wie immer im Zeichen der Feierlichkeiten zu Ehren der holden Göttin Vermêna und ihres strahlenden Gefährten Daranos. Das Hohe Fest *Sultênon* wurde altem Brauch zufolge in der Gemeinschaft aller Sippen und unter der Anleitung der vereinten Priesterschaft Vendolindiums begangen. Die Sonnweihfeuer waren eines der bedeutendsten heiligen Feste der Vendolindier im Jahresrad und wurden stets zu Mittsommer auf einer Anhöhe über dem See entfacht. In den vergangenen Jahren war dies jeweils auf den Zwillingshügeln bei Speica geschehen. Dieser Ort befand sich genau gegenüber der Weissen Stadt. Die Priester der Vendolindier deuteten dies als gutes Zeichen, denn das Goldene, Gleissende, Strahlende war dem fürstlichen Sonnengott Daranos ebenso heilig wie dem pompösen Himmelsgott Iuppiter, der auf der anderen Seeseite in Raûlium verehrt wurde.

Anêrios hatte gehofft, dass Beodân noch vor den Riten zur Sommersonnenwende bei ihnen einkehren würde, denn diese wichtige Feier löste bei ihm unwillkürlich Unbehagen aus. Je näher die längsten Tage heranrückten waren, desto stärker hatte er eine unangenehme Anspannung in seiner Leibesmitte wahrgenommen. So sehr Sultênon auch den überschwänglichen Lebenskräften und dem Bund mit den Göttern und Mächten des Landes geweiht war, so viele Hochzeiten zwischen den Sippen gefeiert und so viele Eide in diesen Tagen und Nächten geleistet wurden, so war es doch stets auch jener Zeitpunkt, an dem zwei neue Lose für die *Erneuerung des Paktes* gezogen wurden.

Dieses Mal würde Anêrios' Namensstein zum ersten Mal mit in der Schicksalsurne der *Dienenden* liegen.

«Unser Leben liegt sowieso in der Hand der Götter», hatte sein Vater ihn zu beruhigen versucht. «Wir können jederzeit über die Schwelle der Mittleren Welt in das Lichtland der Ahnen abberufen werden, sobald der unergründliche Ratschluss der Unsterblichen dies fordert. Aber ich glaube nicht, dass dies dein Schicksal ist.»

«Wenn die Götter uns an ihre Seite befehlen, mag dies eine gerechte Sache sein», hatte Anêrios trotzig erwidert. Jedes Mal, wenn er mit seinem Vater über diese Angelegenheit sprach, begann sein Blut mächtig zu wallen. «Aber ich erkenne kein göttliches Wirken hinter diesem grausamen Brauch. Er zwingt uns immerwährende Angst auf und macht unsere Herzen eng. Und er verleiht den Priestern Macht über uns. Vielleicht ist der zornige Gott Urâgus wirklich bloss ein von den Geweihten ersonnenes Trugbild, so wie es Beodân gesagt hat.»

Amabaros hatte seinen Sohn bei diesen Worten nachdenklich angeschaut und einen hilflosen Seufzer unterdrückt. «Es ist unumstössliches Gesetz bei unserem Volk, dass wenige ihr Leben zum Wohl von vielen aufs Spiel setzen», hatte er wie gewohnt verlauten lassen. Anêrios hatte freilich eine unverkennbare Unsicherheit in der Stimme seines Vaters festgestellt, als ob er bloss eine allgemein geläufige und von der öffentlichen Stimme gebilligte Formel wiederholen würde, die jedoch nicht seine wirkliche persönliche Meinung widerspiegelte. Die Tatsache, dass sein Vater, der weithin geachtete Ambaros, offenbar nicht für seine tiefsten eigenen Ideale einstand und sich bedenkenlos einer lebensverachtenden Anschauung unterordnete, hatte Anêrios einmal mehr in ohnmächtige Wut versetzt. Aber so wie es aussah, konnte man vor dem gewaltigen Einfluss der göttergeweihten Priester letztendlich nur kapitulieren.

«Gib mir nun deinen Namensstein, mein Sohn», hatte Ambaros eines Tages im Vorfeld der Mittsommerfeier verlangt. «Carodrûnos hat ihn eingefordert. Bald werden die Lose wieder gezogen.»

Alle Vendolindier erhielten nach ihrer Geburt einen solchen Stein, der von den Priestern aus einer warmen Quelle am Fuss des Drachenberges entnommen und von kundigen Steinschnitzern mit Runen versehen wurde. Auf der einen Seite brachten diese die Namenszeichen für das Kind und dessen Vater an, auf der anderen Seite das Symbol für deren Sippe. So trug jeder Stammesangehörige ab seinem ersten Lebensjahr einen eigenen Stein. Mit dem Erreichen des vierzehnten Winters wurde jeder Steinträger lospflichtig, und sein Name musste für die Dauer eines Jahres in die Schicksalsurne gelegt werden. Dieses Gebot galt sowohl für die jungen

Männer wie auch für die jungen Frauen. Zwei Losziehungen mussten alle jungen Leute Vendolindiums also über sich ergehen lassen, ehe sie wieder von dieser schwerwiegenden Verpflichtung entbunden wurden. Danach erhielten sie ihren Namensstein zurück und trugen ihn in der Regel bis zu jenem Tag, an dem ihre sterbliche Hülle in den Schoss der Erdmutter gebettet wurde. Mit der Bestattung ging letzten Endes auch der Namensstein wieder zurück in die Obhut der Unsterblichen.

Jedes Jahr verwirkten vier junge Menschen dieses Recht.

Die Namenssteine dieser Unglücklichen wurden genauso wenig in die geweihte Erde des Landes versenkt wie ihre Leiber. Sie verfielen dem Drachen.

So wie Tarvo.

Sein Namensstein war irgendwo in den finsteren Eingeweiden des Drachenberges verschwunden, wo auch seine Gebeine ohne jeglichen Priestersegen bleichen mochten, solange bis sie irgendeinmal zu Staub zerfielen.

Wortlos und mit mühsam aufrechterhaltener Beherrschung hatte Anêrios sein Namensamulett vom Hals genommen und seinem Vater in die Hand gedrückt. Weil sie noch nicht als erwachsene Mitglieder der Stammesgemeinschaft galten, durften die *Dienenden* ihre Schicksalssteine nicht selbst dem Priester übergeben, sondern ihre Väter waren dafür zuständig. So wollte es das Gesetz.

Anêrios hatte in der darauffolgenden Nacht lange an der schwerwiegenden Tatsache herumgekaut, dass sein Vater ihn eigenhändig einem möglichen Verderben ausgeliefert hatte, nur weil ein grausames Gebot dies von ihm verlangte. Diese Handlung war dem Jungen gleichbedeutend mit einer Verstossung vorgekommen. Mehr als je zuvor hatte er in diesem Moment die Abwesenheit seiner Mutter als tiefe Wunde in seinem Dasein gespürt. Wie sehr hätten ihm ihre Fürsorge und ihre Liebe in dieser Lage Trost geben können. Aber selbst die Verbindung zu seiner Mutter enthielt ihm sein Vater vor, indem er sich standhaft weigerte, ihm Näheres über sie zu offenbaren.

Der Tag der Abreise nach Speica kam, ohne dass der ersehnte Beodân erschienen war. Anêrios' Hoffnungen waren zerronnen wie schmelzender

Schnee in der Frühjahrssonne.

Das ganze Dorf machte sich auf den Weg zur Mittsommerfeier. Nur wenige Alte und Gebrechliche blieben zurück. Wer Tiere in seiner Obhut hielt, musste diese mitführen, um sie nicht tagelang unversorgt zu lassen.

Die frenetischen Gesänge, die wilden rauschhaften Tänze und die alten Feuerbräuche zu Sultênon hatten Anêrios früher stets fasziniert, doch diesmal wohnte er diesen Riten nur halbherzig bei. Selbst dass seine Base Ratinêa in Speica mit einem Hirtensohn aus dem Tal von Vindemis vermählt wurde, berührte ihn nicht. Seine Gedanken wanderten unablässig zum Drachenberg hinüber, der wie ein regloses Ungeheuer auf der gegenüberliegenden Seeseite hockte und gierig auf seine nächsten Opfer wartete. Manchmal tauchte Anêrios innerlich zu den unsichtbaren Gründen des Vendolindon hinab, um Beistand bei der göttlichen Stammmutter seines Volkes zu suchen, der grosszügigen Herrin der nachtblauen Tiefen. Woran sollte er seine Hoffnung noch klammern, wenn nicht an sie?

Als das Weihefeuer der kürzesten Nacht zu einem schwelenden Aschehaufen zusammengesunken und der Rausch der enthemmenden Sonnwendtänze verebbt war, zogen die versammelten Priester Vendolindiums in ihren prachtvollen Zeremonialgewändern auf die Festhöhe hinauf. Begleitet von Trommelwirbel und dem durchdringenden Schallen und Dröhnen der Luren und Carnyges schritten sie in der Morgendämmerung würdevoll dem wartenden Volk entgegen. Verûnoregius mit seinen beiden Raben auf den Schultern führte den Zug an, gefolgt von den verschiedenen Lokalpriestern, worunter Anêrios auch Carodrûnos von Vernausium und Creviocarnos von Sudûbnum erkannte. Wie immer trugen die Göttergeweihten die Köpfe, Felle und Insignien jener Tiere auf sich, die ihren jeweiligen Sippen seit alters her Schutz versprachen. Den Abschluss der Prozession bildeten die Neophyten in ihren grünen und braunen Gewändern. Zwölf von ihnen trugen ein klobiges Holzgestell auf ihren Schultern, welches die beiden schicksalsträchtigen, mit reich ornamentierten Deckeln verschlossenen Losurnen enthielt. Eine der uralten Phialen[31] war aus einem roten Stein gehauen und barg die Namenssteine der *dienenden* Jungmannen, die andere war aus einem reinweissen Stein gefertigt und für die Na-

[31] Phiale (Grch.) = kultische Opfer-, Orakelschale

menssteine der lospflichtigen Jungfrauen bestimmt. Wie immer ging das Eintreffen der Orakelprozession mit einer gesteigerten Anspannung einher, welche sich der wartenden Volksmenge bemächtigte. Allen voran der *Dienenden*, deren Schicksal sich infolge der Losziehung offenbaren würde, aber auch deren bangender Eltern, welche anlässlich dieser Zeremonie mit dem bevorstehenden Verlust eines ihrer Kinder rechnen mussten.

Anêrios war nicht der einzige, dem ein Aufruf des Erstaunens entglitt, als hinter den vendolindischen Priestern eine Abteilung eisenglänzender Soldaten aus Raûlium auftauchte. Vorneweg erkannte der Junge den ungeschlachten Decurio Beligomâgus, dessen kantiger Kopf unter dem messingglänzenden Helm mit der blutroten Zierquaste nicht zu verwechseln war. Im Geleit der Legionäre stolzierte der goldberobte Priester Amontrâkius daher, welcher mit seiner protzigen Löwenhaube auf dem karminroten Kopftuch ebenfalls grosses Aufsehen erregte. Er wurde flankiert von zwei knabenhaften Fackelträgern in blütenweissen Tuniken.

Ein aufgeregtes Murmeln und Tuscheln lief durch die Versammelten, welche einhellig Verwunderung bekundeten über das unerwartete Auftauchen einer Delegation aus der ungeliebten Weissen Stadt. Was scherten sich diese hochmütigen Goldschürfer und Sklaventreiber neuerdings um die Bräuche des Seevolkes? Die Anwesenheit der gleichermassen gefürchteten wie verhassten Raûlianer verlieh der Spannung auf dem Platz zusätzlichen Auftrieb.

Anêrios spürte die schwielige Hand seines Vaters auf seiner Schulter, als die Neophyten die beiden Urnen behutsam auf den Boden stellten und sich die Priesterschaft in der vorgeschriebenen Anordnung darum herum formierte. Zum allgemeinen Erstaunen nahm auch der Pontifex aus Raûlium Aufstellung unter ihnen. Niemandem entgingen die süffisanten Blicke, mit denen dieser die urtümlich ausgestatteten Göttergeweihten aus den Seedörfern bedachte. Und umgekehrt auch nicht der Ausdruck der Verachtung, welcher sich in einigen der markanten Priestergesichter eingestellt hatte angesichts des prunkvoll herausgeputzten Neuankömmlings.

Die Legionäre und eine Handvoll Honoratioren aus der Weissen Stadt, die in langen, weissen Togen und mit stilisierten, goldgetriebenen Eichenlaubkränzen auf ihren Köpfen das Geschehen bezeugten, nahmen am Rand des sakralen Geländes ihre Plätze ein.

Das durchdringende Zusammenklingen zahlreicher Luren gebot der aufgeregten Menge schliesslich Schweigen.

Als sich vollständige Stille ausgebreitet hatte, erhob der gebrechliche Hohepriester Verunorêgios seine immer noch erstaunlich kraftvolle Stimme.

«Kinder Vendolindias, werdet nun Zeuge eines grossen Geschehens. Der Fürst des Sommerlichtes, Daranos mit dem flammenden Rad, und seine liebreizende göttliche Gemahlin, Vermêna mit dem roten Füllhorn, blicken heute mit Wohlgefallen auf uns herab. Unter ihrer Obhut werden wir jene beiden ausersehenen Seelen erküren, welche im Dienst an der Gemeinschaft unseres Volkes in drei Monden den mächtigen Urâgus versöhnen und uns für die Dauer eines weiteren halben Jahresrundes den Seefrieden gewährleisten werden.»

Mit einem unsicheren Seitenblick auf den stolz aufgerichteten Amontrâkius fügte er schliesslich hinzu: «Auf Ansuchen des Procurators von Raûlium, mögen ihm die Götter immerzu gewogen sein, finden sich heute in unseren Schicksalsurnen auch die Namenssteine der Jungmannen und Jungfrauen aus der Weissen Stadt, welche das Alter für *den Dienst* aufweisen.»

Ausrufe empörten Erstaunens erhoben sich aus dem Gedränge der versammelten Dorfschaften, welche der Pontifex aus Raûlium mit einem missbilligenden Blick quittierte. Die nervösen Legionäre wurden durch ihren Truppführer mit einer unmissverständlichen Geste zur Ruhe angehalten.

Verunorêgios räusperte sich geräuschvoll und nahm seine Ansprache wieder auf. «Es gibt keinen Grund zur Beunruhigung, ihr Söhne und Töchter Vendolindiums. Dieses ungewöhnliche Vorgehen entspricht einem Abkommen unserer Priesterschaft mit der Führung der Weissen Stadt. Die Nobilität von Raûlium möchte mit einem Sacrificium[32] aus ihren Reihen selbst einen Beitrag dazu leisten, den zornigen Urâgus zu beschwichtigen ... und ihm dadurch Tribut zollen für die Erzgewinnung, welche ihre Leibeigenen seit geraumer Zeit in den Fundamenten des Drachenberges betreiben.»

[32] Sacrificium (Lat.) = Opfer

Anêrios spürte, wie sich die Hand seines Vaters auf seiner Schulter verkrampfte. Tarvos Vater Gobanôr, der nicht weit von ihnen entfernt stand, spie auf den Boden. «Und darauf kommen sie erst jetzt, nachdem wir jahrelang allein den Blutzoll für ihre masslose Goldgier bezahlt haben», zischte er mit unverhohlener Feindseligkeit.

«Der Drache hat ihnen letzthin arg an den goldenen Mauern gekratzt», nuschelte in der Nähe ein Greis mit schwarzen Zahnstummeln. «Jetzt haben sie plötzlich Angst gekriegt, diese Protzköpfe.»

«Mag sein», erwiderte Ambaros nachdenklich, «für uns ist es möglicherweise eine Erleichterung. Ihre zusätzlichen Lose senken die Wahrscheinlichkeit, dass es einen von uns trifft.»

«So mögen die *Dienenden* nun vortreten und sich dem göttlichen Orakel vertrauensvoll anheimgeben», ordnete Verunorêgios mit salbungsvoller Stimme an und hiess die Neophyten, die jungen Leute an ihre Plätze einzuweisen. Aus Berenis und Tamarnis, aus Vernausium und Lyesia, aus Sudûbnum und Isoldis, aus allen Dörfern Vendolindiums strömten nun junge Burschen und Maiden mit gesenkten Köpfen und verhaltenen Schritten auf die freie Fläche vor den aufgestellten Schicksalsurnen. Anêrios spürte, wie sein Vater ihn mit sanftem Druck vorschob. «Mögen die Götter den Rechten erwählen», hörte er Ambaros murmeln. Das anschwellende Raunen aus der Menge bewies, dass er nicht der Einzige war, der in diesem Moment um sein Kind bangte.

«Wo sind die *Erwählten* Raûliums?», rief in diesem Moment eine aufgebrachte Männerstimme. Anêrios zuckte zusammen, als er in ihr diejenige seines Vaters erkannte.

«Ruhe!», krächzte Verunorêgios und hob seinen reich verzierten Stab. «Der Procurator verbürgt sich durch die Anwesenheit seines Leibpriesters und seiner Notabeln dafür, dass sämtliche Namenssteine aus der Weissen Stadt in diese beiden Urnen übergeben worden sind. Aus verständlichen Gründen konnten wir heute nicht die gesamte Bürgerschaft Raûliums nach Speica aufbieten.»

Anêrios bemerkte aus den Augenwinkeln, dass Tumbîlo, der Dorfobmann von Vernausium, zu seinem Vater getreten war und eindringlich auf diesen einsprach.

Die göttergeweihten Priester Vendolindiums stimmten nun einen mehrstimmigen Gesang an, dessen harmonisierender Klang den Gemütszustand der anwesenden Seebewohner wie gewohnt in eine einvernehmliche Stimmung versetzte. Die Erhabenheit und das Pathos, welche aus diesem Hymnus schwangen, glätteten die Wogen des Unmuts, welche sich zuvor in der Volksmenge geregt hatten, rasch wieder. Ein heiliger Raum schicksalsergebener Gelassenheit breitete sich über die vielen Menschen aus, welche sich auf der Hügelhöhe am Fuss des spitzen Bergkegels Andûrios auf dichtem Raum zusammendrängten.

Anêrios beobachtete, wie sich die beiden Raben des Hohepriesters, welche bis dahin ungerührt auf dessen dürren Schultern gesessen hatten, nun mit trippelnden Schritten über seine ausgebreiteten Arme bewegten. Verunorêgios senkte seine Unterarme mit sichtlicher Anstrengung zu den beiden Urnen nieder und liess die schwarzen Vögel auf die Kanten der Steingefässe hüpfen. Der höchste Priester Vendolindiums reckte nun flehend seine zitternden Hände in die Höhe und erflehte das gerechte Urteil der Götter. Die versammelten Priester fielen in sein Gebet ein, und während einer Weile erfüllte das vielstimmige Murmeln der altehrwürdigen Männer die Luft über der Anhöhe, welche in gespannter Erwartung knisterte.

«Nun mögen die Stimmen der Unergründlichen den weisen Ratschluss der Götter verkünden», intonierte der Hohepriester mit bebender Stimme und hielt seine ganze Aufmerksamkeit auf die beiden Rabenvögel gerichtet, welche immer noch auf den Schicksalsurnen hockten. Verunorêgios sank auf die Knie und hob die beiden Deckel, welche die Gefässe bis dahin verschlossen hatten. Die Raben stürzten sich auf die offenen Urnen wie auf zwei Futtertröge und begannen, mit ihren glänzend schwarzen Schnäbeln in den kieselgrossen Steinen, welche sich darin aufgehäuft befanden, zu wühlen.

Anêrios vergass in diesem Moment alles, was ihn bis dahin bewegt hatte. Er fühlte, wie sich sein Bewusstsein unweigerlich auf den roten Steintopf fokussierte, in dem gewiss mehr als ein halbes Hundert unterschiedlicher Namenssteine lag.

Die Augen des Raben, der mit seinem Schnabel darin herumstocherte, färbten sich unversehens golden!

Anêrios beobachtete mit einer Mischung aus Faszination und Abscheu, wie der schwarze Priestervogel in eine rasende Aufregung verfiel und wahllos in dem Steinhaufen herumpickte, gleichsam als suchte er das beste Korn aus einer Futterschale herauszuklauben.

Dasselbe Geschehen spielte sich gewisslich auch an der weissen Urne ab, aber Anêrios hatte nur Augen für dasjenige Gefäss, in dem sein eigenes Geschick lag.

Unvermittelt breitete der erste Rabe seine Schwingen aus und flatterte auf die Schulter des Hohepriesters zurück. Er hielt unverkennbar einen Namensstein im Schnabel. Kurz darauf folgte der zweite Orakelvogel und landete auf der anderen Schulter von Verunorêgios.

«Die Stimmen der Unergründlichen haben gewählt», verkündete der greise Priester feierlich. Er hob seine offenen Handflächen bis auf Schulterhöhe und verharrte solange in dieser Position, bis die beiden Raben ihre erbeuteten Steine mit einem triumphierenden Krächzen hineinfallen liessen.

Ein wissendes Lächeln umspielte Verunorêgios' bleiche Lippen, als er die beiden Namenssteine vor seine glitzernden Augen hob.

«Hiermit verkünde ich die Namen derjenigen *Erwählten*, welche in drei Monden anlässlich der Hohen Feier von *Dubosantion* und gemäss dem unumstösslichen Ratschluss der Götter in den Schlund des Urâgus gehen werden.»

Die Stimme des Hohepriesters schien vor Erregung leicht zu beben.

«Aus der Sippe Vernausiums wurde gewählt: Anêrios, Sohn des Ambaros. Möge sein Opfer dem zornigen Gott des Drachenberges gefällig sein.»

Anêrios verspürte einen Stich in seiner Brust.

Seine Kehle wurde schlagartig trocken.

Irgendwie hatte er es geahnt, ohne dass er zu benennen vermochte, wieso. Aber dieses Urteil erstaunte ihn nicht. Trotzdem traf es ihn mit voller Wucht!

Ich werde Tarvo also rasch nachfolgen! Das ist die Strafe für unser frevelhaftes Eindringen in die Höhle des Drachengottes im vergangenen

Herbst …

Verunorêgios hatte inzwischen den Namen auf dem zweiten Losstein abgelesen und salbaderte mit lodernden Augen:

«Aus der Sippe Raûliums wurde gewählt: Lusilla Aquileia, Tochter des Aquileius Ostiarius und der Valecunda Alâria, Filia Aurea von Raûlium. Möge ihr Opfer dem zornigen Gott des Drachenberges gefällig sein.»

Kaum war das zweite Los verkündet, brandete ein vielstimmiges Gebrüll aus tausend Kehlen auf. Die aufgestaute Anspannung brach sich Bahn in einem ungehemmten Toben. Während Anêrios wie gebannt an seinem Platz stehen blieb, stoben die Jünglinge und Mädchen um ihn herum davon und fielen ihren erleichterten Eltern in die Arme. Ungehemmt fliessende Tränen waren allerorten zu beobachten.

Die Priesterschaft hatte erneut eine feierliche Elegie angestimmt und schaffte es dadurch nach einigen Augenblicken, das tumultöse Treiben wieder abklingen zu lassen.

Nur am Rande nahm Anêrios wahr, wie im Lager der Raûlianer grosse Aufregung herrschte. Ihr Priester Amontrâkius war anscheinend mit dem Truppführer Beligomâgus aneinandergeraten. Umringt von den weissgewandeten Würdenträgern aus ihrem Gefolge sprachen die beiden Männer heftig gestikulierend aufeinander ein. Offenkundig hatte das verkündete Urteil die Leute aus der Weissen Stadt ordentlich aus der Fassung gebracht.

Anêrios wähnte sich wie in einer anderen Welt. Was um ihn herum geschah, nahm er nur noch wie durch einen Schleier wahr. Eine eindringliche Stimme in seinem Innern wiederholte immer wieder die Worte: *Du bist der Erwählte!*

Als er flüchtig aufblickte, sah Anêrios, dass Verunorêgios mit singender Verzückung direkt in seine Augen sah. Der Junge glaubte in den glitzernden Augen des Greises Genugtuung zu erkennen.

Da legte sich ein starker Arm um seine Schultern. Anêrios vernahm die Stimme seines Vaters, deren Klang ungewohnt brüchig war. «Komm, mein Junge», sagte er, «wir gehen nach Hause und überlassen den Rest der Feier den Eiferern. Du sollst in aller Ruhe Abschied nehmen können. Denn bald gehst du nach Valtrimatrônas und wirst dich vorbereiten auf das, was nun unweigerlich folgt.»

Anêrios schloss die Augen und erbebte innerlich. Endlich fanden nun auch seine Tränen ihren Weg.

XI

GOLDENE BLÜTEN IM SEE

Anêrios fand seinen rechten Sinn erst wieder, als er an der Herdstatt seines Vaterhauses sass und einen Krug Bier in Händen hielt.

Wie ein Schlafwandler war er auf dem Rückweg von Speica neben seinem Vater hergeschlurft, unfähig auch nur einen einzigen klaren Satz von sich zu geben. Ambaros hatte die Betroffenheit seines Sohnes mitgetragen und war nicht unnötig in ihn gedrungen. Mit gemessenen Schritten und schweigend hatte er den wie betäubt vor sich hinstarrenden Jungen nach Hause geführt, nach Vernausium, in das Dorf seiner Vorväter. Wo er seinen einzigen Sohn empfangen hatte. Jenen aufgeweckten und begabten Jungen, den er nun unverhofft wieder verlieren sollte.

Der Bootsbauer sprach dem Bier an diesem Abend ebenfalls in ungewohnten Mengen zu. Eine alte Frau aus der Nachbarschaft, welche aufgrund ihrer Unpässlichkeit nicht hatte mit nach Speica ziehen können, kehrte kurz bei ihnen ein und erkundigte sich besorgt über den Grund ihrer verfrühten Rückkehr. Nachdem Ambaros den Hergang des Orakels geschildert hatte, glommen die eingefallenen Augen der Alten auf. Sie liess sich umständlich vor Anêrios auf die Knie nieder, ergriff seine Hände und küsste sie wieder und wieder.

«Sie werden dich nun verehren wie einen Heiligen», raunte der Bootsbauer, als die Nachbarin wieder davongehumpelt war. «Sie glauben, dass du jetzt ein Teil jener Kraft bist, welche unser Volk vor dem Zorn des Drachen schützt.»

Anêrios lächelte bitter. «Ich frage mich, was daran heilig sein soll», versetzte er. «Irgendwie wirkt das alles so falsch. Beodân hat mir von einem Gott erzählt, der die Menschen liebt und beschützt, ohne Opfer von ihnen zu fordern. Wenn er doch jetzt hier wäre. Aber unsere Priester würden sowieso danach trachten, ihn möglichst rasch aus dem Weg zu schaffen. Sie duldeten es nicht, dass er ihre blutdurstigen Götter in Frage stellte.»

Ambaros nickte und schaute seinen Sohn aus auffällig klaren Augen nachdenklich an. Anêrios kannte seinen Vater gut genug, um zu erkennen, dass es im Kopf des Bootsbauers fieberhaft arbeitete. Hinter den reglosen

Zügen des graubärtigen Mannes schienen gewaltige Kräfte in Bewegung geraten zu sein.

«Dieser Beodân hat recht», entfuhr es ihm schliesslich, «es gibt keine Gerechtigkeit mehr in diesem Land. Unsere Götter haben uns längst verlassen.»

Anêrios horchte ungläubig auf. Er hatte seinen Vater bisher immer nur das Gegenteil beteuern hören.

«Hast du denn nicht damit rechnen müssen, dass sie meinen Stein ziehen könnten?», fragte er ihn überrascht.

«Niemand wünscht sich so etwas für sein eigenes Blut», seufzte Ambaros schwer.

Anêrios spürte, wie etwas in seinem Vater aufbrach. Darauf hatte der Junge jahrelang gewartet. Deshalb versuchte er die Gelegenheit beim Schopf zu packen und in die dünne Spalte hineinzugreifen, welche sich in der eisenharten Schale um das Herz des Bootsbauers so unverhofft auftat.

«Aber du konntest damit leben, dass jahrelang andere Väter und Mütter ihre Kinder an diese Unsitte verloren haben», begann er. «Und erst jetzt, da es dich selbst trifft, erkennst du den Wahn, in dem unser Volk seit vielen Jahren gefangen ist.»

Ambaros' Gesicht war qualvoll verzerrt, als er aufblickte. Tränen glänzten in seinen dunklen Augen. «Ich verstehe deine Wut, Junge. Bei den Göttern, ich habe das nicht gewollt. Wenn sie mich nicht dazu gezwungen hätten, wäre ich ehrlicher zu dir gewesen.»

«Wer hat dich zu was gezwungen, Vater? Ich höre so etwas zum ersten Mal von dir.» Anêrios war sich sicher, dass er kurz davorstand, seinen Vater endlich zum Sprechen bewegen zu können.

«Diese verfluchten Geisterbeschwörer und Dämonenanbeter», schluchzte Ambaros nun ungehemmt. «Sie haben mir hoch und heilig geschworen, dass sie dich in Ruhe lassen, wenn ich ihre Bedingungen einhalte. Jahrelang haben sie mir dadurch das Maul verbunden – und ich erbärmlicher Hund habe ihnen geglaubt. Wie konnte ich nur ...»

Anêrios hatte seinen Vater noch nie so aufgelöst erlebt. Die augenscheinliche Erschütterung dieses gestandenen Mannes bewegte ihn. Und dennoch bestand kein Zweifel, dass nun der Moment gekommen war, um ein machtvoll beschworenes Siegel zu erbrechen.

Er füllte ihre Krüge nochmals mit schäumendem Bier und legte Holz auf das zusammengesunkene Feuer. «Willst du mir nun endlich erzählen, was du weisst?», fragte er schliesslich.

«Es tut mir leid, Anêrios», beteuerte Ambaros und wischte sich die Tränen aus den Augen. «Ich habe dich all die Jahre hindurch zum Narren gehalten. Dabei hast du die Wahrheit immer gespürt, hast mich abermals darauf angesprochen, bist hartnäckig geblieben. Und ich habe dein Vertrauen nicht erwidert. Ich habe dich bloss hingehalten, habe sogar versucht, dir deine Empfindungen wieder auszureden. Ach, alter unverbesserlicher Tunichtgut, der ich bin.»

Bedächtig beugte sich Ambaros vor und ergriff die Hände seines Sohnes. Behutsam hob er sie in die Höhe und betrachtete sie eine Weile. Dann fuhr er mit seinen kräftigen Fingern über Anêrios' auffällige Schwimmhäute und lächelte. Sein Gesicht nahm einen verträumten Ausdruck an, als würde er in weit entfernte Räume seiner Erinnerung zurückblicken.

«Hör zu, Junge», schnaubte er, «es wird Zeit, dass ich dir jetzt die Wahrheit sage. Es kann mich das Leben kosten. Aber was soll ich mich jetzt noch schonen, jetzt da ich weiss, dass deine Tage gezählt sind.»

Ambaros schwenkte einen Kessel über die Flammen und begann eine einfache Mahlzeit zuzubereiten. Da seine Mutter längst zu den Uralten gehörte und seine verheirateten Schwestern eigene Hausstände unterhielten, war er sich gewohnt, immer wieder selbst zu kochen. Anêrios hatte seit seiner frühesten Kindheit nichts anderes gekannt. Obwohl er oft in anderen Hütten gegessen und die Kochkünste der Sippenfrauen gekostet hatte, war er immer zufrieden gewesen mit dem, was ihm sein Vater vorgesetzt hatte.

Die Verrichtungen am Kochkessel verschafften Ambaros etwas Zeit, um sich zu sammeln. Anêrios vermutete, dass sein Vater ebenso lange auf diesen bedeutungsvollen Augenblick gewartet hatte wie er selbst.

Nachdem sie ihr Mahl schweigend zu sich genommen hatten, rückten sie ihre Hocker näher an die Feuergrube heran, und Ambaros hob endlich zu erzählen an.

«In deinem Alter war ich ein schüchterner Bursche, Anêrios. Damals kam der unselige Brauch der Drachenopfer erst gerade frisch auf. Ich liebte das Handwerk meines Vaters und ging ihm zur Hand, wann immer er mich an seiner Seite duldete. Sonst nutzte ich jede Gelegenheit, um auf den See hinaus zu fahren. So wie du. Du weisst nicht, welch grosse Freude es mir bereitet, dass du dem Wasser derart zugetan bist. Deshalb habe ich auch immer ein Auge zugedrückt, wenn du dir heimlich meinen Weidling genommen hast. So wie letztes Jahr, als du mit Tarvo zur Höhle übergefahren bist.»

Anêrios konnte sein Erstaunen nicht verbergen. Über diese Sache hatte er gegenüber seinem Vater nie ein Wort verloren. Wie konnte er bloss davon wissen?

Ambaros lächelte, als er die Bestürzung im Gesicht seines Sohnes erkannte. «Ich weiss es von Gobanôr. Tarvo gestand es ihm, nachdem das Orakel ihn erwählt hatte. Ach, hätte ich dir damals doch schon alles erzählt.»

Er hielt eine Weile inne und schien mit sich selbst zu ringen.

«Nun, lieber zu spät als gar nie. Deine Geschichte, Junge, begann ebenfalls mit einem alten Brauch. Du machst dir zwar nichts daraus, aber du kennst die Sitte der jungen Burschen in den Dörfern am Vendolindon. Sobald der Schnee geschmolzen ist, klettern sie in die Flühe hinauf, um die Blume Auricula[33] für ihre Liebsten zu pflücken. Es ist eine Liebesgabe und zugleich ein Versprechen, dereinst den Bund der Vermêna mit dem beschenkten Mädchen zu knüpfen. Du weisst, dass dieses Blümlein nur an unzugänglichen Stellen in den Felsen wächst – und es ist nicht ungefährlich, es zu beschaffen. Manch ein verliebter Waghals hat sein Leben verspielt für diese unsinnige Sitte. So war es bereits in meiner Jugend – und anders als du war ich davon mächtig beeindruckt. Du kennst das auf deine eigene Weise, Anêrios, Dem jungen Blut sind dergleichen Wagnisse bisweilen einerlei. Man ist kühn, man spürt die Macht in den eigenen Adern rauschen, man will die Götter herausfordern. Die einen jagen einem unzugänglichen Gewächs hinterher, die anderen stehlen sich verbotenerweise zu verschlossenen Kultplätzen. Auch wenn ich in deinem Alter den Mäd-

 [33] Auricula (Lat.) = Alpenaurikel, eine Bergblume, in der Schweiz auch „Flühblümchen" genannt

chen eigentlich aus dem Weg ging – ich war zu schüchtern für Liebeleien –, so lockte mich die Mutprobe im Gebirge dennoch. Deshalb stieg ich der lieblichen Auricula nach und brachte es zustande, den Kelimônen, den launenhaften, rauen Berggeistern, ein feines Sträusschen abzutrotzen. Drüben am Baranbanno habe ich es gewonnen, unfern einer jener Minen, wo sie das Gold aus dem Berg graben.»

Ambaros' Miene verdüsterte sich, als er in die Erinnerungen jener Zeit eintauchte. «Ich sage dir, Anêrios, ich habe sie gesehen. Die halbnackten, erbärmlichen Todgeweihten, die unter den scharfen Peitschenriemen ihrer Aufseher täglich Leib und Leben riskieren, um dieses verfluchte, gelbe Metall aus den Eingeweiden der Erde hervorzukratzen. Und ich habe den goldenen Adler oben auf der Bergspitze gesehen. Das Leuchten, das wir Tag und Nacht oberhalb von Raûlium wahrnehmen. Ja, für dich ist es vielleicht bloss eine Art Höhensignal, das auch in der Tageshelle leuchtet. Aber ich schwöre dir bei Lûgos' allsehendem Auge, es ist ein gewaltiger Raubvogel aus schierem Gold, der dort oben sitzt und in das Land hinausspäht. Auch wenn einfältige Leute behaupten, es sei bloss ein eitles Standbild aus den Zeiten des Imperiums, in altersgrauen Tagen aufgerichtet, um dessen Macht zu demonstrieren, so sage ich dir jetzt dennoch, dass ich in diesem Gebilde eine Kraft gespürt habe, die nicht von dieser Welt ist. Dieser erzene Goldvogel hat sich knirschend zu mir hingedreht, als ich in seiner Nähe durch die Felsen geklettert bin. Er ist ein magischer Wächter, Junge, der alles sieht, was weitherum in Vendolindium passiert. Deshalb weiss der Procurator in seinem glänzenden Palast allzeit bestens Bescheid, was sich draussen im Land regt. Nun gut, ich habe das damals alles gesehen. Und *sie* haben mich auch gesehen. Jung und arglos, wie ich war, habe ich mir nichts dabei gedacht, bin mit meinen goldenen Blüten an den See zurückgekehrt. Und habe mich dabei gefragt, wem ich diese Gabe nun verehren wollte. Ich sagte dir schon, aus dem Weibervolk habe ich mir nichts gemacht damals. Da war kein Mädchen, dem ich das Blumengeschenk als Liebesbeweis hätte antragen wollen. Aber darum war es für mich sowieso nicht gegangen. Ich hatte mich bloss in den Felsen bewähren und meinen Kameraden beweisen wollen, dass ich nicht nur ein wendiger Schwimmer, sondern auch ein geschickter Kletterer war. Und dass ich aus starkem Holz geschnitzt war. Das war es, was für mich zählte. Für die Blumen hatte ich keine Verwendung. Ich warf sie achtlos in den See.»

Anêrios lächelte seltsam berührt. Dass ihm sein Vater auf einmal in dieser Ausführlichkeit aus seinem Leben erzählte, knüpfte ein selten verspürtes Band der Vertrautheit zwischen ihnen. Das stille Glück, welches der Junge dabei empfand, liess ihn die schrecklichen Ereignisse des vergangenen Tages vorübergehend vergessen.

«Warum erzähle ich dir das alles?», nahm Ambaros den Faden wieder auf. «Es scheint lediglich eine belanglose Episode aus meinen Jugendtagen zu sein ... aber so ist es nicht, mein Junge. Dieses Blumengebinde im See hat letztlich dazu geführt, dass *du* zu mir gekommen bist. Ja freilich, jetzt höre mir besonders gut zu. Ich hatte die verworfenen Auriculae bald vergessen. Aber im darauffolgenden Sommer feierten wir Sultênon auf den Höhen oberhalb unseres Dorfes. Es wurde getanzt und gefeiert. Ich hatte immer noch keine Geliebte – und um irgendein Mädchen zum Tanz zu bitten, fehlte mir nach wie vor der rechte Mut. So habe ich den anderen bloss wehmütig bei ihrem Geschäker zugeschaut und mir meine Sache dabei gedacht. Bis *sie* plötzlich wie aus dem Nichts auftauchte.»

Ambaros nahm sich Zeit, um in der eingefallenen Glut herumzustochern und das Feuer mit einer Handvoll dürrer Stöcke frisch zu schüren. Draussen hatte inzwischen die Dämmerung eingesetzt. An den geweihten Plätzen auf den Hügeln loderten jetzt gewiss bereits wieder die Sonnwendfeuer und bekräftigten auf geheimnisvolle Weise die Geschichte des Bootsbauers, die sich vor vielen Jahresläufen in einer solchen Mittsommerzeit zugetragen hatte. Die Höhe der sommerlichen Blüte war stets eine gute Zeit gewesen, um sich dem rauschhaften Sog der Liebe hinzugeben.

«Plötzlich stand da eine fremde Jungfrau», fuhr Ambaros schliesslich fort. «Sie war von einzigartiger Schönheit und trug ein blütenweisses Gewand. Aber niemand hatte sie jemals zuvor bei uns am See gesehen. Dieses Mädchen ist geradewegs auf mich zugekommen und hat mich zum Tanz aufgefordert. Es wusste mich sogar bei meinem Namen zu nennen. Verwirrt starrte ich es an. Ich bemerkte, dass der Saum seines Gewandes nass war. Und auch seine goldenen Haarflechten waren feucht. Dabei war damals ein strahlend schöner Mittsommertag, und der letzte Regenguss lag bereits eine Weile zurück. Ihr Blick war so bezaubernd, dass ich meine Scheu überwand und mit ihr in den Tanzreigen trat. Sie bat mich, grossen Abstand zum Weihefeuer zu halten. Das erstaunte mich, aber es war mir einerlei. Ich konnte nicht genug von ihr kriegen. Den ganzen restlichen Tag und die darauffolgende Nacht hindurch blieben wir zusammen. In der Morgendämmerung lachte sie plötzlich auf und sprang davon. Ich folgte ihr und liess sie nicht entwischen. Am Seeufer wandte sie sich lachend zu mir um und rief. *Ambaros, Sohn des Cavênos, ich muss jetzt gehen. Erwarte mich in der Nacht des vollen Mondes an dieser Stelle wieder. Mein Name ist Nusantia. Ich habe deine Blumengabe angenommen.* Dann sprang sie ohne zu zögern in das Wasser und tauchte unter wie ein Fisch.»

«Sie war eine Lindôna», hauchte Anêrios ungläubig, «eine Wasserfrau aus den Tiefen des Sees.»

Ambaros nickte bedeutungsvoll und blickte seinem Sohn lange in die Augen. «So ist es, mein Anêrios, so ist es. Ich konnte es kaum erwarten, dieses holde Geschöpf wiederzusehen. Jeden Monat trafen wir uns fortan im verschwiegenen Nachtlicht der Mondgöttin Belisâna und verbrachten wunderbare Momente zusammen. Manchmal schwammen wir im See und sie zeigte mir das geheimnisvolle Leuchten in der Tiefe, das auch wir manchmal in heiligen Nächten wahrnehmen können. Bisweilen streiften wir durch die Uferwälder, folgten den wilden Wassern der Chandra oder stiegen in die Berge hinauf. Ich hatte mein Herz vollständig an Nusantia verloren. Wenn ich sie fragte, woher sie komme und wer ihre Familie sei, lachte sie allerdings nur ... und schwieg. Und jedes Mal, wenn ich sie in meine Hütte einlud, schüttelte sie entschieden den Kopf. Unser Treffpunkt war stets das wilde Land, dort fühlte sie sich wohl. Aber in der Nähe unserer Hütten und Dörfer wurde sie unruhig. Nach ihrem ersten Erscheinen auf der Tanzhöhe an Sultênon folgte sie mir nie mehr in meine Welt. An einem unserer letzten Treffen beschwor sie mich geradezu verzweifelt, nicht mehr aus dem Kessel des Ewigen Wandels zu trinken. Das Gebräu der Priester schade meiner Seele und verstocke mein Herz. Als Dubosantion und die Paktfeier des Herbstes vorüber waren, wurde sie sehr schwermütig. Ich spürte, dass etwas Bedeutendes in ihr vorging, aber sie hüllte sich in Schweigen ...»

Anêrios bemerkte, wie sich die Augen seines Vaters trübten und seine Stimme schwer wurde. Lange verweilte der Bootsbauer in andächtiger Stille. Vieles, was er damals erlebt hatte, schien er bis dahin noch nicht verarbeitet zu haben.

«Kurz vor *Samûnios*[34] geschah es dann», fuhr er schliesslich mit einem bedrückten Unterton in seiner Stimme fort. «Als die ersten Nebel über den See krochen, erschien Nusantia nicht mehr zum vereinbarten Treffen. Jede Nacht sass ich am Seeufer und rief sehnsüchtig ihren Namen über das Wasser. Mein Herz litt unsägliche Qualen, zumal ich nicht wusste, wie ich sie erreichen konnte. Aber sie kam nicht mehr. Unser gemeinsamer Sommer, die innige Liebe, die mich erfüllt hatte, drohten wie ein flüchtiger Traum zu zerrinnen. Der Winter, der nun folgte, traf mich härter als alle vorausgegangenen. Mein einsames Herz gefror in der Ungewissheit über das Schicksal meiner liebsten Nusantia zu schwarzem Eis. Ich ging zu unserem Priester – damals kümmerte sich noch Carodrûnos' Vater Urovâtes um unser Dorf – und befragte ihn über das Wasservolk. Er klärte mich auf, dass sich die Lindônen vor geraumer Zeit von den Menschen abgewandt hätten und seither ihr eigenes Leben in den Tiefen des Vendolindon führten. Aber es geschehe immer wieder, dass eine Wasserfrau einem jungen Burschen vom Seestamm den Kopf verdrehe, es sei jedoch sinnlos, diesen unfassbaren Wesen nachzutrauern. Sie hätten ihre eigene Wirklichkeit und stünden den Menschen nicht mehr nahe. Der Priester riet mir, mich im Dorf nach einer Gefährtin umzusehen und die Sirene zu vergessen. Aber wie hätte ich das vermocht? Mein Herz gehörte ganz und gar Nusantia.»

Die Erkenntnis überfiel Anêrios plötzlich wie ein heisser Schwall, der ihm durch den Leib fuhr. «Sie ist meine Mutter», keuchte er – und nun verstand er, was Tarvo damals gemeint hatte, als sie nach ihrer Flucht aus Raûlium auf wundersame Weise über den See verbracht worden waren. Und er begriff das Gerede der Leute über die eigenartigen Verwachsungen

[34] Samûnios (Kelt.) = Totenfest der Vendolindier im November

an seinen Händen. Und seine tiefe Zuneigung zum See.

«Vendolindia, dann ist es wahr! Meine Mutter ist eine Wasserfrau.»

Ambaros' Augen begannen wieder zu glänzen. «Sie war es, ja. Nusantia war deine Mutter, mein Sohn ... Doch höre zunächst, was nun weiter geschah: Ich ging weiterhin in allen Nächten des vollen Mondes an den Ort unserer Zusammenkünfte am Seeufer und hoffte, dass meine Liebste eines Nachts wieder auftauchen würde. Dass alles wieder wäre wie zuvor. Aber sie zeigte sich mir nicht mehr. Erst im darauffolgenden Frühjahr erhielt ich unverhofft wieder Besuch aus dem See. Aber es war eine andere Lindôna. Sie trug dieselbe weisse Tracht mit dem nassen Saum. Ihre Augen waren voller Trauer. Sie erzählte mir, dass Nusantia von einem Boot aus Raûlium gefangen ... und dass sie getötet worden war ...»

Der kräftige Mann stockte und vergrub das Gesicht in seinen schwieligen Händen. Anêrios sah, wie sein Vater erbebte und von einer alten, unverarbeiteten Trauer überwältigt wurde. Der Junge fühlte in seinem Innersten voller Bangen mit, wie diese Nachricht den verliebten Ambaros damals getroffen haben musste.

Der graubärtige Bootsbauer ergriff abermals die Hände seines Sohnes und nahm seine Erzählung mit zitternder Stimme wieder auf. «Nusantia hatte dich geboren, bevor sie den Raûlianern in die Fänge geriet. Ein ganzes Jahr bliebst du danach in der Obhut des Wasservolkes.»

Ambaros lächelte und durch die Tränen hindurch begannen seine Augen wieder zu leuchten. «Du wurdest im See geboren, mein Sohn. Du bist wahrhaft ein Kind Vendolindias. Als sie dich zu mir brachten, war ich überglücklich. Durch dich konnte meine Liebe zu Nusantia weiterleben. Sie übergaben mir auch die Haarflechte, welche seither meinen Nachen schmückt. Sie gehörte deiner Mutter. Denn die Lindônen wechseln ihre Erscheinung, wenn sie zu uns auf das trockene Land kommen. Sie sehen dann aus wie feingliedrige, schöne Menschen – wohl ähnlich wie die ewigholden Albiônen der Berge und Wälder. Du erkennst sie lediglich daran, dass ihr Gewandsaum und ihr Haar stets nass bleiben. Ich habe Nusantia nur einige wenige Male in ihrer Wassergestalt gesehen. Sie war eine Sirene von unvergleichlicher Anmut.»

Er seufzte schwer und strich Anêrios liebevoll mit der Hand über die Wange. Als er weitersprach, wurde seine Stimme unvermutet bitter. «Doch eines ist gewiss, mein Junge. Seit Nusantias gewaltsamem Tod ist der See verflucht. Niemand kann sich entsinnen, dass Menschen jemals zuvor einen Angehörigen des Wasservolkes getötet hätten. Dieser Frevel erschütterte die gütige Seemutter, und sie entzieht uns seither einen Grossteil ihres Segens. Nie mehr haben sich uns die Wasserleute nach dieser grauenhaften Tat wieder gezeigt. Aber dich kennen sie, Anêrios. Dir sind sie gewogen. Und deshalb sind sie auch zu dir gekommen, als du in Not warst.»

Anêrios nickte. Aber er verstand immer noch nicht, was das Geheimnis um seine Herkunft mit der Enttäuschung seines Vaters über die jüngste Losziehung und seine Berufung zum *Erwählten* zu tun hatte.

Ambaros erklärte es ihm sogleich. «Natürlich blieb deine Anwesenheit in meiner Hütte nicht lange verborgen. Ich gab den Leuten im Dorf vor, ich hätte mich am Rauschfeuer zu *Beltênon*[35] mit einer Fremden aus der Sippe der Artiônen von Branadûr verbunden. Und da diese Frau nach deiner Geburt gestorben sei, hätte ich dich anschliessend zu mir genommen. Der alte Verunorêgios, unser Hohepriester, erschien dann eines Abends und überbrachte mir deinen Namensstein. Die Sippenrune, welche darauf eingeritzt war, verwies aber eindeutig auf die Seemutter Vendolindia und das Wasservolk. Der Alte hatte dein Geheimnis erkannt. Er behielt es für sich. Nun, wie du wohl weisst, Anêrios, entwickelte ich in späteren Jahren eine Abneigung gegen den Drachenpakt und hinterfragte den grausamen Opferritus vehement. Tarvos Vater und einige andere teilten meine Gesinnung und wir erregten mit unserem Widerstand grosses Aufsehen. Gemäss Nusantias Warnung verweigerten wir den Priestertrank aus dem Kessel des Ewigen Wandels und verzichteten auf die regelmässige Segnung. Wir gewannen mehr und mehr Einfluss bei den Leuten. Wir trachteten danach, in den Dörfern mit der Zeit eine starke Widerstandsbewegung auslösen und den alljährlichen Menschenopfern irgendeinmal Einhalt gebieten zu können. Das war eine hoffnungsvolle Zeit voller geheimer Treffen, verschwörerischer Pläne und blühender Zukunftsvisionen. Verunorêgios wähnte die überlieferten Paktriten durch unsere Machenschaften in

 [35] Beltênon (Kelt.) = rauschhafte Feier unter dem Maivollmond

Gefahr, und er trug mir eines Tages einen folgenschweren Handel an, da er zu Recht vermutete, dass ich der Rädelsführer der Renegaten war. Er stellte mir in Aussicht, deinen Namensstein dereinst nicht in die Orakelurne legen zu müssen, unter der Berufung auf die Tatsache, dass du kein vollblütiges Mitglied unseres Stammes seist. Als Gegenleistung verlangte er von mir, dass ich meine aufrührerischen Umtriebe sofort einstellte. Ich willigte ein und lieferte mich dadurch unwissentlich seiner Gewalt aus. Ich merkte bald, dass dein Leben nun gleichsam ein Pfand in den Händen der Priester war. Aber was wollte ich tun, Anêrios. Du warst der einzige und kostbarste Schatz meines Herzens, der mir noch verblieben war. Deshalb musste ich mich dem Willen der Göttergeweihten beugen – und verstummen. Von da an wagte ich nicht mehr, gegen den Pakt aufzubegehren. Aus Angst, sie könnten dich mir nehmen. Mein Rückzug liess bald auch den Widerstand der anderen zerbröckeln. Und ich begann zuletzt wieder aus dem Kessel zu trinken.»

«Alle diese langen Jahre hast du die Wahrheit in dir unterdrückt», erkannte Anêrios fassungslos. «Und dich den Machenschaften der Priester unterworfen, weil du mich schützen wolltest.»

«Du warst gleichsam eine Geisel in ihren Händen», bestätigte Ambaros niedergeschlagen. «Selbst als ich dem Göttergeweihten Carodrûnos zu Beginn des Sommers deinen Namensstein aushändigte, weil du das Alter für den Dienst erreicht hattest, versicherte er mir noch hinter vorgehaltener Hand, dass dies lediglich eine Formsache sei, welche nicht an unserem Handel rüttle. Ich habe ihnen vertraut. Ich wollte bis zuletzt daran glauben, dass diese Menschen für die Götter sprächen und es eigentlich gut mit den Menschen unseres Volkes meinten. Aber jetzt ... jetzt wird mir endgültig bewusst, dass eine dämonische Falschheit und ein unbändiger Machthunger dem scheinheiligen Gehabe dieser Priesterschaft zugrunde liegen.»

Mit weit aufgerissenen Augen blickte der Bootsbauer seinen Sohn an. «Du musst fliehen, Junge, du musst dich dem Zugriff dieser Menschenschlächter entziehen.»

«Aber mein Zuhause ist hier, Vater», stammelte Anêrios ungläubig. «Der Vendolindon und seine Gestade sind meine Welt. Hier wurde ich geboren, und hier will ich wieder vergehen, wenn die Zeit gekommen ist, da die unbestechliche Dubaugra meinen Lebensfaden schneidet. Du selbst hast immer gesagt, die Wassermutter würde unsere sinkende Seele fürsorglich aufnehmen, wenn diese dereinst den Leib hinter sich liesse.»

«Dieses Land ist verflucht», wiederholte Ambaros mit düsterer Miene. «Die Götter haben sich von ihm abgewandt. Vendolindia ist erbost über den schändlichen Mord an einem ihrer Kinder. Du hast es im Brunnen der Valâda selbst gesehen. Vendolindium wird untergehen – und wir damit. Rette dich, solange du kannst.»

«Wohin soll ich gehen?» Anêrios war nun selbst den Tränen nahe. Die Vorstellung, seiner geliebten Heimat den Rücken kehren zu müssen, würgte ihn in der Kehle.

«Verlasse dieses Land», wiederholte Ambaros bestimmt. «Gehe nach Urônia zu den Stierleuten, dort leben freie Menschen von altem helvêtischem Geblüt. Oder übersteige die Höhen von Caram Sûlis und verstecke dich im Wald von Sidrium bei den Sedûnern in Vallensia. Dorthin reicht die Macht von Verunorêgios nicht.»

«Und was ist mit dir?», fragte Anêrios. «Wirst du mit mir kommen?»

«Ich bin ein alter Mann und habe mein Leben gelebt», seufzte der Bootsbauer und blickte seinen Sohn traurig an. «Ich werde auf den See hinausfahren und meinen Frieden mit der Seemutter Vendolindia schliessen. Vielleicht suche ich die Valâda in den Sümpfen auf und bitte sie, mir ein Tor nach Elysion zu zeigen. Ich könnte Elovâna, die Gebieterin des Leuchtenden Landes, darum ersuchen, mir Nusantias Seele wieder herauszugeben.»

XII

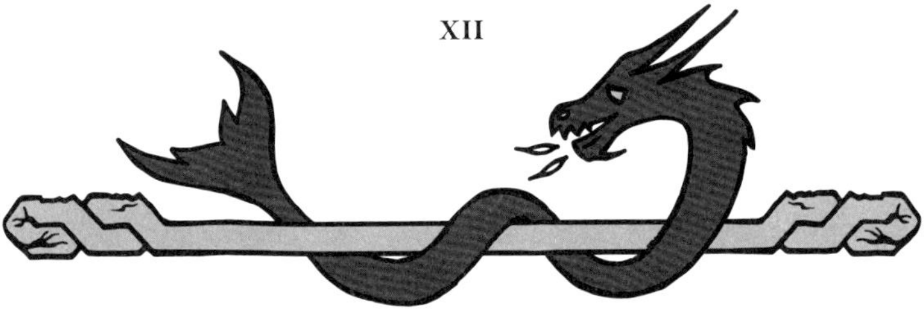

DIE LETZTE FAHRT DES BOOTSBAUERS

Drei Tage später, am Abend nachdem die Sultênon-Feier ihren Abschluss gefunden hatte, erschien der Priester von Vernausium, der alte Carodrûnos mit dem Büffelschädel auf dem Kopf, an der Feuergrube von Ambaros' Hütte.

Der greise Hohepriester Vendolindiums begleitete ihn. Verunorêgios trug als Zeichen seiner hohen Stellung einen präparierten Bärenkopf auf seinem Haupt, dessen dickes Fell wie ein Umhang über den Rücken des alten Mannes herabwallte. Der Bär galt seit den verwichenen Tagen der Helvêten allenthalben als König der Wälder, und seine Macht über die wilden Wesen des Landes war unbestritten. Deshalb schmückte die Hülle dieses imposanten Geschöpfs den höchsten Götterdiener am See vortrefflich.

Ambaros empfing die beiden Priester mit einem Ausdruck grimmiger Abweisung auf seinem Gesicht. Anêrios befürchtete, dass sein Vater aus Enttäuschung über deren gebrochenes Versprechen möglicherweise gewaltsam gegen die Göttergeweihten vorgehen würde, aber zu seiner Beruhigung hielt sich der kräftige Bootsbauer zurück. Der Respekt vor den altehrwürdigen Hütern der Tradition und den Geboten der Gastfreundschaft schien den brennenden Schmerz in seiner Brust zu überwiegen.

Carodrûnos schlug ein Segenszeichen über die Feuergrube und begann mit salbungsvoller Stimme zu sprechen. «Es ist eine grosse Auszeichnung für dich und dein Blut, Ambaros, dass die Götter deinen Sohn in den Dienst unseres Volkes einberufen haben. Wir hoffen, dass du die hohe Ehre anerkennst, die dir dadurch zuteilwird. Anêrios' Opfer wird den rasenden Urâgus besänftigen und den Menschen am See für eine Weile Frieden verschaffen.»

Bocksteif und mit funkelnden Augen blickte Ambaros dem salbadernden Alten entgegen. Seine Hände zuckten. Anêrios bemerkte, wie sehr sein Vater mit sich rang.

«Du hast es mir versprochen», presste der Bootsbauer schliesslich mühsam beherrscht zwischen den Zähnen hervor.

Carodrûnos lächelte unsicher und schwieg. Stattdessen trat nun der uralte Hohepriester an seine Seite. Wie immer kauerten die beiden Raben auf seinen Schultern. Aus unergründlichen schwarzen Augen musterten sie die Menschen am Feuer.

«Der Drache ist zornig», erklärte Verunorêgios mit leise schnarrender Stimme. «Erstmals seit langer Zeit hat er in diesem Frühling seine Höhle verlassen und uns seine gewaltige Macht vorgeführt. Um ihn zu besänftigen, müssen wir diesmal besondere Opfer erbringen. Sogar Raûlium hat seine Seelen in die Waagschalen der Götter geworfen. Der Procurator gibt seine Tochter her für das Wohl der Menschen am See. Das ist ein ausserordentliches Zeichen. Ich anerkenne deine Trauer über den Hingang deines Sohnes, Ambaros. Aber alle freien Menschen an den Gestaden des Vendolindon sind dir von tiefstem Herzen dankbar, dass dein Blut ihr Überleben sichert.»

«Du hast mir beteuert, dass du ihn schonst und seinen Namensstein draussen behältst», wiederholte Ambaros unter enormer Anspannung, ohne auf die beschwichtigenden Worte des Hohepriesters einzugehen.

Der Alte schüttelte seinen Bärenkopf und verzog bedauernd das zerfurchte Gesicht. «Der Ratschluss der Götter ist für uns Sterbliche ein Buch mit sieben Siegeln, Ambaros», versicherte er mit grossväterlicher Nachsicht. «In der Tat versprach ich dir, deinen wasserblütigen Sohn gesondert zu behandeln. In den Flammen des Opferfeuers habe ich freilich gesehen, dass in Anbetracht der Umstände diesmal *alle* Steine in die heiligen Phialen gelegt werden mussten. Auch derjenige von Anêrios. Wenn die Götter von uns Rechenschaft einfordern, zerbröckeln die Eide der Sterblichen zu nichtigem Staub.»

«So entzieht ihr euch also jeglicher Verbindlichkeit!», schnaufte Ambaros. «Du weisst, dass auch das Blut der Seemutter in seinen Adern fliesst. Die Lindônen sind ihr heilig. Willst du wirklich noch mehr Wasserblut vergiessen und Vendolindia erzürnen?»

Der Hohepriester wiegte bedächtig den schmalen Kopf mit der wuchtigen Bärenschädelkrone. «Gewiss, ich verstehe dich. Aber ist es denn nicht ebenso wahr, dass Anêrios ein geachtetes Mitglied unserer Gemeinschaft ist? Seine Abkunft ist unleugbar mit dem See verbunden, ja. Seinem Blut wohnt eine besondere Kraft inne. Es zählt für viele andere. Aber ich will dir nun etwas verraten, Ambaros. Du bist ein ehrbarer Mann und verdienst meinen Respekt.»

Der Hohepriester stützte sich schwer auf seinen Stock und beugte sich dem stämmigen Bootsbauer verschwörerisch entgegen. Seine von tiefen Falten umkränzten Augen verengten sich. «Auch ich habe eine Tochter, die vom Blut der Wasserleute ist. Sie hat wiederum eine Tochter, die nun das Alter hat, um zu *dienen*. Diese meine Enkeltochter musste ihren Stein in Anbetracht der gegenwärtigen Not ebenfalls in die Urne legen, ungeachtet ihrer Abstammung. Was ich dir damit sagen will, Ambaros, Sohn des Cavênos: In dieser ausserordentlichen Lage, da der Drache uns seinen Zorn spüren lässt, muss nun auch das Wasservolk seinen Teil dazu beitragen, dass wir uns weiterhin eines unbeschwerten Daseins in diesem gesegneten Land erfreuen dürfen. Weisst du denn nicht, dass nach der Überlieferung das Geschlecht der Vendolindier und die Lindônen einst zu einem einzigen Volk gehörten, in jenen legendären Tagen, als die milde Erdmutter Elovâna noch leibhaftig in der Mittleren Welt wandelte und unser Land behütete? Dieses alte Volk wurde durch ein böses Geschick bedroht. Vendolindia wies den Bedrängten eine Zuflucht in den schützenden Tiefen des Sees zu. Ein Teil ihrer Schutzbefohlenen folgte dem Aufruf, ein anderer beschloss, an den festen Trockengestaden des Sees zu verbleiben, weil sie dieses Land über alles liebten. Aus den Nachkommen dieser Zurückgebliebenen wurde später der Stamm der Vendolindier. Du siehst, Ambaros, im Grunde entstammen wir einem gemeinsamen Ursprung, die Wasserleute und wir. Ist es also nicht rechtens, dass auch die Lindônen dem zornigen Urâgus ihren Tribut entrichten?»

Ambaros schnaubte wutentbrannt. «Sie haben sie getötet», zischte er. «Die Raûlianer haben das Blut einer Wasserfrau vergossen … und jetzt wollt ihr noch mehr.»

Anêrios sah, wie sein Vater drohte, die Beherrschung zu verlieren. Die Augen des leidgeplagten Mannes loderten vor Zorn. Die Raben auf Verunorêgios' Schultern spreizten warnend ihre schwarzen Schwingen. Die Anspannung in der Hütte war so stark, dass Anêrios kaum zu atmen wagte.

Doch dann sackte Ambaros förmlich zusammen. Als hätte ihm etwas die Luft entzogen, liess er seinen Kopf plötzlich vornüber sinken. In einem Anfall von Schwäche griff er nach dem Schwenkbaum, der den Kessel über dem Feuer hielt, und suchte schwankend daran Halt. Anêrios hörte, dass sein Vater wie unter grosser Anstrengung keuchte.

Nach einer Weile ergriff Carodrûnos wieder das Wort. «Nachdem wir dies also geklärt haben», verkündete er mit ungerührter Miene und wandte sich direkt an Anêrios, «eröffnen wir dir hiermit, dass du dich auf den Tag nach dem nächsten Vollmond bereithalten magst, um mit mir in das heilige Tal von Valtrimatrônas zu ziehen. Dort wirst du dich einer äusseren und inneren Reinigung unterziehen, dich nach unserer Anweisung in das Gebet versenken und jene besonderen Weihen empfangen, welche dich auf deinen Opfergang vorbereiten. Nimm in den dir verbleibenden Tagen sorgfältig Abschied von deinem Zuhause und von allem, was du bis dahin gekannt hast. Mehr als je zuvor liegt dein Geschick nun in den Händen der Götter. Sie werden von nun an jeden deiner Schritte lenken bis zu jenem schicksalhaften Tag am Höhleneingang, da du dem mächtigen Urâgus gegenübertrittst. Die ungeteilte Gunst der Ewigen schwebt fortan über dir wie ein heiliger Segen. Denn du bist jetzt ihr *Erwählter.* Heil dir und deinem Haus, Anêrios, Ambaros' Sohn.»

Verunorêgios, der Hohepriester, trat einen Schritt vor und reichte Anêrios einen Becher aus dunklem Horn. «Du und dein Vater, ihr habt die Feier frühzeitig verlassen», murmelte er. «Und du hast noch nicht von deinem Recht Gebrauch gemacht, nun auch den Segen aus dem Kessel des Ewigen Wandels kosten zu dürfen. Du bist jetzt nicht nur ein Erwählter, sondern auch ein erwachsener Mann, Anêrios. Trink, mein Sohn, die Macht des *Belisanto* wird dir dazu verhelfen, dich vertrauensvoll in deine Bestimmung fügen zu können.»

Der Junge sah, wie sein Vater ihn qualvoll anstarrte und den Kopf schüttelte. Einen Moment lang erweckte es den Eindruck, als wolle er seinen Sohn daran hindern, den Becher aus der Hand des Priesters an seine Lippen zu führen. Aber er hielt im letzten Moment inne und beugte sich ächzend einem neuen Schwächeanfall.

Verunorêgios lächelte dem Jungen einladend zu und beobachtete zufrieden, wie dieser den dargereichten Trunk bis auf den letzten Schluck leerte. Die Raben auf seinen Schultern regten sich unruhig. Einer der beiden unheimlichen Vögel hatte seltsamerweise wiederum einen goldenen Schimmer in den Augen.

Als die beiden Göttergeweihten gegangen waren, lastete eine beklemmende Stille auf den zurückgebliebenen Männern. Ambaros und sein Sohn hingen ihren Gedanken nach und starrten ausdruckslos in die Flammen, die aus der Feuergrube hochzüngelten. Fast als würden sie darin wie Auguren[36] nach einem Anzeichen ihres weiteren Schicksals forschen.

Endlich fasste sich Ambaros wieder und blickte auf. Sein Gesicht wirkte erschöpft und um Jahre gealtert. «Am besten machst du dich noch heute Nacht auf den Weg, Junge. Belisâna zeigt ihr volles Gesicht erst in vier Tagen. Bis dahin werden die Priester davon ausgehen, dass du deine Angelegenheiten regelst, und dein Verschwinden nicht bemerken. Je rascher du aufbrichst, desto mehr Vorsprung gewinnst du.»

Anêrios hob seine Blicke ebenfalls vom Feuer. In seinen Augen glomm ein ungewohntes Leuchten. Obwohl der Junge bewegende Momente erlebt hatte, war sein Gesicht so gelöst wie schon lange nicht mehr.

«Ich wurde durch das Los auserkoren, Vater», murmelte er mit beinahe tonloser Stimme. «Die heiligen Raben haben meinen Namensstein aus der Urne ausgewählt. Ganz Vendolindium setzt seine Hoffnung darauf, dass ich den Opfergang antrete und Urâgus besänftige.»

Ambaros schüttelte ohnmächtig den Kopf. «Mein Sohn, siehe selbst, wie gross die Macht dieses unseligen Brauches bereits geworden ist. Sogar du verfällst ihm, der du bis dahin von der Stimme deines Herzens geleitet wurdest.»

«Aber wie kann ich mich dem Urteil des Orakels widersetzen, Vater? Ich müsste gegen die Tradition aufbegehren, wenn ich Vendolindium verliesse. Ich bin ein Sohn dieses Landes und mein Leben liegt in der Hand der ewigen Götter. Hier wird sich mein Schicksal erfüllen.»

«Bist du von Sinnen, Junge?», rief Ambaros in seinem Schmerz. «Ich ertrage es nicht, dass du an dieses Ungeheuer verfüttert wirst. In dir fliesst

[36] Auguren (Lat.) = traditionelle Seher der antiken Völker

Nusantias Blut. Du musst weiterleben, dir ist etwas anderes bestimmt, als von einem Drachen verzehrt zu werden.» Ambaros war so aufgebracht, dass er am ganzen Leib zitterte. Seine Augen waren weit aufgerissen. Panik schien ihn erfasst zu haben.

«Du hast deinen Kampf gegen den Pakt längst aufgegeben, Vater», erwiderte Anêrios ungerührt. «Warum sollte ich nun an deiner Stelle den Widerstand fortführen? Ich gehöre hierher und ich diene Vendolindium. Meine Seele und dieses Land sind miteinander verwoben. Wenn ich mich dem Weisspruch des Orakels entzöge, wäre ich fortan ein Verstossener und könnte nie mehr hierher zurückkehren. Das wäre für mich schlimmer als der Tod.»

«Sie haben dir aus ihrem verfluchten Kessel zu trinken gegeben», wimmerte der Bootsbauer entgeistert, «dieser durchtriebene Zauberer hat dir deinen Lebenswillen gebrochen. Fluch über ihn!»

Ambaros spie in das Feuer und griff mit seinen Pranken nach Anêrios' Schultern, um den Jungen kräftig durchzuschütteln. «Komm zu dir, Êrio. Es kann nicht dein Schicksal sein, dass dein Blut für einen unsinnigen Opferbrauch vergossen wird.»

Anêrios lächelte versonnen, als er seinem Vater geradewegs in die verzweifelten Augen blickte. «Das hat Tarvo auch gemeint», erklärte er ruhig. «Schlussendlich ist er gleichwohl in den Schlund des Drachen gegangen. Ich werde ihm nachfolgen. Denn Tarvo weilt nun in der Obhut von Elovâna, der Hüterin des Lichtlandes. Auch Beodân ist jetzt gewiss dort, nachdem er auf der Insel der Valâda dem Göttergesandten mit den Adleraugen gefolgt ist. Die beiden einzigen Menschen, die mir wirklich etwas bedeuten, weilen nicht mehr in der Mittleren Welt. Deshalb betrübt es mich nicht, diese nun ebenfalls zu verlassen und meine sterbliche Hülle abzulegen. Soll sich der gefrässige Drache an meinem vergänglichen Fleisch erfreuen, meine Seele wird nach Hause gehen.»

Die Vorstellung, seinem besten Freunden in der anderen Welt bald wieder zu begegnen, verstärkte den seligen Ausdruck auf seinem Gesicht.

Ambaros musste feststellen, dass Anêrios dem Bann des Zaubertrunks vollständig erlegen war. Er konnte nichts mehr für ihn tun. Wenn er selbst an Sultênon aus dem Kessel der Wandlung getrunken hätte, wäre er nun ebenfalls in derselben Gleichgültigkeit versunken, die das Herz seines Sohnes lähmte. Und vielleicht hätte ihm dies sogar geholfen, sein unausweichliches Los besser ertragen zu können. Schluchzend umarmte er Anêrios, der diese Geste mit seltsam verträumter Teilnahmslosigkeit erwiderte.

«Auch ich werde mich demnach von der Mittleren Welt verabschieden», murmelte der Bootsbauer schwach, als er sich mutlos von Anêrios abwandte. «Es gibt nun nichts mehr, was mich hier zurückbehält.»

Mit schweren Schritten schlurfte er zu seiner Werkstatt hinüber.

Ambaros versuchte in der Folge noch mehrere Male, seinen Sohn zu einer raschen Flucht aus Vendolindium zu bewegen. Anêrios weigerte sich gelassen, aber nachdrücklich, und er beharrte auf seiner Verpflichtung, seinem Volk durch den eigenen Opfergang beistehen zu müssen. Der leere Ausdruck in seinem Gesicht und das seltsame Glimmen in den blauen Augen des Jungen wiesen darauf hin, dass er unter dem Einfluss eines Zaubers stand und nicht mehr Herr seiner selbst war.

Entmutigt und von einer überwältigenden Trauer befallen, zog sich Ambaros mit seinem Schnitzwerkzeug an den See zurück. Er kehrte nur zum Schlafen in die Hütte zurück. Jedes Mal, wenn er seinem Sohn begegnete, bedachte er ihn mit verzweifelten Blicken und rang umständlich nach Worten, um ein verbindendes Gespräch mit ihm anzuknüpfen.

Anêrios berührten diese hilflosen Bemühungen nicht. Er beobachtete das Leben und Treiben um ihn herum mit zunehmender Distanz und Kühle, gleichsam durch einen Schleier aus glitzerndem Raureif hindurch. Die Tatsache, dass er all dies bald hinter sich lassen würde, dass er die im Verlauf langer Jahre gewachsenen Beziehungen in seiner Sippe und in seinem Dorf würde durchtrennen müssen, verursachte wohl ein Gefühl der Leere in ihm. Aber es erfüllte ihn nicht mit Bitternis. Selbst wenn die Nachbarn ihm ihre Aufwartung machten und ihm ehrerbietig ihre Huldigung erwiesen, machte er sich nichts daraus. Es kam ihm beinahe vor, als löste sich jene Welt, die ihm seit seiner frühesten Kindheit vertraut gewesen war, allmählich in einer nebelhaften Gleichgültigkeit auf. Er hatte nur mehr ein Ziel vor Augen: die feierliche Prozession zur Drachenhöhle, wo sich sein Schicksal erfüllen würde. Er verspürte den wachsenden Drang in sich, endlich nach Valtrimatrônas aufzubrechen und in den heiligen Grotten der Priesterschaft seinen Dienst als *Erwählter* antreten zu können.

Am letzten Tag vor dem Vollmond beobachtete Anêrios teilnahmslos, wie sein Vater die Ziegen und Schweine zu den Nachbarn brachte. Anschliessend häufte der Bootsbauer seine gesamte Habe, darunter auch sein kostbares und geliebtes Werkzeug, vor der Hütte zu einem Haufen auf und steckte alles in Brand. Mit kummervoller Miene nahm er seinen Sohn schliesslich an der Hand und führte ihn hinunter zum See, wo die Boote der Sippe sicher vertäut lagen.

Anêrios sah, dass Ambaros seinen Weidling mit einer frisch geschnitzten Skulptur geschmückt hatte. Diese stellte eine lebensgrosse Sirene dar, welche im Bug des Nachens aufgerichtet stand und auf das offene Wasser hinausblickte. Nusantias Haarflechte war sorgsam um ihren Hals gewunden.

«Komm mit mir, mein Sohn», beschwor der Bootsbauer den Jungen noch einmal, «lass uns gemeinsam in eine bessere Welt hinüberfahren. Vendolindia wird uns beschützen.» Er wies mit ausgestrecktem Arm auf die Seefläche hinaus, die unter der hellen Sommersonne tiefblau funkelte.

«Nein, Vater», erwiderte Anêrios leise und spannte seinen Körper unwillkürlich an. «Mein Platz ist hier, und ich werde dem Los der Götter Ehre erweisen. Dies schulde ich meinem Blut.»

«Dein Platz ist der See – und nicht der Schlund des Blutschlingers», rief der gramgebeugte Mann anklagend. Ambaros war versucht, seinen Sohn mit sich auf das Boot zu zerren. Aber der Junge sträubte sich dagegen und blieb reglos stehen.

«Du wirst nicht an der Paktfeier teilnehmen und mein Opfer bezeugen?», fragte dieser seinen Vater stattdessen tonlos.

«Nein», entgegnete Ambaros kläglich. «Ich werde jetzt gehen, denn ich will nicht mit ansehen, wie sie dich morgen wegführen.» Noch einmal bäumte sich seine Stimme auf. «Komm mit mir, Êrio! Wir lassen diesen ganzen Wahnsinn hinter uns. Dieses Land ist verloren. Aber wir können an einem anderen Ort weiterleben.»

«Ich habe mich entschieden», hauchte der Jüngere.

«Dann sehen wir uns im Leuchtenden Land wieder», flüsterte der Ältere mit glänzenden Augen. «Lebe wohl, mein Junge, möge die gütige Wassermutter deine Seele mit offenen Armen empfangen.»

«Lebe wohl, Vater», murmelte Anêrios mit starrer Miene und erwiderte die Umarmung des kräftigen Mannes ohne echte Anteilnahme. Weinend löste Ambaros die Haarflechte der Wasserfrau von der geschnitzten Bugfigur seines Nachens und überreichte sie seinem Sohn wortlos. Dann stieg er auf, ohne noch einmal zurückzublicken.

Anêrios hielt die Abschiedsgabe seines Vaters in seinen Händen und fühlte nichts als dunkle Bedeutungslosigkeit in sich. Ein kühles Lächeln umspielte seine blutleeren Lippen, als er sah, wie Ambaros seinen Kahn mit kräftigen Ruderstössen seeaufwärts lenkte. Bald war der Schiffer nur mehr als kleiner Punkt zu erkennen, der mit der flimmernden Luft über dem Wasser verschmolz.

Als Anêrios zur Hütte zurückkehrte, war das Feuer von Ambaros' verbrannten Habseligkeiten zu einem glosenden Kohlehaufen zusammengesunken. Etliche Dorfbewohner standen vor ihren Hütten und blickten betroffen auf den See hinaus, wo der weithin geachtete Bootsbauer verschwunden war. Ihnen war anzusehen, dass sie durch Ambaros' überraschenden Aufbruch verstört waren.

Im Gegensatz zu Anêrios. Der Junge mit der ungewohnten Mattigkeit in den Augen trauerte seinem abgereisten Vater keinen Augenblick nach. Er wandte sich rasch ab und trat in das Innere der leeren Hütte, um sein Gepäck für die bevorstehende Abreise zu richten.

XIII

UNERWARTETER BESUCH

Als das letzte Licht eines langen Sommertages auf den höchsten Berggipfeln verglühte, lag der Vendolindon still zwischen den bewaldeten Hügeln, in deren Falten sich bereits dunkelblaue Schatten eingenistet hatten. Die einsetzende Abendkühle verdrängte die schwere Hitze vieler sonnenheller Stunden.

Anêrios hatte sich zeitig niedergelegt, um noch ein letztes Mal alleine in jener Behausung zu schlafen, welche ihn von klein auf hatte aufwachsen sehen. Sein Vater hatte ihm erzählt, dass bereits seine Urgrosseltern an diesem Standort ein Langhaus errichtet hatten. Kurz streifte ihn die Frage, wer sich hier wohl einquartieren würde, wenn auch er gegangen war. Vielleicht einer seiner Vettern? Oder würde die Hütte nach und nach zerfallen, so wie die Erinnerung an den Bootsbauer und dessen Sohn.

Plötzlich hörte er draussen Pferde schnauben.

Waren sie bereits gekommen, um ihn abzuholen? Aber warum mit Pferden? Die Vendolindier bewegten sich üblicherweise auf dem Wasser fort und hielten sich keine Reittiere. Und pflegten die Priester nicht sowieso zu Fuss und stets ohne Schuhe einherzugehen?

Wie ein Schwall kalten Wassers scheuchte ihn eine plötzliche Aufregung von seinem Strohlager auf. Hastig ergriff er sein vorsorglich geschnürtes Bündel und eilte vor die Tür.

Drei unbekannte Reiter erwarteten ihn vor dem Eingang. Sie waren in lange Umhänge gehüllt, deren hochgezogene Kapuzen ihre Gesichter verhüllten. Die Mäntel bestanden aus feinem Tuch und waren allesamt von dunkler Farbe, die in der einbrechenden Dämmerung nicht genau zu ermitteln war.

Anêrios sah, dass das helle Pferd des vordersten Reiters vornehm aufgezäumt war und eine goldene Zierscheibe auf der Brust trug. Täuschte er sich oder war darauf das Bildnis eines Adlers mit gespreizten Schwingen dargestellt? Der Junge blinzelte, denn die Lichtverhältnisse waren nicht mehr ausreichend, um Einzelheiten ausmachen zu können. Aber irgendwie erinnerte ihn dieser Anblick an seinen verhängnisvollen Fund, den er vor der Drachenhöhle gemacht hatte, damals, als er mit Tarvo dort hinaufgestiegen war. Eine unerwartete Regung schnitt in Anêrios' ausgekühltes

Herz und rief etwas Verschüttetes in ihm wach.

Der Reiter auf dem prächtig geschmückten Schimmel vorneweg begann mit der vollen Stimme einer Frau im mittleren Alter zu sprechen.

«Salve[37]! Bist du der Sohn des Bootsbauers Ambaros?», fragte sie in der *Lingua Romana*. Sie klang gebieterisch.

«Ja», stammelte Anêrios verwirrt.

«Wo ist er?», begehrte die Frauenstimme zu wissen.

«Er ist fort», erklärte Anêrios kleinlaut und deutete auf den dunklen See hinaus. «Er ist gegangen ... und er kommt vermutlich nicht mehr zurück.»

«Dann lass uns in die Hütte eintreten», sprach die verhüllte Frau rasch. Es war eher ein Befehl als eine Einladung. «Ich habe mit dir zu reden.»

Einer ihrer beiden Begleiter, der von auffallend grosser und stämmiger Gestalt war, wie Anêrios nun bemerkte, schwang sich mit der Geschmeidigkeit eines geübten Reiters aus dem Sattel und war der vermummten Frau beim Absteigen behilflich. Dasselbe tat er anschliessend mit der dritten Person, die zierlich und unbeholfen wirkte.

Anêrios trat mit den unbekannten Besuchern in die Hütte, wo die Feuerglut nur noch schwach in der Herdstatt schwelte. Der Hüne schloss die Tür hinter ihnen und prüfte sorgfältig, ob die Fensterläden gut verschlossen waren.

«Mache uns ein bisschen Licht», forderte die herrschaftliche Frau den verstörten Jungen auf.

Anêrios beeilte sich, dürres Holz auf die Feuerstelle zu legen, und blies in die Glut. Aufflackernde Flammen verbreiteten bald einen rötlich zuckenden Schein unter dem hohen schilfgedeckten Dach. Während sich die breitschultrige Gestalt des Stämmigen an der Tür postierte, als wolle dort Wache halten, setzte sich der Zierliche mit hängenden Schultern auf einen Hocker im Hintergrund. Die Wortführerin nahm am Feuer Platz und gebot Anêrios mit einer unmissverständlichen Geste, es ihr gleichzutun. Bedächtig schob sie ihre Kapuze in den Nacken zurück.

Anêrios erschauderte. Das Antlitz der Frau war vollständig von einer goldenen Maske bedeckt, welche ein ausdrucksloses, stilisiertes Gesicht

 [37] Salve, -ete (Lat.) = Heil dir, euch (romanische Grussformel)

darstellte. Wo sich darunter Augen und Nasenlöcher befinden mussten, waren kleine Öffnungen ausgespart. Auch auf der Höhe des Mundes klaffte ein schwarzer Schlitz. Ihr dunkles Haar hatte die Frau mit kostbaren Spangen und Nadeln hochgesteckt. So wie es in Raûlium Sitte war.

Sie spricht die Lingua. Ist sie etwa aus der Weissen Stadt gekommen?

«Du bist der Junge, der die ganze Breite des Sees durchschwommen hat und der nun zum Erntedankfest am Drachenberg geopfert werden soll», eröffnete die Frauenstimme hinter der unbewegten Maske die Unterredung.

Anêrios nickte.

Die maskierte Frau zog eine runde silberne Scheibe unter ihrem Umhang hervor und hielt sie Anêrios mit einer feinen behandschuhten Hand vor das Gesicht. «Was siehst du darin?», fragte sie ihn barsch.

Der Junge strengte sich an, aber er konnte ausser einem trüben Glanz nichts auf der makellos glatten Fläche erkennen. Irritiert schüttelte er den Kopf.

Die Frau wischte mit dem Ärmelsaum ihres purpurroten Gewandes, welches sie unter dem Mantel trug, über die Scheibe und wiederholte ihre Aufforderung. Anêrios' Gedanken überschlugen sich. Er merkte, wie die unerwartete Begegnung mit diesen geheimnisvollen Fremden die lähmende Lethargie in seinem Innern aufbrach, welche sich in den letzten Tagen wie ein staubiges Laken über sein Bewusstsein gelegt hatte. Beim besten Willen konnte er aber immer noch nichts auf der Silberfläche erkennen.

«Du stehst unter dem Einfluss einer magischen Obsession», stellte die Frau mit gedämpfter Stimme fest und förderte unter ihrem Umhang hervor ein kleines irdenes Krüglein zutage. Mit spitzen Fingern löste sie dessen Zapfen und streckte Anêrios das Behältnis hin.

«Trink es aus», befahl sie ihm, «es schmeckt scheusslich, aber du musst es leeren.»

Zögernd ergriff der Junge das Fläschchen und roch vorsichtig daran. Ein belebender Geruch nach starken Kräutern stieg ihm in die Nase. Die Frau hinter der starren Maske nickte auffordernd.

Bereits nach dem ersten Schluck entrang sich ein bellendes Husten Anêrios' brennender Kehle.

Scheusslich hatte sie gesagt. Das war stark untertrieben gewesen.

Wie flüssiges Feuer rann der Inhalt des Krügleins in den Jungen hinein und drohte, ihn von innen heraus aufzuzehren. Als er sich nach einigen Schlucken weigerte, den Rest auszutrinken, trat der Hüne von der Tür zu ihm heran und legte seine kräftige Pranke um sein Kinn, um ihm mit unnachgiebiger Gewalt die Kiefer auseinanderzudrücken. Dann stopfte er ihm das Fläschchen in den offenen Schlund und schüttete den Rest in seine prustende Gurgel hinab.

Anêrios vermeinte, bei lebendigem Leib vergehen zu müssen. Der ätzende Geschmack des Gebräus füllte ihn vollständig aus und verkrampfte sein Gedärm zu einem glühenden Knäuel. Keuchend und würgend krümmte sich der Junge zusammen und fiel auf die Knie. Die stämmige Gestalt, die ihn brutal zu diesem widerlichen Trunk genötigt hatte, sprang behände zurück, und die maskierte Frau raffte ihren Umhang hastig zur Seite, als Anêrios sich lautstark auf das Bodenstroh erbrach. In heissen Wogen flutete die Übelkeit durch seinen Körper und liess rote Fetzen vor seinen Augen tanzen. Jedes Mal, wenn er sich übergab, löste sich der Druck auf seinem Schädel ein bisschen mehr. Es kam ihm vor, als würde die Heftigkeit des inneren Feuers, das durch ihn hindurchtobte, einen gläsernen Panzer zum Zerbersten bringen, der seinen Kopf zuvor unmerklich umspannt hatte.

Bei aller Widerwärtigkeit wohnte diesem Vorgang etwas Befreiendes inne.

Er sah, wie die Frau mit ihren feinen Handschuhen vorsichtig nach seinem Auswurf griff. Mit Entsetzen beobachtete er, wie sie mit ihren spitzen Fingern einen kleinen, schwarzen Wurm daraus hochhob. Sie hielt ihm das widerwärtig zuckende Getier vor die Augen und warf es mit einer nachlässigen Geste in die Flammen. Zischend verbrutzelte die Kreatur im Feuer. Die Vorstellung, dass sich dieses unheimliche, schleimige Ding in seinem Gekröse verkrochen hatte, ekelte Anêrios über alle Massen.

Immerhin liessen die Krämpfe bald merklich nach und er kam allmählich wieder zur Ruhe. Der Hüne streckte ihm einen ledernen Wasserschlauch hin, und der Junge spülte seinen säureversehrten Mund. Geradezu süss und frisch schmeckte das kühle Nass auf seiner pelzigen Zunge.

Die ausdruckslose Maske der Frau blickte ihn ungerührt an, als er sich zitternd wieder aufrichtete. Noch einmal streckte sie ihm die silberne Scheibe entgegen.

Es war ein Spiegel. Anêrios erkannte im flackernden Feuerschein sein bleiches, aufgelöstes Gesicht mit den tränenden Augen darin.

«Das … das bin ich», stammelte er fassungslos. Es war dieselbe Scheibe, die er zuvor betrachtet hatte, warum bot sie ihm nun ein derart klares Spiegelbild dar, nachdem sie vorher blind gewesen war?

Nach einigen Augenblicken senkte die Frau den Spiegel und wiegte bedächtig den Kopf.

«Du bist wieder Herr deiner selbst», murmelte sie. «Es tut mir leid, dass ich dir das antun musste.» Ihre Stimme klang nun etwas weicher. «Aber für das, was wir nun zu besprechen haben, musst du bei klarem Verstand sein. Euer Hohepriester hat dir das Gebräu aus seinem Kessel eingeflösst und dir damit den Geist vernebelt, um dir leichter seinen Willen aufzwingen zu können. So wie er es mit allen euren Leuten tut. Der Kessel der Wandlung ist nicht mehr, was er einst war. Dieser alte Rabenflüsterer und seine Handlanger bedienen sich aller Schliche, um das Seevolk hinters Licht zu führen.»

«Verunorêgios», ächzte Anêrios. «Du kennst ihn?»

«Natürlich kenne ich ihn», bekannte die Frau hinter der goldenen Maske. «Aber ich bin nicht seinetwegen hier, sondern um dir ein Angebot zu unterbreiten.»

Anêrios verstand die Welt nicht mehr. Gerade begann sich sein zerbröselter Verstand allmählich wieder zusammenzusetzen und ein deutlicheres Bild seiner gegenwärtigen Situation zu zeichnen, da wurde er bereits vor neue Entscheidungen gestellt. Was sollte diese seltsame verhüllte Frau, die in der Sprache des vergangenen Imperiums sprach, einem unbedeutenden, todgeweihten Burschen wie ihm anzubieten haben?

«Dir bleibt nicht viel Zeit», erläuterte sie eindringlich. Ihre Augen funkelten förmlich durch die Maske hindurch. «Du musst dieses Land verlassen, bevor es zu spät ist.»

Wie durch ein zähes, klebriges Netz hindurch hörte Anêrios hinter dieser Aufforderung die widerhallende Stimme seines Vaters, der ihm abermals dasselbe geraten hatte. Schmerzlich wurde dem Jungen bewusst, dass Ambaros nicht mehr da war. Der alte Bootsbauer war alleine aufgebrochen, nachdem er seinen Sohn mit keinem Mittel dazu hatte bewegen können, ihn zu begleiten. Gequält stiess der Junge die Luft aus, als ihm vollends klar wurde, was wirklich geschehen war.

«Wenn sie dich morgen wegführen, werden sie sich deines ungefestigten Willens wiederum zu bemächtigen wissen», führte die fremde Frau weiter aus. «Sie werden dir ihr Seelengift erneut einflössen und dann wirst du ihnen nicht mehr entrinnen können.»

«Der Drache ...», wisperte Anêrios, «sie wollen mich dem Drachen opfern. Ich bin der Erwählte ...»

«Ein unnötiges Opfer», zischte die Frau scharf.

Anêrios rang nach Atem. Das hatte auch Beodân behauptet. Und sein Vater.

«Aber wir dürfen jetzt keine Zeit verlieren mit langen Reden», unterbrach die Stimme hinter der goldenen Maske seine Gedanken. «Du musst fliehen, Junge. Sonst bist du unwiederbringlich verloren. Wir haben draussen ein Pferd für dich. Mein treuer Gefolgsmann hier wird euch sicher führen.» Sie deutete auf den schattenhaften Hünen, der hinter ihr stand.

«Er wird uns führen?», fragte Anêrios verunsichert. «Wie meinst du das, Domina?»

Die Frau wandte sich zu der dritten Gestalt um, welche sich die ganze Zeit schweigend und reglos im Hintergrund gehalten hatte, und nickte ihr bedeutungsvoll zu.

Diese streifte zaghaft ihre Kapuze zurück und enthüllte ein vertrautes Gesicht.

Anêrios erkannte das Mädchen mit den dunklen Augen und der turmartigen Steckfrisur deutlich wieder.

Die überhebliche Prinzessin von der goldenen Barke! Die mich als Blumenpflücker in ihre Sklavendienste nehmen wollte.

Aber ihr Gesicht war verweint und von unverhohlener Angst gezeichnet. Als sie ihn anblickte, sah er auch Trotz und Ablehnung in ihren Zügen.

«Lusilla ist meine Tochter», erläuterte die Maskierte knapp. «Ihr Vater, der Procurator von Raûlium, wollte sie an den Magos verheiraten, einen mächtigen Zauberer aus dem Osten, um eine unheilige Allianz mit ihm zu besiegeln. Das Mädchen hat sich aus guten Gründen geweigert. Und ich mich mit ihm. Als Konsequenz hat unser *Pontifex*[38] gefordert, Lusilla dem Drachen zu opfern. Ich werde diesen Wahnsinn nicht dulden! Deshalb muss meine Tochter fliehen. Sie kann bei Verwandten von mir unterkommen, in Aventia, weit im Westen. Dort regiert der König von Byrgondia, und in seiner Obhut ist sie sicher.»

Sie schwieg und stellte ihren goldverhüllten Kopf schief. «Und du kannst mit ihr gehen, wenn du willst. Dies ist mein Angebot.»

Anêrios verstand immer weniger. Sein Kopf schwirrte vor lauter Gedanken, die wild durcheinanderwirbelten.

«Aber warum?», stotterte er bestürzt. «Warum tust du das für mich, Domina? Du kennst mich nicht. In deinen Augen bin ich doch nur ein … ein Barbar.»

Die Frau hob energisch die Hand und gebot ihm Schweigen. «Deine Flucht aus Raûlium hat grosses Aufsehen erregt», erklärte sie. «Bei uns zweifelt niemand daran, dass dir das Wasservolk letzten Herbst geholfen hat, aus dem Hafen der Weissen Stadt zu entkommen.»

Dann streifte sie bedächtig ihre Handschuhe ab.

«Siehe selbst, was der wirkliche Grund meines Kommens ist», flüsterte sie kaum hörbar und streckte ihm ihre schlanken Hände entgegen.

Anêrios blickte verblüfft darauf. Die bläulich verfärbten Fingernägel. Die auffallenden Hautlappen zwischen den Fingern. Die Hände der Frau zeigten eindeutig dieselben ungewöhnlichen Zeichen wie die seinen.

«Auch meine Mutter ist eine *Sirêna*», hauchte die Frau. «In dir und in mir fliesst dasselbe Blut. Wir sind beide Abkömmlinge des Wasservolkes. Lusilla infolgedessen auch. Auf Geheiss des Magos hält Raûlium eine Geisel der Sirenîden gefangen. Sie darbt in einem versiegelten Brunnen unter dem Garten der Weissen Zitadelle. Ich kümmere mich insgeheim um sie, denn sie hat mir anvertraut, dass sie die *Rigâna* des Vendolindon ist. Der

[38] Pontifex (Lat.) = «Brückenbauer», Priester des romanischen Götterkultes

Procurator, mein Gemahl, würde mich auspeitschen lassen, wenn er davon erführe, dass ich mich hinter seinem Rücken mit seiner kostbaren Geisel abgebe. Aber durch die unsägliche Gefangenschaft dieser bedauernswerten Wasserfrau wird ihr ganzes Volk gefügig gemacht. Die Sirenîden müssen unbeschreibliche Qualen erleiden und in der Sklaverei meines von allen Göttern verlassenen Gatten nach den verborgenen Schätzen des Drachenberges schürfen. Es ist kein Zufall, dass meine Tochter und du, die ihr beide durch eure Abstammung mit den Wasserblütigen verbunden seid, nun diesen Machenschaften geopfert und dem Drachen vorgeworfen werden sollt. Dadurch zieht sich die Fallschlinge um unser Volk nur noch enger.»

«Aber war es nicht das Orakel, das uns auserwählt hat?», fragte Anêrios verständnislos. Trotz allem, was er soeben gehört hatte, war er immer noch überzeugt, dass der höhere Wille der Götter die Lose in den Schicksalsurnen bestimmt hatte.

«Eure Zauberpriester stecken mit unserem Pontifex Amontrâkius und dem Procurator unter einer Decke. Sie sind allesamt willige Werkzeuge dieses Magos. Sie haben die Namenssteine von Lusilla und dir gewiss mit einem Lockstoff behandelt, der die Raben beeinflusst hat. Ich kenne die Zauberkünste des alten Verunorêgios nur zu gut. Es gibt kein Orakel. Sie bestimmen selbst, wer dem Drachen geopfert wird. Und diesmal haben sie es auf euch beide abgesehen.»

«Aber Verunorêgios ist unser Hohepriester», begehrte Anêrios auf. Etwas in ihm weigerte sich beharrlich, all das in Frage zu stellen, was seit vielen Jahren das Fundament seiner Weltordnung bildete. «Er wird durch die Götter geführt.»

«Mit diesem alten Zauberpriester stimmt schon lange etwas nicht mehr. Er ist genauso seinem Machtstreben verfallen wie alle anderen», beharrte die Frau standhaft.

«Woher weisst du das alles, Domina?» Anêrios fühlte sich hoffnungslos verloren.

«Weil Verunorêgios mein Vater ist», verkündete die Frau rundheraus. Sie sprach nun unerwartet in der Sprache Vendolindiums, die ihr so flüssig von der Zunge ging wie jedem, der in Anêrios' Stammesgemeinschaft geboren war. «Ich gehörte einst zum Seevolk, Anêrios. Als dein Vater Ambaros den Widerstand gegen die Herrschaft der Priester schürte, befand ich mich unter seinen Parteigängern. Sehr zum Leidwesen meines eigenen Vaters. Nachdem dieser die Aufrührer mit seinen unlauteren Mitteln zum Schweigen gebracht hatte – ich nehme an, du weisst, wie sich das seinerzeit abgespielt hat – vermählte er mich mit dem Procurator. Um mich und unser Volk zu schützen, wie er scheinheilig behauptete. Aber ich vermute, dass diese Heirat lediglich einem von langer Hand vorbereiteten Plan entsprach, um das Gewebe der Macht in diesem Land zu festigen. Aber Schluss jetzt, Junge. Willst du mein Angebot nun annehmen und mit Lusilla fliehen, oder willst du dein Leben im Schlund des Drachen beenden? Beligomâgus hier kann euch sicher nach Aventia geleiten. Er ist mein Vertrauter. Keiner wird euch besser vor den Nachstellungen meines Gemahls beschützen als er.»

Der Hüne an der Tür schüttelte mit einer lässigen Kopfbewegung seine Kapuze ab. Anêrios blieb endgültig die Luft weg. Er kannte das grobschlächtige Gesicht nur zu gut, das ihn unter dem Messinghelm hervor angrinste.

«Wir werden durch Nemetônia ziehen», brummte der gewaltige Mann. Auch er bediente sich nun der Sprache Vendolindiums und hob dabei bedeutungsvoll die struppigen Augenbrauen. «Der direkte Weg nach Westen führt durch das Verfluchte Land. Ich kenne es gut, denn ich komme aus Baranodûron und stamme genauso wie du von den alten Helvêten ab.»

Mit seiner Pranke griff er nach der Kette aus Bärenkrallen, die um seinen Stiernacken hing, und lächelte verwegen.

«Sobald meine Prinzessin in Sicherheit ist, werde ich nach Augustodûnum weiterziehen und Centenarius Theudoricius von den Zuständen in seinem Stammland unterrichten. Allein er und der *Rix* der Byrgondiônen können Raûlium jetzt noch Einhalt gebieten. Ich hoffe, dass sie rasch eingreifen werden.»

Anêrios fühlte sich wie einer, der an einem seidenen Faden in der Luft hing und hilflos mit den Beinen strampelte. Ein einziges unverhofftes Gespräch hatte seine vertraute Welt, in der er sich bis zu diesem Moment beheimatet gefühlt hatte, heillos in kleine Stücke auseinanderfallen lassen.

Sein Vater war auf eine hoffnungslose Fahrt aufgebrochen und würde gewiss nicht mehr zurückkehren. Sein Freund Tarvo war mit böswilliger Absicht der Bestie des Drachenberges geopfert worden. Beodân, dessen Rat er nun über alles geschätzt hätte, war im lichtvollen Hain der Valâda verschollen. Die Priester, denen die Angehörigen seines Stammes seit Menschengedenken ihr Seelenheil anvertrauten, waren anscheinend allesamt Schergen einer bösen Macht, welche die Vendolindier und das Wasservolk gleichermassen für ihre Zwecke missbrauchte. Und der *Belisanto* aus dem Kessel der Wandlung, jener segensreiche Lebenstrunk, den sie den Menschen ihres Volkes an den Hohen Festen jeweils kredenzten, war in Wahrheit kein Segen der Götter, sondern ein unheilvolles Zaubergift, welches abscheuliche Würmer in den Leibern der Menschen wachsen liess und deren freien Willen fesselte.

Er fühlte sich unsäglich einsam. Vor ihm sass diese verlarvte Edelfrau aus Raûlium, welche ihm erschütternde Geheimnisse enthüllt hatte. Hinter ihr stand ein grausamer Krieger, den zu fürchten er allen Grund hatte. Und ausgerechnet mit jener hochnäsigen Prinzessin, die ihn und seinen Freund unlängst auf dem See gedemütigt hatte, sollte er nun die Flucht durch eine von den Göttern verwunschene Wildnis antreten, vor der die Alten seines Stammes allzeit gewarnt hatten …

Er könnte auch einfach warten und sich im Morgengrauen im Geleit des Priesters Carodrûnos nach Valtrimatrônas begeben. So wie es eigentlich vorgesehen war.

Nach allem, was er soeben erfahren hatte, entsprach es aber offenbar nicht dem Ratschluss der Götter, dass er dem drachengestaltigen Urâgus dargeworfen würde. Dieses Opfer war vielmehr geplant worden. Womöglich hatte Beodân sogar recht und der gefrässige Blutschlinger war gar kein göttliches Wesen. Anêrios' Opfergang würde demnach lediglich dazu dienen, die Kraft des Wasservolkes noch mehr zu schwächen. Das Erbe der Lindônen in seinen Adern, welches seine Mutter ihm hinterlassen hatte, schien von grösserer Bedeutung zu sein als er bisher geahnt hatte.

Aufmerksam starrte ihn die Frau hinter der goldenen Maske an, als würde sie das wirre Treiben der rasenden Gedanken beobachten können, welches seinen Kopf zerwühlte.

Schliesslich streifte sie ihre Handschuhe wieder über und drapierte die Kapuze sorgfältig über ihren maskierten Kopf. Sie stand langsam auf und bedeutete ihren ebenfalls wieder verhüllten Begleitern, ihr zu folgen. Schweigend traten sie durch die Tür. Beligomâgus verharrte eine Weile im Ausgang und blickte zu Anêrios zurück.

«Es ist deine einzige Hoffnung, Junge», raunte er mit einem ungewohnt wohlwollenden Unterton in seiner bärbeissigen Stimme.

Anêrios verstand. Wenn die allmächtigen Götter ihm seine Bestimmung wirklich nicht durch das Orakel der Schicksalsurne verkündet hatten, dann vielleicht durch das Auftauchen dieser unerwarteten Besucher am Vorabend seines Opferganges.

Sein Vater war fort. Seine Freunde tot oder verschollen. Was hielt ihn noch zurück?

Stöhnend wuchtete er sich hoch, sprach einen flüchtigen Segen über die nunmehr bald verwaiste Feuergrube und ergriff sein Bündel.

Mit schnellen Schritten setzte er den drei Gestalten in ihren Kapuzenumhängen nach, die bereits in den Sätteln sassen.

Er liebte den See und das Wasser.

Aber er hatte noch nie auf einem Pferd gesessen und vor dem Reiten graute ihm jetzt schon ...

INTERLUDIUM

Tagelang heulte der frostige Wintersturm vom Schneegebirge herab und liess das ganze Land in schneidender Kälte erstarren. Die Bäuerin legte unentwegt Holz nach, so dass das lebensspendende Feuer im Herd nicht ausging. Gross und Klein belagerten die Feuergrube beinahe pausenlos und wärmten sich an den prasselnden Flammen.

«Grossatt», rief das blondbezopfte Mädchen in die andächtige Stille hinein. «Wir können immer noch nicht hinausgehen. Erzählst du uns noch eine Geschichte?»

«Oh ja», fiel ihr grösserer Bruder mit dem struppigen Wuschelkopf freudestrahlend ein. «Bitte erzähle uns die Sage über die Bergfrau vom Schafloch. Die haben wir schon lange nicht mehr gehört.»

Der alte Bauer mit dem grauen Bart lachte begütigend und klopfte seine Pfeife über der Herdstatt aus. Wie oft hatte er an diesem Tag bereits in den Tabakbeutel gegriffen? Wenn das so weiterging, würde sein Krautvorrat bald zur Neige gehen. Bei diesem garstigen Wetter konnte einer nicht geschwind nach Thun stapfen und Nachschub besorgen. Da war es wohl besser, wenn er sein Mundwerk einstweilen anderweitig beschäftigte, als es nur fortwährend am Pfeifenstiel nuckeln zu lassen.

«Nun gut, ruhig, Kinder», brummte er und seine Stimme nahm bereits wieder jenen unverwechselbaren raunenden Klang an, welcher alle Zuhörenden geradewegs hinter ein verzaubertes Tor zu entführen vermochte. In eine Welt, wohin die durch alle Ritzen einströmende Winterkälte keinen Zugang hatte.

«Ihr alle kennt die beiden schönen Alpen hinter der Spitzfluh, Unter- und Oberberg werden sie von alters her genannt. Auf der oberen Weide hirtete vor vielen hundert Jahren einst ein junger Bursche sein Senntum[39]. Dem Jüngling waren seine Tiere lieb und teuer, deshalb verbrachte er die Tagesstunden gerne bei ihnen am Fuss des Rothorns, wenn er gerade keiner anderen Arbeit oblag.

[39] Senntum = Kuhherde

An einem heissen Tag im Erntemonat brannte die Sonne sogar dort oben mit solch einer unbändigen Kraft, dass der Küherbursche Schatten unter einer ausladenden Wettertanne suchte. Dort machte er es sich auf dem weichen Moos so gemütlich, dass er bald in einen Dämmerschlaf verfiel. Träumend vernahm er plötzlich den hellen Gesang einer Frau, der sich annäherte. Als der junge Mann verwundert aufblickte, sah er eine weibliche Gestalt bei seiner Leitkuh stehen. Sie trug ein langes, fliessendes Gewand und wurde von einem seltsamen leuchtenden Glanz umspielt. Während sie ihr Lied fortklingen liess, legte sie der Kuh behutsam ein silbernes Geläut an einem kunstvoll bestickten Riemen um den Hals. Der Hirte fuhr verwundert auf und wollte die merkwürdige Fremde zur Rede stellen, da hatte sich die Frau bereits zu ihm umgewandt und schenkte ihm ein überwältigendes Lächeln, welches über ihr anmutiges Gesicht floss wie Milch und Honig. Beinahe schwebend gesellte sie sich zu dem verblüfften Jüngling und reichte ihm ihre feine, weisse Hand. ‹Komme mit mir, mein schöner Bergknabe, ich will dich in mein verborgenes Reich führen.› Als hätte sich ein fremder Wille seiner bemächtigt, erhob sich der Bursche und reichte der unbekannten Holden seine Hand. Selbander wanderten sie unter den hochragenden Flühen hindurch bis zu einem breiten Höhlentor, das sich hinter mächtigen Tannen in das Berginnere hineinwölbte. Es war das Schafloch, eine geräumige Höhlenbalm hoch über dem Justistal, in der selbst im Hochsommer eisige Kälte herrscht. Die Sennen der umliegenden Alphütten pflegen dort Anken[40] und Nidel[41], Käse und Milch an der Kühle einzustellen. Der Jüngling kannte diesen Ort. Schon oft war er in die Kluft hineingekrochen, in der sich das ganze Jahr hindurch wunderliche Eisgebilde bestaunen liessen.

Dort hinein geleitete ihn die Frau in dem leuchtenden Kleid nun mit traumwandlerischer Sicherheit. Behände schlüpfte sie zwischen den kristallgleichen Eissäulen hindurch, ohne die Hand ihres Begleiters dabei loszulassen. Tief und tiefer hinein führte der Weg, und der Hirte konnte sich gar nicht entsinnen, dass sich jene Höhle so weit in den Berg hinein erstreckte. Als das letzte Tageslicht hinter ihnen zurückblieb, erglomm auf der Stirn der Schönen ein Karfunkelstein, gross wie ein Taubenei,

[40] Anken (Schweizerdtsch.) = Butter

[41] Nidel (Schweizerdtsch.) = Rahm

der auf einem filigranen silbernen Reif sass. Dessen sanftes Licht erweckte die gläsernen Skulpturen ringsumher scheinbar zu funkelndem Leben. Mit offenem Mund, aber ohne einen Ton von sich zu geben, folgte der Bursche seiner geheimnisvollen Führerin willig tiefer in die Grotte hinein, bis sie zuletzt ein hochragendes Portal erreichten, dessen Einfassung über und über mit fremdartigen Zeichen bedeckt war. Mit ihrer wohlklingenden Stimme sang die Frau ein Zauberwort, woraufhin das Tor geräuschlos aufglitt. Auf schwindelerregenden Steigen und Treppen gingen sie weiter, durchmassen dabei funkelnde Säle voller Kristalle und ruderten auf geschmeidigen Nachen über abgrundtiefe Fluten, welche nie das Licht von Sonne und Mond einfingen. Manchmal überquerten sie bodenlose Spalten, aus denen Feuerglast zu ihnen hochlohte oder in deren schaurigen Tiefen verlorene Wasser schäumten. Dann verkrampfte sich die Hand des ansonsten immerzu furchtlosen Burschen zuweilen, aber seine Gefährtin hielt ihn unverwandt fest. Nach einer zeitlosen Weile gelangten sie abermals an ein hochgewölbtes Tor, zu dessen Füssen eine reine Quelle entsprang und ihr Wasser in ein rundes Felsenbecken ergoss. Zwei fremdartig geformte Kelche standen auf einem Gesims, beide mit Schriftzeichen versehen. VERGESSEN las der Jüngling auf dem einen Gefäss, ERINNERN auf dem anderen. Die Jungfrau tauchte den Pokal mit der ersten Aufschrift in das Wasser und reichte ihn lächelnd dem Burschen dar. ‹Koste von diesem Elixier›, hauchte sie einladend, ‹es wird jeglichen irdischen Jammer aus deinem Sinn hinfortspülen und dein Herz öffnen für den wahrhaftigen Zauber der Welt.› Bedenkenlos nahm der Hirte den angebotenen Trunk zu sich und spürte sogleich, wie ihm die Sinne schwanden.

Als er sein Bewusstsein wiedererlangte, lag er in einem wilden Garten von bezaubernder Schönheit. Nie gekannte Gewächse umgaben ihn und zahme Tiere suchten zutraulich seine Nähe. Inmitten dieser Pracht erhob sich ein Schloss wie aus einem gläsernen Traum. Alle Türme und Kuppeln, Erker und Säle darin schienen aus lauterem Kristall gewachsen zu sein. Neunundneunzig Gemächer führte ihm die Herrin dieses verwunschenen Reiches darin vor und verbot ihm das hundertste bei sei-

nem Leben. Unaussprechliche Genüsse warteten auf den Gast, und die Jungfrau wartete dem verzückten Jüngling täglich mit neuen Wundern auf. So wurde ihm die Zeit nicht lang, und er schwelgte in den Wonnen einer verzauberten Welt. Dabei vergass er nicht nur seine Herkunft und seinen Werdegang, sondern sogar seinen eigenen Namen. Wohl lehrte ihn die rätselhafte Gastgeberin in ihrer melodiösen Sprache voller Zaubermacht manches Geheimnis über das verborgene Wirken und Weben der Naturkräfte. Aber sie liess ihn nicht mehr ziehen. Er verspürte freilich nicht einmal das Begehren danach, denn er hatte alles vergessen, was sein Menschsein einst ausgemacht hatte. Seine irdische Hülle hatte er abgestreift wie ein verbrauchtes Hemd, nur die pure innerste Essenz seines Herzens war ihm noch verblieben. Gewiss würde jener Bursche heute immer noch glückselig in dem verwunschenen Garten unter dem Berg weilen, wenn ihn nicht eines Nachts ein Traumgesicht heimgesucht hätte.

Darin hörte er das Herdengeläut seiner Kühe auf der heimischen Alp und die vertraute Stimme seiner Mutter, welche ihn bekümmert bei seinem Namen anrief. Nachdem er von diesem nächtlichen Erleben aufgewacht war, beschlich ihn ein mulmiges Gefühl, und ein trüber Schatten legte sich auf die Unbeschwertheit seines bisherigen Aufenthaltes im Reich der Fee.

Eines Nachts, als seine wunderschöne Gefährtin reglos neben ihm schlief, stahl er sich davon und huschte auf leisen Sohlen durch den schlummernden Garten. Bis zu jenem Portal, wo der klare Brunnen in den Felsentrog rann. Hastig ergriff er den zweiten Kelch, auf welchem die Aufschrift ERINNERN prangte. Er füllte ihn mit Wasser und zog grosse Schlucke daraus. Ehe er dreimal zu blinzeln vermochte, taumelte er schon in strudelnde Schwärze hinab und verlor das Bewusstsein.»

«Ist er gestorben?», rief ein kleines Mädchen bestürzt dazwischen.

«Psst, sei doch still», wies die grössere Schwester sie barsch zurecht und blickte erwartungsvoll zu ihrem Grossvater auf. Dieser sass breitbeinig auf seinem Schemel und starrte versonnen in das Feuer. Das Leuchten in seinen entrückten Augen schien ein Abglanz jener fernen Zauberwelt zu sein, in welche der Hirte vom Oberberg der Fee gefolgt war.

«Nun, irgendeinmal kam der junge Mann wieder zu sich», nahm der Älteste den Faden schliesslich wieder auf. «Er zitterte am ganzen Leib und spürte, dass seine Glieder beinahe taub waren vor Kälte. Finster wie in einer Kohlengrube war es um ihn herum. Nur von Ferne gewahrte er einen schwachen Lichtschimmer. Umständlich rappelte er sich hoch und tastete sich mit klammen Händen vorwärts. Zu seinem Erschrecken fühlte er überall Eis unter seinen Fingern.

Da dämmerte ihm, dass er wohl zuhinterst im Schafloch gelegen hatte. War es für ihn wohl eher ein Schlafloch gewesen? Aber wie konnte einer in einer solchen Kälte schlummern und sich nicht den Tod dabei holen? Halb starr kroch er durch einen Wald blauer Eiszapfen und hielt erst inne, als er durch den weiten Höhlenmund wieder an das Tageslicht hinaustrat. Warm und tröstlich hiess ihn die Sonne hoch über dem Justistal willkommen. Es kam ihm vor, als wäre er aus einem langen, tiefen Traum erwacht. Seine Erinnerungen kehrten auf einen Schlag zurück, und er schlug sich bestürzt vor die Stirn. Seine Kühe! Wie hatte er nur seine Herde so lange unversorgt lassen können? Wo war er überhaupt gewesen? Hatte er diese wunderlichen Dinge wirklich erlebt? Oder war alles nur ein seltsamer Traum gewesen?

Mit ausgreifenden Schritten sprang er über den schmalen Bergpfad zurück auf die Hochweide, wo er seine Kühe zurückgelassen hatte. Erleichtert fand er sie an der gewohnten Stelle vor. Ihnen schien nichts zu fehlen, alles war in bester Ordnung … nur.

Nur, dass es nicht seine Kühe waren!

Er blinzelte ungläubig und blickte von einem Tier zum nächsten. Nein, er kannte diese Tiere nicht. Fassungslos eilte er zu seiner Hütte hinab und prallte zurück. Dort stand ein fremder Kerl am Hauklotz und spaltete ungerührt Holzscheite, als sei er dort daheim. Unwirsch ging unser Hirtenbursche auf den Unbekannten zu und stellte ihn zur Rede. Mit einem säuerlichen Grinsen stellte dieser seine Axt ab und schüttelte den Kopf. Natürlich sei er hier der zuständige Hirte. Seinen siebten Sommer verbringe er nun bereits auf diesem Berg. Und den aufgebrachten Burschen in seinem altertümlichen Aufzug kenne er nicht. Man habe ihm bloss erzählt, vor langer Zeit einmal sei hier einer spurlos verschwunden.

Bei diesen Worten kniff der andere die Augen zusammen und holte tief Luft. Ehe dieser noch etwas hinzufügen konnte, war unser Bursche aber bereits losgelaufen. Auf einmal hatte ihn ein kaltes Grausen gepackt, und unheilvolle Ahnungen trieben ihn heimwärts ins Dorf.

Als er nach Sigriswyl kam, hoch über dem Wendelsee auf einer sanft geschwungenen Berglehne ausgebreitet, glaubte er seinen Augen kaum zu trauen. Das war nicht das Dorf, in dem er gross geworden war. Alles war irgendwie verschoben und falsch. Aber die Berge und Hügel ringsum, der See und die gegenüberliegenden Talmündungen waren noch dieselben. In gewaltigen Sätzen strebte er seinem Elternhaus zu und suchte nach der einen und einzigen Gewissheit, in der Hoffnung, dass dieselbe den furchtbaren Verdacht fortwische, der seine Brust zuzuschnüren trachtete. Zu seiner Erleichterung stand das behäbige Oberländerhaus noch am gewohnten Platz. Die zahlreichen Einzelheiten, welche sich seit seinem letzten Wegzug hier verändert hatten, fielen ihm auf die Schnelle allerdings nicht auf, denn im Wurzgarten war eine alterskrumme Frau zugange und lockerte umständlich die Scholle. Der Bursche sprang hinzu und wollte seine Grossmutter begrüssen, aber da blickte die Alte unvermittelt auf und sah ihm direkt ins Gesicht. Es war unzweifelhaft nicht seine Ahne, die da vor ihm stand. Sondern seine jüngste Schwester! Er erkannte ihre Züge deutlich. Aber wie konnte das sein? Sie war eine uralte Frau. Die beiden ungleichen Geschwister erbleichten gleichzeitig und rangen nach Luft. Sie konnten beide nicht glauben, was sie vor sich sahen. Es dauerte eine Weile, ehe sie ihre Tränen getrocknet und ihre erschütterten Gemüter wieder beruhigt hatten.

Dann setzten sie sich zusammen vor das Haus und erzählten einander, was geschehen war. Es stellte sich heraus, dass der Hirte neunundvierzig Jahre lang fort gewesen war. Man hatte ihn längst für tot erklärt und nicht mehr an seine Rückkehr geglaubt. Dass er nun nach so langer Zeit ohne eine Spur fortgeschrittenen Alters wieder auftauchte, verwirrte die Dorfbewohner über alle Massen. Nicht einmal der Pfarrer vermochte erklärende Worte dafür zu finden, er sprach lediglich von einem Wun-

der. Die jüngste Schwester war die einzige Überlebende aus der Familie des zurückgekehrten Burschen, die er noch kannte. Ansonsten hatte sich die ganze Welt, aus der er einst im Geleit der Bergfrau fortgezogen war, vollständig gewandelt.

Es bedurfte einer langen Zeitspanne, damit sich der unerwartete Heimkehrer von dieser erschütternden Erkenntnis erholen konnte. Er bezog ein Taunerhäuschen ausserhalb des Dorfes und führte dort ein stilles, abgeschiedenes Dasein. Seine betagte Schwester begleitete er getreulich bis zu ihrem Sterbebett und empfahl sie im stillen Gebet der Obhut der anderen Welt, ansonsten ging er den Leuten tunlichst aus dem Weg. Bisweilen suchten ihn notleidende Zeitgenossen in seiner Klause auf und schütteten ihm ihre Herzen aus, oder sie erzählten ihrerseits von unglaublichen Begegnungen mit dem Kleinen Volk am Berg droben. Für diese Besucher hatte der Hirte stets ein tröstendes Wort parat. Manchmal trug er ihnen ein paar Verse in jener melodiösen Sprache vor, welche er im Reich der Fee vernommen hatte, und dann trat jeweils ein wehmütiger Glanz in seine Augen.

Als er selbst bereits ergraut war, sah man diesen bescheidenen Botschafter einer anderen Welt eines Tages grusslos vom Dorf scheiden. Er stieg den schmalen Pfad hinan, welcher zum Oberberg führte. Dort beobachtete der obwaltende Senn, wie die greisenhafte Gestalt dem Schafloch entgegen schlurfte und ohne einen Blick zurück zu werfen im Innern der Höhle verschwand. Das war das letzte, was man noch von ihm gesehen hat.»

Seufzend klaubte der alte Erzähler seinen Tabakbeutel hervor und machte sich daran, die Pfeife mit frischem Kraut zu versorgen. Frauen und Männer und Kinder der Sippe, welche ihm andächtig gelauscht hatten, verharrten noch lange in feierlichem Schweigen, fast als suchten sie im Knistern des Feuers oder im Brausen des Sturmes Kunde zu erlangen über den Verbleib jenes Hirten, den die Sehnsucht nach langen Jahren der Einsamkeit wieder in das Reich unter dem Berg gezogen hatte.

«Vielleicht wollte er zuletzt doch noch wissen, was im hundertsten Zimmer des Kristallschlosses verborgen war», mutmasste ein aufgeweckter Knabe und entlockte den Umsitzenden ein verträumtes Lächeln.

TEIL II

DAS VERFLUCHTE LAND

I

LINDÎNIUM

«Warum kommst du nicht mit uns, Domina?», fragte Anêrios die vornehme Reiterin auf dem prunkvoll aufgezäumten Schimmel. Sein Hintern schmerzte und ihm war wieder ziemlich übel. Sie waren zwar erst eine kurze Strecke geritten, aber wie erwartet bereitete ihm der ungewohnte Aufenthalt im Sattel reichlich Ungemach. Er war sich diese Art der Fortbewegung schlichtweg nicht gewohnt. Der Junge glaubte, die spöttischen Blicke unter der Kapuze der zierlichen Prinzessin hervor förmlich zu spüren, obwohl auch sie keineswegs den Eindruck einer geübten Reiterin erweckte. Ihre Mutter und der Krieger, der sie begleitete, verschmolzen dagegen beinahe zu einer Einheit mit ihren Reittieren.

Die goldene Maske der Edeldame aus Raûlium war unter der hochgezogenen Kapuze nicht mehr zu erkennen. Ihre entschlossene Stimme klang hinter der Vermummung gedämpft, als sie Anêrios' Frage beantwortete.

«Mein Platz ist in der Weissen Stadt», sprach sie. «Ich werde mich darum kümmern, dass Lusillas und Beligomâgus' Verschwinden nicht sofort Aufsehen erregt. Zudem schulde ich der gefangenen Sirêna meinen Beistand. Ohne mich würden ihre Qualen unerträglich.»

Sie lenkte ihr Pferd behände neben dasjenige von Lusilla und umarmte die Eingehüllte aus dem Sattel heraus innig. Dann richtete sie sich vor Beligomâgus auf und legte die Rechte auf ihre Brust. «Ich danke dir, mein Freund. Du weisst nicht, welchen Dienst du mir erweist. Das werde ich dir nicht vergessen.»

Sie schlug ihre Kapuze zurück und hob für die Dauer eines Augenblicks ihre goldene Maske. Im hellen Mondschein kam ein ebenmässiges und erstaunlich feines Frauengesicht zum Vorschein, in dessen Zügen sich aber nicht nur Harm und Härte, sondern auch eine eigenartige Spur von Melancholie abgesetzt hatten. Anêrios fehlte die Zeit, um die Verwandtschaft mit dem Hohepriester Verunorêgios daraus ablesen zu können. Die Edelfrau schenkte Anêrios ein ermutigendes Lächeln und legte noch einmal die Rechte auf ihre Brust.

«Salus vobiscum[42]!» sagte sie rasch. «Mein Herz reitet mit euch. Mö-

[42] Salus vobiscum (Lat.) = Gesundheit mit euch (Grussformel)

gen die Götter dieses Landes euch behüten.»

Dann bedeckte die Reiterin ihr Gesicht rasch wieder und trieb ihrem Schimmel die Absätze in die Flanken. In gestrecktem Galopp und mit wehendem Mantel jagte die Gemahlin des Procurators von Raûlium von dannen.

Anêrios bewunderte die Entschlossenheit dieser Frau. Und ihre Reitkunst. Wenn er selbst nur einen Bruchteil davon besessen hätte, wäre ihm wesentlich wohler gewesen. Unruhig rutschte er auf dem harten Sattelleder umher und versuchte eine Position einzunehmen, die ihm zumindest einigermassen Entspannung verschaffte. Sein fein abgerichtetes Pferd nahm die ungelenken Bewegungen des Reiters sogleich auf und vollführte zwei drei rasche Schritte zur Seite. Dabei stiess es beinahe mit Lusillas Braunem zusammen, welcher seinerseits jäh zurückschreckte. Der jungen Edelfrau entfuhr ein entrüsteter Schrei.

«Was für ein flegelhafter Tölpel!», keifte sie und schlug mit ihrem Zügelende in Anêrios' Richtung. «Beligomâgus, sei so gut und befreie mich von diesem ungeschickten Barbaren. Er wird mich mit seinen Kapriolen noch aus dem Sattel werfen. Und vor allem stinkt er fürchterlich nach Fisch.»

Der hünenhafte Krieger, dessen eindrückliche Erscheinung vollständig unter dem Kapuzenmantel verborgen war, nahm Anêrios' Pferd geduldig am Zügel und führte es langsam aus der Reichweite seiner ungebärdigen Schutzbefohlenen.

«An unübliche Gerüche wirst du dich gewöhnen müssen, *Dulcissima*[43]», lächelte er gutmütig. «Nolens volens[44]! Denn unser Weg führt nun in die Wildnis. Wir tun gut daran, im Schutz der Nacht noch eine Strecke zu reiten. Sobald der Tag dämmert, wird das Auge des Goldenen Adlers über das Land schweifen. Dann müssen wir uns gut verbergen und erneut den Einbruch der Dunkelheit abwarten, bevor wir unsere Reise fortsetzen können.»

Ein fürchterliches Gezeter erhob sich unter Lusillas Kapuze. «In die Wildnis reiten?», fauchte sie erbost, «Jetzt? Beligomâgus, bist du denn von Sinnen? Ich sitze schon viel zu lange auf diesem schrecklichen Tier. Und

[43] Dulcissima (Lat.) = „Süsseste», Kosename für eine Frau / ein Mädchen

[44] Nolens volens (Lat.) = wohl oder übel

Lutinus ist in dieser ungemütlich engen Ledertasche eingezwängt. Nein wirklich, wir brauchen ein komfortables Nachtquartier. Und zwar eines, das in Sichtweite ist.»

«Verzeihe, Filia mea», wandte Beligomâgus beschwichtigend ein, «ich weiss, dass dies eine anspruchsvolle Situation für dich ist. Aber wir müssen noch heute Nacht eine möglichst grosse Entfernung zwischen uns und die Weisse Stadt bringen. Du weisst selbst, was uns blüht, wenn die Männer deines Vaters uns erwischen.»

«Unsinn», begehrte Lusilla auf und reckte trotzig ihren verhüllten Kopf in die Höhe. «Meine Mutter wird für genügend Ablenkung sorgen, keine Angst. Wir haben genug Zeit, um unsere Reise so angenehm wie nur immer möglich zu gestalten.»

Beligomâgus Pferd tänzelte angespannt vor den beiden jungen Leuten, während sich Anêrios aus Leibeskräften mühte, seinen Braunen ruhig zu halten.

«Ich fürchte, da irrst du dich», erläuterte der breitschultrige Krieger geduldig. «Wir haben keineswegs genügend Zeit. Ich will noch vor Tagesanbruch die Grenze von Nemetônia hinter uns bringen.»

«Nemetônia!», ereiferte sich die Prinzessin. Ihre Stimme klang nun geradezu schrill. «Du willst mich allen Ernstes mitten in der Nacht in dieses verfluchte Land verschleppen und mich nötigen, dort in einem dornigen Gestrüpp voller Ungeziefer zu nächtigen wie ein heimatloser Vagabund? Du weisst ganz genau, Beligomâgus, dass ich ein gepflegtes Quartier schätze. Wie heisst denn dieses götterverlassene Nest dort drüben?» Lusilla deutete auf eine Ansammlung von Häusern, die unweit des Kreuzweges, an dem sie sich von ihrer Mutter getrennt hatten, am Strassenrand standen.

«Das ist Lindînium», erläuterte Beligomâgus sachverständig. Er schien die Ruhe selbst zu sein. Anêrios vermochte seinerseits indes eine gewisse Nervosität nicht zu unterdrücken. Immerhin lag Raûlium lediglich auf der anderen Seeseite, vielleicht drei oder vier Leugen von ihrem Standort entfernt.

«Wir müssen jetzt weiter, Dulcissima, vertraue mir», raunte Beligomâgus der aufgebrachten Prinzessin zu und fasste nach dem Zügel ihres erregten Pferdes.

Lusilla sackte im Sattel zusammen und brach unvermutet in lautes Schluchzen aus. Wenn Beligomâgus ihrem Pferd nicht zugesprochen hätte, wäre es durch diese neuerliche heftige Gefühlsäusserung seiner Reiterin möglicherweise etwas aus der Fassung geraten.

«Ich muss fort von zuhause», weinte Lusilla nun hemmungslos und liess ihre Zügel fahren. «Vielleicht sehe ich Raûlium nie wieder. Alles, was mir etwas bedeutet, muss ich zurücklassen. Ich weiss nicht, wann ich meiner Mutter wieder begegne. Und mein Vater, dieser gemeine Schuft, will mich an ein Ungeheuer verfüttern. Und mein armer kleiner Lutinus muss in seinem stickigen Ledersack gewiss bald jämmerlich ersticken.»

Beligomâgus lenkte sein Pferd an Lusillas Seite. «Ist ja gut, Dulcissima, beruhige dich», tröstete er sie leise und drückte ihr die Zügel ihres Pferdes sanft wieder in die verkrampften Hände. Er blickte sich aufmerksam um und schien eine Weile nachzudenken.

«Ich habe mich entschieden», verkündete er schliesslich und seufzte. «Wir bleiben über Nacht hier in Lindînium und verbergen uns den morgigen Tag hindurch im Ort. Ihr müsst mir aber versprechen, dass ihr schön in eurem Versteck bleibt, solange die Sonne scheint. Wenn der goldene Adler auf dem Berg dort drüben uns erspäht, sind wir verloren.»

Lusilla schlug ihre Kapuze zurück und schniefte treuherzig. Wenn sie nicht in einem Sattel gesessen hätte, wäre sie Beligomâgus wohl geradewegs um den Hals gefallen.

«Ich wusste, dass auf dich Verlass ist, mein lieber Freund», bekannte sie erleichtert und nahm wieder Haltung an. Als sie im Geleit des Kriegers an Anêrios vorbeiritt, schnitt sie dem Jungen ein säuerliches Gesicht und schenkte ihm einen Blick voller Verachtung.

Der Junge brauchte sich nun zumindest nicht mehr um sein Pferd zu bemühen, denn dieses folgte seinen davontrabenden Gefährten von selbst.

Lindînium war ein kleiner *Vicus*[45] am Kreuzungspunkt zweier alter Romanenstrassen. Händler und Soldaten des Imperiums waren hier einst von den Gebirgspässen herkommend der Arûra entlang nach Vindonissa ge-

[45] Vicus (Lat.) = Dorf, Marktflecken

zogen oder von Dûnon Richtung Westen nach Aventia und Genâva. Vom ehedem ausgedehnten Tempelbezirk Lindîniums war lediglich ein kleiner viereckiger Sakralbau mit umlaufendem Säulengang übriggeblieben, welcher die Schnittstelle der beiden Fernstrassen behütete. Vor allem die Reisenden, welche Richtung Süden über Albenônas Garten zogen, pflegten den Göttern hier ein Wegopfer darzubringen, um Schutz und Segen für die entbehrungsreiche Gebirgstraverse zu erbitten. Eine Vielzahl an Götterstatuetten und Votivgaben unterschiedlichster Herkunft hatte sich im Lauf von Jahrhunderten in der kleinen staubigen *Cella*[46] des Heiligtums angesammelt. Irgendjemand schien hier nachts immer noch einen Wachsstock zu Ehren der Götter und Geister anzuzünden, wie Anêrios an dem kleinen flackernden Licht erkannte, welches den nächtlichen Reitern durch die gewölbte Türöffnung hindurch seinen freundlichen Gruss entbot.

Unweit des Tempels drängten sich die Gebäude einer alten *Villa Rustica* aneinander. Sie waren nach romanischer Art aus Stein errichtet und weiss gekälkt, die flachen Walmdächer abwechslungsweise mit gebrannten roten Tonziegeln und hölzernen Schindeln gedeckt. Eine weitläufige, wohl uralte Umfassungsmauer lief um das Gelände herum. Dort wo das massive Mauerwerk unter dem Zahn der Zeit gelitten hatte, waren zugespitzte Baumstämme als Ersatz in den Boden gerammt worden und dichteten die Breschen behelfsmässig ab. Die Hofzufahrt hinter dem breiten Tor wurde von hochragenden Pappeln gesäumt, deren Blätterwald in der Nachtbrise vernehmlich rauschte.

Nur einen Steinwurf von dem Anwesen entfernt floss die Chandra vorbei, welche ihr Wasser in breiten Windungen aus den hohen Bergen herabführte. Die Strasse nach Aventia überquerte den Fluss hier über eine Bogenbrücke aus Bruchstein. Anêrios war bisher nie an diesem Ort gewesen, aber aus den Erzählungen der Leute von Vernausium wusste er, dass der wilde Lauf der Chandra die Grenze nach Nemetônia bildete, der verrufenen Heimstatt dunkler Sagen und ruheloser Geister. *Das Verfluchte Land* nannte sein Volk diese ungastliche Gegend am Fuss des Gebirges.

Beligomâgus schien den *Vilicus*, den Gutsverwalter der Villa, zu kennen, so dass ihre Ankunft zu dieser nächtlichen Unzeit kein Ungemach er-

[46] Cella (Lat.) = Heiligtum eines romanischen Tempels
[47] Villa Rustica (Lat.) = romanisches Landgut

regte. Der Krieger erklärte seinen jungen Begleitern, dass sich dieses Landgut im Besitz der wohlhabenden byrgondiônischen Familie Carassounius befinde, welche dem Centenarius Theudoricius sehr nahestehe. Einen Teil ihres Anwesens stellte sie Reisenden als Herberge zur Verfügung. Dies war ein seltener Luxus in einer solch wilden Gegend, zumal nach dem Rückzug der imperialen Macht aus diesen Gefilden viele Romanen nach und nach das Land verlassen hatten und nach Süden, in die Kernlande des Reiches, gezogen waren.

Anêrios konnte lediglich erahnen, wie alt dieser Gebäudekomplex zwischen See und Fluss sein musste. Die Ausdehnung und Grosszügigkeit der Anlage erstaunte ihn. Die Fischerhütte, in welcher er aufgewachsen war, war ihm nie zu eng vorgekommen, aber hier schien man noch ganz andere Vorstellungen von Raum und Weite zu haben. Selbst im gedämpften Licht des Vollmondes erkannte Anêrios gut, dass viele ursprüngliche Bauten der Villa im Laufe der Zeit ersetzt und erweitert worden waren. Wo die Romanen noch vornehmlich Stein und Kalkmörtel verwendet hatten, waren spätere Elemente aus Holz und Balkenwerk dazugekommen. Die Hütten der Bediensteten und Sklaven glichen hingegen eher einfachen Ausführungen der heimischen Langhäuser aus Holz, Lehm und Schilf, wie er sie von zuhause kannte.

Der eigens für den Empfang der unerwarteten nächtlichen Gäste geweckte Gutsverwalter bestellte in aller Eile eine Schar von Bediensteten auf den Hof, welche sich um die Bedürfnisse der hochrangigen Gäste zu kümmern hatten. Damit war in erster Linie die Prinzessin gemeint, deren Ansprüche die Flüchtlinge überhaupt bewogen hatten, hier bereits einen ersten Halt einzulegen. Wie sich bald herausstellte, gab sich die Filia Aurea von Raûlium mit einem einfachen Herbergszimmer nicht zufrieden. Der Gutsverwalter musste eigens eine Kammer im Wohngebäude seiner Familie für sie herrichten lassen.

«Möglichst weit weg von diesem ungehobelten Fischerlümmel», hatte Lusilla mit einem gehässigen Seitenblick auf Anêrios versetzt, «damit seine magenwendenden Ausdünstungen nicht auch noch im Schlaf meine

Nase beleidigen.» Die hochmütige junge Frau gab sich erst vollends zufrieden, als die Satteltasche ihres Pferdes in ihre Unterkunft gebracht worden war. Aus irgendeinem Grund schien ihr das Gepäckstück sehr wichtig zu sein. Vielleicht lag es an diesem Lutinus, dessen unzureichenden Komfortbedingungen sie auf dem bisherigen Wegstück immer wieder lautstark angeprangert hatte.

Anêrios war froh, als Lusilla endlich in ihr Quartier gerauscht war. Das selbstsüchtige und einnehmende Gebaren seiner neuen Reisegefährtin stiess ihm ziemlich sauer auf, umso mehr als diese keine Gelegenheit ausliess, um ihn ihre Feindseligkeit spüren zu lassen. Er wurde den Verdacht nicht los, dass dieses verwöhnte Gör aus dem Weissen Palast nicht nur reichlich eingebildet war, sondern womöglich gar ein bisschen verrückt.

Der junge Vendolindier hatte keine Ahnung, was Beligomâgus ihrem Gastgeber über den Grund ihres unzeitigen Eintreffens berichtet hatte, aber allem Anschein nach verstanden sich die beiden Männer ausgesprochen gut, so dass sie sich dem Gutsverwalter von Lindînium wohl bedenkenlos anvertrauen konnten. Anêrios sah bald ein, dass er an der Rechtschaffenheit ihres bärbeissigen Führers nicht den geringsten Zweifel zu hegen brauchte. Das erschien ihm durchaus nicht selbstverständlich, zumal er in seiner Vergangenheit einige höchst unangenehme Begegnungen mit diesem furchteinflössenden Mann erlebt hatte. Der Jüngling staunte selbst über die unerwartete Zuneigung, die er gegenüber dem Hünen plötzlich empfand. Aber wenn die mächtigste Frau der Weissen Stadt diesem Mann ihre Tochter in seine Obhut gab, dann musste er wahrhaft vertrauenswürdig sein.

Wider Erwarten wurde Anêrios nicht im Pferdestall untergebracht, sondern erhielt eine eigene kleine Kammer im Gästehaus zugewiesen, deren Tür er fest hinter sich verschliessen konnte. Zu seinem Erstaunen musste er hier nicht auf dem üblichen Laubsack nächtigen, sondern konnte sich annehmlich auf einer gut gepolsterten hölzernen Bettstatt ausstrecken, über deren Kopfende ein merkwürdiges, ungleichmässig geformtes Kreuz an der weiss getünchten Wand hing. Der festgestampfte Boden des Zimmers war mit einem gewobenen Teppich ausgelegt. In einer Mauernische brannte eine kunstvoll gearbeitete Öllampe aus ziselierter Bronze.

Bei der Betrachtung dieser ungewohnten Umgebung wurde ihm klar, dass er im Begriff war, die ihm vertraute Umgebung nun erstmals in seinem Leben hinter sich zu lassen und jenseits der Grenzen von Vendolindium etwas völlig Neues zu entdecken. Mit einem Dankesgebet an die gute Seemutter Vendolindia, welche ihm unerwartet Hilfe geschickt hatte, um ihn vor seinem tödlichen Opfergang in die Drachenhöhle zu bewahren, kroch er unter die warmen Decken und sank erschöpft in die Arme der schönen Mondgöttin Belisâna.

Obwohl er in der jüngsten Zeit seines bisherigen Lebens viele schreckliche und erstaunliche Dinge erlebt hatte, schlief Anêrios in den verbleibenden Stunden dieser Nacht tief und fest. Er war so müde, dass er nicht einmal träumte. Als Beligomâgus ihn wachrüttelte, dämmerte draussen ein neuer Morgen herauf. Geräusche von grunzenden Schweinen, krähenden Hähnen und zirpenden Grillen drangen in seine Schlafkammer.

«Es ist Zeit», brummte der riesenhafte Mann, «wir verbergen uns in der Scheune. Dass du dich da schön stillhältst, Junge.»

In einem der Nebengebäude durften sie sich zwischen frisch eingefahrenem, duftendem Heu und ordentlich verstautem Ackergerät für den Tag einrichten. Als Beligomâgus die Prinzessin hereinführte, rümpfte das noch schlaftrunkene Mädchen missbilligend die Nase. Augenscheinlich hatte es einen vornehmeren Aufenthaltsort erwartet.

«Es gibt überall auf dem Hof Leute», erklärte ihr Begleiter ruhig. «Und wir können nicht allen von ihnen trauen. Deshalb müssen wir uns bis zu unserem Aufbruch hier verstecken. Es wäre fatal, wenn uns jemand an die Häscher deines Vaters verriete, Dulcissima.»

Schmollend verkroch sich die eigenwillige junge Frau auf einen abgestellten Heuwagen, in demonstrativem Höchstabstand zu Anêrios. Sie bemühte sich auch an diesem neuen Tag nicht, ihre Abneigung vor dem Vendolindier zu verbergen. Aus den Augenwinkeln sah der Junge, wie sie sich mit jenem kleinen, pelzigen Geschöpf abgab, das er bereits auf der Barke bei ihr gesehen hatte. Sie hatte es an eine lange, goldene Kette gebunden.

Das musste dieser Lutinus sein, von dem sie nachts die ganze Zeit gefaselt hatte. Obwohl er neugierig auf dieses unbekannte Wesen war, sah er davon ab, zu auffällig in seine Richtung zu starren, weil er die aufbrausende Dame nicht noch mehr reizen wollte. Er fragte sich freilich, ob er einen ganzen Tag auf engem Raum mit dieser kapriziösen Person aushalten würde.

Eine junge Magd brachte ihnen stillschweigend etwas zu essen: warmen Getreidebrei, dampfende Brotfladen, Frischkäse und Honig, Milch und Fleischspiesse. Sogar ein Krug Wein fand sich dabei. Der Gutsherr behandelte seine heimlichen Gäste offensichtlich sehr grosszügig. Da sich Lusilla nicht zu ihnen gesellen mochte, brachte ihr Beligomâgus ihren Teil auf den Wagen. Im Schutz der Scheune hatte der Krieger seinen Kapuzenmantel abgelegt. Im schwachen Licht, das durch die kleinen Fenster fiel, erkannte Anêrios, dass er einen schimmernden Kettenpanzer trug und sein zweischneidiges Breitschwert gegürtet hatte. Auf dem kantigen Kopf sass wie immer der romanische Messinghelm mit der purpurnen Quaste. Um seinen kräftigen Hals hing die auffällige Kette aus Bärenkrallen, welche Anêrios schon früher aufgefallen war. Der Junge vermutete, dass sie eine Art Talisman darstellte.

Ihr Führer schärfte den jungen Leuten nach dem Essen noch einmal eindringlich ein, die Scheune unter keinen Umständen zu verlassen. Für ihre Notdurft stand ihnen ein grosser Pot zur Verfügung, der in eine diskrete Ecke gestellt worden war.

«Was ist das für ein goldener Adler, von dem du gesprochen hast?», wagte Anêrios bei Beligomâgus nachzufragen, um durch ein Gespräch die beklemmende Stille zu durchbrechen. «Der uns mit seinen Augen beobachtet.» Aus Rücksicht auf die Prinzessin, die er nicht ausschliessen wollte, sprach er in der allgemein verständlichen *Lingua.*

«Das Licht auf dem Baranbanno», knurrte der Krieger. «Es ist ein riesiges Standbild, das zuoberst auf dem Berggipfel steht. Das verdammte Ding ist verzaubert. Es lässt seine Augen den ganzen Tag über das Land schweifen. Nichts entgeht ihm. Amontrâkius vermag sich seiner zu bedienen, um deine Leute auszuspähen. Er steht auf irgendeine unheilige Weise mit diesem Wächter in Verbindung und bekommt durch seine Augen alles mit, was in der Umgebung des Sees läuft. So hat er damals auch dich und deinen Freund gesehen, als ihr euch vor der Drachenhöhle herumgetrieben habt. Sobald er erfährt, dass wir abgehauen sind, wird er durch die scharfen Augen des Goldvogels unermüdlich die Gegend überwachen. Erst wenn wir in Nemetônia sind, wird der dichte Wald uns vor diesem magischen Späher verbergen.»

Anêrios war sich sicher, dass dies dieselbe goldene Adlerstatue war, von der ihm auch sein Vater bereits erzählt hatte. Das Licht auf dem Berg über Raûlium kannte er nur zu gut. Er hatte es fast jeden Tag von zuhause aus sehen können. Es war ihm schon gar nicht mehr aufgefallen, es war ein selbstverständlicher Bestandteil der ihm von klein auf geläufigen Landschaft.

«Nemetônia», murmelte Anêrios etwas verlegen und wechselte das Thema, «stimmt es, dass dieser Landstrich verflucht ist? Meine Leute erzählen sich nichts Gutes davon und warnen davor, in diesen unheimlichen Wald vorzudringen.»

Beligomâgus lächelte grimmig und blickte seinem jungen Gegenüber geradewegs in die Augen. «Ich bin am Rand dieser Wildnis aufgewachsen, Junge, in Baranodûron, dort wo sich die Flussmutter Arûra in drei grossen Schleifen windet. Das ist ein altes *Oppidum*[48] der Helvêten, einst war es sogar ihre Königsstadt. Die Bärin wacht seit alters her über diesen Ort. Deshalb nennt man meine Sippe die Artiônen, das Bärenvolk.»

Stolz fasste er an seine Kette und liess die eindrücklichen Krallen vernehmlich gegen das Geflecht des Panzerhemdes klingeln.

«Nur unsere Druiden und die tapfersten Jäger wagen sich in den uralten Wald von Nemetônia hinein. Denn er steht immer noch unter dem Schutz der alten Helvêten und ihrer Göttin Helveidia.» Unwillkürlich dämpfte der Krieger, der selbst wie ein riesiger Bär anmutete, seine Stimme, als habe er nun etwas besonders Geheimnisvolles zu verkünden. «Es ist ein Frevel, ungeheissen in diesen heiligen Wald einzufallen. Denn das ist er, Junge, ein lebendiges, wachsendes Heiligtum. Deshalb trägt er auch immer noch seinen alten Namen. *Nemetôn* war für unsere Vorfahren die Bezeichnung für einen heiligen Ort. Das weisst du wohl selbst, du sprichst

[48] Oppidum (Kelt.) = Keltische (befestigte) Stadt

ja dieselbe Sprache wie ich. Dieser ganze riesige Wald, der sich zwischen grossen Flüssen und dem Gebirge ausdehnt, ist immer noch der Göttin Helveidia geweiht. Wehe dem, der sich erdreistet, seinen Frieden zu stören.»

Anêrios spürte, wie sich das Unbehagen in seiner Bauchgrube verdichtete. Von dieser Göttin hatte er noch nie gehört. Er kannte nur die grosszügige Elovâna, die Hüterin des Lichtlandes. Bei ihr kehrten jene Seelen ein, welche ihre irdische Hülle abgelegt hatten.

«Und du bist wirklich sicher, dass wir da hineingehen sollen?», fragte er etwas unsicher.

Beligomâgus stiess hörbar den Atem aus. «Die Via Aventica führt mitten durch das Waldland hindurch. Es ist eine alte Verbindungsstrasse, welche bereits bestand, bevor die Romanen sie ausbauten. Nach altem Brauch ist es gestattet, diese Strecke zu begehen, wenn man den Wald links und rechts der Trasse nicht betritt.» Er hob seinen Helm und kratzte sich nachdenklich das kurz geschnittene angegraute Haar. «Und wenn man Helveidia und den Mächten des Landes zuvor ein Opfer darbringt. Es ist der schnellste Weg nach Aventia, Junge. Und vielleicht schreckt es auch allfällige Verfolger ab, wenn wir darin untertauchen.»

«Warst du denn schon einmal darin?», wollte Anêrios nun wissen, denn die Erklärungen seines Führers vermochten ihn noch nicht hinreichend zu beruhigen.

«Nein», gab Beligomâgus unumwunden zu und liess ein tiefes Brummen aus seiner Brust aufsteigen. Er sprach nun langsam in der Sprache seines Volkes, welche derjenigen Vendolindiums sehr ähnlich war. «Aber ich fürchte mich nicht, denn die göttliche Bärin Artiôna wird mit uns sein.» Er sah dem Jüngling eindringlich in die Augen, und Anêrios erkannte im Blick dieses respektablen Mannes starke Zuversicht.

«Beligomâgus», liess sich Lusilla unvermittelt vernehmen. Sie bemühte sich nicht im Geringsten um eine zurückhaltende Stimme.

Der Angesprochene wandte sich sogleich seiner Schutzbefohlenen zu, die immer noch auf dem Wagen sass und ihr merkwürdiges Schosstierchen wie ein Kleinkind in den Armen schaukelte.

«Bitte nicht zu laut, Dulcissima», ermahnte er sie freundlich. «Es sollen nicht alle auf dem Hofgelände wissen, dass wir hier drinnen sind.»

Die Prinzessin ging nicht auf seine Bemerkung ein und verzog bloss weinerlich den Mund. «Mir ist langweilig, Beligomâgus, bitte erzähle mir eine Geschichte. Aber dieser Fischfresser soll bleiben, wo er ist. Ich will ihn nicht zu nahe bei mir haben.»

Anêrios hätte am liebsten laut aufgeseufzt und den Kopf geschüttelt. Diese Tochter aus gutem Hause benahm sich wie ein ungezogenes Blag. Er hoffte nur, dass ihr gewagtes Unternehmen ihretwegen nicht noch gefährlicher würde.

Während Beligomâgus die Prinzessin zum Besten hielt, sah sich Anêrios ausgiebig in der Scheune um. Seine Augen hatten sich inzwischen ausreichend an das Dämmerlicht gewöhnt, und der allgegenwärtige Heustaub kitzelte ihn nicht mehr ständig in der Nase. Obwohl er etwas herum ging, bemühte er sich geflissentlich, dem Heuwagen, auf dem Lusilla Zuflucht gesucht hatte, nicht zu nahe zu kommen. Staunend betrachtete er die Gerätschaften, welche hier aufbewahrt wurden. Sensen, Forken, Dreschflegel und vielerlei anderes Werkzeug, das er nicht kannte. Er war der Sohn eines Bootsbauers und Fischers und mit Booten, Netzen und Reusen aufgewachsen. Über die Verrichtungen der Bauernleute wusste er nur am Rande Bescheid. Gleichwohl stellte er fest, dass alles hier drinnen sehr robust und gefällig gefertigt war. Auch die zweirädrige *Benna*, ein kleiner Handwagen mit achtspeichigen Rädern, erweckte seine Bewunderung. Die Leute auf diesem Gut schienen grossen Wert auf die Pflege ihrer handwerklichen Fertigkeiten zu legen.

Am Mittag trug ihnen die Magd wiederum etwas zu essen auf. Um sich zu zerstreuen, unterhielt sich Anêrios einen Moment lang mit der schüchternen, rothaarigen Frau. Sie hiess Dunensia und gehörte zu einer Familie, welche schon seit Generationen im Dienst des Gutsherrn stand und in seinem Namen mehrere Morgen Land bestellte. Immerhin seien sie stets Freie gewesen, erklärte sie stolz, im Gegensatz zu den Sklaven, von denen es auf dem Hof etliche gäbe.

«Es sind Alamânier», flüsterte die junge Frau mit dem niedlichen, sommersprossigen Gesicht. «Mein Herr hat sie von einem Kriegszug im Norden heimgebracht. Sie sind umgänglich und haben flinke Hände, aber sie sprechen eine fürchterliche Sprache.»

Es stimmte Anêrios nachdenklich, dass anscheinend nicht nur in Raûlium Sklaven gehalten wurden. Bei seinen Leuten in Vendolindium wäre so etwas undenkbar gewesen. Die Freiheit der Menschen ging dem Seevolk über alles. Sie zählte mehr als das Leben. Aber wenn er es genau bedachte, war es mit dieser Freiheit bei ihm zuhause gegenwärtig eigentlich nicht gerade zum Besten bestellt. Nach allem, was er in letzter Zeit erfahren hatte, waren die Vendolindier längst kein unabhängiges Volk mehr. Auch wenn sie dies vielleicht weiterhin glauben mochten, so waren sie doch unentrinnbar in das herrschaftliche Gespinst der Priesterschaft verstrickt. Und wenn es wirklich stimmte, dass dieser Trank aus dem Kessel der Wandlung seinen Landsleuten den freien Willen nahm, wie die Frau mit der goldenen Maske behauptet hatte ... Mit Schaudern dachte er an den ekelhaften schwarzen Wurm, den er erbrochen hatte. Die Vorstellung, dass allen Menschen, die er kannte, ein solches Ding im Gedärm herumkroch, rief erneut einen Brechreiz in seinem Leib wach. Wenn er doch nur etwas hätte tun können, um diesen unerträglichen Zuständen Einhalt zu gebieten. Aber was sollte ausgerechnet er der geballten Macht der Göttergeweihten entgegensetzen? Seine einzigen Verbündeten, auf die er sich hätte abstützen können, waren verschwunden: Tarvo, Beodân und Ambaros, sein Vater. Und sein eigenes Leben schwebte nun ebenfalls in höchster Gefahr. Er war im Begriff, etwas zu tun, was in seinem Volk seit Menschengedenken niemand gewagt hatte. Er entzog sich dem Ratschluss eines priesterlichen Orakels und verweigerte den Opfergang zur Besänftigung des schrecklichen Urâgus. Ob er sein Volk dadurch in grosse Not stürzte? Auf jeden Fall glaubte er nicht daran, dass er jemals in sein Land würde zurückkehren können. Er war nun gleichsam ein Ausgestossener. Ob es sich wirklich lohnte, nur um des Überlebens willen freiwillig in die Verbannung zu gehen?

Gütige Vendolindia, betete er still für sich, *bitte zeige mir einen Weg, wie ich meinem darbenden Volk helfen kann. Und dem Wasservolk der*

Lindônen, deren Leid noch viel grösser sein muss.

Was er über die Unterdrückung des Wasservolkes vernommen hatte, quälte sein Herz noch ungleich stärker als die Not seiner Vatersippe.

Um sich auf freundlichere Gedanken zu bringen, beschloss Anêrios, einen Versuch zu wagen, mit Lusilla ein Gespräch anzuknüpfen. Vorsichtig näherte er sich dem Wagen, wo die Prinzessin mit leerem Blick auf der Fahrerbank kauerte und lustlos mit der Kette ihres Schosstierchens klimperte. Beligomâgus hatte seine unterhaltende Erzählung längst beendet und bearbeitete nun seine Schwertklinge an einem Wetzstein nebenan.

Was diesem Mädchen wohl alles durch den Kopf gehen mag? Immerhin ergeht es ihm nicht besser als mir. Es flieht vor seinem sicheren Tod und muss dafür alles zurücklassen, was es bisher gekannt und geliebt hat.

Ausser diesem fremdartigen Tiergefährten, den es bei sich hatte.

Anêrios blieb in drei Schritten Distanz zu Lusilla stehen und räusperte sich. Die Prinzessin fuhr sogleich aus ihrer Grüblerei auf und warf dem Jungen einen hasserfüllten Blick zu. Hastig riss sie das Tierchen an sich und umklammerte es beschützend.

«Komm mir ja nicht zu nahe», zischte sie lauernd. «Sonst hetze ich dir Lutinus auf den Hals, dass er dich totbeisst. Jawohl, genauso werde ich es machen.» Ihre Augen flackerten in unbändigem Zorn.

Anêrios hob beschwichtigend die Hände. «Schon gut», murmelte er beherrscht, «ich wollte doch nur nachschauen, wie es dir geht.» Er rang sich ein Lächeln ab. «Dir und deinem Freund. Lutinus heisst er?»

Lusilla holte tief Luft und fauchte misstrauisch. Dann lockerte sie ihren straffen Griff um das Tier und gab es etwas frei.

«Ich tue ihm nichts», versicherte Anêrios. «Ich möchte ihn nur begrüssen, wir kennen uns ja noch gar nicht.»

«Er mag keinen Fisch», schnappte die Prinzessin und schüttelte heftig den Kopf. «Deshalb ist ihm dein Gestank auch zuwider.»

«Was mag er denn?», versuchte es Anêrios noch einmal und schaffte es erstaunlich gut, einen kühlen Kopf zu bewahren.

«Obst, Beeren, Grünzeug ...», erwiderte Lusilla forsch und zeigte ihren Vertrauten nun sogar ein bisschen vor. Anêrios sah sein eigenartiges Gesicht, welches entfernt einem kleinen Menschen ähnelte, aber gleichwohl tierhafte Züge aufwies. Die runden Äuglein musterten ihn aufmerksam. Das seltsame Kerlchen öffnete das Mäulchen einen Spalt weit und entblösste feine spitze Zähne. Ob es wohl wirklich ein Sylvân oder ein Silên, ein Geistwesen des Waldes, war?

«Keine knusprigen Knabenohren?», versuchte Anêrios zu scherzen.

Die verstörte Jungfrau ging nicht darauf ein und zog das Tierchen stattdessen wieder fester an sich. Unverwandt starrte sie den Jungen vor sich an und verzog auf ihre überhebliche Weise das Gesicht.

«Wenn du sein Wohlwollen gewinnen willst, bringe ihm etwas zu essen», schnarrte sie. «Draussen hat es einen grossen Garten. Geh und hole ihm etwas Schmackhaftes.»

«Das würde ich wirklich gerne tun», beteuerte Anêrios und hob bedauernd die Hände. «Aber Beligomâgus hat uns verboten, diesen Unterschlupf zu verlassen.»

«Dann mach, dass du mir aus den Augen kommst!», geiferte Lusilla und ihre Augen loderten von Neuem auf.

Anêrios wich behutsam ein paar Schritte zurück, ohne seinen Blick von ihr abzuwenden. Innerlich kochte er über die Frechheit dieser aufgeblasenen Puppe. Aber er wollte das hauchdünne Band an Verbundenheit nicht gleich wieder zerstören, welches er durch seine offene Zuwendung womöglich hatte aufbauen können. «Ich verspreche dir, dass ich Lutinus etwas zu essen besorgen werde, wenn wir unterwegs sind», gelobte er feierlich.

Lusilla zischte schnippisch und scheuchte ihn mit einer gehässigen Handbewegung fort.

Anêrios wandte sich zu Beligomâgus um und zuckte resigniert mit den Achseln.

«Es ist ein Affe», liess sich der Krieger leise vernehmen und blickte von seiner Waffe auf. «Dieses Tierchen stammt angeblich aus einem fernen Land namens Muritânia. Dort scheint es ihrer so viele zu geben wie bei uns Krähen und Sperlinge. Der Magos hat es ihr einmal geschenkt, als er ihren Vater in Raûlium aufsuchte. Er soll ja auch aus dem Orient stammen.»

Magos. Einmal mehr hörte Anêrios diesen eigenartigen Namen. Zum ersten Mal war er gefallen, als er die Unterredung der Priester am Eingang der Drachenhöhle belauscht hatte. Auch Lusillas Mutter hatte von ihm gesprochen. Nach allem, was Anêrios mitbekommen hatte, wollte dieser Magos um die Hand der Prinzessin anhalten. Und weil sie sich ihm verweigert hatte, war sie in dessen Ungnade gefallen und zum Opfergang in die Höhle des Blutschlingers verdammt worden.

«Wer ist denn dieser Magos?», erkundigte sich der Junge bei seinem Führer. Er war neugierig, mehr über diese mysteriöse Figur zu erfahren.

Beligomâgus seufzte und fuhr mit dem Daumen prüfend über die Schneide seiner *Spatha.* Anêrios sah, dass der prächtige Bronzeknauf des Breitschwertes in der Form eines Bärenkopfes gearbeitet war.

«Ein mächtiger Mann», raunte der Krieger nach einer Weile. «Und angeblich ein Eingeweihter der alten Zauberkünste. Der Procurator und unser Pontifex Amontrâkius umschmeicheln ihn wie die Hunde ihren Herrn, wenn er ihnen frisches Fleisch in den Zwinger bringt. Ich weiss nicht, welchen Handel sie mit ihm abgeschlossen haben, aber mein Gefühl sagt mir, dass es um bedeutende Dinge geht. Um dunkle Dinge.»

Mit einem verstohlenen Seitenblick auf Lusilla senkte er seine Stimme. «Sonst hätte der machtvolle Gebieter der Weissen Stadt ihm nicht seine einzige Tochter als Braut angeboten. Die Zurückweisung durch die Filia Aurea muss den Magos tief getroffen haben. Wie sonst erklärst du dir, dass man sie nun als Strafe dem Tod preisgeben will? Dieser Zauberer muss als Brautpreis etwas Enormes in Aussicht gestellt haben. Ich glaube, es ist diese Mine im Drachenberg, dort unten ...»

«Beligomâgus», kreischte Lusilla unvermittelt und riss die beiden Männer aus ihrem Gespräch. «Du sollst nicht über mich sprechen! Und erst recht nicht mit diesem ... diesem verlausten Heiden. Es gehört sich nicht, über eine Frau von noblem Geblüt zu tratschen.»

Der Angesprochene erhob sich langsam und nickte der Prinzessin begütigend zu. «Verzeih mir, Dulcissima», bekannte er in reuevollem Tonfall. «Du hast natürlich recht.»

Wortlos schob er sein eindrucksvolles Schwert in das nicht minder kunstreich gefertigte Futteral zurück und legte Anêrios seine klobige Pranke auf die Schulter. Von da an sprach er den ganzen Tag lang kein einziges Wort mehr mit dem Jungen.

II

DER GÖTTERBAUM

Nach beharrlichem Drängen und Quengeln hatte Lusilla am Nachmittag ihrem Führer und Beschützer die Einwilligung abringen können, in der *Therma*[49] des Guts ein Bad nehmen zu dürfen. «Wer weiss, wann mir diese Annehmlichkeit das nächste Mal wieder gestattet sein wird», hatte sie dem vierschrötigen Mann geklagt und eine mitleiderweckende Jammermiene aufgesetzt. «Mir graut jetzt schon vor dieser Reise durch die Wildnis. Bitte erlaube mir noch einmal etwas zivilisierte Reinlichkeit, mein lieber Freund.»

Die treuherzigen Blicke des durchtriebenen Mädchens hatten Beligomâgus schlussendlich erweichen können. Im Schutz ihres Kapuzenmantels und unter der verschwiegenen Führung Dunensias stahl sich die Prinzessin in das Wohngebäude der Verwalterfamilie hinüber, wo sich der Baderaum befand. Anêrios hätte viel dafür gegeben, selbst einmal in einer jener vielgerühmten romanischen *Thermae* einkehren zu dürfen, aber aufgrund der delikaten Situation verzichtete er wohlweislich auf ein entsprechendes Ersuchen.

Während sich die Filia Aurea ihren Badefreuden hingab, suchte der Gutsverwalter persönlich das Versteck seiner heimlichen Gäste auf. Beltrâmus Aldarînius war ein hochgewachsener besonnener Mann im langen Faltengewand eines Magnaten und stammte aus einer Klientenfamilie des byrgondiônischen Aristokratenhauses Carassounius. Beligomâgus hatte seinem jungen Schützling erklärt, dass die Byrgondiônen erst vor etwas weniger als hundert Jahren in dieses Land gekommen waren. Aëtius, ein Feldherr des romanischen Imperators[50] Valentiniânus, hatte damals einen Aufstand ihres Volkes im Norden niedergeworfen und die Überlebenden anschliessend an den Gestaden der Grossen Seen und im Waldland von Sapaudia angesiedelt. Dort hatten sie sich mit den einheimischen Helvêten vermischt und nach dem Zerfall des Imperiums ein eigenes Königreich begründet. Der Einflussbereich des gegenwärtigen Rex[51] Godemâr erstreckte sich von den ausgedehnten Jôrbergen bis weit an den Fluss Riûsa im Osten, doch musste er sich immer wieder gegen Gebietsansprüche der benachbarten Völker erwehren, weshalb er sich fast ununterbrochen im Krieg befand.

[49] Therma, -ae (Lat.) = romanisches Bad
[50] Imperator (Lat.) = Kaiser
[51] Rex (Lat.) = König

Während ihn mit den Alâmaniern derzeit ein Bündnis verband, schlug er sich im Westen hartnäckig mit den einfallenden Faranciern unter deren König Childebertus. Dies war der Grund, weshalb er seinen lokalen Vasallen Theudoricius zur Heerfolge an seine Seite einberufen hatte. Auch der Besitzer dieses Landgutes war mit einigen Getreuen dem Feldzug gefolgt. Anêrios wusste, dass Beligomâgus beabsichtigte, den Centenarius von Dûnon persönlich um Hilfe anzugehen, sobald er Lusilla und ihn sicher in Aventia abgegeben hatte.

Aus den Gesprächen der beiden Männer – sie unterhielten sich in der Lingua Romana, da sie offenbar nicht dieselbe Muttersprache hatten – erfuhr der aufmerksame Zuhörer, dass sie wohl früher in gemeinsamen Solddiensten unter König Godemâr gestanden hatten und einander deshalb sehr vertraut waren. Aus diesem Grund machte Beligomâgus auch keinen Hehl aus dem wahren Grund ihrer Anwesenheit und der Notwendigkeit ihres Versteckspiels.

«Ich glaube nicht, dass Raûlium auf Dauer seine Herrschaftsansprüche in Vendolindium wird aufrechterhalten können», vermutete Beltrâmus soeben auf seine bedächtige Weise. «Sobald der Centenarius oder sogar der König Kenntnis über die aktuellen Zustände erhält, wird sich der Procurator ihrem Machtwort beugen müssen.»

Beligomâgus wiegte zweifelnd den Kopf. «Da bin ich mir nicht so sicher. Der Procurator ist überaus ambitioniert und baut derzeit ein neues Kriegsschiff – eine grosse Liburne, wie man sie angeblich im fernen Byzanthium einsetzt – um seine Vormachtstellung auf dem See zu behaupten. Und nicht zu vergessen: Dieser Despot hält immer noch eine Kohorte[52] Legionäre in voller Sollstärke unter Waffen.»

Beltrâmus lächelte zuversichtlich. «Du weisst, dass die byrgondiônische Nobilität durchaus in der Lage ist, dem altersschwachen Löwen seine goldenen Zähne zu ziehen. Die Zeit des Imperiums ist in diesem Teil der Welt vorbei, Beligo. Der Procurator schwelgt in Träumereien von einer ruhmreichen Vergangenheit. Die Machtverhältnisse verschieben sich fortwährend. Einst herrschte dein helvêtisches Königsblut in diesen Gauen, mein Freund, dann wurde es von den Legionen des Goldenen Adlers verdrängt,

[52] Kohorte (Lat.) = Militärische Einheit des romanischen Heeres ; zusammengesetzt aus sechs Centurien (Hundertschaften)

nun erstarken wiederum neue Königreiche, um diesem gebeutelten Land das tröstliche Wort unseres brüderlichen Herrn Christos aufzuerlegen.»

Anêrios stutzte. Er fühlte sich sogleich an seinen verschollenen Freund Beodân erinnert, der viel von diesem Christos und dessen Botschaft der Liebe gesprochen hatte. Ob Beltrâmus den nordländischen Wanderer mit den freundlich strahlenden Himmelslichtaugen wohl ebenfalls kannte? Beherzt fragte er ihn.

Der Vilicus verneinte und schenkte dem jungen Gast aus Vernausium ein wohlwollendes Lächeln. «Dem Namen nach stammt dein Freund nicht aus Byrgondia», sinnierte Beltrâmus. «Aber es erstaunt mich mitnichten, dass ein Glaubensbruder von uns in den Dörfern des Seevolkes das Wort des Gottessohnes verkündet.» Er legte seinem Freund Beligomâgus begütigend die Hand auf die breite gepanzerte Schulter. «Wie so vieles verdämmern auch die Zeiten der Alten Götter allmählich in diesem Land, Beligo. Im Westen werden die alten Tempel immer mehr durch christliche Capellae[53] ersetzt. In Lousôna und Seodûnum vertreten heutzutage herrschaftliche Episcopi[54] die Macht der Mater Ecclesia[55]. Sogar Clodovicius, der vormalige König der Farancier, hat sich taufen lassen, nachdem er bei Tolbiacum einen Sieg über die Alamânier erringen konnte.»

«Wenn ich sehe, was die Priester des Alten Kultes in Vendolindium anrichten», knurrte Beligomâgus widerstrebend, «dann bin ich geneigt, deinen Worten Glauben zu schenken, Beltram.» Bedächtig griff er nach der Bärenkrallenkette auf seiner Brust. «Aber bedenke, dass es nicht die Götter der Altvorderen waren, die dir ihre Segensworte in die Wiege geflüstert haben. Du wurdest unter dem Zeichen des Kreuzes geboren und grossgezogen.» Unweigerlich musste Anêrios an das eigentümlich geformte Kreuzsymbol denken, unter welchem er die vergangene Nacht geruht hatte. War dies jenes Zeichen des Christos, welches auch Beligomâgus verschiedentlich erwähnt hatte?

Beligomâgus liess die mächtigen Bärenkrallen an der Kette durch seine klobigen Finger wandern. «In Baranodûron stehen noch immer die alten Tempel», sinnierte er mit einem wehmütigen Beiklang in seiner dunklen Stimme. «Selbst die Romanen vermochten das Angedenken an die heimi-

[53] Capella (Lat.) = Bethaus, Kapelle
[54] Episcopus, -i (Lat.) = Bischof
[55] Mater Ecclesia (Lat.) = Mutter Kirche

schen Götter des Landes nicht zu verdrängen. Wenn ich durch die alten Wälder ziehe, mein Freund, dann vernehme ich das Raunen von Akârnos und Artiôna unter den Bäumen. Im Wasser erkenne ich das milde Lächeln von Sirôna und Arûra, im Feuer den Glanz des mächtigen Lûgos. Wenn ich meinem Gegner in die Augen blicke, rufe ich Catûrix, den gewaltigen König der singenden Schwerter an. Im Licht der Morgensonne blinzelt mir Abêlios zu, im Silberschein des vollen Mondes Belisâna. Im Süden erkenne ich die ewigen Gestalten der Drei Uralten Mütter, welche dieses Land seit undenklichen Zeiten beschirmen. Und wenn ich heute Nacht in den wilden Hain von Nemetônia einkehre, dann ehre ich Helveidia, die Hüterin des Heiligen Waldes.»

Beltrâmus nickte verständnisvoll. Auch wenn sein Weltverständnis offenkundig anders aufgebaut war, schien er den geistigen Wurzeln seines Freundes Achtung entgegenzubringen. Gleichwohl runzelte er nach einer Weile die Stirn.

«Ihr wollt wirklich durch das Verfluchte Land ziehen?», fragte er besorgt.

Beligomâgus schüttelte energisch sein massiges Bärenhaupt. «Nemetônia ist nicht verflucht», beharrte er. «Es ist heiliger Boden, über den die Druiden schreiten. Gefährlich ist es nur für den Unbedarften – und für den, der die Strasse verlässt.»

Beltrâmus schluckte schwer. «Du weisst selbst, dass die Geister der alten Helvêten dieses verlassene Land bewachen», beschwor er seinen Freund. «Es heisst, dass der ganze Wald durchsät ist mit ihren Hügelgräbern. Es sind die Nuithônen, das Nachtvolk. Nach Einbruch der Dunkelheit ziehen sie in gespenstischen Scharen durch die nebelverhangenen Waldgründe und stellen erbarmungslos jeder lebenden Seele nach, die es wagt, ihre Ruhe zu stören. Ihre Herrscherin hält Hof in einem schwarzen Berg und fliegt bisweilen in einem brennenden Wagen durch die Lüfte, gezogen von tausend geflügelten Schrecken. Damit nicht genug. Ein gewaltiger Drache soll in den abgründigen Klüften dieses Landes hausen. Draconium Draco, der grausamste aller Feuerwürmer, gegen den die gefürchtete Bestie des Aurîg bloss eine harmlose Eidechse ist. Auch von einer heimtückischen

Katzenfrau hört man die Bauern munkeln, welche reisende Männer verführt und nie mehr aus ihren Fesseln entrinnen lässt. Es kommt nicht von ungefähr, dass meine Landsleute diesen Landstrich meiden wie die Romanen den leibhaftigen Orcus. Die Edlen der angrenzenden Güter verbieten ihren Hörigen sogar, die Grenze von *Nuithônia* zu überschreiten. Ja, wir nennen es Nuithônia, das Reich des Nachtvolkes. Es ist das Land der Geister und Dämonen, Beligo. Bei allem Respekt für deine Tradition. Unterstehe dich, diese Mächte herauszufordern. Was meinst du, warum es bis zum heutigen Tage keine einzige Siedlung, keinen Hof, nicht einmal ein Castellum, in diesem verrufenen Landstrich gibt?»

«Die Druiden wollen es so», behauptete der hünengestalte Krieger und liess eine tiefe Ernsthaftigkeit in seinen Augen aufglimmen. «Sie erzählen diese Geschichten bewusst, um Nemetônia vor unbefugten Eindringlingen zu schützen. Wenn deine Leute den Heiligen Wald nicht fürchteten, hätten sie längst dessen Holz und Wild, und was der kostbaren Schätze noch mehr darin sind, ausgebeutet.» Unwillkürlich verzog er sein breites Maul zu einem wölfischen Grinsen, das ihm selbst beinahe das Aussehen eines unterweltlichen Unholdes verlieh. «Die Geschichten, die ihr erzählt, sind durchaus keine Hirngespinste. Ja es ist wahr, in diesem Land schlummern uralte Mächte. Und sie schützen sich selbst. Deswegen werden wir auch über die alte Romanenstrasse ziehen. Mir sind etliche Leute bekannt, welche die Via Aventica gefahrlos begangen haben. Solange wir den Schutzbann respektieren, welcher diesen Weg beidseitig säumt, kann uns nichts zustossen. Und wir werden Helveidia um Einlass bitten, so wie es bei uns Sitte ist von alters her.»

Beligomâgus schaute seinem Gastgeber eindringlich in die Augen. «Siehe, Beltram, ich muss die Tochter meiner Herrin auf schnellstem Weg in Sicherheit bringen. Ich kann mich nicht damit aufhalten, auf der vielbegangenen *Via Publica*[56] nach Baranodûron und Salodûron herumzutrödeln und einen riesigen Umweg zu machen, nur weil ich mich vor ein paar Gespenstern fürchte. Die Bedrohung, die mir wahrhaftig im Nacken sitzt, ist die Vergeltung des Procurators. Ich sage dir, mein alter *Commilitio*[57], er wird keinen Augenblick zögern, uns seine Kohorte auf den Hals zu hetzen,

[56] Via Publica (Lat.) = öffentliche Strasse
[57] Commilitio (Lat.) = Kriegskamerad, Waffenbruder

wenn er von unserem Verschwinden erfährt. Ich kenne diese Männer, ich habe sie jahrelang selbst ausgebildet und befehligt. Es sind keine Memmen. Und ihrem Dienstherrn treu ergeben. Wenn sie hier auftauchen und dir drohen, dann erzähle ihnen alles, was du willst, um ja nicht ihren Unmut zu schüren. Lege dich nicht mit ihnen an, Beltram, nicht um meinetwillen. Und ziehe auf keinen Fall das Missfallen des Magos auf dich! Dieser Mann, und nicht der Procurator oder Amontrâkius, übt in der Weissen Stadt eine wirkliche und wahrhaftige Macht aus. Wenn er sein sengendes Auge auf dich richtet, dann bete zu deinem Gott, dass er dich und die deinen weit weg versetzt, in ein Land, wo die Macht dieses Zauberers nicht hinreicht.»

Als die Prinzessin Lusilla von Raûlium in die Scheune zurückkehrte, verströmte sie einen würzigen Duft nach Salbölen. Das Bad schien nicht nur ihrem Leib geschmeichelt, sondern auch ihr grantiges Gemüt etwas aufgeweicht zu haben. Sie schenkte den anwesenden Männern, sogar Anêrios, der in Erwartung einer giftigen Bemerkung sogleich den Kopf einzog, ein reizendes Lächeln. Zu Beligomâgus' Unbehagen hatte sie aber darauf verzichtet, den tarnenden Kapuzenmantel über ihr frisches Gewand zu werfen. In ihrem schönsten Putz stolzierte sie daher, als flaniere sie geradewegs über das *Forum*[58] von Raûlium. Dunensia trippelte ehrerbietig hinter ihr her und trug mit skeptischer Vorsicht Lutinus in ihren Händen.

Anêrios beobachtete, wie Beligomâgus eine Zurechtweisung hinunterschluckte. Er mochte sich denken, dass jetzt sowieso nichts mehr zu ändern war. Jeder Bewohner dieses Landguts, der soeben den Weg der Filia Aurea gekreuzt hatte, würde diesen Anblick sein Leben lang nicht mehr vergessen.

Um kein weiteres Aufsehen zu erregen, zog sich der Vilicus Beltrâmus bald mit seinen besten Wünschen zurück und ordnete an, dass Dunensia ein reichhaltiges Abendmahl in die Scheune trug. Die Reisenden stärkten sich noch einmal ausgiebig und bereiteten sich anschliessend auf ihren Aufbruch vor. Die Tage waren immer noch lang, und als sich die Dämmerung endlich ankündigte, sehnte sich Anêrios nach dem behaglichen Gästezimmer, in welchem er die vorangehende Nacht zugebracht hatte. Die bevorstehende Abreise hatte Lusillas Stimmung bereits wieder umschlagen

[58] Forum (Lat.) = Marktplatz einer romanischen Stadt

lassen. Als Anêrios ihrem Gefährten Lutinus ein Stück weisses Fladenbrot entgegenstreckte, riss sie den begierig vorspringenden Affen sofort mit angewiderter Miene an dessen goldener Kette zurück und bedachte den gescheiterten Wohltäter mit funkelnden Blicken. Zum ersten Mal, seit er ihr begegnet war, nahm Anêrios in diesem Moment bewusst wahr, dass Lusilla grüne Augen hatte. Er vermeinte sogar ein goldenes Flimmern in den smaragdfarbenen Iriden zu gewahren. Diese unerwartete Feststellung faszinierte ihn.

«Schau mich nicht so blöde an, du ungehobelter Tölpel», keifte die Prinzessin und wandte dem Jungen demonstrativ den Rücken zu.

Anêrios zwang sich zur Ruhe und widmete sich wieder dem Essen. Es wäre zu schade gewesen, sich dieses schmackhafte Mahl durch die Launen seiner unwilligen Reisegefährtin verderben zu lassen.

Als das Abendkonzert der Grillen draussen beinahe zu ohrenbetäubender Stärke anschwoll und die Fledermäuse lautlos durch die offenen Scheunenfenster zu huschen begannen, führten Beltrâmus Aldarînius und einer seiner Knechte die drei Pferde ihrer Gäste zur Scheune. Der freundliche Gutsverwalter hatte die Satteltaschen mit reichlich Wegzehrung vollstopfen lassen. Für die Nächte in der Wildnis gab er zusätzliche Decken aus fein gewobenem Wolltuch mit.

Beligomâgus und seine Gefährten hatten sich sorgsam in ihre Umhänge gehüllt und die Kapuzen tief über die Gesichter gezogen. Der Hüne half seinen Schützlingen beim Aufsteigen, ehe er sich selbst mit der Geschmeidigkeit eines erfahrenen Kriegers in den Sattel schwang. Erst jetzt fiel Anêrios auf, dass das Pferd ihres Führers von wesentlich kräftigerer Statur war als sein eigenes. Das war wohl auch vonnöten, wenn es einen solchen Muskelberg auf seinem Rücken zu tragen hatte.

Beltrâmus begleitete seine Gäste bis zum Tor der Villa und entbot ihnen seinen Abschiedsgruss auf romanische Art, indem er zuerst die rechte Hand über dem Herz zur Faust ballte und den Arm dann gerade über seinen Kopf vorstreckte.

«Salus vobiscum, Viatores», raunte er bedächtig und öffnete einen der hölzernen Torflügel.

«Salus et pax tecum, amicus intimus[59]», erwiderte Beligomâgus und vollführte im Sattel dieselbe Grussgeste. «Hab' Dank für deine Hilfe. Vertraue mir, wir werden den Heiligen Wald rasch und zielstrebig durchqueren. Danach werde ich nicht säumen, auf schnellstem Weg nach Augustodûnum zu gelangen und dort den Beistand von Theudoricius zu erbitten. Ich hoffe, dort auch deinen Dominus wohlbehalten anzutreffen. Auf dass bald wieder geregelte Verhältnisse in diesem Land einkehren.»

Im Flüsterton fügte er knapp hinzu: «Tue mir in der Zwischenzeit vor allem diesen einen Gefallen, Beltram: Hüte dich vor dem Magos!»

Mit schnalzenden Lauten trieb er die Pferde seiner Schützlinge an und sie verfielen sofort in einen raschen Trab. Anêrios hatte beide Hände damit zu tun, sich im Sattel zu halten. Deshalb hatte er keine Augen für die Umrisse des gewaltigen Gebirges, welches sich im Süden unerschütterlich und erhaben unter den ersten Sternen gleichsam zum Abschied erhob.

Es dauerte nicht lange, bis sie den Fluss erreichten. Ein Waldkauz rief vom gegenüberliegenden Waldufer herüber. Anêrios wusste nicht, ob dies ein Willkommensgruss oder eine Warnung war. Mit klappernden Hufen ritten sie über die geschwungene Steinbogenbrücke, welche die murmelnde Chandra überspannte, und liessen das Land Vendolindium endgültig hinter sich.

Jenseits des Flusses betraten sie eine endlose Waldhalle, die von einem raschelnden Dach aus verwobenen Zweigen und schimmerndem Laubwerk überwölbt und von einer Unzahl knorriger Säulen gestützt wurde. Im fahlen Licht des Mondes erschien alles wie aus Silber getrieben. Anêrios war oft durch die Wälder am Seeufer gestrichen, hatte sich an ihren Wohlgerüchen erfreut und ihren vielgestaltigen Bewohnern nachgestellt, aber hier umfing ihn sogleich eine andere, nie gekannte Welt, die erfüllt war von wispernden Stimmen und tanzenden Lichtern. Ein machtvoller Zauber aus uralter Zeit schien über diesen Irrgarten aus uralten Bäumen und verwachsenen Ranken gewoben zu sein. Es war kein Gefühl von Furcht oder Bedrohung, welches den Jungen beschlich, sondern vielmehr ein Zustand der Entrückung, welcher sich seiner stillschweigend bemächtigte. Als

[59] Salus et pax tecum, amicus intimus (Lat.) = Gesundheit und Friede mit dir, teuerster Freund

hätte sich ein unsichtbares Gespinst nie gekannter Bilder und Ahnungen über ihn gespreitet, ritt er gleichsam durch einen geheimnisvollen Traum. Ihm fiel erst nach einer Weile auf, dass der unbequeme Sattel, auf dem er sich zuvor derart gequält hatte, in jenem Moment jegliche Bedeutung verloren hatte, als er in dieses fremdartige und gleichwohl so einnehmende Reich eingezogen war.

Ob es der Prinzessin Lusilla ebenso erging? Verstohlen blickte Anêrios zu ihr auf. Ohne gegenseitige Absprache hatte sie sich von selbst zwischen Beligomâgus, der an der Spitze ritt, und ihm, welcher den Abschluss bildete, eingereiht. Sie hatte die Kapuze ihres Umhangs zurückgeschlagen, und er konnte ihr frisch geöltes Haar riechen, das wohl die Magd Dunensia in einer kunstvollen Flechtfrisur angelegt hatte. Während sie mit der Linken den Zügel ihres Pferdes hielt, tastete ihre Rechte immer wieder prüfend über die Satteltasche, in welcher gelegentlich ein feines Klirren zu vernehmen war, wenn sich Lutinus an seiner Kette regte.

Obwohl sie ihn wie den letzten Dreck behandelte, hatte Anêrios in den grün schimmernden Augen dieser Edeltochter etwas entdeckt, das ihn innerlich bewegte.

Vielleicht hat sich in ihrem Leib auch so ein widerlicher schwarzer Wurm eingenistet, und sobald sie ihn ausspeit, wird ihr kratzbürstiges Gehabe von ihr abfallen wie trockene Schuppen, um etwas Sanftes, Liebenswürdiges darunter zu offenbaren.

Die Strasse wand sich wie ein dunkles, festes Band durch diese schlafende Welt aus Wurzeln und Knorren. Ihr Verlauf war wohl einstmals gut befestigt gewesen, doch hatten die unermüdlichen Mächte der Zeit sichtlich an ihr genagt. Zudringliches Wurzelwerk hatte die Pflästerung umschlungen und selbst grosse Steinplatten gespalten. Krautstauden und ganze Büsche reckten sich aus der zerkrümelten Schotterauflage empor. Anêrios versuchte sich vorzustellen, wie viele Füsse, Hufe und Wagenräder im Laufe der Jahrhunderte bereits darüber hinweggezogen waren.

Nachdem diese überwucherte Romanenstrasse eine Weile über eine steile Böschung hochgeführt hatte, verlief sie bald über eine Hochfläche, die nur von wenigen Bodenwellen durchzogen war. Kleine Bäche und

Rinnsale kreuzten bisweilen ihren Weg und begleiteten sie eine Zeit lang mit ihrem Murmeln und Plätschern. Nach einer guten Wegstunde standen sie aber unverhofft am Ufer eines kleinen Sees, der friedlich und stumm in der Umarmung des Waldes schlummerte. Beligomâgus verhielt ohne Vorankündigung sein Pferd und sass ab. Ruhig griff er nach den Zügeln seiner Begleiter und war ihnen beim Absteigen behilflich.

«Sind wir schon fast da?», flüsterte Lusilla freudestrahlend. Offenbar war sie sehr wohl für den Zauber dieses Landstrichs empfänglich, da sie ihre sonst immerzu laute und fordernde Stimme nun achtsam zügelte.

Ihr Führer lächelte nachsichtig und schüttelte den Kopf. «Beileibe nicht. Dies ist erst der Eingang. Aber wir werden hier eine Weile innehalten, um der Hüterin des Heiligen Waldes unseren Gruss zu entbieten und den Mächten dieses Landes Achtung zu erweisen.»

Er hatte seinen Mantel abgelegt und schritt nun mit klirrendem Panzerhemd seitlich des Weges in das Unterholz hinein. Ein sanfter nächtlicher Windhauch trug ein feines Klingeln und Tönen aus jener Richtung heran, auf welche er sich zubewegte. Anêrios biss sich unwillkürlich auf die Zähne. *Schön auf der Strasse bleiben, lautet doch das Gebot!*

Beligomâgus ging aber nicht tief in den Wald hinein. Abrupt blieb er stehen und blickte in die Wipfel hinauf. Und nun erkannte der junge Vendolindier, was ihr Führer gesucht hatte. Ein riesenwüchsiger Baum schraubte sich dort am Seeufer aus dem Erdreich empor und breitete seine mächtigen Äste himmelwärts, als wolle er nach den blinkenden Sternen greifen. Die umstehenden Hölzer, wiewohl ebenfalls uralt und urtümlich, wirkten wie eine Schar verspielter Kinder im Schatten dieses Titanen. Anêrios erkannte, dass es eine Eiche war, mit Abstand der grösste Baum, den er je erblickt hatte, und gewiss der älteste in diesem ganzen Wald.

So alt wie die Welt!

Im Angesicht dieses Fürsten aller Bäume überfiel ihn ein atemloses Gefühl von Demut. Behutsam pirschte er heran und verharrte hinter Beligomâgus, der zwischen den gewaltigen Wurzeln niedergekniet war. Rings um den Baum lagen unzählige Gaben auf dem Waldboden verstreut. Anêrios sah kleine Gefässe und Schalen, Statuetten und Püppchen, bunte Steine und Schnitzwerk aus Holz und Bein. Er erkannte ein halbes Wagenrad, verrostete Rosseisen und zerbrochene Öllampen, Fibeln und Broschen, Haarnadeln und edle Reifen. Geweih- und Hornstücke, Fellreste und grinsende Tierschädel lagen ebenso in diesem geheimnisvollen Sammelsurium wie verknotete Haarflechten, Tuchfetzen, Lederflicken und Garnstrangen. Er sah kleine und grosse Werkzeuge, Beilklingen, Ahlen und Hämmer, allerlei Waffen und Teile von Rüstungen, verschimmelte Essensreste und Flaschen aus gefärbtem Glas. An den untersten Ästen waren zahlreiche bunte Bänder festgeknotet, die sich in der lauen Brise leicht wiegten. An einigen hingen Rädchenamulette und Göttertalismane, filigrane Glöckchen und klimperndes Geschmeide. Auf einmal verstand Anêrios, woher das wundersame Geräusch kam, welches er zuvor vernommen hatte. Je nachdem wie der Wind spielte, umwehte ein vielfältiges Klingen und Summen die Riesengestalt des Baumes.

An diesem erhabenen Ort konnte der Junge die Gegenwart der Götter wahrhaftig spüren. Die Zeremonien der Priester, welche er an den Hohen Feiertagen am See abermals durchlebt hatte, erschienen ihm bloss wie Schall und Rauch im Vergleich zu der Heiligkeit, die sich unter der beschirmenden Obhut dieser grossmächtigen Eiche verdichtete. Nun erkannte er zahlreiche Figuren und Bildnisse von bekannten und unbekannten Gottheiten, die sich in die Auslage der Weihegaben mengten. Einige waren aus Holz und Horn geschnitzt, andere aus Eisen gegossen, aus Lehm und Wachs geformt oder aus Kupfer und anderen schimmernden Metallen getrieben. Allenthalben fiel ihm das Symbol des vier- oder achtspeichigen Rades auf, welches er auch aus seiner Heimat kannte. Und in einer natürlichen Nische des massigen Baumstammes hing ein kleines Kreuz, von ähnlicher Machart wie dasjenige in seinem Gästezimmer in Lindînium. Sämtliche Götter und Geister, welche die Völker des Erdenkreises kannten, schienen sich hier ein Stelldichein zu geben und gemeinsam die Schönheit der lebendigen Schöpfung zu preisen. Das verschlungene Gewebe aus mannigfachen Formen und Materialien, aus künstlerischer Schönheit und natürlichem Wachstum, aus Gerüchen und Klängen, aus Erinnerungen und Traumbildern schuf einen offenen Tempelraum von überwältigender Kraft.

«Der Götterbaum von Amasûlis», raunte Beligomâgus feierlich, und Anêrios entging nicht, dass der raue Krieger ebenso bewegt war wie er selbst. «Ich habe die Leute oft erzählen gehört über dieses Wunder des Waldes, aber seine Erscheinung übertrifft alle Worte, welche menschliche Lippen zu formen vermögen. Sieh nur …»

Mit einer gemessenen Bewegung deutete der Hüne auf eine Struktur in der schrundigen Borke des Baumes, die sich leicht oberhalb ihrer Augenhöhe befand, so dass sie ihre Blicke anheben mussten, um sie betrachten zu können. Das Licht des immer noch beinahe vollen Mondes war so hell, dass die Einzelheiten deutlich zu erkennen waren. Wie aus Silber gegossen zeichneten sich dort Züge eines grossen Gesichtes im massiven Eichenstamm ab. Es wirkte auf unbestimmte wesenhafte Art menschlich und doch ganz anders.

Anêrios blinzelte ungläubig und schaute noch einmal genauer hin. Er hatte sich nicht getäuscht. Dieser Baum blickte sie an.

Beligomâgus lächelte versonnen und liess seine Blicke wieder über die Gaben schweifen, welche in unüberschaubarer Zahl rund um den Götterbaum ausgebreitet lagen. Plötzlich stutzte er und seine Augen verharrten auf einem eigenartig geformten, spitz zulaufenden Helm, der zwischen dargebrachten Dolchen, Lanzeneisen und Pfeilspitzen hervorstand. Die Überreste eines langen, schwarzen Haarzopfes waren daran befestigt.

«Dann ist es also wahr», hauchte Beligomâgus ergriffen.

«Was?», versuchte Anêrios zu verstehen.

«Dieser Helm», erklärte der Krieger ehrfürchtig. «Er gehörte einem Hunnen, den mein Urgrossvater Ambisâgros einst auf den Katalaunischen Feldern in Kallium erschlug, als er vor mehr als einem halben *Saeculum*[60] mit den Romanen gegen Attilas Steppenreiter zog. Die Eindringlinge aus dem Osten verheerten damals das ganze Land weit und breit, und viele von uns glaubten, sie kündeten das Ende aller Tage an. Es war dies der letzte grosse Sieg der Romanen, welchen sie mit ihren Föderaten erfechten konnten, ehe ihr Reich diesseits von Albenônas Garten zerfiel. Immer wieder habe ich die Geschichte von Ambisâgros an unseren Feuern vernommen, der nach seiner siegreichen Rückkehr hier den Göttern Dank zollte und

[60] Saeculum (Lat.) = Jahrhundert

jenen Helm als Dankopfer zurückliess. Nun sehe ich es mit eigenen Augen. Unter diesem Baum wird die Überlieferung meiner Ahnen greifbare Wirklichkeit.»

Geradezu zärtlich strich Beligomâgus' Pranke über das verwitterte Relikt einer längst vergangenen Geschichte aus der Altvorderenzeit seiner Sippe.

«Nun denn», murmelte der riesenhafte Mann aus Baranodûron und zwang sich sichtlich, sein Bewusstein in die Gegenwart zurückzurufen. «Wir wollen den Göttern in dieser Nacht nun ebenfalls ihren Teil zugutehalten. Lusilla, Dulcissima, bitte geselle dich zu uns.»

Die Prinzessin klappte die Satteltasche ihres Pferdes zu und überliess Lutinus wieder sich selbst. Widerstrebend stapfte sie in den Wald hinein und betrachtete die Göttereiche mit argwöhnischen Blicken. Es schien ihr schwer zu fallen, die ehrfürchtigen Empfindungen ihrer männlichen Begleiter teilen zu können.

«Dies ist das Herz des Alten Landes», wisperte Beligomâgus inbrünstig. «Was immer ihr hier sagt, denkt oder fühlt, die Götter können es vernehmen. Alle Unsterblichen mögen hier gegenwärtig sein, aber die Herrin dieses Waldes ist Helveidia, welche hierzulande die Lebensfäden spinnt. In ihre Obhut begeben wir uns nun, wenn wir Nemetônia, den letzten geweihten Hain der Alten Welt, durchqueren. Empfehlt ihr das Heil eurer Seelen an und weiht ihr zu Ehren etwas, was für euch von Bedeutung ist. Hinterlasst es hier unter diesem Baum, als Zeichen eurer Hingabe an ihre göttliche Allmacht.»

Anêrios beobachtete, wie Beligomâgus sein Amulett aufknotete und drei Bärenkrallen abstreifte. Behutsam bettete er sie unter den Hunnenhelm, welchen sein Urgrossvater hier einst niedergelegt hatte. Der Junge überlegte fieberhaft, was er der Göttin Nemetônias opfern konnte.

Etwas, was für mich von Bedeutung ist.

Nichts bedeutete ihm so viel wie der See, den er unlängst zurückgelassen hatte, und die Erinnerung an seine Mutter, die er nie kennenlernen durfte. Jene Wasserfrau, deren Blut in seinen Adern strömte, und die der Grausamkeit der Menschen von Raûlium zum Opfer gefallen war. In diesem Moment gedachte er auch seines Vaters, der bar jeglicher Hoffnung und umnachtet von der Trauer über seine erlittenen Fehlschläge einem unbestimmten Schicksal entgegengefahren war.

Genau wie ich selbst es nun tue ...!

Da streifte den Jüngling eine unerwartete Eingebung. Lautlos erhob er sich und holte etwas aus seinem Gepäck. Als er zurückkehrte, hielt er Nusantias silberne Haarflechte in seinen Händen. Sein Vater hatte sie ihm vor seiner Abfahrt ins Ungewisse überlassen, und Anêrios hatte sie für seine eigene Reise eingepackt. Ohne sich viel dabei zu denken, befestigte er dieses einzige stoffliche Zeugnis, welches ihm von seiner unbekannten Mutter verblieben war, an dem Kreuz in der Höhlung des Baumes.

Möge der Gott der Liebe sich ihrer annehmen, sinnierte er, und fühlte, wie eine einzelne warme Träne über seine Wange rann. *Beodân würde es verstehen.*

Beligomâgus bezeugte schweigend diese schlichte Handlung. Ein friedvolles Lächeln huschte über sein wettergegerbtes Gesicht.

Fragend wandte sich der Krieger zu Lusilla hinüber. Die junge Frau hatte ihren Umhang eng um sich geschlungen und zitterte wie Espenlaub.

Dabei umgab sie eine laue Sommernacht. Anêrios verspürte keinen Hauch von Kühle. Oder fühlte die Prinzessin vielleicht eher eine Kälte, die aus ihrem Innern aufstieg?

«Lusilla, was möchtest du der Schutzherrin dieses Waldes darbringen, ehe wir weiterziehen?», fragte Beligomâgus mit unerschütterlicher Ruhe.

Die Prinzessin schien unter einer gewaltigen Anspannung zu stehen. Urplötzlich riss sie ihren Mantel von sich und stampfte wütend auf. Etwas brach sich mit unglaublicher Kraft Bahn aus der zierlichen jungen Frau.

«Amontrâkius sagt, Diâna Nemorensis ist die Herrin des Waldes», schrie sie entgeistert. «In Raûlium beten wir zu Iuppiter Optimus Maximus und zu Minârva. Und zum Goldenen Adler des Augustus, der selbst zu einem Gott aufgestiegen ist. Sie sind die Beschützer der Weissen Stadt. Ich kenne keine Göttin Helveidia! Keinen dieser Heidengötzen hier kenne ich! Sie bedeuten mir nichts! Es sind bloss verderbte Auswüchse eines verirrten Aberglaubens!»

Wie im Wahn schleuderte die aufgebrachte Prinzessin ihre Worte von sich. Ihre Stimme überschlug sich zunehmend und erstickte zuletzt in einem heiseren Schluchzen.

«Ich hasse diesen Baum», stammelte sie haltlos. «Ich hasse diesen Wald und diese Göttin, die mir nichts zu sagen hat.» Weinend brach die junge Frau in sich zusammen und krallte ihre Finger in das weiche Moos unter der riesigen Eiche. In immer neuen Wogen brandeten Gefühlsstürme über sie herein und schüttelten ihren zerbrechlichen Leib. Reglos beobachtete Anêrios Lusillas Toben und spürte, wie durch ihre Heftigkeit auch in ihm etwas aufbrach. Es kam ihm vor, als wollten diese entfesselten Kräfte einer gepeinigten Seele etwas befreien, was lange Zeit in drangvoller Dunkelheit eingesperrt gewesen war.

Nach einer Weile ebbte der Anfall der jungen Frau allmählich ab und sie blieb bebend und wimmernd auf dem Waldboden ausgestreckt. Ihr schönes neues Gewand, das sie sich nach dem Bad in Lindînium übergezogen hatte, war voller grüner und brauner Flecken und stellenweise gerissen. Das schien sie in diesem Moment aber überhaupt nicht zu bekümmern.

Beligomâgus seufzte. «Auch Tränen sind ein gültiges Opfer an die Göttin», murmelte er, ehe er aufstand und die Prinzessin behutsam wie ein schwereloses Stoffbündel hochhob. Er setzte sie in den Sattel ihres Pferdes und brachte ihr ihren Umhang. Dann nickte er Anêrios zu und sie sassen schweigend auf. Der Junge schaffte es diesmal, ohne Hilfe auf seinen Braunen zu steigen.

Der Krieger hüllte die bewegungslose Prinzessin in ihren Mantel und versicherte sich, dass sie gut im Sattel sass. Dann stieg er auf, ergriff den Zügel ihres Pferdes und setzte sich wortlos wieder in Bewegung.

III

TOD IM NEBEL

In gleichmässigem Trott zogen die Pferde durch den endlosen nächtlichen Wald. Die schaukelnde Bewegung seines Reittieres versetzte Anêrios in einen schläfrigen Zustand. Obgleich er sich wach im Sattel hielt und die Zügel nicht losliess, strichen immer wieder traumähnliche Bilder vor seinen halboffenen Augen vorbei. In der durchdringenden Stille des grossen Waldes, die ihn wie das dunkelblaue Wasser der Seetiefe umfing, erwachten mannigfaltige Eindrücke und Erinnerungen in ihm zum Leben, welche die verworrenen und teils erschreckenden Ereignisse der letzten Tage, Wochen und Monde widerspiegelten. In diesen schweigenden Stunden, da sie immer tiefer in die Wirklichkeit dieses unermesslichen Waldreiches eintauchten, schien seine Seele all das ordnen zu wollen, was ihm in letzter Zeit widerfahren war. Seit er im vergangenen Herbst mit Tarvo die Überfahrt zu der verbotenen Höhle gewagt hatte, waren Dinge in Bewegung geraten, die sein Dasein von Grund auf erschüttert und auf den Kopf gestellt hatten. Auch wenn er fast alles verloren hatte, was sein Dasein als Sohn eines Bootsbauers in Vernausium ausgemacht, woran er sein Leben hoffnungsvoll festgeknüpft hatte und woraus er gewachsen war, so spürte er doch tief in sich drin, dass dies wohl der einzige Weg war, um tiefere Schichten seines Wesens freilegen zu können. Wenn die ewigen Götter ihm so etwas wie ein persönliches Schicksal oder eine Bestimmung zugedacht hatten, dann mochten die Strudel der sich überstürzenden Geschehnisse letzten Endes vielleicht lediglich dem Zweck dienen, das Blendwerk einstürzen zu lassen, in welchem er zuvor gefangen gewesen war. Unversehens war er auf eine verwegene Reise mit zwei Menschen geworfen worden, die vordem keine Bedeutung für ihn gehabt hatten und mit denen sein Geschick gleichwohl auf irgendeine unfassbare Weise verwoben zu sein schien. Gemeinsam strebten sie einem unbekannten Ziel im Westen zu, wo sie Zuflucht zu finden hofften vor heimtückischen Mächten, welche ihnen in ihrer zurückgelassenen Heimat nach dem Leben trachteten.

Jedenfalls brachte der Zauber dieses Waldes die Kraft auf, um Groll und Kummer in seinem wunden Herzen für einen Moment aufzulösen. Es kam ihm vor, als wäre sein bisheriges Dasein bloss ein flüchtiger Traum gewesen. Als sei das einzig Wahrhaftige in seinem Leben hier zuhause, unter den stummen Gestalten dieser uralten Bäume.

Lusilla war auf dem Pferderücken zusammengesunken und schien zu schlafen. Vielleicht vermochte ihr der Schlummer in dieser geheimnisvollen Stille nach dem heftigen Gefühlsausbruch, welcher sie zuvor geschüttelt hatte, ebenfalls Frieden zu verschaffen. Beligomâgus führte ihr Pferd am Zügel und ritt unbeirrt vorneweg. Auch er hing schweigend seinen Gedanken nach und hielt auf seine Weise Zwiesprache mit dem Geheimnis von Nemetônia.

Später stieg die Strasse wieder an und führte auf eine höher liegende Geländestufe, dann verlief sie längere Zeit durch einen breiten Talgrund und folgte dem gewundenen Lauf eines Baches mit versumpften, von wispernden Erlen und schimmernden Wasserflächen gesäumten Ufern. Anêrios hatte jegliches Zeitgefühl verloren. Obwohl er durch Lücken im Wipfeldach immer wieder einen Blick auf den Mond erhaschen konnte, vermochte er dessen Bahn nicht zu verfolgen.

Irgendeinmal verengte sich das Tal und der Bachlauf zu ihrer Seite mündete in einen kleinen Fluss ein, der ihren Weg kreuzte. Das dunkle Wasser schien aus dem Gebirge zu kommen und trat nach einer weiten Kehre in eine tief eingeschnittene Schlucht ein. Da es nicht tief war, bedurfte es an dieser Stelle keiner Brücke, um es zu queren.

Durch die staksige Bewegung der Pferde im Geröll des Flussbettes erwachte Lusilla und richtete sich im Sattel auf. Verwirrt blickte sie sich um.

«Wo sind wir?», keuchte sie und starrte verstört auf Beligomâgus, der ihr wie immer vorausritt.

«Mitten in Nemetônia», beschied ihr Führer knapp über die Schulter und lenkte sein Reittier in das hohe Gras einer kleinen Lichtung auf der anderen Flussseite. Das sirrende Nachtkonzert der Grillen, welches sie hier empfing, erschien ungewohnt nach der langanhaltenden tiefen Stille des mondlichtgetränkten Waldes.

Unvermittelt schlug Anêrios ein merkwürdiger Geruch entgegen. Dieser erinnerte ihn an denjenigen von Weiderindern, nur dass er wesentlich strenger war. Beligomâgus deutete auf eine Gruppe grosser Tiere, welche am Rand der Lichtung standen und ruhig ästen. Sie waren von massiger Gestalt und hatten ein zottiges Fell. Einige trugen ausladende Hörner an den breiten Schädeln. In ihrer Mitte fanden sich auch Jungtiere. Anêrios vermutete, dass es Wisente waren, denn das eindrückliche Gehörn der Alttiere erinnerte ihn an den zeremoniellen Kopfschmuck ihres Dorfpriesters Carodrûnos. Einer der grossen Bullen hatte den Kopf gehoben und sicherte aufmerksam in ihre Richtung.

Nun entdeckte auch Lusilla die Herde. Der überraschende Anblick der zottigen Ungetüme erschreckte das Mädchen, und es begann aus voller Kehle zu schreien.

Die Pferde hatten die ungewohnte Gegenwart der Waldbüffel ebenfalls wahrgenommen. Sie witterten Gefahr und scheuten. Anêrios hatte Mühe, sein verunsichertes Reittier im Zaum zu halten, aber er schaffte es, im Sattel zu bleiben.

Anders als die Prinzessin. Das nervöse Tänzeln ihres Pferdes brachte sie aus dem Gleichgewicht, und sie taumelte mit einem erstickten Aufschrei zu Boden. Dadurch geriet ihr Pferd erst recht in Aufregung und riss sich los.

Der Braune von Anêrios folgte dem Impuls seines Gefährten unverzüglich und wandte sich ebenfalls zur Flucht. Es kostete den Jungen alle Mühe, sich oben halten zu können. Er verlor die Kontrolle über das Pferd. In gestrecktem Galopp jagte es über die offene Lichtung und entfernte sich von den Büffeln, welche nun in Bewegung gerieten. Ihr unruhiges Schnauben und Grunzen schürte die Panik der Pferde zusätzlich. Anêrios sah noch, wie Lusillas Reittier in das Unterholz brach, dann klatschten ihm die ersten Zweige ins Gesicht. Instinktiv duckte er sich über den muskulösen Hals seines Braunen und klammerte sich mit beiden Armen daran fest. Die Zügel waren ihm längst entglitten und hingen lose durch.

Mit vor Angst zusammengepressten Augen versuchte sich der Junge verzweifelt im Sattel zu halten. Er befürchtete, sich das Genick zu brechen, wenn er jetzt losliess. In dem Bestreben, den sicheren Halt nicht zu verlieren, drückten seine Oberschenkel krampfhaft gegen die Flanken des Pferdes, was dieses freilich noch mehr antrieb.

Irgendeinmal stieg das Gelände steil an, und das Gestrüpp wurde so dicht, dass die durchgehenden Pferde nicht mehr anders konnten, als ihren Lauf allmählich zu vermindern. Als sie feststellten, dass ihnen nichts Bedrohliches auf den Fersen war, kamen sie allmählich wieder zur Ruhe und blieben schliesslich stehen.

Anêrios öffnete die Augen und hob den Kopf. Sein Brauner schnaubte unschlüssig und scharrte mit dem Vorderhuf im Farnkraut. Lusillas Pferd stand unweit daneben und riss unwillig an seinem Zügel, der sich im Geäst eines Strauches verheddert hatte.

«Gütige Seemutter Vendolindia», hauchte der Junge und kletterte zitternd aus dem Sattel. Er war schweissgebadet, sein Umhang an mehreren Stellen zerrissen. Aber ansonsten war er heil geblieben. Erleichtert rieb er seinem Reittier den Hals. Der Braune hatte die Ohren wachsam zurückgelegt und witterte vorsichtig in alle Richtungen. Es dauerte eine geraume Weile, bis er sich nach der überstürzten Flucht durch den Wald wieder etwas beruhigte. Als er sich sicher war, dass keine Gefahr mehr drohte, bewegte er sich ein paar Schritte voran und widmete sich einem Büschel Waldkräuter, das seine Aufmerksamkeit erregt hatte.

Dass Anêrios nicht zum Reiten geboren war, hatte sich nun einmal mehr bestätigt. Aber glücklicherweise war er nicht gestürzt.

Hoffentlich ist Lusilla nichts geschehen, dachte er besorgt. Zugleich ärgerte er sich über ihr unangemessenes Verhalten. Immerhin hatte sie mit ihrem Geschrei das ganze Durcheinander erst ausgelöst.

Ob er sich wohl weit von den beiden anderen entfernt hatte?

Die Erkenntnis fuhr ihm wie ein Blitz durch das Bewusstsein: *Ich befinde mich nicht mehr auf der Strasse!*

Sie mussten doch unbedingt auf der Strasse bleiben. Das war ihnen nachdrücklich eingeschärft worden.

Ob die Büffel wohl eine Gefahr darstellten? Beligomâgus würde sich bestimmt gegen sie zu erwehren wissen. Aber wo war ihr Führer überhaupt?

Anêrios spürte, wie aufkeimende Furcht ihn zu überwältigen drohte. Er musste jetzt unbedingt einen klaren Kopf bewahren. Er zwang sich dazu, ruhig durchzuatmen und blickte sich angestrengt um in der Hoffnung, die Richtung ermitteln zu können, aus der er gekommen war. Dummerweise hatte er während des wilden Ritts die Augen geschlossen gehalten. Und er vermochte auch nicht abzuschätzen, wie lange er auf dem Pferderücken blindlings durch den Unterwuchs geprescht war. Er musste sich eingestehen, dass ihm der Wald längst nicht so vertraut war wie der See. Ratlos starrte er auf seine blaugrünen Fingernägel. Diese würden ihm in dieser Umgebung allerdings nichts nützen.

Zunächst musste er sowieso die beiden Braunen überzeugen können, mit ihm zu gehen. Die zwei Pferde schienen sich wieder gefasst zu haben und rupften genüsslich an den üppigen Kräutern, die vereinzelt auf dem Waldboden wuchsen.

Ruhig näherte sich der Junge seinem Pferd, strich ihm begütigend über den Hals und fasste behutsam den hängenden Zügel. Obwohl sich das Tier anfänglich dagegen sträubte, seine unerwartet erlangte Unabhängigkeit so schnell wieder abgeben und sich von dem saftigen Waldkraut losreissen zu müssen, folgte es seinem Reiter nach einigem Zureden willig. Lusillas Brauner hing immer noch am Gestrüpp fest und liess sich ohne grosse Schwierigkeiten lösen. Nun hatte Anêrios die beiden Pferde im Schlepptau und entschied sich aus dem Bauch heraus für eine bestimmte Richtung, um sich auf die Suche nach seinen Gefährten zu begeben. Auf jeden Fall musste er so schnell wie möglich auf die Strasse zurückkehren. Mit Schaudern erinnerte er sich daran, was Beltrâmus in Lindînium über die Schrecken Nemetônias erzählt hatte. Von Hügelgräbern war da die Rede gewesen, von ruhelosen Geistern und den Nachstellungen des Nachtvolkes. Mehr als alles andere vermisste Anêrios in diesem Moment die beruhigende Gegenwart von Beligomâgus. Der hünenhafte Krieger hätte ihm jetzt ein Gefühl von Sicherheit zu vermitteln vermocht. Aber wo steckte er?

Anêrios begann zu rufen. Die Angst liess seine Stimme stocken. Wieder und wieder rief er den Namen seines Führers in den Wald hinaus. Das Mondlicht unter den Bäumen schien seine verzweifelten Rufe geradezu aufzusaugen. Da war nichts.

Der Junge überlegte fieberhaft, ob der Prinzessin bei ihrem Sturz wohl etwas zugestossen war. Vielleicht waren sie und ihr Führer längst wieder aufgebrochen. Oder befanden sie sich selbst auf der Suche nach ihm?

Der Wald schien sich gegen ihn verschworen zu haben. Immer wieder versperrte ihm das Dickicht den Weg, und er musste sich mühsam einen Durchgang bahnen. Dass er zusätzlich zwei massige Pferde mit sich führte, erleichterte die Sache keineswegs. Die Tiere schienen seine Unsicherheit zu spüren und begannen je länger je mehr aufzubegehren.

Und dann zog plötzlich Nebel auf. Zunächst waren es lediglich einzelne silberfahle Schwaden, die zwischen den verkrümmten Baumstämmen über Farn und Moos daherkrochen und sich träge unter das verschlungene Wipfeldach wanden. Der Junge spürte den kühlen Hauch, der in ihrem Geleit heranwehte und unwillkürlich unter seinen Umhang schlüpfte. Schaudernd beobachtete er, wie die geisterhaften Schlieren das Mondlicht in Windeseile verwischten und den Wald Streifen für Streifen verschluckten.

So gut es ging, versuchte er die Richtung zu behalten, auch wenn er berechtigterweise Zweifel hegte, ob dies angesichts der fehlenden Sicht überhaupt noch möglich war. Anêrios spürte, wie sich eine klamme Kälte in seinen Knochen einnistete. Und er war sich gewiss, dass sie nicht in erster Linie vom Nebel herrührte, sondern vielmehr von seiner Angst.

Er fühlte sich in diesem Wald nicht mehr willkommen!

Abermals erhob er seine Stimme und schrie in das wogende Grau hinaus, solange bis er heiser wurde. Schemenhafte Gestalten tauchten aus den trüben Schleiern auf, verzerrte Gesichter glotzten ihn an. Trugbilder, welche seine Furcht aus dem Nebel heraufbeschwor.

In einem Augenblick klarer Geistesgegenwart beschloss er, innezuhalten und an Ort und Stelle zu verweilen. Ihm wurde bewusst, dass es keinen Sinn hatte, wahllos durch diesen Nebelwald zu irren. Je länger er durch die undurchdringlichen Schwaden stolperte, desto mehr mochte er sich von seinen Gefährten entfernen. Er versuchte sich vorzustellen, wie der besonnene Beligomâgus in dieser Lage wohl gehandelt hätte. Bestimmt hätte er auch angehalten.

Schlussendlich band Anêrios die beiden Pferde an einem dicken Ast fest und verkroch sich unter dem mächtigen Wurzelteller einer halb umgestürzten Buche, wo er sich Schutz und Zuflucht versprach. Er kauerte sich in die Wolldecken, welche ihnen Beltrâmus mitgegeben hatte, zog die Kapuze seines Mantels über das Gesicht und versuchte, zu schlafen.

Die Geister der alten Helvêten wichen ihm nicht aus dem Kopf. Jedes Mal, wenn er ein Geräusch aus dem Nebel vernahm, zuckte er unwillkürlich zusammen, nur um kurz darauf festzustellen, dass er lediglich die Pferde gehört hatte. Ihre Gegenwart vermittelte ihm etwas Trost. Zumindest fühlte er sich nicht ganz alleine in dieser Wildnis.

Da hörte er plötzlich ein leises Klimpern und Klirren. Wie von einer feinen Kette. Es kam unzweifelhaft von den Pferden. Von da, wo das Gepäck hinter Lusillas Sattel festgezurrt war.

Lutinus!

Die Erkenntnis traf ihn wie ein Schlag.

Lusillas Schosstierchen.

Es befand sich in der Satteltasche ihres Pferdes. Er hatte den kleinen Kerl die ganze Zeit unbeachtet mit sich durch den Wald geführt, ohne sich dessen gewahr zu sein.

Vorsichtig schnürte er die Ledertasche auf und klappte den Deckel hoch. Da hockte der drollige Bursche und blickte ihn aus kugelrunden Augen verängstigt an. Ob er seine unwirsche Herrin wohl vermisste? Soweit Anêrios mitbekommen hatte, waren die beiden ein unzertrennliches Gespann. Allein die Tatsache, dass sie ihren Affen beim Reiten nicht bei sich im Sattel hatte halten dürfen, war der Prinzessin ziemlich übel aufgestossen.

Da die Edeltochter aus Raûlium in diesem Moment nicht in der Nähe war, erlaubte sich Anêrios, das restliche Gepäck zu durchsuchen. Vielleicht fand er darin etwas Essbares für den Kleinen. Und er selbst würde nach dem durchlittenen Schrecken durchaus auch einen Happen vertragen. Den grossen Ballen sorgsam verschnürter Kleider konnte er getrost beiseitelassen. In der kleineren Tasche stiess er auf einen Lederbeutel mit klimperndem Inhalt. Davon hielt er ebenfalls lieber Abstand.

Anêrios fuhr erschrocken zusammen, als er über seinem Kopf unvermittelt ein Flattern hörte. Hastig blickte er hoch und erkannte durch den Nebelschleier hindurch undeutlich die Gestalt eines grossen schwarzen Vogels, der auf einem Ast kauerte. Es war zu dunkel, um ihn genau erkennen zu können. Vielleicht eine Eule, dachte er, die er in ihrem Unterschlupf aufgescheucht hatte.

Von einem seltsamen Gefühl der Unruhe befallen, durchwühlte er hastig die übrige Habe der Prinzessin und stiess endlich auf einen Leinenbeutel voller Nüsse und getrockneter Früchte.

Das war wohl das Richtige für den gebeutelten Lutinus. Behutsam streckte Anêrios dem Affen eine Handvoll davon entgegen und freute sich, als der putzige Kerl unverzüglich über die dargereichte Gabe herfiel. Mit seinen feinen Händchen stopfte er sich einen Bissen nach dem anderen in sein Maul und gab begeisterte Keckerlaute von sich. Anêrios beschäftigte sich eine Weile mit dem Tierchen und beschloss, es für die Rast zu sich in seinen Unterschlupf zu nehmen. Auf keinen Fall durfte ihm der Affe jedoch dabei entwischen, sonst würde ihm die unfreundliche Prinzessin endgültig den Garaus bereiten. Sorgfältig löste er das eine Ende der Kette von der Sattelschlaufe, an der es befestigt war und hängte es gleich wieder an seiner Gürtelschnalle ein. So konnte er sicher gehen, dass der pelzige Wicht bei ihm blieb. Als er Lutinus seine Hände entgegenstreckte, um ihn aus der Tasche zu heben, sprang der Affe behände auf seinen Arm und kletterte sofort auf seine Schulter, wo er unverwandt sitzen blieb. Das schien sein Lieblingsplatz zu sein.

Anêrios erschrak zunächst und musste sich erst an die Nähe seines neuen Kameraden gewöhnen, aber er liess ihn gewähren. «Ich hoffe nur, dass du etwas umgänglicher bist als deine Meisterin», raunte er ihm scherzhaft zu und kroch wieder in sein Versteck. Mit der einen Decke legte er ein Lager für den Affen aus, die Kette war glücklicherweise so lang bemessen, dass er sich selbst bequem daneben ausstrecken konnte. Auch wenn er sich mit diesem eigenartigen kleinen Kerl nicht zu unterhalten vermochte und auch sonst nichts über ihn wusste, so verschaffte ihm seine Anwesenheit doch ein bisschen Gesellschaft und tröstete ihn über seine missliche Lage hinweg. In diesem Zustand gelang es ihm letztlich sogar, ein wenig Schlaf zu finden.

Der heisere Morgenruf eines Raben liess ihn aus seinen wirren Träumen hochfahren. Trübes Dämmerlicht sickerte in sein Wurzelversteck herein und kündete den Anbruch des neuen Tages an. Lutinus sass an seiner Seite und musterte ihn neugierig aus seinen schwarzen Kulleraugen. Ob der Affe auch geschlafen hatte, vermochte Anêrios nicht zu sagen.

Ein Blick nach draussen bestätigte ihm, dass sich der Nebel noch nicht aufgelöst hatte. Aber zumindest schien er sich ein bisschen gelichtet zu haben, denn die umstehenden Bäume waren nun bis auf Steinwurfweite zu erkennen.

Da traf es ihn wie ein Blitz!

Die Pferde!

Die beiden Braunen waren nicht mehr da. Nichts zeugte mehr davon, dass er sie in der Nacht neben seinem Unterschlupf festgebunden hatte.

Aufgeregt untersuchte Anêrios die nähere Umgebung. Aber er fand keinen Hinweis darauf, wohin die Pferde verschwunden waren.

War sein Knoten nicht genügend fest gewesen? Oder hatte gar jemand die beiden Tiere mit ihrem Gepäck gestohlen? Spielte ihm Beligomâgus etwa einen Streich, um ihn zu prüfen?

Nein, er befand sich in Nemetônia, dem Verfluchten Land. Er war hinreichend gewarnt worden, sich nicht von der Strasse zu entfernen. Diese Gegend war verwunschen.

Welch ein Narr war er gewesen, die alten Geschichten einfach in den Wind zu schlagen und sich hier abseits der Strasse vertrauensselig zum Schlaf niederzulegen! Beligomâgus würde ihn ob seiner Nachlässigkeit zur Rechenschaft ziehen. Wie konnte er nur so töricht sein, ihre kostbaren Reittiere dermassen leichtfertig zu verspielen!

Alles Jammern und Hadern trug freilich nichts dazu bei, seine Lage zu verbessern.

Zum Glück hatte er wenigstens Lutinus entdeckt und ihn in seine Obhut genommen. Den Verlust ihres Pferdes konnte Lusilla gewiss verschmerzen, aber wenn ihr Tiergefährte abhandengekommen wäre, hätte es womöglich ein schlimmes Ende genommen. Der kleine Affe hatte sich wieder auf seinem bevorzugten Hochsitz auf der Schulter des Jungen niedergelassen und schaute diesen treuherzig an. Überdies begann er sogleich lautstark nach Futter zu betteln. Zum Glück hatte Anêrios den Beutel mit den Leckereien mit sich genommen. So konnte er dem Tierchen zu dessen Beruhigung nochmals eine Ration anbieten und knotete den Rest hernach an seinen Gürtel. Sein ganzes übriges Gepäck war mit den Pferden verschwunden.

Immer noch fassungslos ob seines Ungeschicks wägte er eine Weile ab, in welche Richtung er losstapfen sollte. Unvermittelt fiel ihm ein Rabe auf, der direkt über seinem Nachtlager auf einem Ast kauerte. War es derselbe Vogel, den er in der Nacht schon gesehen hatte? Er verwarf den Gedanken jedoch sogleich wieder, da er wusste, dass diese Vögel sich nachts üblicherweise verborgen hielten.

Das ungute Gefühl stellte sich wieder ein, und er beschloss, sich nicht länger aufzuhalten. Auch wenn er immer noch keine Ahnung hatte, wohin er sich wenden sollte, so musste er sich doch wieder auf den Weg machen.

Er rief innerlich Akârnos an, den gehörnten Gott des wilden Landes, welcher die Jäger auf ihren Streifzügen behütete, und bat ihn um ein Zeichen, auf dass er die Strasse und seine Gefährten wiederfinde. In seiner Verzweiflung wandte er sich auch an die Schirmherrin dieses Waldes, die Göttin Helveidia, welcher sie am Vortag am Götterbaum eine Weihegabe dargebracht hatten. Er hoffte inbrünstig, dass er durch das Missachten des Weggebotes nicht ihren Unmut auf sich gezogen hatte.

Voller Zweifel strauchelte er durch den nebelverhangenen Wald und verdrängte angestrengt jene quälenden Einflüsterungen, welche ihn fortwährend an die Geister und Unholde des Verfluchten Landes gemahnten. Ihm war nicht entgangen, dass der Boden keineswegs flach war, sondern allenthalben durchsetzt von Wellen und kleinen Kuppen. Wer wusste schon, ob er nicht die längste Zeit schon über die Hügelgräber der alten Helvêten trampelte und durch diese Freveltat deren Zorn herausforderte.

Als das Licht etwas heller wurde und vom Fortschreiten des Tages kündete, wurde Lutinus auf seiner Schulter plötzlich unruhig und stiess ängstliche Fieplaute aus. Ein seltsamer Geruch lag in der Luft. Ganz anders als die strengen Ausdünstungen der Wisente, welche sie in der vergangenen

Nacht auf der Waldlichtung am Fluss aufgeschreckt hatten. Nein, diesem Geruch haftete vielmehr etwas Süssliches an, etwas Ekelhaftes und Unheilvolles.

Aus dem Nebel voraus drang ein vielstimmiges Krächzen, begleitet von dumpfen abgehackten Geräuschen, als würde jemand mit Ästen auf den Boden schlagen.

Anêrios verlangsamte seine Schritte und fasste Lutinus' Kette ganz kurz, um ihn an einem plötzlichen Ausbrechen zu hindern.

Da sah er das dunkle Band der Strasse vor sich, die Schneise durch das Unterholz war deutlich zu erkennen. Und davor lag etwas auf dem Boden: Weit herum verstreute längliche Bündel waren es, auf denen schwarze Vögel herum hüpften und rüde darauf einpickten. Zudem sah er einen umgekippten Wagen am Wegrand, dessen Ladung heruntergestürzt war.

Der unangenehme Geruch verstärkte sich, Lutinus begann sich wie wild zu gebärden und riss unaufhörlich an seiner Kette.

Anêrios hielt den Atem an und näherte sich vorsichtig einer der merkwürdigen dunklen Formen auf dem Waldboden.

Mit einem entrüsteten Gekrächze flogen drei Krähen auf, als er ihnen zu nahe kam.

Vor ihm lag ein toter Mann mit blutigen blonden Haarflechten. Sein Schädel war eingeschlagen. Die Krähen hatten ihm die Augäpfel aus den Höhlen gepickt und an seinen freigelegten Eingeweiden gefressen. Ein abgebrochener Pfeil ragte aus seinem Hals. Ein zweiter aus seiner aufgerissenen Seite.

Entsetzt wandte sich Anêrios ab und übergab sich keuchend in das Gestrüpp. Lutinus stiess schrille Schreie aus und tobte wie wild auf seinen Schultern umher. Der Junge spürte, wie das Grauen ihn in immer neuen Wogen durchflutete.

Nur weg hier, dachte er in heller Panik! Weg von dieser Stätte des Schreckens.

Die Geister der toten Helvêten!

Anêrios erwartete, dass sich diese hingemetzelten Gestalten jeden Moment aufrichten und ihn anfallen würden. Denn ihm wurde unweigerlich klar, dass er sich auf einem Schlachtfeld befand und alle diese verstreuten Bündel Erschlagene waren. Das Gezeter, welches die Krähen bei ihrem grausigen Leichenmahl veranstalteten, würgte ihn in der Magengrube.

Da vernahm er auf einmal neue Geräusche: Schritte, Pferdehufe, ein stockendes Greinen.

Nun vermochte sich Anêrios nicht mehr zu halten. Von panischer Angst ergriffen, stürzte er davon, zurück in jene Richtung, aus der er gekommen war. Der Affe klammerte sich an den Kopf des Jungen und verdeckte ihm mit seinen Händchen die Sicht. Dadurch übersah der Fliehende einen grossen Ast, der ihm im Weg lag. Er strauchelte darüber und schlug schwer hin.

«Anêrios», rief eine dumpfe Stimme aus der Ferne durch den Nebel. «Lauf nicht weg, Junge, wir sind es!»

Beligomâgus?

Bestürzt rappelte sich der Jüngling wieder auf und warf einen Blick über die Schulter. Lutinus hing immer noch in seinem Nacken wie eine Klette. Auch er hatte den Kopf gehoben und horchte.

«Verdammt, wo hast du gesteckt, Bursche!», wetterte die Stimme von der Strasse her. Es war eindeutig Beligomâgus.

Anêrios erkannte die unverwechselbare Gestalt des hünenhaften Kriegers, die ihm zuwinkte. Er hielt sein Pferd, auf dessen Rücken die zusammengekrümmmte Gestalt von Lusilla kauerte, am Zügel. Die Prinzessin wimmerte leise vor sich hin.

«Bei den Göttern, er hat deinen Affen, Dulcissima», polterte der Hüne und liess ein schallendes Lachen erdröhnen.

«Lutinus!», schrie nun die Prinzessin ganz aufgebracht, und Anêrios konnte sehen, wie sie ohne jegliche Eleganz vom Sattel hinunterrutschte und mit ausgreifenden Schritten in seine Richtung hetzte. «Mein kleiner lieber Lutinus», keuchte sie atemlos, «komm her zu mir.»

Unversehens stolperte sie über eine der Leichen auf dem Waldboden. Als sie erkannte, was ihr im Weg gelegen hatte, stiess sie sofort einen gellenden Schrei aus, welcher sämtliche Krähen im Umkreis von zwanzig Schritten erschreckt aufstieben liess.

«Da ist ein Toter!», kreischte sie mit überschlagender Stimme und stürzte entsetzt zurück, so dass sie gleich wieder hinfiel. «Überall Tote, Beligomâgus, hilf mir, was ist hier bloss geschehen?»

Der Krieger war rasch zu seiner Schutzbefohlenen geeilt und hielt ihr seine mächtige Pranke vor das Gesicht, um den grässlichen Anblick des entstellten Kadavers von ihr fernzuhalten. In einem weiten Bogen führte er das strampelnde und immerfort kreischende Mädchen aus der unmittelbaren Nähe der Walstatt fort.

Das Pferd hatte er vorsorglich festgebunden, es stand immer noch auf der Strasse und rührte sich nicht.

Im Schutz eines Dickichts kauerte er mit Lusilla nieder und winkte Anêrios herbei.

Der Junge zögerte nicht und eilte zu den beiden hin. Als Lusilla ihren Affen sah, brach sie lautstark in Tränen aus und riss ihn ungestüm an sich. Das Tierchen war offensichtlich ziemlich durcheinander und stiess in einem fort verwirrte Laute aus.

Anêrios löste die Kette von seiner Gürtelschnalle und reichte sie Beligomâgus. Der Krieger hatte seinen starken Arm immer noch um die bebende Gestalt der Prinzessin gelegt und sprach ihr beruhigend zu.

«Ist ja gut, Dulcissima, wir haben deinen Freund wiedergefunden. Helveidia sei Dank, dass Anêrios ihn mitgebracht hat.» Er feixte dem Jungen aufmunternd zu.

«Er hat ihn mir gestohlen», ereiferte sich Lusilla und funkelte Anêrios hasserfüllt aus ihren zusammengekniffenen Augen an. «Er wollte ihn mir wegnehmen und für sich behalten. Dieser heimtückische Schurke, dieser missratene Auswurf einer läufigen Hündin, dieser verfluchte ...»

«Furor furibundus, es reicht jetzt!», donnerte Beligomâgus und schüttelte die aufgelöste Prinzessin kräftig, um sie zur Räson zu bringen. «Du schweigst jetzt auf der Stelle und beruhigst dich. Du hast deinen Affen wieder. Ich will so rasch als möglich zur Strasse zurückkehren. Dort hören wir uns an, was Anêrios zu berichten hat.»

Lusilla drückte den verstörten Lutinus fest an sich und schluchzte hemmungslos. Aber sie folgte der Aufforderung ihres Beschützers und hielt sich zurück, weitere Beleidigungen gegen Anêrios auszustossen. Sobald sie sich etwas beruhigt hatte, begaben sie sich gemeinsam zu dem wartenden Pferd auf der Strasse. Lusilla wandte Anêrios konsequent den Rücken zu und würdigte ihn keines Blickes.

Als sie sich auf der Wegspur niedergelassen und ein kleines Feuer entfacht hatten, erzählte der Junge in knappen Sätzen von seinem nächtlichen Abenteuer: Wie er mit den durchgebrannten Pferden durch den Wald geirrt war und durch welch glückliche Fügung er Lutinus hatte bei sich behalten können.

Beligomâgus berichtete seinerseits, dass er seine Suche nach ihm und den Pferden hatte abbrechen müssen, als der Nebel aufgekommen war, und dass er letztlich für die erschöpfte und bestürzte Prinzessin ein Nachtlager eingerichtet hatte. Nachdem er am Morgen nochmals eine Erkundungsrunde gedreht hatte, waren sie schlussendlich alleine aufgebrochen. Die beiden ausgerissenen Pferde seien ihnen jedoch nicht über den Weg gelaufen.

«Womöglich zeigen sie sich wieder», schloss Beligomâgus achselzuckend seinen Bericht. «Vielleicht gehören sie jetzt aber auch dem Wald ... Ich bin jedenfalls froh, dass zumindest wir uns wiedergefunden haben, auch wenn das hier zugegebenermassen ein ziemlich ungemütlicher Ort für ein Wiedersehen ist.» Er verzog besorgt das Gesicht und deutete zu den Toten hinüber. «Ich werde nicht umhinkommen, mir die Schweinerei etwas genauer anzusehen, aber ich kann dich verstehen, wenn du lieber hierbleiben willst. Passe mir einstweilen auf unsere Prinzessin auf. Sei so gut und gehe schonend mit ihr um. Was sie derzeit alles erlebt, ist ein ziemlich herber Gegensatz zu jenem wohlbehüteten Leichtleben in der Weissen Zitadelle, welches sie bis vor zwei Tagen geführt hat.»

Beligomâgus stand auf und warf Anêrios einen Dolch vor die Füsse. Die Waffe sah schlicht und abgegriffen aus, als sei sie schon oft benutzt worden.

«Kannst du damit umgehen?», fragte er leichthin.

Zögernd griff der Junge nach dem Dolch und nickte.

«Wir müssen auf der Hut sein», raunte der Krieger und liess seinen Blick argwöhnisch in die Runde schweifen. «Diese Männer sind noch nicht lange tot. Gut möglich, dass immer noch Ungutes in der Nähe lauert.»

Der Hüne zog seine Spatha blank und stapfte mit entschlossenen Schritten zum Schlachtfeld hinüber.

Als Beligomâgus von seinem Erkundungsgang zurückkehrte, machte er einen gefassten Eindruck.

«Diese Männer waren gewiss keine Helvêten», erklärte er Anêrios am Feuer. «Anhand ihrer Kleidung und Haartracht sehen sie mir eher nach Alamâniern aus. Ein gutes Dutzend an der Zahl. Gewiss wurden sie überfallen und ausgeplündert. Viele wurden erschossen, andere im Nahkampf erschlagen. Einige vermutlich auch von Tieren zerrissen, vielleicht Hunden. Nach meiner Einschätzung waren sie gut bewaffnet und wehrhaft, vielleicht Söldner auf der Suche nach einem Dienstherrn, dennoch unterlagen sie ihrem Gegner. Was mich erstaunt ist, dass ihnen keine Dinge von Wert abgenommen wurden. Ihren Schmuck und ihre Münzen tragen sie noch auf sich. Ich nehme an, sie hatten Pferde dabei, zumindest für den Wagen. Die sind alle fort. Auch Waffen und Rüstungen habe ich keine mehr gefunden. Ausser dies hier.»

Er streckte Anêrios eine schwertähnliche Waffe hin, die ihm gänzlich unbekannt war. Sie ähnelte zwar der ihm geläufigen Spatha, wies aber eine ungleich kürzere und breitere Klinge auf, die nur einseitig schnitt. Der Griff war kunstvoll tauschiert und mit Zierelementen aus geschliffenem Horn besetzt. Die Scheide aus festem Leder war hingegen von schlichter Machart.

«Ein *Skramasax*», erklärte Beliomagus sachlich. «Ein Hiebschwert, wie es die Waldvölker nördlich der Rinôna fertigen. Es wurde oft benutzt. Sein ehemaliger Träger war gewiss ein fähiger Krieger. Ich wundere mich nur, wer oder was diesen Männern dermassen zugesetzt hat.»

«Vielleicht Wegelagerer», vermutete Anêrios halbherzig.

«Wohl kaum», widersprach Beligomâgus. «Meines Wissens halten sich Räuberbanden in Nemetônia nie lange. Sie würden sich auch nicht so tief in die Wildnis hineinwagen.»

«Aber gewiss könnten sie sich hier besser verbergen als anderswo.»

«Der Wald speit sie aus ... nein, ich glaube nicht, dass hier ein gewöhnlicher Raubüberfall stattgefunden hat. Sonst wären die Toten ordentlich gefleddert worden. Alles, was von Wert ist, du weisst schon.»

Der Krieger warf einen langen nachdenklichen Blick zu dem gestürzten Wagen hinüber.

«Den hätten gewöhnliche Briganten gewiss auch nicht stehengelassen, das ist ein gutes Stück. Wir spannen meinen Boriax vor und nehmen ihn mit. Damit lässt sich etwas anfangen. Aber weisst du, was das Fuhrwerk geladen hatte?»

Anêrios schüttelte den Kopf. Aus dieser Entfernung sah er lediglich eine Art klobiger Kisten, die neben dem havarierten Gefährt verstreut lagen.

«Käfige», grunzte der Hüne. «Nicht zu grosse, robuste Käfige, wie man sie verwenden würde, um zum Beispiel Wölflinge oder junge Bären zu befördern. Aber sie sind alle zerstört, als hätte man absichtlich befreien wollen, was darin eingesperrt war.»

«Meinst du, es waren Tierfänger?»

«Nein», wehrte Beligomâgus rundheraus ab, «zu gut bewaffnet für Jäger. Auch keine Sklavenhändler. Dafür sind die Käfige zu klein. Ausser für Kinder vielleicht. Aber warum hier? Weit und breit keine Ware. Mit den Geistern der alten Helvêten lässt sich wohl kaum Handel treiben.»

Anêrios vermochte sich keinen Reim darauf zu machen. Er zog es ohnehin vor, diesen Ort eines grausamen Geschehens baldmöglichst hinter sich zu lassen. Allerdings hatte er Bedenken wegen einer bestimmten Sache. «Wir müssen diese Toten der Erde zurückgeben, Beligomâgus, damit Dubaugra, die Schwarze Urmutter, sie in das Leuchtende Land heimführen kann. Aber wir haben nichts dabei, um zu graben.»

Der Krieger lachte freudlos. «Eine Menge Arbeit, Junge. Dafür haben wir keine Zeit. Aber wenn wir auf der Strasse weiterziehen, kommen wir nach allem, was ich weiss, bald zu einer Siedlung namens Helicôna. Dort unterhielten die Romanen früher eine *Mansio*, eine Raststation, welche den reisenden Soldaten und Beamten des Reiches Gastung und Wechselpferde zur Verfügung stellte. Wir werden dort einkehren und den Leuten mitteilen, was hier vorgefallen ist. Sie werden sich gewiss darum kümmern, diese armen Kerle gebührend auf die Reise zur Schwarzen Mutter zu schicken.»

Beligomâgus überreichte seinem jungen Gefährten im Austausch gegen seinen Dolch das gefundene Alamânierschwert und zeigte ihm, wie er es an seinem Gürtel einhängen konnte.

«Man weiss nie, was noch kommt», brummte er. «Sicher ist sicher. Und nun hilf mir, die Karre wieder flott zu machen, Junge. Dann musst du zumindest nicht zu Fuss weitergehen.»

IV

UNTER JÄGERN

Mit vereinten Kräften schafften es die beiden Männer, den gestürzten Wagen wieder auf seine Räder zu stellen. Es war eine *Reda*, ähnlich dem Heuwagen, den sie in Beltrâmus' Scheune gesehen hatten und wie sie in allen umliegenden Gegenden im Einsatz war. Allerdings war dieses Gefährt für die Zurücklegung längerer Strecken gebaut worden, denn die Achsen waren äusserst robust gebaut und die Räder mit eisernen Reifen beschlagen. Beligomâgus spannte sein grosses, kräftiges Pferd vor den Wagen und hiess die beiden jungen Leute aufsteigen. Lusilla tat sich augenscheinlich schwer, mit Anêrios die kleine Ladefläche zu teilen, aber der gestrenge Blick ihres Führers erstickte jegliche Widerrede sogleich im Keim. So setzte sie sich auf die Rückseite des Fuhrwerks und liess ihre Beine lustlos hinunterbaumeln. Lutinus sass ihr unentwegt auf der Schulter und sah sich manchmal verstohlen zu Anêrios um. Der Junge richtete seinen Blick aber nach vorne und behielt wachsam die Umgebung im Auge. Manchmal betrachtete er nachdenklich den gezückten Skramasax und fragte sich, wie es sich wohl anfühlen musste, diese wuchtige Klinge in lebendes Fleisch zu hauen. Nach allem, was er auf dem zurückgelassenen Kampfplatz gesehen hatte, fand er es überaus grausam, menschlichen Körpern derartige Verwüstungen zuzufügen. Da schien ihm die Opferung an einen Drachen geradezu harmlos dagegen.

Die Stelle, wo sie die Toten gefunden hatten, war der Eingang zu einer kleinen Schlucht gewesen, die bald sanft anstieg und sich zunehmend verengte, ehe sie schliesslich auf eine weitere, höher gelegene Ebene des Waldlandes ausmündete. Hier liessen die Reisenden aus Vendolindium den Nebel endgültig hinter sich und wurden von einem strahlend blauen Sommerhimmel empfangen. Der Wald zeigte sich auf der Hochfläche lichter und moosgründiger, er war allerorten durchsetzt von dunklen Mooraugen und sonnenverwöhnten Lichtungen, auf denen Heidekraut und Birken wuchsen. Am Strassenrand duckte sich ein alter romanischer Meilenstein in das Gras, der fast gänzlich von Moos und Flechten überwachsen war. Beligomâgus erklärte, dass diese Marke die Nähe einer Siedlung ankünde.

Vorerst wirkte das Land aber weiterhin wild und unbewohnt. Im Süden stieg das Gelände zu einem hochgewölbten Waldrücken an, hinter dem eine Kette eigentümlich geformter, zerklüfteter Felsenberge aufragte, welche Anêrios gänzlich unbekannt vorkamen. Lediglich den Felsenturm des Karnorîg ganz im Osten glaubte er wiederzuerkennen. Irgendwo dahinter musste wohl seine Heimat Vendolindium zurückgeblieben sein. Anêrios seufzte. Noch nie in seinem Leben hatte er sich so weit vom See entfernt gehabt. Das Wasser begann ihm zu fehlen.

Doch Vendolindia schien sich seiner zu erbarmen. Am späten Nachmittag führte sie die Romanenstrasse auf eine Lichtung von enormer Ausdehnung hinaus, die zum Teil von einem kleinen See eingenommen wurde. Dessen Wasser war dunkel und glatt wie ein Spiegel, so dass sich die Gottheiten des weiten Himmels mit ihren schmucken Diademen aus leuchtenden Wolkenbänken gefällig darin betrachten konnten. Die Brise, welche über die offene Wasserfläche und durch das Röhricht zu Anêrios hin wehte, verzückte sein Gemüt. Auch wenn dies beileibe nicht der grosse Vendolindon war, so verspürte er beim Anblick des friedlichen Waldsees doch sogleich ein Gefühl von heimatlicher Verbundenheit. Das Rauschen des Windes im Schilf, das Lärmen der Wasservögel und der vertraute Geruch des Wassers erfüllten sein Herz auf wohltuende Weise.

Allerdings gab es in der Nachbarschaft dieses Sees noch Erstaunlicheres zu entdecken. Auf seiner Westseite erstreckte sich ein weitläufiges Gelände zerfallener Ruinen. Anêrios hatte den Eindruck einer zerfallenen Stadt aus längst vergangenen Zeiten, welche stellenweise vom Wald zurückerobert, an anderen Orten auch von den Wassern des Sees verschluckt worden war. Wenn er sich vorzustellen versuchte, wie es hier einst ausgesehen haben mochte, dann erschien ihm die weisse Stadt Raûlium trotz ihrer Pracht und Grösse vergleichweise bescheiden und unbedeutend dagegen. Als er Beligomâgus nach der Geschichte dieser Stätte befragte, zuckte dieser nur ratlos mit den Achseln. Er schien von diesem Anblick genauso überrascht zu sein wie sein junger Begleiter. Irgendein namenloses Geheimnis aus ferner Vergangenheit schlummerte hier zweifelsohne unter dem überwucherten Gemäuer.

Dort wo sich die Strasse dem westlichen Rand der Lichtung annäherte, fanden sich weitere Ruinen, die jedoch beileibe nicht so altersgrau wirkten wie diejenigen der versunkenen Stadt am See. Unverkennbar hatte hier einst ein romanischer Vicus gestanden, ähnlich demjenigen, den sie in Lindînium besucht hatten. Viele Gebäude waren jedoch eingestürzt und verlassen. Am besten erhalten schienen einige Tempelbauten, die von einer niedrigen Mauer umringt waren. In der Umgebung dieses sakralen Bereiches fand sich eine Unzahl von Hügelgräbern, welche in den Betrachtern unwillkürlich Erinnerungen an schauerliche Geschichten über das Unwesen des Nachtvolkes wachriefen. Aber in die Nähe dieser Nekropole führte sie ihr Weg zum Glück nicht. Beligomâgus lenkte ihr Gefährt direkt auf einen Gebäudekomplex am äussersten Rand des ehemaligen Vicus zu, der sich ebenfalls immer noch in ziemlich gutem Zustand befand. Es musste sich dabei um die romanische *Mansio* handeln, von der ihr Führer gesprochen hatte. Ihr lang gezogenes Hauptgebäude wurde seitlich von zwei vorspringenden Seitenflügeln flankiert, welche gemeinsam die Grundform eines nach Osten geöffneten Hufeisens ergaben und einen Hof umfassten, auf dem eine grosse Linde stand. Der weisse Kalkverputz dieser Bauten war an vielen Stellen weggebröckelt und wohl lange nicht mehr erneuert worden, so dass das blanke Mauerwerk darunter zum Vorschein kam. Auch die flach geneigten Ziegeldächer hatten erheblich gelitten und waren grösstenteils durch Holzschindeln ersetzt worden. Die einstmalige Umfassungsmauer war sogar gänzlich niedergefallen und von mächtigen Haselbüschen und Ebereschen überwachsen. Dort wo ursprünglich das grosse Haupttor gestanden hatte, ragten nur mehr zwei einsame Säulen aus dem dürren kniehohen Gras empor, auf deren einer ein Reiher sein Nest geflochten hatte. Anêrios sah, dass im Umkreis dieser Raststation in jüngerer Zeit einige riedgedeckte Langhäuser aus Holz, Flechtwerk und Lehm errichtet worden waren, die in gutem Zustand und allesamt bewohnt erschienen.

Auch in der Mansio hielten sich offensichtlich Leute auf. Aus einem Schornstein kräuselte sich Rauch empor, und vor dem Eingang zum Hauptgebäude tränkte eine Gruppe bewaffneter Männer soeben ihre Pferde in einem grossen Trog. In der offenen Scheune, welche im rechten Seitentrakt des Anwesens untergebracht war, stand eine Reda, ähnlich derjenigen, welche Beligomâgus gerade heranführte.

Die Ankunft des eigenartigen Dreigespanns blieb nicht lange unbemerkt. Die Männer auf dem Hof wandten sich zu ihnen um und musterten sie argwöhnisch.

«Alamânier», murmelte Beligomâgus in der Sprache Vendolindiums über die Schulter. «Da sind also noch mehr von der Sorte.»

Anêrios betrachtete die Krieger aus dem Norden. Sie waren allesamt grossgewachsen und kräftig gebaut, ihre Gesichter bärtig und grobknochig. Die langen blonden und roten Haare hatten sie teilweise zu Zöpfen geflochten, wo sie nicht unter Spangenhelmen verborgen lagen. Sie trugen Tuniken und Beinkleider aus grob gewobenem Wollstoff, hohe Stiefel und schmale Gürtel mit Bronzeschnallen. Einige waren in Panzerhemden gehüllt. Sie waren ausnahmslos bewaffnet, mit Schwertern in derselben Ausführung wie Anêrios eines bei sich trug, und mit Äxten, die offen unter die Gürtel gesteckt waren. Neben dem Eingang lehnten runde Schilde, die in der Mitte mit Eisenbuckeln verstärkt waren, und Lanzen an der Mauer. Anêrios zählte etwas mehr als ein halbes Dutzend dieser Männer. Sie riefen sich Worte in einer unverständlichen gutturalen Sprache zu.

Beim Anblick der streitbaren Kerle unterdrückte Lusilla einen Schrei und begann unwillkürlich zu zittern. Zu sehr fühlte sie sich wohl sogleich an den Anblick der Toten vom Vormittag erinnert. Beschützend nahm sie den kleinen Lutinus in ihre Arme.

Während die Fremden die jungen Leute auf der Wagenfläche kaum beachteten, schien die Erscheinung des hünenhaften und bis an die Zähne bewaffneten Beligomâgus ordentlich Eindruck auf sie auszuüben.

Ein baumlanger Kerl mit vorspringenden Schneidezähnen und goldenen Ringen in den Ohren trat auf die Ankömmlinge zu und hob die Rechte zum Gruss. Dann nahm er seinen Helm ab und entblösste eine flammend rote, wilde Haarmähne, die an den Schläfen mit mehreren feinen Zöpfen gebändigt war.

«Salve!», sprach er in der Lingua Romana, wobei er seinen auffälligen

Akzent nicht verbergen konnte. «Mein Name ist Ortwîn. Wie ich sehe sind wir nicht die einzigen wehrhaften Reisenden in diesem wilden Land.»

Beligomâgus brachte den Wagen zum Stehen und erwiderte den Gruss. Auch er entfernte zum Zeichen seiner friedlichen Absicht den Messinghelm und reichte ihn nach hinten in Anêrios ' Hände.

«Ich bin Beligomâgus von Baranodûron», brummte er. «Und wir befinden uns auf der Durchreise nach Byrgondia. Ihr scheint mir für den Krieg gerüstet. Wollt ihr König Godemâr eure Schwerter feilbieten und für ihn farancische Helme spalten?»

Der Wortführer der Alamânier lachte heiser und übersetzte seinen Männern das Gesagte in ihre Zunge. Allgemeines Gelächter erhob sich, und alle scharten sich interessiert um den Rotbezopften. Anêrios hatte den Eindruck, dass Beligomâgus den rechten Tonfall getroffen hatte.

Ortwîn trat vor und bot dem Hünen die rechte Hand zum Gruss. Nach alter Kriegersitte umfassten sie einander an den Unterarmen und blickten sich dabei tief in die Augen.

«Ja, wir waren im Westen», erläuterte der Alamânier. «Aber hier gibt es wesentlich bessere Geschäfte zu tätigen.» Er sah sich nach seinen Gefährten um und übersetzte wieder. Die Krieger lachten herzhaft und nickten.

«Meines Wissens wird hier derzeit nirgends Krieg geführt», wandte Beligomâgus ein und kniff fragend die Augen zusammen. «Seid ihr etwa auf Plünderfahrt?»

Ortwîn schlug die Faust auf seine gepanzerte Brust und setzte eine ernste Miene auf. «Wir nehmen kein Bauernvolk aus. Nein, wir jagen ...»

Er schien angestrengt nach einem Begriff zu suchen.

«Die kleinen Erzmännchen, wie heissen sie nochmals ...» Hilfesuchend wandte er sich zu seinen Männern um, bis ihm einer das gesuchte Wort zuwarf.

«Twirglinge», verkündete der Rothaarige stolz. «Wir jagen Twirglinge. In diesen Bergen hier haben sie ihre Heimstatt. Unter ihnen gibt es wahrhaftige Meisterschmiede, welche unverwüstliche Klingen zu fertigen wissen.»

Anêrios verstand nicht, was dieser Mann meinte. Auch Beligomâgus blickte sein Gegenüber ziemlich verständnislos an. Da stapften zwei Alamânier zu der Reda in der Remise hinüber und hoben etwas von ihrer Ladefläche. Mit grossem Johlen und Lärmen schafften sie einen massiven Holzkäfig herbei, der mit Eisenstreben verstärkt und mit einem schweren Schloss gesichert war. Sie stellten ihn auf den Rand des Tränkbeckens und winkten Beligomâgus mit erwartungsvollen Blicken herbei.

Während Lusilla das Geschehen weiterhin misstrauisch beobachtete, rutschte Anêrios hurtig vom Wagen hinunter und sprang an die Seite seines Führers. Seine Neugierde war geweckt und er wollte unbedingt sehen, was diese rauen Männer in der Wildnis Nemetônias erbeutet hatten. Auf eine unerklärliche Weise hegte er den Verdacht, dass ihre Tätigkeit etwas mit den Toten zu tun hatte, die sie unlängst im Wald entdeckt hatten.

Als er zwischen den massiven Gitterstäben hindurchblickte, stockte ihm der Atem.

«Ein Dverîg», keuchte er ungläubig. Das gedrungene, bärtige Männchen im Käfig erinnerte ihn just an jene Geschöpfe, welche ihn einst vor dem sicheren Absturz in den Tod bewahrt hatten, damals als er aus der Drachenhöhle hatte fliehen müssen. Sogleich hörte er in seiner Erinnerung den brummenden Gesang dieser gutmütigen Halblinge ertönen und sah vor seinem inneren Auge das Bild eines leuchtenden Portals im Berginnern aufscheinen. Dieser Wicht war kaum grösser als ein zweijähriges Kind, aber er war kräftig gebaut und sein wettergegerbtes Gesicht mit dem struppigen Bartwuchs und der roten Knollennase zeugte wohl von einem fortgeschrittenen Alter. Die Dverîgen galten in Vendolindium als gute Geister aus dem Berginnern, welche tief unter der Erdoberfläche kostbares Gestein, Goldgänge und verborgene Brunnadern hüteten. Niemandem in seinem Land wäre es in den Sinn gekommen, ein solches Wesen einzufangen und zu versklaven. Fassungslos sah er Beligomâgus an. Dieser verzog freilich keine Miene, sondern nickte lediglich anerkennend und wandte sich Ortwîn zu.

«Weisst du, was unsere Leute über das Land Nemetônia erzählen?», raunte er dem Anführer der raubeinigen Schar vertraulich zu.

Ortwîn schüttelte feixend den Kopf.

«Dass es heiliger Boden ist, und dass die Göttin Helveidia hier ihre Herrschaft ausübt. Dass ein seltsamer Zauber über diese Berge gebreitet liegt.»

Ortwîns Mund mit den vorragenden Schneidezähnen klappte auf und er rang augenscheinlich nach Worten. Dann griff er an ein rundes Amulett, welches um seinen Hals hing. Es bestand aus kunstvoll tauschiertem Eisen und zeigte einen silbern eingelegten Hammer mit gekreuzten Blitzen.

«Tunâr, der Gewaltige, ist mit uns», knurrte er und seine Augen funkelten trotzig. «Kein Weib versperrt ihm den Weg. Nicht einmal eine Göttin.»

Anêrios schluckte leer. Der angespannte Ausdruck im geröteten Gesicht des Alamâniers zeigte unweigerlich eine drohende Gefahr an. Die umstehenden Männer schienen den Umschwung der Stimmung ebenfalls zu spüren und ihre grobschlächtigen Gesichter verhärteten sich.

Beligomâgus straffte sich und schlug Ortwîn plötzlich unerwartet kräftig auf die Schulter.

«Dann wollen wir auf euren Fang trinken», gröhlte er mit Begeisterung. «Ich will hoffen, dass der Wirt dieser Taverne etwas Ordentliches zu saufen hat.»

Der Anführer der Alamânier versetzte dem hünenhaften Krieger aus Baranodûron einen Knuff gegen die Brust und brach in schallendes Gelächter aus. «Saufen!» brüllte er zunächst in der Lingua und dann in der Sprache seiner Gefolgsleute. Der Ausruf wurde mit begeistertem Echo aufgenommen und Anêrios spürte, wie sich die Spannung schlagartig auflöste.

Aus dem Hintergrund trat ein rundlicher Mann mit schütterem Haarkranz und verschwitztem Gesicht vor und wischte sich die Hände an seiner speckigen Schürze ab. Offenbar hatte er die drohende Auseinandersetzung vor seiner Gaststätte mit banger Anteilnahme mitverfolgt.

«Salvete Viatores», begrüsste er Beligomâgus und seine Gefährten salbungsvoll. «Seid willkommen geheissen in Helicôna, verehrte Reisende. Gestattet mir, mich vorzustellen, ich bin Resîlio, der Wirt dieses bescheidenen Hauses. Seit neun Generationen betreibt meine Familie bereits dieses Refugium im Herzen des Schwarzen Waldes. Mein Urahne Volârix erbaute es seinerzeit unter der segensreichen Herrschaft des gottgleichen

Zäsaren Marcus Aurêlius. Es wird euch mannigfaltige Annehmlichkeiten bieten, wie sie in einer solchen unwirtlichen Gegend fernab der grossen Märkte wahrlich nicht zu erwarten wären. Für eine Siliqua[61] sollt ihr heute und morgen unter meinem Dach alles erhalten, was euer Herz begehrt.»

Während Beligomâgus mit dem geschäftstüchtigen Resîlio verhandelte, spannte Anêrios den braven Boriax aus und führte ihn zur Tränke in der Mitte des Hofes. Dabei beobachtete er, wie Ortwîns Männer den Käfig mit dem gefangenen Dverîg in das Innere der Herberge trugen. Kurz darauf schleppten sie noch eine zweite Kiste hinein, in der sich allem Anschein nach ebenfalls ein gefangener Halbling befand. Ihre Pferde hatten sie im gegenüberliegenden Nebenflügel eingestellt. Von dort kam ihm soeben ein baumlanger Kerl mit strohblonden struppigen Haaren und einem unförmigen Buckel zwischen den kräftigen Schultern entgegen und wollte ihm das Pferd abnehmen.

«Das ist Hutto, mein Stallbursche», rief der Wirt zu Anêrios hinüber. «Überlasse ihm das Pferd ruhig, er wird es behandeln wie seine eigene Schwiegermutter.»

Beligomâgus nickte, und der Junge übergab Boriax in die Hände des Missgestaltigen.

Nachdem sie ihren Wagen neben der Reda der Alamânier untergestellt hatten, liessen sich die drei von Resîlio in ihre Unterkunft führen. In weiser Voraussicht hatte Beligomâgus für Lusilla ein eigenes Zimmer ausgehandelt, derweil er selbst eine Kammer mit Anêrios teilte. Die Gemächer waren hier wesentlich einfacher gehalten als diejenigen bei Beltrâmus, aber in einer solchen abgelegenen Gegend war auch nichts anderes zu erwarten. Immerhin lagen die Laubsäcke auf einfach gezimmerten Pritschen aus Holz. Wie Anêrios später erfuhr, hatte ihr Führer dem geschäftstüchtigen Wirt eigens eine zweite Siliqua in die feiste Hand gedrückt, damit dieser sein eheliches Bett, welches gewiss einen gewissen Komfort bot, für diese eine Nacht an Prinzessin Lusilla abtrat. Welche Geschichte der abgebrühte Beligomâgus ihrem Gastgeber als Begründung für diese Vorzugsbehandlung aufgetischt hatte, konnte der Junge leider nicht in Erfahrung bringen.

[61] Siliqua, -ae (Lat.) = Silbermünze

Lusilla wurde in die Obhut von Resîlios jüngster Tochter Marîa gegeben, welche im Gegensatz zu ihrem Vater eine durchaus gefällige Erscheinung bot und auch von ihrem sanftmütigen Wesen her gewiss in der Lage war, auf eine verständnisvolle Weise mit der aufbrausenden Prinzessin umgehen zu können.

Im Schankraum der Taverne lernte Anêrios Resîlios Weib Veromîna kennen, welche sich von der Leibesfülle her unbestritten mit ihrem Gemahl messen konnte, aber ein freundliches Gesicht hatte und eine behagliche Stimmung verbreitete. Ihre beiden älteren Töchter Adullîna und Orênia gaben sich ebenfalls sehr sittsam, aber wie Anêrios später beobachten konnte, legten sie ihre Aufgabe, sich um das leibliche Wohl der vornehmlich männlichen Gäste zu kümmern, sehr freizügig aus. Zu den ständigen Bewohnern der Mansio gehörten desweiteren der tüchtige Marulus, ebenfalls ein Spross des Wirtepaares, welcher sich um die Tiere und die Äcker des Hauses kümmerte, sowie die betagte Ammantis, Resîlios Mutter, welche sich kaum je in der Schänke zeigte, weil sie ihren angestammten Platz an der Herdstatt in der Küche so gut wie nie verliess.

Gäste gab es ausser den alamânischen Kriegern und den drei Reisenden aus Vendolindium nur wenige. Lediglich ein gebrechlicher, blinder Weissbart, der mit seiner schönen, jungen Tochter unterwegs war und zwei fahrende Sänger, die unter der Linde des Hofes auf ihren *Lyrae*[62] klimperten, fielen Anêrios auf.

Da die Wirtefamilie, vor allem der Herbergsvater, sehr mitteilsam war, vermeinte Anêrios binnen kürzester Zeit sämtliche wesentlichen Informationen über Helicôna erfahren zu haben. Zum Beispiel, dass neun von zehn Einwohnern des Ortes noch altes Helvêtenblut in den Adern hätten, dass die landesweit bekannte Aristokratensippe Carassounius ursprünglich von hier stamme und massgeblich zum Bau der Strasse beigetragen habe, dass in den neueren Langhäusern hinter der Mansio einige Flüchtige und Kriegsversehrte aus der byrgondiônischen Herrschaft lebten, dass die Ruinen am See einst eine prachtvolle Stadt namens Elezîrum und ein Relikt des Goldenen Zeitalters gewesen seien, dass sich auf einer finsteren Bergkuppe im nahen Hinterland eine geisterkundige Malefica eingenistet habe

[62] Lyra, -ae (Lat.) = Leier, Saiteninstrument

und dass mitten in dem verfallenen Gemäuer der Stadt unter uralten Haselbüschen eine Druidin des Alten Kultes hause, welche auch die Schreine und Tempel des Ortes betreue und die Dorfbewohner vor den dunklen Mächten Nemetônias behüte.

Anêrios fiel auf, dass auf dem Hausaltar in einer Nische des Schankraumes nicht nur Figuren ihm bekannter Gottheiten standen, sondern auch ein Abbild der lokalen Waldgöttin Helveidia und ein schön gearbeitetes Kreuz zu Ehren des liebenden Christos. Im Vergleich zu der ehrfurchtgebietenden Vielfalt, welche er unter der Göttereiche von Amasûlis gesehen hatte, war diese Sammlung jedoch sehr bescheiden.

Mit dem Einverständnis des Wirtes hatten die Alamânier ihren grössten Käfig in der Schankhalle aufgestellt, in dem sie ihre zwei gefangenen Dverîgen zur Schau stellten. Dem Vernehmen nach handelte es sich um ein Pärchen des Kleinen Volkes, welches die erfahrenen Waldläufer in den schwer zugänglichen Bergen weiter im Süden Nemetônias überrumpelt hatten. Einer von Ortwîns Männern hatte sich nun vor dem Käfig postiert und verlangte von jedem, der sich die Geschöpfe aus der Nähe besehen wollte, eine Kupfermünze. Anêrios hatte gesehen, dass der Anführer der Nordmänner den grossen Schlüssel für das klobige Käfigschloss protzig an seinem Waffengürtel trug. Der Junge empfand Mitleid mit den gefangenen Wesen und fragte sich, ob er ihnen ihr saures Los wohl irgendwie erleichtern konnte.

Nachdem Anêrios und Beligomâgus in einem geräumigen Holzbottich, den die Wirtstöchter eigens mit aufgeheiztem Wasser gefüllt hatten, ein entspannendes Bad genossen hatten, sassen sie an einem der wuchtigen Holztische am Rand der betriebsamen Schankhalle und warteten auf das Abendessen, dessen Wohlgeruch bereits verführerisch durch einen offenen Durchgang aus der Küche herbeiwehte. Sie waren einstweilen unter sich, denn Lusilla belegte mit ihrer neuen Gespielin Marîa derzeit noch die *Stuba*, das rustikale Badehaus, und so wie Anêrios die Lage beurteilte, würde sie dort vorerst noch für eine unbestimmbare Weile abbleiben.

Unvermittelt räusperte sich sein Beschützer und warf ihm über den Tisch einen ernsten Blick zu.

«Du und ich ...», begann er bedächtig zu sprechen, «wir hatten ein paar unerfreuliche Begegnungen miteinander, bevor uns eine Laune der Götter zusammengeführt hat, um gemeinsam dieses Abenteuer zu bestreiten.»

Anêrios nickte. Er entsann sich jener Zeiten nur zu gut, als er diesen grimmigen Krieger als grobschlächtigen Gefolgsmann des Priesters Amonträkius kennengelernt hatte. Es kam ihm freilich vor, als liege dies bereits eine halbe Ewigkeit zurück.

«Na ja», fuhr Beligomâgus fort, «das war halt das verfluchte Handwerk eines Söldners. Fest zupacken und im Namen meines Herrn Gewalt ausüben. Damals erkannte ich noch nicht, dass in meiner gepanzerten Brust auch ein fühlendes Herz schlägt.»

Gedankenverloren zeichnete er mit seinem klobigen Finger die Maserung des Holzes auf der Tischplatte nach.

«Als sich die Sache mit Lusilla immer mehr zuspitzte, begann ich zunehmend am Verstand meines Dienstherrn zu zweifeln. Bei allem, was ich in meinem Leben zuvor gesehen hatte, Anêrios, ich kann mir bis jetzt nicht vorstellen, wie ein Vater seiner leiblichen Tochter so etwas antun kann. Sie einfach zu verschachern an einen monströsen Menschen, in dessen Adern Chaos und Brodem fliessen, bei Catûrix! Mehr noch, sie an dieses Ungeheuer verfüttern zu wollen, welches ich mit eigenen Augen gesehen habe, damals an jenem Tag, als wir dich vor der Höhle geschnappt haben. Verstehst du, ich konnte letzten Endes nicht mehr anders, als die Seiten zu wechseln und mich Lusillas Mutter anzuschliessen. Artiôna stehe mir bei! Dieses Mädchen war es mir einfach wert.»

Anêrios sah eine einsame Träne, die im klaren Auge des Kriegers glitzerte.

«Sie ist ein widerwärtiges Biest, ich weiss. Aber das ist bloss, was der Procurator aus ihr gemacht hat. Darunter verbirgt sich ein zartes Wesen. Eine fühlende Schönheit.»

Der Junge verstand, was der breitschultrige Mann meinen mochte, der ihm so berührt gegenübersass. Gewiss hatte es bis dahin wenig Gelegenheit gegeben, die liebenswertere Seite der Prinzessin schätzen zu lernen, aber was Beligomâgus sagte, deckte sich im Grunde der Dinge mit seinem eigenen Gefühl.

Der Krieger fasste den Jungen plötzlich fest am Arm und sah ihn eindringlich an. «Es tut mir leid für alles Unschöne, dass ich dir angetan habe, und für die Angst, die ich in dir ausgelöst habe. Die Götter mögen hier und jetzt bezeugen, dass ich es bereue. Aber eines musst du mir versprechen, Junge.»

Anêrios warf dem riesenhaften Mann einen fragenden Blick zu.

«Wenn ich auf dieser Fahrt irgendwie abhandenkommen sollte – wer weiss, was die Bärenmutter mir vorbestimmt hat –, dann bringst du meine Dulcissima wohlbehalten nach Aventia, ja? Du schaust, dass sie in sichere Hände kommt. Kann ich auf dich zählen?»

Obwohl er beim Gedanken an Lusillas Gehässigkeiten ein widerstrebendes Gefühl in sich verspürte, nickte Anêrios zustimmend und hielt Beligomâgus' Blick eine Weile stand. Er hoffte freilich nicht, dass es soweit kommen würde.

Eigentlich kreisten seine Gedanken derzeit sowieso eher um eine andere Angelegenheit, die ihm dringend am Herzen lag. Solange er noch einen Moment alleine mit seinem lebenserfahrenen Gefährten war, schien ihm die Gelegenheit günstig, um ihn auf sein Unbehagen im Hinblick auf die gefangenen Halblinge anzusprechen. Verwandte dieser gutmütigen Bergbewohner hatten ihm vor der Drachenhöhle das Leben gerettet, er ertrug es nicht, dass sie gefangen waren und einem ungewissen Schicksal entgegensahen.

«Das ist eine ernste Sache», murmelte Beligomâgus in seiner Muttersprache, welche die anwesenden Alamânier mit Sicherheit nicht verstehen konnten. «Ich werde den Verdacht nicht los, dass die armen Tröpfe, die wir heute im Wald angetroffen haben, mit Ortwîns Haufen unter einer Decke stecken. Das würde zumindest erklären, wofür die ganzen Käfige gut gewesen wären, die dort herumlagen. Nur zweifle ich ehrlich gesagt daran, ob dieser Rotschopf bereits über das traurige Schicksal der Unglücklichen unterrichtet ist. Gewiss werde ich mir heute noch Zeit nehmen, um mit ihm über diese Angelegenheit zu sprechen. Allein schon, um eine angemessene Beisetzung der Toten in die Wege zu leiten. Aber was diese zwei Wichte dort drüben betrifft, du hast recht, sie tun mir auch leid. Es ist nicht recht, dass man diese arglosen Geschöpfe in ihrem Frieden stört. Nun siehst du, wie heimtückisch die Menschen unserer Zeit sind. Die einen vergehen sich am alten Volk des Sees und führen es in die Sklaverei, die anderen bringen die Hüter der Erdschätze in ihre Gewalt, weil sie deren seltenes Wissen über die Metalle begehren. Es ist allenthalben dieselbe Not. Aber bei aller Achtung für dein Anliegen, Junge, ich glaube nicht, dass wir genügend Habe mit uns tragen, um den Preis bezahlen zu können, welchen die Kerle für ihre Gefangenen erheischen.»

«Können wir sie denn nicht einfach befreien?», fragte Anêrios hoffnungsvoll. «Heute Nacht, wenn alle schlafen?»

«Du bist ein rechter Scherzbold, Junge», brummte Beligomâgus und knuffte den Jungen gegen die Schulter. «Gewiss werden diese Pfundskerle ihre kostbare Ware nicht unbewacht zurücklassen. Und Hand aufs Herz, Anêrios, wir haben anderes zu tun, als uns mit diesen Totschlägern anzulegen. Da holen wir uns nur blutige Köpfe – oder gar Schlimmeres.»

Anêrios begriff, das Beligomâgus' Worte der Wahrheit entsprachen. Es war wirklich so gut wie aussichtslos, den Halblingen in ihrer misslichen Lage beistehen zu wollen.

«Nun mach' mal nicht so ein verdriessliches Gesicht», knurrte Beligomâgus und packte seinen jungen Kumpanen scherzhaft im Genick. «Hier, schiebe dem Garbenkopf dort drüben etwas unter die Nase, dann kannst du wenigstens einen Blick auf deine kleinen Freunde werfen.» Der Hüne liess eine winzige Kupfermünze auf den Tisch fallen und forderte Anêrios auf, damit zu dem Käfig hinüber zu gehen.

Dankbar ergriff der Junge das dargebotene Geldstück und schlurfte zum anderen Ende der Halle hinüber. Ortwîn und seine Männer lärmten am grössten Tisch in der Mitte des Schankraumes und hieben lautstark mit ihren Holzkrügen auf den Tisch. Offenbar hatten sie dem byrgondiônischen Wein, der hier ausgeschenkt wurde, bereits in beträchtlichen

Mengen zugesprochen. Der zur Wache abbestellte Alamânier mit dem weizenblonden Haarschopf lümmelte derweil auf einem dreibeinigen Hocker vor dem Käfig herum und beobachtete das Treiben seiner ausgelassenen Kameraden mit säuerlicher Miene. Soeben trat Adullîna, die älteste Wirtstochter zu ihm hin und überreichte ihm mit einem adretten Knicks einen gut gefüllten Weinkrug.

«Danke, Süsse», säuselte der Bediente. Er sprach die Lingua nicht schlecht. «Willst du meine Twirglinge schauen? Du musst nichts bezahlen. Nur heute Nacht mein Bett wärmen.»

Mit seiner schmutzigen Pranke grabschte er um die Hüfte der jungen Frau und versuchte, sie näher zu sich heranzuziehen. Aber mit einer geschmeidigen Bewegung entschlüpfte sie ihm und schenkte ihm über die Schulter ein zweideutiges Lächeln, während sie in die Küche zurücktrippelte.

Anêrios schaute der Schankmagd mit den dunklen, seitlich hochgesteckten Haarflechten gedankenverloren nach und trat nach einer Weile entschlossen auf den Krieger zu, der sich munter an seinem Weinkrug schadlos hielt. Wortlos streckte er ihm das Kupferstück hin.

Der Gelbhaarige musterte den Jungen abfällig von Kopf bis Fuss. Besonders lange blieb sein Blick an Anêrios' Hand mit den ungewöhnlichen Merkmalen seines Muttererbes hängen. Der Raubold blaffte etwas in seiner Sprache und brach in prustendes Gelächter aus. Nachdem er sich wieder gefasst hatte, bot er seinem Gegenüber in einer Geste scheinbarer Vertrautheit den Weinkrug an. Zögerlich griff der Junge nach dem Gefäss und dachte sich, dass es womöglich nicht schaden konnte, sich mit diesem Mann gütlich zu stellen. Entschlossen setzte Anêrios den Krug an seine Lippen. Es war eine Weile her, seit er zum letzten Mal vergorenen Rebensaft gekostet hatte.

Plötzlich sprang der Krieger vor ihm abrupt auf seine Beine und schlug ihm den Krug mit einem wuchtigen Schlag aus der Hand. Das Gefäss zerschellte klirrend an der Wand, die roten Spritzer auf der weissen Tünche sahen aus wie frisch vergossenes Blut.

Der grobschlächtige Alamânier griff in Anêrios' Haarschopf und riss den Jungen brutal herum. Mit der anderen Hand fasste er an dessen Gürtel. Mit schäumender Gurgel brüllte der Blonde etwas zu seinen Kumpanen hinüber, welche schlagartig auf die Beine kamen. Entgeistert stierten sie den Krieger an, der den Jungen immer noch am Haar hielt und ihm den Kopf in den Nacken bog. Aus den Augenwinkeln sah Anêrios, dass der Alamânier fieberhaft an dem Schwert zerrte, welches Beligomâgus einem der Gefallenen im Wald abgenommen und ihm hernach überlassen hatte.

Er kennt es, fuhr es dem Jungen blitzartig durch den Kopf. *Er kennt dieses Schwert.*

Noch immer brüllte der Blondbezopfte wie am Spiess. Anêrios spürte, wie dessen Geifer über sein Gesicht spritzte.

Ortwîn zog sein Schwert blank und fuhr wutschnaubend zu Beligomâgus herum. Dieser war ebenfalls aufgestanden und hatte die Rechte auf den Griff seiner Spatha gelegt. Nun begriff Anêrios, warum der Hüne seinen Kettenpanzer nie ablegte, nicht einmal wenn er frisch gebadet in einem Wirtshaus einkehrte.

«Dieser Hund hat einen meiner Männer bestohlen», brüllte Ortwîn zu Beligomâgus gewandt. Seine Augen funkelten vor Zorn. Rote Adern traten dick schwellend an seinen Schläfen hervor. «Dafür hole ich mir jetzt seinen Kopf.»

Mit erhobenem Schwert trat der Alamânenführer auf Anêrios zu, der sich immer noch im unbarmherzigen Griff des blonden Kriegers wand. Der Junge sah, wie die tödliche Schwertklinge auf ihn zutanzte. Verzweifelt versuchte er, sich loszureissen.

Resîlio, der Wirt, kam währenddessen mit weit aufgerissenen Augen aus der Küche gesprungen und hob beschwichtigend die Hände. «Ihr gütigen Götter, kein Blutvergiessen in dieser Halle!», flennte er geradezu beschwörend.

Als ein Weinbecher in seine Richtung flog und eine Handbreit neben seinem Kopf an die Wand prallte, zerrte ihn seine Frau energisch zurück.

Beligomâgus hatte in der Zwischenzeit den erstbesten Alamânenkrieger von hinten gepackt und hielt diesem nun die blanke Klinge seiner Spatha gegen den pulsierenden Hals.

«Furor furibundus, Blut gegen Blut!», donnerte der riesenhafte Mann in die Halle hinaus, und die raubeinigen Männer wichen erschüttert vor ihm zurück.

«Dieser Junge steht unter meinem Schutz. Stecke deine Klinge weg, Ortwîn, und sage deinem Mann, er soll ihn unverzüglich loslassen. Bei der Macht der Bärenmutter, sonst werdet ihr es alle bereuen.»

Der Krieger in Beligomâgus' Klammergriff war ein kräftiger Mann, aber gegen die Gewalt des Hünen war er machtlos. Unbarmherzig schimmerte die Schneide der Spatha an seinem blossen Hals. Das geringste Zucken des Stahls würde sein Leben auslöschen.

Ortwîn hieb seinen Skramasax in einen der hölzernen Pfeiler, welche das Dach der Halle trugen. Dann stiess er den blonden Krieger, welcher Anêrios immer noch am Haar festhielt, grob zur Seite. Der Junge fühlte, wie er endlich freikam. Aber nun griff der Alamânenführer selbst mit vor Hitze rot sprühendem Gesicht an seinen Gürtel und riss diesen mit einer einzigen kräftigen Bewegung an sich. Wutentbrannt hielt er das erbeutete Schwert in die Höhe und deutete auf Beligomâgus.

«Erkläre mir dies», brüllte der rothaarige Alamânier. «Diese Waffe gehört meinem Bruder Hârubrand. Wie kommt sie in den Besitz deines Freundes, wenn er sie nicht gestohlen hat? Er ist gewiss ein feiger Dieb.»

«Nein», entgegnete Beligomâgus etwas gelassener und liess die Klinge vom Hals des Kriegers sinken, den er immer noch in Gewahrsam hatte, ohne den Mann aber loszulassen. «Ich selbst habe dieses Schwert deinem Bruder abgenommen. Heute Vormittag, auf der Romanenstrasse weiter östlich, keine zwei Leugen von hier entfernt.»

«Du?», keuchte Ortwîn ungläubig und richtete seine überquellenden Augen auf den Skramasax seines Bruders. «Du hast ihn getötet?»

«Er war schon tot. Sie waren alle tot. Ein Dutzend Männer. Dieses Schwert ist die einzige Waffe, die noch bei ihnen lag. Den Wagen, mit dem wir gekommen sind, haben wir ebenfalls bei ihnen vorgefunden.»

Beligomâgus gab den umklammerten Krieger frei und liess seine Spatha wieder in die Scheide zurückgleiten.

Ortwîn starrte immer noch fassungslos auf die Waffe in seinen Händen. Seine Männer sprachen wild durcheinander. Der Krieger mit der weizenblonden Haarmähne hatte ihnen alles übersetzt.

Anêrios stahl sich inzwischen unbemerkt aus der Reichweite der Alamânier und stellte sich vorsichtshalber hinter den Käfig. Er sah, wie die Frau des Wirtes zwei Finger ihrer rechten Hand von ihrer Stirn zum Herzen, dann von der linken zur rechten Schulter führte. Er hatte diese magische Geste einmal auch bei Beodân beobachtet, vielleicht hatte sie etwas mit dem Gott des Kreuzes zu tun, der hier offenbar ebenfalls Verehrung fand.

Die Wirtsfamilie stand immer noch dicht gedrängt am Durchgang zur Küche und verharrte in banger Erwartung dessen, was nun folgen mochte.

Zu Resîlios Erstaunen wandte sich der eindrucksvolle Hüne, welcher ihm an diesem Nachmittag für einige unübliche Dienstleistungen ganze drei Siliquae in die Hand gedrückt hatte, überraschend zu ihm hin und stiess aus tiefster Brust hervor:

«In vino veritas[63], Wirt, fülle alle deine Krüge mit dem besten Wein, den du in deinem Keller lagerst, und bringe sie uns hierher.»

Er deutete auf den grossen Tisch in der Mitte der Halle, wo die Alamânier vor dem Aufruhr gezecht hatten. Dann setzte er sich dort mitten unter die fremden Krieger, welche ihn ganz erstaunt anstarrten, und winkte Ortwîn herbei. Dieser näherte sich mit zaghaften Schritten und sank betreten auf eine Bank, dabei hielt er noch immer mit bebenden Händen die Waffe umklammert, welche er Anêrios abgenommen hatte.

[63] In vino veritas (Lat.) = im Wein liegt die Wahrheit

V

EINE HANDVOLL ERDE UND EIN GARNKNÄUEL

Beligomâgus begann, den Alamâniern nun mit deutlicher Stimme und gebärdenreich zu erzählen, wie sie zu Beginn des Tages auf das Schlachtfeld im Wald gestossen waren. Damit zog er die Aufmerksamkeit aller auf sich. Sogar Resîlio lauschte dem dramatischen Bericht und wischte sich immer wieder seufzend den Schweiss von der Stirn. Die beiden Musikanten hatte der Lärm der Auseinandersetzung ebenfalls in die Halle gelockt, aufmerksam folgten sie der Erzählung aus dem Hintergrund. In der hintersten Ecke bei der gemauerten Feuerstelle kauerte der blinde Greis neben seiner schönen Tochter und erweckte den Eindruck, als seien seine Gedanken in weite Ferne geschweift.

Zu Anêrios Erleichterung hatte sich auch der weizenhaarige Krieger, der ihn soeben derart unsanft behandelt hatte, zu seinen Kameraden gesellt, da dieser die Neuigkeiten wohl auf keinen Fall verpassen wollte.

Da ihn in diesem Moment niemand beachtete, ergriff der Junge die Gelegenheit beim Schopf, um sich endlich den Insassen des Käfigs zuzuwenden, neben dem er immer noch stand.

Sofort erkannte er die zwei kleinen, menschenähnlichen Gestalten darin. Das bärtige Gesicht des einen hatte er draussen bereits kurz gesehen. Seine Gefährtin war sogar noch etwas kleiner und sah beinahe aus wie eine übergrosse Puppe. Ihre Haut war glatt und rosig, die goldenen Haarflechten hatte sie kunstvoll um den Kopf gewunden, ihr rundes Gesicht strahlte Gutmütigkeit und Frieden aus. Anêrios gewann sogleich den Eindruck, dass die beiden überhaupt nicht unglücklich waren. Er hatte vielmehr das Gefühl, etwas Verschmitztes aus ihren markanten Zügen herauslesen zu können.

«Versteht ihr mich?», wisperte er kaum hörbar zwischen den Gitterstäben hindurch und bediente sich dabei instinktiv seiner Muttersprache.

Das Weiblein schmunzelte und rückte so nahe wie möglich an Anêrios' Gesicht heran. «Wir können dich ausgezeichnet verstehen», zwitscherte es mit heller Stimme. «Es tut uns leid, was der Grobling vorhin mit dir angestellt hat. Das hast du fürwahr nicht verdient.»

Anêrios konnte es kaum glauben, dass sich dieses liebreizende Wesen in seiner eigenen Sprache mit ihm unterhielt.

«Mir tut es auch leid, dass ihr hier eingesperrt seid», bedauerte er leise. «Gibt es keine Möglichkeit, euch zu helfen?»

Nun drückte das bärtige Männchen sein knorriges Gesicht neben seiner Gefährtin gegen die Gitterstangen. «Keine Sorge, gutherziger Freund», brummte es mit tiefer Stimme, «in diesem Land kann uns nichts geschehen. Wer hier Böses begehrt, wird Böses empfangen. Und wer Gutes erstrebt, dem wird Gutes gegeben.»

«Aber sie werden euch gewiss verschleppen, weit weg von hier, womöglich gar in ihre ferne Heimat», keuchte Anêrios bestürzt. Die Vorstellung, dass diesen zutraulichen Wesen ein Leid zustossen konnte, schnitt ihm ins Herz. «Ich möchte euch befreien.»

Nun war es wieder die Dverîga, welche das Wort ergriff. «Wir haben grosse Macht», flüsterte sie geheimnisvoll. «Solange wir mit unseren Füssen auf dem Boden stehen und Verbindung zur Erde haben.»

«Das ist den Groblingen bekannt», fügte das knollennasige Männchen hinzu. «Deshalb werden sie den Käfig nachts aufhängen.»

«Das ist ja furchtbar», schnaubte Anêrios betroffen. Ihm war auf einmal elend zumute.

Das Weibchen legte seine kleine warme Hand auf seine zitternden Finger. «Nein, nein», säuselte es tröstlich. «Es ist alles gut. Jetzt bist du ja zu uns gekommen.»

«Aber was soll ich tun?», fragte der Junge verzweifelt.

«Bringe uns eine Handvoll Erde von draussen», erklärte das Männchen ruhig und blickte den grossen Menschen ausserhalb seines Gefängnisses treuherzig an. «Und bitte die Haustöchter um eine Haspel voller Garn. Es sind rechtschaffene Menschen hier, wir verkehren seit vielen Jahren mit ihnen.»

«Lass uns diese Dinge zukommen», ergänzte das Weibchen, «ohne dass die Groblinge etwas bemerken.»

«Mutter Vendolindia», stammelte Anêrios und nickte eifrig. «Das werde ich tun. Vertraut mir.»

«Natürlich», beteuerten die beiden Dverîgen zweistimmig und zogen sich lächelnd in das Innere des Käfigs zurück.

«Was treibst du da, Junge!», brüllte der blonde Krieger plötzlich vom Tisch herüber. «Lass mir bloss die Wichte in Ruhe.»

Erschrocken fuhr Anêrios hoch und ging rasch zum Tisch zurück. Zögernd streckte er dem Alamânier die Kupfermünze hin, welche er immer noch in der Hand hielt.

Das Raubein winkte ab und schlug dem Jungen kräftig auf den Rücken. «Schon gut, lass sein.» Er grinste und entblösste ein schadhaftes Gebiss voller Zahnlücken. «Und nimm's nicht persönlich wegen vorhin. Wir wissen jetzt Bescheid, wie die Dinge gelaufen sind.»

Anêrios nickte erleichtert und warf Beligomâgus einen Blick zu. Der Hüne war umringt von gebannten Alamâniern und fuchtelte eifrig mit seinem Becher herum. Offenbar schmückte er seine Schilderung sehr grosszügig aus. Da Ortwîn die Worte fortlaufend übersetzen musste, zog sich der Bericht ordentlich in die Länge. Als Beligomâgus dem Jungen einen kurzen Blick zuwarf, hatte dieser den Eindruck, dass der listige Artiône bewusst sehr ausführlich erzählte, um seinem Gefährten etwas Zeit zu verschaffen.

Anêrios zögerte nicht und sprang hastig in die Küche, um der Wirtin Veromîna den Wunsch der Dverîgen zu übermitteln. Die gutmütige Hausmutter schickte sofort ihre mittlere Tochter los, um das Verlangte zu besorgen.

Anschliessend verliess der junge Vendolindier die Herberge und trat an die frische Luft hinaus. Er war froh, die sanfte Abendbrise im Gesicht zu spüren und die raubeinige Gesellschaft dieser Krieger für einen Moment hinter sich lassen zu können. Der Schrecken des soeben Verlebten vibrierte immer noch in seinen Knochen.

Der Tag ging allmählich zur Neige. Von den umliegenden Gehöften waren bellende Hunde, meckernde Ziegen und grunzende Schweine zu hören. Am liebsten wäre Anêrios zum nahen See hinübergelaufen, um sich für einen Moment mit dem Zauber des Wassers zu verbinden. Aber er gewahrte, dass sich von Westen her dunkle Wolkenmassen über die Waldhügel schoben. Die Bergkette im Süden hatten sie bereits verschluckt. Der auffrischende Wind kündete wohl ein nahendes Unwetter an, was nach der angestauten Hitze des vergangenen Tages eigentlich nicht erstaunlich war.

Er kratzte unter der Hoflinde eine Handvoll Erde zusammen und schüttete sie in den leeren Leinenbeutel an seinem notdürftig zusammengeknoteten Gürtel, an dem nun kein Schwert mehr hing. Die Knabbereien, die sich zuvor in dem Säcklein befunden hatten, hatte er längst an Lutinus verfüttert. Gerade als er umkehren wollte, winkte ihm Orênia von einem Nebeneingang her zu. Lächelnd überreichte sie ihm das Garn und wünschte ihm viel Glück. Er war offensichtlich nicht der einzige, den das Los der Halblinge bekümmerte.

«Was macht der denn hier?», rief die Wirtstochter plötzlich überrascht und blickte in die ausladende Krone der alten Linde hinauf.

Anêrios erkannte einen grossen Raben, der auf dem Baum sass und unverwandt zu ihnen hinunter starrte.

Irgendetwas an diesem Vogel gefiel ihm nicht.

Er erinnerte sich, dass er nun bereits zum dritten Mal binnen kürzester Zeit einem solchen Schwarzschnabel über den Weg lief.

«Den habe ich hier jedenfalls noch nie gesehen», bemerkte Orênia achselzuckend und ging wieder hinein, als sie die rufende Stimme ihrer Mutter im Hintergrund vernahm.

Anêrios kehrte ebenfalls in die Halle zurück und stellte fest, dass die Wirtsleute soeben im Begriff waren, das Abendessen aufzutragen. Der verführerische Duft der Speisen entlockte seinem leeren Bauch ein unmissverständliches Knurren. Da die hungrigen Männer sogleich über die vollen Platten herfielen, schenkten sie ihm keine Beachtung. Nur die Tochter des blinden Alten schien ihn aufmerksam zu beobachten, als er geschwind an den Käfig herantrat und die mitgebrachten Gaben unauffällig durch die Gitterstäbe steckte. Anêrios hörte, wie das sanftmütige Weiblein leise kicherte.

Beligomâgus sass immer noch an der Haupttafel inmitten von schmatzenden Alamâniern und unterhielt sich angeregt mit dem flammenhaarigen Ortwîn. Jegliche Feindseligkeit war aus den Mienen der Männer gewichen. Anêrios glaubte nun vielmehr eine Stimmung von Vertrautheit in ihrer Gemeinschaft zu spüren. Lusilla war indes nirgends zu sehen. Ob sie immer noch im Badezuber schwelgte?

«Komm her, Junge», brabbelte Beligomâgus mit vollem Mund und rückte ein wenig zur Seite, um Platz für ihn auf der Bank zu schaffen. «Ortwîns Männer haben heute einen Keiler erlegt. Ich habe schon lange keinen Schwarzkittel mehr gekostet. Schmeckt hervorragend und gibt Kraft in die Knochen.»

Sein breitschultriger Gefährte schien bester Dinge zu sein. Er steckte ihm eine fetttriefende Scheibe des Wildschweinbratens zu und wandte sich wieder an Ortwîn.

«Es ist sicher gut, wenn ihr eure Freunde bald in die Erde betten könnt», riet er dem Alamânierführer und streckte seinen langen Arm bereits nach dem nächsten Fleischstück aus. «Die wilden Tiere haben ihnen übel zugesetzt. Am besten erledigt ihr das noch heute Abend. Wie gesagt, die Stelle liegt nicht weit entfernt von hier. Ich schätze eine halbe Stunde zu Pferd.»

Anêrios wunderte sich, wie man gleichzeitig über solche Dinge sprechen und sich den Bauch vollschlagen konnte.

«Und wer sagt, dass uns die heimtückischen Angreifer da unten nicht nochmals auflauern», wandte Ortwîn besorgt ein und leckte sich die fettigen Finger. «Ich habe nur noch diese sechs Männer hier und will sie nicht auch noch verlieren.»

«Lass einfach die ... Twirglinge ... frei», erwiderte Beligomâgus mit ernster Miene und deutete zum Käfig hinüber. «Dann lässt man euch in Ruhe und ihr könnt euch unbesorgt über den Boden dieses Landes bewegen.»

Ortwîn blickte seinen Gesprächspartner finster an und knirschte mit den Zähnen. «Dann wäre alles umsonst gewesen», knurrte er. «Auch der Tod von Hârubrand und seinen Männern. Nein, Mann, diese Wichte sind unser Glück. Man wird sie uns mit Gold aufwiegen.»

«Wer wird sie euch mit Gold aufwiegen?», forschte Beligomâgus und hielt überrascht in seiner Mahlzeit inne. Anêrios schluckte leer, als er das gierige Glitzern in den Augen des rothaarigen Alamâniers bemerkte.

«Der Kerl, den mein Bruder beliefern wollte. Hârubrand befand sich auf dem Weg dahin. Wir hatten fünf Twirglinge gefangen, darunter zwei Weibchen und ein Jungtier.»

«Es sind keine Tiere», unterbrach ihn Beligomâgus leicht amüsiert.

«Na wenn schon, auf jeden Fall wollte er die Trollgesichter nach Osten bringen, an den Wendelingsee. Das ist eine gute Tagesreise von hier entfernt, am Fuss des Gebirges. Dort steht eine verdammt reiche Stadt. Sowas hast du noch nie gesehen, Mann. Ihre Dächer sind aus schierem Gold. Und selbst auf den Berg dahinter haben sie eine Adlerfigur gepflanzt. Aus massivem Gold, sage ich dir.» Er hielt kurz inne und überlegte. «Trollium, so heisst diese Stadt. Ja, genau.»

«Ich kenne diesen Ort sehr gut», erklärte Beligomâgus knapp.

«Sie haben dort einen geckenhaften Kerl ... eine Art Priester wohl. Der trägt einen prunkvollen Löwenkopf auf dem Schädel. Alles Gold, sage ich dir.»

«Ich kenne diesen Mann sehr gut. Er heisst Amonträkius und ist der Pontifex, der oberste Priester, von Raûlium. Zugleich steht er dem geheimen Mithraskult in der Weissen Stadt vor.»

«Was faselst du da, Mann?», unterbrach ihn der rothaarige Krieger verständnislos.

«Mithras Sol Invictus, der Schirmherr der Legionäre», erläuterte der bärenstarke Artiône geduldig. «Die Romanen verehren diesen löwenköpfigen Gott als Verkörperung des Sieges und der Sonne. Und weil er nach dem Mythos einem Lichtstrahl entsprungen ist, der am Anbeginn der Zeit in eine dunkle Felsspalte fiel, halten sie ihn auch für den Hüter jenes verfestigten Sonnenlichtes, das ungesehen im dunklen Berginnern schlummert – der Goldadern, welche die Raûlianer so überschwänglich begehren. Die Drachenhöhle am See Vendolindon, wo mein junger Freund hier herstammt, ist Mithras geweiht. Amonträkius, von dem du sprichst, opfert ihm dort regelmässig schwarze Stiere und manchmal auch Menschenblut, damit die Goldgruben unter den Bergen von Vendolindium nie versiegen. Ich selbst habe dort viele Male das sakrale Brot in Stierblut getunkt und die niederen Weihen des Goldenen Löwen empfangen.»

Ortwîn verzog spöttisch das Gesicht. «Ha, du weisst gut Bescheid. Bist viel herumgekommen, was? Na wenn schon, auf jeden Fall ist dieser Amenkackius – was weiss ich, wie er heisst, fürchterliche Namen haben sie da – äusserst scharf auf die Wurzelköppe. Und wie du schon sagst, fehlt es ihm nicht an Gold. Er hat uns ausdrücklich zugesichert, dass er jeden einzelnen dieser Racker mit lötigem Gold aufwiegt. Verstehst du, Mann, die kurzen Kerle legen pro Nase locker fünfzig Pfund hin, sind robust gebaut. Und dann ganze sieben Stück davon ... ha.»

«Inzwischen sind es bloss noch zwei», berichtigte ihn Beligomâgus trocken. «Die anderen sind wieder auf freiem Fuss, wenn du dich entsinnst, was ich dir erzählt habe.»

Ortwîn schien der reichlich fliessende Wein bereits ein bisschen in den Kopf gestiegen zu sein. Er griff sich mit seiner fettverschmierten Hand an die Stirn und rülpste flegelhaft.

«Vuôdens Blut, du hast recht, ja. Fünf sind uns entwischt. Aber zwei sind immer noch besser als gar keine.»

Beligomâgus legte den abgenagten Schweineknochen auf den Tisch und spülte seinen Mund mit Wein. Als er zu sprechen anhob, klang seine Stimme bedächtig, aber eindringlich.

«Ich will dir etwas sagen, Ortwîn. Du bist kein übler Bursche, deshalb bin ich ehrlich zu dir. Wenn du die Dverîgen, ja, so nennen wir eure Twirglinge, wenn du sie nicht freilässt – dann wird keiner von euch Nemetônia lebend verlassen.»

«Was willst du damit sagen, Mann?», keuchte Ortwîn und schwankte leicht.

«Wie ich dir bereits zu erklären versuchte», fuhr Beligomâgus gelassen fort. «Das Massaker an deinem Bruder und seinen Männern geht nicht auf die Kappe von ein paar abgerissenen Halsabschneidern, welche die Wege in der Wildnis belauern. Dieses Land steht unter dem Schutz der Göttin Helveidia. Seit tausend Jahren. Als meine Vorfahren in diese Gegend kamen – sie kamen wohl einst von da, wo deine Leute derzeit hausen –, war Nemetônia ein einziger riesiger Tempelbezirk. Verstehst du? Dieses Land war niemals für uns Menschen bestimmt.»

«Und warum stehen da draussen die Reste einer ganzen verdammten Stadt, hä?», schnauzte Ortwîn unwillig. «Du willst mir doch nicht weismachen, dass da früher niemand gelebt hat. Oder gehört dieser Ort etwa zu Alfheim[64]?»

«Ich weiss nicht, was das für eine Stadt war», gab Beligomâgus zu. «Ich sage dir nur, was unsere Druiden überliefert haben. Meine Sippe sind die Artiônen, wir siedeln seit tausend Jahren in Baranodûron, wo sich die Arûra dreimal windet, und halten neben unserer Stammgöttin Artiôna die Landesmutter Helveidia in hohen Ehren. Nemetônia lag stets vor unseren Toren. Ausser den Weisen des Waldes und Königen in hoher Mission ging niemand ungestraft da hinein. Als die Romanen uns bedrängten und unser Oppidum an der Arûra berannten, verteidigten wir den Zugang nach Nemetônia mit dem Mut einer Bärin, die sich schützend vor ihre Jungen stellt. Unser *Rix* brachte es zuwege, Bedingungen mit den Besatzungstruppen des Augustus auszuhandeln, welche festlegten, dass das Land zwischen den Flüssen Arûra und Senôna niemals besiedelt werden darf. Eine einzige Strasse gestattete er ihnen. Und einen kleinen Vicus mit Wechselstation an jener Stelle, wo sich bereits zuvor eine alte Tempelstätte befunden hatte. Diesen Ort kennst du. Das ist genau da, wo wir jetzt zusammensitzen und plaudern.»

Ortwîn machte grosse Augen. «Und warum erzählst du mir das alles, Mann?» japste er.

«Weil dieses Gebot bis heute gültig ist. Jegliches Land abseits der Strasse ist für dich und mich tabu. Verstehst du, was das heisst?»

Der Alamânier überlegte angestrengt und kratzte sich am Hinterkopf. «Dann haben wir wohl dieses Gebot verletzt», bekannte er leise.

«Und deshalb mussten Hârubrand und sein Haufen sterben. Alle Wesen Nemetônias stehen immer noch unter dem Schirm der Göttin Helveidia. So ist es seit Menschengedenken besiegelte Sache.»

«Und das Wildschwein?», warf der Alamânier kleinlaut ein, «Stand das auch unter ihrem Schutz?»

Beligomâgus grunzte. «Ach, das lässt man uns gewiss durchgehen. Gefressen muss sein. Ich und meine Begleiter haben der Göttin in Amasûlis

[64] Alfheim (Germanisch) = Wohnort der Alfen (Elben, Feen)

geopfert. Aber zurück zu deinem Handel mit Amonträkius. Ich glaube nicht, dass dieser jemals zustande kommen wird. Das weiss der schwarzlockige Laffe vermutlich selbst, sonst hätte er sich längst mit seinen eigenen Männern um die Beschaffung von Dverîgen gekümmert.»

Ortwîn gab sich noch nicht zufrieden. «Moment mal, wenn diese Helveidia eine Göttin ist, warum hat sie Hârubrand nicht einfach mit einem Blitzstrahl zerschmettert? Ich meine, warum verschiesst sie Pfeile und spaltet Schädel?»

Beligomâgus zuckte mit den Achseln. «Was weiss ich. Einige behaupten, dass es die Nuithônen sind, die Geister der alten Helvêten, welche aus ihren Hügelgräbern steigen, um dergleichen Frevel zu sühnen.»

Ein Raunen ging durch die Männer. Der Blondhaarige hatte ihnen immer wieder übersetzt. Der letzte Satz über die geisterhaften Wächter des Landes liess die hartgesottenen Krieger allesamt erbleichen. Raue Zwischenrufe wurden laut. Einer der Alamânier stand auf und berührte das stählerne Blatt seiner gezückten Axt, um durch diese Geste Böses zu bannen. Ortwin umfasste sein Hammeramulett und donnerte ein Machtwort, um seine Leute zur Ruhe zu bringen. Offenbar war er noch klarer im Kopf, als sein Anblick hätte vermuten lassen.

«Nuithônen, Geister ...», schnappte er, wieder zu Beligomâgus gewandt. «Gegen die Toten kann man im Kampf nicht bestehen. Jetzt wird mir klar, warum Hârubrand angesichts solcher Widersacher machtlos war.»

Er stand ruckartig auf und hob seine Hand. «Wir müssen die Götter beschwören, uns beizustehen. Den Toten sind wir nicht gewachsen. Tunârs Hammer, hört mich an, Männer. Heute Nacht erbitten wir ein Zeichen. Morgen in der Früh werden wir wissen, was zu tun ist. Aber vorschnell geben wir unsere Beute nicht her. Hievt den Käfig mit den Trollköpfen unter die First. Wenn sie ihre Füsse nicht auf dem Boden haben, versiegt ihre Zauberkraft. So werden sie uns auf jeden Fall nicht entwischen.»

Während drei Alamânier den Befehl ihres Anführers ausführten, übersetzte Ortwîn den übrigen Anwesenden, was er angeordnet hatte. Anêrios schluckte. Es kam genauso, wie es die Dverîgen vorausgesehen hatten. Er hoffte, dass die Halblinge mit den Dingen, die er ihnen zugesteckt hatte, etwas zu bewirken vermochten. Oder dass die Götter in dieser Nacht ein Zeichen sandten und die grobschlächtigen Krieger aus dem Norden zur Vernunft brachten.

Bald baumelte der Käfig anderthalb Mannlängen über dem Boden und Ortwîn nickte seinen Getreuen zufrieden zu. Um sich wieder auf bessere Gedanken zu bringen, orderte er eine neue Runde Wein für seine ganze Gefolgschaft, wozu er auch Beligomâgus und Anêrios rechnete.

Der Junge hatte keinen Sinn für die wüste Sauferei, die nun erneut ausbrach. Er zog es vor, sich am Nebentisch niederzulassen und die dargereichten Trockenfrüchte und den Frischkäse, welche die Wirtsleute als Nachtisch auftrugen, dort in aller Ruhe zu verkosten. Ihm entging nicht, dass der blinde Weissbart in seiner Ecke unverwandt den Käfig am Balken fixierte, während die Jungfrau an seiner Seite ihm unablässig zusprach.

Plötzlich mengten sich Saitenklänge in das Gegröle der Zecher, und der Ältere der beiden Sänger erhob sich, um ein Lied zum Besten zu geben. Er bediente sich der Lingua Romana, um soviele Zuhörer wie möglich mit seinem Vortrag anzusprechen.

Sogleich breitete sich andächtige Stille unter dem mächtigen rauchgeschwärzten First der grossen Halle aus. Die Männer stellten ihre Krüge ab und rückten so zurecht, dass sie den Barden ins Auge fassen konnten. Resîlio und seine Familie streckten von der Küche her neugierig ihre Köpfe durch die Durchreiche. Sogar Lusilla zeigte sich zum ersten Mal an diesem Abend im Gefolge der Wirtstochter Marîa, wobei ihre Erscheinung etliche Blicke auf sich zog. Sie hatte zwar alle ihre Kleider mit den Pferden verloren, aber das eine Gewand, welches ihr noch verblieben war, war gesäubert und geflickt und reichte immer noch aus, um seiner Trägerin eine überaus liebreizende Erscheinung zu verschaffen. Die langen, dunklen Haare der Prinzessin waren ebenfalls frisch gewaschen und zu anmutigen Figuren geflochten. Ihr Gesicht wirkte entspannt, die grünen Augen glitzerten unternehmungslustig. In einem derart gelösten Zustand hatte Anêrios die Filia Aurea zuvor nie angetroffen. Lutinus sass derweil still auf der Schulter seiner Herrin und ertrug die verstörten Blicke, welche ihm von allen Seiten

zugeworfen wurden, ungerührt.
Mit tragender Stimme begann der Barde sein Lied:

Was vermögen meine schwachen Lippen zu künden,
ohne deswegen Geringschätzung und Hohn zu finden,
wenn ich von jenem vergangenen Königspaar erzähle
und hierfür bescheiden meine tumbe Zunge erwähle.
Wo sich einst in alter Zeiten güldenem Glanz erhoben,
Türme und Kuppeln der prachtvollsten Stätte hieroben.
Deren Angedenken heute in dunklem Vergessen verwichen
Deren Nachklang in den lauen Lüften verstrichen.
Elezîrum die Strahlende, Zierde aller Welten
Welche Sterbliche und Götter zur gemeinsamen Heimat erwählten.
Wo die Unsterblichen ihr liebendes Weben,
wo die Menschenkinder ihr mutiges Streben
im kraftvollen Verbund weihten einem köstlichen Hort,
der turmgleich sich spannte von Ort zu Ort.
Heim der unvergänglichen Wonne wurde sie genannt,
und jeglicher Gram aus ihrem schützenden Kreis verbannt.
Von Elezîrum, der Strahlenden, will Kunde ich bringen
Und das Glück des holden Königspaares laut besingen

Angestrengt lauschte Anêrios den wohlgesetzten Versen, deren sprachliche Tiefgründigkeit sich seinem Verständnis nur teilweise erschloss. Dennoch glaubte er aus dem Sang herauszuhören, dass dieser von der Vergangenheit jener Ruinenstätte erzählte, welche sich vor der Herbergstür am Rand des nahen Sees erstreckte. Was für ein seltenes Lied musste dies sein, wenn es von einer Zeit berichtete, über die selbst der kenntnisreiche Beligomâgus nichts zu sagen hatte. Anêrios beobachtete, wie sein Gefährte mit geschlossenen Augen in die Wirkung der gesungenen Worte hineinsank Der alte Sänger hatte es zustande gebracht, die vielfachen Spannungen und Zwistigkeiten, welche die unterschiedlichen Menschen in diesem Raum vordem bedrängt hatten, durch die Kraft weniger Strophen im Zauber einer andächtigen und friedvollen Stimmung aufzulösen.

Alisandia war der Königinnen Würdigsten eine,
von unbefleckter Herzensgüte und wahrhaftiger Seelenreine,
blinkende Sterne krönten ihr nachtschimmerndes Haar,
leuchtendes Moos bettete ihre Schritte immerdar.
Was sie lachte, verströmte alsogleich blühende Wolken,
was sie tat, liess funkelnde Früchte sich entfalten.
Ihr Licht verwob wundersam Erdengrund und Himmelshöhen,
ihr Odem machte Hader und Neid allenthalben verwehen.
Ihr zur Seite wachte Alfarîn, der Hohe König der Gerechten,
vor dessen reinem Auge verflossen die Dünste alles Schlechten.
Dessen Hauptes Würde Sonnenglanz zierte kronengleich,
sein Thron ein kristallenes Fundament schuf im Erdenreich.
Worte von seinen Lippen entblössten Wahrheiten tiefster Kern,
seines Denkens Leuchtkraft hielt Niedertracht und Böses fern.
Aus der reinen Lohe seines Herzens ward Freundschaft geboren,
seiner Hand Schaffen kürte neu, was andere gaben verloren.
Alisandia und Alfarîn waren der jungen Welt ein Zeichen,
aus ihrer Lichtesglut mussten mindere Schatten verweichen.

Im Freudenhort von Elezîrum währte ihr Königtum tausend Jahr,
ich gäbe mein einfältiges Leben drum, wenn's noch immer wär'.
Aber was unverbrüchlich heil und rund und ohne Fehl ist,
ruft nach der Saat des Unheils und spaltendem Zwist.
Einem Fürsten fern, im tiefen Abgrund verborgen,
erwuchs ein Kind, das atmete Pein und träumte Sorgen.
Es fand den giftigen Keim in zweifelnden Menschenherzen,
traf der Götter uralte Wunden und schürte ihre Schmerzen.
Ohne dass ein Auge in Elezîrum es je einst hat erblickt,
verdarb es die Seelen und spie Rauch, der die Herzen erstickt.
Verzagte Menschen erhoben Schwerter gegen eigenes Blut,
zerrissen traute Bande und rafften gierig eitles Gut.

Der Sohn mit Dolches Biss seinen Vater entleibte,
die Tochter ihrer Mutter lachend das Grab bereitete.
Verwaiste Kinder schrien, zu jeglicher Untat bereit,
Bruder und Schwester schieden, in geiferndem Hass entzweit.
Wo zerronnen die Herzen und zerstoben die Seelen,
Alisandia und Alfarîn machtlos die letzten Dinge zählen.
Gespalten ist der eine Ring der lebendigen Kraft,
D'rum das ungeseh'ne Kind nichts als Leiden schafft.
Elezîrum, die Strahlende, binnen einer Nacht zerbricht.
Das Königspaar im Scheiden ein letztes Machtwort spricht,
auf das nimmermals der Quell der Einheit sich beflecke,
Zerborstener Stein und Wurzelerde hinfort die Pforte bedecke.
Alisandia und Alfarîn werden seither verloren genannt,
auf ewig entrückt sie sind in das Leuchtende Land.
Darum vernehmet sehnsuchtsvoll dieses Liedes Klage,
dass nie wieder niedere Macht den Weltenbrand wage!

Als die wehmütige Stimme des Sängers feierlich verhallte, summte die Melodie des Liedes unter dem Gebälk weiter. Es dauerte eine Weile, bis Anêrios bemerkte, dass dieses Tönen aus dem hängenden Käfig von oben herab drang. Es waren das kleine Weiblein und das kleine Männchen, welche den Gesang auf ihre Weise fortspannen. Nicht einmal die grobhölzigen Alamânierkrieger mit ihrem fehlenden Sinn für das Schöngeistige und Tiefgründige, wagten, den Zauber dieses Geschehens durch achtlos hingeworfene Scherzworte zu zerpflücken. Ein jeder sass gedankenverloren an seinem Platz. Veromîna wischte sich verstohlen eine Träne aus dem Auge. Der blinde Greis lächelte versonnen. Beligomâgus schlug leise die Augen auf. Als befürchteten sie, dass die geringste Regung den heraufbeschworenen Geist des versunkenen Elezîrum vorschnell wieder verscheuchen würde, hielten sich die Menschen still an ihren Plätzen. Lediglich der Käfig unter der Decke schaukelte leicht im Widerklang seiner summenden Insassen.

«Lutinus!», schrie Lusilla unvermittelt auf. Der gellende Klang ihrer Stimme setzte dem wispernden Nachwirken des Gesangs ein abruptes

Ende. Anêrios fuhr herum und sah, wie sich der Affe losgerissen hatte. Er sprang mit weiten Sätzen durch die Halle und weckte die Krieger aus ihrer Andacht. Lachend und polternd versuchten sie das flüchtige Tierchen zu erhaschen.

«Beligomâgus, bitte fange mir meinen Lutinus», flehte die Prinzessin ganz aufgebracht und gebärdete sich wieder einmal unmöglich. Anêrios bedauerte ein bisschen, dass der stille Glanz, welcher ihr zuvor eine gewisse Anmut verliehen hatte, bereits wieder aus ihrem Gesicht gewichen war.

Lutinus hatte einen der wuchtigen Firstträger erreicht, welche aus geschälten Eschenstämmen bestanden. Behände sprang er an dem Pfeiler hoch und kletterte wie ein Eichhörnchen zum Deckenbalken hinauf. Johlend verfolgten die Krieger derweil die willkommene Darbietung und klatschten sich vergnügt in die Hände. Anêrios hörte sogar aus dem Käfig ein begeistertes Kichern und Jubeln.

Zum Erstaunen aller Zuschauenden war genau dieser Käfig das Ziel des Äffchens. Flink schlüpfte es zwischen den Gitterstäben hindurch und blieb fortan verschwunden.

Betretene Stille stellte sich ein. Nur Lusillas Schluchzen und Flennen war noch leise zu vernehmen. Da ertönte aus dem Innern des hängenden Gefängnisses auf einmal ein leises Tuscheln und Flüstern, unterbrochen von leisen Fieplauten, welche Lutinus von sich gab.

«Da hat der haarige Kobold wohl seinesgleichen gefunden», pladauerte Ortwîn lautstark und eröffnete damit lachend die nächste Zechrunde.

Beligomâgus hatte sich erhoben und kümmerte sich um die aufgelöste Lusilla. Er sprach ihr Trost zu und versicherte ihr, dass Lutinus bei den Dverîgen gewiss nichts zustossen werde. Dies sei für ihn vermutlich sogar der sicherste Platz in der ganzen Halle.

Anêrios schwirrte der Kopf, er hätte sich am liebsten an einen ruhigen Ort zurückgezogen, um die Erlebnisse dieses ereignisreichen Tages gebührend verdauen und der Stimmung des verklungenen Liedes nachsinnen zu können. Auf eine unerklärliche Weise fühlte er im Geist dieser Ballade die Nähe von Beodân. Was mochte aus diesem verschollenen Freund wohl geworden sein? Die Wahrscheinlichkeit, ihn jemals wieder zu sehen, war vermutlich verschwindend gering.

«Welche Götter werdet ihr heute Nacht um ein Zeichen anrufen, Ortwîn?», hörte Anêrios seinen hünenhaften Gefährten in die Runde der Alamânier werfen. «In der Frage nach dem weiteren Geschick eurer kleinen Gefangenen.»

«Tûnar und Vuôden», erwiderte der trinkfreudige Anführer rundheraus. «Vielleicht noch Lôki.»

«Habt ihr denn keine Göttinnen?», erkundigte sich Beligomâgus verwundert.

«Doch, wir haben ihrer viele», erklärte Ortwîn. «Aber hier geht es um eine geschäftliche Sache, da lassen wir uns von den Weibern nicht dreinreden.» Er lachte dröhnend und knallte seinen Weinbecher so fest auf die Tischplatte, dass der Rebensaft überschwappte.

«Dann werde ich Helveidia um ein Zeichen bitten», verkündete Beligomâgus ernsthaft. «Sie ist die Hüterin dieses Landes und die Schirmherrin des Kleinen Volkes. Möge sie uns bis morgen früh ihren Willen eröffnen, was mit diesen seltsamen kleinen Kerlen zu geschehen hat.»

«Ich werde die Halblinge in mein Gebet an unseren Herrn Jesus Christos einschliessen», liess sich Veromîna, die Wirtin, von der Küchenpforte her vernehmen. «Er liebt alle gutherzigen Geschöpfe und gewiss liegt ihm auch etwas an unseren beiden kleinen Gästen.»

Wenn sich so viele Unsterbliche um die gefangenen Dverîgen bemühen, kann wohl nichts schiefgehen, dachte Anêrios mit einem stillen Lächeln und erhob sich. Mochten diese Männer hier noch so lange lärmen und saufen, wie sie wollten, für ihn war endgültig die Zeit gekommen, sich zur Ruhe zu begeben. Bevor er die Halle in Richtung der Gästezimmer verliess, sah er noch, wie Lusilla tuschelnd in ein vertrautes Gespräch mit der jüngsten Tochter der Wirtsleute vertieft war. Immerhin schien sie sich wieder beruhigt zu haben.

Was wohl der Affe mit den kleinen Wesen im Käfig zu bereden hat, dachte er schläfrig, ehe er diesem langen Tag seinen Abschiedsgruss entbot.

VI

STURM ÜBER HELICÔNA

Ein krachender Donnerschlag weckte Anêrios unsanft aus seinem tiefen Schlaf. Er hörte, wie kräftige Windböen gegen die Aussenmauer brausten und heftiger Regen auf das Schindeldach niederprasselte. Das Unwetter, welches sich bereits am Vorabend angekündigt hatte, war jetzt also losgebrochen.

Da der neue Tag bereits heraufdämmerte, beschloss der Junge, sein Tagwerk anzutreten. Was das auch immer heissen mochte, an einen raschen Aufbruch war bei dieser Witterung jedenfalls nicht zu denken.

Noch etwas schlaftrunken schlurfte er in die grosse Schankhalle. Zu seiner Überraschung sass Beligomâgus bereits am prasselnden Feuer und ölte die Klinge seiner Spatha. Obwohl es noch früh war, hatte er sein Panzerhemd übergezogen. Sogar der Messinghelm stand auf dem Tisch daneben. Dieser abgebrühte Veteran rechnete wohl zu jeder Zeit mit einer handfesten Auseinandersetzung.

Ortwîn und seine Kerle lagen kreuz und quer unter den Tischen und schliefen schnarchend ihren Rausch aus. Anscheinend hatten sie es nicht einmal mehr geschafft, sich auf ihre Pritschen zu verkriechen. Veromîna, die Wirtsfrau, war dabei, die Tische mit einem Lappen zu säubern. Gewiss keine besonders angenehme Arbeit nach einem solchen Gelage, zumal der säuerliche Geruch von Erbrochenem merklich in der Luft hing. Aber nicht einmal davon liess sich diese gute Seele des Hauses ihre Laune verderben, denn sie lächelte dem Jungen zur Begrüssung freundlich zu, als er eintrat. Von den übrigen Gästen war niemand zu sehen.

Beligomâgus bemerkte die Ankunft seines jungen Gefährten rasch und schob ihm einen Hocker entgegen. Er sah frisch und ausgeruht aus, obwohl er gewiss nicht viel geschlafen hatte.

«Die Götter veranstalten heute ein ordentliches Donnerwetter über Nemetônia», raunte er und deutete zum Käfig hoch, der immer noch unter dem First baumelte. «Auf jeden Fall haben sie ein eindeutiges Machtwort gesprochen.»

Verwundert wandte sich der Junge zu dem Käfig um und stutzte. Das Türchen stand weit offen. Das offene Eisenschloss lag auf dem Tisch darunter. Ein weisser Garnfaden hing bis auf den Boden herab.

«Sie sind weg», grinste der Hüne. «Ortwîns Saufbolde haben die Wache verschlafen. Die Wirtin sagt, als sie heute früh den Schankraum betrat, war der Käfig bereits offen.»

Er rückte ganz nahe an den Jungen heran und flüsterte ihm leise ins Ohr. «Sie wissen sich offensichtlich zu helfen. Oder hattest du da etwa deine Hände mit im Spiel?» Er lächelte und brachte seine Erleichterung freimütig zum Ausdruck. «Ich bin jedenfalls froh. Es hätte mich um diese raubolzigen Jungs gedauert, wenn sie das Schicksal ihrer abgeschlachteten Kameraden im Wald hätten teilen müssen.»

Plötzlich flog die Eingangstüre auf und einer der Alamânier stolperte ungelenk herein. «Ortwîn!», schnarrte er mit brüchiger Stimme und lallte einen Satz in seiner kehligen Sprache.

Als der Angesprochene nicht reagierte, trat der Hereingekommene seinen Anführer grob in die Seite und wiederholte seine Worte.

Murrend erhob sich der Rothaarige und schüttelte sich lästige Strohhalme aus dem Gesicht. Anêrios verstand nichts von dem Wortwechsel, der darauf folgte. Aber als der Alamânierführer seinen Kopf zum Firstbalken hochhob, entfuhr ihm sogleich eine wüste Fluchtirade, welche das Sturmwetter von draussen förmlich in die Halle hereinbeschwor.

Schwankend kam er auf die Beine und weckte brüllend seine Männer. Wer sich nicht sogleich regte, erhielt seinen Stiefel zwischen die Rippen gerammt. Einer der Krieger löste den Knoten, mit welchem die Aufhängung des Käfigs festgezurrt war, und liess den vergitterten Kasten herunterrumpeln.

Er war leer. Die Haspel mit dem restlichen aufgerollten Garn lag auf dem Käfigboden. Auffallenderweise war das Innere mit einer gleichmässigen Erdschicht bestreut.

Ungläubig griff Ortwîn an seinen Gürtel. Der Schlüssel hing noch unberührt an seinem Platz.

«Wer ist für diesen Schwachsinn verantwortlich?», brüllte er unbeherrscht in der Lingua und bemühte sich, beide Beine auf dem Boden behalten zu können. Er befand sich offenkundig immer noch in einem ziemlich angeschlagenen Zustand.

Veromîna wrang ungerührt ihren Putzlappen über einem Holzeimer aus und lächelte beschwichtigend. «Es war ein Gottesurteil», stellte sie ruhig fest. «Niemand von uns hat sich in der vergangenen Nacht in der Halle aufgehalten, ausser dir und deinen Begleitern.»

«Das ist eine verdammte Lüge», grollte Ortwîn wütend und kippte gegen einen seiner Kameraden, der ihn stützen musste, damit er nicht in das Stroh stürzte. «Und was ist mit diesem Vogel da draussen, von dem mir mein Kumpan eben berichtet hat?»

Die Wirtin blickte den Alamânier verständnislos aus grossen Augen an. Orênia, welche der Unterhaltung von der Küche aus gelauscht hatte, sprang hastig dazu und erklärte, was der Fremde wohl meinte. «Draussen sitzt ein grosser Rabe auf der Linde, Mutter. Er ist mir gestern Abend schon aufgefallen. Er hat merkwürdige goldene Augen.»

Der goldäugige Rabe!, schoss es Anêrios durch den Kopf. *Die Stimmen des Unergründlichen. Verunorêgios.*

Anêrios spürte, wie ihn ein kalter Schauder durchfuhr und wie sämtliche Alarmglocken in seinem Innern zu läuten begannen.

«Sie sind hier», keuchte er. «Verunorêgios hat uns ausspioniert, die ganze Zeit.»

Nun war es Beligomâgus, welcher ein ratloses Gesicht machte.

«Diesen schwarzen Vogel habe ich schon in der vorangehenden Nacht bemerkt», erklärte Anêrios, «als die Pferde mit mir durchgingen. Es ist einer von Verunorêgios' Raben. Er weiss, dass wir hier sind.»

«Ein Rabe mit goldenen Augen, was?», mischte sich Ortwîn unvermittelt ein und musterte Anêrios mit lauernd zusammengekniffenen Augen. «Hugîn oder Mugîn. Das ist gewiss einer von Vuôdens Boten. Dann haben die Götter doch gesprochen. Aber was ist mit diesem Faden. War etwa eine Norne[65] heute Nacht unter diesem Dach zugange?» Seine Augen weiteten sich und als er diesen Verdacht in seine Sprache übertrug, ging ein entsetztes Raunen durch die versammelten Krieger. Er sprach eindringlich auf seine Männer ein und schien die entwischten Wichte auf einmal vergessen zu haben. Unter den Alamâniern entspann sich eine heftige Diskussion über die vernommenen Zeichen göttlichen Wirkens.

[65] Norne = Schicksalsgöttin der germanischen Völker

«Das gefällt mir nicht», bemerkte Beligomâgus mit einem sorgenvollen Unterton. «Mache dich sofort reisefertig, Junge. Ich wecke inzwischen die Prinzessin. Wir müssen unverzüglich aufbrechen, auch wenn das bei diesem Wetter alles andere als gemütlich wird.»

Während er sich zum Hinterausgang bewegte, rief er der Wirtin nachdrücklich zu: «Lasse mein Pferd bereit machen. Sofort. Den Wagen lassen wir euch hier.»

Kaum hatte Beligomâgus die Halle verlassen, öffnete sich die grosse Eingangstür abermals. Marulus, der Sohn der Wirtsleute, trat herein. Er trug einen Melkeimer in der Hand und roch nach Kuhmist und Schweinedreck. «Es kommen Reiter», verkündete er aufgeregt. «Viele Reiter. Sie sehen so aus wie ... so wie sie uns immer die Soldaten des Imperiums beschrieben haben.»

Anêrios' Gedanken überschlugen sich. Wie konnte das möglich sein? Dabei hatten sie ihre Flucht doch so gut gedeckt. Dieser durchtriebene Hohepriester musste sich ihnen von Anfang an in den Nacken geklammert haben.

Das Grauen, welches der Junge in Vendolindium zurückgelassen zu haben glaubte, holte ihn mit unbarmherziger Wucht wieder ein.

Von der Hintertür war nun Lusillas empörtes Gezeter zu hören, ihr Beschützer musste sie ziemlich unzimperlich geweckt haben. Wenige Herzschläge später stürzten beide in den Raum. Die Prinzessin hatte noch nicht einmal ihre Gewandnadeln festgesteckt. Aufgebracht hielt sie den verunsicherten Lutinus mit beiden Armen umklammert.

Beligomâgus warf Ortwîn einen klimpernden Beutel zu. «Eure Beute ist euch durch die Lappen gegangen. Verdammtes Ungedeih! Nun kommen da draussen zu allem Leidwesen noch die Männer deines Auftraggebers. Sei so gut, nimm dieses Gold hier und halte die Kerle solange auf, bis ich unsere Flucht organisiert habe.»

«Eure Flucht? Was habt ihr ausgefressen?», fragte der Alamânier verblüfft und nestelte gierig den aufgefangenen Beutel auf.

«Tûnars Blut!», keuchte er und lachte ungläubig. «Da sind soviele Solidi[66] drin, dass ich sie gar nicht zu zählen vermag.»

[66] Solidus, -i (Lat.) = Goldmünze

«Keine Fragen mehr, stellt euch vor den Eingang und hindert diese geölten Kerle so lange wie möglich am Eindringen.» Beligomâgus schien sich bereits auf ein Gefecht vorzubereiten. Er schnallte sich hastig den Helm auf und ergriff einen der Speere, welche die Alamânier säuberlich aufgereiht an die Hallenwand gelehnt hatten.

Lusilla brach in Tränen aus und begann am ganzen Leib zu schlottern. Marîa nahm sie tröstend in ihre Armen und blickte ihre Eltern ratlos an.

Resîlio wankte mit seinem Sohn im Geleit ebenfalls vor die Tür, um die Ankömmlinge zu beschwichtigen. Offenbar schwante ihm, welche Katastrophe sich hier anbahnte.

Draussen war plötzlich Hufgetrampel zu vernehmen, das sich rasch annäherte. Befehle wurden gebrüllt.

Ortwîn und seine Männer rotteten sich in Wehr und Waffen zusammen und traten halbherzig vor die Tür. Sogar für Anêrios, der von solchen Dingen keine Ahnung hatte, war klar, dass die verkaterten Alamânier in ihrer derzeitigen Verfassung keinen ernsthaften Kampf austragen konnten.

Beligomâgus war inzwischen in geduckter Haltung ans Fenster gesprungen und äugte vorsichtig nach draussen.

«Catûrix steh' uns bei!», zischte er bestürzt. «Das ist eine ganze *Turma*[67], mindestens 30 *Equites*[68]. Sie stehen unter dem Befehl von Romûlius Rapax. Der *Centurio Primus*[69] des Procurators, sein bester Mann. Dieser Kerl konnte mich nie besonders gut leiden.»

Er kehrte zurück zu Lusilla und nahm sie sanft in den Arm. «Du musst jetzt stark sein, Dulcissima. Diese Männer wollen dich lebend nach Raûlium zurückbringen, keine Frage. Aber was dir dort blüht, brauche ich dir nicht zu erzählen. Ich habe deiner Mutter versprochen, dass ich dich in Sicherheit bringe, darum höre mir jetzt ganz gut zu.»

Er winkte Anêrios herbei und warf der Wirtin einen geradezu flehenden Blick zu. Veromîna und ihre Töchter schienen gemeinsam zu beten. Ihre murmelnden Stimmen waren von Furcht erfüllt.

Draussen war Resîlio zu hören, der beschwörend auf jemanden einsprach. Männer stiegen von ihren Pferden. Kettenpanzer und Waffen klirrten.

[67] Turma (Lat.) = Berittene Militäreinheit des romanischen Heeres, bestehend aus Equites
[68] Equites (Lat.) = Kavalleristen der Romanen
[69] Centurio Primus (Lat.) = Oberbefehlshaber einer romanischen Kohorte (Truppenteil)

«Ich werde sie eine Weile ablenken können», erklärte Beligomâgus hastig und sah seinen jungen Gefährten eindringlich in die Augen. «Wenn ich euch ein Zeichen gebe, müsst ihr durch den hinteren Ausgang schlüpfen und auf schnellstem Weg – was eure Beine hergeben, als wären alle Bestien Anunnions hinter euch her, versteht ihr – in den nahen Wald hetzen. Richtung Westen, da ist die Entfernung am geringsten. Schlagt euch in die Wildnis hinein und rennt, bis ihr nicht mehr könnt. Und dann noch weiter. Verbergt euch. Wenn ihr merkt, dass sie euch nicht folgen, wartet ab. Und kommt vorsichtig hierher zurück. Aber erst nachts und wenn ihr sicher seid, dass sie abgezogen sind. Erinnere dich an das Versprechen, das du mir gegeben hast, Junge.»

Lusilla schluchzte hemmungslos. «Nein, Beligomâgus, du darfst mich nicht verlassen. Du hast es versprochen.»

«Wenn es den Göttern gefällt, werden wir uns wiedersehen, meine Prinzessin.» Anêrios las in den Augen des Hünen, dass er selbst nicht sicher war, ob sie wirklich darauf hoffen konnten.

Vor der Tür war eine fremde Stimme auszumachen, welche in scharfem Tonfall Fragen stellte. Ortwîn gab ziemlich respektlos Antwort.

Beligomâgus küsste Lusilla auf die Stirn, gab Anêrios einen Klaps auf die Wange und huschte zur Eingangstür. Nachdem er einen flüchtigen Blick nach draussen geworfen hatte, erteilte er ihnen ein unmissverständliches Handzeichen, jetzt die Beine in die Hand zu nehmen.

«Ich kann nicht», schluchzte Lusilla und sank auf die Knie.

«Komm schon», versuchte Anêrios sie aufzumuntern. «Wir werden es schaffen.» Er klang nicht sehr überzeugend.

«Geht jetzt!», zischte Beligomâgus vom Eingang her und fuchtelte wie wild mit seiner Hand.

«Nein», wimmerte Lusilla, «ich bleibe hier. Marîa, hilf mir.»

Einer der Alamânier auf dem Hof brüllte wie am Spiess, Anêrios konnte nicht feststellen, ob es Ortwîn war. Männerstimmen riefen durcheinander. Waffenlärm brandete auf.

Anêrios blickte hilflos auf die zusammengesunkene Prinzessin. Was sollte er tun?

Beligomâgus war verschwunden. Er hatte den Raum nicht durch die grosse Eingangspforte verlassen, aber er war nirgends mehr zu erkennen.

Veromîna trat entschlossen zu Lusilla und zog sie liebevoll auf die Beine. «Es ist Zeit zu gehen, Liebes», murmelte sie gefasst. «Dein Freund hier wird dich begleiten. Versteckt euch im Wald und kommt heute Nacht zurück, falls es möglich ist.»

«Er ist nicht mein Freund», keifte die Prinzessin und funkelte Anêrios wütend an. «Er ist nur ein armseliger fischfressender Barbar.»

Ortwîn brüllte vor der Mansio, als würde er von einem Tobsuchtsanfall geschüttelt. Schwerter klirrten, Pferde wieherten, Männer schrien wild durcheinander.

Anêrios riss der Geduldsfaden. Er rechnete damit, dass jeden Moment Legionäre in die Halle stürmten. Dann wäre alles aus.

Einer plötzlichen Eingebung folgend riss er Lusilla den Affen aus den Armen und rannte mit ihm auf die Küchentür zu.

Kreischend nahm die Prinzessin die Verfolgung auf.

Anêrios rannte durch die Küche, wo die alte Ammantis am Herdfeuer kauerte und leise vor sich hinmurmelte. Sofort entdeckte er den Hinterausgang. Ohne zu Zögern sprang er darauf zu.

Lusilla krallte sich an seine Tunika. Das war genau, was er beabsichtigt hatte. Ohne sich von ihr aufhalten zu lassen, schlüpfte er durch die Tür nach draussen. Vor sich sah er einen Flechtzaun, der den Garten der Mansio einfasste. Dahinter mindestens zwei Langhäuser, die leicht versetzt nebeneinanderstanden. Und dahinter war der Waldrand zu erkennen.

In der Ferne grollte immer noch der Donner, aber der Regen hatte aufgehört.

«Folge mir», rief er über die Schulter zu Lusilla und rannte los. Lutinus hielt er dabei fest umklammert. Der Affe zappelte heftig, aber er biss zum Glück nicht.

«Du gemeiner Schuft, gib ihn her», schimpfte Lusilla. Sie hielt sich immer noch an ihm fest. Er war froh, dass er seinen Kapuzenmantel nicht übergeworfen hatte. Das sperrige Kleidungsstück hätte sich jetzt hoffnungslos in seinen Beinen verheddert.

Aus den Augenwinkeln erkannte Anêrios Marîa, die neben ihnen herlief. Aufgeregt deutete sie in eine bestimmte Richtung.

Anêrios schwenkte ab und fasste Lusilla am Arm. Es ging einfacher, wenn er sie seitlich neben sich herzerren konnte. Sie bohrte ihm ihre Fingernägel in die Haut, aber er beachtete es nicht. Schlimmeres sass ihnen im Nacken.

Die Wirtstochter zeigte ihnen einen Durchschlupf zwischen dem Gartenhag und einem Nebengebäude. Unverzüglich bogen sie dort ein und blieben dem Mädchen auf den Fersen. Da er mit der einen Hand Lutinus umklammert hielt und mit der anderen die Prinzessin im Schlepptau führte, kam er nicht sonderlich rasch voran. Er hoffte nur, dass sie noch nicht entdeckt worden waren. Seine Gedanken schweiften kurz zu Beligomâgus. Was er wohl jetzt gerade anstellen mochte, um ihre Verfolger zu narren? Er zwang sich dazu, seine Konzentration nur noch auf den Weg zu richten.

Immer weiter voran.

Sie hasteten an einem Langhaus vorbei. Marîa war immer noch da, sie rief den verdutzten Dorfbewohnern eine knappe Erklärung zu.

Sie prallten beinahe mit einer Ziegenherde zusammen, welche ihren Fluchtweg kreuzte. Anêrios stolperte und fiel der Länge nach hin. Um den Sturz abzufangen, musste er Lutinus loslassen.

Der Affe nahm einen gewaltigen Satz aus seinem Arm und schoss auf allen Vieren davon. Die Kette rasselte wie eine feine goldene Schlange hinter ihm her.

«Lutinus», schrie Lusilla und liess von Anêrios ab. Nun war sie es, die davonraste wie von Sylvânen gehetzt. Ihre Geschwindigkeit war erstaunlich. Die Angst, Lutinus zu verlieren, schien ungeahnte Kräfte in ihr wachzurufen.

Anêrios sah, wie der Affe direkt auf den nahen Waldrand zuhielt, als hätte er jetzt die Führung übernommen. Lusilla folgte ihm dichtauf. Der Junge wandte sich kurz zu Marîa um und winkte ihr zu. Sie war auf der Höhe des letzten Langhauses stehengeblieben. Allfällige Verfolger waren immer noch nicht auszumachen.

«Lutinus!», schrie Lusilla aus voller Kehle. Wenn dieses leichtsinnige

Gör durch ihr Gezeter nur nicht die Legionäre auf ihre Spur lockte!

Beinahe zeitgleich erreichten sie den Saum des Waldes. Wie eine grüne Mauer stellte sich ihnen das Dickicht entgegen. Lutinus war nirgends zu sehen.

«Wo ist er hin?», keuchte Lusilla ausser Atem.

Anêrios horchte. Der Wind rauschte in den Bäumen. Aus dem Gestrüpp vernahm er ein leises unmissverständliches Klimpern.

«Los, hinterher», schnappte er und packte Lusilla am Ärmel.

Im Nu hatte der grosse Wald von Nemetônia die beiden Fliehenden aus Vendolindium verschluckt.

VII

WILDE PFADE

«Ich kann ihn hören», flüsterte Anêrios. «Er muss da drin sein.»

Der Junge horchte auf das unverkennbare Klimpern von Lutinus' feiner goldener Kette, das aus dem dichten Unterholz vor ihm zu hören war. Er wandte sich zu Lusilla um. Die Prinzessin folgte ihm, aber sie hielt Abstand. Er konnte ihr unterdrücktes Schluchzen vernehmen. Als sie aus dem Gestrüpp auftauchte, bot sie einen erbärmlichen Anblick. Ihr eben erst säuberlich geflicktes Gewand war an vielen Stellen bereits wieder zerrissen, eine der goldenen Fibeln war sogar abgefallen. Die kunstvollen Flechten ihrer Frisur begannen sich aufzulösen und hingen in struppigen Strähnen in ihr verweintes Gesicht herab.

Noch immer waren keine Verfolger zu hören. Beligomâgus schien es tatsächlich geschafft zu haben, die Soldaten aus Raûlium in die Irre zu führen. Aber wie lange mochte die Ablenkung sie noch hinhalten?

«Komm schon», forderte er Lusilla auf. «Lutinus ist da vorne.»

Ohne sich weiter um das Mädchen zu kümmern, nahm er seinen Weg wieder auf. Es war äusserst beschwerlich, sich in diesem verwachsenen Wald fortzubewegen. Es gab keine ausgetretenen Pfade, sie mussten sich aufs Geratewohl durch ein hinderliches Flechtwerk aus Ranken und Zweigen schlagen.

Da erkannte er den Affen. Der Kleine hatte im Vergleich zu ihnen einen bestechenden Vorteil. Seine kleine, wendige Gestalt vermochte sich in diesem beschwerlichen Gelände ohne grosse Einschränkungen zu bewegen.

«Lutinus», hörte er Lusilla hinter seinem Rücken keuchen. «Komm her zu mir, mein lieber kleiner Lutinus.»

Anêrios war erstaunt, dass das Tierchen auf das Zurufen seiner Herrin nicht reagierte. Spürte es, dass sich seine Herrin in einem verwahrlosten und verwirrten Zustand befand und selbst nicht wusste, wohin sie sich in dieser unbekannten Wildnis wenden sollte?

Anêrios bemühte sich, dem flink davonhuschenden Tier auf den Fersen zu bleiben. Das war allerdings ein ziemlich aussichtsloses Unterfangen. Der wuchernde Wald war so unübersichtlich, dass Lutinus unweigerlich bald wieder den angestrengten Blicken des Jungen entschwand. Zum Glück verriet er sich durch das Rasseln seiner Kette, die er hinter sich her schleifte.

Erschien es dem Jungen bloss so, oder blieb der Affe immer wieder absichtlich stehen, damit sie zu ihm aufschliessen konnten? Jedenfalls hängte er sie nicht ab. Anêrios war sich bewusst, dass er jegliche Orientierung einbüsste, wenn er seine ganze Aufmerksamkeit auf den Affen richtete. Aber das war ohnehin nicht zu vermeiden. Dieser Wald war endlos.

Unvermittelt gelangten sie an einen Bach, der sich durch den Waldgrund schlängelte. An seinen Ufern war der Bewuchs etwas lichter. Lutinus war allerdings nirgends auszumachen.

Lusilla strauchelte erschöpft aus dem Gebüsch und blickte ihn elend an. «Lutinus, wo bist du», rief sie atemlos.

Anêrios horchte angestrengt. Ausser dem leisen Murmeln des Baches konnte er nichts erlauschen.

Im Geäst über ihren Köpfen regte sich etwas. Flügel schlugen hektisch, ein heiseres Krächzen erklang.

Da sass wieder der Rabe!

Anêrios war sich sicher, den goldenen Schimmer in seinen Augen zu erkennen. Dieses verfluchte Scheusal hatte sie immer noch nicht aus den Augen verloren. Wütend klaubte er einen faustgrossen Stein aus dem Bachbett und schleuderte ihn gegen den schwarzen Vogel. Der Schuss ging weit daneben.

Unverzagt suchte er ein neues Geschoss und wiederholte seinen Versuch. Mit einem dumpfen Geräusch prallte der Stein diesmal gegen den Baum.

Der dritte Schuss sass. Mit einem entrüsteten Gezeter stob der Rabe auf und rauschte davon.

«Was hast du bloss gegen diesen Vogel?», keifte Lusilla biestig. «Hast du nicht gesehen, dass er wunderschöne Augen hat?»

«Verstehst du denn nicht?», herrschte Anêrios das Mädchen entnervt an. «Dieser Rabe gehört dem Hohepriester, der uns dem Drachen opfern will. Deinem ... deinem Grossvater. Er spioniert uns nach, seit wir Vendolindium verlassen haben. Er spürt uns immer wieder auf und hetzt uns die

Männer deines Vaters auf den Hals.»

Die Erkenntnis, dass dieses Mädchen nicht nur von seinem Vater, sondern auch von seinem Grossvater gejagt wurde, weckte sein Mitgefühl. Lusilla tat ihm wirklich leid.

«Du bist ein verfluchter Heide», fauchte Lusilla indes und funkelte ihn zornig aus ihren grünen Augen an. «Dein erbärmliches Barbarenvolk mit seinen grausamen Bräuchen hat uns all dies eingebrockt. Oh, wäre ich doch wieder zuhause in meinem schönen Garten. Beligomâgus, wo bist du nur?» Sie brach erneut in Tränen aus. «Bitte bringe mich zurück zu meiner Mutter. Ich will nach Hause.»

Anêrios wusste nicht, was er mit diesem verstörten Mädchen anfangen sollte. Er hoffte nur, dass es mit seinem unbedachten Lärm nicht die Aufmerksamkeit ihrer Verfolger auf sich lenken würde. Hilflos blickte er sich um. Er konnte einfach nirgends ein Zeichen von Lutinus ausmachen.

Da blinkte etwas im Wasser. Er stand auf und sah nach.

Es war die Kette des Affen. Offenbar hatte das Tierchen das Halsband abgestreift, an dem sie befestigt gewesen war.

Bestürzt hielt er seinen Fund in die Höhe.

«Lutinus!», kreischte Lusilla ausser sich. Sie sprang auf und entriss ihm die Kette mit einer ruckartigen Bewegung.

«Sei doch still», fuhr Anêrios sie an. «Wenn du weiter so herumlärmst, kannst du ebenso gut umkehren und dich den Reitern aus Raûlium stellen.»

Lusilla sank auf der anderen Seite des Baches zusammen und verfiel abermals in ein haltloses Schluchzen.

Anêrios seufzte und verdrehte ratlos die Augen. Wo steckte nur dieser Affe? Gewiss würde er in diesem Urwald alleine zugrunde gehen. Er war sich das Leben in freier Wildbahn nicht gewohnt.

«Es ist alles nur deine Schuld!», schrie Lusilla über den Bach hinweg. Ihr schmutziges Gesicht war verzerrt vor Kummer. «Du hast ihn mir einfach aus den Händen gerissen und bist mit ihm weggerannt. Du hast ihn mir gestohlen, du elender Schuft. Nun habe ich ihn verloren.»

Anêrios holte tief Luft und besann sich. «Hör mir gut zu, Lusilla, es hat keinen Sinn, jetzt darüber zu streiten. Wenn wir nicht abgehauen wären, würden uns die Männer deines Vaters abführen wie Gefangene. Willst du etwa als Drachenfutter enden?»

«Wo ist der Unterschied, bei Iûno!», zeterte Lusilla. «Dafür verrecken wir jetzt elendiglich in diesem verdammten Wald. Oh, mein lieber Lutinus, wo bist du nur, mein Kleiner. Ich fühle mich so verloren ohne dich.»

Anêrios beschloss, noch einen letzten Versuch zu wagen. Vorsichtig watete er durch den Bach und näherte sich dem jammernden Mädchen.

«Lusilla», sagte er ruhig. «Lass uns weitergehen. Der Rabe deines Grossvaters hat uns erneut aufgestöbert. Er wird die Verfolger auf unsere Fährte führen. Wir dürfen jetzt keine Zeit verlieren.»

«Verschwinde! Du bringst nur Unglück über mich!», geiferte sie und schleuderte ihm eine Handvoll Erde entgegen.

Ich bringe Unglück über sie? Das ist ja wohl die Höhe! Was erlaubt sich dieses hochnäsige Blag? Wie habe ich Beligomâgus nur mein Wort geben können, mich um ein solches Biest zu kümmern?

«Es reicht jetzt», wies er sie streng zurecht. «Wenn du nicht mitkommen willst, gehe ich halt alleine weiter. Mir ist es zu dumm, hier zu warten, bis dieser *Centurio*[70] uns aufgreift.»

Als er sich abwenden wollte, nahm er am Rand seines Gesichtsfeldes plötzlich eine Bewegung wahr.

Es war Lutinus.

Der Affe war aus dem Gebüsch hervorgeschlüpft und blickte ihnen aus seinen dunklen Knopfaugen aufmerksam entgegen. In seinem dunkelbraunen Fell wäre er zwischen den Blättern kaum zu sehen gewesen, wenn er sich nicht bewegt hätte. Er kletterte auf einen tiefhängenden Ast und sprang aufgeregt auf und ab. Dabei keckerte er unentwegt.

«Ich glaube, er will uns etwas zeigen», vermutete Anêrios.

«Mein Lutinus», rief Lusilla erleichtert und raffte sich auf. Mit raschen Schritten eilte sie auf den Affen zu.

Lutinus setzte sich in Bewegung und huschte in das Dickicht zurück. Die Prinzessin folgte ihm erstaunlich zielstrebig, ohne sich noch ein weiteres Mal umzublicken. Anêrios nickte erleichtert und schloss sich ihnen an.

[70] Centurio (Lat.) = Führer einer Hundertschaft im romanischen Heer

Der Affe führte sie weiter dem Lauf des Baches entlang, welcher ihnen durch eine breite Talsenke entgegenfloss. Das endlose Grün des Waldes füllte Anerius' ganze Wahrnehmung aus. Er konnte sich schon gar nicht mehr vorstellen, dass er die vergangene Nacht zusammen mit vielen Menschen unter dem Dach eines Hauses verbracht hatte. Immerhin war er froh, dass das Wetter sie verschonte; es blieb zwar bewölkt, aber trocken.

Nun war es Lusilla, welche sich ihrem tierischen Gefährten beharrlich an die Fersen heftete. Um sich leichter fortbewegen zu können, hielt sie ihr langes Gewand hochgeschürzt. Die Zuneigung zu ihrem geliebten Schosstierchen schien ihren Lebenswillen frisch zu befeuern. Anêrios war froh, dass er sich einstweilen nicht mehr mit ihren Gehässigkeiten herumschlagen musste. Um keine weiteren Auseinandersetzungen zu provozieren, hielt er gebührenden Abstand zu ihr. Er machte sich schon so genug Sorgen über ihr weiteres Schicksal. Er hatte nicht den leisesten Schimmer einer Ahnung, wo sie für die kommende Nacht einen geeigneten Unterschlupf in dieser unwirtlichen Wildnis finden würden.

Wie sehr vermisste er in diesem Moment die Gegenwart von Beligomâgus. Ihr zuverlässiger Führer hatte ihnen stets die Richtung gewiesen. Nun waren sie unweigerlich auf sich selbst gestellt.

Und wieder bewegten sie sich entgegen des Gebots von Nemetônia weit abseits der Strasse. Er hoffte, dass die Göttin Helveidia ihnen gewogen war.

Es mochte um die Mittagszeit herum sein, als sie an eine Stelle gelangten, wo sich zwei Bäche unter dem verschlungenen Wipfeldach des Waldes vereinigten. Eine riesige Buche, welche wohl viele Menschenalter durchlebt hatte, war an dieser Stelle vom unerbittlichen Zahn der Zeit gefällt worden und lag nun quer über den beiden murmelnden Wasserläufen. Die Masse des gestürzten Baumriesen hatte die Bäche so aufgestaut, dass sich dahinter ein kleiner Teich gebildet hatte, dessen glitzernde Fläche einen ungewohnten Lichtschimmer in das bedrückende Grün des allgegenwärtigen Blätterwalles zauberte.

Lutinus sprang behände über den rissigen, moosüberwachsenen Baumstamm und turnte zwischen den Seitenästen herum, die wie die zerborstenen Rippen eines von Göttermacht niedergerungenen Titanen aus dem faulenden Holz abstanden. Zum Glück gab es nach wie vor keine Anzeichen dafür, dass Verfolger in der Nähe waren.

Überraschend hörte der Junge Wasser plätschern, gefolgt von einem durchdringenden, tiefen Brummen.

Der Schreck traf ihn wie ein Blitz aus heiterem Himmel.

In dem Wasserbecken hinter dem liegenden Baum stand ein mächtiger, zottiger Bär! Hatten sie ihn übersehen, weil er von dem Gewirr der zersplitterten Äste halbwegs verborgen gewesen war?

Ihr überraschendes Auftauchen musste ihn aufgescheucht haben. Mit einem unwilligen Knurren richtete sich das Raubtier auf seine Hinterbeine auf und schwenkte drohend seine Vordertatzen. Lutinus kauerte sich vor ihm auf dem Baumstamm zusammen und sträubte fauchend sein Nackenfell.

«Lutinus!», kreischte Lusilla entsetzt, als sie die Gefahr erkannte. Ihre schrille Stimme hallte durchdringend unter dem Blätterdach des endlosen Waldes.

Verärgert fuhr der Bär herum und machte einen Schritt auf das Mädchen zu.

Nun war es Anêrios, der laut aufschrie. Mit dem Mut der Verzweiflung stürzte er voran, um die Prinzessin aus der Reichweite des gewaltigen Räubers zu zerren.

Das aufgebrachte Keckern des Affen schien den Bären zu irritieren, und der dunkel bepelzte Koloss schwankte unschlüssig zwischen dem kleinen Kerl und dem schreienden Mädchen hin und her.

Lusilla war bereits gefährlich nahe an das Raubtier herangekommen. Sie machte sich nicht einmal die Mühe, den Teich zu umgehen und sich Lutinus von der anderen Seite her anzunähern.

«Lusilla, bleib stehen!», schrie Anêrios fassungslos. Er konnte nicht glauben, dass dieses Mädchen dem riesigen Bären einfach blindlings vor die Pranken laufen wollte. Er würde ihr mit einem einzigen Hieb das Leben aus ihrem zierlichen Leib schmettern.

Aber so weit kam es nicht.

Unvermittelt tauchte neben Lutinus eine kleine Gestalt aus dem Laubwerk des niedergestürzten Baumes auf und erhob einen seltsam brummenden Singsang. Der Bär schien diese Stimme sogleich zu erkennen und liess sich behäbig auf alle Viere nieder. Er schüttelte sich und gab einen eigentümlich grunzenden Laut von sich. Dann wandte es sich von Lusilla ab und ging auf das gnomenhafte Wesen zu, welches Lutinus inzwischen hochgehoben hatte.

Es war der Dverîg, der aus der Gefangenschaft der Alamânier entwischt war. Anêrios erkannte seine knorrige, gedrungene Gestalt und das verwitterte, bärtige Gesicht sofort wieder. Der Halbling wiegte den Affen traulich in seinen Armen und sprach zugleich beruhigend auf den Bären ein, welcher seinen breiten Kopf unweit des Wichtes auf die silberglatte Borke legte. Die beiden ungleichen Waldgeschöpfe schienen sich gut zu verstehen.

Lusilla war inzwischen ebenfalls auf der anderen Seite des Beckens angekommen. Sie befand sich dem Raubtier immer noch gefährlich nahe, aber das schien sie nicht zu bekümmern.

«Gib mir sofort meinen Lutinus zurück», schnauzte sie das Männchen an und streckte fordernd ihre Arme aus. Ihre ungehaltene Stimme schnellte wie ein Peitschenhieb durch das Geäst.

«Beruhige dich, Fräulein», erwiderte eine glockenhelle Stimme. «Es ist alles gut.»

Es war die Gefährtin des Dverîg, welche gesprochen hatte. Sie war unvermutet auf dem mächtigen Rücken des Bären erschienen und kraulte das Raubtier nun begütigend hinter den Ohren. Ein wohliges Brummen entrang sich dessen zottiger Brust.

Dieser komische Anblick reizte Anêrios trotz der nach wie vor bedrohlichen Situation zum Schmunzeln. Die Prinzessin hielt sich einen kleinen Affen als Schosstier, und diese Wichte amüsierten sich mit einem leibhaftigen Bären.

Das Wildweibchen mit den goldenen Haarflechten war dem pelzigen Riesen nun sogar in den Nacken gekrochen und drückte ihm einen schmatzenden Kuss auf die breite Stirn. Es winkte der verstörten Lusilla einladend zu und ermunterte sie, dem mächtigen Raubtier in seinen dicken warmen Pelz zu greifen. Als die Prinzessin dem verblüffend sanften Waldriesen tatsächlich über das Fell strich, lächelte sie verlegen und blinzelte sich die Tränen aus den Augen.

Anêrios fühlte sich bei diesem vertraulichen Anblick auf berührende Weise an die Bärenmutter erinnert, von der Beligomâgus bisweilen voller Ehrfurcht gesprochen hatte.

Was wohl aus ihrem Führer geworden war?

«Komm her, mein gutherziger Freund», rief das Männchen auf dem Baumstamm vergnügt und winkte Anêrios zu sich. Es knuddelte den Affen auf ähnliche Weise wie Lusilla dies üblicherweise zu tun pflegte. Ein Gefühl des Friedens breitete sich unter den hochgewölbten Baumkronen aus, während die Waldbäche ihr immerwährendes Lied sangen. Anêrios entspannte sich allmählich und liess die Unruhe dankbar los, welche sein Gemüt bis dahin sorgenvoll aufgewühlt hatte.

Bald sassen sie zu fünft auf dem breiten Baumstamm, welcher die gemächlich dahinrinnenden Bäche im tiefen Waldgrund überspannte. Das verrottende Holz verströmte einen würzigen Geruch. Der Bär wälzte sich derweil im Teich unterhalb von ihnen und prustete vergnügt.

Die Dverîga klaubte Beeren und kleine rote Waldfrüchte aus einem Zipfel ihres Gewandes und verteilte sie lachend. Lutinus schienen die süssen Häppchen besonders zu schmecken und er streckte immer wieder begehrend seine Händchen danach aus. Der Affe sass nun wieder auf dem Schoss der Prinzessin, die beim Anblick ihres schmausenden Gefährten herzhaft lachte. Anêrios fragte sich, was der Bär dem kratzbürstigen Mädchen wohl alles zugeraunt haben mochte, denn es scherte sich zum ersten Mal, soweit er zurückdenken konnte nicht darum, dass er ganz nahe bei ihm sass.

«Ein ganz besonders aufgewecktes Kerlchen habt ihr da bei euch», lobte der bärtige Dverîg brummend und strich Lutinus mit seinen wulstigen Fingerchen über den Rücken. Wundersamerweise sprach er nun in der Lingua, so dass Lusilla ihn auch verstehen konnte. Oder benutzte er etwa eine gänzlich andere Sprache, welche ihnen auf unfassbare Weise allen gemeinsam geläufig war?

«Wir haben uns gestern Nacht lange mit ihm unterhalten», fuhr der Dverîg munter fort. «Und wir haben ihm den Weg zu diesem Ort beschrieben. Er ist ein verständiger kleiner Bursche. Auch wenn er landesfremd ist, so findet er sich hier doch hervorragend zurecht.» Der Kleine lachte zufrieden, und sein bartstruppiges Gesicht strahlte.

«Aber wie habt ihr gewusst, dass wir würden fliehen müssen?», fragte Anêrios verwundert.

«Oooh», raunte das Männchen bedeutungsvoll. «Meine kleine Beriberinna hatte da so ein ungutes Gefühl. Bei diesen Groblingen muss man immer auf das Schlimmste gefasst sein. Unbedacht trampeln sie herum und reissen alles an sich, was ihren Weg kreuzt. Schamlos eingefangen haben sie uns, diese uneinsichtigen Plumpfüsse, als wir uns gerade ein gemütliches Plätzchen oben am Berg suchen wollten.»

«Ach komm schon, mein putziger Borobûr», unterbrach ihn seine Gefährtin mit dem runden Gesicht lachend, «lass uns nicht mehr davon sprechen. Wir haben ja nun den Weg in die Freiheit wiedergefunden. Und dieser liebe Freund hier hat uns fest geholfen dabei.» Sie schenkte Anêrios ein Lächeln, das ihre roten Wangen zum Glühen brachte. «Die Erde, die du uns gebracht hast, haben wir auf den Boden des Käfigs gestreut und dadurch unsere angeborene Kraft wiedererlangt. Und mit dem Garnfaden war es ein Leichtes, uns durch die Luft zu hangeln. Hui, das war ein ungewohntes Abenteuer. Mir wird jetzt noch ganz schwindlig, wenn ich daran denke.»

«Aber das Eisenschloss», wunderte sich Anêrios. «Wie habt ihr es ohne Schlüssel aufgebracht?»

«Hoho» Borobûr lachte. «Der Umgang mit Metallen liegt uns im Blut, mein Freund. Dieses tölpelhaft verarbeitete Eisen zu besprechen hat uns wahrhaft nichts gekostet. Oh nein ...»

«Aber warum hatten sie euch denn überhaupt eingefangen?», erkundigte sich nun Lusilla, die dem Gespräch offenbar aufmerksam gefolgt war, obwohl sie nur Augen für ihr wiedergefundenes Äffchen zu haben schien.

«Die Groblinge sind immerzu hinter dem Geheimnis unserer Schmiedekunst her», erklärte der Dverîg im Tonfall aufrichtiger Entrüstung.

«Sie wollen uns in ihre Dienste zwingen, damit wir ihnen scharfe und unzerbrechliche Schneiden und Spitzen für ihre unaufhörlichen Zänkereien fertigen.»

«Und sie wissen, dass wir die verborgenen Zugänge zu den funkelnden Sälen unter dem Gebirge kennen», ergänzte Beriberinna. «Sie können nicht genug davon kriegen.»

«Habt ihr denn eine Ahnung, wer die anderen Gefangenen befreit hat? Diejenigen von euch, welche die Jäger bereits abführen wollten?» Schaudernd dachte Anêrios an die Toten im Wald.

Borobûr seufzte. «Es gibt Menschen wie ihr, die schon lange in unserem Land leben. Sie sind nicht wie die Groblinge und achten die Gebote der Freundschaft zwischen allen Geschöpfen. Auch sie tragen Waffen. Aber um den Wald zu beschützen.»

«Ach, mein Honigbart, lass uns doch nun von freundlicheren Dingen sprechen», unterbrach ihn seine Gefährtin. «Wir wollen uns freuen, dass wir diesem Schrecken allesamt entronnen sind. Hier draussen kann uns bestimmt nichts mehr verdriessen.»

Lusilla machte plötzlich wieder ein bekümmertes Gesicht. «Wie könnt ihr so etwas sagen? Ich musste mein Zuhause verlassen, weil mein Vater mich einem Ungeheuer zum Frass vorwerfen wollte. Und jetzt kann ich nie mehr zurück. Beligomâgus hätte mich zu meiner Tante nach Aventia bringen sollen. Aber er ist auch fort. Ich weiss gar nicht mehr, was aus mir nun werden soll.»

«Ooooh ...» machten die kleinen Geschöpfe wie aus einem Mund und blickten die Prinzessin mit grossen Augen mitfühlend an.

Das Weiblein strich Lusilla mit ihrem Händchen tröstend über die Wange und gab tiefe Seufzer von sich, als sich das Mädchen unter Tränen schüttelte.

«Das ist fürwahr eine ernste Sache», bekräftigte Borobûr nachdenklich. «Dir muss geholfen werden, mein Kind, keine Frage. Und du, gutherziger Freund? Sitzt dir ebenfalls ein solch grässliches Geschick im Nacken?»

Anêrios nickte und spürte, wie die vordem kurz genossene Unbeschwertheit bereits wieder zu zerrinnen drohte.

«Dann gibt es wohl nur eines», sinnierte der Dverîg mit seiner gutmütigen brummenden Stimme. «Ihr müsst zu ihnen gehen.»

«Wen meinst du?», fragte der Junge betroffen. «Zu wem sollen wir gehen?»

«Wir zeigen euch den Weg», murmelte Borobûr, «wir sind sowieso in derselben Richtung unterwegs.»

In diesem Augenblick liess sie ein verhaltenes Krächzen aufschrecken. Sie sahen alle zugleich den aufgeplusterten, goldäugigen Raben, der über ihnen in der Krone einer ausladenden Ulme hockte.

«Nicht du schon wieder!», rief der Junge erbost und glitt vom Baumstamm hinunter, um einen Stein vom Boden aufzuklauben.

«Oooh, das ist ein böser Vogel», bemerkte der bärtige, kleine Mann und funkelte auf einmal zornig mit den Augen. Er stiess einen tiefen grollenden Laut aus und klatschte energisch in die Hände.

Der schwarzgefiederte Bursche regte sich unbehaglich auf seinem Hochsitz, aber er liess sich nicht verscheuchen. Seine goldenen Augen glommen drohend auf.

Anêrios schleuderte seinen Stein, aber das Geschoss prallte wirkungslos von einem Ast ab. Der Rabe gab einen heiseren Laut von sich, der wie Hohnlachen klang.

Nun sprang die Dverîga auf und hob mit fester Stimme zu singen an. Wie kristallklares Wasser rannen fremdartige Worte über ihre feinen Lippen und brandeten kraftvoll zu den Baumwipfeln empor. Anêrios gewann den Eindruck, als würde das feine Gurgeln und Glucksen des fliessenden Wassers unter ihnen unvermittelt anschwellen.

Als Borobûr in den Gesang seiner Gefährtin einfiel, begann der mächtige Baumleib unter ihnen zu vibrieren. Der Bär erhob sich murrend aus seinem Badebecken und äugte missmutig zu dem Raben empor. Anêrios spürte eine Woge der Macht, welche vom Boden aufstieg und sich beinahe greifbar gegen den schwarzen Vogel aufbäumte. Die beiden kleinen Wesen schlossen ihre Augen und bebten wie unter einer gewaltigen Anstrengung.

Der Bär richtete sich auf seinen Hinterbeinen auf und stiess ein ohrenbetäubendes Brüllen aus, welches das dicht verwobene Blätterdach über ihren Köpfen regelrecht zu zerfetzen drohte.

Da stiess sich der Rabe unvermittelt von seinem Sitz ab und glitt mit ausgebreiteten Schwingen unter dem Wipfelgewölbe des Waldes davon. Er zog einen Kreis über den tobenden Bären und drehte überraschend bei, um zu der Gruppe auf dem gestürzten Baum zurückzukehren. Wie ein pechschwarzes Geschoss hielt er genau auf sie zu, Anêrios konnte das unheilvolle Glühen der goldenen Augen sogar aus dieser Entfernung erkennen.

Der Gesang der Dverîgen brach abrupt ab. Sie sassen keuchend auf der Baumborke und drückten sich ihre kleinen Hände auf die Brust. Ihre Gesichter waren ganz fahl geworden, und Schweisstropfen perlten auf ihren pochenden Schläfen.

Lusilla schrie auf und schlug die Hände vor das Gesicht, während sich Lutinus ängstlich hinter ihren Rücken duckte.

Ehe der angreifende Rabe sie erreichte, erschallte unvermittelt der durchdringende Schrei eines Raubvogels durch den Wald. Mit grosser Wucht prallte etwas Grosses von der Seite her auf den schwarzen Vogel. Es war ein prächtiger Adler mit schneeweissem Gefieder. Sein mächtiger, gekrümmter Schnabel und die Fänge hatten die Farbe von reinem Bernstein. Der Raubvogel versuchte dem ungleich kleineren Raben die Krallen in den Leib zu schlagen und hackte mit seinem scharfen Schnabel nach ihm.

Atemlos beobachteten die Gefährten den erbitterten Kampf, der nun unter dem Kronendach des Waldes entbrannte. Anêrios hatte das Gefühl, der schicksalhaften Auseinandersetzung zweier machtvoller Wesen beizuwohnen und nicht bloss dem Revierkampf von zwei gewöhnlichen Vögeln.

Schwarze und weisse Federn stoben davon, und beide Kontrahenten verloren Blut. Letzten Endes riss sich der Rabe aber von seinem zornigen Gegner los und ergriff die Flucht. Der Adler setzte ihm unbarmherzig nach. Eine Weile waren die kämpfenden Vögel noch über den Wipfeln zu hören, dann entschwanden sie der Wahrnehmung der gebannten Beobachter.

«Hoffentlich geht es diesem Unhold jetzt an den Kragen», äusserte der Junge mit Genugtuung. «Dieser goldäugige Rabe ist uns schon seit Tagen gefolgt.»

«Sie haben diesen bösen Vogel bemerkt», brummte der bärtige kleine Mann und funkelte ungehalten mit den Augen. «Aber jetzt erteilen sie ihm eine Lehre.»

«Wer sind *sie*?», wollte Anêrios wissen. «Wer steckt denn hinter diesem weissen Adler?»

«Es wird Zeit, dass wir uns auf den Weg zu ihnen machen», stellte Beriberinna fest und zwinkerte den beiden jungen Menschen aufmunternd zu.

Unter der kundigen Führung der Dverîgen folgten sie eine Weile dem grösseren der beiden Bachläufe. Dort stiessen sie bald auf einen versteckten Pfad, welcher in verschlungenen Windungen tiefer in das breite, dicht bewaldete Tal hineinführte.

Trotz ihrer kurzen Beinchen schlugen die beiden Halblinge ein erstaunliches Tempo an. Konzentriert stapften Anêrios und Lusilla hinter ihnen her. Die Prinzessin hielt ihren Affen fest umklammert. Obwohl er hinter ihr ging, bemerkte Anêrios, dass sie still weinte.

Die kleinen Wesen bewegten sich überaus behände durch das Dickicht. Sie schienen den einfachsten Weg geradezu erspüren zu können, so dass sie keine Zeit mit langwierigen Umwegen verloren. Während Borobûr seine Augen aufmerksam auf den Boden geheftet hielt, trippelte Beriberinna neben ihnen her und summte eine verhaltene Melodie. Dabei blickte sie sich immer wieder um, als fürchtete sie, der unheimliche Rabe könnte jederzeit wieder auftauchen.

Das Gelände stieg bald leicht an, und der Weg wurde beschwerlicher. Lusilla strauchelte immer häufiger und liess einmal sogar Lutinus fallen. Der Affe riss zum Glück nicht aus, sondern sprang sogleich zurück in die ausgestreckten Arme seiner Herrin.

«Es ist zu weit», beschwerte sich das Mädchen. «Ich bin am Ende meiner Kräfte. Wohin bringt ihr uns überhaupt?»

«Wir sind bald da», beruhigte sie das Dverîgenmännchen mit seinem gutmütigen Brummen. «Da hinten ist es.» Es deutete zu einer hochragenden Felswand, die sich vor ihnen wie ein gewaltiger Riegel aus dem schattigen Grund eines bewaldeten Talkessels auftürmte. Die Welt schien dort jählings zu Ende zu sein. Nirgends war ein gangbarer Weg zu erkennen, welcher dieses gewaltige Hindernis überwand.

«Wie sollen wir dort weiterkommen?», begehrte Lusilla zu wissen. Ihre Stimme klang verunsichert.

«Wirst schon sehen», raunte Borobûr. «Dort ist jemand, der euch helfen kann, eure Angelegenheiten zu regeln.»

Plötzlich hörten sie hinter ihren Rücken fremde Männerstimmen. Raschelnde Schritte pflügten durch das Gestrüpp. Und das unverkennbare kalte Klirren von Kettenpanzern beleidigte den Waldfrieden.

«Das darf nicht wahr sein», rief der Junge verzweifelt. «Sie sind hinter uns her.»

«Nur immer weitergehen», forderte Borobûr sie auf. Ein entschlossenes Glimmern war in seine Äuglein getreten. «Geht mit meiner Liebsten da hinein. Ich werde die Burschen erst einmal ein bisschen durcheinanderbringen.»

Der Dverîg liess sich zurückfallen, und seine Gefährtin übernahm tapfer die Führung. Sie schien jeden Schritt zu kennen, den sie gehen mussten. Als Lusilla immer heftiger schluchzte, nahm sie das Mädchen liebevoll bei der Hand.

Als sie sich dem Fuss der bedrohlichen Felswand weiter annäherten, drang plötzlich ein entsetzliches Fluchen aus dem Wald hinter ihnen. Vögel stoben erschrocken auf und krächzten entrüstet durcheinander. Beriberinna kicherte und trieb ihre Begleiter zu steter Eile an.

Unvermittelt standen sie vor dem turmhoch aufragenden Wall aus nacktem Felsen, der ihnen den weiteren Weg versperrte. Soweit Anêrios dies beurteilen konnte, setzte er sich in beide Richtungen fort und durchzog das Gelände als mächtige, unüberwindbare Steilstufe. An der oberen Kante der Fluh reckten sich urwüchsige Bäume empor. Das Wasser des Baches, dem sie gefolgt waren, sprühte als feiner glitzernder Schleier von der Höhe herab und sammelte sich in einem kleinen Becken vor ihnen.

Anêrios beobachtete, wie die Dverîga geradewegs auf eine Höhle zustrebte, die sich hinter der Kaskade in die überhängende Felswand hineinwölbte. Weit und breit war freilich nirgends ein geeigneter Steig zu erkennen, welcher die gewaltige Felswand bewältigte und in den höher gelegenen Abschnitt des Waldes hinaufführte.

Der gähnende Höhlenmund, der sich hinter dem glitzernden Wasservorhang auftat, gemahnte den geflüchteten Sohn des Bootsbauers auf furchterregende Weise an die Stätte des Drachengottes Urâgus hoch über dem Vendolindon. Warum musste ihn der dräuende Schatten dieses grausamen Opferplatzes bis mitten in die Wildnis von Nemetônia hinein verfolgen?

Als sie den Wasserfall umrundet hatten, erstreckte sich vor den Fliehenden ein von üppigem Grasbewuchs bestandenes Sims unter der überhängenden Fluh. Auf der kleinen Plattform fand sich zu Anêrios' Verblüffung ein Ring aufgerichteter Steine, die so regelmässig beeinanderstanden, dass sie jemand angeordnet haben musste. Der Jüngling konnte an den Stelen teilweise Spuren von Bearbeitung erkennen und fühlte sich bei diesem Anblick unwillkürlich an den Hain der Valâda erinnert, wo er im tiefen Brunnenschacht bestürzende Visionen gesehen hatte. Auch die Fülle verschiedenster Blumen, welche das hüfthohe Gras sprenkelten, die Wohlgerüche und die gaukelnden Falter versetzten ihn unwillkürlich zurück auf jene zauberhafte Insel in den Nebeln der Schwarzaugensümpfe.

Beodân ... Vendolindium ... die Wasserfrauen ... all dies schien ihm mittlerweile so weit entfernt zu sein und kaum wahrhaftiger als ein vergangener Traum.

Über diesem verwunschenen Blumenband im Schatten der Felswand wölbte sich der Höhleneingang wie ein in Stein gehauenes Portal. Erst jetzt erkannte Anêrios, dass es im Grunde genommen zwei nebeneinander liegende Öffnungen waren, die hier in die undurchdringliche Schwärze unter dem Felsen führten.

Davor stand eine hochgewachsene Frauengestalt in einem langen, nachtblauen Gewand, das mit einer weissen, sich zischend windenden Schlange gegürtet war. Ein feiner silberner Reif mit einem einzelnen tiefblau strahlenden Edelstein auf der Stirn hielt ihre dunklen Haarflechten zurück, die bis auf den Boden herabfielen.

Die Seherin aus den Sümpfen! Die Valâda!

Anêrios erkannte dieselbe mysteriöse Frau wieder, die am Fuss des Drachenberges den *Erwählten* vor deren Opfergang etwas in ihre Ohren geflüstert hatte. Jene Frau, welche er mit Beodân in den Schwarzaugensümpfen hatte aufsuchen wollen und deren Insel hinter dem Nebel sie unter rätselhaften Umständen betreten hatten. Jene Frau, welche die Göttergeweihten Vendolindiums zugleich fürchteten und hassten, weil sie angeblich die letzte der alten Priesterinnen war, welche der Vorherrschaft der männlichen Göttergeweihten ungerührt trotzte. Und die Tarvo ein bedeutendes Schicksal vorausgesagt hatte. Ein Schicksal, das seine Erfüllung freilich niemals finden sollte …

Obgleich die Sonne hinter der wuchtigen Felsklippe verschwunden war, umspielte ein lichtvoller Glanz diese erhabene Erscheinung und erfüllte das Eingangsgewölbe des Höhlentores mit einem zauberischen Leuchten. Die erhabene Frau hielt einen grünenden Zweig in der Hand, der mit rosafarbenen, wohlriechenden Blütentrauben besetzt war. Anêrios fühlte sich bei diesem Anblick an die Zauberpflanze *Cilandrum*[71] erinnert, welche in schattigen Lagen am See jeweils im Frühjahr erblühte und der die Alten des Seevolkes manche wundersame Eigenheit nachsagten.

Anêrios stockte der Atem, und er blinzelte vor Überwältigung.

War die machtvolle Seherin aus den Sümpfen wirklich bis nach Nemetônia gekommen, um ihnen hier in ihrer Not beizustehen? Oder spielten ihm seine strapazierten Sinne lediglich einen Streich?

Er sah, wie Lusilla verwundert die Tränen aus ihren Augen rieb und die Blumenpracht um sie herum bewunderte. Die Valâda schien sie gar nicht wahrzunehmen.

Beriberinna trat vor das zwiefache Felsentor und verneigte sich ehrerbietig vor der leuchtenden Frau.

«Ich bringe den Hohen Schwestern zwei Menschenkinder, die eures Beistands bedürfen», hauchte die Dverîga.

«Ich weiss», erwiderte die blaue Frau mit wohlklingender Stimme und winkte Anêrios und Lusilla heran. «Ich habe auf sie gewartet. Ich werde ihnen helfen, Frieden zu finden.»

«Nein», protestierte Lusilla. «Ich will da nicht hinein gehen. Mir ge-

[71] Cilandrum (Lat.) = Seidelbast, ein frühblühender wohlriechender Zwergstrauch, in der Schweiz auch «Zyland» genannt, nach der Sage machtvoller Schlüssel zum Erschliessen der verborgenen Erdschätze

fallen die vielen Blumen hier draussen viel besser. Ich bleibe hier und warte auf Beligomâgus.»

Beriberinna sprang zu dem Mädchen und fasste es bei der Hand. Das Gesicht der Dverîga verriet auf einmal grosse Ratlosigkeit.

Ein Windhauch kam auf und raschelte in den Blättern der knorrig verwachsenen Bäume über ihren Köpfen. Unwillkürlich blickte Anêrios nach oben und sah einen grossen, schwarzen Vogel, der wie ein drohender Schatten der Felswand entlangstrich.

«Lusilla, wir müssen gehen», rief der Junge der Prinzessin zu. «Es gibt keinen Weg zurück.» Entschlossen trat er näher an die sagenumwobene Frau heran.

Borobûr kam atemlos durch den kleinen Talkessel heraufgesprungen. «Sie werden bald hier sein», keuchte er erschöpft. «Ich vermochte sie nicht länger hinzuhalten. Beeilt euch.»

Die Frau mit dem blauen Edelstein auf der Stirn wies mit ihrem duftenden Blütenzweig in die finsteren Schlünde hinter den Felsentoren, die wie die unheimlichen Augenhöhlen eines riesigen Schädels in der Felswand klafften. «Es ist Zeit», hauchte sie und trat durch den linken Eingang.

«Was geschieht mit euch?», fragte Anêrios die Dverîgen besorgt.

Borobûr zwinkerte ihm listig zu. «Keine Sorge! Wir sind schon weg.»

Der Junge atmete tief durch und betrat die unheimliche Dunkelheit unter der Felswand, die ihn geradezu aufzusaugen schien. Er sah, wie der zuckende Schein des Edelsteins auf der Stirn der zauberhaften Frau in der Finsternis vor ihm tanzte. Der Gang, welcher sich tief in das Innere der Erde hinein erstreckte, schien endlos zu sein.

Ihm wurde schwindlig, als ein kühler Hauch über sein Gesicht strich. Ein angstvoller Schauder kräuselte seine Haut. Das bläuliche Glühen, welches vom Kopfschmuck der faszinierenden, fremden Frau ausging, wies ihm indes verlässlich die Richtung in dieses abgründige Reich undurchdringlicher Schwärze.

Er wollte sich soeben nach seiner Gefährtin umdrehen. Da hörte er Lusilla unvermittelt hinter sich schreien.

Aber ehe er nachsehen konnte, ob sie ihm folgte, schwanden ihm die Sinne.

VIII

DER SCHICKSALSTURM AUF DEM WELTENBERG

Anêrios sank in den Schlaf und träumte. Im Traum geleitete ihn die Valâda mit dem strahlenden Auge auf der Stirn bis an das Kopfende einer langen Treppe. Von dort gelangten sie in einen Palast aus lauterem Kristall und Lichtgewebe. Dieser erhob sich auf dem Gipfel eines weissen Berges, den die Wogen eines endlosen Wassers umspülten. Die höchsten Türme der gläsernen Zitadelle reckten sich wie leuchtende Finger zum Sternenmeer empor, dessen Lichter tausendfach über ihnen funkelten. Das Herz dieses wundersamen Bauwerkes bildete aber ein köstlicher Garten voller zauberhafter Blumen und fruchtbehangener Bäume. Wilde Tiere des Waldes und des Gebirges näherten sich von allen Seiten dem staunenden Besucher und hiessen ihn ohne Scheu willkommen. Mitten in diesem Wundergarten stand ein grosser, goldener Kessel, in den das Wasser von sieben Quellen lief. Zwei Becher von kunstreicher Fertigung standen auf seinem Rand. Die Valâda tauchte den einen in das Gefäss und reichte ihn ihrem Gast lächelnd dar.

«Trinke von diesem Wasser des Lebens und du wirst dich daran erinnern, dass du die Sprache aller Geschöpfe verstehen kannst», raunte sie geheimnisvoll. «Du befindest dich nun im Turm des Schicksals, der zuoberst auf dem Weltenberg thront. Er verbindet Himmel und Erde. In seinen neunundneunzig Zimmern und Sälen schlummern die mannigfachen Schätze deiner Seele. Ich lasse dich hier für die Dauer von einem Jahr und einem Tag alleine. Sieh dich um, bewege dich frei, erkunde die Wunder und Geheimnisse dieses Ortes. Vieles magst du darin entdecken, was dir schon bekannt ist. Anderes kommt dir vielleicht neu vor. Lasse dich von der Stimme deines Herzens leiten.» Sie blickte ihm eindringlich in die Augen und hob mahnend einen Finger ihrer weissen Hand. «Aber hüte dich davor, das hundertste Zimmer vorschnell zu betreten. Dies ist ein Weg ohne Wiederkehr und er würde dich auf immer verändern.»

Sie liess ihn alleine, und er streifte zunächst durch den Garten, um sich mit dessen verlockenden Früchten zu verköstigen. Wie die Frau im nachtblauen Gewand ihm eröffnet hatte, vermochte er nun mit allen Tieren und Wesen zu sprechen, die den Turm bevölkerten. So fand er allerlei Kurzweil und die Zeit wurde ihm nicht lang. Irgendeinmal begann er über gläserne Treppen zu steigen und durch endlose Fluchten zu schweifen, die sich in das Innere des Palastes hinein erstreckten. Überall stiess er auf Türen. Die einen aus schlichtem Holz oder Rutengeflecht. Andere aus reinstem Gold und Silber. Manche waren aus feinem Gewebe gespannt, andere aus unverbrüchlichem Marmor gemeisselt. Es waren ihrer neunundneunzig an der Zahl, und er konnte sie alle öffnen. Zuoberst im höchsten Turm aber verbarg sich die letzte und verbotene Tür, der sich anzunähern er nicht wagte.

Dessen bedurfte er freilich auch nicht, denn die übrigen Türen allein boten ihm Zerstreuung genug. So ging er von der einen zur nächsten und öffnete sie voller Neugier darauf, was sie ihm wohl offenbaren mochten.

In einem Zimmer sah er drei wunderschöne würdevolle Frauen mit leuchtenden Gemmen auf der Stirn, die unaufhörlich Fäden spannen und von Leben und Tod sangen.

In einem anderen begegnete er seinem Vater Ambaros, der mit einer schönen Frau in weissem Gewand um das Feuer von Sultênon tanzte.

In einem Zimmer sah er Tarvos Vater, der sich von der Valâda das Schicksal seines Erstgeborenen weissagen liess.

Im nächsten leuchteten ihm die schneeweissen Berghäupter der drei Uralten Mütter von Vendolindium entgegen, die unverrückbar über dem See wachten.

In einem Zimmer sah er anmutige Lindônen im Wasser schwimmen, und eine davon war seine Mutter, die ihm traurig zulächelte.

In einem Zimmer sah er die feurigen Augen des zornigen Drachengottes Urâgus, die in einer finsteren Höhle aufflammten.

Im nächsten Zimmer erwartete ihn die schüchterne Magd Dunensia, die ihm eine Schüssel mit frischen Früchten anbot.

In einem Zimmer schwamm er mit Tarvo um die Wette und liess den Freund weit hinter sich zurück.

In einem Zimmer blickte er in den Garten der Weissen Zitadelle von Raûlium und sah Lusilla in ihrem ganzen Putz, wie sie sich erbärmlich langweilte.

Im nächsten Zimmer sprengte Beligomâgus auf seinem schnellen Boriax durch den lichten Wald und lachte den grimmigen Reitern herausfordernd zu, die ihm dicht auf den Fersen sassen.

In einem Zimmer blickte er in die himmelblauen Augen von Beodân, welcher frisches Laub aus seinem dürren Wanderstab austreiben liess.

Im nächsten überreichte er seinem Vater widerstrebend seinen Namensstein, den er seit seinem frühesten Alter um den Hals getragen hatte, damit man ihn in die Schicksalsurne lege.

In einem Zimmer sass er unversehens auf einem schlanken Boot, das von drei Jungfrauen in weissgefiederten Umhängen durch den Nebel gelenkt wurde.

In einem Zimmer hing er zappelnd an einer Felswand, und über ihm brauste der Drache mit ausgebreiteten Schwingen durch die Lüfte.

In einem anderen zeigte ihm der Dorfpriester Carodrûnos ein altes Buch mit Schriftzeichen, die der Alte selbst nicht zu entziffern verstand.

In einem Zimmer rupfte Lutinus dem herablassenden Priester Amonträkius drei schwarz gelockte Haare vom Kopf und keckerte vergnügt dabei.

In einem Zimmer erhoben sich die toten Alamânier im Wald von Nemetônia unversehrt und stachen ein Weinfass an.

In einem Zimmer sass eine wunderschöne, erhabene Frau auf einem Thron aus lebendigem Holz und spielte mit zuckenden Flammen in ihren Händen.

In einem Zimmer hockte Lusilla lachend auf einem zottigen Bären und ritt mit ihm durch das goldene Tor der Weissen Stadt.

In einem Zimmer überreichte Amalissa ihrem verstockten Vater in Sudûbnum ein Bündel mit geweihten Kräutern und lächelte ihm liebevoll zu.

In einem Zimmer sassen drei Dverîgen weinend auf einem Berg von Kristalltränen, während eine dunkle Gestalt drei leuchtende Edelsteinkugeln von roter, blauer und weisser Farbe wegtrug.

In einem Zimmer glitt eine Prunkbarke von Raûlium über den Vendolindon und dumpfe Trommelschläge hallten über das Wasser.

In einem Zimmer hielten Alisandia und Alfarîn Hof in einem schimmernden Saal, und viele menschenähnliche Wesen mit strahlenden Augen jubelten ihnen zu.

In einem Zimmer zog die Frau mit der goldenen Maske einen zuckenden schwarzen Wurm aus dem Kessel Albodunêbron und legte ihn sanft ins hohe Gras.

In einem Zimmer sass Beodân auf seinem schwimmenden Mantel und erzählte drei scherzenden Wasserfrauen von der Liebe seines Gottes.

In einem Zimmer ritt ein Mann in fremdartigen, edlen Gewändern auf einem fliegenden Pferd durch die Luft und spie Gift in den Vendolindon.

In einem Zimmer stürzte der Berg Baranbanno auf die Weisse Stadt und verschüttete sie, ohne die geringste Spur von ihr zu hinterlassen.

In einem Zimmer sass Ambaros weinend am Ufer des Sees und hielt eine silberne Haarflechte in seinen bebenden Händen.

In einem Zimmer reichte der Hohepriester Verunorêgios seinen Anhängern den Lebenstrunk aus dem Kessel der Wandlung, doch darin zappelten nur eklige Würmer.

In einem Zimmer kauerte Tarvo in Ketten geschlagen am Eingang zur Drachenhöhle und schüttelte traurig den Kopf.

In einem Zimmer pflückte Lusilla freudestrahlend einen Blumenstrauss und tanzte ausgelassen über eine Wiese.

In einem Zimmer sah er dich, liebe Leserin, lieben Leser, wie du in diesem Buch liest, mit allem, was dich gerade umgibt und was du in dir trägst.

In einem Zimmer kauerte eine kranke Wasserfrau im abgestandenen Wasser eines dämmrigen Brunnenschachtes und sang ein trauriges Lied.

In einem Zimmer verbrannten die Menschen von Vernausium frohlockend die Winterpuppen im heiligen Feuer von Albosantion.

In einem Zimmer hing die Halblingsfrau Berberinna schlotternd an einem dünnen Garnfaden und ihr bärtiger Gefährte sprach ihr eindringlich zu, jetzt ja nicht loszulassen.

In einem Zimmer opferte Ambaros der Seemutter Vendolindia eine Glasperle, ehe er zum Fischen ausfuhr.

In einem Zimmer blickte ihn Ariovinna, die Tochter des Fischers Druganto, mit ernstem Gesicht an und erklärte ihm, dass sie sein entrücktes Herz nicht mehr aufzuspüren vermöge.

In einem Zimmer zählte der Wirt Resîlio mit leuchtenden Augen die Siliquae, welche ihm Beligomâgus für besondere Dienstleistungen ausbezahlt hatte.

In einem Zimmer zog die Frau mit der goldenen Maske ihre Handschuhe aus und offenbarte blaugrüne Fingernägel und Schwimmhäute, die aussahen wie Anêrios' eigene Hände.

In einem Zimmer starrte ihn der goldäugige Rabe unverwandt und durchdringend an, und er schloss diese Türe rasch wieder.

In einem Zimmer verkündete der Hohepriester Verunorêgios mit einem heimtückischen Lächeln den Namen, den sein Losrabe aus der Schicksalsurne gepickt hatte.

In einem Zimmer standen Steinstelen, auf deren Oberfläche das achtspeichige Rad und viele andere mythische Symbole eingegraben waren.

In einem Zimmer beugte sich die Valâda über Tarvos Stirn und gab ihm einen segnenden Kuss.

In einem Zimmer verging die strahlende Stadt Elezîrum in einem brausenden Flammenmeer und sank in schwarzen Ruinen zusammen.

In einem Zimmer sass eine Bauernsippe an der Feuergrube, während draussen ein Schneesturm heulte, und ein alter, silberbärtiger Bauer mit einem eigentümlichen, qualmenden Stock im Mund erzählte Sagen aus alten Tagen.

In einem Zimmer lag der verlockend schimmernde Skramasax, welcher dem gefallenen Hârubrand gehört hatte, verwaist auf dem Waldboden.

In einem Zimmer blies Tarvo in ein gewaltiges, krummes Horn hinein und weckte den Drachengott Urâgus aus seinem Schlummer.

In einem Zimmer legte der Urgrossvater von Beligomâgus den erbeuteten Hunnenhelm andächtig unter den Götterbaum von Amasûlis.

In einem Zimmer trieb die gütige Seemutter Vendolinida einem armen Fischer einen Schwarm glitzernder Forellen ins Netz.

In einem Zimmer strömte ihm der strenge Geruch von Waldbüffeln in die Nase und er hörte Pferde wiehern, aber es war dunkel.

In einem Zimmer drehte sich der goldene Adler auf dem Gipfel des Berges Baranbanno knirschend zu ihm hin und durchbohrte ihn mit seinen glühenden Augen.

In einem Zimmer sassen zwei fahrende Sänger in einer Halle und betrauerten in ihrem Lied den Untergang von Vendolindium.

In einem Zimmer verkaufte Ambaros dem griesgrämigen Fischer Arîmus einen neu gebauten Weidling aus erstklassiger Fertigung.

In einem Zimmer starrte ihn ein blinder Greis an, der von einer schönen Jungfrau an der Hand geführt wurde, und raunte ihm unverständliche Worte zu.

In einem Zimmer sah er den Anlegesteg unterhalb der verbotenen Höhle des Urâgus, der von schauerlichen, geschnitzten Drachenköpfen geziert wurde.

In einem Zimmer hörte er das feierliche Klingeln, das er unter dem Götterbaum an der Schwelle von Nemetônia vernommen hatte.

In einem Zimmer zimmerten schweissbedeckte Sklaven an einem Schiffsgerippe, und Beligomâgus liess daneben seine Peitsche knallen.

In einem Zimmer lief der Gutsverwalter Beltrâmus von Lindînium gestikulierend neben seinem Knecht her, der schwitzend ein Pfluggespann über den Acker führte.

In einem Zimmer lud ihn sein Vater ein, mit ihm in den Nachen zu steigen und draussen auf dem See dem Lied der gütigen Seemutter Vendolindia zu lauschen.

In einem Zimmer hörte er Lusilla schreien und zetern, ohne dass er sie irgendwo sehen konnte.

In einem Zimmer erspähte er Tarvo, der mit angestrengt umherschweifenden Augen durch das Röhricht watete und nach ihm suchte.

In einem Zimmer betrachtete Ambaros nachdenklich einen Strauss von Auricula-Blumen und schleuderte ihn in den See.

In einem Zimmer blickte er in das tiefe Wasser des Vendolindon hinab und sah weit unten den Schimmer einer gläsernen Stadt.

In einem Zimmer trank Tarvo aus dem Kessel der Wandlung und verlor den lebendigen Glanz in seinen Augen.

In einem Zimmer sah er die dunkle Masse des breitschultrigen Drachenberges über dem See aufragen, und dort, wo die Höhle in seiner Flanke klaffte, glomm ein gefährliches Feuer aus der Tiefe.

In einem Zimmer sass Ambaros mit dem Priester Carodrûnos und dem Dorfhäuptling Tumbilô an einer Feuergrube und machte ein bekümmertes Gesicht.

In einem Zimmer krochen erbarmungswürdige Gestalten durch einen engen, dunklen Stollen und schleppten Körbe voller goldglänzender Steine mit sich.

In einem Zimmer blies der Priester Carodrûnos in eine bronzene Carnyx, deren Mündung die Gestalt eines Drachenkopfes hatte.

In einem Zimmer stiess ein weisser Seeadler auf einen Kessel hernieder und packte mit seinen goldenen Krallen ein Knäuel sich windender, schwarzer Würmer, die darin wimmelten.

In einem Zimmer sass eine Lindôna auf einem Stein im Wasser und liess einen Gesang von betörender Schönheit erklingen.

In einem Zimmer beugte sich die Göttin Helveidia über ein Schlachtfeld im Wald und hob die Gefallenen sanft hoch, um sie in einen goldenen Kessel zu legen.

In einem Zimmer waberte ihm der Nebel der Schwarzaugensümpfe entgegen und er hörte schmatzende Geräusche daraus ertönen.

In einem Zimmer sah er den heiligen Beâtus von Vindocînum, wie er die schreckliche Feuerschlange mit seinem Stab in eine liebliche Jungfrau verwandelte.

In einem Zimmer stand er dem adleräugigen Mann mit den langen, schwarzen Locken gegenüber, welcher Beodân im Hain der Valâda einlud, ihm zu seiner Herrin zu folgen.

In einem Zimmer sah er sich selbst wie in einem Spiegel, aber sein staunendes Gesicht war voller Falten und sein Haar ergraut.

In einem Zimmer beobachtete er eine Schar junger Männer, welche sich mit gierigen Augen einem Goldhort in einer gewaltigen Kaverne näherten.

In einem Zimmer stiess er auf eine zusammengerollte, weisse Schlange, die ein feines silbernes Krönchen auf dem Kopf trug.

So ging Anêrios von Tür zu Tür und liess sich von den Bildern, die er dahinter antraf, erzählen, was seine Seele bewegte. Und irgendeinmal kam der Moment, da er alles gesehen hatte, was es zu sehen gab. Der Schicksalsturm mit seinen verwinkelten Räumen und weitläufigen Höfen hatte ihm alles preisgegeben, was er verbarg. Kein Weg führte vom Gipfel des Weltenberges hinunter, denn seine Wände waren glatt wie frisch gegossenes Glas. Wozu wäre es auch zunutze gewesen, zu den Wellen hinabzusteigen, wo es doch kein Schiff gab, um das unermessliche Wasser zu queren?

Anêrios liess sein Herz wehmütig in die Ferne schweifen und fragte sich inbrünstig, wohin er sich nun wenden sollte.

Unvermittelt offenbarte ihm seine innere Stimme, welcher Weg noch blieb.

So erklomm er die lange Treppe, welche sich in die höchste Spitze des Turmes hinaufwand. Einige Augenblicke verharrte er unschlüssig vor der hundertsten Tür, vor welcher ihn die Herrin dieses Palastes eindringlich gewarnt hatte. Was auch immer ihn dahinter erwartete, es würde ihn unwiederbringlich verändern. Aber welche Wahl blieb ihm noch? In seiner Brust schwoll eine quälende Sehnsucht. Er seufzte tief und öffnete die letzte Tür.

In diesem Moment erwachte er und schlug die Augen auf.

Anêrios fand sich in einem kreisrunden Raum mit weissen Wänden wieder, der von einem hellen Leuchten erfüllt war. In seiner Mitte klaffte ein ebenso runder Schacht im Boden, der sich tief unten in undurchdringlicher Schwärze verlor. Über dem Loch schwebte eine grosse Schale aus schimmerndem Alabasterstein, aus der fortwährend klares Wasser rann. Anêrios vermochte sich den Ursprung des Wassers nicht zu erklären, denn das frei in der Luft hängende Gefäss hatte keinerlei Verbindung zum Boden. Sein überfliessendes Wasser stürzte teils in den Abgrund darunter, teils ergoss es sich in drei Rinnen, welche strahlenförmig von dem Schacht in der Mitte wegliefen. Dort wo diese auf die gerundete Wand trafen, war je eine Tür eingelassen. Diese drei Türen waren alle gleich weit voneinander entfernt, aber von unterschiedlicher Beschaffenheit. Die eine Tür, welche die Aufmerksamkeit des Jungen zuerst auf sich zog, war aus dunklem Holz gefügt, welches würzig roch, als sei es eben erst frisch behauen worden. Anstelle eines Türgriffes wuchs ein belaubter Cilandrum-Zweig mit verführerisch duftenden, rosafarbenen Blüten aus dem Türblatt. Anêrios stellte fest, dass es dieselbe Pflanze war, welche die geheimnisvolle Frau mit dem blauen Stirnjuwel vor ihm in den dunklen Höhlenschlund getragen hatte.

Die zweite Tür bestand aus einem unbekannten, schwarz glänzenden Material, und ihre Oberfläche war mit kunstvollen Einlegearbeiten aus Gold verziert, welche verschlungene Muster bildeten. Wenn Anêrios seine Augen zu lange auf diesen Ornamenten ruhen liess, begann es ihm im Kopf zu drehen. Er glaubte dahinter Klänge einer betörenden Musik zu vernehmen.

Die dritte Türe schliesslich war von schlichter Erscheinung und hatte dieselbe Farbe wie das Brunnenbecken mit dem unerschöpflichen Wasserstrom in der Mitte des Raumes. Bei genauerer Betrachtung stellte Anêrios aber fest, dass sich ein Gespinst feinster Silberfäden über den marbelweissen Stein zog.

Ansonsten war dieser runde Raum völlig leer, nichts wies darauf hin, welchem Zweck er dienen mochte oder wo er sich befand. Die Kuppel, die sich darüber wölbte, war durchscheinend und gab die Sicht auf einen makellosen funkelnden Sternenhimmel frei.

Wie ist das möglich?, dachte der Junge verwundert. *Dabei hat mich die Valâda doch in das Innere der Erde hinter dieser enormen Felswand geführt. Und was mag wohl dieser merkwürdige Traum mit den neunundneunzig Zimmern zu bedeuten haben, aus dem ich soeben erwacht bin?*

Und wo ist Lusilla?

Er verspürte in diesem Moment aufrichtige Besorgnis um das Wohlergehen seiner Gefährtin. Auch wenn das Zusammensein mit ihr oft anstrengend und verdriesslich war, so bedeutete sie ihm doch mehr, als er gedacht hätte. Und er hatte gegenüber ihrem Führer ein Versprechen abgelegt, dass er sie beschützen würde. Er hoffte innig, dass sie nicht an der Oberfläche zurückgeblieben und den Häschern ihres grausamen Vaters in die Hände gefallen war.

Zu seinem Bedauern war auch die Seherin nirgends zu sehen. Ob sie ihn wirklich allein zurückgelassen hatte, so wie er es geträumt hatte?

Durch eine der drei Türen musste er diesen eigenartigen Raum wohl verlassen. Neugierig beschloss er, sie allesamt einer näheren Untersuchung zu unterziehen. Das Wasser aus der zauberhaften, schwebenden Schale in der Mitte floss lautlos unter den Türen hindurch, doch waren die Gerinne so klein, dass er nichts dahinter erkennen konnte, auch wenn er sich tief auf den Boden bückte, um hindurchzuschauen.

Die Tür mit der Blume erinnerte ihn an jenen Ort, wo er hergekommen war, an das Waldland Nemetônia und an seine eigene Heimat. Ein unbestimmtes Sehnen drängte ihn, durch diese Pforte in seine Welt heimzukehren. Ihm wurde freilich rasch klar, dass ihn dort wohl kein erbaulicheres Schicksal erwarten würde als ein rastloses Leben auf der Flucht oder der tödliche Weg in die Opferhöhle. Die prunkvolle Tür mit den Goldintarsien erschien ihm indes sehr verlockend. Sobald er sich ihr widmete, vernahm er lockende Flüsterstimmen in seinem Innern, welche ihm Genuss und Fülle verhiessen, ein Dasein in lustvoller Unbeschwertheit und unaufhörlichem Sinnestaumel. Vermutlich hätte Lusilla diesen Durchgang gewählt. Die Ausstrahlung dieser Pforte gemahnte sehr an die Pracht und den Reichtum Raûliums.

Die dritte Tür wirkte im Vergleich dazu schlicht und unbedeutend. Das Gewirk der feinen Silberfäden, welches sie durchzog, war nur dann in seiner ganzen Vielschichtigkeit auszumachen, wenn man sich auf eine längere Betrachtung einliess. War dies vielleicht ein Einlass in das leuchtende Land der Seligen? Dann würde er möglicherweise Tarvo dort wieder antreffen können. Andererseits mochte dieser Weg gleichzeitig auch bedeuten, dass er seinem irdischen Leben entsagen und sich auf eine neue, unbekannte Daseinsform einstellen musste. Er müsste dafür wohl alles loslassen, woran er sich bisher festgehalten hatte.

War er bereit für einen solchen Schritt?

Unschlüssig bewegte er sich im Kreis an den Türen vorbei und begutachtete immer wieder von Neuem ihre unterschiedlichen Eigenheiten. Zugleich erforschte er die Empfindungen, welche sie in ihm auslösten. Irgendein Gefühl sagte ihm, dass er eine einmal geöffnete Tür auch durchschreiten musste und dass es vermutlich keinen Weg zurück gäbe. Zumindest entsprach dies der Ahnung, die sein Traum in ihm zurückgelassen hatte. Was hatte ihm die Valâda in diesem Gesicht doch verkündet? Die hundertste Tür möge er nur durchschreiten, wenn er bereit sei für einen unwiderruflichen Wandel. Und diese hundertste Tür lag gewiss vor ihm.

Er musste sich also entscheiden.

Ganz bestimmt wäre es ihm leichter gefallen, nochmals durch neunundneunzig Zimmer zu gehen, aus denen er immer wieder zurückkehren konnte.

Einem spontanen Impuls folgend beschloss er schliesslich, die Holztür zu öffnen. Er zog an der Cilandrum. Sie war fest im Holz verwurzelt und gab nicht nach. Vorsichtig drückte er gegen das Türblatt. Es liess sich nicht bewegen.

Wollte ihn etwa jemand an der Nase herumführen? Leicht verdrossen wandte er sich der schwarzen Tür zu, welche zumindest einen geläufigen Griff hatte, den er betätigen konnte. Aber auch diese Tür widersetzte sich ihm. Alles Schieben und Ziehen führte zu keinem Erfolg. Dieser Durchgang war versperrt.

Verunsichert versuchte Anêrios zuletzt auch noch die weisse Tür zu öffnen. Aber das Ergebnis blieb erwartungsgemäss dasselbe.

Unweigerlich befiel den Jungen eine Ratlosigkeit, die sich bald in Unmut und schliesslich in nackte Angst wandelte. Was war, wenn er nun hier auf Gedeih und Verderb eingeschlossen war und dieses merkwürdige, kreisförmige Gemach nie mehr verlassen konnte? War er unversehens in Gefangenschaft geraten? Dem Zugriff der Priester entronnen, nur um hier an einem unbekannten Ort elendiglich zu verschmachten?

War die geheimnisvolle Seherin womöglich nicht, wofür er sie gehalten hatte? War sie vielleicht gar eine heimliche Verbündete von Verunorêgios und Amontrâkius? Erlaubten sie sich ein grausames Spiel mit ihm?

Anêrios zwang sich zur Ruhe und setzte sich neben die plätschernde Wasserschale. Zumindest hatte er ausreichend zu trinken. Vielleicht bekäme ihm ein Schluck von diesem klaren Wasser, das aus dem Nichts zu quellen schien, gut.

Da sah er die beiden Kelche, die auf dem Rand des runden Beckens standen. Sie waren ihm zuvor nicht aufgefallen. Dabei erweckten sie einen ziemlich ungewöhnlichen Eindruck, er hatte zumindest nie etwas Vergleichbares gesehen. Von der Form her schlicht beschaffen, bestanden sie je aus einer weissen und einer schwarzen Hälfte. In die schwarze Seite war ein weisses geöffnetes Auge eingearbeitet, in die weisse Seite ein schwarzes geschlossenes Auge. Und auf dem zweiten Kelch waren die Darstellungen genau umgekehrt angebracht. Ansonsten unterschieden sich die beiden Gefässe in nichts.

War dies etwa ein Rätsel? Musste er sich hier einer Prüfung stellen?

Es schien ihm sinnig, dass die Kelche dazu gedacht waren, Wasser aus dem Brunnen zu schöpfen. Aber welchen der beiden sollte er wählen? Das war gewiss von entscheidender Bedeutung.

Ein weisses geöffnetes Auge auf schwarzem Hintergrund. Ein schwarzes geschlossenes Auge auf weissem Hintergrund. Oder in verkehrter Kombination. Was mochte sich nur dahinter verbergen? Es waren gewiss einfache Zeichen. Aber er verfügte nicht über das Mysterienwissen eines Priesters, um diese Symbole deuten zu können.

Damit er nicht voreilig einen Entschluss fällte, schöpfte er zunächst mit blossen Händen Wasser aus dem Becken und labte sich daran, um seinen Durst zu stillen. Es schmeckte vorzüglich. Er hatte nie zuvor solches Wasser genossen, nicht einmal in den unberührten Bergquellen seiner Heimat.

Nachdenklich sank er wieder auf den weiss schimmernden Boden nieder und schloss die Augen.

«Was ziehst du denn vor?», hörte er plötzlich eine seltsam vertraute Stimme in seinem Kopf erklingen. «Willst du vergessen oder willst du dich erinnern?»

Anêrios fuhr erschrocken zusammen. «Beodân? Bist du hier?»

Er vermeinte unzweifelhaft, die Stimme seines einstigen Gefährten gehört zu haben. Aber wie konnte das möglich sein? Seine Gestalt war nirgends zu sehen. Und der Junge war sich sicher, die Stimme lediglich in seinem Innern vernommen zu haben.

Willst du vergessen oder willst du dich erinnern?

Das war fürwahr eine gute Frage: Was wollte er denn?

Woran sollte er sich erinnern? Er hatte in seinem Traum vieles gesehen, was ihn derzeit beschäftigte. Das war wohl mehr als genug.

Anders gefragt: Was sollte er vergessen wollen? Da war gewiss manches, was seine Seele belastete und dessen er sich liebend gerne entledigt hätte. In seinem jungen Leben hatte sich viel Unheilvolles angehäuft. Darauf zu verzichten, wäre ihm gewiss nicht schwergefallen.

«Das weisse geöffnete Auge erschliesst dir die verborgene Erinnerung an all das, was du wirklich bist?», liess sich Beodâns freundliche Stimme in seinem Innern wieder vernehmen.

«Das schwarze geschlossene Auge nimmt dir die Erinnerung an alles, was du wahrhaftig bist.»

Das waren rätselhafte Worte. Aber wenn er genau bedachte, warum er das Angebot von Lusillas Mutter, mit der Prinzessin die Flucht zu ergreifen, überhaupt angenommen hatte, dann war dies wohl aus der Hoffnung heraus geschehen, dass er seinem Leben eine Bedeutung beimessen wollte. Dass er ein Schicksal zu erfüllen hatte. Auch wenn es bloss der Versuch gewesen wäre, seinem Land, seinem Volk und den Wesen des Sees, deren Blut durch ihn pulsierte, zu helfen. Die Frau mit der goldenen Maske hatte ihm die Missstände offengelegt, welche seine Heimat leidvoll heimsuchten. Vielleicht war er gar einer von wenigen, welche gegenwärtig hinter die schamlosen Umtriebe der Priesterschaft und der Machthaber von Raûlium blicken konnten. Auch wenn er mit seinen geringen Möglichkeiten wohl kaum etwas zugunsten einer Veränderung dieser misslichen Lage auszurichten vermochte, so war er doch vermutlich einer der letzten Vendolindier, welche noch eine Spur Hoffnung in sich trugen.

Wäre es darum gegangen, alles vergessen zu wollen, was er wirklich war, dann hätte er sich genauso gut den Priestern und dem Blutschlinger ausliefern können. Nein, dafür hatte er die vergangenen Entbehrungen gewiss nicht auf sich genommen. Dafür war Lusillas Mutter nicht das Wagnis eingegangen, ihn vor dem sicheren Untergang zu bewahren. Dafür hatte sich Beligômagus nicht für Lusilla und ihn aufgeopfert. Und dafür hatten ihn die Dverîgen nicht zu der Valâda geführt.

Von einem Gefühl innerer Entschlossenheit bewegt, ergriff er rasch den Becher, auf welchem das geöffnete Auge weiss auf schwarz prangte. Er hoffte, dass ihn dieser Trunk das Verborgene schauen lassen würde, welches die Götter in seine Seele gepflanzt hatten.

Er tauchte das Gefäss in das klare Wasser und spürte sogleich ein Kribbeln in seiner Hand. Ungesäumt führte er den Kelch an seine Lippen und trank in beherzten Zügen.

Auf den ersten Eindruck veränderte sich nichts. Es war dasselbe köstliche Quellwasser, das er zuvor schon genossen hatte.

Dann hörte er unvermutet Beodân lachen. Es war ein schallendes Lachen aus vollem Herzen. Es kam von der weissen Tür. Obwohl der Junge den verlorenen Freund immer noch nicht sehen konnte und sich weiterhin fragte, ob seine Erinnerungen ihm lediglich einen Streich spielten, musste er unweigerlich in das ansteckende Lachen einfallen. Soweit, dass er auf die Knie sank und sich den Bauch verhielt. Dieses grundlose Lachen, welches nicht durch einen Scherz oder Schadenfreude hervorgerufen worden war, sondern einfach in reinster Form aus seinem Herzensgrund herausquoll, hatte etwas derart Befreiendes und Lösendes, dass er am liebsten gar nicht mehr aufgehört hätte.

Nachdem er sich endlich wieder gefasst und sich die Tränen aus den Augen gewischt hatte, erhob er sich und schritt unumwunden auf die weisse Tür zu.

Durch diese Pforte wollte er gehen, das war keine Frage mehr.

Er fand sie auf Anhieb unverschlossen vor und stiess sie weit auf.

IX

DIE HERRIN VON FUNTAFLAUIS

Er wusste selbst nicht so genau, was er hinter der Tür erwartet hatte. Beodân war jedenfalls nicht da. Genau genommen war gar nichts da. Ausser einer grauen Nebelwand, die ihm jegliche Sicht versperrte. Ein kalter Hauch wehte dem Jungen entgegen und machte ihm sogleich bewusst, dass sein behaglicher Kapuzenmantel leider liegengeblieben war, als er das Rasthaus in Helicôna fluchtartig hinter sich gelassen hatte.

Nichts erinnerte ihn daran, dass er sich eigentlich unter der Erdoberfläche hätte befinden müssen. Auch mit den erlebten Traumbildern hatte dieser Anblick nichts gemein.

Als er genauer hinhorchte, vernahm er ein leises Wasserplätschern, das aus dem Nebel drang. Neugierig auf eine weitere überraschende Entdeckung wagte er sich ein paar Schritte in den undurchdringlich erscheinenden Nebel hinein. Im Nu hatten ihn die grauen Schwaden verschluckt, und als er sich umwandte, war von der Rückseite der weissen Tür nichts mehr zu sehen. Dafür stiess er beinahe mit einem abgestorbenen Holzstrunk zusammen. Wie er bald feststellte, war etwas daran befestigt.

Es war ein merkwürdig gedrilltes Horn.

Irgendwie kam ihm dieses Ding bekannt vor.

War er denn unversehens wieder in den Schwarzaugensümpfen gelandet? Dort war er gemeinsam mit Beodân schon einmal auf eine ähnliche Vorrichtung gestossen, als sie der weissen Schlange in den Nebel gefolgt waren, um sich zu der verborgenen Insel der Valâda führen zu lassen.

Die Valâda. War er also wahrhaftig wieder in ihr Reich geraten?

Nach allem, was ihm von dem damaligen Erlebnis in Erinnerung geblieben war, musste er jetzt lediglich einen Hornstoss abgeben, um die drei merkwürdigen Fährfrauen zu rufen.

Was blieb ihm denn anderes übrig? Die Witterung war zu ungastlich, um sich hier mit langen Erwägungen aufzuhalten. Zudem konnte er in diesem trüben Grau wahrhaftig keinen anderen Weg ausmachen.

Mit klammen Fingern klaubte er das Horn von der Halterung und setzte es an seine Lippen.

Ein schauriger, dumpfer Klang zerriss die gespenstische Stille.

Und dann geschah alles wie damals mit Beodân.

Umgehend schälten sich die Umrisse der schlanken Barke mit dem anmutig geschwungenen Schwanenhalsbug aus dem Nebel. Die drei Schifferinnen in ihren langen Kapuzenumhängen stakten ihm entgegen.

Mit einem knirschenden Geräusch fuhr der Nachen auf Grund und die vorderste der drei vermummten Frauen sprach den Wartenden ohne Umschweife an.

«An denselben Ort wie letztes Mal?», fragte sie einsilbig. Die Stimme unter der Kapuze klang unwirsch und irgendwie hohl.

«Ja ... ja ...», stammelte Anêrios etwas unschlüssig. «Bringt mich auf die Insel der Valâda.»

«Das ist ein weiter Weg», liess sich die zweite der drei geisterhaften Frauen vernehmen.

«Es kostet dich sieben Jahre von deinem Leben», beschied ihn die dritte tonlos.

«Wie meint ihr das?», japste der Junge ungläubig.

«Wie wir es sagen», bestätigte die erste.

«Du musst sieben Jahre von deinem Leben hergeben», ergänzte die zweite.

«Sonst musst du einen anderen Weg nehmen», stellte die dritte klar.

«Gibt es denn das überhaupt ..., ich meine, gibt es einen anderen Weg, der zu der Valâda führt?»

«Du könntest auf einem Pferd reiten», erklärte die erste Schifferin.

«Dann kostet es dich etwas weniger Lebenszeit», fügte die zweite hinzu.

«Gehe einfach durch dieses Tor dort.» Die Dritte zeigte mit ihrer langen Stange durch den Nebel. Ungefähr dort, wo er vor wenigen Augenblicken durch die weisse Tür gekommen war, zeichneten sich nun die Umrisse zweier verwachsener Bäume ab, die einen Torbogen bildeten.

«Du kannst auch fliegen», unterrichtete ihn die erste der Frauengestalten ungefragt.

«Dann musst du noch weniger von deiner Lebenszeit darangeben», betonte die zweite.

«Dieser Weg führt dann aber in diese Richtung», schloss die dritte und zeigte in eine andere Richtung in den formlosen Nebel hinaus.

Anêrios holte tief Luft. «Ich glaube, der Wasserweg ist mir am liebsten», entschied er. Vom Reiten hatte er wahrhaft genug, und die Vorstellung, sich fliegend fortzubewegen, erschien ihm nachgerade absurd.

«Muss ich denn jetzt sieben Jahre lang mit euch über das Wasser fahren? Letztes Mal ging es doch wesentlich schneller.»

Die erste Fährfrau lachte freudlos. «Dies ist eine andere Zeit und ein anderer Ort. Aber keine Angst. Du wirst nichts davon merken. Nun steig ein, wir wollen ablegen.»

Kaum war der Junge auf das Boot gesprungen, stiess die dritte Schifferin das Gefährt vom unsichtbaren Ufer ab und sie glitten rasch tiefer in den Nebel hinein.

Anêrios konnte beim besten Willen keine Erklärung dafür finden, warum Beodân ihn nicht hinter der Tür erwartet hatte, wo er diesen doch so deutlich lachen hörte.

«Habt ihr zufälligerweise meinen Freund gesehen?», wandte er sich deshalb an die schweigsamen Frauen. «Derjenige, mit dem ihr mich bei unserem letzten Zusammentreffen übergesetzt habt?»

«Du wirst sehen», beschied ihn eine der Schifferinnen knapp. Und dabei blieb es.

Ob er wieder in den Schwarzaugensümpfen unterwegs war oder an einem neuen unbekannten Ort, war für den Fahrgast nicht ersichtlich. Im wabernden Nebel war nicht das geringste Anzeichen dafür zu entdecken, wo sie sich befanden. Das merkwürdige Gespräch über den ungewöhnlichen Preis, den er für seine Überfahrt zu entrichten hatte, verwirrte ihn. Umso mehr als die abweisenden Gestalten kein Wort mehr mit ihm wechseln wollten. Dabei glaubte er sich zu erinnern, dass sich unter den düsteren Mänteln eigentlich drei durchaus hübsche und leutselige Jungfrauen verbargen.

Das stete Schaukeln der Schwanenbarke in den Nebeln versetzte den Jungen in einen schläfrigen Zustand. Zum Glück war das Boot geräumig, so dass er sich gut hinlegen konnte. Er beabsichtigte lediglich, sich ein bisschen auszuruhen. Aber als er für einen kurzen Moment die Augen schloss, fiel er sogleich in einen tiefen, traumlosen Schlaf.

«Wach auf, mein Hübscher», rief eine helle Frauenstimme frohgemut. «Wir sind gleich da.»

Verstört schlug Anêrios die Augen auf. Er musste unwillkürlich blinzeln, denn ungewohnt helles Sonnenlicht fiel auf sein Gesicht.

Die Barke trieb auf der offenen Wasserfläche eines Sees. Der Nebel hatte sich gelichtet, nur einzelne Schwaden wallten noch über das Wasser. Einen Steinwurf von ihnen entfernt erwartete sie ein grasbewachsener Uferstreifen, der von mächtigen Weiden und Erlen bestanden war. Zwischen den Bäumen ragte ein langer schmaler Anlegesteg in das Wasser hinaus, dessen weisse Pfähle und Streben anmutig geschwungen waren wie zierliche Schwanenhälse. Hinter den Bäumen am Ufer erhob sich ein Gebilde, wie es dem Jungen noch nie zu Gesicht gekommen war.

Es war ein Palast aus blaugrünem Glas, der sich wie die unfassbare Erscheinung eines Traumes aus dem Dunst hochwölbte. Das fremdartige Bauwerk hatte die Gestalt einer riesigen Seerosenblüte, auf deren Rundungen sich das Schleiergewölk des Himmels und die umstehenden Gewächse und Wasserflächen spiegelten.

Anêrios verschlug es die Sprache bei diesem Anblick. Er hatte sich darauf eingestellt, wieder in der Nähe jenes Steinkreises anzulanden, wo sie letztmals den Schwarzen Brunnen vorgefunden hatten. Aber das hier war ein gänzlich anderer Ort.

Als er diese Erscheinung noch atemlos und mit offenem Mund bestaunte, erhoben sich um ihn herum plötzlich fröhliche Stimmen.

Drei unbekümmerte Jungfrauen befanden sich mit ihm auf dem Nachen. Ihre langen, wehenden Haare waren ebenso blütenweiss wie ihre schimmernde Haut. In den Farben von Aquamarin, Chrysopras und Amethyst funkelten ihre lebenslustigen Augen. Anstatt der abweisenden, dunklen Kapuzenmäntel trugen sie nun strahlend weisse Schwanengewänder, deren Befiederung bei jeder Bewegung raschelte. Es war genauso wie damals, als er gemeinsam mit Beodân durch die Nebel der Schwarzaugensümpfe auf jene geheimnisvolle, grünblühende Insel entrückt worden war!

Mit einigen kräftigen Stössen lenkte die hinterste Schifferin die Barke an das nahe Ufer. Sie glitten durch Schwärme von Enten, Reihern und anderen Wasservögeln, welche die Ankömmlinge lärmend begrüssten. Schliesslich legten sie sachte am Steg an.

«Willkommen im innersten Herzen aller Wasser», verkündete die Bootsfrau mit den hellen Aquamarinaugen stolz und deutete zu dem gläsernen Palast hinüber. «Du wirst es nicht bereuen, hierhergekommen zu sein.»

«Danke», stammelte Anêrios und wusste kaum, wie ihm geschah. Er fühlte sich buchstäblich immer noch etwas benebelt und vermeinte, mit einem Teil seiner selbst gar nicht recht anwesend zu sein.

«Kommt, wir wollen hinübergehen», rief jene Jungfrau, deren klaren Augen wie moosgrüne Edelsteine leuchteten. «Unsere Mutter erwartet uns bestimmt schon.»

Scherzend drängten sich die drei weissbefiederten Jungfrauen um ihren verwunderten Gast und führten ihn auf eine schmale, gläserne Brücke, die sich über Tümpel und Schilf bis zum Tor der nebelumwallten, schimmernden Blüte wand.

Aus der Nähe betrachtet schien dieses Bauwerk wahrhaft vollständig aus einem bläulichgrün schimmernden Kristall zu bestehen. Nirgends konnte man in seiner vollendeten Formgestaltung Winkel oder Kanten erkennen. Alles war gefällig gerundet und lief in anmutigen Wellen aus. Aus der Nähe gewahrte der staunende Betrachter feine Wasserschleier, welche an allen Seiten über den schimmernden Kristall rieselten, als befänden sich zuoberst auf den turmartig aufragenden Blütenblättern luftige Quellbrunnen, welche die unwirkliche Riesenblume unaufhörlich begossen. Obwohl sich die Sonne immer wieder hinter treibenden Nebelschwaden verbarg, tanzten allenthalben Lichtreflexe über die kristallenen Rundungen und verstärkten den Eindruck, dass eine lebendige Kraft diesen Ort beseelte.

Das breite Tor stand weit offen und gab den Blick auf eine unregelmässig gerundete Halle frei. Zu Anêrios' Verwunderung stand dieser Raum komplett unter Wasser, und unzählige feine Rinnsale plätscherten an seinen Wänden entlang hernieder. Ein bläulich dunstiges Licht fiel von der hohen kuppelförmigen Decke auf riesige Seerosenblätter herab, die beinahe die ganze Wasserfläche bedeckten. Vereinzelt hatten sich weiss leuchtende Blüten dazwischen entfaltet. Schillernde Libellen tanzten durch den Lichtkegel, und das vielstimmige Quaken zahlreicher Frösche hallte vom Kristallgewölbe wider. Anêrios fühlte sich wie in einem Traum.

Mehrere grazil geschwungene Kristallbrücken spannten sich von allen Seiten zu einer runden gläsernen Plattform, die in der Mitte der Halle über dem Wasser schwebte.

Dort wurden die Ankömmlinge von einer alten Bekannten erwartet.

Es war die weisse Schlange.

Das geheimnisvolle Tier setzte sich sogleich in Bewegung und kroch in geschmeidigen Windungen zu einem gegenüberliegenden Torbogen, dessen geschwungene Umrahmung funkelnde Reliefs von wasserbewohnenden Wesen, Tieren und Pflanzen schmückten.

Dahinter gelangten sie in einen riesigen, kreisförmigen Saal, dessen Boden von feinkörnigem, hellem Sand bedeckt war. Stiebende Kaskaden sprühten von allen Seiten herab, und ein stetes Rinnen und Rieseln erfüllte den hoch gewölbten Raum. Die Wände ringsumher waren glasklar, und dahinter zogen schillernde Fischschwärme durch schwebende Schlieren in Grün und Blau. Atemlos beobachtete der Junge dieses Schauspiel, er vermeinte, sich geradezu unter Wasser zu befinden. Diesen Ort hatte er bereits einmal geschaut. In dem schwarzen Brunnen auf der Insel der Seherin hinter dem Nebel.

Er war sich nun ganz gewiss, dass er sich nicht mehr in jener Welt aufhielt, die ihm vertraut war. Dies musste wahrlich das entrückte Reich der unsterblichen Götter sein.

«Spürst du den Widerklang des raunenden Wassers in deinen Adern?», sprach ihn überraschend eine dunkle, wohlklingende Stimme durch die glitzernden Wasserschleier hindurch an. Das heitere Geplapper der drei weissen Jungfrauen in seinem Geleit verstummte augenblicklich. Wo die Stimme erklungen war, versiegte der stiebende Wasservorhang und offenbarte eine hochgewachsene, albiônengleiche Frau in einem tiefblauen Gewand, die würdevoll vor einer Art Thron in Gestalt einer geöffneten, gläsernen Seemuschel stand. Der blaue Edelstein auf ihrem Stirnreif leuchtete wie die Träne einer Wassergöttin.

Es war wahrhaftig die Valâda.

Mit einer geschmeidigen Bewegung griff sie nach der weissen Schlange zu ihren Füssen und legte sie sich wie einen lebendigen Schmuck um den Hals.

Anêrios war überwältigt. Er hatte das Gefühl, einer Göttin gegenüberzustehen. War die Seherin niemand anders als die Seemutter Vendolindia selbst, in deren Reich er hier unzweifelhaft geraten sein musste?

«Bin ich tot?», hauchte er fassungslos. «Hast du meine Seele in deine Obhut genommen?»

Er hatte sich den körperlosen Zustand nach dem irdischen Dahinscheiden freilich ganz anders vorgestellt.

Die hohe Frau lächelte milde. «Du hast deine Leibeshülle noch nicht abgestreift», versicherte sie ihm. «Dies ist lediglich eine andere Erscheinungsform jener Wirklichkeit, die dir geläufig ist. Vor langer Zeit waren unsere Welten eins, eines verhängnisvollen Tages schieden sich die Sphären jedoch durch eine Katastrophe von unvorstellbarem Ausmass. Aber sei unbesorgt, du bist so lebendig wie eh und je. Und du kannst jederzeit in die Mittlere Welt zurückkehren.»

«Dann ist dies nicht das Reich der Götter?», fragte der Junge immer noch verwundert.

«Du befindest dich im Wasserheim von Funtaflauis», erwiderte die Valâda feierlich. «Dieser Ort ist die Mutter aller Quellen, die Wiege aller Ströme, die Seele aller Wellen, der Schoss aller Seen. Verborgen hinter dem Nebel der Gezeiten. Ich bin Uyôla Nebelsang, die Hüterin der Wasserwelt. Die Menschen deines Landes pflegen mich bisweilen als Seherin zu betrachten und heissen mich deshalb eine Valâda, so wie die Priesterinnen der alten Zeit bei euch einst genannt wurden. Aber dies bin ich nicht. Ich bin eine der drei Hohen Schwestern, welche das Land Helysia hüten.»

Sie deutete lächelnd auf die drei schwanenbefiederten Jungfrauen, die sich respektvoll im Hintergrund hielten.

«Und dies sind meine drei Töchter Yaïlil, Alaïs und Lïayella. Wir sind

Wesen von uraltem Geblüt, den Unsterblichen durch unser feinweises Sein näher als die grobgestaltigen Menschen, aber seit vielen Zeitaltern mit jener Welt verbunden, aus der du stammst.»

So wie die Albiônen der alten Mythenlieder!

Mit gemessenen Schritten trat sie ihm entgegen und fasste ihn bei den Händen. Zufrieden betrachtete sie die auffälligen Merkmale des Wasservolkes, welche ihm seine Mutter vererbt hatte.

«Mir liegt die Unversehrtheit der Wasser und Ströme am Herzen», fuhr die Herrin dieses wundersamen Ortes fort. «Am See, der deine Heimstatt ist, verweile ich oft, aber ich bin überall anzutreffen, wo die Wellen schlagen und die Fluten fliessen. Die Wesen und Völker, welche ihre Heimat im Wasser haben, sind mir so nahe wie meine eigenen Kinder.»

Ihre kühlen Finger strichen sanft über seine Hände. Und als sie aufblickte, leuchteten ihre Augen wie tiefgründiges Wasser, in das die Sonne ihre Strahlen eintauchen lässt. „Du bist wahrhaft Nusantias Sohn", raunte sie voller Genugtuung. Anêrios schreckte auf wie aus einem Traum, als er diesen Namen vernahm.

Uyôla bemerkte seine Betroffenheit rasch und lächelte.

«Nusantia Wellentänzerin ist die Königin des Vendolindon, mein Lieber. Und sie ist deine Mutter! Aber sie darbt seit langer Zeit kläglich und unter unbeschreiblichen Bedingungen.»

Anêrios blieb der Atem weg. «Meine Mutter lebt?», keuchte er fassungslos. «Aber mein Vater war überzeugt, dass sie getötet wurde. Deshalb verfiel er in einen untröstlichen Kummer, von dem er sich nie mehr erholen konnte.»

«Dieser Kummer hat dem Bootsbauer die Augen und das Herz verschlossen», offenbarte Uyôla mit fester Stimme. «Er hat die Zeichen des Sees nicht mehr wahrgenommen. Vielleicht haben sich die Menschen der Weissen Stadt gar absichtlich mit der Ermordung der Seekönigin gebrüstet, um dein Volk zu entmutigen, wer weiss. Aber Tatsache ist, dass Nusantia als Geisel in den Händen des Herrschers von Raûlium unsägliche Qualen erleidet. Glaube mir, mein Lieber, dies wissen wir aus zuverlässigen Quellen. Das Wasser selbst, welches zwischen den Welten hin- und herschwappt, raunt mir diese traurige Kunde fortwährend in mein leidendes Ohr.»

«Aber dann müssen wir ihr beistehen», japste Anêrios aufgebracht. Er wusste nicht, ob er aus dieser unerwarteten Neuigkeit neue Hoffnung schöpfen oder daran verzweifeln sollte.

«Mit aller Macht begehre ich dies», versicherte ihm Uyôla mit entschlossenem Blick, «denn ich ertrage es nicht, dass meine Kinder versklavt und in die Dienste niederträchtiger Machenschaften gezwungen werden. Aber mir sind leider die Hände gebunden, denn ich bin nicht befugt, zum Wohl meiner Getreuen einzugreifen.» Sie seufzte schwer und verwarf kopfschüttelnd ihre langen, schlanken Hände. «Du musst wissen, Anêrios», erklärte sie weiter, «dass meine ältere Schwester Helva Zauberweberin, welche die oberste Hoheit in Helysia ausübt, mir ausdrücklich untersagt hat, mich in die Geschicke der Menschenwelt einzumischen. Seit langer Zeit streite ich mit ihr darüber, weil mich die Unterdrückung meiner Wasserkinder durch habgierige und verblendete Sterbliche nicht erst heute erzürnt. Dabei weiss ich, dass die Menschen vom Blut deines Vaters den Lindônen stets sehr zugetan waren und ihre uralte Verwandtschaft mit ihnen immer noch in Ehren halten.“

«Dann ist es wahr, dass mein Volk und die Lindônen gemeinsame Vorfahren haben?» Anêrios spürte tief in seinem Innern, dass ihn diese Kunde nicht überraschte.

«Natürlich, mein Lieber“, bestätigte die erhabene Frau mit dem tiefblauen Edelsteinauge auf der Stirn. „Sonst würdet ihr euch dem See nicht bis auf den heutigen Tag derart innig verbunden fühlen. Dein Kommen entfacht indes neue Hoffnung in meinem leidenden Herzen, Anêrios, denn es bestärkt mich in meiner Überzeugung, dass sich die Menschen Vendolindiums nun selbst um das Schicksal ihres Landes kümmern und ihren einstigen Verwandten aus den Tiefen des Sees zu Hilfe eilen müssen. Umso mehr bin ich erleichtert, dass du allen Gefahren entronnen und heil bei uns angekommen bist, Spross Nusantias. Das Auftauchen des grausamen, schwarzen Vogels und seiner Häscher, die dir bis zuletzt hartnäckig auf den Fersen geblieben sind, hat uns zu grosser Sorge veranlasst. Zum

Glück hattet ihr Hilfe.»

«Der weisse Adler», erinnerte sich der Junge. «Du hast ihn uns geschickt?»

Uyôla Nebelsang lächelte vieldeutig. «Ich war es nicht. Agiliôn hat euch durch eine glückliche Fügung von sich aus entdeckt. Er ist ein Vertrauter aus meinem Gefolge, der gerne in der Gestalt eines weissen Seeadlers Nemetônia durchstreift. Er hat das Unheil in diesem unseligen Raben gespürt und ihn deshalb vertrieben. Aber wenn eure Freunde vom Kleinen Volk euch nicht weise geleitet hätten, wäre eure Reise möglicherweise übel ausgegangen. Sie sind verlässliche Verbündete, die Erdverschworenen, die ihr Dverîgen nennt.»

Anêrios fragte sich, ob sich ihre beiden Führer auf dem Hügel wohl noch rechtzeitig hatten in Sicherheit bringen können.

«Ihnen ist nichts Böses widerfahren», versicherte die blaue Frau mit ruhiger Stimme, als hätte sie in seinen Gedanken gelesen. «Die kleinwüchsigen Hüter der tiefen Erdgeheimnisse sind in Nemetônia ebenso zuhause wie in Helysia. Wenn sie nicht überrascht oder durch Heimtücke verführt werden, ist es so gut wie unmöglich, sie in der Wildnis zu überwältigen.»

«Und Lusilla?», fragte der Junge besorgt, als er spürte, dass ihn die Ungewissheit über den Verbleib der Prinzessin genauso beschäftigte.

«Deine wasserblütige Gefährtin? Sei ohne Sorge. Sie geht ihren eigenen Weg. Aber sie ist in Sicherheit.»

Anêrios seufzte erleichtert.

«Du hast eine lange Reise hinter dir, mein Lieber. Länger, als dir bewusst ist. Lass uns später weiter über alle diese Dinge sprechen. Zunächst sollst du dich von den erlittenen Entbehrungen erholen und in aller Ruhe hier bei uns ankommen. Du weisst nun, dass deine Mutter am Leben ist. Wir werden sehen, wie wir ihr und ihrem Volk beistehen können.»

Sie wandte sich zu ihren drei Töchtern. «Seid so gut und kümmert euch um unseren lieben Gast. Führt ihn in sein Quartier und versorgt ihn gut mit allem, was er benötigt.»

Die drei weisshaarigen Jungfrauen nickten eifrig und nahmen ihren Schützling sogleich unter ihre Fittiche. Sie tuschelten und kicherten aufgeregt untereinander, als sie ihn durch die schleierhaften Kaskaden hindurch zurück in den Seerosensaal führten. Dort betraten sie erneut die kreisförmige Plattform, welche wie ein gläserner Nabel in der Mitte der überfluteten Kuppelhalle hing. Deren Boden war durchsichtig und Anêrios konnte den darunter liegenden Pflanzenteppich durchschimmern sehen. Eine grünblaue Wendeltreppe führte von hier aus in die Tiefe hinab. Verdutzt versuchte sich der Junge zu erklären, warum diese Stiege direkt in das Wasser hinab zu verlaufen schien, ohne dass von aussen das Gehäuse eines Treppenschachtes zu erkennen gewesen wäre.

Die Jungfrau mit den Amethystaugen schmunzelte. «Vieles mag für dich noch ungewohnt erscheinen bei uns, aber du wirst dich sicher wohlfühlen hier.»

Die Treppe war gleichsam in eine gläserne Röhre gefasst und tauchte tief in das Wasser hinab. Anêrios war sich sicher, dass sie weit unter das Fundament der wundersamen Kristallblume hinunter reichte. Das Licht, welches durch die durchscheinenden Wandungen fiel, nahm einen zunehmend dunkleren Blauton an.

«Heute wirst du auf dem Grund des Sees ruhen», eröffnete ihm einer seiner Begleiterinnen lächelnd.

Diese Ankündigung verleitete den Jungen sogleich zum Träumen. «Ihr meint, wie die Lindônen in ihren Städten unter den Wellen?» Ein begeistertes Leuchten war in seine Augen getreten, und auf einmal schien jegliche Müdigkeit von ihm abzufallen.

In diesem Moment glitt ein dunkler Schatten aussen an der gläsernen Wand des Treppenschachtes entlang. Anêrios blieb verdutzt stehen. Ein kapitaler Wels glotzte ihn durch das Glas hindurch an. Sein Vater hatte bisweilen davon geschwärmt, einmal einen solchen Brocken an Land ziehen zu wollen. Nach wenigen Augenblicken gegenseitiger Betrachtung verschwand der mächtige Seefisch aber gleich wieder in der dunkelblauen Tiefe. Die weissen Jungfrauen kicherten, als sie das bodenlos verblüffte Gesicht ihres Begleiters sahen.

Dieser Seerosenpalast schien gleichsam auf einem tiefen See zu schwimmen, in den sie nun weiter und weiter hinabstiegen.

Als sie zuunterst anlangten, herrschte ausserhalb des gläsernen Tunnels beinahe vollständige Finsternis. Sie mussten sich nun unglaublich tief unter der sonnendurchfluteten Wasseroberfläche befinden. Das kristallartige Gewände verströmte jedoch aus sich selbst heraus ein bläuliches, dämmriges Licht, welches überaus beruhigend wirkte. Durch gewundene Gänge geleiteten die Töchter der Palastherrin ihren Gast bis in ein rundes, kuppelförmiges Gemach, welches auf allen Seiten freie Sicht auf die Unterwasserwelt gewährte. Fische in verschiedenerlei Gestalt strichen an der Aussenwand vorbei, und Anêrios war sich sicher, dass er auch Sirenen erblicken würde, wenn er das faszinierende Schauspiel nur lange genug beobachtete.

«Hier kannst du dich ungestört ausruhen», sagte die Jungfrau mit den grünen Augen. «So lange wie du willst.»

«Und wenn du Hunger hast», sagte die Amethystäugige, «findest du auf dieser Tafel dort drüben alles, was dein Herz begehrt.» Sie deutete auf eine gerundete Ablage, worauf eine Vielzahl von Platten, Schüsseln und Krügen abgestellt war.

«Wir werden dich gleich in Ruhe lassen», teilte diejenige mit den wasserklaren Augen mit. «Aber dürfen wir nur ganz kurz deine Wasserzeichen sehen?» Ihre Augen strahlten erwartungsvoll.

«Sie meint deine Hände», erklärte die Grünäugige amüsiert. «Lïaiyella ist die Jüngste von uns und kann sich nicht vorstellen, dass ein Mensch das Blut des Wasservolkes in sich trägt.»

«Oh, natürlich», lachte Anêrios und streckte den drei neugierigen Wassertöchtern seine ungewöhnlich beschaffenen Hände hin. Prüfend fassten sie seine schwimmhautähnlichen Verwachsungen an und nickten einander bestätigend zu.

«Dann ist es wahr, dass deine Mutter eine Melusine ist?» fragte Lïayella und blickte ihn nachdenklich an.

«Ich habe sie nie gekannt», beteuerte Anêrios und spürte, wie sich eine alte Sehnsucht in ihm bemerkbar machte. «Aber durch eure Mutter weiss ich, dass sie noch lebt. Sie heisst Nusantia und wird in meiner Heimat von skrupellosen Menschen gefangengehalten.»

Betroffen rissen die drei Jungfrauen ihre Augen auf.

«Das ist ja furchtbar», äusserte Lïayella mit den Aquamarin-Augen bestürzt.

«Was in deinem Land geschieht, ist wahrlich eine Schande», stellte diejenige mit den Augen wie Amethyst fest. Sie war die Älteste und Ernsthafteste von allen dreien und hiess Yaïlil. «Es wird Zeit, dass unsere Mutter etwas dagegen unternimmt.»

«Wir sind jedenfalls froh, dass du unversehrt bei uns angelangt bist», beteuerte Alaïs mit einem freundlichen Lächeln und blickte den Jungen zutraulich an. «Hier kann dir nichts geschehen. Funtaflauis ist ein Hort des Friedens.»

«Wir wollen unseren Gast nun in Ruhe lassen», forderte Yaïlil ihre Schwestern bestimmt auf.

«Darf ich euch noch etwas fragen?» hielt sie der Junge zurück. Da war noch eine Sache, über die er sich den Kopf zerbrach.

«Selbstverständlich», erwiderte Lïaiyella. Anêrios wurde bei ihrem Anblick das Gefühl nicht los, dass die Jungfrau mit den hellen Augen eigentlich gerne noch mehr über ihn erfahren hätte.

«Ihr habt mir gesagt, dass meine Reise hierher ganze sieben Jahre gedauert hat? Wie kann das sein? Ich bin doch nur kurz eingeschlafen während der Überfahrt.»

Yaïlil nickte und wechselte bedeutungsvolle Blicke mit ihren Schwestern. «Du bist über den Weltenberg und durch den Schicksalsturm zu uns gekommen», erklärte sie langsam. «Du hast eine für menschliche Begriffe unvorstellbar weite Reise hinter dir.»

«Unser Reich ist deinem Land bisweilen ganz nahe», fügte Alaïs hinzu und ihre geheimnisvollen dunkelgrünen Augen begannen zu funkeln. «Aber zugleich ist es unendlich weit davon entfernt. Die Grenzen zwischen unseren Welten sind fliessend und verändern sich ständig.»

«So wie die Gestalt des Mondes und die Gezeiten sich fortwährend wandeln», wisperte Lïayella. «Manchmal dauert ein Tag in Helysia so lange wie sieben Tage in der Menschenwelt.»

Yaïlil blickte ihm direkt in die Augen, so dass er unwillkürlich erschauerte. «Und manchmal entspricht eine Stunde bei uns einem ganzen Jahr bei euch», murmelte sie bedächtig. «Es sind uralte Gesetze, welche in den Lauf der Gestirne geschrieben sind.»

«Aber sorge dich nicht zu sehr» raunte Lïayella tröstlich. «Du bist noch jung, und sieben Jahre sind ein geringer Preis dafür, dass du dem Tod entrinnen konntest. Wenn nicht das Wasserblut in dir fliessen würde, hättest du womöglich noch viel mehr von deiner Lebenskraft hingeben müssen. Lasse den Dingen einfach ihren Lauf. Bei uns wirst du vieles finden, was die verlorene Lebenszeit aufwiegt.»

Alaïs drückte seine Hand und lächelte ihm aufmunternd zu. «Alle von uns erhalten genau soviel Lebenszeit zugewiesen, wie sie zur Erfüllung ihrer Bestimmung benötigen. Dieses Gesetz gilt in allen Welten.»

Mit einem wohlwollenden Lächeln und raschelnden Schwanenfedern zogen sich die drei Töchter der Palastherrin schliesslich zurück und liessen Anêrios alleine in seiner Unterwasserzuflucht.

Die rätselhaften Worte, die er durch diese liebenswürdigen Jungfrauen vernommen hatte, klangen noch eine Weile in ihm nach. Sobald er sich aber wieder der Betrachtung seiner Umgebung widmete, zerstreuten sich die Bedenken rasch. Das stete Murmeln und Raunen des Wassers erfüllten den halbkugelförmigen Raum mit einer wohltuenden Stimmung des Friedens.

Der junge Vendolindier konnte sich nicht entsinnen, sich jemals so geborgen gefühlt zu haben wie in diesem zauberhaften Wasserpalast der Herrin Uyôla Nebelsang.

Anstelle eines Bettes gab es eine Vertiefung im glatten Felsboden in der Mitte des Raumes, die wie alles hier eine rundliche Form aufwies. Sie war mit Wasser gefüllt, samtene Decken in sanften Grün- und Blautönen lagen darüber gespreitet. Als sich der Junge probeweise darauf ausstreckte, fühlte er sich unwillkürlich an Beodâns schwimmenden Mantel erinnert. Das weiche, nachgiebige Wasser war durch den dünnen Stoff hindurch deutlich spürbar, wodurch sich die Unterlage seiner Körperform harmonisch anpasste – und gleichwohl blieb er unberührt durch die Nässe des darunter schwappenden Wassers. Anêrios glaubte, sich niemals zuvor eines dermassen behaglichen Lagers erfreut zu haben. Die Aussicht auf ungestörten, geruhsamen Schlaf auf dieser schwimmenden Liege war so verlockend, dass er sich nach einer knappen Stärkung bereits niederlegte und binnen weniger Herzschläge vertrauensvoll in Vendolindias sanften Armen versunken war.

X

DIE BERUFUNG

So muss man sich fühlen, wenn man noch ungeboren im Mutterleib schlummert und den Melodien des Leuchtenden Landes lauscht.

Anêrios konnte sich nicht entsinnen, jemals so entspannt und friedvoll geschlafen zu haben wie auf dem tiefen Seegrund von Funtaflauis.

Plötzlich verspürte er aber mitten in einem beschaulichen Traum den Impuls, rasch zu erwachen und die Augen aufzuschlagen. So wie es manchmal geschehen kann, wenn die Seele im Gleichklang der Welten fliesst.

Zu seiner Verwunderung sass jemand neben seinem wundersamen Wasserbett. Ein vertrautes Gesicht lächelte ihm zu.

«Beodân!», entfuhr es dem Jungen, und ihm wurde schlagartig klar, was ihn aus seinem Schlummer wachgerufen hatte.

Der wandernde Gefährte sah noch genauso aus wie damals, als sie sich auf der Insel hinter dem Nebel getrennt hatten. Das gewellte, goldblonde Haar fiel anmutig über seine Schultern. Der Bart in derselben Tönung war wie immer sorgsam gestutzt. Ungewohnt war lediglich seine Kleidung: Beodân trug ein knöchellanges, fliessendes Gewand aus einem edlen Gewebe, welches von tiefblauer Farbe und mit goldenen Bordüren besetzt war. Es passte ausgezeichnet in diese Umgebung, unterschied sich aber erheblich von dem erdbraunen, härenen Gewand, das der junge Gottesbote auf seiner Wanderschaft zu tragen gepflegt hatte.

Der lang vermisste Freund zog Anêrios von seinem Lager hoch und drückte ihn lachend an seine Brust. Lange lagen sie sich in den Armen und erfreuten sich des unverhofften Glücks, welches ihnen ihr Wiedersehen verschaffte.

Dann überreichte Beodân seinem Wandergefährten vergangener Tage ein Bündel, das er mitgebracht hatte und ermunterte ihn, sich seiner zerschlissenen Lumpen zu entledigen. Die neue Tunika und die Beinkleider, welche die Herrin dieses Palastes überbringen liess, hatten dieselbe tiefblaue Farbe wie Beodâns Gewand und waren sehr angenehm zu tragen.

Nachdem sie sich ausgiebig betrachtet und sich abermals vergewissert hatten, dass sie leibhaftig voreinander standen, widmeten sie sich den

Früchten, welche auf den silbernen Platten lockten. Anêrios hatte nie derart schmackhaftes Obst gekostet, und auch der blütensüsse Nektar aus dem fein getriebenen Kännchen übertraf alles, was er je zuvor getrunken hatte. Erstaunlicherweise war der Bärenhunger, den er nach seinem Aufwachen verspürt hatte, nach einigen Bissen vollständig gestillt.

«So hat mein geistlicher Mentor Barnabas mir jeweils die Genüsse des Paradieses geschildert», scherzte Beodân und schaute sein Gegenüber glückselig an.

«Ich muss dir wahrhaft danken», erwiderte der Junge mit demselben Strahlen in den Augen. «Ohne deine Hilfe hätte ich den richtigen Weg durch die weisse Tür bestimmt nicht gefunden und würde vielleicht immer noch an diesem merkwürdigen schwebenden Brunnen im runden Raum sitzen.»

Der Ältere blickte ihn fragend an.

«Auch das Rätsel mit den Kelchen hätte sich mir ohne deine Hinweise wohl niemals erschlossen.»

Beodâns Verwirrung vertiefte sich.

Plötzlich klärte sich sein Gesicht jedoch auf und er lachte lauthals heraus. «Du lieber Himmel. Diese Träume muss mir wahrhaft der allsehende Gott geschickt haben.»

Nun war es der Jüngere, der ein verstörtes Gesicht machte.

«Ich hatte mehrere Nächte nacheinander immer den gleichen Traum», erklärte Beodân munter. «Darin blickte ich gleichsam durch die Augen eines schwebenden Vogels auf einen verwinkelten Palast hinab. Und ich sah dich, wie du rastlos von Tür zu Tür gestolpert bist und erfolglos nach dem Ausgang gesucht hast. Von oben betrachtet war es so einfach, den richtigen Weg zu sehen, aber du warst ja gefangen in diesem Irrgarten. Ich habe dir laut zugerufen und versucht, dich zu leiten.» Er nickte versonnen. «Jetzt weiss ich, was diese Träume zu bedeuten hatten. In Gottes unermesslicher Liebe sind wir die ganze Zeit miteinander verbunden gewesen. Es strömt eine Kraft zwischen uns, welche sich mit dem blossen Verstand nicht erfassen lässt. Und wenn sich der Mensch unentwegt dieser Liebe hingeben würde, dann gäbe es weder Angst noch Kummer, weder Hader noch Zwietracht, die uns behelligen könnten.» Ein Feuer erwachte in den himmelblauen Augen des Gottesfreundes, wie es immer geschah, wenn er über seine innigsten Überzeugungen sprach.

«Aber sag an, mein glücklicher Freund, warum hast du dir eigentlich so lange Zeit gelassen, um hierher zu kommen?», fragte er den Jungen kurz darauf.

«Was heisst, lange Zeit gelassen?», protestierte Anêrios. «Ich habe ganze drei Monde in Vernausium auf dich gewartet. Dann zog der Hohepriester meinen Namen aus der Orakelschale und mein Leben nahm auf einmal eine umwälzende Wendung nach der anderen.»

In wenigen Sätzen schilderte der Junge anschliessend, wie es ihm ergangen war und auf welche Weise er schlussendlich die Flucht ergriffen hatte, um der Opferung in der Drachenhöhle zu entrinnen.

Beodân lauschte aufmerksam und schüttelte immer wieder fassungslos den Kopf. Als der abenteuerliche Bericht zum Ende gekommen war, umarmte der Ältere seinen jüngeren Freund herzhaft und lange.

«Grosser Gott, barmherziger Beschützer der Liebenden, ich danke Dir aus ganzem Herzen, dass Du Deine Hand über meinen lieben Freund gebreitet hast in der ganzen Zeit, da er durch die verworrenen Abgründe der leidgeplagten Welt irren musste», intonierte er inbrünstig und richtete seine klaren Augen zur gläsernen Kuppel hinauf.

«Wahrlich, Gott ist uns ein guter Hirte. Aber was ich nicht verstehe ist, dass ich selbst lediglich zwölf Tage hier zugebracht habe, während du zwischenzeitlich alle diese schlimmen Dinge erlebt hast», erklärte er schliesslich. «Es muss mit diesem Nebel zu tun haben, der Uyôlas Reich unaufhörlich umwallt. Yaïlil hat mir erklärt, dass die Zeit ungleich verläuft zwischen den beiden Welten. Und wer immer durch diese Nebelwand hierher reist, verliert oder gewinnt von seiner Zeit.»

«Hat es dich etwa auch sieben Jahre gekostet?»

«Sieben oder siebenundsiebzig?» Beôdan lachte. «Es muss fürwahr mit dem Menschenblut zu tun haben, das in unseren Adern fliesst, weiss Gott. Nun ja, das Wasser ist eben nicht des Menschen heimisches Element.»

«Für manche schon», feixte Anêrios und streckte seine Hände vor. Die

Erbmerkmale seiner wasserblütigen Mutter traten seit seiner Ankunft in Funtaflauis deutlich ausgeprägter hervor.

«Ha», lachte Beodân, «wenn es einen Fischmenschen wie dich sieben Jahre kosten soll, um diese Reise zu bewältigen, dann gebe ich wohl mein halbes Leben daran.»

Unvermittelt stand er auf und fasste seinen jüngeren Gefährten bei der Hand. «Sei's, wie es wolle», versicherte er, «ich bin vor allem anderen dankbar, dass sich unsere Wege in diesen schwierigen Zeiten wieder gekreuzt haben und dass wir beide unversehrt und frohen Mutes sind. Komm, wir wollen jetzt nach oben gehen und nach unserer grosszügigen Wirtin sehen. Sie hat mich nämlich gebeten, dich zu ihr zu bringen, sobald du wach bist.»

Uyôla Nebelsang erwartete ihre beiden Gäste mit wehenden dunklen Haaren am Seeufer ausserhalb ihres Palastes, unweit des Anlegers, wo die Schwanenbarke festgemacht hatte. Wie schon am Tag zuvor waberten unablässig Nebelschleier über das sumpfige Umland der kristallenen Seerosenblüte. Beodân hatte seinem Freund seufzend erklärt, dass er hier bisher nie anderes Wetter erlebt habe.

Neben der Frau im dunkelblauen Mantel, welche wiederum die weisse Schlange als lebendigen Halsschmuck trug, stand jener kräftige Mann mit der hellen Wildledertracht, der die beiden Gefährten damals am Orakelbrunnen hinter dem Nebel der Schwarzaugensümpfe empfangen und sie veranlasst hatte, sich voneinander zu trennen. Sein schulterlanges, schwarzes Haar mit den einzelnen grauen Strähnen, das scharf geschnittene Adlergesicht mit der markant gebogenen Nase und die auffällig gelb glänzenden Augen, die ihre Umgebung eindringlich, beinahe stechend, musterten, gemahnten an die eindrückliche Erscheinung eines albiônischen Jägers aus einer der alten Mythen des Seevolkes.

Uyôla und ihr Begleiter grüssten die Ankömmlinge freundlich und luden sie ein, ein paar Schritte mit ihnen unter den mächtigen Trauerweiden und Pappeln zu wandeln.

«Dies ist mein Vertrauter Agîlion Wolkenreiter», stellte die Palastherrin den Mann mit dem Raubvogelgesicht vor. «Er kennt dich bereits, Anêrios, denn er war es, der den schwarzen Raben in Nemetônia angegriffen hat, als du dich auf der Flucht befandest.»

Der Jäger nickte und machte ein ernstes Gesicht. «Ich bin froh, dass ich rechtzeitig zur Stelle war, um einzugreifen. Meinen scharfen Augen entgeht wenig, wenn ich in Adlergestalt über den Wäldern kreise. Aber in diesem schwarzen Unglücksvogel habe ich etwas Böses gerochen.»

Uyôla pflichtete ihrem Vertrauten bei und legte ihre Stirn in Falten. Forschend richtete sie ihren Blick auf Anêrios. «Gewiss weisst du mehr über dieses Geschöpf zu berichten als wir. Ich bitte dich, erzähle uns alles, was dir darüber bekannt ist und unter welchen Umständen es dich verfolgt hat.»

Während sie auf der Grenzlinie von Land und Wasser weiter durch die Nebelschwaden zogen, erzählte Anêrios in aller Ausführlichkeit nochmals seine bewegte Geschichte. Er holte weit aus, beschrieb die desolaten Verhältnisse in seiner Heimat Vendolindium und alles, was er von seinem Vater Ambaros über seine Abstammung vom Wasservolk erfahren hatte. Zuletzt fügte er an, was ihm Beligomâgus und Lusillas Mutter über diesen Magos und dessen unseliges Triumvirat mit dem Procurator von Raûlium und mit dem Hohepriester der Vendolindier anvertraut hatten.

Als er seine Erzählung beendet hatte, waren sie an einem Ort angelangt, den er sogleich wieder erkannte. Es war die Wiese mit dem Kreis stehender Steine, welcher die Felsplatte mit dem Schwarzen Brunnen umringte.

«Wie ist das möglich?», fragte Anêrios verwundert. «Waren wir deinem Palast denn schon damals in den Sümpfen meiner Heimat so nahe?»

Uyôla lächelte geheimnisvoll. «Wer durch die Nebel meines Reiches zieht, muss sich darauf gefasst machen, dass Entfernungen nicht dieselbe Bedeutung haben wie bei euch in der Menschenwelt. Aber du wirst dich entsinnen, dass dich bereits dein erster Besuch bei mir, der nur einige Stunden währte, viele Tage in deiner heimischen Welt gekostet hat.»

Anêrios nickte. Er erinnerte sich an die Verzweiflung seines Vaters, der ihn nach seinem Verschwinden vor der Drachenhöhle des Urâgus unwiederbringlich verloren geglaubt hatte.

«Die Bilder, die ich in diesem Brunnen gesehen habe», wisperte der

Junge unbehaglich, «haben sie mir die Zukunft gezeigt?»

Die nachtblaue Frau seufzte und warf ihm einen bedeutungsvollen Blick zu. «Der Schwarze Brunnen zeigt viele Dinge. Er ist gleichsam ein Spiegel, in dem sich deine Seele betrachten und Bilder einer verborgenen Wirklichkeit wachrufen kann, welche für den Verstand unzugänglich ist. Du hast in dich selbst hineingeblickt, Anêrios, und vieles von dem gesehen, was deine Seele in der Tiefe bewegt. Und was deine tieferen Sinne jenseits deiner alltäglichen Betrachtungsweise wahrnehmen können. Es ist gut möglich, dass diese Bilder ein kommendes Geschick verkünden, aber die Dinge können sich auch völlig anders entwickeln. Das grosse Gewebe des Seienden ist ständig im Wandel und erschafft sich jeden Tag immer wieder neu. Willst du uns gleichwohl berichten, was sich dir damals im Brunnen gezeigt hat, mein Lieber?»

Anêrios gab in der Folge all jene bestürzenden Bilder und erschreckenden Visionen wieder, welche sich unauslöschlich in seine Erinnerung eingebrannt hatten.

Nun war es Agîlion, der das Wort ergriff. «Nach allem was unser Freund hier berichtet, deutet vieles darauf hin, dass eine verderbte Macht in Vendolindium wirkt – in jenem Land, wo Wasser und Berg sich vermählen. Und wie mir scheint, besteht ein Zusammenhang zwischen den unsäglichen Plagen, welche das Wasservolk gegenwärtig erdulden muss, und diesen heimtückischen Menschenopfern, welche die Priesterschaft vom See den Angehörigen dieses jungen Mannes aufzwingt.»

«Ich trage diese Befürchtungen schon lange in mir», bekannte Uyôla und senkte bedauernd den Blick. „Längst hätte ich dieses vergoldete Bollwerk eines niederträchtigen Ausbeutergeistes niedergerissen, so wie Anêrios es im Brunnen gesehen hat, wenn das gestrenge Gebot meiner Schwester mich nicht davon abhalten würde.»

«Vieles liegt in der Menschenwelt im Argen, meine Gebieterin», erwiderte Agîlion und seine Raubvogelaugen blitzten missmutig. «Wir müssten das Gewebe fortlaufend verändern, wenn wir alle unbedachten Handlungen irregeleiteter Sterblicher ausgleichen möchten. Es wäre ein Werk ohne Ende. Vielleicht hat Helva doch recht, wenn sie dir rät, das Lindônenvolk nach Helysia heimzuholen und die Wassertore des Vendolindon endgültig zu versiegeln. So wie es an vielen anderen Orten in der Mittleren Welt bereits geschehen ist. Die Zauberseen von Funtaflauis sind weit und unergründlich und bieten genügend Platz für viele Bewohner. Und sie sind mit Sicherheit unzugänglich für Eindringlinge aus der Menschenwelt.»

«Wie oft habe ich diesen Schritt bereits erwogen», bekannte Uyôla zerknirscht. «Aber es ist unnütz, mir in der derzeitigen Situation darüber Gedanken machen zu wollen. Solange das Haupt von Raûlium und sein Verbündeter, dieser Magos, die Königin des Wasservolkes in ihrer Gewalt haben, solange *müssen* ihnen die Lindônen zu Willen sein und an die Mittlere Welt gebunden bleiben. Meine Kinder jetzt zurückzuziehen hiesse, Nusantia einem grausamen Schicksal zu überlassen.»

«Und ebenso mein eigenes Volk, die Vendolindier», warf Anêrios betroffen ein.

Uyôla blickte Anêrios eindringlich in die Augen und wies auf Beodân. «Während du den Weg zu uns gesucht hast, haben wir Pläne geschmiedet», erläuterte sie gefasst. «Unser Freund hier, in dessen Herzen die Liebe zu aller Existenz wie eine unauslöschliche Fackel lodert, wird bald in meinem Auftrag nach Vendolindium zurückkehren und sich um dein Volk kümmern. Ich habe ihm eine verborgene Quelle aufgedeckt, welche sich an einem bestimmten Ort am Seeufer befindet, den ihr Ceningânum nennt. Dieser Born ist auf geheimnisvolle Weise mit meinem Reich Funtaflauis verbunden. Er schüttet Wasser in seiner reinsten Form aus, er wäscht darbende Seelen rein und heilt wunde Herzen. Es ist eine Quelle der Liebe. Beodân wird damit euren Kessel der Wandlung füllen und der Zeit der seelenbetäubenden schwarzen Würmer ein Ende bereiten.»

«Aber Verunorêgios und seine Priester werden das niemals zulassen», rief Anêrios aus. «Der Kessel ist in ihrem Besitz, und das Seevolk würde nie an der Rechtmässigkeit ihres Handelns zweifeln.» Der Junge konnte sich beim besten Willen nicht vorstellen, dass Beodâns Vorhaben auch nur die geringste Aussicht auf Erfolg hatte.

Der Gottesfreund lächelte verständnisvoll und legte seinem jungen Gefährten liebevoll die Hand in den Nacken. «Bevor ich euren Kessel mit dem Lebenswasser neu befüllen kann, werde ich die Grundlage all dessen beseitigen müssen, was den Priestern deines Volkes überhaupt erst Macht über die Sippen am See verleiht.»

Anêrios stellte einmal mehr fest, dass es scheinbar keine Unbill auf der Welt gab, welche den Mann mit den strahlenden Augen zu entmutigen vermochte.

«Ich werden den Drachen aus der Höhle und aus Vendolindium vertreiben, Anêrios», verkündete dieser mit einer unerschütterlichen Selbstverständlichkeit.

Nun riss Anêrios erst recht die Augen auf und schüttelte ungläubig den Kopf. «Du willst das tun? Beodân, das ist reiner Wahnsinn! Dieses Ungeheuer wird dich töten. Urâgus wird dich genauso verschlingen wie alle anderen auch.»

«Der zornige Gott Urâgus ist eine Lüge», versetzte Agîlion scharf. «Ersonnen von bösartigen Menschen, um die Masse des Volkes in Angst und Schrecken erstarren zu lassen. Denn wie heisst es doch: Wer Furcht und Entsetzen sät, erntet Macht und Kontrolle.»

«Aber ich habe den Drachen gesehen», widersprach Anêrios entschieden. «Dieses Monstrum existiert wirklich.»

Agîlion setzte ein beruhigendes Lächeln auf. «Ja, du hast recht, mein Junge. In der Höhle unter dem Aurîg lebt tatsächlich ein Drache namens Auragôr. Aber er ist uralt und verbringt seine Tage vornehmlich in tiefem Schlaf. Die Zeit, da er die Goldadern unter dem Gebirge mit seiner entsetzlichen Macht verteidigt hat, ist längst vorbei.»

«Das Kleine Volk, welches in den Bergen deiner Heimat haust, weckt ihn manchmal auf», versicherte Uyôla, und sie hatte auf einmal einen verschmitzten Ausdruck im Gesicht. «Um den eindringenden Goldgräbern Angst einzujagen und um sie zu vertreiben. Aber wie Agîlion schon sagte, Auragôr ist mittlerweile viele tausend Jahre alt und findet keinen Gefallen mehr an aufregenden Abenteuern und erbitterten Kämpfen. Deshalb hat er sich tief im Innern seiner Höhle verkrochen und träumt untätig vor sich hin. Nichts ersehnt er im Grunde der Dinge mehr, als zu uns heimkehren und hier in Ruhe sein langes Leben beschliessen zu können.»

«Anscheinend weiss er bloss nicht, wie er das bewerkstelligen kann», ergänzte Beodân lächelnd. «Deshalb werde ich ihm den Weg hierher weisen. Mit solchen Dingen habe ich ja mittlerweile bereits ein bisschen Erfahrung.» Er schmunzelte Anêrios vieldeutig zu.

«Durch den See kann er nach Helysia zurückkehren», ergänzte Uyôla. «Denn die Abgründe des Vendolindon bergen, wie du mittlerweile weisst, einen Übergang in unsere Welt. Die gläsernen Städte des Wasservolkes, die ihr dort unten zu Recht vermutet, liegen eigentlich hier in meinem Reich und schimmern lediglich zu gewissen Zeiten hindurch, wenn die Grenzen durchlässig sind.»

«Deshalb werde ich Auragôr aufsuchen», fuhr Beodân im Brustton der Überzeugung fort, «und ihn einladen, sich in die Fluten des Vendolindon zu werfen und in seiner ganzen Schrecklichkeit das Land deiner Vorfahren zu verlassen.»

«Was ...?», Anêrios war sprachlos. Wenn seine Leute zuhause all dies gewusst hätten.

«Wenn Auragôr sich in das Wasser stürzt und verschwindet», schloss Beodân zuversichtlich, «werden zahlreiche Menschen am See Zeuge dieses Schauspiels sein. Und dann wird das unsägliche Blendwerk rund um den angeblichen Pakt und die Menschenopfer keine Macht mehr über sie haben. Die täuschende Mär über den zornigen Drachengott Urâgus wird buchstäblich im See ertrinken.»

«Dies ist einstweilen unser Plan», bestätigte Agîlion. «Und wir haben den Bergkönig Horaurix, welcher dem Kleinen Volk in den Bergen deiner Heimat vorsteht, zu uns gebeten, um ihn für dieses Vorhaben zu gewinnen. Er und sein Volk sind mit Auragôr seit undenklichen Zeiten freundschaftlich verbunden und wir zählen auf seine Unterstützung. Er müsste in Bälde bei uns eintreffen.»

Uyôla Nebelsang hob bedächtig die Hand. «Aber dies ist nur ein Teil unseres Ansinnens», verkündete sie ernst, «denn dieses Vorgehen berücksichtigt letzten Endes noch nicht die Frage nach dem weiteren Schicksal von Nusantia und den Lindônen. Deine Mutter muss aus Raûlium befreit werden, Anêrios. Je rascher desto besser. Und für diese Aufgabe bedarf es eines Wasserblütigen.»

Alle Blicke richteten sich unvermittelt auf den Jungen.

Kopfschüttelnd trat dieser einen Schritt zurück, als er die schwerwiegende Bedeutung von Uyôlas letzten Worten plötzlich erfasste. «Dafür braucht ihr einen Helden wie Beligomâgus», rief er widerstrebend aus. «Ich bin bloss ein halbwüchsiger Bursche. Schaut mich an.»

«Wenn du nach Vendolindium zurückkehrst, wirst du ein junger Mann sein», eröffnete ihm Uyôla und zwinkerte ihm vertraulich zu. «Denn du hast sieben Jahre deines Lebens darangegeben, um hierher zu uns zu kommen. Vergiss das nicht.»

«Und du wirst Unterstützung erhalten», versicherte ihm nun Agîlion und klopfte ihm herzhaft auf die Schultern. Der entschlossene Ausdruck im Gesicht des Adleräugigen liess keine Zweifel daran, dass er dies wahrhaft ernst meinte.

«Nimm dir nun aber zunächst drei Tage Zeit, um hier in Funtaflauis deine Kräfte zu sammeln", sprach ihm die Herrin des verwunschenen Nebelreiches tröstlich zu. „Ich fühle, dass in der Zwischenzeit Dinge geschehen werden, welche dir dabei helfen, deine Aufgabe zu erfüllen.»

«Ich kann das alles einfach nicht fassen», empörte sich Anêrios und schüttelte seinen gedankenschweren Kopf. Er sass mit Beodân im Ring der Steine am Schwarzen Brunnen und besprach mit dem vertrauten Freund die bestürzenden Offenbarungen, die sich aus der Unterredung mit Uyôla und ihrem Gefolgsmann ergeben hatten.

«Gottes Wege sind bisweilen vielschichtig und rätselhaft», stellte der Wanderer aus Hibernia versonnen fest. «Aber ich spüre hinter dem soeben gefassten Vorhaben eine redliche Absicht in unverbrüchlicher Liebe. Und ich sehe die Hoffnung, die daraus strahlt, Anêrios. Alles, woraus du entfliehen musstest, alle diese ungebührlichen Zustände in deiner Heimat, werden sich in Wohlgefallen auflösen ...»

«... wenn wir erfolgreich sind», fiel der Junge dazwischen und runzelte skeptisch die Stirn. «Ich kann mir immer noch nicht vorstellen, wie ich ganz alleine in die Weisse Zitadelle eindringen und meine gefangene Mutter aus ihrem Gefängnis herausholen soll, während mir die Soldaten des Procurators zu Leibe rücken.» Dieses Vorhaben klang in Anêrios' Ohren nach wie vor verrückt. Geradezu absurd, so dass er laut auflachen musste.

«Der Humor ist übrigens ein hervorragendes Mittel in der Not», ermutigte ihn Beodân. «Hast du nicht selbst gesagt, dass mein überschwängliches Lachen dir den rechten Weg hierher gewiesen habe? Ertrage deine Aufgabe mit Humor, mein Freund, und die schwerste Bürde wird dir umgehend auf den Schultern zerbröckeln.»

Als er sah, wie Anêrios lediglich argwöhnisch die Brauen hochzog, blickte er seinem verstörten Gefährten ernst in die Augen. «Ich bin mir sicher, dass Gott in Seiner unermesslichen Liebe dir Seine helfende Hand darreichen wird, Anêrios. Ein Vorhaben aus reinstem Herzen, dem Leben und der Liebe verbunden, geniesst allzeit Sein Wohlwollen. Du wirst sehen.»

«Ich weiss nicht», äusserte Anêrios niedergeschlagen. «Aber was du selbst dir vorgenommen hast, klingt auch nicht nach einem Kinderspiel. Den Drachen vertreiben und unserem Hohepriester den Kessel Albodunêbron abnehmen zu wollen. Das ist doch reiner Wahnsinn!» Er schlug hilflos mit der Faust auf den Stein.

Beodân lächelte und schwieg.

«Aber sag einmal», fügte der junge Vendolindier nach einer Weile betretener Stille etwas gelöster hinzu, «was hast du eigentlich in den Tagen seit deiner Ankunft hier im Wasserreich alles getrieben, dass du dir auf einmal derartige Heldentaten zutraust?»

Beodân zuckte mit den Achseln. «Ich bin hier gesessen», erklärte er. «Habe in den Brunnen geschaut und im Spiegel meiner Seele Zwiesprache mit dem Göttlichen gehalten.»

«Du bist hier gesessen?», wunderte sich Anêrios. «Zwölf Tage lang?»

«Zwölf Tage und zwölf Nächte», bestätigte der Ältere.

«Hast du denn nicht geschlafen und nicht gegessen?»

«Gegessen habe ich in dieser Zeit nichts, nein. Aber in meiner Tradition ist das Fasten in Gott eine übliche Praxis. Trinkwasser schöpfte ich mir aus dem Brunnen. Und geschlafen habe ich fortwährend ein bisschen.

Ich befand mich in einem steten Dämmerzustand zwischen Wachen und Schlummern. Bei dieser Gelegenheit habe ich dir im Traum anscheinend den Weg hierher weisen können.» Er schmunzelte und fuhr Anêrios aufmunternd durch die Haare.

«Versuche es selbst», schlug er überraschend vor. «Du kennst den Brunnen und seine Macht bereits. Vielleicht erschliesst sich dir die erforderliche Unterstützung in einem Gesicht.» Er erhob sich und klopfte sich den Steinstaub von seinem nachtblauen Gewand. «Ich lasse dich jetzt ein bisschen alleine, mein Freund. Gewiss wirst du aus der Einkehr in dir selbst Rat und Ruhe schöpfen können.»

Anêrios nickte und blickte seinem entschwindenden Freund eine Weile nach. Es dauerte nicht lange, dann hatten die Nebelschwaden Beodân verschluckt. Die ständige Gegenwart dieser wallenden Schleier, welche Dinge verschwinden liessen und anderswo wieder enthüllten, wirkte auf Anêrios zunehmend unheimlich. Umso mehr in seiner aufgewühlten Gemütsverfassung.

Wie sein Freund ihm vorausgesagt hatte, verschaffte ihm das Alleinsein aber bald etwas Klärung und festeren Boden unter den Füssen. Schliesslich rückte er näher an den gähnenden Brunnenschacht heran und beschloss, einen Blick hineinzuwagen. Seine Finger fuhren über die verschlungenen Reliefs im glatten Felsen, welche die kreisrunde Öffnung umschlangen.

Sie haben immer wieder von einem Gewebe gesprochen, entsann er sich. Für die Bewohner dieses entrückten, verwunschenen Reiches schien die Wirklichkeit eine Art Gespinst zu sein, in dem vielerlei Schicksale und Absichten, Träume und Ahnungen auf geheimnisvolle Weise miteinander verwoben waren. Er versuchte sich vorzustellen, dass selbst seine Gedanken verworrene Fäden wären, die ihn immer tiefer in dieses existenzielle Geflecht hinein entführten.

Als er konzentriert auf die dunkle, runde Wasserfläche hinab starrte, erkannte er zunächst nur die Umrisse seines Gesichts im Spiegelbild. Doch bald nahmen die Einzelheiten darin klarere Gestalt an. Es waren unzweifelhaft seine eigenen Augen, die ihm aus der Tiefe des Schwarzen Brunnens entgegenblickten. Unwillkürlich fasste er sich an das Kinn.

Das Bild, welches ihm das Wasser zeigte, gehörte einem jungen Mann mit Bart. Die Augen waren unzweifelhaft immer noch die seinen, aber der Rest wirkte ... *älter.*

Seine tastende Hand im Gesicht verriet ihm, dass der Bartwuchs lediglich im Spiegel vorhanden war. Seine richtigen Wangen waren immer noch so glatt wie er sie kannte.

Dann führte ihm der Brunnen womöglich nur vor, wie er nach seiner Rückkehr in die menschliche Heimat aussehen würde.

Um sieben Jahre gealtert.

Plötzlich nahmen seine Ohren etwas wahr.

Eine feine Stimme drang durch den Nebel zu ihm. Es klang wie ein Gesang, der sich näherte. Bald konnte er ihn deutlich vernehmen und war sogleich verzaubert von seiner Schönheit. Zweifelsohne lauschte er der glockenhellen und klaren Stimme einer Frau.

Eine Gestalt in einem düsteren Kapuzenmantel trat aus den wallenden Schwaden auf ihn zu. Kaum hatte sie ein paar Schritte in seine Richtung vollführt, verwich der dunkle Umhang und er hatte unversehens eine der drei weissen Jungfrauen von der Barke vor sich.

Ihre moosgrünen Augen funkelten ihm geheimnisvoll entgegen. Es war Alaïs, die Mittlere der drei Schwestern. Ihr wehendes Haar und die feine Haut waren so weiss wie frisch gefallener Schnee. Umso stärker schlugen ihn die smaragdfarbenen Augen in ihren Bann. Sie erinnerten ihn irgendwie an diejenigen von Lusilla.

Lusilla, was aus ihr wohl geworden war? In der Aufregung des vergangenen Tages hatte er sie beinahe vergessen. Es bedrückte ihn, dass er das Versprechen nicht hatte halten können, welches er Beligomâgus in Helicôna gegeben hatte.

«Du bist alleine hier», stellte die junge Frau im schwanenbefiederten Mantel fest. Ihre Stimme klang einnehmend, beinahe schmeichelnd.

«Hast du das Lied gesungen?», fragte Anêrios etwas kleinlaut. Weil ihm gerade nichts Besseres in den Sinn kam und weil der unverschämte Blick der Grünäugigen ihn verlegen machte.

«Ja, ich singe oft, wenn ich durch die Nebel wandle oder auf dem dunklen Wasser schwimme.»

«Du schwimmst gerne? Na ja, ist eigentlich ja auch kein Wunder, Wasser gibt es hier jedenfalls mehr als genug. Etwas ungemütlich vielleicht, bei diesem dauernden Nebelwetter.» Ihm fiel selbst auf, dass er nur deshalb so unbedacht plapperte, weil er die Unruhe zu verbergen suchte, die ihn erfasst hatte.

«Du magst das Wasser auch», raunte Alaïs und setzte sich neben ihn. Ihr gefiedertes Gewand raschelte. Er spürte, wie die feinen Schwanenfedern über seinen Arm strichen.

«Ich sehe es an deinen Zeichen», hauchte sie und fuhr mit ihren schlanken, weissen Fingern über seine Hand.

Er erschauerte. Die Art und Weise, wie diese Frau ihn berührte, bewegte etwas in ihm. Unwillkürlich wollte er seine Hand aus ihrer Reichweite wegziehen, aber sie hielt sie bereits fest umfasst und betastete mit den Fingern ihrer anderen Hand die Schwimmhäute.

«Du bist ein Wasserblütiger», bemerkte sie leise und blickte dabei unverwandt auf seine Hand. «Deshalb kostet es dich weniger Lebenszeit.»

«Wie meinst du das?» Anêrios versuchte etwas nachdrücklicher, ihr seine Hand zu entziehen, aber sie liess ihn nicht los. Er spürte ihre pulsierende Wärme auf seiner Haut.

«Dein Freund mit den schönen Augen, in seinen Adern fliesst gewöhnliches Menschenblut. Deshalb wird er viele Lebensjahre hier zurücklassen, wenn er in seine Welt zurückkehrt.»

Anêrios schluckte leer und erinnerte sich daran, was Beodân am Vormittag zu ihm gesagt hatte.

«Warum ist das eigentlich so?», hakte Anêrios nach.

«Es ist ganz einfach», erklärte Alaïs und versenkte wieder ihre grünfunkelnden Smaragdaugen in seinem erstaunten Gesicht. «Weil die Menschen keine Wesen des Wassers sind, entzieht es ihnen Lebenskraft, wenn sie in dieses nasse Reich kommen, in welchem das flüssige Element in seiner reinsten Kraft herrscht. Normalerweise müssten sie darin ertrinken, aber die Magie von Helysia ermöglicht es ihrem Leib, dass er sich anpassen kann. Es ist hier beinahe so, als ob du dich auf dem Grund eines Sees aufhalten würdest. Die Macht des Wassers umfängt dich hier ganz und gar.»

Anêrios lächelte. Das war in der Tat eine faszinierende Vorstellung.

«Aber warum habe ich denn das Gefühl, gleichwohl auf dem Trockenen zu sitzen?»

«Die Magie von Helysia macht es möglich, dass du dich hier trotzdem so bewegen und atmen kannst, wie du dies von deiner üblichen Umgebung her gewohnt bist. Aber eigentlich verweilst du jetzt im See. Funtaflauis ist der tiefste Bereich unserer Welt. Deshalb gibt es hier immer Nebel, jeden Tag und immerdar.»

«Und du sagst, für mich sei das weniger schlimm als für Beodân?»

«So ist es», bestätigte sie. «Denn das Menschenblut zollt der magischen Macht dieses Landes Tribut. Und dieser Preis wird in Form von Lebenskraft entrichtet. Dies bewirkt, dass ihr schneller altert. Du aber hast einen Anteil Wasserblut in dir.»

Ihre Hand strich sanft über die nackte Haut an seinem Arm und er begann sein strömendes Blut unwillkürlich zu spüren. Heiss wallte es auf einmal durch seine Adern, und er spürte, wie Alaïs näher an ihn heranrückte.

«Kannst du es fühlen?», wisperte sie und liebkoste weiterhin seinen Arm. «Dieses Wasserblut und unser Land sind verbunden durch die elementare Magie des Fliessenden, Strömenden, Quellenden. Deshalb entzieht es dir weniger Lebenskraft, wenn du dich bei uns aufhältst. Ein Teil von dir ist hier zuhause. Du gehörst hierher.»

«Aber sieben Jahre sind viel», stellte Anêrios fest und versuchte etwas von Alaïs wegzurücken. Sein Körper verkrampfte sich unweigerlich, denn die ungehemmte Nähe dieser aufreizenden Jungfrau irritierte ihn über alle Massen.

«Du bist jung», erwiderte die weisse Frau tröstlich. «Sieben Jahre zusätzlicher Reife bekommen dir gut. Dann bist du nämlich genau im richtigen Alter.»

«Im richtigen Alter wofür?», stammelte Anêrios. Er spürte, wie die Hitze nun durch seinen ganzen Leib pulsierte. Obwohl Alaïs' albiônenweisse Erscheinung eigentlich Kühle hätte ausstrahlen müssen, fühlte er, wie sie eine lodernde Glut verströmte, die mehr und mehr auf ihn übersprang.

«Ich kann es dir zeigen, wenn du magst», hauchte sie mit einem vieldeutigen Lächeln und liess ihre kosende Hand weiter über seinen Körper wandern.

«Wollen wir nicht lieber schwimmen», japste er plötzlich. Ihm war klar, dass er sich ihr schleunigst enziehen musste, wenn er ihr nicht vollständig verfallen wollte. Das Verlangen nach ihr würde sonst übermächtig in ihm.

Überraschenderweise liess sie sogleich von ihm ab und gestattete ihm wieder etwas Raum.

«Das ist wunderbar», strahlte sie ihn an. Der Liebreiz ihres Ausdrucks war jedoch keinesfalls dazu angetan, sein Begehren abkühlen zu lassen. Es hätte gewiss nicht viel gefehlt und er hätte sie leidenschaftlich an sich gerissen. Aber zum Glück erhob sie sich in diesem Moment rasch auf ihre Füsse.

«Ich will dir etwas zeigen», verkündete die Schwanenfrau unternehmungslustig. «Wenn wir durch den Schwarzen Brunnen tauchen, gelangen wir nämlich an einen wunderschönen dunklen Weiher in den Bergen von Nemetônia, wo Aumêna Wache hält, eine Albiôna aus dem Gefolge meiner Tante Helva. Einen friedlicheren Ort habe ich nie zuvor gesehen. Meine Schwestern und ich schwimmen oft dort in unserer Schwanengestalt.»

«Das würde bedeuten, dass wir dieses Reich verlassen müssten, um dorthin zu gehen?», fragte Anêrios unbehaglich.

«Es ist ganz einfach», versicherte Alaïs und zwinkerte ihm verschwörerisch zu. «Es ist bloss wie dreimal mit den Augen blinzeln, dann sind wir bereits dort.»

Er starrte sie bestürzt an. «Und die sieben Jahre?»

«Nein», lachte sie, «wenn du in deine Welt zurückkehrst, fordert dein Menschenblut keinen Tribut. Du verlierst dadurch keine Lebenskraft, du trittst ja wieder in dein dir vertrautes Element ein.»

«Gilt das auch für den Rückweg?», fragte er vorsichtig. «Wir müssten wohl auch wieder hierher zurückkommen.»

«Dann ist es anders», gab Alaïs unumwunden zu. «Das kostet dich wiederum sieben Jahre. Aber ehrlich gesagt, mich würde das nicht stören.

Ich geniesse es sehr, mit gereiften Männern zusammen zu sein.»

Das heisse Schaudern erfasste den Jungen neuerlich, wenn er sich vorstellte, Alaïs' verführerischen Leib ganz nahe an seinem eigenen zu spüren. In Nemetônia herrschte gewiss noch immer der Sommer und es war schön warm dort. Die Aussicht auf wohlige Sonnenstrahlen, die seine Haut beschienen, verlockte ihn ungemein. Dem allgegenwärtigen feuchten Nebel für einen kurzen Moment entfliehen zu können. Und dann noch in der Gesellschaft dieser wunderschönen Frau ...

«Ich bin dort oben allerdings an meine Schwanengestalt gebunden», seufzte sie, fast als hätte sie seine übermütigen Gedanken erraten. «Meine Schwestern und ich, wir vermögen aber auch als Schwäne unseren Gesang ertönen zu lassen. Manchmal locken wir auf diese Weise Wanderer in den Weiher und ziehen sie mit uns hinab.»

Anêrios fröstelte unwillkürlich bei dieser Vorstellung. Andererseits mochte der Lohn für diese Verschleppten durchaus reizvoll sein, wenn sich hier unten unversehens in den Armen der Schönen wiederfanden. Er spürte, wie die Verlockung in ihm kribbelte.

«Ihre Lebenskraft reicht meist nicht weit, weil wir sie uns teilen müssen», gab die Schwanenfrau bedauernd zu bedenken. «Manchmal verhauchen sie schon nach wenigen Tagen ihren letzten Atem bei uns. Und selbst wenn wir sie wieder ziehen lassen, kehren sie ergraut und verbraucht in ihre Welt zurück.»

Anêrios schüttelte entgeistert den Kopf. «Ist das nicht furchtbar?», stammelte er angewidert. «Dann beschleunigt ihr das Sterben dieser Unglücklichen ja über alle Massen.»

«Gibt es nicht betrüblichere Formen, seine Lebenskraft zu opfern?», fragte sie achselzuckend. «Du klingst fast ein bisschen wie unsere Mutter. Sie mag es auch nicht, wenn wir uns unsere Gespielen auf diese Weise fangen.»

Sie näherte sich ihm wieder und legte eine ihrer warmen Hände auf seine Brust. «So besehen ist es vielleicht doch besser, hierzubleiben. Soll ich dir mein Lieblingsnest zeigen, hübscher Anêrios? Es liegt nicht weit von hier unter den Erlen. Ich habe es mit Schwanenfedern schön weich und einladend ausgepolstert.»

Anêrios sah das begehrliche Glitzern in ihren dunkelgrünen Augen und schob sie hastig von sich weg. Auf einmal war ihm die Lust auf eine Annäherung vergangen. Der Gedanke an die betörten und ausgezehrten Opfer der Schwanenfrauen erschütterte ihn.

«Ich glaube, das ist keine gute Idee», versetzte er und wandte sich von ihr ab. «Ich … ich sollte mich nun auf eine wichtige Aufgabe vorbereiten, die mir bevorsteht. Deshalb kann ich mich leider nicht mit dir einlassen. Mein Herz sagt mir, dass mein Vorhaben nicht einfacher würde, wenn ich mich vorschnell an dich bände.»

«Du hast wohl recht», pflichtete sie ihm bei und seufzte bedauernd. «Du bist nicht so wie die anderen. Ich hätte dich gerne genossen. Aber vermutlich würde meine Mutter mir zürnen, wenn ich dich von deinen Vorbereitungen abhielte. Sie sagt, dass du für etwas Grosses ausersehen seist.»

Alaïs lächelte traurig und griff in einen Nebelschleier, der just in diesem Moment zwischen zwei Stelen hindurch in den Ring hereinkroch und sie mit seinem kühlen Hauch streifte. Sie zog einen grauen, glitzernden Faden daraus hervor und knüpfte mit geschickten Fingern drei Knoten hinein.

«Damit du mich nicht vergisst», hauchte sie und streckte ihm die Gabe entgegen. «Diesem gebundenen Nebelgewebe wohnt ein Zauber inne. Wann immer du einen Knoten löst, werden die seufzenden Schwaden dich umschmiegen, so wie ich es am liebsten täte. Dies wird dich daran erinnern, dass ich hier auf dich warte.»

Sie setzte einmal mehr ihr geheimnisvolles Lächeln auf. Dann verfiel sie plötzlich in ein vorsichtiges Flüstern. «Nur darfst du meinen Schwestern nichts davon verraten. Sie sind furchtbar eifersüchtig, wenn ich einen Liebsten allein für mich habe.»

Sie kicherte verschwörerisch. «Aber darin unterscheiden wir uns ja eigentlich kaum voneinander.»

Anêrios nahm den nebelgrauen Faden entgegen und nickte Alaïs zu. Plötzlich war er sehr erleichtert, dass er sich nicht hatte von ihr umgarnen lassen. Er befand sich hier in einer anderen Welt, mit deren Gesetzen er nicht im Geringsten vertraut war. Sein einziges Bestreben musste es nun sein, möglichst rasch einen Weg zu finden, wie er seine gefangene Mutter befreien konnte. Er durfte sich von dieser Aufgabe nicht ablenken lassen.

«Danke», murmelte er gedankenverloren.

Aber Alaïs stand bereits nicht mehr im Ring der Steine. Flüchtig gewahrte er eine dunkel verhüllte Gestalt, welche anmutig zwischen die Nebel glitt.

XI

DER RAT DER BERGKÖNIGE

Anêrios war froh, dass Beodân ihm in der kommenden Nacht Gesellschaft leistete, so dass er mit seinen aufwühlenden Gedanken und Ängsten im Hinblick auf die bevorstehenden Herausforderungen nicht alleine blieb. Als sie traulich zusammen auf dem schwankenden Bett im Tiefwassergemach unter Uyôlas Blütenpalast lagen, fühlte sich der Junge unwillkürlich an jene längst vergangene Nacht in Arîmus' Hütte und an ihre abenteuerliche Überfahrt auf dem schwimmenden Mantel erinnert. Die tröstliche Nähe des treuen Gefährten stärkte seine Zuversicht und er fand rasch in einen geruhsamen Schlaf.

Als er nach vielen bewegten Träumen die Augen aufschlug, war Beodân verschwunden.

Dafür räkelte sich eine der Schwanenschwestern wie selbstverständlich neben ihm auf seinem Lager.

Die amethystfarbenen Augen, welche ihn aufmerksam betrachteten, verrieten Anêrios, dass es sich um Yaïlil handelte, die Älteste von Uyôlas Töchtern. Sie lag auf dem Bauch und war ganz von ihrem schimmernden Federmantel eingehüllt. Ihre unerwartete Nähe versetzt den Jungen unwillkürlich in Aufregung, denn seine Begegnung vom Vortag mit der grünäugigen Alaïs stimmte ihn immer noch beklommen. Wo deren Smaragdaugen ihn aber mit geradezu magischer Macht gebannt hatten, wirkte der dunkelviolette Blick ihrer älteren Schwester wesentlich kühler und abgeklärter, auch war in ihrem Wesen eine vornehme Zurückhaltung spürbar.

«Was machst du hier?», schnappte Anêrios verdutzt. «Und wo ist Beodân?»

Yaïlil legte gelassen ihr von weissem Haar umflortes Haupt auf die Kissen und bedachte den Jungen mit einem sanften Lächeln. «Er ist früh aufgestanden, wie er es immer tut, und widmet sich draussen dem Zwiegespräch mit seiner Seele.»

«Was willst du von mir?», begehrte Anêrios zu wissen und rückte vorsichtshalber gleich so weit als möglich von der befiederten Jungfrau weg.

«Ich möchte dich einladen, den erwachenden See mit mir zu begrüssen», raunte sie geheimnisvoll.

«Meinst du schwimmen?», fragte Anêrios und dachte an das vorausgegangene Angebot von Alaïs, mit ihr einen Bergsee in Nemetônia zu besuchen.

«Nicht schwimmen, nein. Unbeschwert durch die tiefen Fluten gleiten und lautlos im endlosen Bauch der Seemutter schweben. Lasse dich überraschen. Kommst du mit?»

Yaïlils rätselhafte Einladung erweckte seine Neugier. So gab er ihr vorsichtig nach und machte sich bereit, um ihr zu folgen.

Die Amethystäugige führte ihren Gast in eine annähernd kugelförmige, gläserne Kammer, die in das dunkle, wogende Blau des Seegrundes eingebettet lag. Das allgegenwärtige sanfte Leuchten der tiefen Palastgemächer erfüllte auch diesen Raum. Durch die durchscheinenden Wände waren zahlreiche schimmernde Fische zu erkennen, die anmutig durch die Tiefe glitten.

In der Mitte dieser wundersamen Kugel befand sich eine runde Öffnung im Boden, die mit Wasser gefüllt war, ohne dass die Seeflut jedoch in das Innere der gläsernen Blase eindrang.

«Hier können wir einsteigen», erklärte Yaïlil rundheraus und deutete auf das hochschwappende Wasser. «Mit einigen Zügen verschaffen wir und Zugang in die unendliche Weite da draussen.» Ihre Augen leuchteten begeistert.

«Meine Mutter ist zwar eine Lindôna», erklärte Anêrios mit ernster Stimme, «aber ich kann gleichwohl nicht im Wasser atmen. Wenn ich dir jetzt da hinaus nachfolge, werde ich Wasser schlucken und jämmerlich ertrinken.»

«Ich weiss doch, mein Schöner», erwiderte die Schwanenfrau lachend. «Deshalb habe ich dir etwas mitgebracht.»

Sie zog einen Ring von ihrer Hand und streckte ihn dem Jungen hin. Es war ein zierliches, aus Silber getriebenes Schmuckstück von schlichter Form, in welches ein matter Aquamarinstein eingefasst war.

«Dies ist ein Zauberring aus der tiefen Stadt Umaubôn», erklärte sie lächelnd, «und er verleiht dir die wunderbare Gabe des Wasseratmens, solange du ihn trägst.»

Die Vorstellung, sich schwerelos durch die Wassertiefen bewegen zu können, rief grosse Aufregung in Anêrios wach. Einst hatten ihn Wasserwesen anlässlich seiner Flucht aus der Weissen Stadt durch den ganzen Vendolindon getragen, aber damals war er nicht bei Besinnung gewesen. Diese sehnsuchtsvoll erträumte Erfahrung jetzt bei vollem Bewusstsein nochmals durchleben zu dürfen, reizte ihn ungemein. Er steckte den Ring an einen Finger, wo er gut passte, und nickte Yaïlil erwartungsvoll zu.

Ungehemmt liess die Schwanenfrau ihr raschelndes Gewand fallen und enthüllte vor seinen Augen unerwartet ihre ganze weibliche Nacktheit. Wie eine formvollendete Statue aus Alabasterstein stand sie da. Alles an ihr war makellos weiss, sogar die Knospen ihrer festen, wohlgerundeten Brüste und das zierlich gelockte Vlies zwischen ihren Schenkeln. Anêrios war noch nie einer unbekleideten Jungfrau von solcher Schönheit gegenübergestanden und er war derart überwältigt, dass er sie eine Zeitlang einfach nur bewundernd anstarren konnte.

Yaïlil schien sich nicht an seinen Blicken zu stören und zwinkerte ihm einladend zu. «Zieh dich aus, wir wollen eintauchen.»

Schamhaft legte er seine Tunika ab und lächelte betreten. Auf keinen Fall wollte er sich im Angesicht dieser liebreizenden Frau vollständig entblössen.

Yaïlil zuckte die Achseln und glitt mit einer einzigen fliessenden Bewegung in den plätschernden Wasserschacht hinaus. Durch die umlaufende Glaswand hindurch sah Anêrios, wie ihr schlanker, weisser Leib behände durch die tintenblaue Flut schnellte. Sie winkte ihm auffordernd zu.

Nach kurzem Zögern gab sich der Junge einen Ruck und sprang kühn in das Wasser. Die Seemutter Vendolindia nahm ihn sogleich mit schmeichelnder Sanftheit in ihre weiche Umarmung. Der Zauber des Rings versorgte ihn auf wundersame Weise mit Atemluft. Seine Begeisterung war auf Anhieb so überwältigend, dass es ihm allein deshalb beinahe den Atem verschlug. Das schwerelose Gleiten im weiten Wasser verschaffte dem Sohn einer Wasserfrau und eines sterblichen Bootsbauers ein nie gekanntes Hochgefühl. Wie oft hatte er bereits mit kräftigen Schwimmzügen die Wasseroberfläche durchpflügt und war kurze Momente untergetaucht.

Aber sich derart uneingeschränkt der grenzenlosen Wassertiefe hingeben zu können, war für Anêrios gleichsam ein Einweihungserlebnis in eine tiefere Schicht seiner Natur. Wie ein junger Otter tollte er durch das berauschende Blau und drehte sich in immer ausgefalleneren Windungen um sich selbst. Er fühlte sich wie ein Wasserwirbel, der zum ersten Mal aus einer engen Flasche entlassen wurde. Wenn seine Stimme nicht versiegelt gewesen wäre, hätten seine Jubelrufe den ganzen See erfüllt.

Eine Vielzahl von Fischen kreuzte seinen Kurs, viele von ihnen waren ihm bekannt. Es waren jene schillernden Wasserbewohner, denen er mit seinem Vater jahrelang nachgestellt hatte. Den silbernen, kräftigen Ancorâvos traf er an, den edlen, langgestreckten Attilos, den grimmigen, bärtigen Carpon, die kleinen wendigen Alausae, Ancosi und Leucae, welche in ganzen Schwarmverbänden um ihn herumflitzten.

Plötzlich glitt ein geschmeidiger, weisser Körper an seine Seite und er spürte eine kühle Berührung an seiner Hand. Yaïlil hatte sich ihm unbemerkt angenähert und nahm ihn nun mit sich. Wie ein silberner Schleier aus Seidengespinst umschwebte ihr langes Haar das berückend schöne Gesicht mit den funkelnden Edelsteinaugen. Fasziniert beobachtete Anêrios die Beweglichkeit ihres schlanken Leibes und wunderte sich, dass sie kein Schuppenkleid trug.

Sie tauchte mit ihrem Begleiter auf den tiefsten Seegrund hinab, wo ganze Wälder von dunkelgrünen Tangpflanzen in der sanften Dünung wogten. Der staunende Betrachter gewahrte ausladende Muscheln mit ungewohnt geschwungenen Gehäusen, welche den Seeboden sprenkelten, und bizarre gepanzerte Krebse, welche gemächlich über den Pflanzenteppich staksten. Er war so verzaubert von diesem unbeschreiblichen Erlebnis, dass er jenes Geschöpf, welches ihm das Tor in diese nie gekannte Welt geöffnet hatte, am liebsten vor Dankbarkeit umarmt hätte.

Als sein Griff um Yaïlils Hand vor Wonne fester wurde, hielt die weisse Jungfrau inne und blickte ihm direkt in das Gesicht. Der verträumte Ausdruck in ihren Zügen spiegelte gewiss seine eigene Verwunderung wider. Lautlos bewegte sie ihre Lippen, als würde sie ihm etwas mitteilen wollen, aber er sah nur Myriaden von schillernden Blasen, die ihrem Mund entwichen und in die tiefblaue Weite hinaustaumelten.

In seinem Geist vernahm er tonlose Worte. *Lass mich dir nun die tiefste aller Wonnen zeigen ...*

In diesem Moment glitt ein dunkler Schatten über sie hinweg.

Yaïlil erschrak wohl nicht weniger als er selbst angesichts des unerwarteten Besuchs.

Die Wunderkraft dieses Seereiches schien noch nicht ausgeschöpft zu sein. Es war eine leibhaftige Lindôna, die schwerelos vor ihnen im dunklen Blau des Sees tanzte.

Er fühlte sich sogleich an jenen Tag zurückversetzt, als drei Wasserfrauen Beodân und ihm bei der Suche nach der Valâda behilflich gewesen waren. Ganz anders als die Schwanenfrau spielte die Sirene regelrecht mit dem Wasserelement – und Anêrios erkannte sofort, dass dieses Wesen noch ungleich inniger mit der Magie des tiefen Wassers verbunden war als Yaïlil.

Anscheinend war die Nixe gekommen, um seiner Begleiterin etwas mitzuteilen. Nachdem sie sich eine Weile mit verschlungenen Handzeichen gestikulierend unterhalten hatten, ergriff die weisse Jungfrau hastig die Hand des Jungen und geleitete ihn rasch zurück zum Einschlupfloch, welches in die Glaskugel mündete.

«Meine Mutter schickt nach dir», verkündete sie ihm ohne Umschweife, als sie sich wieder am Trockenen befanden. «Die Magnaten des Kleinen Volkes sind eingetroffen und haben unerwartete Neuigkeiten zu unterbreiten.»

Sie hauchte ihm einen kühlen Kuss auf die Lippen und schenkte ihm ein erfülltes Lächeln. «Es war schön, mit dir den Zauber der Tiefe zu spüren. Bitte erzähle meinen Schwestern nichts von unserem Geheimnis, es würde bloss ihre Eifersucht erregen. Ich freue mich auf das nächste Mal und werde sehnsuchtsvoll auf dich warten.» Sie hüllte sich geschwind in ihr Schwanenkleid und huschte eilends davon. Bevor sie entschwand, wandte sie sich noch einmal zu ihm um. «Behalte den Ring, damit du jedes Mal an mich denkst, wenn du dich vom Wasser liebkosen lässt», rief sie ihm freudestrahlend zu.

Anêrios fühlte sich immer noch etwas benommen von seinem rauschhaften Erlebnis, als er in den Seerosensaal des Palastes hinaufstieg. Dort erwartete ihn bereits Beodân und zwinkerte ihm schmunzelnd zu. «Du scheinst diesen Tag auf wahrhaft beglückende Weise begrüsst zu haben», raunte dieser und nahm seinen Freund bei der Hand.

Als sie den Blütenpalast verliessen, tasteten einzelne Sonnenstrahlen schüchtern durch die Nebelschleier über dem Wasser.

«Es muss heute fürwahr ein besonderer Tag sein, wenn die Herrin dieses wundersamen Reiches die Nebelhülle etwas lichtet», bemerkte Beodân unterwegs mit vielsagender Miene. «Vielleicht liegt es an dem hohen Besuch. Für die Angehörigen des Kleinen Volkes ist diese wässerige Umgebung gewiss sehr gewöhnungsbedürftig, deshalb findet das Treffen mit ihnen auch im Ring der Steine statt. Das Solide, Bodenständige entspricht ihnen wohl ungleich mehr als die wässerige Umgebung von Uyôlas Palast.»

Als sie sich dem Treffpunkt annäherten, erklangen polternde Stimmen durch die lichtdurchfluteten Schwaden des sich auflösenden Nebels. Es hörte sich an, als würden schwere Steine durch eine tiefe Kluft im Gebirge rumpeln oder zürnender Donnerhall den Felswänden entlang rollen.

Die beiden Freunde fanden Uyôla Nebelsang und ihren Vertrauten Agïlion Wolkenreiter bei einer angeregten Unterhaltung mit drei kleinwüchsigen, gedrungenen Gestalten mitten im Kreis der stehenden Steinstelen. Die Neuankömmlinge ähnelten den Dverîgen, welche Anêrios in Nemetônia angetroffen hatte, nur dass sie ungleich grösser und stämmiger waren als jene. Wo Borobûr und Beriberinna ihm knapp bis zur Hüfte gereicht hatten, befanden sich die klobigen Köpfe dieser Bergfürsten mit ihren beeindruckenden Bärten und verwitterten Gesichtern beinahe auf der Höhe seines Brustkorbes. Und sie waren mindestens doppelt so breit wie er selbst.

«Es ist wahrhaftig eine Schande!», wetterte soeben der schmächtigste der drei Besucher, welcher einen bodenlangen Mantel aus felsfarbenen Schuppen trug und einen schiefergrauen, verfilzten Rauschebart sein Eigen nannte. «Diese rücksichtslosen Groblinge wühlen und graben jetzt schon seit vielen Jahren unermüdlich unter dem Baranbanno und unter dem Aurîg. In ihrer unersättlichen Goldgier weiden sie die Berge förmlich aus. Bald werden sie ihre Schächte und Stollen bis zu den oberen Schmelzsteingärten vorgetrieben haben und deren einzigartigen Säle gewiss hemmungslos ausplündern.»

Ein altehrwürdiger Greis mit klugen Augen, dessen kunstvoll geflochtener, silberweisser Bart mit Perlen aus Edelmetallen und funkelnden Steinen durchsetzt war, nickte seinem aufgebrachten Begleiter eifrig zu und erhob seine eigene Stimme, die indes feiner und geschliffener klang. «Bei uns treiben es die Grosslinge nicht besser», verkündete er. «Von Nemetônia her dringen sie immer wieder in unsere Berge vor und versuchen, Angehörige unseres Volkes einzufangen. Auf diese Weise haben sie bereits etliche von uns in ihre Weisse Stadt entführt. Ich mutmasse, dass sie sich unserer Künste und Kenntnisse bedienen wollen, um den Goldberg noch stärker aushöhlen zu können.»

«Ich wette, sie sind auch noch hinter etwas anderem her», wandte der dritte Bergkönig grummelnd ein, dessen mächtiger, struppiger Bart von rostroter Farbe bis zu seinen breiten Hüften herabwallte. Er trug einen wuchtigen birnenförmigen Helm auf dem Kopf, als gedenke er jeden Moment in den Kampf zu ziehen. Zudem stützte er sich beim Sprechen fortwährend auf einen ungeschlachten Hammer, mit dem sich gewiss nicht nur Steine klopfen liessen.

Die Herrin des Nebelreiches hob ihre Hand und unterbrach das Gespräch, um den beiden neu Eingetroffenen in aller Form ihre Gäste aus den Bergen vorzustellen. Der ehrfurchtgebietende, silberbärtige Zwergenkönig hiess Gandorix Barbalba und gebot über eine Sippe des Kleinen Volkes in den Bergen von Nemetônia. Seine Leute waren weithin bekannt als fleissige Edelsteingräber und kunstreiche Gemmenschneider. Dessen wehrhafter Vetter Arnorix Fulguroferron bewohnte dieselbe Gegend und vereinte in seiner Sippe erstaunlich viele hoch begnadete Meister der Schmiedekunst und des Erzabbaus. Der dritte im Bunde war Horaurix Gravacucullus, der seinen heimischen Berg nördlich des Vendolindon angeblich nie ohne seinen langen, grauen Schuppenmantel verliess. Wie Agîlion scherzhaft erläuterte, habe dieses hoheitliche Kleidungsstück einst in allen erdenklichen Farben geleuchtet, sei aber durch mangelnde Pflege und das Verstreichen von Jahrhunderten mittlerweile von einer fingerdicken Kruste aus verhärtetem Steinstaub überzogen. Dies zeige deutlich auf, wie unermesslich hoch das Alter dieses Urältesten des Gebirges zu bemessen sei.

Als sie einander zur Begrüssung respektvoll zugenickt hatten, erklärte Uyôla zu Anêrios und Beodân gewandt, dass Horaurix seine Vettern mitgebracht habe, um über einige beunruhigende Neuigkeiten zu sprechen, welche durchaus eine frische Beurteilung der Lage erfordern könnten.

Anschliessend erteilte die Gebieterin des Wasserreiches Horaurix mit dem versteinerten Mantel das Wort. Als dieser sprach, war seine Stimme nicht mehr als ein tiefes Grummeln. «Viel Gold schlummert unter dem Drachenberg fürwahr. Aber das ist lange nicht alles.» Seine Augen begannen bedeutungsvoll zu funkeln. «In den tiefsten Schichten dieses Berges liegt überdies ein noch viel seltenerer Schatz verborgen, welchem eine einzigartige Macht innewohnt.»

«Meinst du etwa Mondfeuer, welches Zauberkraft zu bannen vermag, Vetter?», erkundigte sich der silberbärtige Gandorix fachkundig.

«Oder Donnerschlacke, aus der sich ein unzerbrechlicher Stahl gewinnen lässt?», vermutete Arnorix und schlug aufgeregt mit seinem Hammer auf die Felsplatte unter seinen Füssen.

Ein listiges Grinsen teilte den mächtigen Bart von Horaurix. Seine knorpelige Nase bebte erwartungsvoll. Die Tatsache, dass er mit einem Geheimnis vertraut war, welches seine Verwandten nicht zu ergründen vermochten, schien ihn mit Genugtuung zu erfüllen.

«Willst du dein Wissen mit uns teilen, ehrenwerter Horaurix?», schaltete sich Uyôla vermittelnd ein, um den Fortgang der Unterredung nicht unnötig stocken zu lassen.

Horaurix räusperte sich und setzte eine wichtige Miene auf. «Unter dem Höhlensystem, welches die Menschen aus Raûlium gegenwärtig durchstöbern, gibt es eine zweite verborgene Ebene von Kavernen», führte er aus und benutzte seine kleinen, wulstigen Hände, um seinen Bericht gebärdenreich zu untermalen. «Viel weitläufiger und tiefgründiger als die geläufigen Grotten in den oberen Bereichen. Diese tiefen Säle reichen weit bis zu den Grundfesten der Welt hinab.»

«Nun sind wir wahrhaft gespannt, was du dort unten vermutest», bekannte Agîlion lächelnd. «Und was diese Kostbarkeit deiner Meinung nach mit der fieberhaften Stollengräberei der Menschen von Raûlium zu tun hat.»

«Gemach, gemach, Meister Adlerauge», erbat sich Horaurix. «Dir und den anderen Anwesenden in dieser ehrenwerten Runde dürfte doch nicht entgangen sein, was seit jenen anfänglichen Tagen, da die Uralten Mütter in der Mittleren Welt umgingen, im verborgenen Schoss des Landes schlummert.»

«Das ist freilich lange her, Meister Graumantel», konterte Agîlion mit schalkhaft blitzenden Augen. «In jenem Zeitalter, von dem du sprichst, muss dein prächtiges Gewand noch in allen Farben des Regenbogens geschillert haben. Die Uralten Mütter gelten als legendäre Begründerinnen unseres Geschlechts, die wir nunmehr seit siebenmal sieben Zeitaltern im Namen der Ewigen das feine Gespinst der Schöpfung hüten und pflegen.»

Anêrios fragte sich, ob die Rede von jenen drei himmelhohen Schneebergen über dem Vendolindon war, welche in seinem Volk seit jeher ebenfalls als Uralte Mütter bezeichnet wurden und die als Verkörperungen der drei ältesten Göttinnen der Schöpfung galten.

«Der Schatz, von dem ich spreche, ist so alt wie das Gebirge selbst», gab Horaurix preis. «Es sind die drei prachtvollsten Gemmen im unvergänglichen Diadem der Ewigkeit. Eine rote, eine weisse, eine blaue. In ihnen schlummert das erste und das letzte Geheimnis jener Tage, als die Welten noch eins waren.»

Uyôla hatte sich erhoben und bedachte das Männchen im grauen Mantel mit ungläubigen Blicken. «Du sprichst von Omrâs, Eliôm und Urmîn, den Urnen der Zeit?»

Horaurix klatschte in die Hände und lachte schallend. «Du hast es mit deinem klugen Verstand gleich erfasst, meine Verehrteste, wie immer. Ja, es sind in der Tat jene drei köstlichen Kristallglobulen, die dort unten verschlossen sind. So tief unten, dass sie sogar den unermüdlich wachenden

Blicken der Hohen Schwestern entgangen sind.»

«Diese Gebilde sind so alt, dass sogar unser unsterbliches Geschlecht nur in Legenden davon spricht», führte Uyôla erstaunt aus. «Die leuchtenden Insignien, welche wir drei Hohen Schwestern von Helysia in unseren Diademen tragen und welche genau die Farben der Ursteine widerspiegeln, sollen an die Essenz dieser allerersten Emanationen der Schöpfung erinnern. Aber es sind bloss Abbilder, erschaffen durch machtvolle Magie der Ersten Welt.»

«Auch ich glaubte die Urnen der Zeit verloren» seufzte Agîlion, in dessen Gesicht sich ebenfalls ungläubiges Erstaunen abzeichnete. «Verloren in den Nebeln längst zu Staub zerrieselter Zeitalter. Seit der verderbte Elbenfürst Aûn einst nach ihnen gegriffen hatte, galten sie als entrückt von dieser Welt. Denn die Überlieferung preist die Ursteine als kostbarer denn alle anderen Schätze der drei Weltsphären zusammen.»

Die unerhörte Neuigkeit, welche der Bergkönig aus Vendolindium soeben offenbart hatte, erregte grosses Aufsehen im Ring der Steine, und alle Anwesenden blickten einander betroffen an. Anêrios und Beodân stellten zu ihrer Verwunderung fest, dass es anscheinend Mysterien gab, welche selbst die Bewohner eines von Zauberkraft durchdrungenen, uralten Reiches wie Helysia aus der Fassung zu bringen vermochten.

Der scharfsinnige Agîlion war der erste, welcher die Worte wieder fand. «Und wie erklärst du uns, Meister Graumantel, dass wir alle hier, einschliesslich der Drei Hohen Schwestern von Helysia, bis dahin nichts davon gewusst haben, wo die Urnen der Zeit verwahrt werden?»

Horaurix erhob sich mit stolz geschwellter Brust und erweckte den Eindruck, als würde er in diesem Moment über seine bisherige Grösse hinauswachsen wollen. «Ich will es dir gerne kundtun, mein liebes Adlerauge», brummte er gutmütig. «Weil mein altehrwürdiges Geschlecht aus den Bingen von Horhardûr seit den urersten Schöpfungstagen von den Uralten Müttern mit der Aufgabe betraut worden ist, das Geheimnis um den verborgenen Aufenthaltsort dieser Urnen zu hüten. Denn es ist unvorstellbar, was geschehen würde, wenn diese Kleinode in die falschen Hände gerieten. Es sind Manifestationen von unbeschreiblicher Macht. Das Gefüge der Welt liesse sich damit zerbröseln wie mürben Schieferstein, wenn man sie entfesselte.»

«Offenbar haben du und deine Ahnen euch über Äonen hinweg als würdig erwiesen, diese überaus wichtige Obliegenheit zu erfüllen, wenn nicht einmal ich und meine Schwestern davon Kenntnis erlangt haben», bemerkte Uyôla und nickte dem Bergmeister von Horhardûr anerkennend zu. «Aber wie ich aus deinen Ausführungen nun folgern möchte, gehst du davon aus, dass es den Procurator von Raûlium nicht nur um des Goldes Willen nach den tiefen Klüften des Drachenberges Aurîg gelüstet, sondern dass er die Ursteine selbst begehrt. Wie könnte dieser einfältige Erbe eines binnen kürzester Zeit in Dekadenz zerfallenen Menschenreiches eine Information von solch gewaltiger Bedeutung aufgedeckt haben?»

«Der Magos!», warf Agîlion mit fester Stimme ein. «Das wäre eine glaubhafte Erklärung dafür, warum dieser fremde Meister der Zauberkunst in Vendolindium seine Ränke spinnt und keine verbotenen Wege scheut, um allenthalben Zwietracht zu säen.»

«Das hiesse, dass die Priester des Seestammes und der Gewaltherrscher von Raûlium lediglich Puppen im heimtückischen Spiel dieses Erzzauberers sind», spann Uyôla den Faden fort und kniff alarmiert ihre undurchschaubaren Augen zusammen.

Bergkönig Horaurix polterte aufgebracht. «Das ist es, worauf ich hinauswill. Das Streben der Groblinge gilt in Tat und Wahrheit diesem Schatz, und die Ausbeutung der Goldadern stellt lediglich eine Nebensächlichkeit dar.»

«Wer ist dieser Magos?», erkundigte sich der weissbärtige Gandorix mit wachem Blick.

«Anscheinend ein Zaubermeister aus dem Osten», klärte Agîlion die Dverîgen auf, «der seine Macht ausnutzt, um die gesamte Priesterschaft von Vendolindium einschliesslich des Herrschers von Raûlium in seine Machenschaften einzuspannen. Wenn ich diese Sache recht bedenke, dann sind die Versklavung der Lindônen und dieser ungeheuerliche Opferkult rund um die Drachenhöhle lediglich Teile seines finsteren Plans, der darauf abzielt, alle verfügbaren Mittel zur Erlangung des begehrten Schatzes zu mobilisieren.»

«Ungeheuerlich», knurrte Arnorix und schwenkte drohend seinen furchteinflössenden Hammer. «Diesem unverfrorenen Treiben muss sofort Einhalt geboten werden. Wenn sich dieser Schurke der Ursteine bemächtigt, erhält er unvorstellbare Macht über das Gefüge der Welten und mag in seiner Torheit abermals eine Woge der Vernichtung heraufbeschwören, so wie es einst geschah, als die Strahlende Stadt Elezîr verging ...»

Da hob Horaurix beschwichtigend seine von Steinstaub bedeckten Hände. «Nur nichts überstürzen, meine Freunde», brummte er. «Derartige Sorgen bedrängen mich in der Tat auch. Aber selbst wenn dieser Magos über seltene Zauberkünste gebietet, wird er sich an den äonenalten Wurzeln des Aurîg die Zähne ausbeissen. Denn wie ich anfänglich schon betont habe, sind die tiefen Höhlen, welche die Urnen der Zeit bergen, unzugänglich für all jene, die nicht meinem Geschlecht angehören. Insbesondere für tumbe Groblinge, deren Trachten lediglich von ihrer Gier nach Schätzen bestimmt wird.»

«Du meinst, die Bemühungen des Magos und seiner Verbündeten, an die Urnen zu gelangen, sind ohnehin zum Scheitern verurteilt, solange ihr die Ursteine bewacht?», fragte Uyôla den graubemantelten Bergkönig vorsichtig.

Horaurix wiegte grummelnd den Kopf und liess sich nicht zu einer klaren Aussage bewegen.

Nun schlug Arnorix den Kopf seines Streithammers so fest auf den Felsen, dass unvermittelt Funken stoben. «Bei meinem flammenden Bart, jetzt wird mir alles klar!», dröhnte er ungehalten und seine Augen begannen zornig zu funkeln. «Dieses hinterfotzige, goldhungrige Raubgesindel hat alles von langer Hand geplant.»

Sechs fragende Augenpaare richteten sich auf den rotbärtigen Polterer. Arnorix schüttelte sich missmutig, ehe er zu erklären begann: «Saxospex! Der Bergspiegel! Unlängst erschien ein Fremder in unserer Binge und bot uns drei faustgrosse Uranolithen. Wir begehren dieses seltene Himmelserz für die Herstellung zaubermächtiger Klingen. Im Austausch dafür forderte er einen Bergspiegel aus unseren Werkstätten.»

Uyôla bedachte Arnorix mit einem ratlosen Blick. «Bitte hilf uns, zu verstehen, was die Ursache deines Unmuts ist, und was dieses mysteriöse Objekt aus deiner Zauberschmiede für eine Bedeutung in unserem Zusammenhang hat, ehrenwerter Meister der Erzformer.»

«Ein Bergspiegel ist ein nach uralter Kunst besprochenes Kristallprisma», erläuterte der Bergkönig mit wichtiger Miene, «welches Einblick und Zugang zu Bereichen im Berginnern ermöglicht, die unter natürlichen Umständen unerreichbar sind. Es zeigt dem Kundigen die köstlichsten Schätze, die zwischen den ewigen Felswurzeln der grobstofflichen Welt schlummern. Ein Meisterstück für die Suche nach seltenen Metallen, Mineralien und Kristallen. Dieses Kleinod entspringt der Vollendung unserer Herrschaft über Erz und Stein. Wir hüten diese Artefakte eifersüchtiger als unsere Frauen. Aber die Himmelssteine, die uns der Unbekannte zutrug, trübten unseren Verstand und wir gaben dafür einen unserer mantischen Kristalle heraus. Die Feuerbolge mögen diesen scheinheiligen Gneisbeisser in ihren Glutnestern rösten! Kaum hatte sich der Kerl mit dem kostbaren Stück wieder aus dem Staub gemacht, hielten wir nämlich nichts als drei stinkende Büffelkötel in den Händen. Schändlich betrogen hatte er uns mit seinem Blendwerk!»

«Und nun vermutest du, dass dieser Magos dahinterstecken könnte?», wandte Gandorix auf seine bedächtige Art ein. «Und dass dieser den Bergspiegel einsetzen will, um sich Einblick in die verborgenen Gewölbe unter dem Aurîg zu verschaffen?»

„Mit dem Schatzglas kann er bis in die Mitte der Welt hinabschauen, wenn er dies begehrt", knurrte der rotbärtige Dverîg mit dem Hammer erbost.

«Das werden wir nicht zulassen!», brauste Horaurix auf und schüttelte wütend seine Faust.

«Was meinst du, wozu dieser Meistermagiker fähig ist, wenn er es geschafft hat, uns inmitten unserer Ewigen Erzhalle zu täuschen?», hielt ihm Arnorix entgegen.

«Warum hast du dieses machtvolle Artefakt bloss nicht sorgfältiger gehütet, Vetter Erzmeister?», warf Gandorix dem König der kleinen Schmiede vor.

«Und warum hat Horaurix, dieser Faulschieferkopf, das goldversessene Ungeziefer aus der Weissen Stadt nicht einfach längst aus seinem Berg geworfen?», konterte dieser wutschnaubend und hieb auf den Schaft seines Hammers. «Dann wäre es gar nie so weit gekommen!»

«Ha, Drachenfratz!», ereiferte sich der Angesprochene und sprühte Funken aus seinen glühenden Kristallaugen. «Schmand und Grünspan müssen dein Eisenhirn zerfressen haben, dass du einfach einen deiner unschätzbaren Bergspiegel an einen Unbekannten herausgerückt hast, alter Rostbart!»

«Es erstaunt mich in der Tat», pflichtete Gandorix bei, «dass du dich so leicht verführen liessest, geschätzter Vetter. Deine Leute haben so unvergleichliche Dinge erschaffen wie den Zauberspeer Auriôm, jene Auerflamme, welche die Königswürde der Sterblichen von Helveidion schmückte – aber ihr seid nicht in der Lage, diese Kostbarkeiten mit der gebührenden Achtsamkeit zu schützen. Es ist eine Schande!“

Die drei ehrwürdigen Bergkönige verfielen in ein wüstes Gezeter und Gerumpel. Sie schleuderten einander zornfunkelnde Blicke zu und fuchtelten erbost mit ihren Fäusten.

Anêrios gewahrte, wie Agîlion das Gezänk mit einem amüsierten Schmunzeln bedachte, während Beodân an seiner Seite die Augen geschlossen hatte und leise betend vor sich hinmurmelte.

Bevor die Dverîgen beginnen konnten, einander an den stolzen Bärten zu rupfen und handgreiflich aufeinander einzudreschen, sprach Uyôla Nebelsang mit ihrer durchdringenden Stimme, welche erschallte wie die donnernde Brandung an einer Felsenküste, ein Machtwort und gebot den Streithähnen Ruhe.

Augenblicklich besannen sich die aufgebrachten Bergfürsten wieder und liessen keuchend voneinander ab. Alle drei senkten beklommen ihre Blicke und nickten ihrer Gastgeberin um Verzeihung heischend zu.

Die Herrin von Funtaflauis musterte die kleine Ratsrunde im Innern des Steinkreises mit gestrengen Blicken, ehe sie tief Atem holte und die Unterredung mit gefasster Stimme wieder in die rechten Bahnen lenkte: «Wir haben nun vielfältige Kunde vernommen, die einerseits unsere bisherigen Erkenntnisse ergänzt und zum anderen unsere schlimmsten Befürchtungen verstärkt. Wenn machthungrige Sterbliche ihre Finger nach Omrâs, Eliôm und Urmîn ausstrecken, den Urnen der Zeit, dann bietet dies in der Tat allen Grund zur Beunruhigung. Gemäss der Anordnung meiner Schwester dürfen wir uns in dieser Angelegenheit jedoch nicht voreilig in die Belange der Mittleren Welt einmischen. Sobald wir begännen, das feine Gewebe des Lebens mit unserer Macht zu beeinflussen, könnte dies weitaus verheerendere Folgen nach sich ziehen, so hält Helva Zauberweberin uns immerzu vor.»

Sie wartete ab, bis die drei Bergkönige ihr beigepflichtet hatten.

«Aber wir werden gleichwohl nicht untätig bleiben», fuhr sie fort und richtete ihre Augen auf Anêrios und Beodân. «Diese beiden Verbündeten aus dem Geschlecht der Menschen brechen in Bälde auf, um die Missstände in ihrer Welt beheben zu helfen. Unser vordringlichstes Ziel muss es sein, zunächst die Verbundenheit der Menschenkinder von Vendolindium zurückzugewinnen. Sie sind selbst Opfer jener heimtückischen Mächte geworden, über welche wir soeben gesprochen haben. Wir dürfen nicht vergessen, dass es wenige unter den Menschen sind, welche derzeit infolge ihrer Machtgier das Wohl vieler gefährden.»

«Damit Frieden in Vendolindium einkehren kann», nahm Agîlion das Wort seiner Gebieterin auf, «müssen wir als erstes der lähmenden Angst, welche seine Bewohner befallen hat, ein Ende setzen.»

In wenigen Worten schilderte der stattliche Mann mit der Adlernase in der Folge jenen kühnen Plan, welchen sie in den vorangehenden Tagen ersonnen hatten. Als er die Notwendigkeit betonte, zunächst dem Schrecken der Drachenhöhle und dem damit verbundenen Opferbrauch die Grundlage entziehen zu müssen, nickten die drei Bergkönige einhellig.

«Der gute Auragôr hat seine goldenen Tage längst hinter sich», bestätigte Horaurix, «er ist von den Folgen eines langen Lebens gezeichnet und zahm geworden wie ein müder Grubenhund. Er ist einer der letzten seiner Art, die noch übrig geblieben sind in der Mittleren Welt. Einst hat er das Gold unter dem Aurîg mit seiner furchteinflössenden Macht zu bewachen vermocht. Inzwischen ist es ihm einerlei, ob die Menschen ihm seine Schätze entreissen. In unserer Sorge um das Wohl des Berges haben wir ihn im vergangenen Frühling nochmals wecken können und ihn angestachelt, die zudringlichen Goldschürfer das Fürchten zu lehren. Aber seither schläft er wieder tief und fest in seiner Kaverne.»

Er spricht von dem Drachen, den ich mit eigenen Augen am Höhlentor gesehen habe, dachte Anêrios schaudernd und erinnerte sich an das entsetzliche Erscheinen des Ungeheuers, welches ihn damals davor bewahrt hatte, in die Hände der verschworenen Priester Verunorêgios und Amonträkius zu fallen. *Aber wenn der alte Drache die dargebrachten Menschenopfer der Vendolindier nicht verschlungen hat, was ist dann aus jenen Bedauernswerten geworden, welche über Jahre hinweg immer wieder in die Höhle geführt worden sind? Ist Tarvo demnach vielleicht gar nie von dem Ungeheuer getötet worden?*

Ehe Anêrios seine Gedankengänge einbringen konnte, hatte der Bergkönig mit dem grauen Mantel bereits wieder das Wort ergriffen: «Wir haben uns bereits Gedanken darüber gemacht, ob wir Auragôr nach Nemetônia schicken wollen, wo sein Geschlecht länger überdauern konnte als anderswo in der Mittleren Welt», fuhr Horaurix fort. «Aber vermutlich ist der Vorschlag, ihn nach Helysia heimzuführen der Bessere. Hier wird der alte Schwefelschmaucher auf seine alten Tage Frieden und Einkehr finden können.»

Er nickte Beodân freundschaftlich zu. «Wir werden ein gutes Wort für dich einlegen und ihm dein Kommen ankündigen, Kamerad. Wir werden dir alsdann auch den Weg nach Aureoclastis zeigen.»

Beodân hob ratlos die Augenbrauen und beteuerte, dass er von einem solchen Ort nichts wisse.

«Er meint die Goldene Stadt», erklärte Uyôla anstelle des Bergkönigs. «Sie ist ein Abbild jener äonenalten, strahlenden Stätte der Verschwisterung, welche die Menschen Elezîrum nennen. Dort lebten die Angehörigen unserer Geschlechter vor vielen Zeitaltern einträchtig zusammen, in jenen legendären Tagen, als die Welten noch eins waren. Durch die Einflüsterungen böser Mächte, welche damals bereits den Frieden aller lebendigen Wesen bedrohten, wurde die Stadt zerstört, als das letzte Hochkönigspaar

Helisantia und Elvedîr ihre Geschicke lenkte. Nach der Trennung unserer Welten schufen Vertraute meiner Schwester Helva Zauberweberin mit ihrer Macht eine magische Nachbildung jener dahingegangenen Stadt des Goldenen Zeitalters, die seither an der Grenze zwischen unseren Welten ein phantomhaftes Dasein führt, indem sie mal hier, mal dort auftaucht und ständig ihren Aufenthaltsort ändert. Unter den Menschen ist sie als Aureoclastis bekannt. Es ist möglich, einen ihrer Existenzräume durch die Höhlen unter dem Drachenberg zu erreichen. Zu gewissen Zeiten im Jahr erscheint sie aber auch an anderen Orten in der Mittleren Welt.»

Beodân bedankte sich für diese ausführlichen Erläuterungen und wandte sich fragend an Bergkönig Horaurix. «Und aus welchem Grund möchtest du mich zu diesem Denkmal einer vergangenen glücklichen Zeit führen, ehrenwerter Bergkönig?»

«Weil wir ein paar von euch dort in Sicherheit gebracht haben, die vielleicht wieder einmal nach Hause zurückkehren möchten», brummte der Angesprochene. «Wir konnten leider nur einige von den bedauernswerten Tröpfen erwischen, welche am Höhleneingang unter dem Aurîg angebunden wurden. Die meisten sind dem hochnäsigen Goldwanst in die Hände gefallen. Seine Eisenmänner haben sie jeweils abgeholt und fortgeschafft, damit sie ihm dienen und in seinen Gruben nach dem sonnenfunkelnden Erz schürfen. Einige haben sie wohl auch zu ihrem blutigen Opferaltar geschleift und sie dem stierwürgenden Löwengott dargebracht, dem sie am Höhleneingang insgeheim huldigen. Aber es ist uns wie gesagt gelungen, eine Anzahl von ihnen in unsere Obhut zu nehmen. Zu ihrem Schutz haben wir sie in die Goldene Stadt jenseits des Drachenberges verbracht. Dort haben sie einstweilen eine sichere Zuflucht gefunden.»

Anêrios spürte, wie unvermutet eine grosse Aufregung in ihm aufstieg. Beantwortete diese Enthüllung seine Frage nach Tarvos Schicksal?

«Sprichst du von den Menschenopfern vor der Drachenhöhle?», fragte er den Dverîg aufgewühlt und erhob erstmals das Wort in dieser Ratsversammlung. «Hat sie der Drache denn nicht verschlungen?»

Horaurix lachte polternd. «Auragôr hat nur noch eine Handvoll mürber Zähne in seinem vertrockneten Maul, Junge. Es ist viele hundert Jahre her, seit er zum letzten Mal einen eurer Sorte verspeist hat. Nein, er hat keinen einzigen von diesen Unglücklichen gefressen, die ihr regelmässig vor seiner Höhle ankettet. Wie ich sagte, der Herrscher von Raûlium hat diese Verurteilten für seine eigenen Zwecke beansprucht. Aber wir haben einige von ihnen rechtzeitig dem Zugriff seiner Männer entziehen können. Und sie im Friedenstal untergebracht, wo die Goldene Stadt liegt.»

«Als Tarvo vor der Höhle in Ketten lag», rief Anêrios hoffnungsvoll, «erschien der Drache und vertrieb die Soldaten! Dann ist er vielleicht auch dort! Ein schlaksiger Junge mit rotem Haar und Sommersprossen. War er unter denjenigen, die ihr in die Goldene Stadt gebracht habt, Bergkönig Horaurix?»

Der Angesprochene zuckte die Achseln und brummelte unschlüssig in seinen Bart. «Was weiss ich. Ich erinnere mich bloss, dass du selbst an jenem Tag, als Auragôr Radau machte, vor Schreck beinahe über die Felswand hinabgestürzt wärest, Junge. Meine Leute haben dich noch gerade rechtzeitig geschnappt und auf festen Grund zurückgebracht. Abgesehen davon: Ihr seht für mich allesamt gleich aus. Dürr und zerbrechlich, wie aus Pflanzenfasern gewunden. Ein Wunder, dass ihr derzeit so viel Macht auszuüben vermögt in der Mittleren Welt.»

Anêrios war sich nicht sicher, ob er aus diesem Bescheid Hoffnung schöpfen sollte. Aber jedenfalls lag es im Bereich des Möglichen, dass sich Tarvo unter den Geretteten befand.

«Deine Ankunft bei uns ist wahrhaft eine Zeit der wiedererwachten Hoffnungen, Anêrios», verkündete Uyôla freudenvoll. «Nicht nur Lebenszeichen deiner Mutter hast du hier wiedergefunden, sondern auch einen Hinweis auf deinen verschollenen Freund Tarvônius. Auch mir ist dieser junge Vendolindier bekannt. Sein Vater hatte mich einst aufgesucht, um Einblick in die Lebenswege seines Sohnes zu erbitten. Diesem Jungen ist etwas Besonderes vorbestimmt. Deshalb habe ich ihm damals Trost zugesprochen, als er zur Opferhöhle geführt wurde. Du warst auch zugegen unter den Zeugen dieser Geschehnisse und hast mich in meiner Gestalt als Seepriesterin Valâda gesehen. Die Göttergeweihten eures Volkes nehmen mir meine Einmischung wohl heute noch übel. Ich erahne, dass Tarvônius auch eine wichtige Rolle bei unserem Vorhaben spielen könnte, falls er noch lebt. Gewiss kann es nur zu unserem Vorteil sein, wenn wir ihn in unsere Pläne einbeziehen. Begehrst du nach seinem Verbleib zu forschen, mein Lieber?»

Anêrios fühlte eine atemberaubende Erleichterung, welche ihm die Brust weitete. Er beantwortete Uyôlas Frage mit eifrigem Kopfnicken.

«Ich würde es jedenfalls sehr begrüssen, dich nicht alleine auf deinem Abenteuer zu wissen», bekundete die Herrin von Funtaflauis. «Angesichts der bevorstehenden Herausforderungen halte ich es für angebracht, dass du dich für deine Aufgabe der Hilfe eines Freundes zu versichern versuchst, Anêrios.»

Sie hielt inne und bedachte sich eine Weile, ehe sie fortfuhr.

«Du kannst Aureoclastis von hier aus mit ein wenig Mut und Verwegenheit erreichen, um dich daselbst über Tarvos Schicksal zu vergewissern. Da der Zeitfluss in der Goldenen Stadt keine nennenswerte Bedeutung hat, würde dieser Umweg dein Vorhaben auch nicht unnötig verzögern.»

Keiner der Anwesenden erhob einen Einwand gegen Uyôlas Vorschlag.

«So sei es denn», verkündete sie schliesslich, «wir werden dich zunächst in die Goldene Stadt geleiten, und ich wünsche sehr, dass du dort deinem ersehnten und verloren geglaubten Freund begegnen kannst.»

«Aber wie kann ich denn in diese Stadt gelangen?», erkundigte sich Anêrios bei der Gebieterin der Kristallenen Wasserblüte.

«Am besten auf einem Pferd», erklärte sie lächelnd.

Dem Jungen schwante Übles und er verzog säuerlich das Gesicht.

«Aber wie kommt er danach wieder zurück in seine Welt?», brummte Horaurix skeptisch. «Den Verlorenen Steig unter dem Aurîg hindurch kennen lediglich Angehörige meiner Sippe. Kein Sterblicher vermag den Weg von der Goldenen Stadt nach Vendolindium auf eigene Faust zu begehen.»

«Dann weisst du ihm vielleicht einen guten Rat zu benennen, ehrenwerter Bergkönig», schlug Uyôla Nebelsang vor und schenkte dem griesgrämigen Graumantel ihr reizendstes Lächeln.

Als sich die drei Bergkönige vor Ende des Tages reisefertig machten, boten sie Beodân an, dass er sich ihnen anschliessen möge. Da er ohnehin den gleichen Weg vor sich habe wie sie, würde er im Geleit der Dverîgen rasch und wohlbehalten nach Vendolindium gelangen können.

Dankbar nahm der Gottesfreund dieses Angebot an.

Anêrios freute sich, dass sich sein Gefährte kundigen Führern anvertrauen konnte, zugleich bedauerte er sehr, dass sich ihre Wege folgedessen bereits wieder trennen mussten.

«Es ist gut, wenn wir nicht länger mit unserem Vorhaben säumen», tröstete Beodân seinen wehmütigen Gefährten. «Auch du wirst bald aufbrechen, und wenn es Gott in seiner unerschöpflichen Weisheit gefällt, wird Er unsere Wege in absehbarer Zeit wieder zusammenführen. Ich werde in Ceningânum auf dich warten, wo unsere umsichtige Gastgeberin einen Wunderquell für uns aufspringen lässt.»

«Sei vorsichtig, wenn du dich mit diesem Drachen anlegst», bat ihn der Jüngere. «Ich kann es immer noch nicht glauben, dass er kein gefährliches Monstrum sein soll.»

«Ich hoffe, dass wir uns wiedersehen, ehe ich den Gang in das Innere des Drachenberges antrete. Und ganz abgesehen davon: Ich werde in Auragôr jene Liebe wecken, welche aller Wesen Bestimmung ist, und ihm den Weg in eine bessere Welt weisen. Wir sind alle in Gottes wohlwollender Hand fest gehalten. Sei getrost und ohne Furcht.»

«Ich kann nicht leugnen, dass ich Angst habe, Beodân», bekannte Anêrios und schlug beschämt seine Augen nieder. «Ich weiss nicht, ob ich mich der gewaltigen Aufgabe stellen kann, die auf mich wartet.»

Beodân zwinkerte seinem Freund mit seinen himmelstrahlenden Augen aufmunternd zu und nahm ihn zum Abschied liebevoll in die Arme. «Du bist niemals alleine. Begib dich vertrauenvoll auf den Pfad der Hoffnung und Gott wird dir in bedingungsloser Liebe wie eine unverlöschliche Fackel vorausleuchten.»

Als sich die Bergkönige verabschiedeten, drückte Horaurix Gravacucullus dem jungen Anêrios ein kleines, schneckenförmig gewundenes

Bergwidderhorn in die Hand. Es war mit einer einzigartig schönen Einfassung aus filigran ziseliertem Silber versehen.

«Trage mir Sorge zu diesem seltenen Stück», grummelte der Dverîg auf seine bärbeissige Art. «Wenn du dreimal kräftig hineinbläst, wissen wir, wo du bist und sehen nach dir. Und versuche auf gar keinen Fall, alleine von der Goldenen Stadt in dein Land heimzukehren. Du würdest bis in alle Ewigkeit durch die Abgründe unter dem Gebirge irren müssen. Da unten gibt es beileibe viel Schönes zu entdecken. Aber auch abgründige Schrecken, an denen du keine Freude hättest.»

Mit grossem Dank nahm der Junge die kostbare Gabe entgegen und versprach Horaurix, dass er ein Zeichen geben würde, sobald er bereit wäre für den Rückweg durch die Höhlenwelt.

Die Dverîgen nahmen nicht den Weg durch den Nebel. Sie liessen stattdessen ein langes, verzaubertes Seil in den Schwarzen Brunnen hinab, dessen unergründlich tief erscheinender Schacht auf einmal trocken war. Arnorix, der seinen Hammer auf den Rücken gebunden hatte, stieg mit einem grimmigen Lächeln im feuerroten Bart als erstes in die gähnende Tiefe. Als nächstes schwang sich Beodân über die Felsenkante und warf seinem Freund, der das Schauspiel zwischen den stehenden Steinen mit bangen Blicken mitverfolgte, ein letztes Augenzwinkern zu.

XII

HELVAS HEROLD

Es war beileibe nicht einfach zu beurteilen, ob die Umgebung von Uyôlas Palast eher dem Land oder dem Wasser zugehörte. Anêrios hatte den Eindruck, dass sich das Verhältnis von feuchter, binsenbestandener Sumpferde und schimmernden Wasserflächen fortlaufend wandelte. Auf jeden Fall fühlten sich hier viele Wasservögel heimisch. Ihr Lärmen war zu jeder Tageszeit unüberhörbar.

Der Junge hatte seine dritte Nacht in Funtaflauis wiederum alleine in seiner gläsernen Luftblase tief auf dem Seegrund unter der kristallenen Seerosenblüte zugebracht. Er war froh gewesen, dass ihn diesmal keine der Schwanenschwestern in seiner Unterkunft behelligt hatte. Vielleicht hatte ihre Mutter ein ernsthaftes Wort mit ihnen gesprochen.

Um sich ein bisschen Zerstreuung zu verschaffen und nicht in seinen bedrückenden Gedanken hängenzubleiben, hatte er nach seinem Erwachen beschlossen, eine Weile durch das nebelverhangene Land zu streifen. «Entferne dich nicht zu weit von meinem Palast», hatte ihm Uyôla ans Herz gelegt, «denn der Nebel ist ständig in Bewegung und öffnet bisweilen überraschende Übergänge an unbekannte Orte unseres entrückten Reiches.»

Zwei silbergraue Reiher mit rubinroten Schnäbeln stelzten vor ihm durch die Riedwiese und hielten Ausschau nach lohnender Beute. Sie erinnerten Anêrios unwillkürlich an jene Sümpfe seiner Heimat, welche er unlängst mit Beodân befahren hatte. Er freute sich gewiss, bald in sein Land zurückkehren zu können, zumal sich in der kurzen Zeit seines Aufenthaltes in dieser anderen Welt viele hoffnungsvolle Tore gezeigt hatten. Dennoch nagte ein mulmiges Gefühl in seiner Brust. Was ihm die Bewohner dieses Nebelreiches zumuteten, fand leider gar keinen Widerhall in seinem eigenen Selbstbewusstsein. Zumindest würde er zunächst Gelegenheit erhalten, sich Beistand einzuholen. Er hoffte innig, dass er Tarvo wohlbehalten in der Goldenen Stadt antreffen und mit ihm zusammen nach Vendolindium zurückkehren konnte.

Unvermittelt hörte Anêrios ein leises Wispern in der Luft. Als er sich umsah, entdeckte er ein kleines, geflügeltes Wesen, das ihn in weiten Kreisen umschwirrte. Es ähnelte einem übergrossen Schmetterling mit purpurschillernden Flügeln, aber bei genauerer Betrachtung entpuppte es sich als kaum handlange, mädchenhafte Gestalt, welcher ein filigranes Schwingenpaar aus dem Rücken entspross.

Verwundert blieb der Junge stehen und beobachtete den Gaukelflug der winzigen Falterfrau. Es war ihre feine Stimme, die er soeben vernommen hatte und die ihm fortwährend etwas zuzuflüstern schien.

«Komm mit mir», vernahm er das kaum verständliche Säuseln des geflügelten Geschöpfes in seinem Ohr. «Komm mit mir.»

Dann tanzten die purpurnen Flügel durch den Nebel davon.

Und kehrten kurz darauf wieder zu ihm zurück.

Abermals liess das seltsame Wesen seine geflüsterte Einladung verlauten. «Komm mit, komm mit mir.»

Anêrios' Neugier war stärker als die inneren Stimmen, die zu Vorsicht mahnten. Er blickte sich aufmerksam um, und versuchte, die wichtigsten Wegmarken in seinem Gedächtnis festzuhalten. Dann winkte er dem Schmetterlingsmädchen zu und hielt sich dicht hinter ihm.

Angestrengt bemühte er sich, das Falterwesen nicht aus den Augen zu verlieren. Obwohl dessen auffällige Farbe im allgegenwärtigen Grau des Nebels hervorstach, verschleierten immer wieder wabernde Schwaden die Sicht. Zumindest verlief der Pfad, über welchen ihn das winzige geflügelte Mädchen führte, mehrheitlich über trockenen und sicheren Grund.

Nach vielen Schritten, die ihn gewiss weit von Uyôlas Palast entfernt hatten, hielt Anêrios inne. Das Mädchen mit den Falterflügeln hatte sich auf einem moosüberwachsenen Baumstrunk niedergelassen und verharrte dort reglos. Überall konnte Aenêrios nun die verschwommenen Umrisse von verwachsenen Baumgestalten um sich herum erkennen. Offensichtlich hatte er die Grenze zu einem Wald überschritten.

«Anêrios», rief eine helle Stimme neben ihm. Eine dunkle, verhüllte Gestalt schälte sich aus den treibenden Schwaden und hielt direkt auf ihn zu. Wiederum eine der Schwanenschwestern?

Sie setzte sich auf den Baumstrunk und nahm das Flügelwesen auf ihre Hand. Die beiden ungleichen Wesen tuschelten verhalten miteinander.

Dann verirrte sich ein einzelner Sonnenstrahl an diesen abgeschiedenen Ort und fiel direkt auf den moosgrünen Baumstrunk.

Anêrios blinzelte ungläubig, als er unversehens eine sitzende Jungfrau im weissen Schwanenmantel vor sich sah, welche das purpurschillernde Faltermädchen anmutig auf der weissen Hand hielt.

Es war Lïayella, die Jüngste von Uyôlas Töchtern.

Der Junge sog hörbar die Luft ein und fragte sich, was dieses unerwartete Zusammentreffen wohl für ihn bereithalten mochte.

«Anêrios», rief die Jungfrau und strahlte ihn unverwandt an. Ihre wasserhellen Aquamarinaugen leuchteten.

«Es freut mich, dass du meiner Einladung gefolgt bist», erklärte sie lächelnd. «Dies ist meine Freundin Amylâdra.» Sie deutete auf das geflügelte Mädchen, welches anmutig mit den Flügeln fächelte. «Sie ist eine Sylphe und hilft meinen Schwestern und mir bisweilen, Begegnungen herbeizuführen.»

«Begegnungen?», fragte Anêrios etwas unbehaglich.

«Mit hübschen Burschen wie dir», säuselte Lïayella und schlug ihre reizenden Wimpern auf, die ebenso weiss waren wie alles andere an ihr.

Der Junge begann sich fieberhaft zu überlegen, auf welche Weise er sich den neuerlich drohenden Umgarnungen entziehen konnte.

«Darf ich dich etwas fragen?», hörte er Lïayella sagen. Es beruhigte ihn ein bisschen, dass sie offenbar zurückhaltender und weniger unverblümt war als ihre älteren Schwestern.

«Ja, gewiss», willigte Anêrios ein.

Die Schwanenfrau unterhielt sich eine Weile mit ihrer purpurflügeligen Gespielin und liess sich Zeit mit ihrem Anliegen.

«Setze dich zu mir», lud sie ihn unvermittelt ein. «Du sollst dich nicht stehend mit mir unterhalten müssen. Es gibt genügend Platz hier für uns beide.»

Vorsichtig liess sich der Junge neben der weissen Jungfrau nieder und achtete geflissentlich darauf, ihr dabei nicht zu nahe zu kommen.

Obwohl er sich auf alles gefasst machte, schien die Schwanentochter diesen Abstand zu respektieren. Sie strahlte ihn lediglich an und holte tief Luft.

«Anêrios, möchtest du mich heiraten?», fragte sie ihn plötzlich wie aus heiterem Himmel.

Dem Jungen blieb der Atem weg. Gleichzeitig verspürte er den Impuls, laut herauszulachen.

«Heiraten?», erwiderte er belustigt. «Aber ich bin doch noch viel zu jung, um Vermênas Bund zu knüpfen.»

«Vergiss nicht, dass du sieben Jahre älter bist, als du meinst», erwiderte Lïayella bestimmt. «Du hast es selbst nur noch nicht bemerkt.»

«Aber warum willst du mich denn überhaupt heiraten?»

Unverhofft setzte die Schwanenjungfrau eine ernste Miene auf und blickte ihm tief in die Augen. Dieser wasserklare Blick war so anders als das verführerische Funkeln in den Augen von Alaïs und der kühle Glanz in denjenigen von Yaïlil. Anêrios glaubte etwas Weiches, Sanftes, geradezu Zerbrechliches darin wahrzunehmen.

«Weil ich nicht so bin wie meine Schwestern», bekannte sie seufzend. «Sie fangen sich Männer zum blossen Vergnügen, ohne sich fest an sie binden zu wollen. Sie fürchten sich davor, sich zu tief auf eine Begegnung einzulassen. Lieber tanzen sie von Blüte zu Blüte und schlürfen überall ein bisschen Nektar, anstatt sich für eine ausgewählte Blume zu entscheiden und diese mit ihrer ganzen Hingabe zu beschenken. Aber ich bin anders, ich will mich ganz mit einem Mann verbinden und ihn in seinem vollständigen Wesen lieben lernen. Verstehst du mich, Anêrios?»

Der Junge zuckte mit den Achseln. Er hatte sich in seinem bisherigen Leben eigentlich kaum mit dergleichen Gedanken auseinandergesetzt. Die Idee, sich zu vermählen, hatte ihn bis dahin noch nicht einmal von ferne gestreift. Nicht einmal in jener Zeit, als er eine Weile mit Ariovinna angebändelt hatte. In dieser Hinsicht fühlte er sich gewiss immer noch nicht älter als vierzehn Winter. Da mochten sie hier behaupten, was sie wollten.

«Ich finde es wunderbar, wie ihr es in eurer Welt macht», fuhr Lïayella mit schwärmerischer Stimme fort. «Ich beneide die Menschenfrauen darum, dass sie sich mit ihren Männern auf einen langen gemeinsamen Weg begeben können.»

«Gewiss», stammelte Anêrios verlegen, denn etwas anderes fiel ihm dazu gerade nicht ein.

«Ich möchte einer Menschenfrau ebenbürtig werden», erklärte Lïayella eindringlich. «Wenn du mich heiratest, Anêrios, dann kannst du mich von dieser drängenden Sehnsucht erlösen. Gemeinsam mit dir würde ich in deiner Welt glücklich werden. Zahlreiche köstliche Künste könnte ich in unser Zusammensein einbringen und dir viele Kinder schenken. Ich wäre dir treu ergeben bis an dein Lebensende, mein schöner Anêrios.»

Ihr schmachtender Blick irritierte den Jungen, und er forschte fieberhaft nach einer Möglichkeit, wie er sich aus diesem verfänglichen Gespräch auf eine möglichst schonende Weise wieder entwinden konnte. Er sah, wie Lïayellas Augen regelrecht mit ihm zu verschmelzen trachteten. Die Sylphe hatte sich indes wieder in die Luft erhoben und umtanzte ihre träumende Gefährtin anmutig, als wollte sie ihr mit ihren leuchtenden Flügeln Mut zufächeln.

«Nun ja ...», begann Anêrios unsicher, «ich weiss nicht ..., ich ...»

Weiter kam er nicht, denn plötzlich drangen gedämpfte Saitenklänge durch den nebeldurchwobenen Wald. Eine tiefe Männerstimme sang ein Lied dazu. Der Tritt von Pferdehufen war auf dem wurzelüberwachsenen Boden zu hören.

Lïayella fiel gleichsam aus einem Traum und sah sich erschrocken um. Amalâdris suchte Zuflucht auf dem Arm der Schwanenfrau. Auch Anêrios war wachsam auf die Beine gesprungen.

Die Umrisse eines Reiters wurden sichtbar. Es war ein Mann in einem langen, grünen Umhang, der lässig im Sattel sass und versonnen die Saiten seiner Lyra schlug. Sein Gesang erinnerte Anêrios unwillkürlich an die Barden, welchen er im Rasthaus von Helicôna begegnet war. Aber die Musik dieses Mannes unterschied sich erheblich von der damals vernommenen Ballade. Seine Klänge schienen sich wie leuchtende, knisternde Fäden in den Nebel hineinzuweben und die ganze umliegende Landschaft in ein leichtes Vibrieren zu versetzen.

Als der Reiter die beiden Gestalten vor sich erkannte, lenkte er sein Pferd sogleich auf sie zu und verhielt es in gebührendem Abstand.

«Oho», lachte seine tiefe Stimme unbekümmert, «Uyôlas jüngste

Tochter hat sich einem hübschen Burschen beigesellt.»

Der Reiter hängte seine Lyra gemächlich an den Sattel, das Instrument erweckte den Anschein, als bestünde es aus lauterem Gold. Als der Mann seine Kapuze zurücklegte, offenbarte er das freundliche Gesicht eines älteren Herrn mit einem kurzgestutzten, weissen Bart und auffälligen, bernsteinfarbenen Augen, die selbst im diesigen Zwielicht des Nebelwaldes eine leuchtende Kraft ausstrahlten. Anêrios glaubte aus den Zügen dieses Reiters ein edelmütiges und zugleich heiteres Wesen herauslesen zu können.

«Beleriân», hauchte Lïayella überrascht und erhob sich rasch, um eine höfliche Verbeugung anzudeuten. «Der Herold meiner Tante.»

«Und wer ist dein junger Freund?», fragte der Reiter mit einem wohlwollenden Lächeln und wandte sich dabei direkt an Anêrios, der immer noch verunsichert dastand.

«Ich bin Anêrios, Sohn des Ambaros», stammelte dieser etwas umständlich. «Aus Vendolindium und derzeit zu Gast bei Uyôla Nebelsang.» Er wusste selbst nicht recht, warum er sich so ausführlich vorstellte, aber der Anblick des edlen Reiters schien ihm Höflichkeit zu gebieten.

«Aus Vendolindium», raunte der alte Mann mit den goldstrahlenden Augen, «das trifft sich hervorragend. Dann bist du gewiss derjenige, für den ich im Auftrag meiner Gebieterin etwas zu überbringen habe. Aber lasst uns zunächst im Wasserpalast einkehren und unsere freundliche Unterredung dort fortsetzen.»

Er bewegte einladend den Kopf in jene Richung, wo sich die kristallene Seerose befinden musste, dann setzte sich sein Pferd wieder in Bewegung. Anêrios verstand nichts von Pferden, aber er hatte das Gefühl, nie zuvor einen derart prachtvollen Braunen gesehen zu haben. Als er mit raschen Schritten neben dem Reiter einherstapfte, hielt ihn Lïayella plötzlich zurück und führte ihre Lippen ganz nahe an sein Ohr. «Bitte erzähle meinen Schwestern nichts von unserer Begegnung», flüsterte sie so leise wie möglich, wohl in dem Bestreben, ihre Worte vor dem grüngewandeten Reiter zu verbergen. «Sie würden gewiss furchtbar eifersüchtig werden deswegen. Aber hier, nimm dies als Geschenk von mir.»

Sie steckte ihm hastig eine kleine weisse Feder zu, die sie offenbar aus ihrem Mantel gezupft hatte.

«Wenn du sie zwischen deine Lippen klemmst, kannst du selbst für kurze Zeit die Gestalt eines Schwans annehmen.»

Sie blinzelte ihn treuherzig an. «Diese Gabe soll dich daran erinnern, dass ich sehnsüchtig auf dich warten werde und davon träume, einst deine Braut zu zu werden.»

Anêrios dankte mit einem verlegenen Nicken und schluckte leer. Er fühlte sich unbehaglich bei dem Gedanken, das Sehnen dieser hoffnungsvollen Jungfrau mit grösster Wahrscheinlichkeit niemals erfüllen zu können.

Beleriân Legendensänger war als Bote von Helva Zauberweberin, der Gebieterin von Helysia, nach Funtaflauis gekommen. Zu Anêrios' Überraschung war der Empfang, der ihm im Kristallpalast bereitet wurde, jedoch alles andere als warmherzig. Uyôla thronte steif auf der gläsernen Muschel in ihrem stiebenden Kaskadensaal und bedachte den Ankömmling mit einem kühlen Lächeln. Die weisse Schlange ringelte sich unruhig in ihrem Schoss und hob zischelnd den Kopf mit dem silbernen Krönchen. Agîlion hielt sich wie gewohnt leicht hinter seiner Herrin und musterte den Herold argwöhnisch aus seinen stechenden Raubvogelaugen. Auch die drei Schwanenschwestern hatten sich leise in der Halle eingefunden und beobachteten das Geschehen mit unverhohlener Neugier aus dem Hintergrund. Anêrios war von seiner Gastgeberin eingeladen worden, zu ihren Füssen auf der kristallenen Empore Platz zu nehmen.

Immer noch fasziniert von dem Besucher im moosfarbenen Umhang betrachtete der Junge dessen vornehme Gewandung, die ebenfalls in verschiedenen Grün- und Gelbtönen gehalten war und allenthalben kostbare Besätze aus Luchsfell aufwies.

«Was verschafft uns die Ehre deines Besuches, Meister Beleriân?», eröffnete die Herrin des Wasserreiches die Unterredung förmlich.

«Ich übermittle dir zuvorderst die achtungsvollen Grüsse deiner Schwester, Uyôla. Zudem bin ich beauftragt, dir ihr tiefes Bedauern darüber kundzutun, dass du sie nicht in die Beratungen einbezogen hast, welche zur Erörterung der Situation in Vendolindium unlängst hier abgehalten wurden.»

«Ich hielt es nicht für angebracht, meine hoheitliche Schwester mit dergleichen Angelegenheiten zu belangen, zumal sie mir ihre Haltung bereits im Vorfeld deutlich dargelegt hatte. Ich versichere dir jedoch, dass wir nichts unternehmen werden, was nicht ausdrücklich Helvas Vorgaben entspricht.»

«Umso besser», erwiderte der Bote. Auch in seiner Stimme war deutlich weniger Wärme spürbar, als sie Anêrios zuvor im Wald entgegengekommen war. Anscheinend lag die Anspannung eines alten Zwistes schwer und bedrückend zwischen den beiden Schwestern und ihrem Gefolge.

«Gleichwohl dünkt es mich befremdlich», fuhr Belerián fort, «dass die Bergkönige bei dir vorgesprochen haben, anstatt sich mit ihren Anliegen zunächst an meine Gebieterin zu wenden, zumal sie die Schirmherrin des Kleinen Volkes ist.»

«Das mag daran liegen, dass sich *deine Gebieterin* in letzter Zeit herzlich wenig um das Geschick des Landes Vendolindium geschert und ihre diesbezügliche Zurückhaltung immer wieder betont in den Vordergrund gestellt hat.»

Nun trat Agîlion einen Schritt vor und ergriff das Wort. «Wir haben allen Grund zur Annahme, dass in Vendolindium höchst bedrohliche und beunruhigende Entwicklungen im Gang sind, Belerián. Es geht nicht zuletzt um das Schicksal des Wasservolkes, dessen Königin sich immer noch in der Gewalt des Herrschers der Weissen Stadt befindet. Wie uns unser junger Gewährsmann hier zugetragen hat, ist auch die Priesterschaft seines Volkes in diese Machenschaften verwickelt. Am schwersten wiegt aber der dringende Verdacht, dass ein Erzzauberer mit beträchtlicher Macht sämtliche Kräfte in Vendolindium an sich gebunden hat, um sich Zugang zu den Urnen der Zeit zu verschaffen.»

«Omrâs, Eliôm und Urmîn!», rief Belerián überrascht aus. «Dann sind sie wahrhaft entdeckt worden?»

«Du kennst die Ursteine?», fragte Uyôla verwundert. «Weisst du auch, dass sie unter jenem Gebirge verschlossen sind, welches die Menschen der Weissen Stadt seit vielen Jahren zur Ausbeutung seines Goldes durchwühlen?»

«Wie dir unschwer bekannt sein dürfte, sind mir alle Legenden der drei Welten bekannt, bis zurück zum ersten Anbeginn ihres Bestehens und über alle siebenmal sieben Zeitalter hinweg», lächelte Helvas Herold.

«Dann wirst du auch bestätigen können, dass diese machtvollen Relikte längst vergangener Äonen auf keinen Fall in die Hände machtgieriger Menschen fallen dürfen», versetzte Uyôla mit ernster Miene.

Beleriâns Blick wirkte sehr besorgt. «Bist du geneigt, ehrwürdige Uyôla, mich in euer weiteres Vorgehen einzuweihen?»

Die Palastherrin veranlasste ihren Vertrauten mit den Adleraugen, dem Weissbärtigen zusammenfassend zu erläutern, welche Pläne sie an den vorangehenden Tagen erabeitet hatten. Aufmerksam hörte Beleriân den Ausführungen zu und nickte immer wieder zustimmend.

«Wie du siehst, unternehmen wir nichts, was nicht im Sinne meiner Schwester ist», bekräftigte Uyôla schliesslich. «Wir verlassen uns derzeit vielmehr auf unsere menschlichen Verbündeten. Dieser Junge hier ist der Sohn von Nusantia Wellentänzerin. Er wird versuchen, seine darbende Mutter aus ihrer schmachvollen Gefangenschaft in den Kerkern der Weissen Stadt zu befreien, welche Helva über Jahre hinweg stillschweigend hingenommen hat.»

«Dazu wird er zweifellos Hilfe benötigen», wandte Beleriân ein und musterte Anêrios besorgt. «Nach allem, was wir wissen, ist Raûlium eine Festung und ihr Herrscher ein übler Tyrann ohne Skrupel.»

«Wenn meine Schwester Anêrios ihre Hilfe anbieten will, habe ich nichts dagegen einzuwenden», bekannte Uyôla mit zynischem Unterton. «Ich selbst werde ihm lediglich den Inhalt einer Phiole mitgeben, als einziges vertretbares Zugeständnis von meiner Seite an seinen beispiellosen Mut. Meine Hoffnungen ruhen stark auf ihm. Denn seine Mutter ist die Königin meiner Kinder in Vendolindium.»

Beleriân schöpfte tief Atem, ehe er weitersprach. «Meine Gebieterin hat mir aufgetragen, dir zu bestätigen, dass sie sich vorläufig nicht mit der Absicht trägt, das Gewebe der Macht in Vendolindium zu beeinflussen. Allerdings werde ich ihr unverzüglich die dringliche Neuigkeit hinterbringen, dass die Urnen der Zeit auf dem Spiel stehen. Das wird sie gewiss dazu bewegen, ihre Haltung noch einmal gründlich zu überdenken.»

«Wie grosszügig von ihr», versetzte Uyôla spöttisch. «Aber das jahrelange Leiden der Lindônen in Vendolindium scheint sie bisher nicht betrübt zu haben. Ebensowenig die Tatsache, dass üble Schwarzkunst das Volk meines Gastes hier seit langer Zeit in ein seelenloses Abhängigkeitsverhältnis zu seinen gewissenlosen Priestern zwingt.»

«Die Menschen sind von grausamen Trieben durchdrungen, das ist nichts Neues», bemerkte Belerián bedauernd. «Seit dem Untergang von Elezîrum dümpelt ihr Geschlecht in einer Brühe ungesunder Regungen vor sich hin. Sie haben ihren einstigen Glanz und ihre Grösse längst verloren.»

«Zum Glück lebt diese Grösse in einzelnen Menschenherzen weiterhin fort.» Uyôla deutete auf Anêrios. «Der Gefährte dieses tapferen Jungen hat sich bereits auf den Weg begeben, um Erlösung zu bewirken.»

«Was uns allerdings grosse Sorgen bereitet, ist dieser Erzzauberer, den sie den Magos nennen», gab Agîlion zu bedenken. «Er scheint von einer Macht beseelt zu sein, die nicht der Mittleren Welt entstammt.»

«Anunnion?», fragte Helvas Herold vorsichtig. «Dient er dem König ohne Antlitz?»

«Es sind lediglich Vermutungen. Aber wir müssen auf der Hut sein», beschied der Adleräugige mit Nachdruck.

«Nun gut, ich versichere euch, dass ich meiner Gebieterin getreulich Bericht erstatten werde. Zugleich bedaure ich sehr, dass ihr dies nicht von euch aus unternommen habt.»

«Du weiss, wie die Dinge zwischen uns liegen, Beleriân», seufzte Uyôla. «Aber ich anerkenne deinen guten Willen. Wir sind vermutlich gerade jetzt aufgefordert, wieder vermehrt auf jene Menschen zu vertrauen, deren Herzen uns noch zugewandt sind. Für mich zumindest stellen sie derzeit die einzige Hoffnung dar.»

«Wann wird dieser Junge zu seiner Mission aufbrechen?», erkundigte sich der Mann mit den Bernsteinaugen.

«Er wird zunächst einen Besuch in der Goldenen Stadt abstatten, um dort einen verschollenen Freund zu suchen. Wir hatten vorgesehen, ihn morgen früh auf den Weg zu schicken.»

«Dann werde ich ihn persönlich in Aureoclastis absetzen», schlug Beleriân unumwunden vor. «Dies trifft sich gut, denn ich habe etwas dabei, was meine Gebieterin diesem Jüngling überreichen lässt. Als Dank dafür, dass er sich in Nemetônia für das Wohlergehen des Kleinen Volkes verdient gemacht hat, welches ihr bekanntlich genauso am Herzen liegt wie dir die Lindônen.»

Uyôla Nebelsang überliess ihrem Gast die Kleider, die er nach seiner Ankunft in Funtaflauis von ihr erhalten hatte. Zudem vermachte sie ihm einen Kapuzenmantel aus einem feinen Gewebe, das gleichwohl von robuster Beschaffenheit war und ebenso gut schützte wie dichter Wollstoff. Er war in demselben Tiefblau eingefärbt wie die meisten Gewänder, die hier getragen wurden.

«Es tut mir leid, dass du mit deiner Schwester in Zwist geraten bist», beteuerte Anêrios teilnahmsvoll, als sie zum Abschied unweit des Anlegesteges am nebelüberwallten Wasser vor dem Kristallpalast bereitstanden. Agîlion begleitete seine Herrin wie üblich. Auch ihre drei schwanengefiederten Töchter hatten sich unter den Weidenbäumen versammelt. Ihre wehmütigen Blicke ruhten auf dem scheidenden Gast.

«Es ist eine alte Wunde, die uns belastet», seufzte Uyôla und legte dem Jungen begütigend ihre Hand auf die Wange. «Wie du weisst, befinden wir uns alle in den Händen höherer Mächte und ich vertraue darauf, dass diese uns in unserem Entscheiden und Handeln leiten werden.»

«Aber seid ihr denn nicht selbst den Göttern gleich?», fragte Anêrios ehrfurchtsvoll.

Uyôla lächelte versonnen. «Wenn die Schöpfung gleichsam ein grosser Kessel ist, in dem die Essenz des Wesenhaften brodelt – so wie der Kessel der Wandlung, den eure Priester verwahren – dann verkörpert unser Geschlecht jene Kräfte, welche das Elixier aus dem Kessel schöpfen und gemäss dem uralten Gesetz in die Gefässe der irdischen Wesensformen einfüllen. Aber wir sind nicht jene Mächte, welche den Kessel schmiedeten, welche ihn befeuern und immer wieder neu mit der Lebensessenz versorgen. Auch nicht jene, welche uns genaue Anweisungen erteilen, wie und wann das Elixier zu verteilen ist. All dies liegt in der Obhut jener übergeordneten Gewalten, welche ihr die Götter nennt. Wir selbst sind lediglich dienstbare Wesen, welche bestmöglich in deren Sinne zu handeln versuchen.»

Sie richtete ihre Augen auf das Wasser und blickte scheinbar in weite Ferne. «Meine Schwester Helva pflegt von einem Gewebe zu sprechen, wenn sie die subtilen Manifestationen jener höheren Mächte meint. Ich betrachte sie als Lebenselixier in einem Kessel. Schlussendlich ist es das Gleiche. Viele Formen drücken dieselbe Kraft aus. Vor langer Zeit bewohnten wir die Schöpfung gemeinsam, Anêrios, die Menschen und unser Geschlecht, welches ihr die Albiônen nennt. Doch durch ein böses Geschick spalteten sich unsere Reiche voneinander ab und zerfielen in die drei Welten. Seither bestehen nur noch schwache Verbindungen zwischen uns. Aber im grossen, lebendigen Gewebe sind wir nach wie vor miteinander verflochten, denn seine Kräfte fliessen weit über die Grenzen zwischen den Welten hinaus.»

Anêrios fiel es schwer, sich eine Vorstellung von diesen Zusammenhängen zu machen, aber er glaubte etwas Hoffnungsvolles daraus schöpfen zu können. Aus den Augenwinkeln nahm er wahr, wie Beleriân sein edles Pferd ans Ufer führte. Er war in seinen grünen Umhang gehüllt und schien reisefertig zu sein.

«Du wirst alles empfangen, was du brauchst, um deine Mutter von ihrem Leid zu erlösen», wisperte Uyôla dem Jungen zu. «Es wird sich fügen, wie es vorgesehen ist. Wie ich bereits vor Beleriân angekündigt habe, erlaube ich mir, dir eine bescheidene Unterstützung aus meiner Domäne mitzugeben.» Sie überreichte Anêrios eine kleine Phiole mit langem, schlankem Hals, in der sich eine klare, farblose Flüssigkeit befand. Das Fläschchen war mit einem goldenen Pfropfen versiegelt.

«*Aqua Aurefica*», raunte sie. «Goldwasser. Es hat die Macht, alles was mit ihm in Berührung kommt, in reines Gold zu verwandeln.»

Er weitete erstaunt die Augen und steckte das zierliche Gefäss ehrfurchtsvoll zu den übrigen Gaben, welche er in den letzten Tagen bereits von den Bewohnern dieses wundersamen Reiches empfangen hatte. Unter seinem Umhang verwahrte er die unterschiedlichsten Dinge: Den Zauberring, den Nebelfaden, die Schwanenfeder und das Widderhorn. Damit diese ungewöhnlichen Objekte keinen Verdacht erregten, hielt er sie sorgsam verborgen vor neugierigen Blicken.

«Du wirst dich Menschen stellen müssen, welche das Gold über alle Masse begehren», fügte Uyôla hinzu. «Möglicherweise wird dieses magische Elixier dir von Nutzen sein, wenn du ihnen begegnest. Suche immer das Wasser, wenn du in Not bist. Und siehe zu, dass du mit Nusantia so rasch als möglich im See Zuflucht nehmen kannst. Dort seid ihr in Sicherheit. Dort bin ich euch nahe, selbst in Vendolindium.»

«Du bist die Valâda», hauchte Anêrios ehrfürchtig und lächelte.

Als sie ihren Kopf leicht neigte, trat ein geheimnisvolles Funkeln in ihre Augen.

«Eines musst du unbedingt noch wissen», fiel Agîlion unerwartet ein. «Wir haben bisher nicht daran gedacht, es dir mitzuteilen. Feuer und Eisen bannen die Lebenskraft der Lindônen. Deshalb ist es für sie so gut wie unmöglich, eine menschliche Behausung zu betreten. Gewiss weiss der Magos um diese Schwäche und hat das Gefängnis deiner Mutter entsprechend ausgestattet. Vergiss dies nicht und versuche jeglichen Kontakt zu diesen Elementen zu vermeiden, solange du Nusantia an deiner Seite hast.»

«Deshalb ist es umso wichtiger, dass ihr euch so rasch als möglich in das Wasser zurückzieht. Das ist euer Element», bestätigte Uyôla eindringlich.

Dann legte die Herrin von Funtaflauis Anêrios die Hände auf die Schultern und küsste ihn auf die Stirn. «Mögest du Tarvônius in der Goldenen Stadt finden, und möge er dir bei deiner Aufgabe beistehen. Mein Segen und meine Macht begleiten dich.»

Die weisse Schlange, welche sich um Uyôlas Hals wand, hob wie zum Abschied den zierlichen Kopf und bedachte den Jüngling mit einem rätselhaften Blick aus ihren unergründlichen, schwarzen Augen.

Agîlion begleitete den Jungen im nachtblauen Umhang bis zu Beleriâns Pferd und drückte ihm zum Abschied die Hand. Helvas Bote hiess seinen neuen Begleiter sogleich aufsitzen und schwang sich hinter ihm in den Sattel.

Ein banges Gefühl beschlich den Jungen, als er das Pferd unter sich spürte. Er hätte den Wasserweg vorgezogen für die Reise, die ihm erneut bevorstand.

«Bist du bereit, Junge?», raunte ihm der grüngewandete Reiter ins Ohr.

Anêrios nickte und liess seine Augen ein letztes Mal über den wundersamen Wasserpalast und seine Bewohner schweifen.

Dann fiel Beleriâns Brauner rasch in Trab und hielt geradewegs auf die wehenden Nebel zu.

XIII

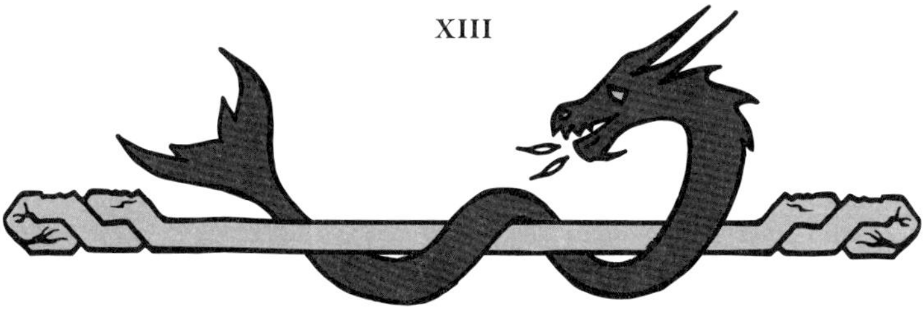

DAS SINGENDE GRAS

Zielsicher setzte das Pferd durch die dichter werdenden Nebelschwaden. Anêrios fragte sich sorgenvoll, wie es den Weg finden und ob es nicht unversehens in einem Sumpfloch straucheln würde, aber seine Ängste blieben unbegründet. Beleriân hielt nicht einmal die Zügel straff, sein kluges Reittier schien den Weg selbst zu kennen.

Plötzlich zerriss der graue Schleier und eine helle Wasserfläche schimmerte vor ihnen auf. Der Braune sprengte ohne zu zögern darauf zu. Anêrios hielt den Atem an und wollte den Kopf besorgt zu seinem Begleiter umwenden, als er feststellte, dass das Wasser weder aufspritzte noch ihn benetzte. Es war lediglich wie ein schimmernder Spiegel, durch den sie hindurch glitten.

Augenblicklich war der Nebel verschwunden. Helles Licht blendete den Jungen, und ein kräftiger Wind blies ihm ins Gesicht, so dass er überrascht nach Atem rang.

Ein weiter, von feinen rosafarbenen Wolkenschleiern gesprenkelter Himmel dehnte sich über ihnen aus und Belerians Pferd galoppierte durch hohes, dürres Gras. Sein gedämpfter Hufschlag auf der festen Erde stampfte wie schneller Trommelwirbel in Anêrios' Ohren.

Verwundert blickte er sich nach allen Seiten um. Sie jagten durch eine endlose Ebene, welche von einem weiten, rötlich schimmernden Grasmeer bedeckt war. Wie die Wellen auf einem unermesslichen See wogten die langen Halme im Wind, der ungehindert durch diese Weite fegte. Am staubigen Horizont weit hinter ihnen schien in diesem Moment die glühende Sonne hinter das Ende der Welt zu sinken. Der rotgoldene Schein ihres letzten Lichtes überhauchte die Steppe. Wie kupferfarbene Türme und Paläste schimmerten bizarre Felsengebilde und Tafelberge, welche vereinzelt aus der grasbestandenen Fläche aufragten. Aber ansonsten bot sich dem Auge nichts als Unendlichkeit dar. Nach den letzten Tagen im ständigen Zwielicht des Nebels, kam es Anêrios vor, als sei unversehens eine enge Hülle von ihm abgefallen. Nachdem er sich vom ersten Schrecken dieses abrupten Wechsels erholt hatte, jauchzte er befreit in den ungestümen Wind hinaus. Belerian lachte vergnügt hinter seinem Rücken.

«Gefällt es dir, Junge?», rief er ihm ins Ohr.

«Es ist wunderschön», bekräftigte Anêrios und erhob dabei seine Stimme, um den brausenden Wind zu übertönen. «So habe ich mir immer das Meer vorgestellt. Dies ist wahrlich ein Meer ohne Wasser.»

Der weissbärtige Reiter mit dem wehenden, grünen Umhang sass sicher im Sattel. Obwohl sein Brauner geradezu mit dem Wind zu wetteifern schien, verspürte Anêrios wider Erwarten kein banges Gefühl. Die Bewegung des Pferdes unter seinem Hintern erschien ihm auf einmal vertraut, und es bereitete ihm keinerlei Mühe mehr, sein Becken im Gleichtakt mit dem regelmässigen Muskelspiel des Tieres kreisen zu lassen. Dennoch war er froh, dass er es nicht selbst lenken musste und dass er sich einem erfahrenen Reiter anvertrauen konnte.

Ehe die Sonne ganz verschwunden war, verhielt Belerián unvermittelt sein Reittier, und sie blieben mitten in der endlosen Weite stehen. Der Mann mit den Bernsteinaugen deutete auf einen Felsen in der Nähe, welcher merkwürdigerweise die Form eines riesenhaften, schräg am Ufer liegenden Weidlings hatte.

«Wir werden die Nacht hier verbringen. Gleich wirst du so viele Sterne über dir sehen wie nie zuvor in deinem Leben.»

Anêrios breitete die Arme aus, als ob er den Wind einzufangen trachtete, und drehte sich mit geschlossenen Augen um seine eigene Achse. Er fühlte sich, als hätten der wehende Wind und die Weite des Grasmeeres jeglichen Kummer und alles, was ihn vordem sorgenvoll bedrängt hatte, einfach in alle Himmelsrichtungen fortgeblasen.

Derweil sattelte Belerián seinen Braunen ab und legte das Gepäck in den Schutz des Felsens. Dann klopfte er seinem treuen Tier liebevoll auf die glänzende Kruppe und hiess es lachend, nun für eine Weile seinen eigenen Wünschen nachzustreifen.

«Ein prachtvolles Tier», lobte Anêrios und blickte dem davontrabenden Pferd nach.

«Er heisst Lugnung», teilte der Weissbärtige mit einem bestätigenden Nicken mit. «Er ist hier zuhause. Du wirst morgen vermutlich noch mehr von seinem Blut zu Gesicht bekommen.»

Dort, wo sich die Sonne soeben von dieser anderen Welt verabschiedete, ragte der schwarze Umriss eines einzelnen gewaltigen Berges vor der messerscharfen Linie des Horizontes auf. Genau dahinter schien sich das Tagesgestirn zur Ruhe begeben zu wollen. Der Berg erinnerte Anêrios von seiner Form her an die ebenmässige dreieckige Silhouette des Bergstockes Andûrios in Vendolindium, unter dessen markantem Kegel an Sultênon jeweils die Mittsommerfeiern stattfanden. Nur dass dieser Berg hier wesentlich grösser sein musste. Seine Spitze schien das Himmelsgewölbe regelrecht zu durchstechen.

«Das ist der Weltenberg», murmelte Beleriân an seiner Seite versonnen. «Dort kommt alles zusammen.»

Anêrios fühlte sich durch den Klang dieses Namens unwillkürlich wieder in jenen merkwürdigen Traum zurückversetzt, durch den er ursprünglich in diese verwunschene Welt geglitten war. Als er seinem Begleiter davon erzählte, nickte dieser verständig und blickte dem Jungen wissend in die Augen.

«Ja, dies ist ein möglicher Weg, um nach Helysia zu gelangen. Es gibt viele andere, aber du hast einen der schwierigsten gewählt, auf dem sich beileibe nicht alle bewähren.»

Der rüstige alte Mann bückte sich und begann dürres Gesträuch auszurupfen. «Dann hast du den Schicksalsturm durchwandert?», fragte er seinen jungen Begleiter währenddessen.

«Es war wie ein Traum», erwiderte Anêrios nachdenklich. «Ich habe neunundneunzig Türen darin geöffnet und alles Mögliche dahinter angetroffen. Dinge, die ich kenne, und anderes, das mich noch immer verwirrt. Aber ich vermag mich noch an jede Einzelheit zu erinnern. Es war, als wäre ich wirklich dort gewesen.»

Beleriân blickte auf und lächelte. «Du bist dort gewesen, mein Junge, und du hast im Schicksalsturm in die Räume deiner Seele hineingeblickt.» Er legte das dürre Gezweig im Windschatten der nachenförmigen Felsformation auf einen kleinen Haufen und entfachte mit einem blossen Fingerschnippen ein Feuer. Anêrios lachte überrascht auf. Aber was sollte ihn in dieser anderen Wirklichkeit noch verwundern? Man stieg hier in

Brunnenschächte hinab, um an entfernte Orte zu gelangen, und versetzte sich auf dem Pferderücken mit einigen Sprüngen in eine gänzlich andere Umgebung.

«Dieser Berg dort hat viele Geheimnisse», fuhr der Weissbärtige schliesslich fort und hielt seine ausgestreckten Hände über die prasselnden Flammen, obwohl keine Kälte in der Luft lag.

«Seine Spitze ragt bis nach Nemetônia hinein und bildet dort eine jener beiden Hügelkuppen, unter denen du die Pforte nach Helysia durchschritten hast. Der Weltenberg berührt aber auch noch eine andere Ebene der Wirklichkeit.»

Sein Blick wurde unvermittelt ernst, als er zu Anêrios aufblickte. «Annunion, das Dunkle Land.»

«Das Reich, wo die Schatten wohnen», hauchte Anêrios. Die Alten in Vernausium hatten immer wieder warnende Geschichten davon erzählt. Sie hielten die Drachenhöhle selbst für ein Tor in diese bedrohliche Unterwelt, welche die Romanen in ihrer eigenen Sprache den Orcus nannten.

«Es ist das Reich des toten Glanzes, der goldfunkelnden Leere, des verzehrenden Gesanges», führte Beleriân weiter aus. «Die Heimat von betörendem Blendwerk und verlockenden Trugbildern. Dir zeigen sich dort prachtvolle Dinge und du vernimmst liebliche Musik. Aber dahinter gähnt nichts als eine kalte, schreckliche Leere.»

«Die dritte Tür», sinnierte Anêrios und dachte an die schwarze Pforte mit den verschlungenen, goldenen Mustern in der runden Kammer im Schicksalsturm, die ihn gelockt hatte, ehe ihn Beodâns Lachen letztlich auf die weisse Türe verwiesen hatte.

Sein Führer nickte versonnen. «Ja, der Weg über den Weltenberg kann mitunter auch dorthin führen. In das Land von König Aûn, des *Rex Phantasmagorius*[72], wie ihn eure Eingeweihten nennen, der in vielerlei beeindruckenden Gestalten erscheint, aber ein leeres Gesicht hat. Und ein kaltes Herz. Viele gefährliche Regungen, welche das Wesen der Menschen in deiner Welt derzeit prägen, entstammen seinen unermüdlichen Einflüsterungen.»

Erst jetzt wurde Anêrios klar, wie gefährlich das runde Zimmer mit

 [72] Rex Phantasmagorius (Lat.) = König der Täuschung

den drei Türen wirklich gewesen war und wieviel er der wundersamen Hilfe seines teuren Freundes Beodân zu verdanken hatte.

«Aber hier sind wir an einem gänzlich anderen Ort», bemerkte Belerîân mit erneuter Heiterkeit und zerstreute jegliches Unbehagen sogleich wieder. Er forderte seinen Gefährten auf, sich zu ihm ans Feuer zu setzen. Hier schien die ganze Masslosigkeit dieser unvorstellbaren Ebene auf den zuckenden Lichtkreis zusammenzuschrumpfen, den die Flammen zwischen die wispernden Grashalme warfen. Lächelnd zog der Mann mit den Bernsteinaugen zwei Früchte unter seinem grünen Umhang hervor, die er augenscheinlich aus Funtaflauis mitgenommen hatte. Er reichte Anêrios eine davon und biss herzhaft zu. Wie der Junge zuvor schon im Reich der Wasserherrin erlebt hatte, reichte eine solche bescheidene Frucht vollauf, um den Hunger eines ganzen Tages zu stillen.

Als sich die beiden einsamen Reisenden in ihre Umhänge hüllten und sich unweit des Feuers behaglich ausstreckten, begannen über ihnen die ersten Sterne zu erglimmen. Wie Belerîân angekündigt hatte, spannte sich am samtenen Himmelszelt bald die unbeschreibliche Pracht eines funkelnden Lichtermeeres auf. In wortlosem Staunen bewunderte Anêrios die Schönheit dieses Schauspiels. Manchmal glaubte er, einzelne Sternenlichter würden sich unvermutet zu Gesichtern und Figuren verbinden, die auf ihn herabblickten. Wenn er mit den Augen blinzelte, um die Erscheinung genauer erfassen zu können, zerstoben die Bilder jeweils wieder zu einer Wolke leuchtender Punkte.

«Irgendwo dahinter liegt jene Welt, wo du herkommst», murmelte Belerîân neben ihm geheimnisvoll und rollte sich zur Seite. Im Nu war nur noch sein gleichmässiges Atmen zu vernehmen und er schien bereits in einen tiefen Schlaf gefallen zu sein.

Anêrios lag noch eine Weile wach unter der funkelnden Sternenflut und liess seine Gedanken schweifen. Dieses weite, unbegrenzte Land lud ihn förmlich dazu ein. Er fragte sich einmal mehr, welches Geschick ihn in diese verzauberte Welt entrückt haben mochte, wo sich in der ganzen bedrückenden Aussichtslosigkeit seines Daseins unvermittelt so viele hoffnungsvolle Tore offenbart hatten. Dass seine Mutter Nusantia noch lebte und dass sie die Königin des Lindônenvolkes war. Dass sich hinter dem blutrünstigen Gott Urâgus bloss ein harmloser altersschwacher Drache verbarg. Dass der Kessel der Wandlung mit seinen widerlichen schwarzen Würmern wieder in ein segensreiches Gefäss zum Wohle seines ganzen Volkes verwandelt werden konnte. Und dass sein Gefährte Tarvo, den er einem grausamen Schicksal anheimgefallen glaubte, vielleicht noch lebte und er ihm bald wieder begegnen mochte.

Er verspürte eine tiefe Dankbarkeit, die wie ein sanftes Glühen seine Brust ausfüllte. So nahe lagen diese Welten beieinander. Das leuchtende Land der Fülle und der unaufhörlichen Wunder auf der einen Seite. Und das Reich der Täuschung und der allgegenwärtigen Schrecken auf der anderen. Wie die beiden Türen auf dem Weltenberg. Irgendwo dazwischen lag jenes Land, in welchem er Mensch war. Und wohin er zurückzukehren beabsichtigte.

Bald übermannte auch ihn die Müdigkeit vieler durchlebter Abenteuer. Während er friedlich an Beleriâns Seite einschlief, wachte Lugnung, das edle braune Pferd, welches sie hierhergetragen hatte, getreulich über sie und rupfte genüsslich von dem unerschöpflichen Gras des weiten Landes. Das Feuer brannte die ganze Nacht hindurch verlässlich weiter, ohne dass jemand Holz nachzulegen brauchte.

Als Anêrios nach einer traumreichen Nacht die Augen wieder aufschlug, war Beleriân bereits im Begriff, Lugnung aufzuzäumen. Der Weissbart mit den leuchtenden Augen bemerkte, dass sein Gefährte wach war und zwinkerte ihm freundlich zu.

«Weisst du eigentlich, wo wir hier sind?», fragte er überraschend.

Schlaftrunken schüttelte der Junge den Kopf und schaute sich um. Das weiche Licht des Morgens legte sich soeben wie ein feiner, goldener Schleier über das wogende Grasmeer.

«Es ist die Ebene Weielwind», erläuterte Beleriân. «Sie wird auch das Singende Gras genannt. Sie erstreckt sich so weit, wie ein Menschenleben währt.»

«Dann wird unsere Reise lange dauern», stöhnte Anêrios beunruhigt.

Der Alte lachte und strich seinem Braunen liebevoll über den kräftigen Hals. «Nicht für Lugnung. Dieses Pferd hier vermag die Weiten ganzer Reiche in Windeseile zu durchlaufen. Wir werden heute Mittag in der Goldenen Stadt anlangen, wenn alles gut verläuft. Aber was ich dir eigentlich sagen wollte: Es heisst, dass der unermüdliche Weltenwind die Sehnsüchte, Wünsche und Träume der Sterblichen über diese endlose Ebene weht. Mitunter gewährt Weielwind unvermutete Einblicke in das verborgene Streben der Seele. Wenn dir der Sinn danach ist, drehe eine kleine Runde und halte Ausschau, ob dir das Singende Gras eine Botschaft zuraunen will.»

Dies war wahrhaft ein merkwürdiger Gedanke. Aber Anêrios vermutete, dass diese Worte nicht bloss einem Scherz entsprangen. Es konnte durchaus nicht schaden, sich zu Tagesbeginn noch ein bisschen die Füsse zu vertreten. Er würde anschliessend lange genug im Sattel sitzen.

Während Belerián Lugnungs Sattel festzurrte, streifte Anêrios ziellos in die Steppe hinaus und liess seine Blicke ungehindert über das weite Land schweifen. Viele der seltsamen Felsformationen, welche weit verstreut das Grasmeer durchsetzten, weckten in ihm unwillkürlich Bilder. Sinnierend betrachtete er einen versteinerten Adler, eine riesige Blüte, eine Hand mit abgespreizten Fingern, ein Langhaus und ein Messer, das im Boden steckte.

Plötzlich erweckte ein Glitzern im Gras seine Aufmerksamkeit. Neugierig sah er nach und bückte sich.

Es war ein zerrissenes Lederband, an dem eine feine goldene Kette befestigt war.

Lutinus! Das ist eindeutig die Kette von Lusillas Affen!

Wie war das möglich? Hastig blickte er sich in alle Richtungen um. War die Prinzessin hier? In diesem endlosen, unbewohnten Land? Er rief laut ihren Namen. Der Wind pflückte ihm die Worte von den Lippen und trug sie weit fort, dem fernen Horizont entgegen.

Fassungslos starrte Anêrios seinen Fund an. Das war unverwechselbar der Halsriemen von Lutinus mit der goldenen Kette, an der Lusilla ihr Schosstierchen jeweils angebunden gehabt hatte.

Verwirrt stapfte der Junge zu Belerián zurück, der mit Lugnung inzwischen fertig war.

«Und, hast du bereits etwas gefunden, Junge?»

Verstört streckte ihm Anêrios die Kette hin.

«Ein Schmuckstück?», fragte Belerîan und blinzelte gegen das sanfte Morgenlicht der aufsteigenden Sonne.

Anêrios zwang sich zur Ruhe und erklärte seinem Gefährten, welche Bewandtnis es mit dieser Kette hatte.

Die bernsteinfarbenen Augen des Weissbartes begannen zu leuchten, als er dem Jungen die Hand auf die Schulter legte.

«Das ist unzweifelhaft ein Zeichen», raunte er. «Dieses Mädchen mag hier durchgekommen sein. Vielleicht auch nicht. Aber Weielwind erinnert dich in diesem Augenblick an sie.»

«Können wir sie suchen?», fragte Anêrios den alten Mann und spürte auf einmal einen Kloss im Hals.

«Wir werden die Augen offenhalten, wenn wir weiterreiten», versicherte ihm Beleriân. «In diesem Gelände erkennt man vieles von Weitem. Aber es ist hoffnungslos, jemanden in diesem endlosen Raum gezielt suchen zu wollen.»

Der Reiter im grünen Umhang schwang sich behände in den Sattel und reichte seinem Gefährten helfend die Hand. Anêrios steckte Lutinus′ Kette ein und stieg ebenfalls auf.

«Auf jeden Fall weisst du nun, dass sie noch irgendwo ist», flüsterte der Ältere dem Jüngeren ins Ohr und trieb den Braunen an.

Lugnung verfiel rasch wieder in gestreckten Galopp. Das Pferd schien die grenzenlose Weite, auf der sich kein Hindernis seinen schnellen Läufen entgegenstellte, innig zu geniessen. Anêrios' Blicke über das ausgedehnte Grasland waren leicht getrübt. Sein überraschender Fund ging ihm nicht mehr aus dem Kopf. Er hatte Beligomâgus versprochen, auf Lusilla aufzupassen und sie wohlbehalten an ihr Ziel zu geleiten. Aber im Trubel der Verfolgungsjagd war sie ihm am Höhleneingang entglitten.

Und nicht zuletzt aufgrund ihrer Starrsinnigkeit, dachte er grimmig. Wenn sie sich nicht ständig gesträubt hätte, wäre manches einfacher gelaufen. Er hoffte dennoch, dass sie wohlauf und in Sicherheit war.

Nach einer Weile deutete Beleriân mit ausgestrecktem Arm auf eine Ansammlung verschiedenfarbiger Punkte, die in ihrem Gesichtskreis auftauchten. Anêrios erkannte bald, dass es Pferde waren. Eine grosse Herde prachtvoller Tiere, die ungebunden durch das Grasmeer streiften. Lugnung wieherte ihnen freudig zu, als er an ihnen vorbeipreschte. Sie hoben ihre prächtigen Köpfe mit den wehenden Mähnen und erwiderten den Gruss. Anêrios sah Schimmel, Rappen, Braune, Falben und Schecken. Obwohl er sich Zeit seines Lebens nie etwas aus Pferden gemacht hatte, berührte ihn der Anblick dieser stolzen, edlen Tiere, welche frei mit dem Wind schweiften.

«Wem gehören diese Pferde?», fragte Anêrios über seine Schulter, als sie die Herde bereits hinter sich gelassen hatten.

«Sie gehören zu diesem Land», erklärte Beleriân. «Aber sie werden gehütet von Nuyôna Windmähne. Sie ist die dritte der Drei Hohen Schwestern von Helysia und lebt in einem einsamen Zelt mitten in dieser wilden Weite.»

«Hat Lusilla möglicherweise bei ihr Zuflucht gefunden?»

«Wer weiss. Auf jeden Fall entgeht Nuyôna nichts, was in diesem Land geschieht, und der unablässig wehende Wind trägt ihr manche Kunde zu.»

Das war eine beruhigende Neuigkeit, und Anêrios beschloss, sich auch durch seinen jüngsten Fund nicht von dem unerschütterlichen Vertrauen abbringen zu lassen, welches das wundersame Land Helysia in sein Herz gepflanzt hatte.

Während die Sonne höher und höher stieg, näherten sie sich einer Bergkette, deren Umrisse sich allmählich im staubigen Dunst über dem Horizont abzeichneten. Bald gewahrte Anêrios das erhabene Schimmern schneebedeckter Gipfel über den aufgetürmten Felswällen. Sein Herz erwärmte sich bei diesem Anblick, denn er fühlte sich sogleich in das Gebirge seiner Heimat zurückversetzt, welches ihm ebenso vertraut war wie die blaue Fläche des Sees.

Unermüdlich sprengte Lugnung auf diese neue Landschaft zu, und ehe sie sich versahen, wirbelten seine Hufe bereits über Geröll und Felsengrund. Himmelhoch türmten sich firnglänzende Kolosse vor ihnen auf, und Anêrios fragte sich, wie Lugnung in diesem Gelände seinen unaufhaltsamen Lauf beibehalten wollte.

Wenig später stellte er schaudernd fest, dass die Hufe des Braunen den Boden gar nicht mehr berührten. Das Pferd hatte sich in die Lüfte erhoben und liess die zerklüfteten Bergflanken weit unter sich zurück.

«Schliesse die Augen, wenn es dich schwindelt», riet ihm der unerschrockene Reiter in seinem Rücken und drückte seine Arme fest gegen die Seiten des Jungen.

Anêrios war zu neugierig, um sich von seinem Schrecken überwältigen zu lassen. Nachdem er sich an die luftige Perspektive gewöhnt hatte, genoss er es, wie ein Adler über Felsen und Schneefelder zu gleiten. Gämsen und Steinböcke blickten grüssend zu ihnen hoch, als sei es selbstverständlich, dass ein fliegendes Pferd über sie hinwegzog. Als die Sonne ihren höchsten Stand erreicht hatte, schwebte Lugnung über einem endlosen, weissen Gipfelmeer, dessen gleissendes Licht Anêrios beinahe blendete. So schloss der Junge für einen Moment die Augen. Wenige Atemzüge später war er bereits in einen tiefen Schlaf versunken.

«Wir sind gleich da», raunte Beleriâns Stimme in seinem Ohr.

Anêrios schlug verwundert die Augen auf und blickte auf einen riesigen, zerschrundeten Gletscher hinab, der weit unter ihnen dahinzog. Inmitten dieser enormen, eisgepanzerten Tafel klaffte überraschend ein grosser Einschnitt auf, aus dessen Tiefe ein ungewohnt grünes Leuchten aufstieg. Es war ein Tal, das sich inmitten dieser Eisöde auftat. Umgeben von himmelstürmenden Felswänden bettete sich dort ein lieblicher grüner Grund in den Schoss der Gletscherfläche. Anêrios sah, wie von allen Seiten stiebende Wasserfälle in den Talkessel hinabstürzten und sich auf dessen Sohle zu kleinen Bächen und Seen vereinigten. Je tiefer das fliegende Pferd in dieses verborgene Land hinab sank, desto deutlicher zeichneten sich Einzelheiten ab. Über sanfte Hügel zog sich ein Wald, dessen Wipfeldach in allen Grüntönen gesprenkelt war. Auf blumenreichen Matten standen uralte Ahornbäume und reckten ihnen ihre knorrigen Kronen entgegen. Und mitten drin in dieser unwirklichen Landschaft erstrahlte ein einziges goldenes Leuchten. Es waren die Kuppeln und Türme der Goldenen Stadt, die sich dem klaren Gletscherlicht entgegenwölbten, welches am oberen Rand des umringenden Felsenkessels spielte.

Sanft setzte Lugnung unweit dieser erhabenen Erscheinung auf und trabte nun durch saftiges wohlriechendes Gras. Zwei Kinder spielten an einem kristallklaren Bachlauf und sprangen verzückt auf, als sie das Pferd gewahrten. Winkend kamen sie den Ankömmlingen entgegen und betrachteten sie staunend.

«Seid gegrüsst, ihr Kinder von Caram Lîn», lächelte der grüngewandete Mann mit den goldstrahlenden Augen freundlich.

«Wir grüssen euch auch», sagte das Mädchen mit lebhaften Augen. «Leider haben wir kein Willkommensgeschenk für euch.»

«Aber wartet», wandte der Knabe ein und griff in die lichtdurchflutete Bergluft.

Anêrios blinzelte ungläubig, als er sah, wie der Bub aus dem Nichts einen goldenen Kranz formte und ihn den Reitern selig lächelnd entgegenstreckte. Das Mächen war derweil an den Bach gelaufen und hatte seine Hände in dessen lauteres Wasser getaucht. Wenige Augenblicke später zog es eine Kugel daraus hervor, die aus nichts als purem Wasser bestand.

Anêrios nahm die dargereichte Gabe dankend entgegen und wunderte sich einmal mehr über den Zauber dieses Landes. Es war eindeutig Wasser, das er in Händen hielt, frisch und nass, aber es zerfloss nicht.

Beleriân lächelte begütigend und bat die Kinder, ihm zwei Steine aus dem Bachbett zu bringen. Er nahm diese in beide Hände und schloss kurz die Augen. Als er den Kindern seine offenen Handflächen wieder zeigte, lagen darin zwei schimmernde Kristalle, klar und formvollendet wie filigrane Kleinode aus Glas.

Da jubelten die Kleinen wie aus einem Mund und kehrten lachend zu ihrem Spiel zurück.

«Dies ist das verlorene Tal von Caram Lîn, ein Hort des Friedens und der Einkehr», erklärte Beleriân, als sie weiter auf das golden schimmernde Tor der Stadt zuritten. «Ein Zufluchtsort verborgen im Gebirge, der den einträchtigen Geist des untergegangenen Elezîrum bewahrt hat und wo viele Geschöpfe Frieden finden vor dem gewaltsamen Drang der Welt.»

«Kann man nur fliegend hierher gelangen?», fragte Anêrios staunend.

«In unserem Falle ja», lachte der Alte. «Manchmal, etwa alle hundert Jahre, verirrt sich ein Jäger oder ein Kristallsucher aus der Mittleren Welt in dieses Tal, der auf entlegenen Gebirgshöhen unbemerkt über die Weltenschwelle gestolpert ist. Aus Vendolindium führt ein einziger langer, finsterer Pfad hierher, man nennt ihn den Verlorenen Steig. Er windet sich durch die Tiefen unter dem Drachenberg Aurîg, die du bisher nur als Ort des Schreckens kennengelernt hast. Das Kleine Volk unter Bergkönig Horaurix wacht über diesen verborgenen Zugang. Hier in Caram Lîn steht meistens auch die Goldene Stadt, welcher du gleich deine Aufwartung machen wirst, um deinen verlorenen Freund wiederzufinden.»

«Meistens? Kann sie denn einfach verschwinden?»

«Sie ist lediglich ein lebendiges Bild, welches die Erinnerung an das vergangene Elezîrum nachzeichnet, jene Stätte der Verschwisterung, wo viele Geschlechter einst einträchtig zusammengelebt haben, Menschen, Albiônen, Dverîgen – und wohl auch noch viele weitere Geschöpfe und Völker, die deinesgleichen längst vergessen hat. Aber weil diese Stadt eigentlich längst verwichen ist, flimmert ihre Existenz heute nur noch auf der feinen, durchlässigen Grenze zwischen den Welten. Hast du die Sagen um Aureoclastis noch nie vernommen?»

«Doch, die Alten erzählen sich viel davon. Es ist eine goldene Stadt, die nur zu gewissen Zeiten erscheint. Und jeweils an verschiedenen Orten. Zum Beispiel in Epônas Garten, einem Gebirge am Rand von Vendolindium, südlich des Bergmassivs Hardûrsstuhl oder in der Waldwildnis des verfluchten Landes Nemetônia.»

«Siehst du, das ist sie. Aureoclastis ist überall und nirgends zugleich. Aber jetzt wollen wir schauen, ob du deinen verschollenen Freund hier antreffen kannst.»

Wie die Erscheinung aus einem Traum ragten die goldenen Mauern der Stadt vor den Ankömmlingen auf. Anêrios sah kristallglänzende Kuppeln und zierlich in den Himmel geschraubte Türme, welche majestätisch aufragten. Das in Gold gefasste Tor stand weit offen. Eine einzelne Gestalt in einem weiss leuchtenden Gewand trat daraus hervor.

Beleriân verhielt Lugnung in gebührendem Abstand und hiess den Jungen absteigen. «Du wirst hier ein warmes Willkommen erhalten, Junge, wie du es bereits bei den Kindern am Bach erfahren hast.»

«Du kommst nicht mit?», fragte Anêrios erstaunt.

Der Weissbart schüttelte den Kopf. «Ich werde nun rasch zum Palast meiner Gebieterin reiten und Helva Zauberweberin die Kunde zutragen, welche ich gestern im Wasserreich vernommen habe. Es ist wahrhaft wichtig, dass sie so schnell wie möglich davon erfährt.»

Er zog etwas unter seinem Umhang hervor und streckte es dem Jungen hin. Es war eine Haspel mit weissem Garn.

Genau wie diejenige, welche ich den Dverîgen in Helicôna in den Käfig gesteckt habe.

Ungläubig starrte er auf die Gabe.

«Meine Gebieterin schickt dir dies als Geschenk und als Dank für die Hilfe, welche du dem Kleinen Volk in Nemetônia erwiesen hast. Die Dverîgen liegen ihr sehr am Herzen und deshalb will sie dir deinen edelmütigen Dienst vergelten. Verwahre dieses Garn gut, denn es liegt ein Zauber auf ihm, so wie auf allen Gaben, die du in Helysia erhältst. Alles, was du mit diesem Faden umschlingst, steht unter dem persönlichen Schutz von Helva Zauberweberin. Vergiss dies nicht. Es schlummert grosse Macht in ihm. Und nun gehab' dich wohl, mein junger Freund, ich habe das Gefühl, unsere Wege werden sich zu einer anderen Zeit wieder kreuzen.»

Er drückte Anêrios lachend die Hand und wandte sich mit Lugnung ab. Der Junge sah, wie der Braune mit seinem Reiter über die blumenübersäten Wiesen rasch enteilte und bald den festen Untergrund wieder hinter sich liess, um dem schimmernden Gletscherkranz zuzustreben.

Die Luft in diesem Tal war klar, und das Licht der mächtigen Firnen, welches von allen Seiten herabfiel, wob einen erhabenen Glanz über die schützend von hohen Felsmauern umwallte Landschaft. Auch wenn das Rauschen der Wasserfälle allgegenwärtig war, so erfasste den Betrachter doch unwillkürlich ein Gefühl tiefer, feierlicher Stille.

Als Beleriân und Lugnung zu einem weit entfernten, kleinen Punkt zusammengeschrumpft waren, drehte sich Anêrios wieder der Stadt zu.

Die Gestalt, welche ihm durch das geöffnete Tor entgegenschritt, schien ein älterer Mann mit einem langen, grauen Bart zu sein. Er stützte sich auf einen kunstvoll geschnitzten, knorrigen Stab und ging barfuss. Auf eine unbestimmte Art kam Anêrios diese Erscheinung bekannt vor.

Als er dem alten Mann gegenüberstand, der zu seinem Empfang erschienen war, erkannte er ihn sofort.

Sein Herz setzte einen Schlag aus.

Es war Verunorêgios, der Hohepriester von Vendolindium.

INTERLUDIUM

«Grossatt, das Schneetreiben verwehrt uns noch immer den Weg nach draussen», klagte das kleine Bauernmädchen mit den blonden Haarflechten. «Du musst uns noch eine Sage erzählen.»

«Oh ja, oh ja», schrien die übrigen Kinder und stürzten begeistert an die Feuergrube.

«Aber ich habe euch doch schon alles erzählt, was ich weiss», brummte der graubärtige Mann etwas verdrossen. Sein Tabakvorrat begann sich zu erschöpfen. Er musste das Kraut unbedingt sorgfältiger einteilen. Niemand konnte vorhersagen, wie lange das garstige Wetter noch anhalten mochte. Der Horner hatte erst begonnen, und in den Bergen musste man sich mitunter auf einen launischen und langwierigen Winter einstellen.

Erwartungsvoll starrten ihn die Kinder seiner Sippe von allen Seiten an. Der Junge mit dem Wuschelkopf zwinkerte ihm aufmunternd zu. «Dir kommt bestimmt noch eine Sage in den Sinn, Grossatt. Wer so einen langen, grauen Bart hat wie du, weiss endlos viel zu erzählen.»

Der alte Mann musste schmunzeln. Hatte ihm der Lausebengel doch gerade das treffende Stichwort eingegeben.

«Gut, Kinder, dann hört mir gut zu. Ich erzähle euch jetzt die Sage vom Alten im Berge, dessen Bart so lang ist, dass er bis auf den Boden hinunter reicht.»

Männer und Frauen, die sich im Haus zerstreut hatten, strömten zusammen, um der Erzählung ihres Ältesten zu lauschen, als dieser erneut seine raunende Stimme erhob.

«In altersgrauen Zeiten lebten in den Burgen rund um den Wendelsee noch üble Zwingherren. Sie plagten das Landvolk auf jegliche nur erdenkliche Weise. Einst fiel ein junger Bursche vor einem solchen Raubolz in Ungnade. Ich weiss nicht mehr, was er ausgefressen hatte, aber er musste das Hasenpanier ergreifen, weil es ihm sonst böse an den Kragen gegangen wäre. In seiner Not beschloss der Flüchtling, in der Wildnis

unterzutauchen, denn zu jener Zeit gab es noch endlose, finstere Wälder in den Tälern und Schluchten unseres Landes. Weil der Zwingherr aber keine Mittel scheute, um des Burschen habhaft zu werden, musste dieser arme Kerl immer weiter in die Berge hinauf entfliehen. So verschlug es ihn in das unwegsame Eriztal, und weil seine Häscher ihm immer noch hartnäckig auf den Fersen sassen, stieg er zuletzt bis hoch hinauf zu den Sieben Hengsten. Dieses zerklüftete Gebirge galt damals schon als verwunschene Gegend und Heimstatt von Heiden und Geistern. Das wusste der Verfolgte und er wähnte sich dort oben sicher, da er den abergläubischen Waffenknechten des Burgherrn nicht zutraute, dass sie sich in einen derart verrufenen Landstrich hinaufwagen würden. Leider hatte er sich geirrt.

Das Bellen der Hunde und das Rasseln der Schwerter rückten immer näher. Verzweifelt suchte der junge Mann nach einem Ausweg. Da lief er mitten im Moor an eine Felsformation heran, die einem Ungeheuer ähnelte, welches sein ungeschlachtes, klaffendes Maul vor ihm aufsperrte. Dort wo der Schlund gähnte, führte ein Höhlengang in die Tiefe. Ohne zu zagen, schlüpfte der Bursche in die dunkle Öffnung hinein und kroch auf allen Vieren voran. Da ihm die Angst vor seinen Peinigern immer noch im Nacken sass, bewegte er sich immer tiefer in die Höhle hinab. Obwohl er längst nichts mehr sehen konnte, tastete er sich mit Händen und Füssen vorwärts. Irgendeinmal verharrte er in der Finsternis und lauschte angestrengt. Er hörte nur mehr das feine Tröpfeln und Rieseln des Wassers. Undurchdringliche Schwärze umgab ihn. Bis er auf einmal einen schwachen Lichtschein in der Tiefe ausmachen konnte. Ob dies ein anderer Ausgang sein mochte? Ob dort vielleicht bereits wieder Tageslicht in diese verlorene Unterwelt hereinsickerte? Getrieben von seiner Neugier, kroch er auf den Schimmer zu und gewahrte zu seiner Erleichterung, wie es immer heller wurde.

Zuletzt betrat er einen unterirdischen Grottensaal, der von einem merkwürdigen Licht erhellt wurde. Dieser Schein ging von drei grossen Edelsteinen aus, die auf einer gewaltigen steinernen Tafel lagen. Ein mächtiges Buch in einem uralten Ledereinband war daneben aufgeschla-

gen. Und erst jetzt erkannte der Junge, dass hinter dem Buch ein greisenhafter Mann sass, dessen schlohweisser Bart bis auf den Boden hinunterfiel. Der Alte war dürr wie eine vertrocknete Bergdähle[73] *und hielt seine Augen halb geschlossen. Seine fahlen Lippen bewegten sich aber unmerklich. Nun sah der Bursche, dass dieser Greis im Begriff war, im Buch zu lesen. Ein dünner, zitternder Finger folgte den Schriftzeilen, derweil der merkwürdige Alte die Worte unhörbar vor sich hinmurmelte. Der Jüngling entbot dem wunderlichen Höhlenbewohner seinen Gruss und fragte ihn nach seinem Tun. Doch der Alte reagierte nicht auf ihn und las unbeirrt weiter. Erst als er am Ende der Buchseite angelangt war, erhob er endlich seinen Kopf und blickte den Besucher verstört an. Ob er von draussen gekommen sei, fragte er ihn. Der Bursche nickte und erklärte ihm den Weg, den er gegangen war. Dann müsse er doch gewiss der goldenen Stadt Seefeld ansichtig geworden sein, meinte der Greis mit erhobenen Augenbrauen. Nein, beteuerte der Junge, da draussen seien nur Gand*[74] *und Moos. Da schüttelte der uralte Weissbart ungläubig den Kopf und murmelte, dass er eben, als er die vorletzte Seite zu Ende gelesen habe, kurz den Kopf aus der Höhle streckte, um sich ein bisschen frische Luft um die Nase wehen zu lassen. Und da sei er mitten in die goldene Stadt hinausgetreten. Alle Türme und Kuppeln seien von schierem Gold, Kristall und Elbenbein gewesen. Die Plätze weit, wundersam begrünt und mit poliertem Marbelstein*[75] *gepflastert. Und vielerlei zauberisches Volk habe sich darin bewegt. Wohl auch einen mächtigen König und eine wunderholde Königin habe es da gegeben, die selbander die Welt regierten und der Sterne Weisheit auf den Erdengrund hernieder träumten. Nein, so etwas Wundervolles sei ihm nicht zu Gesicht gekommen, versicherte der Bursche noch einmal und schüttelte heftig den Kopf. Da seufzte der Berggreis traurig und wandte sich wieder seinem Buch zu. Er blätterte die Seite um und begann erneut zu lesen. Vergeblich bemühte sich der Jüngling, mehr über jene geheimnisvolle Stadt zu erfahren. Der Alte war wieder in sein Buch vertieft und beachtete den Fremden nicht mehr. Von einem unheimlichen Gefühl beschlichen, stahl sich unser Jüngling wieder aus der Grotte und begab sich nachdenklich auf den Rückweg.*

[73] Dähle (Schweizerdtsch.) = Föhre, Kiefer
[74] Gand (Schweizerdtsch.) = Wüstenei
[75] Marbelstein = Marmor

Lange noch geleitete ihn das dämmrige Licht der leuchtenden Steine durch enge Klüfte und Schlüfte. Nach einer Weile lockte ein feiner Streifen Tageshelle von oben herab. Hurtig rappelte sich der flinke Bursche das letzte Stück hoch und fand sich unversehens an der Erdoberfläche wieder. Zu seiner Erleichterung war keine Spur mehr von den Männern zu sehen, die ihm nachgestellt hatten. Dafür erkannte er unweit des Höhleneinganges weidende Schafe und dahinter eine Hütte. Der Anblick kam ihm befremdend vor, und er beschloss, den Schäfer aufzusuchen und ihn danach zu fragen, wie er so rasch habe eine Unterkunft aufstellen können in dieser Wilde, denn der Flüchtige war sich sicher, diesen Unterstand noch nicht an dieser Stelle gesehen zu haben, als er die Höhle betreten hatte. Da lachte ihn der andere bloss aus und behauptete, er sei wäger[76] nicht den ersten Sommer hier oben.

Von einem merkwürdigen Gefühl erfasst, stieg der Bursche wieder hinab in das Tal. Wo sich vorher nur dunkle Wälder ausgebreitet hatten, boten sich seinen Augen nun allenthalben Höfe, Siedlungen und Fuhrwege dar. Dieser überraschende Anblick verwirrte den Jungen über alle Massen. Er erkundigte sich bei den Leuten nach dem Wie und Warum für diesen ungewohnten Zustand. Er fragte sie auch nach dem feindlichen Zwingherrn und dessen Neuigkeiten. Da legten die Ältesten die Stirn in Falten und beharrten darauf, dass ein nämliches Edelgeschlecht nur aus alten Sagen bekannt und dass dessen angebliche Stammburg längst zu einem moosüberwachsenen Steinhaufen zerbröckelt sei.

Je länger je mehr verstand der junge Mann, dass in der kurzen Zeit, die er bei dem seltsamen Alten im Berge zugebracht hatte, hier draussen viele Jahrhunderte verstrichen waren. Zumindest musste er zwischenzeitlich nicht mehr um Leib und Leben fürchten, denn es waren längst friedlichere Zeiten angebrochen. Der Wendelsee und seine Berge waren freilich dieselben geblieben und spendeten dem Heimatlosen Trost. Der Jüngling wandte sich gen Inderlappen und trat daselbst in das Kloster ein. Dem Propst und den älteren Brüdern berichtete er von seinen Erlebnissen. Sie hiessen ihn, auf einem Bogen Pergament die Zeichen festzuhalten, welche er in dem Buch des Alten gesehen hatte. Was immer er nie-

[76] wäger (Schweizerdetsch.) = wahrlich, beileibe

derschrieb, die gelehrten Männer vermochten es nicht zu deuten. Es war nicht Latein noch Griechisch noch sonst irgendeine bekannte Sprache.

So blieb der Heimkehrer als Laienbruder bei den Gotteshausleuten, bis hin zu seinem letzten Tag. Und jahrein, jahraus stellte er sich jeden Abend nach der Komplet[77]*, bevor er einschlief, dieselbe bange Frage: Was würde wohl dereinst geschehen, wenn dieser Alte im Berge die letzte Seite seines Buches zu Ende gelesen hätte. Seither sind wieder viele Jahre ins Land gezogen und das Gesicht unseres Landes hat sich abermals gewandelt. Aber das Höhlentor oben auf Seefeld klafft immer noch im Felsen. Und wer vermag schon zu sagen, was sich heutzutage dort unten verbirgt.»*

Nach einer langen Pause andächtigen Schweigens meldete sich eines der Kinder leise zu Wort: «Ich glaube, dieses uralte Buch im Berg hast du selbst auch einmal gelesen, Grossatt, sonst wüsstest du nicht so viele Geschichten zu erzählen.»

[77] Komplet (Lat.) = Klösterliches Nachtgebet zum Abschluss des Tages

TEIL III

DER FALL VON RAÛLIUM

I

IM TAL DES FRIEDENS

«Sage mir, mein Junge, kommst du aus dem Land, das ich kenne, aus Vendolindium?»

Es war eindeutig die Stimme des Hohepriesters, die Anêrios aus dem bartumflossenen Mund des Alten vernahm. Er war sich absolut sicher, Verunorêgios gegenüber zu stehen. Aber wie war das möglich? Wie hatte dieser durchtriebene Alte den Weg an diesen entrückten Ort zu finden vermocht? Und wie hatte er überhaupt von seiner Reise hierher wissen können? Die Gedanken des Jungen überschlugen sich. Er fühlte sich mit dieser unerwarteten Wendung vollständig überfordert. War sein Vorhaben bereits zum Scheitern verurteilt, bevor es überhaupt erst begonnen hatte?

«Ich sehe in deinen Augen, dass du dich vor mir fürchtest?», raunte der Alte mit ungewohnter Sanftmut und blickte ihm geradezu begütigend in die Augen.

Was sollte dieses scheinheilige Gebaren? Wollte ihn der heimtückische Hohepriester einmal mehr täuschen mit seiner Schmeichelei? Vielleicht sollte er auf schnellstem Wege in das Horn der Dverîgen blasen und sich der Hilfe des Kleinen Volkes versichern.

«Mein Name ist Melomagûnos», sagte der Hohepriester nun auf eine Weise, als hätte er den Jungen, der ihm gegenüberstand, noch nie zuvor gesehen. Was Anêrios reichlich verwirrte, war die Tatsache, dass Verunorêgios wesentlich jünger aussah, als er ihn eigentlich in Erinnerung hatte. Sein Gesicht war weniger verwittert, und in seinen eingefallenen Augen war keine Spur von der üblichen Häme zu erkennen. Aber warum trug er dieses ungewohnte Gewand? Und wo war der Bärenschädel auf seinem Haupt?

Anêrios wich vorsichtig einen Schritt zurück und zog das Bergwidderhorn unter seinem tiefwasserblauen Umhang hervor.

Verunorêgios hob beschwichtgend die Hände und sah ihn eindringlich an. Hatte Anêrios sich bloss getäuscht, oder klang die Stimme des Hohepriesters weicher als üblich?

«Ich bitte dich, unternimm nichts Voreiliges, ehe du mich nicht angehört hast», sprach der Alte beschwörend auf ihn ein. «Ich glaube, du bist einer Täuschung erlegen, so wie die meisten, die bislang hier einkehrten.»

Verwirrt liess Anêrios das Horn sinken. Irgendetwas stimmte hier nicht. Dieser Mann hatte das Gesicht und die Gebärden von Verunorêgios, aber das klare Licht in seinen Augen und der reine Klang seiner Stimme passten überhaupt nicht zu dem heimtückischen Hohepriester, den er kannte.

«Ich sehe, dass die Kinder dich beschenkt haben», sagte der Alte vorsichtig und deutete auf die Wasserkugel in den Händen des Jungen und auf den Lichtkranz, der sich um seine Stirn wand. «Lass uns zu ihnen gehen und sie fragen, wer ich bin. Du sollst es aus ihrem Mund hören. Kinder sind ohne Arglist und aus ihrem Mund offenbart sich die lautere Wahrheit.»

Mit gemessenen Schritten ging der Hohepriester auf den Bach zu, wo das Mädchen und der Junge noch immer herumtollten. Er winkte Anêrios zu, ihm zu folgen.

Als die Kinder den Weissgewandeten auf sich zukommen sahen, sprangen sie ihm entgegen und riefen laut seinen Namen. Es war derselbe, welcher der Alte ihm zuvor genannt hatte. Was ging hier vor?

«Bitte erklärt unserem Gast hier, wer ich bin und was ich hier tue», bat er die Kleinen und beugte sich traulich zu ihnen nieder. Sie zerrten ausgelassen an seinem Gewand und wollten ihn zum Mitspielen verleiten. Schliesslich hielten sie jedoch inne und blickten erwartungsvoll zu dem fremden Jungen hoch.

«Dieser Mann ist soeben mit einem fliegenden Pferd hier angekommen», schoss es holterdiepolter aus dem Mund des Knaben hervor. «Sein Begleiter hatte wunderschöne Augen wie ein Luchs. Und eine goldene Leier hing an seinem Sattel. Er hat Kiesel in Kristalle verwandelt. Schade, dass er schon wieder fortgegangen ist.»

Der alte Mann, welcher das Aussehen von Verunorêgios hatte, lachte herzhaft und wiederholte geduldig seine Bitte.

«Das ist Melomagûnos, der Grossvater von uns allen», sprudelte es schliesslich aus dem Mädchen heraus. «Er ist schon so lange bei uns, wie wir uns nur erinnern können. Er geht immer in den Sternenturm und findet dort wunderbare Geschichten. Bitte erzähle uns doch eine dieser Geschichten, Grossvater.»

Mit einem langmütigen Lächeln blickte der Alte zu Anêrios und legte seine Arme liebevoll um die beiden Kinder, die ihn erwartungsvoll anstrahlten.

«Hört mich an, Kinder, ich werde unserem Gast hier jetzt etwas Wundersames erzählen – und ihr könnt mitlauschen, wenn ihr wollt, ja?»

Er deutete zu einigen grossen Steinen, die in der Nähe am Bachufer standen, und lud Anêrios und die Kinder ein, sich dort niederzulassen.

«Wenn du erlaubst, mein Junge, werde ich nun versuchen, deine Verwirrung zu klären», schlug der alte Mann vor und setzte sich dazu.

Anêrios hielt es für angebracht, sich auf diesen Vorschlag einzulassen. Er nickte zustimmend und atmete tief durch.

Der alte Mann mit der Erscheinung des Hohepriesters von Vendolindium bedachte sich einen Moment und hob mit ruhiger Stimme an zu sprechen.

«Du kennst mich unter dem Namen Verunorêgios, wie ich vermute, und du hältst mich für jemand anderen. Gehe ich richtig in dieser Annahme?» Der Blick des alten Mannes war klar und ohne Tücke.

Anêrios bejahte seufzend.

«Mein richtiger Name ist Melomagûnos. Ich stamme aus Speica am Fusse des Berges Andûrios, was du gewisslich kennst. Bis vor ungefähr zwanzig Jahren war ich tatsächlich der Verunorêgios von Vendolindium. Du musst wissen, dies ist kein Name, sondern ein Titel. Er bedeutet wörtlich der *Oberste Geheimnishüter* und bezeichnete zur Zeit der Helvêten den Hochdruiden eines jeden Stammes. Bei den Vendolindiern wurde dieser Titel auch nach dem Zerfall des alten helvêtischen Bundes weiterhin für den ranghöchsten Priester verwendet. Der Priesterrat vom See hatte mir dieses Amt übertragen und ich übte es viele Jahre lang mit ernsthafter Hingabe aus. Dann geschah etwas, was mein Leben und das Schicksal unseres ganzen Volkes bis zum heutigen Tag erschütterte. Ein befreundeter Priester aus Septentûria lud mich eines Tages ein, mit ihm in die uralte Höhle unter dem Aurîg zu steigen, weil er dort ein bedeutendes Geheimnis entdeckt zu haben vermeinte. Ohne mir etwas dabei zu denken, folgte ich ihm. Du musst wissen, diese bedeutende Höhle war in altvorderen Zeiten ein wichtiges Heiligtum der Uralten Mütter gewesen, und man hatte in ihrem Innern über lange Zeit hinweg ausgewählte Jungmannen und Jungfrauen durch einen endlosen Felsengang hindurch in das entrückte Reich der Albiônen geführt, um sie dort uralten Einweihungsriten zu unterziehen. Deshalb frohlockte ich, im Geleit meines Freundes einem wichtigen Vermächtnis unserer Ahnen auf die Spur zu gelangen. Mein Begleiter führte mich tief in den Berg hinein. Und plötzlich verschwand er spurlos mitsamt dem Licht, das er mitgebracht hatte. Ich rief ihn vergeblich an und stellte nach einer Weile fest, dass ich in die Irre geführt worden war. Mein Freund hatte mich mit der Absicht in den Schoss des Berges hineingelockt, mich dort unwiederbringlich verschwinden zu lassen. Ohne jegliche Hilfsmittel war ich alleine in der Dunkelheit verloren. Ich versenkte mich in das Zwiegespräch mit den Göttern und schloss allmählich meinen Frieden mit diesem unverhofften Geschick. Langsam tauchte ich in die leichteren Zwischenwelten ein und fühlte, wie meine Seele sich aus der Leiblichkeit zu lösen begann. Mein erdengebundenes Bewusstsein trübte sich und ich öffnete mich bereits den Verheissungen des Leuchtenden Landes. Doch dann geschah etwas mit mir. Gütige Mächte hoben meinen sterbenden Leib auf und verbrachten ihn an einen anderen Ort. Als ich wieder zu mir kam, befand ich mich in diesem Tal und erblickte die Goldene Stadt – Aureoclastis. Die Albiônen, die hier hausten, umsorgten mich und riefen die Lebenskräfte in meinen dumpfen Leib zurück. Später fanden sich in unregelmässigen Abständen zunehmend weitere Menschen hier ein. Es waren junge Frauen und Burschen aus Vendolindium. Diese Neuankömmlinge erschütterte mein Anblick jedes Mal genauso wie dich. Nach und nach vermochte ich jedoch ihr Vertrauen zu gewinnen, und sie berichteten mir, dass ein Ebenbild von mir in Vendolindium begonnen habe, zweimal jährlich durch ein göttliches Orakel junge Menschen zu erwählen, die einem zornigen Drachengott namens Urâgus dargebracht werden sollten. Es klang wie eine grausame Verzerrung der altvorderen Initiationsbräuche. Im Laufe der Zeit gelangten fortwährend neue Jungfrauen und Jünglinge zu uns, welche mir stets dieselbe Geschichte erzählten. Wie ich vermute, handelte es sich bei diesen Einkehrenden lediglich um einen Bruchteil all jener, welche wirklich für die Opferung ausersehen worden waren. Ich weiss aber nicht, was mit den anderen geschah. Ob sie wirklich einem Drachen anheimfielen oder ob sie anderen bösen Zwecken zugeführt wurden, konnte ich nie herausfinden. Mittlerweile sind wir zu einer Gemeinschaft von etwas mehr als dreissig Geretteten angewachsen, dazu kommen etliche Kinder, die nach und nach aus den geknüpften Verbindungen unter den hier Gestrandeten hervorgegangen sind. Da ich von allen hier weitaus der Älteste bin, gelte ich als ihr aller Grossvater.»

Er lächelte und strich den andächtigen Kleinen, die sich an seine Seite schmiegten, liebevoll über die Haare. «Wir haben uns damit abgefunden, hier ein neues Zuhause gefunden zu haben, und sind den Göttern dankbar dafür, dass uns ihr unergründlicher Ratschluss in der Obhut dieses wundersamen Tales ein friedliches und einfaches Leben zugedacht hat. Aber wir haben keine Verbindung mehr zu jener Welt, wo wir alle herstammen, und niemand von uns hat jemals die Gelegenheit erhalten, wieder in unsere ursprüngliche Heimat zurückzukehren.»

Anêrios hegte keine Zweifel, dass dieser Mann die Wahrheit sprach. Was er erzählte, deckte sich mit allem, was er bisher über die trügerischen Machenschaften erfahren hatte, die sich hinter dem vermeintlichen Opferkult in Vendolindium verbargen. Und er las aus dem aufrichtigen Blick des alten Melomagûnos, dass dieser selbst Zielscheibe einer grausamen Verschwörung geworden war, die sich wohl nur auf das unheilvolle Wirken des Magos zurückführen liess.

«Jener Verunorêgios, der da draussen in meiner Gestalt umgeht und Unheil stiftet», fuhr der ehrwürdige alte Mann fort, «hat ausser dem äusseren Erscheinungsbild nichts mit mir gemein. Wie du siehst, bin ich nicht gealtert in der Zeit seit meinem Untertauchen und sehe immer noch so aus wie vor zwanzig Jahren. Denn die Zeit hat in Caram Lîn keine Bedeutung für jene, die von draussen gekommen sind. Nicht einmal die Jahreszeiten, wie wir sie kennen, nehmen hier ihren gewohnten Lauf. Es herrscht immerwährender Sommer in diesem Tal des Friedens am Fuss der Gletscherwälle.»

Anêrios betrachtete die beiden Kinder, die den alten Mann mit betroffenen Gesichtern ansahen, obwohl sie diese schicksalsschwere Erzählung gewiss nicht zum ersten Mal gehört hatten. «Was ist mit den Kindern? Wie können sie in einer zeitlosen Welt gross werden?»

Melomagûnos zuckte ratlos mit den Achseln. «Auf wundersame Weise scheint der Zeitenlauf für diejenigen, die hier geboren wurden, anders beschaffen zu sein. Die Kinder von Caram Lîn durchlaufen ihr Wachstum in gewohnter Weise. Dies ist fürwahr eine seltsame Geschichte, die ich dir hier erzähle, eine Geschichte, in welcher sich Bedrängnis und Erlösung eng miteinander verweben. Aber ich mutmasse, dass du selbst nicht auf die übliche Weise hierhergelangt bist, mein Sohn. Es wäre mir eine Freude, wenn du mir ebenfalls von deinem gewiss rätselhaften Geschick erzählen würdest.»

Anêrios nahm sich Zeit, seinem offenherzigen Gegenüber von seinem Weg zu erzählen: Von seiner Flucht aus Vendolindium und von dem unerwarteten Beistand, den er in Helysia empfangen hatte. Mit grosser Anteilnahme lauschte der alte Mann den unglaublichen Neuigkeiten, die er aus dem Mund des Ankömmlings erfuhr.

«Dann ist es also wahr», murmelte Melomagûnos schliesslich und betrachtete den Jungen mit bewegten Blicken. «Mir ist in der langen Zeit meines Aufenthaltes hier manche Erkenntnis zuteil geworden über die Existenz jener anderen Welt, die ich stets für das Leuchtende Land der guten Seelenhüterin Elovâna gehalten habe. Ich bin schliesslich zu der Vermutung gelangt, dass dieses glückvolle Tal hier selbst ein Teil davon sein müsse. Und nun bestätigst du mir genau dies.»

Unvermittelt hob Melomagûnos seinen Stab und deutete in das Tal hinaus. «Es ist wieder soweit», verkündete er mit leuchtenden Augen.

«Sie geht wieder anderswo hin», schrien die Kinder und sprangen aufgeregt auf.

Verwundert blickte Anêrios sich um und erschrak.

Die Goldene Stadt war im Begriff, sich vor seinen Augen in Luft aufzulösen. Ein helles Flimmern umspielte ihre glänzenden Mauern und Türme wie ein geisterhaftes Funkenspiel und verwischte zunehmend die Umrisse der Bauwerke. Nach wenigen Augenblicken war das Schauspiel bereits vorüber, und nichts mehr zeugte davon, dass sich vor Kurzem eine prächtige

Stadt aus dem Talgrund erhoben hatte. Eine einzelne riesenwüchsige Tanne war auf der Wiese zurückgeblieben, deren Umfang gewiss dem Ausmass eines gewaltigen Turmes entsprach. Viele einzelne ausladende Wipfel entsprossen ihrem mächtigen Stamm, und dieser Baum erweckte selbst den Eindruck eines lebendigen, im Verlauf von Jahrtausenden gewachsenen Palastes.

«Heute feiern sie irgendwo da draussen in Vendolindium wieder zu Ehren der Götter», murmelte der graubärtige Priester. Das plötzliche Verschwinden seiner neu gefundenen Heimstatt schien ihn überhaupt nicht zu bestürzen.

Fassungslos starrte Anêrios auf das nunmehr unbewohnt und verlassen erscheinende Tal. Melomagûnos bemerkte die Bestürzung in den Augen des Jungen und sprach ihm beruhigend zu.

«Du musst wissen, mein Freund, jedes Mal, wenn in der Mittleren Welt eines der Hohen Feste begangen wird, löst sich die Goldene Stadt von hier und wird an einen anderen Ort entrückt. Wie ich herausgefunden habe, ist Aureoclastis ein Ebenbild des vergangenen Elezîrum, einer einstmals blühenden Stadt des Goldenen Zeitalters, welche das alte Land Helveidion in Urzeiten zierte.» Er seufzte schwer, als trauere er in diesem Moment jenen Tagen nach, da die Götter und die Menschen einander in der Mittleren Welt noch nahe gewesen waren.

«Ihr unergründliches Geschick scheint es zu sein, sich seit ihrem Untergang fortwährend an verschiedenen Orten zu manifestieren und die Menschen an ihr einstiges Strahlen zu erinnern. Bisweilen kehrt sie nach lediglich einer Nacht hierher zurück, es kann aber auch geschehen, dass sie für eine Woche oder länger fortbleibt. Oft hat ihr Wechseln zwischen den Welten mit dem Wandel der Mondphasen zu tun.»

«Aber was geschieht dann jeweils mit den Menschen, die sich darin befinden? Verschwinden sie auch?»

«Nein, sie verschwinden nicht», beruhigte ihn Melomagûnos. «Niemand von uns vermag das Tal auf diesem Weg zu verlassen. Wenn die Goldene Stadt von hier flieht, werden all jene, die sich zu diesem Zeitpunkt noch in ihren Mauern aufhalten, auf wundersame Weise in den Wurzelhöhlungen dieser urmächtigen Tanne geborgen, die dort an der Stelle der verschwundenen Stadt steht. Niemandem geschieht je ein Leid, wenn die Stadt schwindet. Weil wir um das unstetige Wesen von Aureoclastis wissen, haben sich die meisten von uns ausserhalb der Stadtmauern Hütten und Unterkünfte errichtet. Einige hausen auch in Höhlen am Fuss der Felswände. Dieses Tal bietet uns alles, was wir benötigen, in überreicher Fülle. Die Stadt selbst ist ein lebendiges Bild, erfüllt von einem unfassbaren Zauber, das zu bewohnen uns Sterblichen nicht leichtfällt. Ich selbst halte mich oft und gerne in ihren Türmen und Palästen auf, weil dort unerschöpfliches Wissen verborgen liegt, das sich im Verlauf von Äonen darin angesammelt hat. Und weil dort immer noch Schattenbilder jener Albiônen und Menschen umgehen, welche die Stadt einst bevölkert haben. Sie sind wirklich und zugleich nur Erinnerungen. Aber wir können uns mit ihnen abgeben, mit ihnen Feste feiern und mancherlei von ihnen erfahren. Ich habe in der Goldenen Stadt mehr über die Geheimnisse der Schöpfung gelernt, als mir unsere ganze altehrwürdige Tradition zuvor je zu vermitteln vermocht hatte.»

«Dann ist Tarvo nicht mit der Stadt verschwunden?» Anêrios atmete erleichtert auf. Er wäre untröstlich gewesen, wenn sein Freund ihm nun auf derart unglückliche Weise vor der Nase entschlüpft wäre, kaum dass er hier angekommen war.

«Tarvo?», fragte Melomagûnos verwundert. «Du bist gekommen, um hier jemanden zu suchen, mein Sohn?»

«Tarvônius, Sohn des Gobanôr, einen rothaarigen Burschen aus Vernausium. Er wurde an Albosantion dieses Jahres in die Opferhöhle geführt. Die Kunde, dass der Drache seine Opfer nicht verschlungen hat und viele hierher verbracht worden sind, hat mein Herz mit der Hoffnung erfüllt, dass ich ihn in Aureoclastis unversehrt antreffen würde. Er ist mein teuerster Freund.»

Das Gesicht des alten Priesters hellte sich auf. «Tarvo, natürlich! Er ist einer der letzten, die hierhergelangt sind. Er kam zusammen mit Salassîna, einer Jungfrau aus Berenis.»

Anêrios fiel ein Stein vom Herzen. Er wusste nun mit Gewissheit, dass

Tarvo noch am Leben und dass dessen Seele noch nicht im Leuchtenden Land der Seligen eingekehrt war.

«Tarvo ist ein tapferer Junge», fügte Melomagûnos nachdenklich hinzu. «Nichts vermag ihn zu erschüttern. Aber ich habe festgestellt, dass er bisweilen auch zu Ungestüm und Leichtsinn neigt.»

«Oh ja, davon kann ich manches Lied singen», bestätigte Anêrios und erinnerte sich ihrer gemeinsamen Abenteuer, die nicht immer einen guten Verlauf genommen hatten.

Die Miene des Alten trübte sich, als er fortfuhr. «Obwohl er von diesem Zufluchtsort sehr angetan war, konnte sich Tarvo von Anfang an nicht damit abfinden, hier untätig auf ein ungewisses Schicksal harren zu müssen.»

Anêrios schwante Übles, ihm war die mangelnde Besonnenheit seines Freundes noch in bester Erinnerung.

«Hat er denn etwas Unbedachtes unternommen?», erkundigte er sich rasch.

Der bärtige Priester seufzte und strich sich über den langen, grauen Bart. «Du kennst ihn offenbar gut. Er lässt nicht mit sich reden, wenn er sich etwas in seinen rotschöpfigen Kopf gesetzt hat. Vor wenigen Tagen hat er uns verlassen, um einen Rückweg nach Vendolindium zu suchen. Auf seinen Streifzügen hatte er den Höhleneingang entdeckt, der vom Tal aus unter den Berg führt.»

«Gütige Seemutter Vendolindia», keuchte Anêrios. «Dieser leichtfertige Narr. Dann hat er sich auf den Verlorenen Steig vorgewagt. Aber ohne die Hilfe der Dverîgen kann kein Mensch den Weg durch diese Abgründe finden.»

«Ich habe versucht, ihn zurückzuhalten», beteuerte Melomagûnos, «und auch Salassîna, die ihn sehr gut mag, hat ihr Bestes getan, um ihn zum Bleiben zu bewegen. Aber der Junge hat einen Schädel wie Felsgestein.» Er schüttelte bedauernd den Kopf. «Und ich erahne nichts Gutes für sein Geschick. Die verschlungenen Pfade dort drinnen haben ihn gewiss in die Irre geführt.»

«Dann muss ich sofort aufbrechen und versuchen, seine Spur zu finden», verkündete Anêrios fest entschlossen und griff abermals nach dem Zauberhorn, welches ihm Bergkönig Horaurix in Funtaflauis überlassen hatte. Mit aller Kraft blies er in das kleine Loch.

Dreimal entfuhr dem gewundenen Bergwidderhorn ein tiefer, durchdringender Klang, der gewaltig von den himmelhohen Felswänden und den Eisströmen zurückhallte. Anêrios hätte nicht erwartet, dass einem Instrument von so bescheidener Grösse ein derart gewaltiger Laut zu entlocken wäre.

Melomagûnos lauschte dem Donnerhall des kleinen Hornes andächtig, und plötzlich trat ein ungewohntes Feuer in seine Augen.

«Ich werde mit dir kommen, Anêrios», verkündete er mit fester Stimme. «Zu lange wurde unter dem Mantel meiner Erscheinung übler Unfug getrieben in der alten Heimat. Die Vendolindier müssen aus ihrer Verirrung ans Licht zurückgeführt werden.» Sorgenvoll sah er dem Jungen in die Augen. «Ich habe lange zu Vendolindia um ein Zeichen gefleht. Das Wissen darüber, welche Ungerechtigkeit meinem Volk draussen widerfährt, hat mich mit erdrückender Ohnmacht erfüllt. Immer wieder haben mir Helisantia und Elvedîr, das weise Hochkönigspaar, welches unsterblich im lebendigen Bild von Aureoclastis waltet, tröstlich zugeraunt, ich möge mich gedulden. Es werde dereinst ein Bote aus der alten Heimat erscheinen, um die ersehnte Heimkehr anzukündigen.» Melomagûnos′ klare Augen widerspiegelten auf einmal das Leuchten der hohen Gletscherabbrüche. «Dann bist du derjenige, der mir diese Kunde zuträgt. Ich will nicht länger säumen und bitte dich, mich gleich jetzt an deiner Seite mitzunehmen, wenn du dieses Tal verlässt.»

«Werden die Leute hier deiner nicht bedürfen?»

«Sei unbesorgt, sie erhalten in Caram Lîn alles, was sie brauchen. Die guten Mächte des Tales versorgen uns mit mütterlicher Hingabe. Wir werden später versuchen, sie heimzuführen. Es sind die Menschen am See, die meinen Beistand jetzt dringend brauchen. Ich spüre es deutlich in meinem Herzen, dass die Zeit gekommen ist, um mein mir bestimmtes Amt als Hohepriester Vendolindiums jetzt wieder einzunehmen.»

«Nach allem, was ich bis dahin erfahren habe, ist dieser Magos ein gefährlicher Gegner», gab Anêrios zu bedenken. «Er wird dir seinen Platz und den geweihten Kessel Albodunêbron gewiss nicht ohne Weiteres überlassen.»

«Wie ich dir schon erläuterte, haben mich die verborgenen Weistümer der Goldenen Stadt manches Geheimnis gelehrt», erwiderte der alte Priester. «Im Sternenturm von Helisantia und Elvedîr, der sich in Aureoclastis an jener Stelle erhebt, wo du nun diese vieltausendjährige Tanne erkennen kannst, schlummert ein unvergänglicher Hort des Wissens. Das Gedächtnis der Welt seit dem Urbeginn aller Tage ist dort in kristallenen Glyphen niedergelegt. Nachdem sich in mir der Verdacht immer mehr erhärtet hatte, dass sich ein niederträchtiger Gestaltwandler meiner Erscheinung bedient hatte, betrieb ich in den Gewölben und Kammern des Turmes durch endlose Nächte hindurch tiefschürfende Forschungen über die trügerischen Künste der Phantasmagorie. Ich fühle mich dieser Herausforderung gewachsen. Zu lange brennt schon das Verlangen in mir, das täuschende Blendwerk niederzureissen und die irregeleiteten Menschen unseres Landes endlich von ihrer Blindheit zu befreien. Dieser unsägliche Opferkult und die verderbten Machenschaften, die sich dahinter verbergen, müssen ein Ende haben. Albodunêbron, unser geweihter Kessel der Wandlung, dessen segensreiche Macht unsere Vorfahren bereits zur Zeit der altvorderen Könige zu Nutzen wussten, muss wieder seiner ursprünglichen Bestimmung zugeführt werden, so dass er den Belisanto, den Lebenstrunk, zum Heil der Menschen und des ganzen Landes verströmen kann.»

Anêrios sah das entschlossene Lodern in den Augen des alten Mannes und spürte, dass dieser zweifellos lange auf diesen ersehnten Tag gewartet hatte. Dennoch fürchtete er die Macht und die Tücke des Magos. Zu schmerzhaft brannte das verschlagene Glitzern aus den Augen des falschen Hohepriesters, in dessen Hülle sich der Schwarzkünstler verbarg, noch in seiner Erinnerung.

«Aber glaubst du, die Menschen von Vendolindium werden dir glauben? Wie können sie wahrhaft erkennen, wer ihr wirklicher Hohepriester ist? Der Magos wird sie gewiss um keinen Preis aus seiner Umgarnung entlassen.»

«Es gibt Mittel und Wege, um die Trugbilder zu entschleiern», versicherte ihm Melomagûnos. «Wie mich die uralten Quellen des Wissens im Sternenturm gelehrt haben, vermag ein silberner Spiegel das wahre Gesicht einer jeden verzauberten Kreatur zu enthüllen.»

Unwillkürlich musste der Junge an Lusillas Mutter denken, welche kraft eines solchen Spiegels den Zauberbann aufgedeckt hatte, welchem er durch den Trunk der Priester verfallen gewesen war.

«Und darüber hinaus kann kein Blendwerk der Kraft des Feuers widerstehen», versicherte der Weissgewandete, in dem sich die Berufung eines wahrhaftigen Hohepriesters wieder zu regen schien. «Ich werde mich der Hilfsmittel der alten Druiden bedienen, um den Bösewicht zu überführen.»

Nach kurzer Zeit erschien eine Schar kleinwüchsiger Gestalten im verborgenen Tal unter den Gletschern. Zu seinem Erstaunen erkannte Anêrios, dass sich Bergkönig Horaurix in eigener Person mit einer Schar Getreuer aufgemacht hatte, um dem Ruf des Horns zu folgen. Mit grimmiger Entschlossenheit stapfte der Bergkönig in seinem unverkennbaren staubgrauen Mantel daher, gefolgt von einer Handvoll bärtiger Gestalten, die glasklare, grosse Kristalle in ihren kleinen Händen trugen.

«Dann hast du rasch gefunden, was du gesucht hattest?», brummte Horaurix ohne Umschweife. «Ich sehe, du bist ein Mann der Tat. Zielsicher und kurz entschlossen. Das ist ganz nach meinem Geschmack. So lass uns denn nicht länger säumen und den langen Weg durch die Dunkelheit antreten.» Er deutete zu jener Stelle in der zerklüfteten Felswand, die dem Standort der verschwundenen Stadt genau gegenüberlag.

Mit Erstaunen betrachteten die Halblinge den stolz aufgerichteten alten Mann an Anêrios' Seite, dessen weisses Gewand leuchtete wie reiner Firnglanz. «Ist das der Mann, den du gesucht hast?», fragte der Bergkönig verblüfft. «Du hast von einem Jungen gesprochen, wenn ich mich recht entsinne. Und diesen hier haben wir schon vor einer geraumen Weile hierhergeschafft. Er war sogar der erste von allen, wenn ich mich nicht irre.»

«Nein, dies ist Melomagûnos», berichtigte Anêrios, «er ist der verschwundene Hohepriester unseres Volkes, er wurde selbst Opfer einer ruchlosen Tat. Der verschlagene Schwarzzauberer, welcher unter dem Berg nach den Urnen der Zeit gräbt, hat sich seiner Gestalt bedient, um die Menschen am See hinters Licht zu führen und sie seinem Trugwerk zu unterwerfen. Er wird mich jetzt begleiten und den Übeltäter baldmöglichst stellen.»

«Magiker!», grummelte Horaurix unwillig und musterte Melomagûnos mit forschenden Blicken. «Sie sind zu jeder Schandtat fähig und missbrauchen ihre köstlichen Künste leider nur allzu oft. Es wird Zeit, dass diesem üblen Kerl das Handwerk gelegt wird. Aber was ist mit dem Burschen, den du hier unbedingt aufstöbern wolltest?»

«Leider ist er uns zuvorgekommen und hat sich bereits auf eigene Faust unter den Berg begeben, um den Rückweg zu suchen.»

«Torheit!», donnerte der Bergkönig und riss seine buschigen Augenbrauen hoch. «Dieser kopflose Narr wird da unten elendiglich zugrunde gehen. Was seid ihr Grosslinge doch bisweilen nur für voreilige und unbedachte Tölpel? Und ihr wollt die Ordnung in Vendolindium wieder herstellen? Wo soll das bloss hinführen!»

«Wir müssen ihn suchen», stellte Anêrios klar. «Gewiss kennt ihr die Wege im Berginnern gut genug, so dass wir uns auf seine Spur heften können.»

Horaurix verdrehte untröstlich die Augen und klopfte so fest auf seinen Mantel, dass es stob. «Das ist ein endloser Irrgarten da unten, Junge. Wer den Verlorenen Steig finden will, muss den Berg so gut kennen wie die Strähnenfülle seines Bartes. Tausenderlei Wege und Stege, verwinkelt und verschlungen, winden sich wie ein unermessliches Knäuel durch die Eingeweide des Gebirges. Es ist unmöglich, dort auf die Schnelle jemanden zu finden.»

«Wir müssen es versuchen», beharrte Anêrios und nickte dem entrüsteten Dverîg ermutigend zu. «Lasst uns nun keine Zeit mehr verlieren.»

II

DER VERLORENE STEIG

«Willst du uns bis unter den Gletscher steigen lassen, Meister Bergkönig ?», keuchte Anêrios atemlos und blickte schaudernd an der Felswand hoch. In immer neuen Windungen schraubte sich die schmale Treppe in schwindelerregende Höhen empor.

«Dies ist erst der Anfang, Junge», schnarrte ihr kleinwüchsiger Anführer mit dem bodenlangen, grau geschuppten Umhang. «Wie ich schon sagte, der Verlorene Steig ist nichts für Weichfüsse.»

Ohne ein Wort der Klage folgte der alte Melomagûnos in seinem weissen Gewand der kleinen Schar, obwohl er immer wieder innehalten und einen Augenblick Atem schöpfen musste. Ihm war freilich anzusehen, dass er seine letzten Kräfte aufbieten würde, um jenen schicksalhaften Gang anzutreten, auf den er sich so unendlich lange innerlich vorbereitet hatte. Das glühende Feuer in seinen von buschigen Brauen überwölbten, tiefsitzenden Augen liess keine Zweifel daran aufkommen, dass er nicht der erste wäre, der in diesem verschlungenen Irrgarten unter den Wurzeln des Gebirges verzagen würde.

Als sie auf einem kleinen Felsvorsprung das Ende der luftigen Stiege erreichten, neigte sich die Sonne bereits zum Abendgruss hinter die bläulich schimmernden Gletscherkanten. Ihr letztes Licht streifte den grünwüchsigen Grund des verborgenen Tales von Caram Lîn und liess die gegenüberliegenden Flühe in einem zarten Rosalicht aufschimmern. Nachdenklich schweiften die Blicke des alten Priesters nochmals über diese Wiege des Friedens. Es war äusserst ungewiss, ob er diesen Ort in seinem Leben nochmals erblicken würde.

Anêrios betrachtete die kleine Pforte, welche den Einstieg in das Berginnere darstellte. Merkwürdige Zeichen im Felsen, welche wohl nur die Dverîgen zu deuten verstanden, umgrenzten den Eingang wie ein Kranz von Schutzrunen.

Mit einem bedeutungsvollen Blick musterte Horaurix seine menschlichen Begleiter. Auf einen Befehl von ihm brachten seine Gefolgsleute ihre Kristalle zum Leuchten. Auf jeden Fall würden sie da drin nicht im Dunkeln tappen müssen.

Der Bergkönig befestigte ebenfalls einen solchen Strahlenstein an seiner staubigen Lederkappe und betrat, ohne einen Blick zurückzuwerfen, das Reich unter dem Berg.

Die Halblinge nahmen ihre Begleiter schützend in die Mitte, als sie mit bedächtigen Schritten dem schmalen Felsengang folgten. Anfänglich war er noch künstlich aus dem Gestein gehauen, doch bald erweckte es den Anschein, als würden sie sich durch natürlich geformte Höhlen bewegen, die sich im bläulichen Schein der Kristalle nach und nach als wundersame, verborgene Welt entpuppten. Bizarre Gebilde aus weissem, nass glänzendem Gestein säumten ihren Weg. Schmelzsteine nannte sie ihr Führer, denn sie erweckten den Eindruck, als seien sie geradezu aus flüssiger Felsmasse gegossen worden. Anêrios hätte es nicht erstaunt, wenn sich manche dieser verwachsenen Figuren unvermittelt geregt und ihnen etwas zugeraunt hätten. Überall rann Wasser durch dieses erstarrte, unterirdische Reich und fand rätselhafte Wege, um sich in noch tiefere Klüfte hinunter zu verirren. Ein stetes Tröpfeln und Rieseln begleitete die Wanderer. Obwohl sie immer wieder an Stellen vorbeikamen, wo sich die Gänge verzweigten, schien ihr Führer den richtigen Weg unfehlbar zu kennen. Manchmal hielt er kurz inne und wies seine Kameraden auf etwas hin oder er bedeutete ihnen eine besonders ausgefallene Formation, ansonsten behielt er aber stetig seinen gleichmässigen, gemächlichen Schritt bei.

Anêrios hatte bereits nach wenigen Kehren und Abzweigungen die Orientierung verloren. Ohne die kundige Führung der Dverîgen wäre er in diesem verwinkelten Labyrinth unweigerlich in die Irre gegangen. Aus diesem Grund musste er sich bald zugestehen, dass die Aussichten, Tarvo hier drin zu finden, verschwindend gering waren. Er fragte sich, welche Art Lichtquelle sein Freund wohl mitgenommen und ob er dabei bedacht hatte, für eine ausreichende Leuchtdauer zu sorgen.

Lange Zeit stiegen sie immer tiefer, wobei sie sich an manchen Stellen mit beiden Händen festhalten mussten, um nicht unversehens auszugleiten und in bodenlose Schlünde hinabzustürzen. Bisweilen führte ihr Steig über brückenförmige Felsrippen, die sich auf atemberaubende Weise über abgründige Klüfte schwangen, aus deren Tiefe ein rötlich lohendes Flackern heraufdrang. Anêrios spürte eine unvermutete Hitze, welche aus diesen feurigen Gruben zu ihnen hochwallte.

«Da unten wimmeln die Feuerbolge», beschied sie ihr Führer mit einer abschätzigen Handbewegung. «Elende Funkenhuster und Flammenfurzer allesamt. Dieses Gelichter schändet uns immer wieder unsere schönsten Kristallgärten. Deshalb müssen wir auf der Hut sein, wenn wir uns in die tiefsten Bereiche hinunterwagen.»

«Gehen wir jetzt da hinunter?», fragte Anêrios bestürzt. Der Schweiss lief ihm bereits aus allen Poren, obwohl sie sich in einer lichtlosen Dunkelwelt aufhielten, in die sich gewiss nie ein Sonnenstrahl oder ein Hauch sommerlicher Wärme verirrten.

«Ei, wo denkst du hin, Junge», knurrte der bärbeissige Dverîg. «Das ist nichts für euresgleichen da unten. Bald wird sich unser Weg wieder nach oben wenden, und dann wirst du unsere kristallenen Hallen bewundern können.»

«Und diese Zaubersteine, ich meine, die Urnen der Zeit, liegen die eigentlich irgendwo da unten in diesem feurigen Reich verborgen?»

Horaurix blieb stehen und blickte eindringlich zu ihm zurück. Dann schüttelte er langsam seinen graubärtigen Kopf. «Viel weiter unten», brummte er. «Die liegen noch unvorstellbar weit tiefer drin im Erdenschoss.»

Anêrios schauderte und war zugleich erleichtert. Zumindest würde dieser begehrte Schatz des Berges so auch für den Magos nicht so einfach zu erreichen sein.

Als sie den tiefsten Punkt hinter sich gelassen hatten, wand sich ihr Weg wiederum aufwärts und führte durch weitläufige Säle, deren Wände aussahen, als seien sie geschmolzen und hernach wieder zu festen Strukturen geronnen. Wie erstarrte Wachsgebilde von gewaltiger Ausdehnung wölbten sich diese Formationen über ihren Weg. Anêrios hätte sich in seinen kühnsten Vorstellungen nie auszumalen vermocht, dass Fels und Stein dermassen vielfältige Erscheinungsformen ausbilden konnten. Eine unvorstellbare Vielfalt von schimmernden Pfeilern und Bögen, Streben und

Kuppeln erfüllte dieses unterirdische Reich mit einer unvergleichlichen Pracht. Versteinerte Gärten, deren in feinsten Einzelheiten erstarrten Gewächse in mannigfaltigen Farben glitzerten, durchmassen sie ebenso wie unfassbare Portale, die für ein längst vergessenes Titanengeschlecht errichtet schienen. Einige dieser Gebilde waren von so gewaltigen Ausmassen, dass die Kristalllampen der kleinwüchsigen Begleiter nicht ausreichten, um sie in ihrer ganzen Ausdehnung auszuleuchten.

Einmal zog die Kolonne an einem riesenhaften Steingesicht vorbei, welches sie aus dem Dunst einer wasserbestäubten Kaverne gleichmütig anglotzte. Allein dessen Nasenlöcher waren so umfangreich, dass Anêrios mit etwas Mut hätte hineinschlüpfen können. Die Augenhöhlen des steingewordenen Kolosses waren von einer Art leuchtender Flechten ausgefüllt, was dem Ausdruck dieses Antlitzes einen furchteinflössenden Zug verlieh. Horaurix forderte seine Begleiter auf, sich vor dem Gebilde, welches wie das gigantische unterirdische Kunstwerk eines unbekannten Bildhauers wirkte, ehrerbietig zu verbeugen, ehe sie weiterzogen. Auf Anêrios' Frage hin, welche Bewandtnis es damit habe, brummte der Dverîgenkönig bloss etwas Unverständliches in seinen schiefergrauen Bart. Melomagûnos lächelte versonnen, als er sein schlohweisses Haupt zu einem hochachtungsvollen Gruss neigte.

Anêrios' Verwunderung steigerte sich aber noch ungleich mehr, als sie ein System von Grotten querten, die vom Funkeln unzähliger Kristalle erleuchtet waren. Die grösste Halle, die sie in diesem gläsernen Wunderreich betraten, war so riesig, dass man gewiss den ganzen Seerosenpalast von Funtaflauis mühelos darin hätte unterbringen können. Der Widerschein der Kristalleuchten, welche die Dverîgen an ihren Kappen trugen, brach sich abertausendfach auf den zahllosen glatten Flächen und Kanten, welche diesen unterirdischen Prachtsaal auskleideten. Selbst Melomagûnos, der in der Goldenen Stadt gewiss mancher Wunder ansichtig geworden war, gab immer wieder laute Ausrufe des Erstaunens von sich. Unzweifelhaft befanden sie sich hier im tiefen Herz des Berges, wo die Schöpfung im Verborgenen, fernab vom Licht der Gestirne, eine unbekannte Schönheit erblühen liess. Nicht auszudenken, was geschehen wäre, wenn rücksichtslose und raubhungrige Schatzsucher wie die Goldgräber aus Raûlium in diese Bereiche vorgedrungen wären.

Draussen musste es inzwischen dunkelste Nacht sein, schätzte Anêrios, aber hier unten spielte die Tageszeit ohnehin keine Rolle. Das verlässliche Strahlen der Kristalllampen sorgte für ein stets gleichbleibendes, angenehmes Licht. Trotzdem merkte der Junge, wie ihn die fortschreitende Müdigkeit belastete, zudem schmerzten ihn die Beine vom vielen Gehen und Klettern, seine Fusssohlen waren ohnedies beinahe gefühllos geworden.

Als Horaurix die Erschöpfung seiner Begleiter bemerkte, geleitete er sie in eine Kaverne, wo wabenförmig angeordnete Nischen zum Verweilen einluden. Ein warmer Luftstrom, der wohl aus einer der tiefen Feuerklüfte aufstieg, wehte durch die ganze Höhle und sorgte beinahe für ein behagliches Klima.

«Hüllt euch in eure Mäntel und ruht ein bisschen», forderte sie der Bergkönig auf und begutachtete im Licht seines Leuchtsteins etwas Kleines in seiner wulstigen Hand.

«Hast du auf dem Weg etwas Besonderes gefunden?», wollte Anêrios in seiner Neugier von ihm wissen.

«Wer Augen für die verborgenen Schätze der Tiefe hat, findet viele besondere Dinge hier unten», knurrte Horaurix. «Nein, ich mutmasse bloss, ob dies ein Zeichen von Wirlewitz ist. Wir werden sie morgen fragen, ob ihr dein irrender Freund irgendwo hier unten über den Weg gelaufen ist.»

Tarvo! Von einer Woge des Erstaunens nach der anderen erfasst, hatte Anêrios seinen Freund beinahe vergessen. Ihm wurde plötzlich ganz mulmig zumute. Er konnte sich wirklich nicht vorstellen, dass sie ihn in diesem endlosen Irrgarten irgendwo aufzuspüren vermochten. Zumal es hier eine unbegrenzte Anzahl von Möglichkeiten zu geben schien, sich einen Weg durch das Innere des Berges zu bahnen.

Armer Tarvo, dachte der Junge, ehe er erschöpft die Augen schloss, *vielleicht erfüllt sich dein Schicksal hier unten. Hoffentlich findest du wenigstens einen schönen Ort, um dich von deinem Leib zu verabschieden.*

Flackernde Lichter und die knurrenden Anweisungen des Bergkönigs holten Anêrios aus einer verworrenen Traumwelt zurück, in welcher sich die endlos verschlungenen Pfade dieses Höhlenreiches in mitunter beunruhigender Weise widergespiegelt hatten.

Der lange Marsch durch die wunderfunkelnde Dunkelheit begann von Neuem. Tapfer setzte der Junge einen Fuss vor den anderen. Das klackende Geräusch von Melomagûnos' Stock verriet ihm, dass der heimkehrende Priester ihnen unverzagt folgte. Die Zähigkeit dieses edlen Greises mochte man leicht unterschätzen, er ertrug alle Entbehrungen ohne den geringsten Klagelaut.

Kurz bevor Anêrios sich dazu durchringen konnte, ihren Führer um eine Rast zu ersuchen, verharrte dieser plötzlich von sich aus. Im Schein der Kristalle beobachtete der Junge, wie sich Horaurix zu einer Felsspalte niederbückte und aufgeregt zu flüstern begann.

«Mit wem spricht er?», fragte er einen der Dverîgen, die in seiner Nähe standen.

«Horaurix findet eine graue Perle in einem Kieshaufen», feixte der Kleine. «Er hat Wirlewitz aufgestöbert, so wie er es beabsichtigt hatte.»

«Wirlewitz?», wunderte sich der Junge. Diesen merkwürdigen Namen hatte ihm der Bergkönig bereits am letzten Rastplatz genannt.

«Wirlewitz Weissflink ist die ungesehene Königin der Tiefen Welt. Ihr entgeht nichts, was sich unter der Erdoberfläche abspielt.»

Als Anêrios angestrengt horchte, vernahm er auf einmal ein leises Fiepen, welches aus jener Richtung drang, wo sich Horaurix fortwährend mit jemandem zu unterhalten schien. Er sah huschende Schatten, die aus Spalten schlüpften, um in anderen wieder zu verschwinden. Es schienen kleine, wendige Geschöpfe zu sein, die in dieser ewigen Dunkelheit zuhause waren.

Ratten!

Melomagûnos, dessen vormals blendend weisses Gewand inzwischen ganz fleckig geworden war, hatte die flinken Nagetiere wohl auch entdeckt. Er griff unter seinen Umhang und klaubte eine Handvoll Nüsse hervor, welche er sorgfältig vor den Schlupflöchern verteilte.

«Man muss das Leben ehren, welches sich in dieser ungastlichen Finsternis zu behaupten weiss», murmelte er versonnen und förderte noch mehr Spezereien zutage, um den Ratten eine Freude zu bereiten.

Aus allen Ritzen und Löchern schossen nun die munteren Nager hervor und stürzten sich begeistert auf die dargebotenen Leckerbissen. Mit sichtlichem Erstaunen gewahrte Anêrios, dass die Tierchen sogleich jegliche Scheu ablegten und ihre zweibeinigen Besucher neugierig beäugten. Aus jener Spalte, welcher sich Horaurix fortwährend zugewandt hatte, streckte eine besonders gross gewachsene Ratte ihren schneeweissen Kopf heraus. Sie blickte aufmerksam zu ihnen herüber und näherte sich dann mit einigen flinken Sprüngen dem wohltätigen Priester. Anêrios bemerkte, dass ein feiner, goldener Ring um die Schwanzwurzel dieses eindrücklichen Tieres gewunden war.

«Ihr sucht einen verlorenen Freund», sprach es mit hoher Fiepstimme. Überrascht fuhr Anêrios zurück. Er hatte nicht damit gerechnet, dass er sich mit einer Ratte verständigen konnte. Ob sie sich wohl immer noch im Einflussbereich von Helysia befanden, wo dergleichen nichts Ungewöhnliches war?

Melomagûnos antwortete anstelle des Jungen mit klarer fester Stimme.

«Ja, wir suchen einen hochgewachsenen, rothaarigen Burschen mit Sommersprossen im Gesicht. Er müsste sich bereits seit einigen Tagen hier unten aufhalten.» Als wollte er seine guten Absichten zusätzlich bekräftigen, legte der alte Mann der grossen, weissen Ratte einige Nüsse vor die spitze Schnauze.

«Fressen, schmausen, knabbern, welch seltener Genuss», nuschelte das Tier, während es sich genüsslich über die Gabe hermachte und dabei herzhaft schmatzte. «Kaum jemals spülen uns die knauserigen Rinnsale von der Erdoberfläche solche Köstlichkeiten in die Tiefe Welt herab.» Schliesslich richtete es sich auf und sah den graubärtigen Mann aus seinen dunklen Knopfaugen treuherzig an. «Wir haben es wohl gesehen, dieses schlaksige Rothaar. Es ist mit ihnen gegangen. Oder besser, sie haben es gefunden und mitgenommen.»

«Von wem sprichst du, ehrwürdige Königin der Tiefe?», erkundigte sich der Priester. «Wer hält sich denn noch hier unten auf ausser euch?»

«Diejenigen, die unentwegt die Stille des Berges beleidigen», antwortete die weisse Ratte. «Es sind Menschen wie du, aber in ihren Augen glitzert eine gefährliche Gier. Sie durchwühlen die oberen Bereiche schon lange nach dem goldglänzenden Gestein. Aber hier unten suchen sie etwas anderes.»

«Sie sind den Ursteinen auf der Spur», knurrte Horaurix ungehalten und verzog verächtlich sein klobiges Gesicht. «Das ist gewiss dieser Zauberschurke mit seinen Handlangern. Wo hast du sie gesehen, Wirlewitz, meine teure Freundin?»

Die weisse Ratte beschrieb dem Bergkönig umständlich und ausführlich die Stelle, wo sie den erwähnten Vorfall beobachtet hatte.

Die Augen des Graumantels verengten sich, und eine Zornesfalte erschien auf seiner verwitterten Stirn. «Dann sind sie schon tiefer vorgedrungen, als ich befürchtet hatte. Und sie führen den Bergspiegel meines Vetters Arnorix mit sich. Damit erschliesst sich ihnen der Weg zu den geheimsten Schätzen des Weltfundaments.»

«Ja, sie lesen in einem glasklaren Kristall», bestätigte Wirlewitz. «Und sie streuen glänzende Körner für hungrige Mäuler aus.»

«Drachenfratz!», schnaubte Horaurix. «Sag bloss nicht, du hast dich von diesem Geschmeiss zu unlauteren Diensten dingen lassen, meine Teure.»

Die sprechende Ratte wand sich verlegen und knabberte an ihrer eigenen Pfote herum. «Der immerwährende Hunger macht uns zu unterwürfigen Sklaven lockender Leckereien», fisperte sie. «Ich habe ihm nur einmal eine klitzekleine Abkürzung gezeigt, damit sie rasch durch die Heulegänge gelangen konnten, wo noch nach tausend Jahren das Echo der Verirrten umhergeistert. Dafür habe ich mir mein Wänstlein so gut gefüllt wie seit undenklichen Zeiten nicht mehr.»

«Das war äusserst töricht von dir, du unsägliches Naschtier», rügte der Graumantel. «Eines nicht allzu fernen Tages könntest du deine Gefrässigkeit noch bereuen. Aber du hast jetzt Gelegenheit, deine Leichtfertigkeit durch gute Pfadfinderdienste für uns wettzumachen, Wirlewitz. Los, führe uns flugs hinauf zum See. So flink wie dein Name es verheisst. Eile ist geboten!»

Wirlewitz Weissflink huschte eine Weile vor ihnen her und zeigte ihnen manche lohnenswerte Abkürzung durch das verwinkelte Höhlenlabyrinth. Das bedeutete für Anêrios und Melomagûnos freilich, dass sie sich nun öfters kriechend fortbewegen mussten, weil ihre neue Führerin bei der Auswahl ihrer Wege die Körpermasse ihrer menschlichen Begleiter nicht immer berücksichtigte.

So fingen sich die beiden manche Schramme und Beule ein, aber wie sie dem zufriedenen Grummeln von Horaurix entnehmen konnten, ersparten sie sich dadurch etliche aufwendige Umwege.

Irgendeinmal begann sich die Dunkelheit in den Höhlen, die sie durchquerten, zu vertiefen und es wurde merklich kühler. Sie trafen immer seltener auf wunderliche Formationen und Kristallgebilde. Anêrios verspürte ein merkwürdiges Kribbeln in seinem Geäder und er glaubte förmlich riechen zu können, dass sie sich nun zunehmend jener Welt annäherten, aus der er herstammte. War es möglich, dass sie sich bereits im Innern des Drachenberges von Vendolindium befanden?

Am Eingang zu einem beeindruckenden Höhlensaal forderte der Bergkönig seine Gefährten auf, leise zu sein. Aus einer benachbarten Kaverne war ein regelmässig an- und abschwellendes Grollen zu hören, in welches sich bisweilen zischende Geräusche mengten. Anêrios glaubte ein rötliches Flackern aus derselben Richtung zu erkennen, welches über die Höhlenwände zuckte.

«Hier schläft Auragôr», wisperte Horaurix betont unauffällig. «Wir wollen ihn nicht verdriessen und stehlen uns ganz leise an seiner Domäne vorbei. Auf dem Rückweg werde ich ihn aufsuchen, denn ich hoffe, dass dein Freund bald zu ihm kommt.» Er liess seine dunklen Rauchquarzaugen nachdrücklich aufglimmen. «Die Zeit drängt!»

Eine weitere Rast gestattete ihnen der Bergkönig nicht mehr. Er beschleunigte seine Schritte erheblich und stapfte mit der Rattenkönigin zielsicher voraus. Bald vernahmen sie das Donnern eines mächtigen Wassers, welches ungestüm durch die tiefen Klüfte schoss. Es war ein unterirdischer Bach, der sich hier durch ausgewaschene Spalten zwängte.

«Wir haben es bald geschafft», frohlockte Horaurix. «Dieses Wasser strebt dem Vendolindon zu.»

Anêrios war erleichtert. Seine Kräfte begannen zu erlahmen, und er fragte sich, ob er überhaupt noch eine heile Stelle an seinem Leib hatte.

Ihr Führer hatte jedoch nicht zu viel versprochen. Der feine Lichtschimmer vor ihnen wurde immer heller und offenbarte bald die Wölbung eines grossen Felsentores, durch welches der Bach schäumend unter den offenen Himmel hinaus toste.

Erschöpft stützte sich Anêrios an der Höhlenwand ab. Er kannte diesen Ort. Hier war er damals mit Tarvo gewesen. Tatsächlich entdeckten sie kurz darauf das grosse, gewundene Horn, mit dem die Priester jeweils den zornigen Gott zu rufen pflegten. Horaurix und seine Kameraden ergriffen das unliebsame Gerät und stemmten es mit vereinten Kräften in das wirbelnde Wasser hinab. «Dieses ungefüge Zeug brauchen sie nicht mehr», wetterte der Bergkönig. «Hier gibt es bald keinen Drachen mehr zu beschwören.»

An dieser Stelle verabschiedete sich ihre weisspelzige Führerin mit den flinken Pfoten. Melomagûnos steckte Wirlewitz seine letzten Nüsse zu und blickte ihr lächelnd nach, als sie eilends in die Dunkelheit zurückhuschte. «Gut zu wissen, dass unter diesem Berg viele gute Mächte hausen», bemerkte er kopfnickend.

Ein feierliches Gefühl erfasste Anêrios, als er durch die Höhlenöffnung hindurch die Umrisse und Formen vertrauter Bergzüge erkannte.

«Nun, meine Freunde», sprach Horaurix und stellte sich breitbeinig vor ihnen auf. Erst jetzt fiel Anêrios auf, dass die Gestalt des Bergkönigs merklich geschrumpft war. Er hatte jetzt annähernd dieselbe Grösse wie damals Borobûr und Berberinna in Nemetônia. Das bestätigte seine Vermutung, dass das Kleine Volk etwas von seiner Körpergrösse einbüsste, wenn es sich in der Mittleren Welt aufhielt.

«Wir werden euch jetzt alleine weiterziehen lassen», fuhr der Bergkönig fort. «Ihr findet euch von hier aus zweifelsohne selbst zurecht. Ich hoffe, dass die Dinge auf die Weise geraten, wie wir es vorgesehen haben. Kümmert euch so schnell wie möglich um diesen Magiker und seht zu, dass wieder vernünftige Zustände einkehren in dieses schöne Land.»

Er versetzte Anêrios einen freundschaftlichen Klaps auf den Bauch. «Das Horn kannst du mir nun zurückgeben, es bewirkt in dieser Welt sowieso nichts.»

«Vielen Dank für deine Hilfe, ehrenwerter Bergkönig», sprach Melomagûnos und verneigte sich achtungsvoll vor dem graubemäntelten Männchen. «Wir sind froh, solche tüchtigen Verbündeten in unserer Nähe zu wissen, und werden uns eurer hoffentlich bald wieder als würdige Nachbarn erweisen.»

Horaurix brummte etwas in seinen Bart und schnupperte die frische Luft, welche von draussen hereinwehte. «Wo ich schon einmal hier bin», verkündete er entschlossen, «werde ich die Gelegenheit ergreifen und diesen Goldköpfen in der Weissen Stadt einen Besuch abstatten. Ich will sie ein für alle Mal vor die Wahl stellen. Wenn sie nicht sehr bald etwas freundlicher mit dem Berg umgehen, werden wir zusehen, dass dieser sich zurückholt, was ihm gehört.»

«Wir wünschen dir viel Glück bei diesem Unterfangen», versicherte ihm Melomagûnos aufrichtig, «aber sieh dich vor. Wenn die Menschen von der rasenden Gier erfasst werden, sind sie zu allen erdenklichen Schandtaten fähig.»

Der Bergkönig nickte und hob seine kleine Hand zum Gruss. Eilends entschlüpfte er mit seiner Schar in einen schmalen Seitengang, wo sich das bläuliche Flackern ihrer Kristalllichter bald in der Dunkelheit verlor.

Anêrios fasste sich an sein Herz und atmete tief durch. Die Tatsache, dass ihm Tarvo um ein Haar entglitten war, trübte seine Hoffnung trotz aller letzthin errungenen Erfolge nicht unerheblich. Welches Schicksal mochte dem vermissten Freund drohen, wenn er tatsächlich den Schergen des Magos in die Hände gefallen war?

Aber da draussen wartete seine Heimat auf ihn. Und er hatte es nun in der Hand, aus ihr wieder einen lebenswerten Ort zu machen.

III

DIE FEUERPROBE

V*endolindium.*

Anêrios' Brust weitete sich, als er seinen Blick über den See und den grossmächtig darum gebreiteten Bergkranz schweifen liess. Unverrückbar und erhaben strahlten die weissen Häupter der Drei Uralten Mütter über das berückend schöne Land zu ihren Füssen. Alles, woran sich die Augen des Jungen in diesem Moment erlabten, schien ein Teil von ihm selbst zu sein.

«Es kommt mir so seltsam vor», erklärte er zu Melomagûnos gewandt. «Ich war lediglich ein paar Tage weg von hier und schon glaube ich, eine undenkbar lange Zeit in der Ferne verweilt zu haben.»

«Du hieltest dich lange fernab deiner Heimat auf», bemerkte der alte Priester und musterte ihn eindringlich. Seine dürre Hand strich über die Wangen und das Kinn des jungen Gefährten. Sie tastete sich durch dichten Bartwuchs.

Anêrios fuhr zusammen. Prüfend berührte er sein Gesicht.

Er hatte einen Bart.

Und seine Hände. Sie waren sehniger geworden. Die Finger länger und kräftiger. Die Merkmale seines Wasserblutes standen ausgeprägter daraus hervor, so wie es ihm erstmals in Funtaflauis aufgefallen war. Überhaupt fühlte sich sein ganzer Körper anders an. Kraftvoller. Ausgeprägter. Reifer.

Ich bin tatsächlich sieben Jahre älter geworden.

Dann war er jetzt kein Jüngling mehr, sondern ein junger Mann. Er könnte bereits verheiratet und Vater sein. Er könnte seinen ersten eigenen Weidling gebaut haben. Im Rat des Dorfes seine Stimme erheben. Den Centenarius um Rechtsprechung bitten. Er war ein Mann geworden.

Ein Teil von ihm fühlte sich unweigerlich verloren in dieser unabwendbaren Fügung der Dinge. Auch wenn er nun die Kraft von einundzwanzig Wintern in seinem Leib vereinen mochte, so lag sein innerer Zustand doch noch weit dahinter zurück.

Aber war dem wirklich so?

«Deine Reise in die andere Welt hat einen stattlichen jungen Mann aus dir gemacht», bemerkte Melomagûnos an seiner Seite und betrachtete ihn mit wohlgefälligem Kopfnicken.

Aber auch der Priester hatte sich verändert. Sein wallender Bart und das schulterlange gewellte Haupthaar waren schlohweiss geworden. Das Gewand, welches im Zuge der mühseligen Kriecherei durch enge Höhlengänge erheblich gelitten hatte, strahlte auf einmal wieder unversehrt und blütenweiss. Die Gunst der Götter schien wahrhaft auf diesem Erben der alten Druiden zu ruhen. Der Hohepriester von Vendolindium war zurückgekehrt!

«Was meinst du, mein Freund, wieviel Zeit ist hier vergangen seit deiner Abreise?», fragte der Weisse nachdenklich.

Die Zeichen der Landschaft bestätigten Anêrios, dass es nicht bloss ein paar Tage gewesen waren. Er war kurz nach der Mittsommerfeier nach Nemetônia aufgebrochen. Nun sah er auf der gegenüberliegenden Seeseite allenthalben reife Kornfelder, welche das Grün der Matten und Wälder sprenkelten.

«Es ist die Zeit von *Lugnosantia*, meinst du nicht?», hakte der Priester nach. «Denn es muss um eines der Hohen Feste herum sein, sonst wäre die Goldene Stadt nicht aus dem Tal verschwunden. Wenn das Korn im Gold steht, dann werden nach altem Brauch die Feuer zu Ehren des Gottes Lûgos und seiner blütengeschmückten Gemahlin Rosmyrta entfacht. Lugnosantia. Wo pflegt ihr dieser Tage das Schnitterfest zu feiern, mein Sohn?»

«Auf dem Eichenhügel von Stralingânum», erinnerte sich Anêrios unverzüglich. «Die Sippen treffen sich dort jeweils für mehrere Tage unter dem Castellum des Centenarius und erneuern vor dem königlichen Verwalter ihren Treueeid gegenüber der Krone von Byrgondia.»

«Das trifft sich ausgezeichnet», lächelte der ehrwürdige Priester und deutete mit seinem Arm weit über den See hinaus, dessen dunkelblaue Fläche beruhigend unter ihnen schimmerte. «Dann lass uns aufbrechen. Wir begeben uns auf schnellstem Wege nach Stralingânum.»

Theudoricius' blaue Augen blickten kühn und selbstbewusst. Sein Kinn, welches von einem kurz gestutzten Bart umrahmt wurde, hielt er leicht angehoben, was seinem Ausdruck zusätzliche Würde verlieh. Um das schwarze, krause Haar wand sich ein schlichter, goldener Reif, der mit wenig Glitzertand besetzt war.

Er ist kaum älter als ich, dachte Anêrios mit Beklemmung. *Und dieser junge Aristokrat, dessen Lebensalter das meine höchstens um einige wenige Jahre übersteigt, hat unlängst einen Krieg gewonnen.*

Auf ihrem Weg rund um den See hatten Melomagûnos und er aus aller Munde stets nur ein und dieselbe Kunde vernommen: Theudoricius war heimgekehrt und er hatte Childebertus, den König der Farancier, auf wundersame Weise mit einem grossen Sieg gedemütigt. Aus überschwänglicher Dankbarkeit hatte der byrgondiônische König Godemâr seinem Gefolgsmann daraufhin das ganze Land von Vendolindium und die angrenzenden Gebiete unter dem neuen Namen *Byrgondia Minor* zu Lehen gegeben und ihn in den Rang eines *Dux*[78] erhoben.

Einige Tage vor Lugnosantia war der siegreiche Herr von Dûnon nun auf sein Castellum nach Stralingânum heimgekehrt. Um klare Machtverhältnisse in seinem erweiterten Dominium zu schaffen, hatte er den Procurator von Raûlium sofort aufgefordert, sich ihm und der byrgondiônischen Krone zu unterwerfen. Der Herrscher der Weissen Stadt hatte Theudoricius als Antwort darauf umgehend eine kostbare Truhe voller Gold überbringen lassen mit der Mitteilung, dass sich der Dux mittels dieser milden Gabe lieber das schadhafte Dach seiner baufälligen Behausung erneuern lassen solle, anstatt den ewigen Machtanspruch des göttlichen Imperators in Raûlium anzutasten. Auf diese demütigende Verkündung hin hatte Theudoricius kurzerhand erklärt, er werde die Zitadelle von Raûlium brechen und diesen unchristlichen Schandfleck, wo abscheuliche Blutopfer und alle erdenklichen Laster der Heidenzeit immer noch geduldet wurden, endgültig vom Antlitz der Welt tilgen.

Und nun sass dieser ruhmreiche Feldherr unter einer mächtigen Eiche am Fuss seiner Festung auf einem hohen Stuhl und wohnte mit seiner Gefolgschaft den heiligen Riten anlässlich des Schnitterfestes bei. Der neue Dux von Königs Gnaden wollte diese Gelegenheit nämlich gleich nutzen, um sich in Anbetracht der steigenden politischen Spannungen in der Region von der versammelten Priesterschaft des Seevolkes den Treueeid leisten zu lassen.

Wahrhaftig ein angemessener Anlass, um den falschen Hohepriester

[78] Dux (Lat.) = Führer, Lokalherrscher, Herzog

Vendolindiums vor aller Augen zu entlarven, dachte Anêrios. Der heimgekehrte junge Mann aus Vernausium staunte über die Selbstsicherheit seines betagten Verbündeten Melomagûnos. Unbekümmert und voll des Vertrauens in die Rechtmässigkeit seines Anliegens war dieser ehrwürdige Greis bereit, ganz alleine für die Aufhebung eines seit zwanzig Jahren andauernden Unrechtes einzustehen. Zum Glück hatte sich Beodân sofort bereitgefunden, an der Seite von Melomagûnos einzutreten. Sie hatten den Gottesfreund auf ihrem Weg zur Feier in Ceningânum vorgefunden, wo er die verheissene Wunderquelle gemäss der Anweisung von Uyôla Nebelsang bereits instandgesetzt und dort wie versprochen auf Anêrios gewartet hatte. Obwohl sie sich nur wenige Tage zuvor in Funtaflauis verabschiedet hatten, waren Anêrios und Beodân nicht mehr dieselben gewesen, als sie sich wieder begegneten. Wo die Reise in das Anderland Helysias aus dem Jüngeren einen körperlich erwachten, jungen Mann hatte werden lassen, hatte sich der Ältere bei seiner Rückkehr in die Mittlere Welt zu einem graubärtigen Greis gewandelt. Die Lebenskraft, welche Beodâns Blut dem Wasserreich hatte zollen müssen, hatte den Gehalt von beinahe fünfzig Jahren! Im ersten Moment war Anêrios beim Anblick seines ergrauten Gefährten bleich geworden vor Schreck, doch als er dieselbe strahlende Kraft in dessen Augen wahrgenommen hatte wie stets zuvor, hatte er sich in diese unabwendbare schicksalhafte Fügung schicken können.

Diese zwei altehrwürdigen Männer, welche beide auf ihre Weise den göttlichen Mysterien dienten und beide eine lange Reise aus einer anderen Welt hinter sich hatten, hielten sich nun im Schutz ihrer Kapuzenmäntel bereit, um im entscheidenden Augenblick vortreten und Anklage gegen den falschen Hohepriester erheben zu können. Die Anwesenheit des neuen Landherrn schien ihnen ein günstiges Zeichen zu sein, um ihrem Anliegen das nötige Gewicht verleihen zu können.

Mit bangen Gefühlen blickte Anêrios über die freie Fläche unter den alten Eichen. Ihm gegenüber auf der anderen Seite des Feuers sass Theudoricius mit seinem Gefolge und unterhielt sich angeregt mit dem Hauptmann seiner Leibgarde. Er schien den Bräuchen der Vendolindier nur mässiges Interesse entgegenzubringen. Wie viele Aristokraten in den Diensten des byrgondiônischen Königs hatte er den Alten Göttern längst abgeschworen und bekannte sich zur Kirche jenes Christos, dem auch Beodân sein Herz geweiht hatte. Möglicherweise erweckten die heidnischen Riten, die sich hier vor seinen Augen abspielten, in ihm gar Abscheu. Gleichwohl musste er sie wohl hinnehmen, weil er nicht umhinkam, sich der Gunst seiner Untertanen zu versichern.

Auf den umliegenden Hängen des Hügels hatte sich viel Volk eingefunden. So wie es schon immer Brauch gewesen war an den Hohen Festen, waren die Sippen auch diesmal dem Aufruf der Priesterschaft gefolgt und scharenweise zusammengeströmt. Umso mehr, als man bei dieser Gelegenheit gleich noch einen bewundernden Blick auf den siegreichen Landherrn werfen konnte. Anêrios erkannte keinen Flecken auf dem Festgelände, wo noch freier Platz gewesen wäre für zusätzliche Gäste. Der ganze Hügel von Stralingânum war rundum besetzt mit neugierigen Menschen, welche aufgeregt die Hälse vorreckten, um das Geschehen mitverfolgen zu können, welches sich in ihrer Mitte anbahnte.

Derjenige Verunorêgios, welchen der heimgekehrte Sohn des Bootsbauers Ambaros von klein auf gekannt hatte, der scheinheilige Betrüger, welcher sich fälschlicherweise in die Erscheinung eines anderen kleidete, stand inmitten seiner Priester am Weihefeuer. Wie immer trug er den Kopf und das Fell eines Bären über seiner dunkelbraunen Robe und stützte sich auf seinen mit reichen Schnitzereien verzierten Stab. Anêrios staunte, wie der Magos kraft seiner Illusionskunst die natürliche Alterung des Hohepriesters über Jahre hinweg hatte nachzeichnen können. Seine beiden schwarzgefiederten Vertrauten fehlten ebenfalls nicht. Sie hatten ihre gewohnten Plätze auf den dürren Schultern ihres Meisters eingenommen. Unter Verunorêgios' graubärtigen Anhängern waren dieselben zu erkennen, die Anêrios zuletzt noch an der Sultênonfeier in Speica gesehen hatte. Carodrûnos, Creviocarnos, Visûrix, Atrogambîsos und wie die Priester des Seevolkes alle hiessen. Diese Männer waren Zeuge gewesen, wie sein Namensstein aus der Urne gezogen worden war. Damals war er noch ein vierzehnjähriger Bursche gewesen. Ob sie ihn wohl wiedererkennen würden? Denn für sie waren lediglich anderthalb Monde vergangen seither.

Auf einem kleinen Feuer am Rand des Zeremonialplatzes hing der geweihte Kessel Albodunêbron, umringt von einer Schar eilfertiger Neophyten in grünen und braunen Tuniken, die dafür sorgten, dass das Gebräu gut einkochte, welches die Priester darin angesetzt hatten. Mit Schaudern dachte Anêrios daran, welches scheussliche Gift die Göttergeweihten ihren Schutzbefohlenen auch an dieser Feier wieder zu verabreichen gedachten. Den Anblick des schleimigen, schwarzen Wurmes, den er aus seinem Gekröse hervorgewürgt hatte, würde er bis an das Ende seines Lebens nie mehr vergessen können. Es wurde Zeit, dass sich alle Menschen Vendolindiums von diesen unsichtbaren Fesseln, welche ihnen eine dämonische Macht aufzwang, befreien konnten.

Vor Verunorêgios waren die beiden verschlossenen Phialen für das Orakel bereitgestellt worden. Da die beiden anlässlich der Mittsommerweihe erwählten Opfer unter unglücklichen Umständen verschwunden waren, hatte der oberste Priester Vendolindiums kurzfristig angeordnet, das Orakel an Lugnosantia zu wiederholen. Welche Unglückseligen mochten die verruchten Ränkeschmiede diesmal als Opfer auserkoren haben? Anêrios hatte die Gruppe der *Dienenden* gut im Blickfeld, welche mit gemischten Gefühlen und bangen Blicken dem Ausgang der Losziehung entgegenblickten. Yôn war dabei, der Hirtenjunge vom Berg Sulbrîg, den er im Frühling beim Drachenspiel am See beobachtet hatte. Flüchtig entdeckte er auch Ariovinna in der Menge. Die Tochter des Fischers Drugantos aus seinem Heimatdorf, mit der er vor seiner Flucht eine Zeit lang angebändelt hatte, war nun gleichfalls in dem Alter, in dem sie sich dem vermeintlichen Orakel stellen musste. Er lachte grimmig bei dem Gedanken, dass dieser unselige Brauch bald keine Kraft mehr haben würde. Nie mehr würde ein junges Leben vom See unter einem verlogenen Vorwand der Sklaverei preisgegeben werden! Er hoffte jedenfalls inbrünstig, dass ihr Vorhaben glücken würde, und warf einen unauffälligen Blick zu den beiden verhüllten Gestalten hinüber, die sich inmitten der steigenden Spannung auf dem Feld unter den alten Eichen bereithielten. Was mochte in Melomagûnos und Beodân in diesem schicksalhaften Moment vorgehen?

Die grossen Trommeln begannen zu wummern. Luren fielen dröhnend ein und erheischten die Aufmerksamkeit der versammelten Volksmenge. Die Gespräche verstummten schlagartig und schufen einen andächtigen Raum für die dunklen Stimmen der Priester, welche den üblichen Hymnus zu Ehren der Götter anstimmten. Dieser berückende Gesang sollte die Gemeinschaft des Stammes auf das bevorstehende Orakel und die Riten einschwingen.

Als das Lied verklungen war und Verunorêgios einen Schritt vortrat, um zu einer feierlichen Ansprache anzuheben, ging unvermittelt ein Raunen durch die versammelten Menschen. Ein unvorhergesehenes Ereignis hatte sie der einlullenden Wirkung des priesterlichen Chorals wieder entrissen. Theudoricius hob interessiert den Kopf, als er die aufsteigende Unruhe bemerkte. Anêrios hielt den Atem an.

Die zwei verhüllten Gestalten von Melomagûnos und Beodân waren vor das geweihte Feuer getreten und stellten sich dem Hohepriester unmittelbar gegenüber. Einige Neophyten mit Stöcken zögerten kurz, ihnen den Weg zu verwehren. Aber etwas schien der Erscheinung dieser beiden Fremden anzuhaften, das die Priesterschüler zu vorsichtiger Zurückhaltung anhielt.

Verunorêgios furchte missbilligend die Stirn und klammerte sich an seinen Stab.

Da legten die beiden Vermummten ihre Kapuzen zurück und offenbarten ihre Gesichter. Der ältere der beiden Männer war unverkennbar ein Abbild des Hohepriesters von Vendolindium, aber sein Bart und sein Haar waren weiss wie Kirschenblüten, ebenso das makellose Gewand. Sein Blick war klar und entschlossen.

«Was erdreistet ihr euch, Fremde?», erhob Verunorêgios seine kratzende Stimme. Die Raben auf seinen Schultern regten sich unruhig und spreizten ihre Schwingen. «Wer seid ihr und was wollt ihr vor Beginn der heiligen Feier durch euer unverschämtes Auftreten erwirken?»

Melomagûnos trat vor und erhob ruhig seine Stimme. Er sprach bewusst in der Lingua Romana, damit Theudoricius und sein Gefolge, welche die einheimische Zunge nicht beherrschten, sein Begehren deutlich nachzuvollziehen vermochten.

«Ich bin derjenige, der *du* zu sein vorgibst, Magos, und dies ist mein Gefährte Beodân aus Hibernia, der Bewahrer der liebenden Herzen.»

Der weissbärtige Priester drehte sich langsam um die eigene Achse und gab sich den Umstehenden zu erkennen. Ein erstauntes Raunen ging wie ein Windbrausen durch die Menge, als die verblüffende Ähnlichkeit der beiden Männer am Feuer offenbar wurde. Theudoricius hatte sich von seinem hohen Stuhl erhoben und beobachtete in gebannter Erwartung, was sich vor seinen Augen zutrug. Der Hauptmann seiner Leibgarde hatte die Hand vorsorglich an den Griff seiner Spatha gelegt und warf seinen Männern warnende Blicke zu.

Verunorêgios war keine Verunsicherung anzumerken. Er bedachte Melomagûnos lediglich mit einem abfälligen Lächeln. «Und was begehrst du hier anlässlich der heiligen Weihen von Lûgos und Rosmyrta, Fremder, der du mir zum Vorwurf machst, dass ich dir auf überraschende Weise ähnlich sehe?»

Melomagûnos beachtete das gezierte Gebaren des Hohepriesters nicht und wandte sich direkt an Theudoricius.

«Ehrenwerter und siegreicher *Patricius*[79], Theudoricius», sprach er mit lauter und deutlicher Stimme, so dass diese selbst das Prasseln der Flammen und das Rascheln der Eichenblätter übertönte. «Ich wende mich an dich als Herrn und Richter von Vendolindium. Mein Name ist Melomagûnos. Ich stamme aus Speica und bin der rechtmässige Verunorêgios der Vendolindier, der Oberste Geheimnishüter dieses Landes, welcher vor fünfundzwanzig Jahren in sein Amt berufen wurde. Diejenigen hier Anwesenden, welche bereits viele Winter am See verlebt haben, mögen sich wohl an meinen Namen und an die Umstände meiner Einsetzung erinnern. Ich wurde vor langer Zeit durch schmählichen Verrat zu einem grausamen Tod in den Höhlen unter dem Drachenberg verurteilt, doch die gütige Vorsehung der Götter schickte mir das Kleine Volk zu Hilfe, wodurch ich in die Zuflucht eines wundersamen Ortes im Leuchtenden Land von Elysion geleitet wurde. Dort habe ich zwanzig Jahre ohne Verbindung zu meiner Heimat verbracht, im tiefen Vertrauen in den weisen Ratschluss der Götter. Dieser junge Mann hier, welcher der Sippe des Bootsbauers Am-

[79] Patricius (Lat.) = Ehrentitel für einen Herrscher, «Landesvater»

baros aus Vernausium entstammt, hat mich erst vor wenigen Tagen durch den Drachenberg hindurch zurück nach Vendolindium geführt, so dass ich heute vor dir sprechen und mein Recht einfordern kann.»

Er winkte Anêrios herbei und nahm ihn zwischen sich und Beodân. Die Umstehenden musterten den Neuankömmling neugierig. In einigen Gesichtern zeigte sich ungläubiges Wiedererkennen, andere schüttelten ratlos die Köpfe.

Die Priester steckten verwirrt ihre Köpfe zusammen. Das Stimmengewirr in der Menge steigerte sich zunehmend. Der Hauptmann von Theudoricius' Garde erteilte seinen Männern Anweisung, die Eiche mit dem Gefolge des Dux grossräumig abzuschirmen.

«Bei den Göttern, das ist Anêrios», schrie Tarvos Vater Gobanôr plötzlich aus voller Kehle und schüttelte seine Faust. «Er ist es, er ist es», mengten sich die Rufe anderer ein.

«Er hat sich dem Orakel entzogen und ist zurückgekehrt ...»

«Seht nur, was aus ihm geworden ist!»

«Die Götter haben den Frevler gestraft!»

Die Menge war in Bewegung geraten.

Theudoricius hatte sich hoch aufgerichtet und seinen Hauptmann angewiesen, in ein Signalhorn zu blasen und das Getöse zu übertönen. «Schweigt in Gottes Namen!», rief er mit voller Stimme.

«Silentium[80]!», schrie der Dux von Stralingânum noch einmal und schaffte es, den Lärm wieder abklingen zu lassen.

«Lasst uns anhören, was diese Männer zu berichten haben», forderte Theudoricius nun mit gefasster Stimme. «Und aus welchem Grund euer Hohepriester ein eulenweisses Spiegelbild seiner selbst vor sich hat. Mir scheint, hier will etwas Bedeutsames aufgeklärt werden.» Mit einer befehlsgewohnten Handbewegung erteilte er Melomagûnos und seinen Begleitern wiederum das Wort.

«Dieser Hohepriester hier ist nicht, was er vorgibt, zu sein», fuhr der Weissbärtige fort und zeigte anklagend auf den Mann mit der Bärenkopfhaube. «Er ist ein zaubermächtiger Meister der Tauschung, der mich absichtlich verschwinden liess, um durch Blendwerk und Schwarzkunst

[80] Silentium (Lat.) = Ruhe, Stille

selbst die Rolle des Hohepriesters vom See zu usurpieren. Auf diese Weise hat er, ohne Aufsehen zu erregen, die Macht über die Priesterschaft Vendolindiums übernommen und verfolgt hier nun unbemerkt seine eigenen verabscheuungswürdigen Absichten.»

Während Verunorêgios seinem Ankläger ungerührt und mit einem verächtlichen Glitzern in den Augen folgte, breitete sich im Volk und unter den Priestern betretene Unsicherheit aus. Anêrios schrieb es alleine der gemütskühlenden Wirkung des Zaubergiftes aus dem Kessel zu, dass aufgrund dieser unerhörten Bezichtigung kein offener Aufruhr ausbrach.

Theudoricius hatte sich wieder auf seinen hohen Stuhl gesetzt und betrachtete die Männer am Feuer nachdenklich. «Das ist ein schwerwiegender Vorwurf, den du gegen den anerkannten Hohepriester Vendolindiums erhebst, Melomagûnos», sagte er mit gemessener Stimme. «Mir fällt in der Tat auf, dass eure verblüffende Ähnlichkeit mehr als lediglich eine Laune unseres Schöpfers darzustellen scheint. So frage ich den Angeschuldigten: Was hast du gegen diese Anklage vorzubringen, Verunorêgios?»

Aller Augen richteten sich in gespannter Erwartung auf den Hohepriester, der sich nun ebenfalls der Lingua Romana bediente, als er sich an den Dux wandte.

«Ich möchte zunächst von diesem selbsternannten Vertreter einer höheren Gerechtigkeit wissen, wie er vor versammelter Zeugenschaft den Beweis zu erbringen gedenkt, dass er sich nicht selbst einer Täuschung bedient, um meinen Anspruch auf das Amt des Hohepriesters zu untergraben. Dieser Mann taucht unangekündigt aus dem Nichts auf und rüttelt an den Grundpfeilern unserer Gemeinschaft und unserer Überlieferung. Möge er glaubhaft nachweisen, dass nicht er es ist, der sich der Irreführung strafbar macht. Die Götter blicken auf uns in diesem Augenblick!»

Theudoricius besprach sich leise mit seinen Beratern, während sich eine atemholende Stille über die Menge ausbreitete.

Schliesslich ergriff der Landherr erneut das Wort. «Welchen Beweis vermagst du uns denn für die Rechtmässigkeit deiner Anklage zu erbringen, Melomagûnos?»

Ihm selbst stand eine Spur von Verwirrung ins Gesicht geschrieben, da er als Mann des Schwertes gewiss mit dergleichen Angelegenheiten, die nach seinem Verständnis zutiefst heidnischen Ansichten entsprangen, keine Erfahrung mitbrachte.

Der Priester im weissen Gewand bedachte sich kurz und sprach erneut den Dux an. «Es ist schwierig, in einer Sache Beweise vorzuführen, wo sich zwei gleichschwer wiegende Vorwürfe begegnen. Deshalb schlage ich vor, dass wir jenen Weg gehen, welcher bereits unseren Vorfahren in solchen Fällen der richtige war.»

Der Dux hob interessiert den Kopf, derweil sich Verunorêgios weiterhin hinter seinem geringschätzigen Lächeln verbarg.

«Unter den Druiden der alten Helvêten war es gebräuchlich, die Rechtmässigkeit eines solchen Anliegens durch ein Gottesurteil zu ermitteln», fuhr Melomagûnos fort. «Keine Macht ist der Wahrheit so stark verpflichtet wie das Feuer. Ich beantrage vor deiner gerichtlichen Hoheit, Patricius, dass dieser Mann und ich sieben Schritte über glühende Kohlen gehen. Wessen Füsse unversehrt bleiben, dessen Anspruch steht vor den Augen der Götter als rechtmässig da.»

Zum ersten Mal erkannte Anêrios in den Augen von Verunorêgios ein unsicheres Flackern. Der Blender klammerte sich nun mit beiden Händen an seinen Stab. Ein Blick voller Hass streifte Anêrios kurz, so dass es den jungen Mann unwillkürlich kalt überlief. Die Priester des Seevolkes bestätigten teilweise durch Kopfnicken, dass sie dieses überlieferte Vorgehen der Urteilsfindung guthiessen. Die Menge war weiterhin wie gebannt, viele Gesichter erweckten einen gleichgültigen oder abwesenden Eindruck. Dies konnte nur auf die Wirkung des bewusstseinstrübenden Trunkes aus dem Kessel zurückzuführen sein, mutmasste Anêrios.

Verunorêgios wollte zu einer Erwiderung ansetzen, doch richtete er seinen Blick stattdessen auf Theudoricius. Ihm war wohl bewusst, dass ein Gottesurteil abzulehnen, einem Schuldgeständnis gleichkam.

«So sei es denn», stimmte der Dux dem Vorschlag von Melomagûnos zu. «Möge Gott, der Allgerechte, in dieser Angelegenheit sein weises und unmissverständliches Urteil fällen. Wessen Füsse nach dem Gang über die Glut versehrt sind, der verfällt unter meine Gerichtsbarkeit.»

Er erteilte seinen Männern Anweisung, die glosende Glut des Feuers so herzurichten, dass eine feurige Bahn von sieben Mannsschritten Länge entstand, welche direkt vor seinen Stuhl führte. Währenddessen kniete Melomagûnos in Andacht versunken im Gras. Anêrios und Beodân zogen sich etwas zurück und beobachteten Verunorêgios, der das Geschehen lediglich mit starrem Blick bezeugte.

Als der Feuerweg ausgewalzt war, forderte der Herr von Stralingânum zunächst Melomagûnos in seiner Eigenschaft als Ankläger auf, den Gang über die Kohlen anzutreten.

Nur das Prasseln der Flammen und das Rauschen des Windes in den Eichen waren zu hören, als der ehrfurchtgebietende Greis mit den schlohweissen Haaren bedächtig seinen Stab an Beodân übergab. Er stellte sich an den Beginn der glühenden Strasse und blickte aufmerksam zu Theudoricius hinüber.

Der Landherr auf der anderen Seite des Feuerweges nickte ihm zu.

Anêrios hielt den Atem an, als er die nackten verwitterten Fusssohlen des alten Priesters knirschend auf die glosenden Kohlen treten sah. Ohne jegliche Hast schritt Melomagûnos über die glühende Bahn, bis er vor dem Stuhl des Dux anlangte. Beodân stützte ihn, als er seine Füsse hob und dem Landherrn zur Betrachtung hinstreckte. Verwunderte Rufe entfuhren den Umstehenden. Theudoricius und seine Berater tauschten kurze Worte.

«Die Füsse sind unversehrt», verkündete der Landherr schliesslich. «Nun möge der Angeklagte für seinen Anspruch eintreten.»

Mit gemessenen Schritten trat Verunorêgios vor die Glut. Noch immer sassen die beiden Raben auf seinen Schultern. Sie schienen ihren Meister auf seinem herausfordernden Gang begleiten zu wollen. Anêrios sah deutlich, dass einer der beiden schwarzen Vögel plötzlich wieder den unheimlichen, goldenen Glanz in seinen Augen hatte. Leise machte er Beodân darauf aufmerksam. Der Gefährte nickte.

Verunorêgios liess seine ausdruckslosen Augen über die Menge schweifen. Dann warf er Melomagûnos einen eiskalten Blick voller Hass und Verachtung zu.

«Wie du willst, heimgekehrter Hierophant[81], dein erbärmliches Amt

[81] Hierophant (Grch.) = Hohepriester

sollst du zurückerlangen. Aber die Macht über dieses Land gebührt mir. Bald werden du und deinesgleichen vor einem neuen Herrn erzittern.» Die letzten Worte spie er geradezu aus.

Theudoricius riss erstaunt die Augen auf. Seine Wachen zogen ihre Schwerter blank.

Da krächzte der Rabe mit den goldenen Augen entrüstet und flog auf. Der zweite Vogel entschwand den Blicken aller Anwesenden schlagartig. Die dunkelbraune Robe des Priesters fiel in sich zusammen. Der Bärenschädel und das schwere Fell stürzten mit einem dumpfen Aufschlag ins Gras.

Die Gestalt des Verunorêgios war verschwunden. Sie hatte sich gleichsam in Luft aufgelöst.

Nachdenklich blickte Beodân dem entflogenen Raben nach und legte Anêrios die Hand auf die Schulter «Der Magos steckt in diesem Vogel», raunte er. «Gewiss fliegt er jetzt nach Raûlium und sammelt dort seine Kräfte. Wir müssen auf der Hut sein. Er besitzt grosse Zaubermacht.»

Melomagûnos schritt barfüssig dem zusammengesunkenen Feuer entlang und wandte sich der Volksmenge zu, die sich leise tuschelnd unter den Eichen drängte. Verwirrte Blicke folgten dem weissgewandeten Mann mit dem langen, wallenden Bart, der soeben ihren langjährigen Hohepriester überführt hatte.

«Kinder Vendolindias!», rief er mit lauter, tragender Stimme. «Das Trugbild, welches euch über viele dunkle Jahre hinweg genarrt hat, ist zerfallen und hat sein wahres Gesicht offenbart.»

Hastig winkte Theudoricius den jungen Anêrios herbei und bat ihn, die Worte des alten Mannes für ihn zu übersetzen, denn dieser sprach nun in der heimischen Zunge zu seinen Leuten.

«Wir wollen den Göttern dafür danken, dass sie heute die Fesseln der Täuschung von diesem Land genommen haben. Seid versichert, die Sorge um eure Kinder mögt ihr von diesem schicksalhaften Tage an in die Schattenklüfte des Vergessens hinabsinken lassen. Es wird keine Menschenopfer mehr geben. Der Pakt verliert sich jetzt in alle Winde.»

«Wir müssen den Menschen so schnell wie möglich von der Wunderquelle zu trinken geben», flüsterte Beodân dem alten Priester ins Ohr. «Sie stehen nach wie vor unter dem Zauberbann des giftigen Trunkes, ich sehe es in ihren entseelten Blicken.»

Melomagûnos nickte zustimmend und fuhr fort. «Ich sage euch, der Pakt mit dem Ungeheuer hat nie bestanden, denn der zornige Gott Urâgus ist genauso ein Blendwerk wie jener falsche Hohepriester, der sich soeben vor euren Augen in Nichts verflüchtigt hat.»

«Der Drache ist kein Blendwerk!», rief der Priester Creviocarnos mit dem Eberschädel auf seinem Kopf aufgebracht und erntete das eifrige Nicken und die furchtsamen Blicke vieler Umstehender. «Wir wissen, dass er in der Höhle des Aurîg lebt. Viele von uns haben ihn gesehen und gehört.»

Melomagûnos hob beschwichtigend die Hände, als eine Woge der Entrüstung die Menge erfasste.

«Was sollen wir tun, wenn das Ungeheuer erneut über uns herfällt?», schrie eine alte Frau entgeistert.

«Sein Zorn wird fürchterlich sein, wenn wir uns von ihm abwenden», setzte ein Mann hinzu.

Anêrios spürte die Angst, die wie eine schwarze Brühe über diesen Menschen zusammenschwappte und ihnen den Atem abschnürte.

«Wir werden den Drachen vertreiben», rief der weisse Priester hoch aufgerichtet und schwenkte seinen Stab. Viele Menschen hielten sich die Hände vor die offenen Münder und rissen entsetzt die Augen auf.

Beodân berührte den Arm von Melomagûnos und erhob selbst seine feste Stimme. Das Strahlen seiner himmelklaren Augen leuchtete über die aufgebrachte Menge hinweg.

«Ich werde das Ungeheuer mit Gottes Macht fortschicken», rief er inbrünstig. «Ihr selbst werdet dieses Geschehen bezeugen können. Bei Anbruch des kommenden Tages fahre ich über den See und begebe mich in die verborgene Heimstatt der Bestie. Schaut morgen Mittag zum Drachenberg und ihr werdet mit eigenen Augen sehen, wie das Untier aus dem Höhlenschlund fährt und diese Welt für immer verlässt.»

Die Stille, welche dieser Verkündung nachfolgte, war von einer durchdringenden Dichte. Selbst das Feuer und der Wind waren verstummt. Als Theudoricius die übersetzten Worte aus Anêrios' Mund vernommen hatte, zog er staunend die Augenbrauen hoch und blickte die beiden heldenmütigen Alten unter den Eichen fassungslos an.

Melomagûnos schien sich an der gebündelten Aufmerksamkeit des versammelten Volkes von Vendolindium zu erfreuen. Er lächelte begütigend und klopfte mit seinem Stab auf den Boden.

«Wenn ihr dies Zeichen gesehen habt, wenn sich der Drache vor euren Augen in die Fluten des Vendolindon gestürzt hat», verkündete er, «dann begebt euch nach Ceningânum. An der Quelle, die sich dort offenbart hat, werden wir den neuen Belisanto aus dem Kessel der Wandlung schöpfen. Alle von euch, die ihr euch einer neuen Zeit der Freiheit öffnen wollt, mögt dann von seinem Segen empfangen.»

Mit kräftigen Schritten trat er zum Kessel Albodunêbron, der neben den Priestern und ihren Schülern aufgehängt war, und griff an seinen Rand. Beodân und Anêrios eilten an seine Seite. Mit vereinten Kräften begannen sie, das schwere, mit dunkler Brühe angefüllte Metallgefäss zu kippen. Einige der Priester sprangen herbei und legten selbst Hand an. Zischend schwappte der unheilvolle Seim in das Feuer, so dass schwarzer, öliger Qualm in dichten Schwaden unter die knorrigen Kronen der grossen Eichen kroch. Mit einer letzten Anstrengung schafften sie es, den Kessel gänzlich auf die Seite zu legen und den Rest des verwünschten Sudes in das Feuer zu schütten. Ein bestialischer Gestank verbreitete sich, als der Rauch über den Hügel zog. Viele Menschen husteten und spien, andere würgten und erbrachen sich.

«Dieser falsche Lebenstrunk taugt nichts mehr!», rief Melomagûnos mit flammenden Augen. «Es ist ein Gift, das eure Seelen mit bösartigen Phantasmen verdirbt. Wir werden den Kessel neu weihen. Kommt morgen ab der Mittagsstunde nach Ceningânum und labt euch an dem wahren Lebenselixier freier Menschen.»

Beodân und Anêrios machten sich über die beiden Schicksalsurnen her und zerschlugen sie mit ihren Stöcken. Einige Menschen lösten sich aus der Menge und gesellten sich ihnen bei. Ihre lange angestaute und unterdrückte Wut entlud sich in der mutwilligen Zerstörung dieser unheilvollen Schalen, welche jahrelang die Geisel ihres Volkes gewesen waren.

Viele Menschen sanken weinend zusammen, als sich der üble Rauch verzogen hatte. Andere blickten starr vor sich hin. Vereinzelte brachen in Jubelrufe aus oder fielen sich in die Arme.

Theudoricius sass wie gebannt auf seinem Stuhl und beobachtete schweigend das unfassbare Schauspiel. Er hatte dem Hauptmann seiner Wache Order erteilt, die Einheimischen in ihrem Treiben gewähren zu lassen, da er die Bedeutung des soeben sich abspielenden Geschehens in der Tiefe seines Herzens wohl zu verstehen vermochte.

Die Menschenmenge begann sich zusehends aufzulösen und in alle Richtungen zu zerstreuen. Melomagûnos schüttelte denjenigen die Hände, welche ihn mit Worten des Dankes aufsuchten. Die Priester gingen derweil schweigend ihrer Wege, einige wenige sammelten die wahllos verstreuten Namenssteine zusammen.

Wenig später lag der Eichenhügel von Stralingânum leer und verlassen da. Die letzten Schwaden des unheilvollen, schwarzen Rauches waren verweht, das Weihefeuer nur mehr ein schwelender Kohlehaufen.

Aneriôs und Beodân zurrten den Kessel der Wandlung auf einer robusten Reda fest, welche sie eigens mit einem Gespann kräftiger Maultiere heraufgeführt hatten. Ein junger Priester unterhielt sich leise mit Melomagûnos.

Da trat Theudoricius zu ihnen und musterte sie mit nachdenklicher Miene.

«Ich bin euch zu Dank verpflichtet», sagte er bedächtig und blickte ihnen abwechslungsweise in die Augen. «Mir war nicht bewusst, dass ein derartiges Übel im Leib Vendolindiums schwärt. Ich habe die Drachenopfer stets für das Relikt eines barbarischen Brauches gehalten und mich nicht darum gekümmert. Aber nun glaube ich, verstehen zu können, warum stets ein beunruhigender Schatten über diesen Menschen lag. Sagt mir, wie ich mich erkenntlich zeigen kann für euer selbstloses und tapferes Wirken.»

Melomagûnos fand als erster Worte. «Was wir getan haben, geschah für unser Volk und für unser Land», versicherte er. «Ich sehe in deinen Augen, dass du ein aufrichtiger Mann bist und dass wir von dir eine gerechte und wohlwollende Herrschaft erwarten können. Deshalb versichere ich dir in meiner Eigenschaft als Hohepriester des Seevolkes unsere treue Gefolgschaft. Wenn ich mir aber eine Bitte erlauben darf, Patricius: Belasse den Menschen Vendolindiums die freie Wahl, welchen Glaubensvorstellungen, Bräuchen und Traditionen sie ihre Herzen fortan öffnen wollen. Gestatte ihnen die Vielfalt der Dinge in allen Angelegenheiten von Leib und Seele.»

Theudoricius nickte und sicherte dem neuen Hohepriester diesbezüglich Toleranz und Unterstützung zu.

Beodân ersuchte zusätzlich darum, dass er an der Quelle von Ceningânum eine Einsiedelei mit einer kleinen Capella am See errichten dürfe, um den Menschen dort aus der Fülle von Gottes Liebe schöpfen zu können. Dagegen hatten weder der Landherr noch der neue Verunorêgios etwas einzuwenden.

In Anêrios klang noch immer das befreiende Gefühl nach, welches ihn mit der Aufhebung des Opferkultes und mit dem Sturz des vergifteten Kessels erfasst hatte. Zugleich blickte er bangend zu der Weissen Stadt hinüber. Er wusste, dass dort noch eine grosse Aufgabe auf ihn wartete. Und der Magos war zwar seiner Verlarvung beraubt, aber nicht besiegt.

«Mir lastet etwas auf dem Herzen, Dominus», sagte der junge Mann schliesslich. «In der Stadt Raûlium wird eine Lindôna gefangengehalten, eine Wasserfrau aus dem See. Um ihr Leben zu schützen, darbt ihr ganzes Volk in der Sklaverei des Procurators. Sie ist meine Mutter. Ihr Leiden ist eine offene Wunde, welche diesem Land verbleibt. Frieden wird in meinem Herzen erst einkehren, wenn sie frei ist.»

«Raûlium wird fallen, mein Freund», versicherte ihm der Dux. «Aber es ist eine stark befestigte Stadt. Und der Procurator ist unfassbar reich und hält viele Söldner unter Waffen. Zudem muss ich davon ausgehen, dass sich dieser Magos mit seinen verderbten Künsten dort verschanzt hat. Es wird also nicht einfach sein, die Stadt zu nehmen. Mit meinen Männern allein kann ich ein solches Hasardspiel nicht wagen. Ich muss mich zunächst nach Verbündeten umsehen und Truppen ausheben. Ich kann dir deshalb nicht versprechen, ob eine Erstürmung der Weissen Stadt noch vor dem nächsten Frühjahr möglich sein wird. Es tut mir leid.»

IV

DIE FREMDE REITERIN

Ceningânum war eine malerische Waldlichtung am Seeufer, nicht mehr als eine halbe Leuge von Vernausium entfernt. Die Quelle, welche Beodân freigelegt hatte, entsprang aus einem Hain von uralten Wildrosenbüschen, deren wohlriechende Blüten längst verwelkt waren. In der warmen Sonne des Erntemondes Alembios[82] leuchteten aber immer noch zahlreiche Blumen im hohen Gras auf der Wiese, die zum Seeufer hin leicht abfiel.

Beodân hatte sich weit vor Anbruch des Tages auf den Weg gemacht. Alleine auf einem Weidling war er auf den nachtdunklen See hinaus gerudert, lediglich mit dem Vertrauen und der Gottesliebe versehen, die er in seinem Herzen trug.

Nun sass Amalissa an der Quelle und half dem alten Melomagûnos dabei, den Kessel Albodunêbron mit feinem Sand und Asche zu scheuern. Die zierliche, junge Frau aus Sudûbnum war nach dem denkwürdigen Abschluss der Lugnosantiafeier überraschend zu ihnen gestossen und hatte sie freudig begrüsst. Sie war mit ihrem Onkel Arîmus den langen Weg nach Stralingânum gereist, um dem Hohen Fest zum Herbstbeginn beizuwohnen und sich einen eigenen Eindruck von dem siegreichen Landherrn zu verschaffen. Das Wiedersehen mit dem ergrauten Beodân hatte ihr zunächst einen Schrecken eingejagt, doch war sie nach der Erzählung über die wundersamen Abenteuer der beiden Gefährten im Land Helysia bald zur Ruhe gekommen. Etwas wehmütig blickte sie immer wieder auf den See hinaus, denn ihr Herz war mit dem Gottesfreund gezogen, der sie am Morgen früh verlassen hatte. Sie war glücklich, dass ihr Onkel diesmal nicht gezögert hatte, dem tapferen Mann seinen Nachen für dessen Unternehmung zur Verfügung zu stellen.

Anêrios trug immer neuen Sand vom Seeufer heran, um den beiden ihre Arbeit mit dem Kessel zu erleichtern. Am Mittag sollte das gereinigte und neu geweihte Gefäss – mit frischem Wasser aus der *Fons Mirabilis*, dem Wunderbrunnen, gefüllt – bereit sein, um den herbeiströmenden Menschen seinen Segen zu schenken.

Der junge Mann war in Gedanken versunken. Seine Hoffnung auf einen raschen Fall der verruchten Stadt, deren selbstherrlichen Glanz er

[82] Alembios (Kelt.) = Monat der Getreideernte (August)

am gegenüberliegenden Ufer nur zu gut wahrnehmen konnte, hatte sich mit der Verkündung des Landherrn am Vorabend als nichtig erwiesen. Er überlegte sich nun fieberhaft, wie er seine Mutter baldmöglichst aus den Händen des Procurators befreien konnte. Gleichzeitig bangte er um Beodân und hoffte, dass der Gefährte den alten Drachen Auragôr erfolgreich veranlassen konnte, seinen Heimweg anzutreten und die Höhle unter dem Aurîg freizugeben. Die Glaubwürdigkeit des neuen Hohepriesters von Vendolindium hing nicht zuletzt davon ab, ob sich die Vorhersage über das Erscheinen und endgültige Untertauchen des Drachen zur höchsten Sonnenstunde dieses Tages erfüllen würde.

Arîmus sass im Schatten einer jungen Eiche unweit der Quelle und winkte Anêrios zu sich heran. Der hoch betagte Onkel von Amalissa und gleichzeitige Bruder des düsteren Dorfpriesters Creviocarnos von Sudûbnum hatte nach den Ereignissen vom Vortag einen neu erwachten Glanz in seinen eingefallenen Augen. Nachdem er zuvor beinahe jeglichen Lebensmut verloren gehabt hatte, war es mit Melomagûnos' Erscheinen unvermutet zu einer Wende gekommen, welche sein altes Herz neu befeuerte.

«Willst du hören, wie unser Landherr Theudoricius den König der Farancier besiegt hat?», raunte er Anêrios zu und lächelte einladend. Der junge Mann hatte bereits verschiedene Versionen dieser Heldengeschichte zu Ohren bekommen und liess sich zur Zerstreuung gerne darauf ein, sich nun auch noch Arîmus' Fassung anzuhören.

«Die beiden Könige Godemâr und Childebertus standen einander vor Augustodûnum jenseits des Jôr auf Tod und Leben gegenüber», erzählte der Alte ausführlich und gebärdenreich. «Beide Herrscher hatten viele tausend Streiter ins Feld geführt, um sie übereinander herfallen zu lassen. Am Vorabend der entscheidenden Schlacht streifte aber eine unerwartete Einsicht die beiden Feldherren. Anstatt eine solche Menge an guten Männern sich gegenseitig abschlachten zu lassen, beraumten sie ein Gottesurteil an. Jede Partei sollte ihren besten Krieger antreten und die Auseinandersetzung stellvertretend für den eigenen König ausfechten lassen. Für die Sache der Farancier trat ein ungeschlachter Hüne namens Dodo vor, bei dessen Anblick Freund und Feind erzitterten. Wie ein leibhaftiger Menschenfresser aus Anunnion brüllte er seine Gegner herausfordernd an. Aus König Godemârs Gefolgschaft fand sich niemand bereit, diesem monströsen Totschläger die Stirn zu bieten. Niemand ausser dem Centenarius Theudoricius. Dieser junge Gefolgsmann aus unserer abgelegenen Provinz des Königreiches stellte sich dem übermächtigen Widersacher entgegen. Als der Centenarius auf dem abgesteckten Kampfplatz erschien, hatte sich sein ungetümer Kontrahent aber noch nicht gezeigt. Deshalb erschien es Theudoricius recht und billig, vor dem tödlichen Kampf einstweilen noch ein bisschen zu ruhen. Er streckte sich also unter einem Bäumchen aus und sank sogleich in einen tiefen Schlaf. In seinen Träumen durchlebte er bereits den bevorstehenden Kampf und wälzte sich unruhig hin und her. Als der Krieger der Farancier wenig später heranstapfte, fand er seinen Gegner schlafend vor, wie er in wilden Träumen befangen geifernd und schäumend auf dem Boden zuckte. Von einem unsäglichen Schrecken ergriffen über das wilde Gebaren, welches dieser fremde Kämpfer bereits im Schlaf an den Tag legte, wich dem Farancier der Mut und er streckte die Waffen. Dodo fürchtete sich zu sehr vor der Tollheit, welche diesen Recken erst im Wachzustand erfassen würde. So ging das Treffen vor Augustodûnum zugunsten von König Godemâr aus, dessen Gefolgsmann den Sieg im Schlaf erfochten hatte. Childebertus leistete daraufhin einen Eid, dass er dem byrgondiônischen König sein Land nie mehr streitig machen wolle, und er zog sich mit seiner Heeresmacht zurück.»

Anêrios seufzte. Wie gerne wäre auch er ein furchtloser Held gewesen wie Theudoricius, um sich jener Bewährungsprobe stellen zu können, die ihm noch bevorstand.

«Du siehst, mein Sohn», raunte Arîmus und blinzelte gegen die Sonne, «bisweilen sind es nicht glänzende Waffentaten und übermenschliche Kräfte, welche einen Heroen ausmachen. Unser Landherr hat alleine im Vertrauen auf ein günstiges Geschick den Kampf mit einem übermächtigen Gegner auf sich genommen. Und dieses Vertrauen war so stark in ihm, dass er sich im Angesicht seines eigenen Untergangs seelenruhig zum Schlaf niederlegen konnte.» Der alte Mann lächelte seinem grübelnden

Gegenüber aufmunternd zu.

«Aber ich sehe dir an, dass du eine Last mit dir herumschleppst», bemerkte Arîmus nachdenklich. «Fühlst du den frischen Wind der Befreiung nicht, den herbeizurufen du mit beteiligt warst?»

Anêrios schüttelte den Kopf. «Gewiss, ich freue mich über die Gunst dieser Stunde. Aber mich bedrückt die Tatsache, dass ich mich ebenso mit einer Heldentat herumzuschlagen habe, wie sie unser Landherr unlängst vollbracht hat.»

Er erzählte Amalissas Onkel von seinem bevorstehenden Wagestück.

«Welch seltsames Geschick», ächzte Arîmus. «Amalissa und ich wohnen seit dem Frühjahr in einer alten Hütte vor den Mauern der Weissen Stadt. Es ist wegen meinem Bruder. Nachdem wir euch im Frühjahr bei uns Unterschlupf gewährt hatten, wurden wir von Creviocarnos mit Schimpf und Schande aus Sudûbnum verjagt. Wie rechtlose Strolche hat er uns in die Sümpfe hinausgetrieben. Ich hatte meinen Weidling im Schilf verborgen, und wir fuhren damit über das Wasser. Am Waldrand bei Raûlium entdeckten wir eine verlassene, baufällige Hütte. Dort hausen wir seither in bescheidener Einfachheit und leben von den wenigen gnadenvollen Gaben, welche uns die Götter gewähren.» Er seufzte und legte dem jungen Mann die faltige Hand auf das Knie. «Wenn du gegen Raûlium ziehst, mein Sohn, weisst du uns nun in jener Hütte zu finden, unweit der *Porta Occidentalis*[83] der Weissen Stadt an der Strasse nach Dûnon.»

Anêrios wollte soeben zu einer Erwiderung ansetzen, als vom Ufer her Amalissas aufgeregte Rufe zu vernehmen waren.

«Kommt her, kommt her, schnell ...»

Als der junge Mann Nachschau hielt, fand er Arîmus' Tochter im Sand zwischen raschelnden Schilfhalmen kauernd. Sie lächelte ihm entgegen und deutete verzückt auf das offene Wasser hinaus.

Drei prächtige, grosse Schwäne schaukelten dort in den sanften Wellen und blickten aus ihren unergründlichen, schwarzen Augen unverwandt zu ihnen herüber.

Unwillkürlich fühlte sich Anêrios an Uyôlas Töchter erinnert – und an die wundersamen Gaben, welche sie ihm vermacht hatten. Er führte

 [83] Porta Occidentalis (Lat.) = Westtor

sie allesamt in einem Beutel mit sich, aber er hatte sie beinahe vergessen. Würden sie ihm bei seiner Aufgabe dienlich sein?

«Schau nur», wisperte Amalissa, «der grösste von ihnen trägt ein blaues Band um den Hals.»

Tatsächlich, nun vermochte er es mit eigenen Augen zu sehen. Etwas Geheimnisvolles wohnte diesen schönen Wasservögeln inne. Waren sie tatsächlich aus Funtaflauis gekommen?

Die junge Frau war inzwischen in das seichte Wasser hinausgewatet und beugte sich dem grössten Schwan entgegen. Das edle Tier liess sie widerstandslos gewähren, als sie das blaue Band losknüpfte. Verwundert kehrte sie damit zurück und zeigte es Anêrios. Es bestand aus dem gleichen Gewebe, aus dem auch seine tiefblauen Kleider aus Uyôlas Hofhaltung gefertigt waren. Und eine lange dunkle Haarsträhne war daran befestigt.

«Da ist etwas auf das blaue Tuch gestickt», hauchte Amalissa und deutete auf ein goldgelbes Symbol. «Es sieht aus wie ein Kessel. Ja, es ähnelt unserem Kessel, den wir vorbereitet haben.»

«Es ist ein Zeichen», murmelte Anêrios und blickte zu den Schwänen auf, die sich bereits wieder entfernt hatten und weit draussen auf dem See trieben.

Er sprang auf und eilte zu Melomagûnos, der den Albodunêbron zusammen mit einer Handvoll Neophyten auf Hochglanz polierte.

«Sieh nur», platzte er heraus und streckte dem alten Priester das bestickte Band hin. «Es ist ein Hinweis aus der anderen Welt. Dieses Haar, womöglich stammt es von Uyôla, der Herrin von Funtaflauis.»

Melomagûnos runzelte die Stirn und betrachtete die merkwürdige Gabe nachdenklich. Schliesslich nickte er, als hätte er eine Eingebung empfangen. «Es ist ein alter Ritus der wundersamen Verständigung. Eine Form der Hydromantia[84]. Die Priesterinnen Helveidions bedienten sich seiner in alten Zeiten, um über grosse Entfernungen hinweg in Verbindung miteinander zu treten. Dann lasst uns die Schale der Wandlung nun ihrer neuen Bestimmung zuführen.»

Der Kessel des Ewigen Wandels war ein riesiges, bauchiges Gefäss aus Kupfer und Bronze. Feine Einlegearbeiten aus Gold und Silber zierten ihn

[84] Hydromantia (Grch.) = Wasserschau, -orakel

rundum. Sie zeigten kunstvolle Darstellungen aus der helvêtischen Mythenwelt der Götter und Helden. Auch das achtspeichige Rad fand sich darunter. Und erstaunlicherweise sogar eine Darstellung des Drachen.

Gemeinsam befüllten sie den Kessel, bis er randvoll war. Dann legte Melomagûnos die Haarsträhne behutsam hinein.

Das Wasser im Gefäss begann sich rasch zu trüben, als wären unvermittelt nebelgraue Wolken in ihn hineingekrochen. Aus den wogenden Schwaden zeichnete sich ein Gesicht ab. Das Antlitz einer wunderschönen, dunkelhaarigen Frau mit einem Stirnreif, auf dessen Front eine einzelne nachtblaue Gemme prangte.

Es war Uyôla. Sie blickte ihnen aus dem Kessel entgegen, als befände sie sich wahrhaftig auf dem Grund des ausladenden Gefässes. Ihr Ausdruck wirkte besorgt.

«Du darfst nicht säumen, Anêrios», sprach sie mit unüberhörbarer Stimme durch das Wasser hindurch. «Meine Schwester Helva hat Bergkönig Horaurix die Ermächtigung erteilt, die Weisse Stadt zerstören zu dürfen. In drei Tagen wird Raûlium in Grund und Boden versinken. Der Zorn von Fels und Wasser wird fürchterlich sein. Eile dich, damit Nusantia rechtzeitig dem Untergang entrinnen kann. Sie ist am Ende ihrer Kräfte ...»

Anêrios erschrak bei diesen Worten und richtete seinen Blick über den See. Unverändert erhob sich die stolze, vieltürmige Stadt des Procurators auf dem Uferfelsen am gegenüberliegenden Gestad des Vendolindon. Nichts deutete darauf hin, dass sie in wenigen Tagen vom Erdboden verschluckt werden sollte.

«Was soll ich tun?», rief Anêrios verzweifelt in den Kessel hinein.

Das trübe, neblige Wasser begann sich zu kräuseln. «Du erhältst Unterstützung aus unserem Reich, Anêrios, du bist nicht alleine», säuselte Uyôlas dunkle Stimme wie aus weiter Ferne. «Mein Segen erfülle diesen Kessel und schenke allen, die daraus trinken, Wohlgedeihen. Das Lebenswasser aus meiner Quelle erweckt neue Kräfte in jenen, über denen bereits der Schatten des Todes liegt ...»

Die Stimme verstummte, das Bild verblasste. Allmählich klärte sich das Wasser wieder und bald zeugte nichts mehr von dem seltsamen Gesicht.

Melomagûnos' Augen leuchteten. Er hatte in das Land der Götter geschaut und aus der anderen Welt den Segen der Valâda empfangen.

Anêrios ging rastlos über die blühende Uferwiese. Seine Gedanken überstürzten sich. Er wusste nun, dass er nicht mehr viel Zeit hatte, um sein Vorhaben auszuführen. Es lag an ihm, über das Wohl und Wehe seiner Mutter und ihres gesamten Volkes zu entscheiden.

Wo waren sie alle? Diejenigen, die ihn nun hätten unterstützen können. Beodân stellte sich dem Drachen, Melomagûnos war der neue Hüter des Kessels und schenkte seinem ermatteten Volk dessen heilsames Wasser aus. Beligomâgus, der mächtige Krieger, der ihm jetzt gewiss eine grosse Stütze gewesen wäre, war vermutlich im Kampf gegen die Schergen des Procurators gefallen. Theudoricius, der über viele waffenfähige Männer gebot, hatte ihn auf den kommenden Frühling vertröstet. Dabei würde er sich seinen Feldzug bis dahin wohl sparen können …

Plötzlich rollte ein donnerndes Geräusch über den See heran. Anêrios fuhr herum und sah Richtung Süden einen gleissenden Lichtblitz, der über das Wasser zuckte.

Gütige Seemutter Vendolindia! Es ist der Drache!

Die Sonne stand im Zenit, wie es verkündet war. Wie ferner Donner rumorte es über dem Drachenberg. Dann stieg eine gewaltige Feuergarbe hinter dem dunkel bewaldeten Felsengrat des Aurîg auf, just von dort, wo sich die Höhle befinden musste. Schwarzer Qualm wehte wie tiefliegende Gewitterwolken über die Seeoberfläche. Angestrengt kniff Anêrios die Augen zusammen, um besser erkennen zu können. Da war ein schwarzer, unförmiger Schatten, einer feisten, geflügelten Schlange gleich, der durch Feuer und Rauch stürzte. Er war selbst auf diese Entfernung gut auszumachen. Dieser Drache musste riesig sein! Er trudelte durch die qualmende Luft und schnellte nochmals am Berg empor. Erneut zerriss krachendes Getöse die mittägliche Stille über dem See. Dann taumelte die Erscheinung und stürzte in das gischtende Wasser hinab. Eine Windböe fegte heran und rauschte wie ein Geisterhauch durch das Röhricht.

Dann kehrte Stille ein.

Die dunklen Schwaden verzogen sich, und die Sicht auf die schneeweissen Berge wurde wieder frei.

Es dauerte eine Weile, ehe eine dampfende Welle von der Seemitte heranrollte und auf die Wiese hochschwappte. Das Wasser war so heiss, als hätte man es über dem Feuer zum Sieden gebracht. Unzählige tote Fische wurden angetrieben. Die Mitte des Sees, wo der Drache eingetaucht war, musste regelrecht gekocht haben …

Beodân! Er hat den Drachen vertrieben!

Die Nachricht über dieses eindrückliche Schauspiel verbreitete sich wie ein Lauffeuer um den See. Theudoricius liess auf seinem nahen Castellum sämtliche Banner aufziehen. Signalhörner gellten triumphierend in das Land hinaus. Von vielen umliegenden Hügeln schallte es zurück. Freudenfeuer entflammten auf Höhen und Bergkuppen rund um den Vendolindon. Sogar Raûlium schien in Feierlaune zu sein. Ungleich mehr Boote und Barken als üblich dümpelten in den Gewässern vor der Weissen Stadt. Der gleissend helle Punkt auf der Spitze des Baranbanno, wo sich das Standbild des goldenen Wächteradlers befand, schien stärker zu leuchten.

Es dauerte nicht lange, bis die ersten Leute nach Ceningânum gepilgert kamen. Die meisten waren nach dem denkwürdigen Abschluss des Schnitterfestes am Vorabend ohnehin in der Nähe geblieben, um das angekündigte Zeichen abzuwarten. Fischer und Hirten, Kinder und Greise, Frauen und Männer aus allen Seedörfern strömten über schmale Pfade aus dem Wald herbei und scharten sich um den Kessel Albodunêbron, der neben der Quelle inmitten einer blühenden Blumenfülle prangte. Melomagûnos hatte alle Hände zu tun, um das Lebenswasser für alle Ankömmlinge aus dem mächtigen Gefäss der Altvorderen zu schöpfen. Schweigend nahmen die Menschen ihre Gabe entgegen, schlürften drei Schlucke aus der goldenen Kelle und machten Platz für all jene, welche nachdrängten. Viele Priester eilten herbei und unterstützten ihr rehabilitiertes, weissbärtiges Oberhaupt mit eigenen Schöpfgefässen. Sogar der hochdekorierte neue Dux von Dûnon war mit kleinem Gefolge hoch zu Pferd erschienen, um das Geschehen aus der Ferne mitzuverfolgen. Die jüngsten Ereignisse schienen ihn aufrichtig zu bewegen, und er bewies durch seine Gegenwart, dass er Anteil nahm an den gewichtigen Umwälzungen in seinem Lehensland.

Als sich die ersten Menschen krümmten und keuchend ins Gras niedersanken, brauste eine Woge der Aufregung durch die versammelte Menge. Melomagûnos sprach beruhigend auf die Verängstigten ein und ermutigte sie, das Gift der geistigen Unterdrückung mutig aus ihren Leibern herauszuspeien.

Anêrios wandte sich schaudernd ab. Er war keineswegs erpicht darauf, alle diese ekelhaften, schwarzen Würmer zu sehen, die sich im Gras wanden. Ihm stiess es allein beim Gedanken daran, dass er selbst ein solches Biest in seinem Gedärm beherbergt hatte, übel auf. Er zog sich an den Rand der Lichtung zurück und beobachtete aus den Augenwinkeln, wie Priesterschüler umgingen und das widerlich zuckende Gewürm zusammenklaubten, um es singend in ein grosses Feuer zu werfen.

Obwohl das Röcheln und Würgen der erbrechenden Menschen bis tief in den umliegenden Wald zu hören war, begleitete ein erfrischender Hauch von Erlösung dieses unfassbare Geschehen. Viele Menschen, die an Anêrios' Schlupfwinkel vorbeikamen, sahen gezeichnet und erschöpft aus, aber in ihren Augen leuchtete ein neu erwachter Glanz.

Der Geist der Befreiung war über das Land am See gekommen. Versonnen blickte der junge Mann auf zu den erhabenen Gestalten der Drei Uralten Mütter, deren schneeweisse Häupter sich wie Herrscherinnen einer entrückten Welt aus dem Dunst abzeichneten, der immer noch über dem See hing. Anêrios glaubte zu erkennen, dass an jener Stelle, wo der Drache in den See gestürzt war, unentwegt Dampfschwaden über dem aufgerauten Wasser wirbelten. Was sich an diesem denkwürdigen Tag in Vendolindium zutrug, musste selbst im Land der Götter seinen Widerhall finden. Ob Albenôna, Vermêna und Dubaugra das Glück der Sterblichen am See teilten, wenn sie von ihrer hohen entrückten Warte herabblickten und das feierliche Geschehen rund um den Vendolindon bezeugten?

Als sich ein langer Tag dem Ende zuneigte, entflammten überall auf der Lichtung von Ceningânum kleine Lagerfeuer. Viele Menschen blieben über Nacht und feierten gemeinsam ihre Erlösung aus der Gewalt des grausamen Opferkultes. Angelockt vom fröhlichen Lachen und Scherzen der ausgelassenen Menschen, von klingenden Flöten und Leiern, und von den mannigfaltigen Wohlgerüchen, welche den Kochtöpfen über den Flammen entstiegen, kehrte Anêrios schliesslich an die Quelle zurück. Er fand Melomagûnos im andächtigen Gespräch mit einer Gruppe von Priestern versunken. Die meisten Göttergeweihten von Vendolindium waren gekommen, um dem neuen Hohepriester ihre Loyalität zu beteuern. Arîmus lagerte noch immer unter der kleinen Eiche und amüsierte sich mit einer Schar herumtollender Kinder. Amalissa kauerte neben dem schimmernden Kessel Albodunêbron und starrte gedankenverloren auf den offenen See hinaus. Vergeblich hatte sie darauf gehofft, dass ihr Vater, der Priester Creviocarnos, erscheinen und sich nach der Entlarvung des falschen Hohepriesters mit ihr und ihrem Onkel versöhnen würde. Er und einige andere schienen Melomagûnos ihre Gefolgschaft verweigern zu wollen. Zudem war Beodân noch nicht zurückgekehrt. Der jungen Frau war anzusehen, wie sehr sie sich um das Wohlergehen des furchtlosen Gottesfreundes sorgte.

«Er wird kommen», sprach Anêrios der zierlichen Frau mit den langen, blonden Haarflechten tröstlich zu. «Vielleicht ist er noch in ein Zwiegespräch mit seinem Gott versunken und trinkt mit ihm aus dem Kessel der Liebe.»

«So wie wir es hier getan haben», lächelte Amalissa. «Oh Anêrios, ich fühle mich gesegnet, diesen Tag erleben zu dürfen. Es ist der Anbruch einer neuen Zeit, der in der Luft liegt, ich spüre es.»

«Ja», raunte Anêrios und vermochte Amalissas Begeisterung gleichwohl nicht vorbehaltlos zu teilen. Nachdenklich betrachtete er die entfernten Mauern von Raûlium, auf denen sich soeben die letzten Sonnenstrahlen verabschiedeten.

Drei Tage sind eine verdammt kurze Frist! Und ich sitze hier herum und trödle ...

«Jemand hat nach dir gefragt», teilte ihm Amalissa unerwartet mit. «Eine fremde Reiterin. Sie hat in der Lingua gesprochen.»

Anêrios sah die junge Frau betroffen an. «Eine Reiterin? Aber wer sollte das sein?»

War ihm jemand aus der anderen Welt zuhilfe geeilt? Hatten Agîlion oder Belerîan ihm jemanden geschickt? So wie Uyôlas Gesicht es verkündet hatte. Aber Bundesgenossen aus Helysia würden sich doch gewiss nicht in der Lingua verständigen …

Amalissa deutete auf eine Stelle am See, wo das Röhricht und der Wald sich umfingen. «Ich glaube, sie ist dorthin gegangen, um auf dich zu warten. Ich weiss nicht, wer sie ist und woher sie kommt. Aber sie ist … wunderschön.»

Mit klopfendem Herzen schritt Anêrios die abfallende Wiese hinab und näherte sich dem Rand der Lichtung. Er sah ein kleines Feuer unter den knorpeligen Eichen und Weiden flackern. Eine einsame Gestalt kauerte davor und wandte ihm den Rücken zu.

Als Anêrios nähertrat, hörte er unvermittelt ein Pferd schnauben. Es stand nicht weit von ihm entfernt am Rand des Schilfwaldes und blickte ihm aufmerksam entgegen. Im schwindenden Licht erkannte er, dass es die Farbe von hellem Gold hatte, die seidenglänzende Mähne war nahezu weiss. Der langgestreckte Kopf, die grossen, dunklen Augen, die breite, kraftvolle Brust und die schlanken Läufe kamen ihm bekannt vor. Er glaubte sich an ein ähnliches Tier erinnern zu können …

«Da bist du ja», bemerkte eine helle Frauenstimme am Feuer. Er verspürte ein seltsames Kribbeln in der Brust. Dieser Klang war ihm ebenfalls vertraut. Sein Verstand fischte fieberhaft in den trüben Abgründen seiner Erinnerung herum.

Die Gestalt am Feuer erhob sich und schlug die Kapuze zurück.

Er blickte in das fein geschnittene, aber ausdrucksstarke Gesicht einer jungen Frau. Sie trug das beinahe schwarze Haar lang und offen. Ihre Augen funkelten unternehmungslustig. Sie waren grün wie Smaragde, und goldene Funken flimmerten darin.

«Lusilla?», keuchte Anêrios und fühlte, wie ihm schwindlig wurde.

Sie sprang ihm entgegen und hielt ihn am Arm fest.

«Die Füsse schön auf dem Boden behalten», lachte sie, «auch wenn du gar nicht weit fallen kannst, du sitzt ja heute nicht auf einem Pferd.»

Er blinzelte einzelne Tränen aus den Augen. Es war unzweifelhaft die Prinzessin Lusilla, die vor ihm stand. Aber wie sie sich verändert hatte.

Sie war eine junge Frau geworden.

Die Schatten unter ihren Augen und die Blässe in ihrem Gesicht waren verschwunden. Und wie sie gekleidet war. Sie trug eine Tunika und Beinkleider aus hellgrün und sandbraun gefärbtem Leder. Der Umhang, der sich darüber schlang, hatte dieselbe Farbe wie der Falbe am Ufer. Ihre Füsse steckten in hohen Stiefeln. Sie roch nach Pferd und nach etwas anderem, woran er sich nicht mehr erinnern konnte … Was ihn jedoch am meisten erstaunte waren die Waffen, die an ihrem Gürtel hingen. Er sah einen eigenartigen Dolch, und auf der anderen Seite eine längere, leicht gekrümmte Klinge.

Sie hielt ihn immer noch am Arm fest und blickte ihm unverwandt ins Gesicht. Die frische Abendbrise, welche durch das Schilf wehte, spielte mit ihren langen Haarsträhnen.

«Du … du hast dich verändert», stammelte er unbeholfen.

«Du auch», erwiderte sie und kräuselte ihre feinen Lippen zu einem Lächeln, welches wie ein Sonnenstrahl nach einer finsteren Gewitternacht mitten in sein Herz herableuchtete.

«Lusilla, wo bist du gewesen?», flüsterte er. «Ich habe dich verloren, am Höhleneingang …»

«Ich weiss», bestätigte sie. «Ich war an demselben Ort wie du. Ich bin durch das Tor gegangen.»

Anêrios schüttelte fassungslos den Kopf. «Ich glaube, ich muss mich setzen», ächzte er benommen. «Irgendwie kommt mir das alles vor wie ein Traum.»

«Ja, setzen wir uns doch hin. Du kommst gerade richtig. Ich habe ein Rebhuhn gebraten.»

Anêrios bemerkte den Sattel und die Gepäckstücke, welche auf einer entwurzelten Weide am Rand des Schilfes niedergelegt waren. Dort hingen auch ein Bogen und ein gut bestückter Köcher.

«Du … du bist eine Reiterin geworden», lachte Anêrios und fühlte sich immer noch durcheinander, als umwölke ein feiner Nebelschleier seine Sinne. «Und eine Jägerin ... wo hast du das plötzlich alles her? Ich meine, du warst doch auch nur ein paar Tage weg.»

«Sieh dich an», versetzte Lusilla und gab ihm einen scherzhaften Klaps auf die bärtige Wange. «Von wegen nur ein paar Tage weg.»

Sie wurde plötzlich ernst und machte sich an dem gar gebratenen Wildhuhn zu schaffen, das sie auf einen zugespitzten Stock gesteckt hatte. «Ich habe nichts mehr von Beligomâgus gehört», murmelte sie. «Er ist spurlos verschwunden. Nur sein Pferd Boriax ist wieder aufgetaucht. Eines Abends stand das treue Tier alleine vor der Villa von Beltrâmus. Ich habe mich auf dem Weg hierher in Lindînium erkundigt, weil ich vermutete, dass man dort am ehesten etwas von Beligomâgus gehört hätte. Weisst du denn etwas von unserem Freund?»

«Nein», gestand der junge Mann und schüttelte traurig den Kopf. «Er war ein guter Mann, rau auf seine Art, aber herzlich und den Göttern nahe. Vielleicht haben ihn die Männer aus Raûlium erwischt. Es waren ihrer zu viele.»

«Ich glaube nicht», wandte Lusilla ein. «Beligomâgus hatte beileibe schon Schlimmeres erlebt als diesen Romûlius mit seinen geölten Eisenhampeln. Ich glaube nicht, dass er tot ist.»

Sie zückte ihren Dolch und zerlegte das gebratene Huhn mit geübten Handgriffen. Anêrios sah, dass sie das nicht zum ersten Mal tat. Sie reichte ihm ein Stück und schlug herzhaft ihre Zähne in ein anderes.

«Ich hatte ihm versprochen, dass ich dich beschütze», bekannte er kleinlaut, ehe er in das zartknusprig gebratene Fleischstück biss.

«Ich kann mich mittlerweile recht gut selbst beschützen», bekräftigte die junge Frau und warf beiläufig den Dolch in die Höhe, um ihn nach drei Drehungen in der Luft am Griff wieder aufzufangen.

«Lusilla, ich kann das einfach nicht fassen», bekannte Anêrios freudestrahlend. «Ich meine, was ist bloss mit dir geschehen?»

Sie kaute schmatzend und ergriff sich ein neues Stück Fleisch.

«Greif zu», lud sie ihren Gefährten ein und deutete auf das verbleibende Geflügel. «Wenn du magst, erzähle ich dir alles.»

Anêrios stiess hörbar den Atem aus und lehnte sich an das Sattelzeug, das hinter ihm deponiert war. «Da bin ich aber wirklich gepannt», gestand er und blickte sie erwartungsvoll an.

«Als ich dich in dem Höhlentor verschwinden sah, blieb ich eine Weile unschlüssig stehen und fühlte mich verloren», begann die junge Frau am Feuer zu erzählen. «Kurz darauf tauchten bereits Romûlius und seine Männer am Fuss der Felswand auf, und da stiess mich die kleine Frau, ich habe ihren Namen vergessen, in den Schlund hinein. Ich strauchelte und fiel lange in die Dunkelheit hinab. Ich glaubte zu träumen und erinnerte mich später an einen Palast auf einem Berg mit vielen Zimmern, in denen ich ziellos umherirren musste. Ich weiss nicht, was ich ohne Lutinus getan hätte. Mein lieber, kleiner Lutinus. Er war ja immer noch bei mir. Ich glaube, er hat mir den Weg durch dieses Labyrinth gezeigt. Er war es auch, der mich letztlich in eine helle, runde Kammer mit drei Türen führte. Mein Lutinus reichte mir einen Kelch, mit dem ich Wasser aus einem runden Becken schöpfen konnte. Dann sprang das Äffchen zu einer weissen Tür, die sich sogleich öffnen liess.»

«Dann bist du auch im Nebel gelandet, richtig?», fiel ihr Anêrios schmunzelnd ins Wort.

Sie nickte gedankenverloren. «Habe ich's mir doch gedacht, dass auch du diesen Weg gegangen bist. Aber ich konnte nichts von dir sehen, bis zu diesem Zeitpunkt jedenfalls. In diesem Nebel war mir elend zumute. Ich glaubte, jämmerlich ersticken zu müssen. Da huschte mein Lutinus wieder davon und ich hielt mich dicht hinter ihm. Wir sprangen geradewegs durch eine Art ... Torbogen aus ineinander verschlungenen Bäumen. Plötzlich war da ein warmer Lufthauch ... und blendendes Licht fiel mir entgegen. Vor mir tat sich auf einen Schlag eine unendliche Ebene auf. Das Gras rauschte wie Wellen auf dem windgepeitschten See. Ja, der Wind wehte ständig und stark über dieses Land ohne Grenzen und Hindernisse. Ich fühlte mich sofort wie zuhause. Und vergass alles, was mich je betrübt hatte. Der Kummer hatte keine Macht mehr über mich. Alles wurde fortgeblasen, hinter den Horizont.»

«Weielwind, das Singende Gras», murmelte Anêrios und glaubte in diesem Moment, selbst wieder inmitten der unermesslichen, lichtdurchfluteten Ebene zu stehen.

Lusillas Augen begannen zu funkeln. Anêrios sah den Widerschein der Flammen auf ihren grünen Iriden tanzen. «Du kennst es?», hauchte sie.

Da reichte ihr der junge Mann die Goldkette am zerrissenen Halsband, welche er in der Steppe gefunden hatte.

Nun war sie es, die nach Atem rang. «Anêrios, wie ist das möglich? Das hat Lutinus auf dem Weg durch das Labyrinth verloren.»

«Ich habe es gefunden, nachdem ich eine Nacht im Singenden Gras verbracht hatte. Ich begreife heute noch nicht, wie ich inmitten dieser unendlichen Weite ausgerechnet darüber stolpern konnte.»

Lusillas Blick wurde so tief, dass Anêrios vermeinte, das funkelnde Sternenmeer darin erblicken zu können, welches er damals über dem Singenden Gras bewundert hatte. «Am dritten Tag fand ich deinen Umhang, Anêrios. Es war der Umhang, den du im Rasthaus zurückgelassen hattest. Ich glaubte, dass müsse ein purer Zufall sein und jemand hätte ein ähnliches Stück in der Ebene verloren. Aber es war dein Umhang. Er roch immer noch nach Fisch.» Sie versuchte vergeblich, sich das Lachen zu verkneifen.

Anêrios prustete laut heraus und brauchte eine Weile, ehe er wieder sprechen konnte. «Die Sehnsüchte der Sterblichen, welche der ewig wehende Wind über das Singende Gras bläst. Das hat mir Beleriân erklärt, mein Führer in Helysia.»

«Ja», seufzte Lusilla, «dasselbe hat Aryndaïa auch gesagt. In diesem Moment, als ich so unerwartet deinen Umhang fand, wurde mir bewusst, dass ...» Sie senkte den Blick unvermittelt und stocherte verlegen mit einem Stock im Feuer herum.

«... dass ich dich vermisste.» Sie getraute sich nicht aufzublicken, als fürchtete sie dadurch, jenen Zauber zu stören, der durch ihr gemeinsames Erlebnis einer unvorstellbar anderen Welt wie ein geheimnisvolles Band zwischen ihnen gewoben war.

«Ja», bekräftigte Anêrios leise und blickte über den See, der zwischen den dunklen Schilfstengeln hindurchschimmerte. «Es ging mir genauso. Ich habe oft an dich gedacht und mich gefragt, wie es dir wohl ergeht. Meine Gastgeberin im Wasserreich versicherte mir, dass du in Sicherheit seist. Und das warst du, oder?»

«Ich war gut behütet», versicherte Lusilla, sichtlich froh, den Faden wieder aufnehmen zu können. «Lutinus führte mich durch dieses Steppengras, als wäre er dort aufgewachsen. Bis ich zu einem grossen Zelt gelangte, das mir schon von Weitem aufgefallen war. Ich dachte zunächst, es sei bloss einer dieser merkwürdig geformten Tafelberge. Aber es war ein Zelt. Ich wurde von einer wunderschönen Frau mit wehender Haarmähne aufgenommen, die dort inmitten der Endlosigkeit mit vielen Pferden hauste. Sie erklärte mir, dass sie die Herrin des Singenden Grases sei und Nuyôna heisse.»

«Eine der Drei Hohen Schwestern von Helysia», fiel Anêrios ein und erinnerte sich an seine eigene Begegnung mit den frei schweifenden Wildpferden im Reich von Nuyôna Windmähne.

«Sie fragte mich, ob ich gekommen sei, um ihr zu dienen. Ich fühlte mich so glücklich, dass ich für immer dortbleiben wollte. So trat ich in Nuyônas Dienste und blieb dort für sieben Jahre.»

«Was! So lange?», japste Anêrios entgeistert. «Du warst ja viel länger in Helysia als ich.»

«Aus der Sicht von drüben ja. Aber hier sind in dieser Zeit lediglich sieben Wochen verstrichen. Das erfuhr ich allerdings erst, als ich vor zwei Tagen nach Nemetônia zurückkam.»

«Dann bist du nach Nemetônia zurückgekehrt?»

«Schlussendlich schon. Aber lasse mich zuerst zu Ende erzählen, wie es mir bei Nuyôna ergangen ist. Ich musste einer Gruppe von dreiunddreissig Pferden folgen und achtgeben, dass sie nicht in die Felsen hineinkletterten. Denn dort befanden sich verborgene Höhlen und tückische Spalten. Oder heisse Quellen, die unvermittelt aus dem Boden schossen. Auch gefährliche Tiere und andere Kreaturen verkrochen sich darin. Deshalb musste ich die Pferde unbedingt von diesen Felseninseln fernhalten.»

«Und du warst die ganze Zeit alleine?»

«Nein, die Pferde waren ja da. Es waren einige darunter, die mit mir sprechen konnten. Es ist unglaublich, Anêrios, du kannst dir nicht vorstellen, was ich dort alles erlebt habe. Und ich lernte so unendlich vieles, wovon die Magistri[85] in der Weissen Zitadelle nicht die leiseste Ahnung besitzen. Ich lernte reiten, Feuer machen, jagen, Wetterunterstände bauen, spurenlesen, essbare Pflanzen suchen, die Zeichen des lebendigen Landes zu deuten. Auf mein Gefühl zu achten. Sorge zu mir zu tragen. Die Träume um Rat zu fragen. Und immer wieder erhielt ich Besuch durch Aryndaïa, Zaraïa und Sasarinda, das sind Nuyônas Töchter. Sie lehrten mich vieles über den Umgang mit Pferden, über das Reiten mit und ohne Sattel, über die Künste der Wildnis.»

Anêrios starrte die junge Frau, die ihm gegenüber am Feuer sass und alle diese Dinge erlebt hatte, mit offenem Mund an. Sie hatte nichts mehr gemein mit jener aufgeblasenen Prinzessin, über die er sich auf ihrer gemeinsamen Flucht so oft in Grund und Boden geärgert hatte.

«Und über den Umgang mit Waffen», fuhr Lusilla fort. «Nuyônas Töchter sind Kriegerinnen. Wie die Amazonen in den Geschichten, die mir als Mädchen von den Palastdienerinnen in der Weissen Zitadelle erzählt wurden. Sie haben mir diese Klingen geschenkt, meinen Bogen und die Pfeile. Wir sind zusammen über die Steppe gebraust wie der Wind. Und die Zeit verging wie im Flug. Bis mich Nuyôna eines Tages wieder in ihren Zeltpalast berief und mir eröffnete, dass meine Heimat nach mir rufe. Sie überreichte mir viele Geschenke, bevor sie mich entliess. Ich erhielt mehr, als ich mir je zu wünschen gewagt hätte.»

Anêrios sah, wie seine Gefährtin von bewegenden Gefühlen ergriffen wurde. Gewiss war sie durch ihre Erzählung innerlich nochmals ganz intensiv in diese andere Welt hinübergereist. Er konnte dies selbst nur zu gut nachempfinden. Manchmal vermisste er Uyôlas Kristallpalast auch, die Stimmungen des Wasserreiches und den Zauber der Seetiefe.

«Sie hat mir Vivinda geschenkt. Meine Falbstute, die da drüben weidet. Und alles was dazu gehört.» Sie deutete auf ihr Gepäck und ihre Kleider. «Dann brachte sie mich zu Beleriân, den du anscheinend auch kennengelernt hast. Mit ihm ritt ich in eine Stadt aus lauterem Kristall, wo Nuyônas Schwester Helva Hof hält. Sie ist die Königin von Helysia. Eine wunderschöne und stolze Frau. Wie die Göttin Minârva selbst. Aber wir

[85] Magister, -stri (Lat.) = Gelehrter, Lehrer

hielten uns nicht lange dort auf. Beleriân führte mich durch ein unheimliches, schwarzes Portal und zeigte mir den Weg zurück nach Nemetônia. Durch einen gewaltigen Torbogen in einer Felswand gelangte ich so in eine Waldschlucht in der Nähe von Helicôna.»

Anêrios nickte anerkennend und lächelte. «Du hast viel erlebt, Lusilla, kein Wunder, dass ich dich kaum wiedererkenne. Wenn nicht deine einzigartigen, grünen Augen wären, würde ich nicht erahnen, dass du dieselbe bist, mit der ich einst diese abenteuerliche Flucht erlebt habe.»

Als sie ihn anblickte, hatte sie auf einmal einen wehmütigen, beinahe leidvollen Ausdruck im Gesicht. Sie bewegte lautlos ihre Lippen und rang sichtlich nach Worten.

«Kannst du mir verzeihen?», brachte sie schliesslich hervor. «Ich habe viele schlimme Dinge zu dir gesagt und dich behandelt wie ... ich habe es oft bereut während meiner langen Zeit in der Steppe und hätte mir gewünscht, ich könnte alles irgendwie wieder gutmachen. Du hast dich stets um mich bemüht und mir dein ehrliches Gesicht gezeigt. Du warst so anders zu mir als alle diese heuchlerischen, verlogenen Höflinge im Palast meines Vaters in Raûlium.»

«Schon gut, schon gut», wehrte Anêrios ab und schüttelte den Kopf. «Das ist nun vorbei. Ich sehe, dass aus dir geworden ist, was Beligomâgus immer schon in dir gesehen hat.»

Sie verdrückte eine einzelne Träne in ihrem funkelnden Auge und nickte. «Ja, er hat mich gut gekannt, dieser teure Freund ...» Seufzend blickte sie auf zu den ersten Sternen über der Lichtung von Ceningânum. «Aber jetzt hast du viel von mir gehört, Anêrios. Ich werde frisches Holz nachlegen, damit unser Feuer noch lange brennt. Denn jetzt möchte ich deine Geschichte hören.» Sie lächelte verlegen und fügte flüsternd hinzu. «Ich habe mich schon lange nach diesem Moment gesehnt.»

Auf der Lichtung von Ceningânum war Ruhe eingekehrt. Jener erinnerungswürdige Tag, welcher das Verweichen des Drachen aus Vendolindium gesehen hatte, war längst in einer sternenklaren Nacht aufgegangen. Das Sirren der Heuschrecken und das Raunzen der Frösche waren die einzigen Geräusche, die noch zwischen See und Wiese ertönten. Die meisten Lagerfeuer waren erloschen und überall lagen die schlafenden Leute verstreut, in ihre Decken und Umhänge gehüllt.

Lusilla vergewisserte sich rasch, dass mit ihrer Stute alles in Ordnung war, dann kehrte sie an ihren Lagerplatz zurück.

«Du bindest sie nicht an?», fragte Anêrios erstaunt und deutete auf Vivinda.

«Nein, sie würde es nicht ertragen. Sie ist sich ein freies, ungebundenes Leben gewohnt. Aber keine Angst, sie weiss, zu wem sie gehört. Sie würde auf keinen Fall weglaufen. Und sich auch nicht von Fremden entführen lassen.»

Er nickte und blickte betreten auf seine Füsse.

«Du weisst, dass ich morgen weggehe. Ich ziehe dahin, wo du einst zuhause warst.»

«Du hast es mir erzählt und ich freue mich darüber.»

«Weshalb freust du dich darüber?»

«Weil wir denselben Weg haben. Auch ich gehe morgen nach Raûlium. Aber nicht, um in süssen Erinnerungen zu schwelgen, sondern um einige persönliche Angelegenheiten abzuschliessen.»

«Dann gehen wir zusammen in die Weisse Stadt?» Anêrios spürte hoffnungsvoll, dass ihm diese unerwartete Aussicht dabei half, sich gegen jenes betäubende Gefühl der Angst zu wehren, welches ihm jedes Mal den Atem in der Brust stocken liess, wenn er an seine unglaublich schwierige Aufgabe denken musste. «Es wird vermutlich nicht einfach werden. Du weisst, was ich vorhabe.»

Sie blickte über den See, in die Richtung, wo sich das Mondlicht auf den Felsen von Raûlium brach. «Es wird nicht einfach werden, ja. Aber ich kenne die Weisse Zitadelle besser als du, denn ich bin darin aufgewachsen. Und ich bin mit jedem Winkel im grossen Palastgarten vertraut. Auch mit der Sirenengrube, die du suchst.»

«Das heisst, du wirst mir helfen, Lusilla?»,

«Natürlich. Das ist das Mindeste, was ich tun kann, um meine Schuld bei dir einzulösen. Aber bitte nenne mich nicht mehr Lusilla. Diesen Namen habe ich im Singenden Gras abgelegt. Es ist mein zweiter Geburtsname, den ich jetzt trage: Aquileia.»

«Aquileia», hauchte Anêrios. Der Name hatte einen ungewohnten Klang, aber er passte gut zu dieser wilden, freiheitsliebenden Frau und ihren kühnen, edelsteinfunkelnden Augen.

«Können wir früh aufbrechen?», suchte er sich zu versichern.

«Wann du willst», entgegnete sie. «Ich bin bereit.»

«Dann werde ich mich von meinen Leuten verabschieden und suche dich bei Tagesanbruch wieder an deinem Lagerplatz auf. Vale.»

«Vale, Amicus[86]», erwiderte sie lächelnd und begleitete ihn noch ein paar Schritte über die schlafende Wiese, ehe sie ihm eine gute Nacht wünschte.

[86] Amicus (Lat.) = Freund

V

EIN GESCHENK FÜR DIE PRINZESSIN VON RAÛLIUM

«Lusill … äh Aquileia, du bist schon wach», flüsterte Anêrios zu der verhüllten Gestalt, welche im Halbdunkel des anbrechenden Tages am Feuer kauerte und versonnen den ersten Lichtschimmer auf den weissen Kuppen und Zinnen von Albenônas Garten betrachtete.

«Ich bin immer früh wach», erwiderte die vertraute Frauenstimme. Sie strahlte ungleich mehr Kraft und Selbstbewusstsein aus, als die schrille Quengelstimme der Prinzessin es je getan hatte.

«Dein Grossvater möchte dich sehen, er ist hier», tat der junge Mann im dunklen Kapuzenmantel kund.

«Mein Grossvater ist ein erbärmlicher Schurke, ich habe mit ihm nichts zu schaffen», versetzte Aquileia scharf. Als sie sich erhob, sah Anêrios, dass sie bereits reisefertig war. Vivinda stand aufgesattelt und bepackt vor dem Röhricht.

«Der verschlagene Hohepriester, den du kanntest, war nicht dein richtiger Grossvater, Aquileia. Nur ein Trugbild, welches der Magos erschaffen hat. Der wirkliche Vater deiner Mutter heisst Melomagûnos und lebte zwanzig Jahre lang verborgen in der anderen Welt. Nun ist er mit mir zurückgekehrt und hat gestern den Magos vertrieben. Dieser ganze Menschenauflauf hier ist ihm zuzuschreiben. Er führt unser Volk zurück in die Freiheit.»

Aquileia wirkte sichtlich erstaunt und ihre Gesichtszüge lösten sich ein bisschen.

«Dann ist hier wirklich viel geschehen», murmelte sie nachdenklich. «Wenn das meine Mutter wüsste.»

Der weissbärtige Hohepriester empfing sie unweit der Quelle, wo der Widerschein eines kleinen Feuers auf der kunstvoll verzierten Oberfläche von Albodunêbron funkelte. Amalissa und ihr Onkel Arîmus sahen ebenfalls aufbruchsbereit aus. Von Beodân fehlte indes immer noch jede Spur.

Warmherzig begrüsste Melomagûnos seine Enkelin, die er noch nie zuvor gesehen hatte. Aquileia war sichtlich berührt von ihrer Begegnung mit dem altehrwürdigen Weissbart.

«Eigentlich müsste ich euch nun begleiten», sinnierte der alte Mann. «Aber ich werde hier gebraucht. Ich muss die Priester versammeln und eine gute Grundlage für eine neue Einigkeit am See schaffen. Zu gerne hätte ich meine Tochter wiedergesehen. Als ich aus dieser Welt entführt wurde, war sie noch ein junges Blut. Eine Schande, dass sie gegen ihren Willen mit diesem goldhungrigen Despoten vermählt wurde. Sie war stets eine starke und selbstbewusste Frau. Du scheinst ebenfalls viel von diesen Wesenszügen in dir zu tragen, meine liebe Enkelin ...» Er betrachtete Aquileia liebevoll.

«Ich muss rasch nach ihr sehen», teilte die Angesprochene mit. «Ich mache mir Sorgen, dass ihr nach unserer Flucht etwas Schlimmes widerfahren sein könnte.»

«Meinst du, der Procurator hat herausgefunden, dass sie uns zur Flucht verholfen hat?», fragte Anêrios besorgt.

«Ich befürchte ja», seufzte Aquileia. «Dem Priester Amontrâkius bleibt kaum etwas verborgen. Und mein Vater ist grausam und niederträchtig. Er hat bereits zu viel auf dem Gewissen. Ich werde ... ich muss ... ich muss ihn töten.» Sie legte die Hand in einer unmissverständlichen Geste auf den Griff ihres krummen Schwertes.

Amalissa unterdrückte einen Aufschrei.

Auch Anêrios erschrak bei dieser Ankündigung, welche ein hasserfülltes Funkeln in Aquileias grünen Augen aufflackern liess. «Du willst deinen eigenen Vater umbringen?», keuchte er fassungslos.

«Du solltest nicht vorschnell über deinen Vater richten», gab Melimagûnos mit ernster Miene zu bedenken. «Vergiss nicht, dass er seit vielen Jahren unter dem Einfluss des Magos steht, und dass sein Wesen wahrscheinlich durch dessen Phantasmagorien verdorben wurde. Vielleicht schlummert darunter ein rechtschaffenes Herz.»

«Das ist unmöglich», wies Aquileia den Einwand ab. «Er ist ein Opfer seiner masslosen Gier. Menschenleben galten ihm stets wenig, wenn es darum ging, seine Ziele zu erreichen. Unvorstellbar, was er alleine seinen Sklaven angetan hat. Ich hoffe bloss, dass meine Mutter noch lebt.» Eine Spur von echter Sorge war aus ihrem feinen Gesicht herauszulesen.

«Deine Mutter ist eine Wasserblütige», sprach ihr der Hohepriester beruhigend zu. «So wie auch Anêrios hier. Es ist gut möglich, dass sie inzwischen Zuflucht beim Wasservolk gefunden hat.»

«Das Wasservolk wird von Raûlium seit Jahren auf grausame Weise ausgebeutet», wiegelte die verbitterte Kriegerin diesen Einwand ab. «Ich glaube nicht, dass von dieser Seite Hilfe zu erwarten ist.»

«Unternimm bitte nichts Unbesonnenes, mein Kind», mahnte Melimagûnos fürsorglich. «Du musst dieser Grausamkeit und diesem Hass keinen Platz in deinem reinen, jungen Herzen einräumen. Kümmere dich zunächst um deine Mutter und bringe sie so rasch wie möglich fort von der Weissen Stadt. Es obliegt allein den Göttern, den Procurator und seine Handlanger für ihre Untaten zu richten.»

«Raûlium wird ohnehin bald untergehen», murmelte Anêrios.

Aquileia riss verblüfft die Augenbrauen hoch. «Woher willst du das wissen?»

«Das Kleine Volk, welches in jenen Bergen dort lebt, wo der Procurator seine Goldminen betreibt, hat beschlossen, die Stadt zu zerstören», erklärte der Hohepriester. «Wir wurden gestern durch ein Gesicht aus der anderen Welt davor gewarnt. Es scheint, dass die Menschen von Raûlium zu weit gegangen sind, und dass ihnen nun die Mächte des Berges selbst Einhalt gebieten werden.» Der weissbärtige Mann blickte Anêrios und Aquileia eindringlich an. «Ihr habt nicht viel Zeit», erinnerte er sie. «In drei Tagen wird das Schicksal der Weissen Stadt besiegelt sein. Geht und findet eure Mütter. Und seht zu, dass ihr so rasch wie möglich von dort wieder fortkommt.»

«Und was ist mich euch?», fragte Anêrios zu Amalissa gewandt. «Macht ihr euch auch auf den Weg?»

«Wir werden euch begleiten und unsere Hütte räumen, solange wir noch können», erklärte die zierliche, junge Frau. «Gewiss wird auch sie von dem Strafgericht nicht verschont bleiben. Und da Beodân noch nicht mit dem Weidling meines Onkels zurückgekehrt ist, müssen wir ebenfalls dem Uferweg folgen. Ihr könnt gerne bei uns unterschlüpfen und euch im Schutz unserer Behausung ungesehen einen Plan zurechtlegen, wie ihr in die Stadt einsteigen wollt.»

«Ihr müsst sehr vorsichtig sein», wiederholte Melomagûnos. «Das Auge des Goldenen Adlers ist wachsam. Und der Magos ist nach allem, was gestern vorgefallen ist, gewiss auf der Hut. Ihr werdet ungleich weniger Aufsehen erregen, als ich das tun würde oder gar Theudoricius mit bewaffneten Gefolgsleuten. Vielleicht ist dies euer Vorteil. Niemand erwartet euch – und weil ihr durch die wundersame Alterung in der anderen Welt anders ausseht, als man euch hier noch in Erinnerung hat, erweckt ihr nicht auf Anhieb Verdacht. Verbergt euch gleichwohl unter euren Umhängen, wenn ihr bei Tag über Land reist. Und du, mein liebes Kind, trage deine Waffen nicht zu offensichtlich. Lasse dich nicht zu denselben Grausamkeiten hinreissen, wie dein Vater sie begangen hat. Aber nun eilt euch. Die Zeit drängt. Mögen die Götter euch beistehen!»

Der Weg dem See entlang war beschwerlicher als erwartet und nahm beinahe eine ganze Tagesreise in Anspruch. Um den alten Arîmus zu schonen, hatte Aquileia ihm den Platz im Sattel von Vivinda angeboten, was der gebrechliche Mann dankbar annahm. Die Brücke von Dûnon, welche den Lauf der Arûra an ihrem Ausfluss aus dem See überspannte, war hoffnungslos verstopft, da viel Volk in dem befestigten Marktflecken zusammenströmte, um das wundersame Verschwinden des Ungeheuers vom Drachenberg zu feiern. Bereits von Weitem waren die Freudenfeuer zu sehen, in denen übermannsgrosse Drachenpuppen aus Stroh verbrannt wurden. Es herrschte eine ausgelassene Stimmung, die Menschen tanzten um die Flammen und besangen den Untergang der gefürchteten Bestie. Auch die jüngsten Ereignisse auf dem Eichenhügel von Stralingânum und die wundersame Rückkehr des alten Hohepriesters gaben viel zu reden und schürten allenthalben die Zuversicht der Menschen. In den Strassenzügen des Vicus, auf dessen markantem Hügel ein alter Wachturm aus romanischen Tagen thronte, wurde ein grosser Markt abgehalten. Fahrende Händler priesen lautstark ihre Ware. Gaukler und Possenspieler unterhielten das Volk mit ihren Künsten. Im Gedränge entdeckten Anêrios und Aquileia einmal sogar einen Barden, der auf seiner Leier Geschichten vortrug, so wie sie es einst in der Herberge im wilden Waldland von Nemetônia erlebt hatten. Grossgewachsene, bewaffnete Männer mit geflochtenen Bärten und langen Haupthaaren schoben sich gemächlich durch die Menge, sie erinnerten unweigerlich an Ortwîn und seine Gefolgsleute.

Die kleine Gruppe war allerdings froh, als sie das rege Treiben von Dûnon endlich hinter sich gelassen hatte. Die gut ausgebaute Strasse am See entlang führte sie alsbald in das Hoheitsgebiet des Procurators. Ein eindrückliches Standbild aus weissem Marmorstein, das einen stolzen Adler mit goldenen Augen, Schnabel und Klauen darstellte und neben einem romanischen Meilenstein am Strassenrand stand, markierte die Grenze. Ein Blick zurück offenbarte auf der gegenüberliegenden Seeseite die Waldlichtung von Ceningânum und den Hügel von Vernausium über den Ufersümpfen. Die vier Reisenden hatten nun die ganze untere Seezunge des Vendolindon umrundet. Auf ihrem weiteren Weg kamen sie an vereinzelten Gehöften und Weinbergen vorbei, wo ein deutlich anderer Menschenschlag heimisch war, als ihn Anêrios kannte. Dem jungen Mann fiel auf, dass auf dieser Seeseite viele Häuser aus Stein gebaut waren und dieselbe romanische Bauweise erkennen liessen, welche er in Lindînium und Helicôna gesehen hatte. Unübersehbar herrschte auf dieser Seeseite ein beträchtlicher Wohlstand. Selbst die einfachen Hirten und Fischer waren in gutes Tuch gekleidet, und ihre Behausungen befanden sich in bemerkenswertem Zustand. Der Reichtum von Raûlium schien auch auf das nähere Umland auszustrahlen. Selbst hier war die Freude nicht zu übersehen, welche das Verschwinden des Drachen ausgelöst hatte. Zugleich war in den Augen der hiesigen Landleute die Angst vor dem drohenden Einfall durch Theudoricius und seine Truppen zu lesen.

«Den Menschen in deiner Heimat scheint es gut zu gehen», bemerkte Anêrios zu Aquileia, als sie an einem beschaulichen Landgut vorbeizogen, dessen wohlbestellten Felder sich malerisch an das Seeufer schmiegten.

«Das gilt nur für die freien Bürger», erwiderte die junge Frau bedrückt. «Alle beschwerlichen und gefährlichen Arbeiten werden hier von Sklaven verrichtet. Und deren Lebensbedingungen sehen wesentlich anders aus. Mein Vater macht keinen Hehl daraus, dass sich Raûliums Blüte nicht ausschliesslich auf sein Gold gründet, sondern vielmehr auf Blut und Schweiss vieler unfreier Menschen.»

Während der ganzen Wegstrecke warf Anêrios immer wieder verstohlene Blicke zum Berg Baranbanno hinauf, der sich über der Weissen Stadt auftürmte. Das gleissende Licht auf seinem Gipfel funkelte wie ein eifersüchtig wachendes Auge. Es war der Goldene Adler, welcher das ganze Land überblickte und nach Bedrohungen Ausschau hielt.

Je mehr sie sich den weissen Mauern Raûliums annäherten, desto schweigsamer wurde Aquileia. Sie zog ihre Kapuze tief ins Gesicht und vermied jegliche Berührung mit den wenigen Menschen, die sie entlang der Strasse noch antrafen. Ihren Bogen und den Rest der Ausrüstung hatte sie gut im Gepäck verborgen. Sie hoffte, dass die ungewöhnliche Aufzäumung ihrer Stute nicht ins Auge stach.

«Ich will nicht, dass mich jemand erkennt», flüsterte sie Anêrios zu. «Auch wenn ich mich verändert habe, so bleiben meine auffälligen, grünen Augen doch jedem in Erinnerung, der sie einmal gesehen hat.»

«Hast du denn deinen Palast oft verlassen?», erkundigte sich der junge Mann interessiert.

«Nein», erwiderte sie, «ich hielt mich kaum ausserhalb seiner Mauern auf. Meine Welt war der grosse Garten in der Zitadelle, wo ich meinen Hunger nach der lebendigen Welt durch meine Freude an den Blumen stillen konnte. Ich bin in einem goldenen Käfig aufgewachsen, Anêrios. Mein Vater bot mir alles, was er zu meiner Zerstreuung für nötig befand, in reichlicher Fülle. Aber er liess mich keinen Blick über die wohl behüteten Mauern des Palastes hinauswerfen. Als mich Matugênia, unsere Köchin, einmal ohne Erlaubnis auf einen Botengang in die Stadt mitnahm, durfte mir diese Frau später nie mehr unter die Augen kommen.»

«Aber deine Mutter», fragte Anêrios bestürzt. «Wie hat sie es gutheissen können, dass du derart eingesperrt warst? Sie ist eine Vendolindierin.»

«Meine Mutter war eine Fremde in Raûlium», entgegnete Aquileia traurig. «Die Menschen in der Weissen Stadt sind so anders als ihr, Anêrios. Sie musste sich stets dem übermächtigen Willen ihres Gemahls und seiner Hofverwaltung beugen. Ihr war ausdrücklich untersagt worden, mich mit an den See hinunter zu nehmen, wenn sie dem Ruf ihres Wasserblutes folgte. Mein Vater fürchtete wohl, ich könnte dadurch seinem Einfluss entgleiten. Nur einmal im Jahr, an meinem Dies Natalis, unternahm Amonträkius, unser Pontifex, eine kleine Ausfahrt mit mir auf seiner Prunkbarke.»

«Dann war es ein grosser Zufall, dass wir uns zum ersten Mal ausgerechnet an einem solchen Tag auf dem See getroffen haben?», bemerkte Anêrios erstaunt.

«Ein Zufall oder vielmehr eine Fügung der Götter», seufzte Aquilea. «Oh Anêrios, wenn ich damals geahnt hätte, in welch kümmerliche Verhältnisse ich eigentlich eingezwängt gewesen war ...»

«Nun kann ich vieles nachvollziehen», beteuerte der junge Mann und nickte nachdenklich. «Beligomâgus hat dein unduldsames Verhalten immer durchschaut. Er erklärte mir, dass deine Launen lediglich den Umständen geschuldet seien, unter denen du aufgewachsen bist.»

«Ich sage dir», bekräftigte Aquileia und blickte ihrem Gefährten tief in die Augen, «als ich in Nuyônas Windreich kam, war dies eine unglaubliche Befreiung für mich. Meine Seele konnte sich zum ersten Mal in ihrer ganzen Ausdehnung entfalten, und ich fühlte mich wahrhaft lebendig. Nicht ein einziges Mal habe ich den Palast von Raûlium in diesen sieben Jahren vermisst. Nur meine Mutter hat mir manchmal gefehlt. Sie ist selbst eine Gefangene in der Weissen Stadt und sie leidet gewiss unsägliche Qualen. Vielleicht ist es alleine die Verbindung zu deiner Mutter, Amicus, welche ihre Seele nicht austrocknen und verkümmern lässt.»

Anêrios lächelte versonnen, als ihm bewusst wurde, dass ihre Mütter schon lange ein Band zwischen ihren Kindern geknüpft hatten, ohne dass sie auch nur das Geringste davon geahnt hatten.

«Die Zeit der Unterdrückung geht ihrem baldigen Ende entgegen», versicherte Anêrios und nickte der jungen Frau an seiner Seite tröstlich zu. «Ob wir mit unserem Vorhaben Erfolg haben oder nicht. Raûlium und seine gnadenlose Herrschaft werden aus dieser Welt verschwinden.»

«Wir *müssen* Erfolg haben», sagte Aquileia mit einem entschlossenen Glimmen in ihren Augen. «Und wenn mir mein Vater über den Weg läuft, zahle ich ihm alles heim.»

Gegen Abend tauchte der helle Schimmer der weissen Stadtmauern vor ihnen auf. Raûlium thronte hochmütig und unverrückbar auf seinem Felsen über der glitzernden Wasserfläche des Sees. Der Glanz der goldenen Turmkuppeln und Dächer blendete die Ankömmlinge selbst im schwindenden Licht des Tages noch immer. Ausserhalb der wuchtigen Stadtbefestigung zogen sich ausgedehnte Weinberge die steilen Abhänge des Baranbanno hinan, die nur vereinzelt von kleinen Gehölzen durchsetzt waren. Unter eine dieser Baumgruppen unweit der Strasse duckte sich die schiefe Hütte, wo Amalissa und Arîmus Zuflucht gefunden hatten. Anêrios war froh, in den Schatten der Bäume treten zu können. Das Leuchten des Goldenen Adlers, dessen Augen argwöhnisch von der Bergspitze auf sie herab zu starren schienen, verursachte ihm Unbehagen.

Das Innere der kleinen Behausung war so eng und der Zustand der Hütte so verlottert, dass der junge Mann aus Vernausium unwillkürlich den Eindruck hatte, im Vergleich dazu müsse das Langhaus seines Vaters in Vernausium einem Fürstenhof geglichen haben. Amalissa und Arîmus hausten hier wirklich unter erbärmlichen Bedingungen. Aber diese beiden genügsamen Menschen schienen zufrieden zu sein mit dem Wenigen, das sie hatten. Die junge Frau hatte neben der Hütte einen kleinen Garten angelegt, aus dem sie sich versorgten, und ihr Onkel flickte den ansässigen Fischern bisweilen ihre Netze und knüpfte Seile für sie. Aquileia stellte ihr Pferd zwischen den Bäumen unter, wo es hinter dem schützenden Laubwerk gut verborgen war. Sie strich mit Anêrios dem Saum des kleinen Wäldchens entlang, wo sie genügend Kraut ausrupfen konnten, um Vivinda einen Armvoll Futter zu verschaffen. Die Stute hatte sich zum Glück während ihrer Rasten am Strassenrand immer wieder den Bauch vollschlagen können.

Mit den spärlichen Vorräten, die sie in Dûnon erstanden hatten, bereitete Amalissa eine einfache Mahlzeit zu, während ihr Onkel mit den beiden jungen Abenteurern beratschlagte, wie sie wohl am besten in die gutbewachte Stadt hineingelangen mochten.

«Die Tore sind zu jeder Tag- und Nachtzeit durchgehend geschlossen», teilte er ihnen mit. «Der Stadtherr ist sehr misstrauisch und lässt keine Fremden in seine Stadt. Schon gar nicht jetzt, wo ein Krieg mit Theudoricius heraufzieht. Er verachtet Landstreicher und bettelndes Volk, das sich hier verständlicherweise immer wieder einfindet. Denn wie man so schön sagt, das Licht zieht die Motten an und das Gold die Besitzlosen. Auf jeden Fall weisen die Wachen jeden erbarmungslos ab, der keinen Passierschein des Procurators vorweisen kann.»

«Und die Mauern sehen unüberwindbar aus», bemerkte Anêrios, während er durch das kleine Fenster hinausblickte. «Gewiss sind sie auch gut besetzt. Wie wir gehört haben, leistet sich der Procurator eine erlesene und kopfstarke Garde. Es ist wohl unmöglich, sich auf diesem Weg Zugang zu verschaffen.»

«Abgesehen davon, dass uns dieser tückische Raubvogel auf dem Berg bestimmt verraten würde, wenn wir versuchten, die Mauern zu erklimmen», bemerkte Aquileia.

«Wir könnten es auf dem Seeweg versuchen», schlug Anêrios vor. «Wenn wir tauchend in das Hafenbecken vordringen, sind wir schon innerhalb der Mauern.»

«Der Zugang vom Hafen her ist bestimmt auch gut bewacht», wandte Arîmus skeptisch ein. «Mit Eindringlingen von der Seeseite her muss eine Hafenstadt immer rechnen.»

«Abgesehen davon, dass ich nicht schwimmen kann, geschweige denn tauchen», versetzte Aquileia.

«Du bist am Vendolindon gross geworden und kannst nicht schwimmen?», fragte Anêrios ungläubig. Er konnte sich nicht vorstellen, dass es in diesem Land Menschen gab, die mit dem Wasser nicht vertraut waren.

«Wie hätte ich das jemals lernen sollen, wenn mir mein ach so fürsorglicher Vater den Zugang zum Wasser hartnäckig verwehrt hat?», bemerkte sie spöttisch. «Auch im Grasland hatte ich keine Gelegenheit, mich dem flüssigen Element zu widmen. Dafür kann ich reiten.»

«Wenn Vivinda fliegen könnte so wie Belcriâns Brauner, dann wäre uns wahrhaft geholfen», sinnierte Anêrios mit verträumtem Blick, woraufhin Arîmus argwöhnisch die Stirn runzelte.

«Sie hat durchaus diese Gabe», stellte Aquileia fest, «Nuyônas Pferde können in unserer Welt manchmal durch die Lüfte reiten. Aber nur an ausgewählten Tagen im Jahr und in Vollmondnächten.»

Obwohl Anêrios der Reitkunst nach wie vor nicht besonders zugeneigt war, hellte sich sein Gesicht auf.

«Den letzten Vollmond hatten wir vor Lugnosantia», verwarf Arîmus jegliche aufkeimende Hoffnung jedoch sogleich wieder. «Bleiben wir doch bei handfesten Vorschlägen.» Er schien der Vorstellung, dass sich Pferde aus der Anderswelt fliegend fortbewegen konnten, kein besonderes Vertrauen entgegenzubringen.

«Und wie sieht es mit unterirdischen Zugängen aus?», schlug Anêrios vor. «Irgendwo müssen die Bewohner der Stadt ja ihre Abwässer hinausleiten.»

«Willst du allen Ernstes durch die Kloake der Raûlianer kriechen?», empörte sich Aquileia. «Nicht mit mir, mein Guter, das müsstest du schon alleine versuchen.» Sie schüttelte energisch den Kopf.

«Was bleibt uns denn noch?», fragte Anêrios verzagt. «Jetzt haben wir alle Möglichkeiten abgewogen. Wenn wir diesen Bergspiegel der Dverîgen hätten, dann könnten wir zumindest schon einmal einen Blick durch die Mauern werfen. Aber mit diesem magischen Ding bahnt sich der Magos wohl gerade einen Weg durch die Abgründe des Drachenberges Aurîg.»

«Wie ich schon sagte», ermahnte ihn Arîmus mit kritischem Blick. «Bleiben wir bei fassbaren Vorschlägen. Wir müssen es wohl einfach mit einer List versuchen. Eigentlich müssten wir euch unbemerkt durch das Stadttor schmuggeln können. Lasst mich ein bisschen nachdenken, vielleicht vermag die Weisheit des Alters in dieser Angelegenheit eine brauchbare Lösung zu ersinnen.»

In angestrengtes Grübeln vertieft starrte Anêrios durch das Fensterchen und betrachtete die goldenen Dächer der Stadt, auf denen der letzte Glanz des verklungenen Tages verglomm. Sie waren ihrem Ziel so nahe, lediglich diese unüberwindbare Mauer versperrte ihnen noch den Weg. Er versuchte in Gedanken nochmals alles durchzugehen, was Uyôla und

Beodân gesagt hatten, und hörte dabei alle jene ermutigenden Stimmen, die ihm immer wieder versichert hatten, dass sich geeignete Unterstützung zur rechten Zeit einfinden würde. Er hatte Lusilla wiedergetroffen, und dafür war er überaus dankbar. Und sie sassen hier in einem unauffälligen Schlupfloch gut verborgen vor Feindes Toren. Das waren zweifellos vorteilhafte Voraussetzungen. Überdies trug er noch diese verwunschenen Dinge bei sich, die er von Uyôla und ihren Töchtern geschenkt erhalten hatte. Nicht zu reden von jener Garnhaspel, in der angeblich Helvas Zaubermacht schlummerte.

Ohne sich weitere Gedanken darüber zu machen, stellte er plötzlich Uyôlas Phiole mit der kristallklaren Flüssigkeit auf den Tisch.

«Das ist Aqua Aurefica», erklärte er knapp. «Goldwasser. Es verwandelt alles, was mit ihm in Berührung kommt, in pures Gold.»

Arîmus warf ihm einen ungläubigen Blick zu. «Gütige Seemutter Vendolindia», keuchte er. «Steht ihr eigentlich mit den Göttern im Bunde? Fliegende Pferde. Ein Artefakt, welches ungehinderte Sicht durch festen Stein gewährt. Und jetzt noch dieses Elixier.»

«Wir können uns ganz einfach Gewissheit verschaffen», schlug Anêrios vor und besorgte sich vor der schiefen Tür einen kleinen Kieselstein. Vorsichtig liess er einen winzigen Tropfen aus der Phiole darauf fallen. Augenblicklich überzog sich der Stein mit einem goldenen Schimmer.

Fasziniert drehte der alte Mann das glänzende Stück in seinen Händen und nickte anerkennend.

Amalissa, welche die Unterredung von der Feuergrube her mitverfolgt hatte, schenkte ihrem Onkel ein vertrauliches Lächeln. «Wie hast du nur an der Macht der Götter verzagen können, lieber Onkel? Hast du nicht gesehen, dass Anêrios innerhalb von wenigen Monden zu einem jungen Mann herangewachsen ist? Zweifelst du etwa daran, dass er wirklich das Leuchtende Land gesehen hat? Und nicht nur er, auch Aquileia kommt von dort drüben. Siehst du es nicht in ihren Augen?»

Arîmus reichte seiner Nichte den goldenen Kiesel und starrte beeindruckt auf das kleine Fläschchen, das immer noch vor ihm stand.

«Damit könnten wir unsere baufällige Hütte in einen goldenen Palast verwandeln», sinnierte er noch immer etwas verblüfft.

«Darum geht es doch jetzt nicht», rügte ihn Amalissa. «Du hast selbst gehört, dass die Tage dieser eitlen Prunksucht gezählt sind. Aber vielleicht bietet dieses Goldwasser wirklich die entscheidende Möglichkeit. Wir müssten die Leute des Procurators mit ihrer eigenen Goldgier überlisten können.»

«Du hast recht», fuhr Aquileia auf. «Wenn die Menschen dieser Stadt Gold sehen, entgleitet ihnen jegliche Vernunft.»

Arîmus wog die wundersame Phiole abwägend in seinen Händen und hatte plötzlich ein rätselhaftes Lächeln in seinem ergrauten Gesicht.

«Das erinnert mich an eine alte Geschichte aus dem Osten», murmelte er gedankenverloren. «Da gibt es die Überlieferung von einer Kriegslist, mit deren Hilfe ein kleiner Haufen verwegener Hellenen einst eine uneinnehmbare Stadt erobern konnte. Sie versteckten sich in einem riesigen, hölzernen Pferd, welches sie dem Feind als versöhnliche Gabe darboten. Ahnungslos rollten die Stadtbewohner dieses Geschenk durch ihr Tor. Und nachts krochen die verborgenen Krieger aus dem hölzernen Pferd hervor und schwärmten aus. So konnten sie der Stadt habhaft werden.»

«Du meinst, wir müssten ein Behältnis haben, welches gross genug und abgeschlossen ist, so dass Aquileia und ich uns darin verbergen können?», spann Anêrios den Vorschlag weiter. «Warum nicht. Dann könnten wir das Goldwasser darüber verteilen und es in lauterem Gold erstrahlen lassen. Einer solchen Gabe würden sie in der Stadt gewiss nicht widerstehen können.»

«Nein, das würden sie nicht», bestätigte Aquileia. «Ich bin mir sicher, wenn sie Gold glänzen sehen, setzt ihr Verstand aus.»

«Das ist eine hervorragende List», lachte Arîmus und klatschte begeistert in die Hände. Sein silbersträhniger Bart zitterte vor Erregung, und seine eingefallenen Augen leuchteten, als hätte sie das Feuer der Jugend neuerlich erfasst.

«Aber wie wollten wir ihnen eine solche Gabe präsentieren?», wandte Anêrios ein. «Wir könnten dieses goldene Ding doch nicht einfach vor das Stadttor stellen, sonst würden sie gewiss Verdacht schöpfen.»

«Die Frage ist auch, was sie anschliessend damit tun würden», gab Amalissa zu bedenken. «Möglicherweise liessen sie das kostbare Geschenk nicht einfach irgendwo herumstehen, sondern verbärgen es sofort in irgendeinem gut bewachten Gewölbe.»

«Ich habe eine Idee», verkündete der alte Arîmus wohlgemut. «Diese Hütte hier mag schäbig und verkommen anmuten. Aber in ihrem Schuppen steht noch ein altes Weinfass. Es muss den vormaligen Besitzern gehört haben und besteht – wie es sich gehört – aus vortrefflichem Eichenholz. Von all dem verrotteten Plunder, den wir hier vorgefunden haben, ist sein Zustand wohl noch am unbedenklichsten. Dieses Fass ist gross genug für euch beide. Ich hoffe, ihr mögt euch einigermassen, denn ihr müsst euch darin regelrecht ineinander verkriechen.» Der listige Alte warf seinen jungen Verbündeten einen verschmitzten Blick zu.

«Und weiter, Onkel, was schwebt dir dann vor?», drängte ihn Amalissa, die ganz gebannt hinter ihm stand und nur noch beiläufig in ihrem Topf rührte.

«Natürlich müssen wir dieses Fass an unauffälligen Stellen mit Löchern versehen, so dass ihr darin ausreichend atmen könnt. Wir verschliessen es sorgfältig und beträufeln es mit dem Goldwasser. Stellt euch nur vor, dann haben wir eine regelrechte Goldtonne. Wer könnte einer solchen Verlockung schon widerstehen?» Seine Augen leuchteten verzückt.

«Dieses Fass dürfen wir aber erst vor dem Stadttor vergolden, sonst wird es zu schwer, um es später noch heranrollen zu können», gab Anêrios zu bedenken.

«Und wir können nicht vor den Augen der Wachen in dieses Fass hineinkriechen», äusserte Aquileia einen weiteren Vorbehalt.

«Hhhm, ihr habt recht», stimmte ihnen Arîmus zu und runzelte die Stirn. «Wir müssten uns vor ihnen verbergen können, aber …»

«Das müsste eigentlich zu machen sein», teilte Anêrios einen plötzlichen Einfall mit. «Ich besitze einen verwunschenen Faden aus Uyôlas Wasserreich. Wenn ich einen Knoten davon öffne, wird er uns in schützende Nebelschwaden hüllen.»

«Ha, du bist wahrhaft ein famoser Kerl!», polterte Arîmus mit ungewohnter Lebhaftigkeit. Amalissa war anzusehen, dass sie ihren Onkel zum ersten Mal so ausgelassen erlebte. «Dann beschwören wir heute Nacht also einen Zaubernebel herauf und bereiten in seinem Schutz alles so vor, wie wir soeben erörtert haben. Und dann ...»

Er hielt inne und blickte die Umliegenden forschend an.

«... dann müssen wir dieses unvergleichliche, goldene Fass auf eine Weise anpreisen, welche keinen Verdacht erregt und die beiden Insassen in eine möglichst gute Ausgangsposition versetzt.»

«Es ist ein Geschenk für die Prinzessin von Raûlium!», warf Aquileia ein. «Arîmus, du musst es bei Tagesanbruch als eine Gabe für die Filia Aurea anpreisen. Verstehst du? Sie werden dieses goldene Fass dann in meine Gemächer bringen. Solange ist es noch nicht her, dass ich verschwunden bin. Ich vermute, in jenem Palastflügel, der mir zugewiesen war, ist alles noch unverändert.»

Anêrios musterte die junge Frau nachdenklich.

«Von dort gibt es einen direkten Weg in den Garten», fügte sie sogleich hinzu, als hätte sie die Gedanken hinter der gefurchten Stirn des jungen Mannes erraten.

«Und du glaubst, dass sie diese Gabe einfach in deine ehemaligen Gemächer stellen werden, obwohl du nicht mehr da bist?», hielt Amalissa vorsichtig dagegen.

«Ich bin mir fast sicher», verteidigte sie ihren Vorschlag. «Mein Vater mag mich seinen Vereinbarungen mit dem Magos geopfert haben. Aber ich glaube, er hat mich gleichwohl gemocht. Immerhin hat er einen Trakt des Palastes eigens für mich alleine erbauen lassen. Dieses Geschenk wird etwas in ihm berühren. Mein Gefühl sagt mir, dass er es nicht über sein Herz bringen wird, es vorschnell seinem eigenen Besitz einzuverleiben. Zumindest solange nicht, bis er vollständige Gewissheit über mein Schicksal erlangt hat.»

«Vielleicht lässt du dann deine Klingen doch lieber hier», raunte ihr Anêrios eindringlich zu.

«Ich gehe nirgendwo hin ohne meine Waffen», stellte sie klar und warf ihm einen Blick zu, der keinen Widerspruch duldete.

«Auf jeden Fall machen wir es so», beschloss sie, ohne weitere Einwände abzuwarten. «Das ist ein bestechender Schlachtplan.»

Anêrios stellte fest, dass ein Teil der jungen Frau immer noch ganz die alte befehlsgewohnte Prinzessin war.

Als sie Amalissas Hirseeintopf genossen hatten, machten sie sich an die Arbeit. Das alte Weinfass aus dem Schuppen war, wie Arîmus zugesichert hatte, in gutem Zustand. Es bedurfte gleichwohl einiger Mühe, um es von Staub, Spinnweben und Tierspuren zu befreien. Sie wuschen es ausgiebig mit Wasser aus dem nahen Bach und polsterten es innen sorgfältig mit Stroh aus. Arîmus bohrte mit Anêrios' Hilfe zwei Reihen unauffälliger, kleiner Atemlöcher in den äussersten Rand des Deckels und in die Unterseite.

«Werdet ihr in der Zwischenzeit auf Vivinda aufpassen?», fragte Aquileia ihre Gastgeber, als alles bereit war. Draussen leuchtete inzwischen das Auge der Mondgöttin Belisâna über dem dunklen Wasser des Vendolindon.

«Ich werde mich gut um sie kümmern», versicherte Amalissa. «Wir lassen sie tagsüber hier hinter der Hütte, so dass sie möglichst wenig Aufsehen erregt. Und nachts werde ich mit ihr ein wenig durch die Umgebung streifen.»

«Ich danke dir», sagte Aquileia und umarmte ihre Gastgeberin erleichtert.

«Wenn die Stadt wirklich in anderthalb Tagen zerstört wird, müsst ihr euch beeilen», schärfte Arîmus den beiden jungen Leuten nochmals ein. «Aber wir werden auf jeden Fall hier auf euch warten. Wir verlassen Raûlium nicht ohne euch.» Die Zusicherung des alten Mannes klang wie ein feierlicher Schwur.

Anêrios nestelte etwas aus seinem Beutel hervor. «Hier», sagte er und streckte dem alten Mann ein Stück zusammengerollten Fadens hin. Er hatte eigens die Hälfte von Helvas Zaubergarn abgetrennt, um dieses ihren Wohltätern überlassen zu können. «Wenn wir bis morgen Abend nicht zurück sind, dann wickelt diesen Faden auf und legt ihn wie einen Schutzkreis um eure Hütte herum. Es ist eine machtvolle Gabe aus der anderen Welt. Ihr steht dann unter dem Schutz der … der Göttin Helveidia. Sie ist dem Kleinen Volk sehr verbunden und wird nicht zulassen, dass euch etwas zustösst. Was auch immer passiert, bleibt im Schutz dieses Bannkreises.»

Arîmus' faltenumkränzte Augen leuchteten, als er diese kostbare Gabe an Amalissa weiterreichte.

Nun griff Anêrios nochmals in sein Gepäck und förderte den grauen Faden mit den drei Knoten zutage, welchen ihm Alaïs vermacht hatte. Der Gedanke an seine Begegnung mit der unheimlichen Schwanenjungfrau erweckte immer noch ein Schaudern in ihm.

«Seid ihr bereit?», flüsterte er verschwörerisch. «Ich werde nun den Nebel rufen.»

Kaum hatte er den ersten Knoten gelöst, wallten gleichsam aus dem Nichts dichte Nebelschwaden auf und legten sich wie ein schützender Mantel um sie herum.

Anêrios verstaute den Nebelfaden zusammen mit den anderen Zauberschätzen aus Helysia in einem Beutel, den er am Gürtel trug. Wer konnte schon wissen, zu was sie noch von Nutzen sein mochten?

Leise rollten Anêrios und Aquileia das vorbereitete Fass auf das Stadttor zu, Arîmus und Amalissa folgten ihnen dichtauf. Es fiel ihnen nicht ganz leicht, die Strasse in der Dunkelheit und im dichten Nebel ausmachen zu können. Die Prinzessin von Raûlium lotste sie mit ihren geschärften Augen zielsicher voran.

«Verfluchter Nebel, wo kommt der plötzlich her?», ertönte unvermittelt eine tiefe Männerstimme gedämpft durch den Nebel über ihnen.

«Das ist eine der Torwachen», flüsterte Arîmus hinter ihnen. «Sie besetzen die Türme links und rechts des Stadttores.»

Sie verharrten auf der Stelle.

«Ungewöhnlich für diese Jahreszeit», bekundete eine andere Stimme, die ebenfalls von schräg oben zu ihnen herab drang. «Aber klar: *Dies Ater*[87]. Heute ist der Schwarze Tag. Mithras stehe uns bei!»

«Mithras und Hercules mit uns!», bekräftigte der erste. «Ich bin froh, wenn ich meinen Dienst hier bald zu Ende gebracht habe. Es sind seltsame Zeiten in diesem Land, jetzt noch umso mehr, wo sie dieses Monstrum ver-

[87] Dies Ater (Lat.) = Unglückstag im Römischen Kalender, der dreimal monatlich eintritt und an dem ausser den üblichen Schutzriten an den Hausaltären jegliche Handlungen zu unterlassen sind

jagt haben. Ich sage dir, Rufius, noch drei Wochen, dann schnappe ich mir meinen Sold und kehre heim an die Wärme.»

Behutsam stellten sie das Fass auf seine Bodenfläche und entfernten den Deckel. Anêrios beobachtete missbilligend, wie seine Gefährtin zunächst ihren Bogen und den Köcher hineingleiten liess.

Arîmus wünschte den jungen Leuten den Segen der Götter und hiess sie einsteigen. Während er und seine Nichte das Fass in Position hielten, kletterten Aquileia und Anêrios so leise wie möglich in das Innere, um sich darin zusammenzukauern.

Sie sahen, wie Arîmus den Deckel sorgfältig verschloss und die neblige Luft aussperrte. Sie konnten hören, wie er ihn mit Holzzapfen fixierte.

«Jetzt benutzt er das Goldwasser», flüsterte Anêrios in der Dunkelheit. «Ich hoffe, dass es reicht, um das ganze Fass zu ummanteln.»

«Keine Sorge», erklang Aquileias Stimme ganz nahe aus dem Dunkeln. «Es wird reichen.»

Er konnte ihren Atem auf seinem Gesicht spüren. Die Enge war beklemmend, die Luft bald stickig. Ihre Leiber waren so dicht aneinandergedrängt, dass er das aufgeregte Pochen im Herzen seiner Gefährtin zu vernehmen glaubte.

Zumindest werden wir nicht frieren, sprach er sich selbst Trost zu.

Ein kurzes Klopfsignal auf dem Deckel bestätigte ihnen, dass alles bereit war. Amalissa raunte leise einen Segen durch die Atemlöcher. Dann waren die leisen Schritte der beiden zu hören, die sich langsam entfernten.

«Meinst du, wir schaffen es, hier drin auf unbestimmte Zeit ganz nahe aneinandergedrängt zu sein?», flüsterte Anêrios seiner Gefährtin zu, nachdem sie eine Weile schweigend in der Dunkelheit gekauert hatten. «Immerhin gab es eine Zeit, da konntest du nicht genug Abstand von mir halten.»

«Du weisst, dass es mir leidtut», erwiderte sie bedauernd. «Und ich rieche, dass du schon seit einer Weile keinen Fisch mehr gegessen hast. Das macht es wesentlich einfacher.» Sie schien zu schmunzeln.

«Nein, ehrlich gesagt, mit jedem Mann würde ich das nicht machen wollen», fügte sie nach einer Weile hinzu. «Aber wir kennen uns ja nun schon seit sieben Jahren.»

Nachdem sie wieder eine Weile gegenseitig ihrem Atem gelauscht und durch die gerundeten Wände des Fasses nach draussen gehorcht hatten, war es Aquileia, die ihrem Gefährten zuflüsterte. «Und du, wie siehst du das? So alleine mit mir hier drin.»

«Ich könnte mir Schlimmeres vorstellen», gab er rundheraus zu. «Aber gib bitte acht, dass mir deine Klingen nicht zu nahekommen, wenn du sie denn schon unbedingt dabeihaben musst.»

«Ich habe auch meinen Bogen mitgenommen, wie dir sicher nicht entgangen ist», bemerkte sie mit einem kämpferischen Unterton, fast als würde sie die Zähne leicht zusammenbeissen.

«Was willst du denn in deiner Heimatstadt damit alles anstellen?», fragte er verstört und fuhr sogleich zusammen, als er feststellte, dass er wohl etwas zu laut gesprochen hatte. «Wir wollen doch lediglich unsere Mütter befreien und uns dann so schnell wie möglich mit ihnen aus dem Staub machen», fügte er leiser hinzu.

«Das ist unser vordringlichstes Ziel, ja», bestätigte Aquileia. «Aber wenn es sich ergibt, werde ich Rache nehmen.»

«Gütige Seemutter Vendolindia», japste Anêrios und schluckte leer. «Du scheinst ja wirklich wütend zu sein auf alle diese Leute, die dich grossgezogen haben.»

«Sie haben mich nicht grossgezogen», zischte die junge Frau verhalten. «Sie haben mich beinahe verkümmern lassen. Und das ist der Grund für meinen Schmerz.»

«Immerhin hat deine Mutter dir das Leben gerettet», versuchte sie Anêrios zu beschwichtigen.

«Meine Mutter hätte zuvor mehr für mich tun können. Sie hat meine Not gekannt, so wie sie um das Leiden der gefangenen Sirêna wusste. Aber ich spreche ja nicht von ihr. Es geht um meinen Vater. Und um Amonträkius, diesen schmeichlerischen, feisten Wurm. Und um den Magos.»

«Du willst dich mit dem Magos anlegen? Bei den Göttern, ich bitte dich, Aquileia, bleibe vernünftig. Raûlium wird sowieso fallen. Diese Menschen wird ihre gerechte Strafe früh genug ereilen.»

Aquileia stiess hörbar die Luft aus und lehnte ihren Kopf gegen seine Schulter. «Du hast vermutlich recht. Aber diese Gefühle sind einfach stark in mir. Seit sieben Jahren brennen sie mir unter den Rippen.»

Anêrios spürte, dass Aquileia zitterte. Sie schien sehr aufgewühlt zu sein.

«Wo hast du eigentlich deinen Lutinus gelassen?», versuchte er einen neuen Faden anzuknüpfen, um seine Gefährtin auf leichtere Gedanken zu bringen.

«Er tollt jetzt durch das Singende Gras», wisperte sie. «Nuyôna hat mir erklärt, dass er auch sieben Jahre verlieren würde, wenn er in unsere Welt zurückkehrte. Das hätte vermutlich seinen Tod bedeutet, deshalb liess ich ihn dort zurück. Er war so glücklich in dieser anderen Welt. Ich bin mir sicher, dass er wohlauf ist.»

«Dann wird er dort nun ewig leben?», fragte er verwundert.

«Ich weiss es nicht», gestand sie. «Vielleicht ewig. Vielleicht auch bloss ein bisschen länger, als er hier gelebt hätte.»

«Dann geh ihn doch einmal besuchen», schlug er vor.

«Ganz bestimmt», erwiderte sie. «Schon alleine Vivinda zuliebe. Ihre Heimat wird immer das Singende Gras bleiben.»

Lange Zeit versanken sie in andächtigem Schweigen und hingen ihren Gedanken nach.

«Bist du noch wach?», raunte Anêrios nach einer endlosen Ewigkeit.

«Ich kann nicht schlafen», entgegnete Aquileia und gähnte.

«Das wird eine lange Nacht», stellte der junge Mann fest. «Und wenn wir keinen Schlaf finden können, wie sollen wir uns denn nur die Zeit vertreiben, bis endlich der Tag der Wahrheit graut?»

«Wir sollten nicht so viel reden», wisperte Aquileia. «Ich weiss nicht, ob die schützende Nebelhülle noch da ist. Und falls nicht, hört man uns vermutlich besser. Dieses goldene Fass wird Argwohn erregen, wenn es fortwährend Töne von sich gibt.»

«Du hast recht», stimmte Anêrios zu und seufzte. Es war ein beunruhigendes Gefühl, in dieser engen Dunkelheit eines ungewissen Schicksals harren zu müssen. Das Reden verschaffte wenigstens etwas Ablenkung.

«Hoffentlich läuft alles so, wie wir es uns vorstellen», sprach er seine quälenden Gedanken nach einer Weile laut aus.

Kurz darauf spürte er Aquileias Hand auf seiner Brust. Sie schien sein pochendes Herz erspüren zu wollen.

«Weisst du was?», raunte sie.

«Nein.»

«Eigentlich sind mir die Menschen meiner Heimatstadt einerlei. Ich habe längst nichts mehr zu schaffen mit ihnen. Aber ich will dir bei deinem Unterfangen helfen, Anêrios. Das ist das Mindeste, was ich tun kann, um die Verletzungen wieder gutzumachen, die ich dir als Lusilla zugefügt habe. Deshalb komme ich mit dir dorthin, wo ich eigentlich nie wieder sein möchte.»

Ein hastiges Klopfen auf dem Deckel des Fasses liess Anêrios zusammenfahren. Anscheinend war er in der traulichen Nähe von Aquileia schlussendlich doch noch eine Weile eingenickt und in verworrene Träume versunken.

Von draussen war Arîmus′ feste Stimme zu vernehmen.

«Im Namen von Iuppiter Optimus Maximus», rief er feierlich zu den Tortürmen hinauf. «Hier ist ein Ehrengeschenk für die Filia Aurea von Raûlium. Dies ist eine edle Gabe für Lusilla Aquileia, die Prinzessin der Weissen Stadt.»

Nach einer Weile wiederholte er seine Verkündung. Anêrios hatte keine Ahnung, ob der Tag draussen schon angebrochen war. In der immerwährenden Dunkelheit dieses Fasses ging jegliches Zeitgefühl verloren.

Aquileia schien ebenfalls erwacht zu sein, denn er spürte, wie ihre Hand, die immer noch auf seinem Herzen ruhte, sich leicht verkrampfte.

«Es geht gleich los», flüsterte er ihr aufmunternd zu. «Und sie werden uns wohl ziemlich durchschütteln, wenn sie uns in die Stadt hinein rollen.»

«Dies ist eine ehrerbietige Gabe für die Filia Aurea von Raûlium», hörte er Arîmus draussen abermals rufen.

Plötzlich klopfte er nochmals auf den Deckel. «Sie kommen jetzt, Vendolindia mit euch!», hörten sie ihn flüstern, dann entfernten sich seine

Schritte zügig.

Kurz darauf wurde das Tor geöffnet. Laut vernehmlich polterte der Sperrbalken beiseite und die schweren Flügel schwangen ächzend auf.

Schwere Tritte näherten sich. Das Klirren eines Kettenpanzers war zu hören. Mit Grausen erinnerte sich Anêrios an ihre Verfolger in Nemetônia. Damals war er vor diesen Männern geflohen. Und jetzt begab er sich freiwillig in ihre Hände.

«Mithras! Das Ding ist aus purem Gold», keuchte eine aufgebrachte Stimme, welche die Lingua mit schwerem Akzent sprach. Wohl einer der vielen fremdländischen Söldner, welche für den Herrn der Weissen Stadt dienten.

«Ich gebe dem Decurio Bescheid», beschied eine zweite Stimme.

Wenig später knirschten zahllose Stiefel um das Fass herum, und unterschiedliche Stimmen sprachen wild durcheinander. Viele Hände betasteten und beklopften ihr Behältnis von allen Seiten, als wollten sie es prüfen.

«Es ist ein Geschenk für die Filia Aurea», donnerte ein befehlsgewohnter Bass. «Catuso, Rufius, Meleas, kippt das Ding auf die Seite und rollt es durchs Tor. Ich will hier schleunigst wieder dicht machen. Es sind unsichere Zeiten, beim Hercules!»

Was nun folgte, war äusserst unangenehm. Zum Glück hatten die Pflästerer von Raûlium herausragende Arbeit geleistet, und die Strassensteine waren so ebenmässig gefügt, dass die durchgeschüttelten Insassen des Fasses wenigstens keine Beulen davontrugen.

Aber als die Tonne nach wenigen Augenblicken wieder ruhig liegenblieb, drehte sich Anêrios alles im Kopf. Zudem lastete Aquileias Gewicht ziemlich unbequem auf ihm, und ihr Bogen stach ihn in den Rücken.

Das laute Krachen des zufallenden Tores wummerte gegen das liegende Behältnis.

«Wir holen eine Reda», knurrte der Kommandant der Wache. «Das Ding ist zu schwer, um es bis in die Zitadelle hochzuschleppen, beim Hercules. Ich frage mich, was das für ein Verehrer sein soll, der sich zu einer solchen Gabe an die Prinzessin hinreissen lässt. Dieser alte Zausel von vorhin wird es gewiss nicht sein. Jedenfalls scheint der Unglückliche nicht mitbekommen zu haben, dass die Süsse seit dem Sommer spurlos verschwunden ist. Eigenartige Sache!»

Anêrios spürte, wie seine Gefährtin ein Kichern unterdrücken musste.

Dem jungen Mann war freilich nicht zum Scherzen zumute. Er atmete tief durch und wurde sich bewusst, dass sie sich jetzt unzweifelhaft im Innern der Weissen Stadt befanden. Im Nest des Goldenen Adlers. In der Höhle des Mithraslöwen.

So wie die Soldaten im hölzernen Pferd aus der Geschichte von Arîmus.

VI

DIE WEISSE ZITADELLE

Aus der drangvollen Enge ihres Verstecks verfolgten Anêrios und Aquileia mit, wie sie auf einem Fuhrwerk durch die Strassen Raûliums gekarrt wurden. Der junge Mann aus Vernausium konnte es kaum fassen, dass er sich nun im Herzen jener unbeschreiblich prunkvollen Seestadt befand, die er Zeit seines Lebens stets nur aus der Ferne hatte bestaunen können. Eigentlich hätte er allein aus reiner Neugier gerne einen Blick nach draussen geworfen, um sich ein eigenes Bild von den Gassen und Palästen Raûliums verschaffen zu können. Die Atemlöcher waren leider zu klein, um etwas erkennen zu können. Anhand des Lärmpegels, der hereindrang, mutmasste er aber, dass sie sich durch eine belebte Strasse bewegten. Es hörte sich beinahe so an wie auf dem Markt in Dûnon, nur dass hier ausnahmslos die Lingua Romana gesprochen wurde. Aus dem Stimmengewirr waren wohl auch Ausrufe des Erstaunens herauszuhören. Ein ganzes Fass aus purem Gold musste selbst für die Bewohner einer sagenhaft reichen Stadt einen ungewöhnlichen Anblick abgeben. Nachdem sie sich eine Zeitlang leicht bergauf bewegt hatten, blieb das Gefährt auf einmal stehen. Sie wurden unter Ächzen und Fluchen von der Ladefläche des Wagens gehoben, ehe sich die Stimmen der begleitenden Soldaten entfernten. Kurz darauf ging ein Ruck durch ihr Fass, und es begann auf bedrohliche Weise zu schaukeln. Ein Quietschen und Knarren war zu vernehmen, als würde jeden Moment ein baufälliges Dach, an dem der Sturmwind rüttelte, über ihnen zusammenstürzen.

«Jetzt ziehen sie uns mit der *Mechanica* auf den Felsen der Zitadelle hinauf», flüsterte Aquileia in der stickigen Dunkelheit.

«Was soll das bedeuten?», wollte Anêrios beunruhigt wissen.

«Es ist eine Vorrichtung, welche dazu dient, schwere Lasten in den Palast hinauf zu befördern», erklärte seine Gefährtin. «Es gibt keine gangbare Strasse, die auf den hohen Felsen führt, nur Treppen. Unser Fass steht jetzt auf einer hölzernen Plattform, die von starken Seilzügen in die Höhe gehievt wird.»

«Und mit welcher Kraft wird dieser Aufzug bewegt?», wunderte sich der junge Mann.

«Durch Sklaven», murmelte Aquileia. «Sie treten in einem grossen hölzernen Rad, welches die Seilwinden antreibt und die Hebevorrichtung in Bewegung versetzt.»

Vielleicht sind darunter auch einige jener Bemitleidenswerten, welche in den letzten Jahren als vermeintliche Opfer für den Drachengott auserwählt wurden, sinnierte Anêrios bitter und spürte, wie sein Herz noch schwerer wurde. Mit Schaudern dachte er daran, dass alle diese versklavten Menschen zusammen mit ihren Herren unweigerlich dem Untergang geweiht waren. Wenn die Dverîgen ihr Zerstörungswerk wirklich ausführten, würden sie wohl keinen Unterschied machen und alle Insassen der Stadt gleichermassen ihrem Verderben ausliefern.

Eine Vielzahl raubeiniger Stimmen nahm sie wieder in Empfang, als sie auf der Höhe des Palasteingangs angelangt waren.

«Wohin sollen wir diese goldene *Tunna* bringen?», keuchte einer verdrossen.

«Es ist ein Geschenk für die Prinzessin», brummte derjenige, den sie als Befehlshaber bereits kennengelernt hatten. «Also rollen wir das Ding in ihre Gemächer.»

«Aber die sind doch schon lange verlassen», wandte ein anderer ein.

«Was soll's», blaffte der Decurio. «Sie liegen wenigstens ebenerdig. Und heute ist der Palast ohnehin so gut wie verlassen. Sie sind alle auf dem Forum und feiern. Der *Primicerius*[88] ist auch dort, wir können ihn jetzt nicht fragen, was damit anzufangen ist. Halten wir uns nicht mehr länger mit diesem ungeheuerlichen Goldkloss auf. Ich werde kurzum abgelöst und will dann an das Fest, beim Hercules. Los jetzt!»

Die Schüttelei setzte wieder ein und die beiden jungen Leute im Fass wurden schonungslos übereinandergewälzt, solange bis ihnen die Köpfe schwirrten.

Dann standen sie schlagartig still. Ein verdrossenes Brummen erklang, hallende Stiefeltritte entfernten sich und irgendwo fiel eine schwere Tür ins Schloss. Augenblicklich kehrte Ruhe ein.

«Wenn das noch lange so weitergegangen wäre, hätte ich Amalissas Eintopf wieder von mir geben müssen», stöhnte Anêrios.

[88] Primicerius (Lat.) = Vorsteher der Verwaltung

«Ich bin froh, dass du das unterlassen hast», versicherte ihm Aquileia. «Aber ich muss dringend etwas anderes loswerden, das ich schon viel zu lange zurückhalte. Ich glaube, die Luft ist jetzt rein. Wir können hinausgehen.»

«Du willst jetzt einfach den Deckel heben und hinausgehen?», empörte sich Anêrios. «Das ist doch nicht dein Ernst.»

«Wir können hier nicht warten, bis es wieder dunkel wird», stellte seine Gefährtin klar. «Bis dahin ersticken wir in unserem eigenen Schmutz. Du hast doch gehört, angeblich findet heute unten in der Stadt eine Feier statt. Der Palast ist so gut wie leer. Das Glück ist mit uns, Amicus.»

Ohne eine Entgegnung abzuwarten, stemmte sich Aquileia gegen den Deckel. «Hilf mir», ächzte sie. «Das Ding besteht jetzt aus Metall. Und wir müssen die Verzapfung rausdrücken.»

Mit vereinten Kräften sprengten sie ihr Gefängnis auf und stürzten sich an die frische Luft. Nach den langen Stunden, eingequetscht und bewegungslos in der bedrückenden Enge, kam es einer Befreiung gleich, endlich wieder aus diesem Fass steigen zu können. Der einstmals hölzerne Behälter war nun tatsächlich in eine goldene Ummantelung eingekleidet.

Atemlos sah Anêrios sich um. Sie befanden sich in einem grossen Raum, beinahe schon eine Halle, die gewiss zwei Mannlängen hoch war. Durch eine Reihe bogenförmiger Fenster, die sich offenbar auf der Ostseite befand, fiel das weiche Licht des anbrechenden Tages auf die weiss verputzten, mit bunten Bildern bemalten Wände. Mehrere weiche Teppiche in rotgoldenen Farbtönen waren über den blanken Steinboden ausgelegt. Eine prunkvolle Liege, auf der sich weiche Kissen häuften, dominierte den Raum. In einer Ecke stand eine kostbar verzierte Wiege. Vor einem der Fenster baumelte ein leerer, vergoldeter Vogelkäfig von der Decke. Drei Türen aus dunklem Holz führten hinaus.

«Das war mein Spielzimmer», flüsterte Aquileia und warf nachdenklich einen Blick in die Runde, als spürte sie in diesem Moment den Erinnerungen unzähliger Stunden nach, die sie einst hier verbracht hatte.

Sie zeigte auf die einzelnen Türen. «Da drüben liegt das Schlafzimmer», erklärte sie leise. «Dort das Bad. Und die dritte Tür führt in die

Unterkunft meiner *Camerariae*. Vom Bad gibt es einen direkten Zugang zum Garten im Innenhof.»

Anêrios verspürte ein aufgeregtes Ziehen in der Bauchgrube. Er fühlte sich seinem Ziel jetzt so nahe.

Aquileia bedeutete ihm, ihr zu folgen und führte ihn in das angrenzende Schlafzimmer. Dieser Raum hatte mindestens dieselben Ausmasse wie der Vorangehende, nur dass in seiner Mitte ein ausladendes Bett stand, welches rundum mit grünen und blauen Schleiern verhängt war. Darauf hätte in Vernausium eine ganze Familie Platz gefunden. Die Wände waren von aufwendigen Malereien und farbenfrohen Ornamenten bedeckt. In den Ecken standen grosse goldene Statuen von Tieren und Göttern. Kleine Öllampen waren in Wandnischen abgestellt. Vor einem Fenster hing ein weiterer leerer Käfig. Über alles lag auffallenderweise eine feine Staubschicht gebreitet, als wäre dieser Raum schon eine Weile nicht mehr betreten worden.

Aquileia warf einen prüfenden Blick in den Käfig und seufzte. «Sie haben sie wohl freigelassen. Da drin lebten meine Morgensänger, kleine gelbe Vögel von einer Insel im Süden des Imperiums. Amontrâkius hatte sie mir mitgebracht.»

«Wie war das eigentlich im Winter hier?», fragte Anêrios verwundert. «War dir nicht unsäglich kalt in diesen riesigen Räumen?» Er konnte nirgends eine Feuergrube erkennen, welche in der kalten Jahreszeit Wärme gespendet hätte.

Aquileia sah ihn belustigt an. «Oh Anêrios, dieser Palast wurde von Baumeistern aus dem Süden errichtet. Alle Räume hier werden durch ein klug erdachtes Heizsystem versorgt.» Sie bückte sich und klopfte auf eine der polierten Steinfliesen, welche den Boden bedeckten. «Darunter ist alles hohl. Sobald in der Heizkammer neben dem Bad eingefeuert wird, strömt heisse Luft durch diese Kanäle und wärmt den Boden von unten her angenehm auf. Auch die Wände sind aus Hohlziegeln aufgemauert, durch welche die Wärme aufsteigt und anschliessend über das Dach entweicht.»

Anêrios brachte vor Staunen den Mund nicht mehr zu. Und nur ein paar Leugen von hier entfernt hatten sie sich auf der anderen Seeseite in den kalten Winternächten jeweils dicht gedrängt um die rauchige Feuergrube herum geschart und mit Bangen den kommenden Frühling herbeigebetet.

Nun wurde er von seiner kundigen Begleiterin zu einem riesigen Wandgemälde geführt, welches die ganze Stirnseite des Zimmers gegenüber der Fensterreihe bedeckte.

Es zeigte eine üppige Waldlandschaft, in deren Zentrum eine stolze Reiterin in ledener Gewandung auf einem Pferd dahinritt. Die Frau war mit Pfeil und Bogen bewaffnet, ihr langes Haar wehte im Wind. Der Ausdruck ihres schönen Gesichts war voller Leidenschaft. Gehörnte Sylvânen umschwärmten sie. Offenbar befand sie sich auf der Jagd, denn am Rand des Bildes war ein schwarzer Auerochse zu erkennen, der durch das Unterholz brach. Es waren jedoch keine Hunde, welche die kühne Jägerin begleiteten, sondern geschmeidige Löwen mit leuchtenden Augen und dunklen Mähnen.

«Wer ist das?», fragte Anêrios verwundert.

«Jetzt weiss ich, warum ich dich immer einen Barbaren genannt habe», scherzte sie und knuffte ihn gegen die Schulter. «Das ist Diâna Nemorensis, die göttliche Jägerin und Herrin der Tiere. Aber jetzt, wo ich dieses Bildnis wieder vor Augen habe, erinnert es mich unweigerlich an meine Wohltäterin Nuyôna Windmähne, die Hüterin der heiligen Pferde in den endlosen Weiten des Singenden Grases. Als mein Vater dieses Gemälde für mich anfertigen liess, konnte er gewiss nicht im Geringsten erahnen, wie sehr es einst zu mir passen würde.»

Der junge Mann bemerkte, wie auf einmal Tränen in den grünen Augen seiner Gefährtin glitzerten.

«Irgendetwas an diesem Bild muss mich von Anfang an berührt haben», murmelte sie andächtig, «durch alle Schichten meines eitlen und überheblichen Wesens hindurch.»

«Und nachts hat diese kühne Jägerin gewiss über deinen hoheitlichen Schlaf gewacht», versetzte Anêrios mit milder Anteilnahme.

Aquileia lächelte. «Meine Kammerfrauen haben immer zu Iûno und Minârva gebetet, das sind alte romanische Göttinnen, deren Figurinen auf einem kleinen Lararium[89] in ihrer Unterkunft stehen. Aber wenn wir alleine unter uns waren, hat mir meine Mutter manchmal von Vendolindia erzählt, der gütigen Seemutter, die deinem Volk so nahesteht. Mein Vater mag ein grausamer Tyrann sein. Aber mit dem Bild der jagenden Diâna hat er mir ein prägendes Geschenk vermacht – und darüber hinaus eine wundervolle Verheissung in meine langweilige Kindheit gezaubert, die sich nach langen Jahren des Darbens nun endlich erfüllt hat. Aber die Herrin der Tiere hütet noch ein ganz anderes Geheimnis. Schau her.»

Ein Schatten huschte unvermittelt vor den Fensterbögen vorüber und liess Anêrios aufschrecken. Lautes Flügelschlagen war zu hören.

«Das ist nur eine Taube», lächelte Aquileia. «Sie nisten scharenweise auf den Dächern des Palastes.»

Das ist freilich eine ziemlich grosse Taube, ging es dem jungen Mann durch den Kopf, und er blickte sich nachdenklich um.

Aquileia warf ihm einen aufmunternden Blick aus ihren grünfunkelnden Augen zu. Dann wandte sie sich wieder dem Gemälde zu und drückte behutsam gegen den Kopf der Reiterin mit den funkelnden ungebärdigen Augen, welche gleichsam ein Abbild ihrer selbst war. Beinahe ohne jeden Laut schwang ein Teil der Wand zur Seite und gab eine Öffnung frei.

«Diesen geheimen Gang kannten nur meine Eltern und ihre engsten Vertrauten. Er führt in jenen Bereich des Palastes, wo der Procurator und seine Gemahlin wohnen. Von hier aus konnte ich mich jederzeit in das Gemach meiner Mutter stehlen. Von dort gelangt man auch in die Küche, wo ich mich nachts manchmal mit Leckereien versorgte, als die gute Matugênia dort noch ihren Dienst versah. Sie war sehr zuvorkommend zu mir, aber wie ich dir schon erzählt habe, hat mein Vater sie später von mir getrennt, als sie begann, mir das Leben ausserhalb der Palastmauern schmackhaft zu machen.»

Anêrios schüttelte ungläubig den Kopf. «Das ist also das Reich, in dem du aufgewachsen bist, Prinzessin Lusilla Aquileia von Raûlium.»

Sie seufzte und blickte in den schummrigen Gang, der sich hinter der Geheimtür erstreckte. Offenbar war er durch Lichtschächte in der Decke schwach ausgeleuchtet.

[89] Lararium (Lat.) = romanischer Hausaltar

«Hör mir jetzt gut zu», sagte sie und blickte ihn eindringlich an. «Ich glaube, in diesen Gemächern können wir uns einstweilen sicher fühlen. Ich werde jetzt zuerst einmal die *Latrina* aufsuchen und ein dringendes Bedürfnis erledigen. Und dann schaue ich mich um. Vielleicht finde ich meine Mutter. Das wäre das Beste, was uns geschehen könnte.» Sie hakte ihren Köcher am Gürtel ein und drückte den Bogen durch, um die Sehne einzuhängen. Ihr langes, dunkles Haar hatte sie zu einem festen Knoten am Hinterkopf zusammengebunden. Sie erweckte einen sehr abenteuerlichen Eindruck.

«Sei bloss vorsichtig», legte ihr Anêrios nahe. Der Anblick seiner Gefährtin in vollen Waffen löste ein mulmiges Gefühl in ihm aus, zumal ihm in dieser fremden Umgebung, die er nicht einzuschätzen wusste, sowieso ziemlich unbehaglich zumute war.

«Keine Angst», beruhigte sie ihn. «Ich kenne hier jeden Tritt und jeden Winkel. Bleibe du solange hier und warte auf mich. Ich werde nicht lange wegbleiben. Du kannst dir inzwischen schon einmal ein bisschen meine Puppen im Spielzimmer ansehen.»

Sie zwinkerte ihm zu und schlüpfte in den geheimen Gang. Leise schloss sich die Klappe hinter ihr und Anêrios konnte nun wieder das vollständige Bild der jagenden Göttin erkennen.

Kurz darauf hörte er abermals das flatternde Geräusch aus dem Nebenraum. Beunruhigt sah er nach und nahm gerade noch wahr, wie etwas Dunkles aus einem der offenen Fensterbögen davonflog.

Ist das wirklich bloss eine Taube?

Von einem merkwürdigen Gefühl erfasst, warf er einen Blick durch eine der gewölbten Fensteröffnungen. Ihm wurde schwindlig, als er unmittelbar unter sich jenen steilen Felsen gewahrte, auf dem die Zitadelle errichtet war. Mindestens turmhoch fiel die Felswand bis zu den Dächern der obersten Stadthäuser ab.

Es war ein faszinierendes Gefühl, über die vielen Gassen zu blicken, die von oben betrachtet wie ein rechtwinkliges Gittergeflecht an drei Seiten um den Palastfelsen angeordnet waren. Fest gefügten Inseln gleich ragten die Häuserzeilen dazwischen auf. Sämtliche Mauern waren blendend weiss gekälkt. Goldene Ziegeldächer in allen möglichen Neigungen und Winkeln schimmerten im Morgenlicht. Teilweise reckten sich darüber auch zierliche Türme empor, die von prachtvollen, glänzenden Kuppeln gekrönt wurden. In den Gassen bewegten sich bereits um diese Tageszeit auffallend viele Menschen, die allem Anschein nach einem grossen zentralen Platz zuströmten, der von Säulengängen umringt war. Anêrios glaubte dort einen wuchtigen Tempel zu erkennen und zahlreiche Brunnen mit glitzernden Wasserfontänen. Ob dort wohl das Fest abgehalten wurde, von dem die Soldaten gesprochen hatten? Diese Szenerie wirkte auf Anêrios so unwirklich, dass er sich beinahe wieder in Helysia gewähnt hätte, wenn er nicht die vertraute Felszinne des Berges Baranbanno mit seiner kühnen Spitze darüber gesehen hätte. Aus dieser Entfernung waren sogar die Umrisse des goldenen Adlers zu erkennen, der dort oben für den Procurator Wacht hielt.

Wenn Anêrios den Kopf in die andere Richtung drehte, ging seine Sicht direkt auf die blaue Fläche des Vendolindon und den dahinter aufragenden, dreieckigen Kegel des Berges Andûrios. Hier fühlten sich seine Augen gleich wieder heimisch. Offenbar befand sich Anêrios auf jener Seite der Zitadelle, welche vom Hafenbecken weggerichtet war, deshalb entzog sich ihm der Ausblick auf jenen Teil des Sees, wo Vernausium und Ceningânum lagen. Er verzichtete wohlweislich darauf, sich allzuweit aus dem Fenster hinauszulehnen. Er wollte schliesslich kein unnötiges Aufsehen erregen.

Die Ausdehnung und die Pracht der hallenartigen Gemächer, in welchen die Prinzessin aufgewachsen war, beeindruckten ihn sehr. Aber jener typische Geruch, welchen er mit seinem eigenen Zuhause verband, die Mischung aus Rauch und feuchtem Schilf, aus Lehm und Fisch, fehlte hier gänzlich. Alles war leicht und hell, geräumig und prunkvoll verziert. Allein die aufwendigen Malereien auf den Wänden zu betrachten und sich in die Landschaftsbilder von lichtdurchfluteten Wäldern voller bunter Vögel und von weiten Getreidefeldern, die von Reihen säulenförmiger Bäume gesäumt waren, zu versenken, entführte ihn in eine andere Welt. Vielleicht hatten die Künstler versucht, hier den Zauber des weiten wilden Landes einzufangen, um die Prinzessin darüber hinwegzutrösten, dass sie diese Räume kaum jemals verlassen konnte. Eine bedrückende Trauer beschlich ihn, wenn er sich Aquileia als Mädchen vorstellte, wie sie sich tagelang in diesen überladenen Hallen die Zeit vertrieb und ihre Blicke bisweilen sehnsuchtsvoll durch die grossen Fenster hinaus über den See und zu den Bergen schweifen liess. Ohne jemals wirklich einen Fuss in das Land jenseits der Stadtmauern setzen zu dürfen.

In einer Truhe des Spielzimmers fanden sich tatsächlich viele Puppen, aufwendig genäht aus erlesenen Stoffen und fein gegerbtem Leder, mit Haaren aus Tierfell und gefärbtem Wollgarn versehen. Was musste in diesem Mädchen vorgegangen sein, wenn es sich immer und immer wieder mit diesen Dingen beschäftigt hatte, um der Langeweile entfliehen zu können? Soweit er wusste, hatte Aquileia keine Geschwister. Das heisst, sie war gewiss oft alleine in diesem üppig ausgestatteten Reich gewesen und hatte ausser Lutinus und ihren Vögeln keinerlei Spielgefährten gehabt. Vielleicht hatten ihre Dienerinnen sie bisweilen mit irgendwelchen Possen und Tändeleien zu erheitern versucht.

Nachdem Anêrios sich das alles ausgiebig betrachtet hatte, war der Sonnenwagen des Lûgos bereits eine beträchtliche Strecke seines Himmelsweges über den strahlenden Häuptern der Drei Uralten Mütter hochgestiegen. Der Tag schritt voran.

Wo wohl seine Gefährtin ausblieb? War sie wohl etwas gar zu kühn vorgeprescht? Oder hatte sie tatsächlich ihre Mutter gefunden? Vielleicht schwelgte sie auch bloss in alten Erinnerungen. Er hoffte, dass ihr nichts zugestossen war.

Plötzlich vernahm er eine helle Stimme hinter jener Türe, die zum Bad hinüberführte.

Täuschte er sich oder war es eine Art Gesang, der von dort zu ihm herüberdrang? War es nicht Aquileias Stimme, die er hörte? Ob sie bereits zurückgekehrt war?

Das kam ihm seltsam vor. Vorsichtig bewegte er sich näher auf die Tür zu und lauschte angestrengt. Es war eindeutig ihre Stimme, die auf etwas unbeholfene Weise ein Lied trällerte. Und er vernahm das Plätschern von Wasser.

«Komm zu mir, mein Lieber», hörte er sie in diesem Moment rufen.

Sie war es wirklich. Erleichtert öffnete er die Tür und betrat den Raum dahinter.

Es war einmal mehr ein überwältigender Anblick, der sich ihm darbot. Die gerundeten Wände des Raumes waren über und über mit Mosaiken in verschiedensten Blautönen überzogen. Die kleinen Steinchen waren zu mannigfaltigen Bildern zusammengefügt, welche verschiedene Fische und Muscheln, Wassergeschöpfe und sogar eine Lindôna darstellten. Der überwiegende Teil der gewölbten Decke bestand aus einer bläulichen Glaskuppel, durch die das Sonnenlicht in atemberaubendem Lichtspiel auf ein rundes Becken fiel, welches genau darunter in den blaugesprenkelten Boden eingelassen war. Wehende Dampfschwaden verrieten dem Betrachter, dass es sich um ein Badebecken mit warmem Wasser handelte.

Und darin sass Aquileia. Sie hatte ihr Haar wieder wie früher kunstvoll mit goldenen Nadeln hochgesteckt. Ihre nackte Gestalt war genüsslich in dem geräumigen Becken ausgestreckt und wandte ihm den Rücken zu.

«Mein Lieber, es tut so gut, wieder einmal zu baden», schwärmte sie und räkelte sich wohlig im dampfenden Wasser.

«Meinst du wirklich, dass das eine gute Idee ist?», fragte Anêrios etwas überrascht. Wie konnte sie hier ungezwungen ihren Badefreuden frönen, wo sie sich doch schnellstmöglich um ihre Aufgabe kümmern sollten? Jetzt, wo der Palast durch die Feierlichkeiten in der Stadt fast leer war, bot sich die beste Gelegenheit dazu.

«Ich finde, wir sollten keine Zeit mehr verlieren und uns um unser Vorhaben kümmern», drängte er und fühlte sich zugleich etwas schlecht dabei, seiner Gefährtin diesen vermutlich lang entbehrten Genuss zu missgönnen.

«Sei kein Spielverderber», quengelte sie. «Ich habe schon so lange kein richtiges Bad mehr benutzen dürfen. Willst du nicht zu mir steigen, mein Lieber, und dir den Staub vom Leib waschen?»

Ihre Stimme klang irgendwie anders als sonst. Was war wohl in sie gefahren? Hatte sie sich von ihren Erinnerungen überwältigen lassen und war wieder in ihre vormaligen Gewohnheiten eingetaucht?

Sie drehte sich behäbig im Wasser um und wandte ihm ihr strahlendes Gesicht zu. Mit einem einladenden Lächeln winkte sie ihn zu sich heran und streckte ihm ein rosiges Stück Seife entgegen. «Die Reise war lang und beschwerlich», raunte sie, «wir wollen uns nun ein bisschen ausruhen. Sei so gut, mein Lieber, und seife mir den Rücken ein. Ein bisschen Reinlichkeit und Entspannung werden uns gut bekommen, bevor wir uns wieder anstrengenderen Dingen widmen. Du wirst es nicht bereuen.» Ihr anzügliches Lächeln durchlief ihn wie ein heisser Schwall.

Anêrios zögerte. Er konnte es nicht fassen, dass Aquileia ihn ausgerechnet jetzt auf derart schamlose Weise zu verführen trachtete. Etwas in ihm sträubte sich dagegen, alle Vorsicht fallen zu lassen und zu ihr ins Bad zu steigen. Umso mehr, als sie sich in einer ziemlich merkwürdigen Verfassung zu befinden schien.

«Was ist es, was dich so drängt, mein Lieber? Warum bist du ausgerechnet jetzt so in Eile?» Ihr Tonfall erinnerte ihn auf irritierende Weise an jene Zeit, als sie sich noch gemeinsam auf der Flucht befunden hatten. Da war auf einmal wieder dieser gelangweilte und herablassende Beiklang aus ihrer Stimme herauszuhören, den er seit ihrer Rückkehr aus der anderen Welt nicht mehr an ihr festgestellt hatte.

«Lass uns rasch in den Garten gehen, Aquileia», forderte er sie bestimmt und bereits etwas ungeduldig auf, «jetzt ist gewiss ein günstiger Zeitpunkt, um nach der Lindôna zu sehen. Je schneller wir hier wieder wegkommen, desto besser. Hast du etwas über deine Mutter herausgefunden?»

Ihr Lächeln war erstarrt. «Aquileia?» Sie blickte ihn verwundert an.

Anêrios fiel auf, dass er nirgends im Raum ihre abgelegte Kleidung entdecken konnte. Ihre Waffen. Ihren Bogen.

«Warum rufst du mich bei diesem seltsamen Namen, mein Lieber?» Sie blickte ihn auf eine merkwürdige Art an. Das kalte Licht in ihren Augen war ungewohnt.

«Mein Name ist Lusilla. Oder erkennst du mich etwa nicht mehr?», flüsterte sie beinahe tonlos.

Das ist nicht Aquileia.

Es schoss ihm wie ein heller Blitz durch den Kopf.

Da entdeckte er den Vogel. Er kauerte in der einzigen, kleinen Fensternische, welche dieser Raum aufwies. Es war ein schwarzer Rabe mit goldenen Augen!

Anêrios taumelte rückwärts aus dem Bad und schloss hastig die Tür hinter sich.

Seine Gedanken überstürzten sich.

Der Magos war da!

Er hatte ihn entdeckt. Was sollte er jetzt bloss unternehmen? Wo war Aquileia? Die richtige Aquileia? War sie dem Unhold bereits in die Fänge gelaufen?

Er stürzte an die Fensterreihe und warf einen hastigen Blick hinaus. Das Fest auf dem grossen Platz schien in vollem Gang zu sein. Fremdartige Musik und das Gelärme von vielen Menschen wehten herauf. Ansonsten konnte er nichts Verdächtiges feststellen. Die Geräusche im Bad waren jedenfalls verstummt. Er hatte dort gewiss nur ein magisches Trugbild gesehen.

Der Magos hatte ihn genarrt. Und Anêrios hatte ihm gutgläubig ihr Vorhaben verraten. Der Schwarzkünstler wusste nun, warum sie hier waren.

Verzweifelt drückte der junge Mann beide Fäuste gegen seine Schläfen und überlegte fieberhaft, was in dieser Lage am besten zu tun war.

Da hörte er gedämpfte Schritte aus dem Schlafzimmer, die sich rasch näherten.

Instinktiv duckte er sich hinter die massige Liege und hielt den Atem an.

Eine Gestalt eilte in den Raum und blickte sich verwirrt um.

«Anêrios, wo bist du?», rief sie mit verhaltener Stimme.

Es war Aquileia. Sie trug ihren falbfarbenen Umhang und den Waffengürtel darunter. Sie hielt ihren Bogen in der Hand. Ihre Stimme, ihre Haltung, ihr kühner Blick. Es war die richtige Aquileia.

Anêrios erhob sich und blickte seine Gefährtin beinahe flehend an.

«Da bist du ja», wisperte Aquileia erleichtert. «Ich dachte schon, du wollest mich auf den Arm nehmen.»

Ihr unbeschwertes Lächeln flösste dem verstörten Mann etwas Trost und Zuversicht ein.

«Ich habe meine Mutter nicht gefunden», berichtete sie rasch, ehe

Anêrios zu Wort kommen konnte. «Aber ich habe Matugênia angetroffen. Welch ein unverhofftes Glück, Anêrios!» Die Worte sprudelten nur so aus ihr heraus. «Sie hat mir erzählt, dass in Raûlium heute ein grosses Fest stattfindet, um den Sieg über Theudoricius zu feiern. So etwas kann nur meinem Vater in den Sinn kommen, Anêrios, er schwelgt bereits im Triumph, bevor es überhaupt zu einer Entscheidung gekommen ist. Amonträkius wird zu Ehren der Götter einen Stier opfern. Und der Procurator wird mit seinen Notabeln sicher eine endlose Lobhudelei veranstalten. Das heisst, sie sind alle dort unten. Wir haben beinahe den ganzen Tag Zeit, um uns hier ungestört umzusehen ...»

Endlich fasste Anêrios Atem und setzte sich durch. «Sie sind nicht alle dort, Aquileia.»

Verstört blickte sie ihn an.

«Der Magos ist hier.»

«Warum meinst du?» Sie schüttelte ungläubig den Kopf.

«Er hat mich getäuscht», erklärte er hastig. «Während du weg warst, hat er sich in deine Gestalt versetzt und mich in das Bad gelockt. Ich habe den Raben mit den goldenen Augen gesehen. Dummerweise habe ich unsere Absichten ausgeplaudert.»

Aquileia nockte ohne zu Zögern einen Pfeil auf die Bogensehne und stürzte in die Badekammer.

Der bläuliche Lichtkegel, welcher durch die Glaskuppel fiel, beleuchtete ein leeres Becken. Kein Wasser schwappte darin. Und es war niemand zu sehen.

Anêrios war einmal mehr durch ein täuschend echtes Trugbild hereingelegt worden.

Vorsichtig ging die Bogenschützin durch den Raum und sicherte gegen die gegenüberliegende Tür. Sie bedeutete ihrem Gefährten mit dem Kopf, ihr zu folgen.

«Deinen Nebelzauber», wisperte sie. «Du musst einen der Knoten lösen, um den Gartenhof in Nebel zu hüllen.»

Das war ein erfolgversprechender Vorschlag.

Mit zittrigen Händen nestelte Anêrios in seiner Gürteltasche und klaubte den gesuchten Faden hervor. Es waren noch zwei Knoten darin. Einen versuchte er nun zu öffnen. Es gelang ihm nicht auf Anhieb, da er sehr aufgewühlt war.

Aquileia hatte die Tür bereits geöffnet und spähte vorsichtig in den Garten hinaus. Anêrios erkannte, dass sich direkt hinter der Tür eine Kolonnade befand, die offenbar um den gesamten Hof herumlief. Zwischen den Marmorsäulen hindurch fiel sein Blick auf einen üppigen Garten mit fremdartigen Gewächsen und verspielten Brunnenfiguren. Darum herum ragten auf drei Seiten die weissen Bauten der Palastanlage auf. Zum See hin schien der Innenhof allerdings offen zu sein. Dort war lediglich eine niedrige Balustrade zu sehen, hinter der das tröstliche Blau des Vendolindon glitzerte.

Aquileia huschte zwischen die Säulen und winkte ihm zu. «Ich kann niemanden sehen», flüsterte sie. «Aber es ist wohl besser, wenn wir uns im Nebel verbergen.»

Inzwischen hatte Anêrios den Nebelfaden erfolgreich aufgeknotet. Ein kühler Hauch wehte sogleich durch die Säulenflucht und liess dichte, graue Schwaden über den Hof wallen. Im Nu waren der Garten und alles darum herum im undurchdringlichen Nebel verschwunden.

«Der Zugang zur Sirenengrube liegt mitten im Hof», erklärte Aquileia leise, während sie immer noch zwischen den Säulen kauerte. «Es ist ein alter, unbenutzter Brunnenschacht, der bis zum Wasserspiegel des Sees hinunterführt. Die Wasserfrau, deine Mutter, ist in einer Grotte zuunterst in diesem Schacht gefangen. Aber der Brunnen ist von oben mit einem massiven Eisengitter verschlossen.»

«Wie konnte deine Mutter denn jeweils zu ihr vordringen?», fragte Anêrios, nachdem er sich neben Aquileia niedergelassen hatte. Der unheimliche Nebel versetzte ihn unwillkürlich an einen anderen Ort. Er hatte nicht mehr das Gefühl, sich mitten in der Weissen Stadt aufzuhalten.

«Es gibt eine Treppe», beantwortete Aquileia seine Frage. «Sie führt durch den Felsen direkt hinunter zum Hafen. Ein Fluchtweg, den die Vorfahren meines Vaters für den Notfall anlegen liessen. Vom Fuss dieser Treppe gibt es eine Verbindung zu der Grotte am Grund des Brunnenschachtes. Dieser Durchgang ist ebenfalls vergittert. Ich habe ihn einmal gesehen, aber meine Mutter wollte nicht, dass ich die Sirêna in ihrem erbarmungswürdigen Zustand zu Gesicht bekomme. Auf jeden Fall haben sich unsere Mütter jeweils an diesem Gittertor getroffen. Den Schlüssel dazu hatte meine Mutter verständlicherweise nicht, mein Vater hätte das nie zugelassen.»

«Dann müssen wir diese Gittertür dort unten aufkriegen», folgerte Anêrios. «Aber wie ist das ohne Schlüssel möglich?»

«Ich weiss nicht», bekannte Aquileia. «Aber lass uns erst einmal hingehen, dann kannst du nach deiner Mutter sehen. Auf jeden Fall sind wir dort vor neugierigen Blicken geschützt, selbst wenn sich der Nebel hier oben wieder auflösen sollte.»

Die Aussicht, Nusantia bald Auge in Auge gegenüberzustehen, beschleunigte Anêrios' Herzschlag. Gleichzeitig hoffte er, dass der elende Anblick der seit Jahren gefangenen Wasserfrau ihm nicht das Herz zerbrechen würde.

«Wir müssen zusammenbleiben», wisperte Aquileia und fasste Anêrios an der Hand. Ihren Pfeil hatte sie inzwischen wieder weggesteckt. Im Nebel hätte er ohnehin nichts genutzt.

Vorsichtig schritten sie durch den Garten. Aquileia hielt immer wieder kurz inne, um sich zu vergewissern, wo sie sich befanden. Anêrios stellte fest, dass sie diesen Ort wirklich durch und durch kennen musste, sie bewegte sich darin selbst im dichten Nebelgrau mit unbeirrbarer Vertrautheit.

Vor den schemenhaften Umrissen eines kleinen, runden Kuppelbaus, der auf einem zierlichen Säulenring stand, blieben sie stehen. Aquileia zückte ihren Dolch und hebelte einen runden Stein heraus, der die Mitte des kreisförmigen Bodenmosaiks in diesem Pavillon bildete. Darunter kam ein eiserner Ring zum Vorschein.

Dieser wunderliche Palast schien voller verborgener Überraschungen zu stecken.

Als sie mit vereinten Kräften an dem Ring zogen, öffnete sich eine runde Luke, die sich mit etwas Anstrengung hochklappen liess.

«Wir brauchen Licht», erkannte Aquileia. «Ich hole eine der Öllampen in meinem Schlafzimmer.»

«Ich lasse dich nicht mehr alleine gehen», stellte Anêrios klar. «Wir müssen zusammenbleiben.»

Um die Öllampe zu entzünden, benötigten sie überdies Feuer. Anêrios' Nerven waren zum Zerreissen gespannt, als er mit seiner unerschrockenen Gefährtin durch den Geheimgang hinter dem Wandgemälde der Göttin Diâna kroch. Eine Abzweigung führte direkt in die Palastküche, wo sich zum Glück keine Menschenseele blicken liess. In aller Eile entwendete Aquileia einen Kienspan und nahm sich Feuer aus dem grossen Herd, um damit den ölgetränkten Docht der Lampe entflammen zu lassen. Unbehelligt gelangten sie danach wieder zu den Gemächern der Prinzessin. Von draussen drang immer noch der Lärm des Festes durch die Bogenfenster herein, aber im Palast selbst herrschte eine geradezu gespenstische Stille.

Anêrios musste unentwegt an den goldäugigen Raben denken und befürchtete, dass dieser jederzeit wieder auftauchen konnte. Das unheimliche Geschöpf zeigte sich aber nirgends.

Der Innenhof war nach wie vor in klamme Nebelschwaden getaucht. Sie mussten sich vorsichtig bewegen und die flackernde Ölflamme mit ihren Händen schützen, damit sie das Licht nicht unvermittelt wieder verloren.

Eine eng gewundene Wendeltreppe führte unter der runden Falltür tief in den Palastfelsen hinab. Nachdem sie den Zugang hinter sich sorgfältig wieder vermacht hatten, stiegen sie behutsam in den schmalen Schacht hinunter. Aus der Tiefe hallte das Geräusch von plätscherndem Wasser zu ihnen herauf. Das Herz von Anêrios klopfte so laut, dass er vermeinte, es müsse den ganzen Felsen zum Vibrieren bringen.

Je weiter sie hinabstiegen, desto stärker nahmen sie einen unangenehmen Geruch wahr, der ihnen entgegenwehte. Ein rötliches Licht flackerte in der Tiefe.

Nach unendlich vielen Stufen erreichten sie den Fuss der Treppe, wo zwei Gänge aus dem Felsen gehauen waren, die in entgegengesetzte Richtungen wegliefen. Aus demjenigen Gang, der nach rechts führte, strömte ihnen der widerwärtige Gestank entgegen. Von dort kam auch der zuckende Lichtschein. Wasser schwappte aus zahlreichen Ritzen und Spalten, so dass der glitschige Boden immer wieder überspült wurde.

«Dort muss der geheime Zugang zum Hafen sein», vermutete Aquileia und wies in den unbeleuchteten Stollen. Sie wandten sich in die andere Richtung, um zu der unterirdischen Grotte zu gelangen. Die ekelerregenden Ausdünstungen verdichteten sich und konnten schwerlich nur von Seewasser, toten Fischen und feuchten Algen herrühren. Anêrios sah, wie seine Gefährtin angewidert das Gesicht verzog. «Das ist ja scheusslich», keuchte sie, «hier scheint die ganze Kloake der Stadt zusammenzulaufen. Das war letztes Mal noch nicht so.» Ihrer empfindlichen Nase mochte die magenwendende Fäulnis ungleich schlimmer zusetzen als dem jungen Mann.

Nach ungefähr zwanzig Schritten standen sie unvermittelt vor einem wuchtigen Gittertor, welches den Weg versperrte. Zwei brennende Fackeln steckten beidseits des Durchganges in eisernen Halterungen.

Zitternd vor Aufregung äugte Anêrios zwischen den rostigen Stäben hindurch und versuchte, etwas dahinter zu erkennen. Seinen Augen zeigte sich eine geräumige Grotte, deren Grund grösstenteils mit Wasser bedeckt war. Der Felswand entlang lief rundum ein Kranz aus russenden Fackeln, deren rötlicher Schein unruhig über die ölige Wasseroberfläche tanzte. Anêrios erkannte sofort, dass viel Unrat in der Brühe trieb. Es erweckte den Anschein, als würden die Palastbewohner ihre Abfälle einfach in den Brunnen hinabwerfen. Ein schwacher Lichtschimmer, der von der hoch gewölbten Decke herabfiel, verriet den senkrecht einmündenden Schacht vom Garten.

«Nusantia», rief Anêrios mit bebender Stimme in die Grotte hinein. Sein Ruf verhallte. Nur das Gurgeln und Plätschern des Wassers waren zu hören.

«Mutter», wiederholte er mit kräftiger Stimme. Er sah zu wenig tief in die Grotte hinein, um beurteilen zu können, ob sich etwas darin regte.

Er reichte Aquileia die Lampe und fasste das kühle Eisentor mit beiden Händen. Ein klobiges Schloss schien seine Bemühungen verhöhnen zu wollen. Mit aller Kraft rüttelte er an dem schwerfälligen Hindernis.

Anêrios stürzte unversehens in das trübe Wasser, als das Tor wider Erwarten nachgab.

Prustend kam er wieder hoch und blickte sich verwundert zu seiner Gefährtin um.

«Es ist nicht verschlossen», keuchte er ungläubig. «Vendolindia! Welch ein Glück!»

Sie schien ebenso fassungslos zu sein wie er.

«Geh und schau, ob du sie findest», flüsterte sie. «Ich warte währenddessen hier auf dich.»

«Wollen wir Nusantia nicht gemeinsam suchen gehen?», wandte Anêrios ein. Es gefiel ihm nicht, wenn sie sich wieder trennten.

Aquileia schüttelte widerwillig den Kopf. «Ich ertrage diesen Gestank nicht», gestand sie ihm ein. «Mir wird jetzt schon ganz übel. Schau dich um, dieser Höhlenraum scheint nicht allzu gross zu sein. Ich warte am Fuss der Treppe auf dich.»

Er nickte und wandte sich wieder der offenen Grotte zu. Der Geruch war selbst für seine an den Gestank toten Fisches gewohnte Nase geradezu miasmatisch.

Hastig watete er durch das mittlerweile knietiefe Brackwasser und liess seine Blicke angestrengt umherschweifen. Auf der dunklen Wasseroberfläche gewahrte er überall ein ungewöhnliches Glitzern. Wie er bald feststellte, schwamm eine feine Schicht von rostigen Eisenspänen obenauf.

Feuer und Eisen, dachte er, *alles, was die Kraft der Lindônen lähmt.* Die grausamen Kerkermeister seiner Mutter schienen keine Mühen gescheut zu haben, um die Haft ihrer Gefangenen so unerträglich wie möglich zu gestalten.

«Nusantia», rief er noch einmal mit aller Kraft. «Wo bist du?»

Sogleich wurde ihm bewusst, dass es närrisch war, einen solchen Lärm zu veranstalten. Sein Geschrei war durch den Brunnenschacht bestimmt bis in den Garten hinauf zu hören.

Er sprach sich beruhigend zu, dass sich wohl sowieso niemand im Palast aufhielt, der ihn hätte hören können.

Ausser dem Magos. Es kam ihm verdächtig vor, dass sie das Gittertor unverschlossen vorgefunden hatten. Plötzlich spürte er eine lähmende Angst, die ihn zu würgen begann.

Ich sollte so schnell wie möglich zurück zu Aquileia, schoss es ihm durch den Kopf. *Aber wenn meine Mutter wirklich hier ist.* Eine Weile stand er unschlüssig da und grübelte fieberhaft nach einer Entscheidung.

Da hörte er ein Geräusch, welches das allgegenwärtige Plätschern des an die Felswände klatschenden Wassers übertönte. Es klang nach einem schweren Leib, der sich träge im Wasser wälzte.

«Ich bin hier», ächzte eine schwache Stimme.

«Nusantia», rief Anêrios ungläubig und fuhr herum. Mit raschen Schritten bewegte er sich in jene Richtung, aus der er die Stimme gehört hatte.

Da lag sie.

Anêrios traten Tränen in die Augen, als er erkannte, in welch erbärmlichem Zustand sich seine Mutter befand.

Reglos lag sie im seichten Wasser ausgestreckt. Ihr ausgezehrter Körper wurde von der ekelerregenden Brühe umschwappt und bewegte sich leicht im Takt der Dünung. Die Schuppen des flossengeschwänzten Unterleibes waren brüchig und hatten jeglichen Glanz verloren. Der weibliche Oberkörper starrte vor Dreck und war voller Schrammen. Über das hagere Gesicht hingen verklebte Haarsträhnen, in denen sich aller erdenkliche Unrat dieses widerwärtigen Pfuhls verfangen hatte. Kraftlos bewegte die Wasserfrau einen dürren Arm zu ihm hin.

«Mutter», schluchzte Anêrios aufgelöst und kauerte sich zu ihr ins Wasser. Fassungslos strich er mit der Hand über ihr verhärmtes Gesicht, in dem die Augen vor lauter Schmutz und vertrocknetem Blut fast nicht zu erkennen waren.

«Mutter, was haben sie dir angetan.» Anêrios fühlte sich elend. Am liebsten hätte er bei diesem Anblick laut aufgeschrien.

«Vendolindia hilf», flehte er und wischte sich die Tränen aus den Augen, die sich immer wieder aufs Neue nässten vor unsäglicher Trauer.

«Wer bist du?», stöhnte Nusantia, ihre Stimme war kaum mehr als ein heiseres Flüstern.

«Ich bin es, Mutter, Anêrios, dein Sohn», stammelte er und strich ihr die schmutzigen Haarsträhnen aus der Stirn.

«Ambaros?», keuchte die Lindôna erstaunt und versuchte sich aufzurichten. Rasch führte Anêrios seinen Arm unter ihre ausgemergelten Schultern und stützte sie.

Der junge Mann sah, wie die Wasserfrau jetzt erst ihre Augen aufschlug. Sie waren trübe und glanzlos. Jegliche Kraft schien aus diesem Geschöpf gewichen zu sein.

«Wo ist Alâria?», seufzte sie und musterte das Gesicht, welches sich im zuckenden Lichtschein über sie beugte.

«Du meinst die Frau aus dem Palast, die sich um dich gekümmert hat?»

Die Nixe nickte schwach. «Sie haben sie fortgeschafft, nicht wahr?», stöhnte sie kaum hörbar. «Sie kommt schon länger nicht mehr zu mir. Ich habe jegliche Hoffnung aufgegeben.»

«Das darfst du nicht sagen, Mutter», entgegnete er verzweifelt. «Ich werde dich hier rausbringen. Aber warte, vielleicht kann dir das helfen.»

In der tiefsten Not seines zerrütteten Bewusstseins war ein Einfall in ihm aufgeblitzt – wie ein Fisch, der unerwartet aus dunkler Wassertiefe hochschnellt.

Er wühlte mit seiner freien Hand in der Gürteltasche. Hastig zog er Yaïlils Ring hervor. Den Zauberring, welcher ihm auf dem tiefen Seegrund die Gabe des Wasseratmens verliehen hatte. Die Wassermagie aus Uyôlas Reich würde diesem geschundenen Seewesen möglicherweise neue Lebenskraft zufliessen lassen.

Er schob den Ring über einen der dürren Finger an Nusantias erhobener Hand.

«Was ist das?», hauchte sie und zog ihre Hand erstaunt zurück.

In diesem Moment ertönte unvermittelt Lärm vom Gittertor her. Ein dumpfer, gurgelnder Schrei war zu hören. Befehle wurden gebrüllt. Waffen klirrten. Aquileia schrie gellend auf. Dann kehrte schlagartig Stille ein. Nur das gleichförmige Planschen und Gluckern des fauligen Wassers erfüllten die fackelhelle Grotte.

Entsetzt fuhr Anêrios hoch.

«Mutter, ich komme gleich zu dir zurück», keuchte er. «Warte hier.»

Mit raschen Schritten sprang er durch das untiefe Wasser zurück zum Eingang. «Aquileia!», rief er und bemühte sich, die aufkeimende Panik niederzuringen, die ihm den Atem stocken liess.

Ich hätte meine Gefährtin nicht alleine lassen dürfen.

Das schwere Gittertor war geschlossen. Dahinter stand eine gedrungene Gestalt, die eine Fackel in der Faust hielt und ihm zwischen den Eisenstäben hindurch kühl entgegenblickte.

Es war Amonträkius, der Pontifex von Raûlium, in seiner rotgoldenen Robe. Die löwenköpfige Krone auf seinem feisten, von schwarzen Haarlocken umsäumten Gesicht, war unverkennbar. Seine wulstigen Finger und der Stiernacken prangten vor Geschmeide. Beligomâgus hatte ihn als Führer eines geheimen Kultes zu Ehren des Goldgottes Mithras bezeichnet.

Zu seinen Füssen lag eine reglose Gestalt auf dem Boden. Es war ein Legionär, aus dessen blutumspültem Hals ein Pfeilschaft ragte. Einer von Aquileias Pfeilen.

«Wo ist sie?», schrie Anêrios mit überschlagender Stimme und rüttelte wie wild an dem Gitter. Es liess sich nicht mehr bewegen.

Sie haben es erst jetzt wieder verriegelt! Ich sitze in der Falle!

Der schmierige Priester deutete auf eine Handvoll Soldaten, die hinter ihm im Gang standen. Ihre Kettenhemden schimmerten im zuckenden Fackelschein. Helme und Lanzenspitzen blitzten. Mindestens zwei von ihnen schienen ernsthaft verwundet zu sein und standen gebeugt an die Wand gelehnt. Ihr Anführer, der von besonders kräftiger Statur war, hatte einen leblosen Leib über seine gepanzerte Schulter geworfen. Anêrios erkannte deutlich die lange, schwarze Haarsträhne, die bis ins Wasser hinabhing.

«Wir nehmen sie mit», säuselte Amontrâkius höhnisch. «Sie wird meinem Meister grosse Freude bereiten. Er hat sich lange nach seiner verschollenen Braut gesehnt. Komm her, Romûlius.»

Der stämmige Legionär mit Aquileias geschultertem Körper kam ein paar Schritte näher.

Der Priester beleuchtete mit der Fackel das reglose Gesicht von Anêrios' bewusstloser Gefährtin. Sie hatte eine klaffende Wunde auf der Stirn. Blut strömte über ihr blasses Gesicht.

«Sie hat sich alle Mühe gegeben, um sich für meinen Meister schön zu machen», höhnte der Rotgoldene. «Er wird sich freuen, sie in gereiftem Zustand wieder anzutreffen.»

Verzweifelt zerrte Anêrios an den Eisenstäben. Der Rost riss ihm die Hände auf. «Du gewissenloses Ungeheuer!», schrie er durch das Gitter. «Vendolindia möge dich verschlingen!»

«Vendolindia?», hauchte Amontrâkius und verzog in geheucheltem Bedauern das Gesicht. «Wo war die gütige Seemutter, als der Procurator die Mutter dieses Mädchens mitten im See versenken liess, dort wo das Wasser am tiefsten ist?»

Das dröhnende Lachen des Priesters schnitt Anêrios wie eine glühende Klinge in das wunde Herz.

«Schau sie dir noch einmal an», schnarrte Amontrâkius. «Du wirst sie nie wieder sehen. Der Magos ist überaus enttäuscht über die Treulosigkeit seiner ihm anverlobten Braut, deshalb wird er sie dem strahlenden Mithras als Dankopfer überlassen, sobald er den Schatz aus dem Berg geborgen hat, um fortan unangefochten über dieses Land zu herrschen ...»

Er trat dicht an die Gitterstäbe heran und bedachte Anêrios mit einem Blick, der vor Verachtung triefte.

«Dies wirst *du* aber nicht mehr bezeugen können, Barbar. Wir nehmen in Bälde die Mirakelsteine in Empfang, und wenn ich zurückkehre, werde ich mich persönlich um dich und das halbtote Wasserweib kümmern. Der Goldene freut sich über jedes Blutopfer, das ihm dargebracht wird. Zu Ehren Raûliums und des Imperiums.»

Anêrios hielt nicht mehr an sich. Er spie dem widerwärtigen Mithraspriester zwischen den Gitterstäben hindurch mitten ins Gesicht.

Die Augen des Rotgoldenen glommen bedrohlich auf. Für einen kurzen Moment vermeinte Anêrios ein kaltes Glitzern darin zu erkennen, welches ihm einen eisigen Schauder durch den Leib jagte. Dann wandte sich Amontrâkius ruckartig ab und gab seinen Begleitern ein Zeichen, ihm zu folgen.

Erst jetzt gewahrte Anêrios den Raben, der sich die ganze Zeit hindurch in einer Felsennische verborgen gehalten hatte und nun krächzend aufflatterte, um dem Priester nachzufliegen. Der junge Mann hegte keine Zweifel daran, dass es der schwarze Vogel mit den goldenen Augen war.

«Roma Victrix[90]!», bellte Romûlius und schleppte Aquileia schwerfällig von dannen. Zwei Legionäre hoben ihren toten Kameraden auf und trugen ihn humpelnd mit sich fort.

Der schwere Tritt der genagelten Soldatenstiefel hallte noch lange durch den Felsengang, als die Männer in Richtung Hafen langsam Anêrios' Blicken entschwanden.

[90] Roma Victrix (Lat.) = Rom ist siegreich

VII

IN DER SIRENENGRUBE

Er war dem Magos in die Falle gegangen! Wie hatte er sich nur auf derart tölpelhafte Weise überrumpeln lassen können! Von Ohnmachtsgefühlen überwältigt, zerrte Anêrios immer wieder an den rostigen Eisenstäben des Gittertores und schrie seine blanke Wut in den Felsengang hinaus.

Wenigstens kann Aquileia rechtzeitig aus dem Gefahrenbereich der todgeweihten Stadt entkommen, wenn sie zum Drachenberg geschafft wird. Während ich hier bald lebendig begraben werde.

War alles umsonst gewesen? Hatte er die vielen Abenteuer bis dahin nur deshalb bestanden, um nun zuletzt mit seiner Mutter in Raûlium elendiglich zugrunde zu gehen? War dies das Schicksal, welches ihm die Seemutter Vendolindia zugedacht hatte?

Immerhin hatte er Nusantia gefunden. Sie war zwar in einem beklagenswerten Zustand, aber sie lebte. Zumindest war dies vor einigen Augenblicken noch der Fall gewesen.

Als er sich an die gepeinigte Wasserfrau erinnerte, watete Anêrios durch das stinkende Brackwasser zurück in die Grotte, um nach ihr zu sehen. Obwohl die Fackeln den ganzen Höhlenraum in ein rötlich zuckendes Licht tauchten, konnte er den darniederliegenden Leib seiner Mutter im Wasser nirgends mehr entdecken. Er rief immer wieder ihren Namen und stolperte kreuz und quer durch die Kaverne, ohne auch nur die geringste Spur von ihr zu finden.

Bevor er sich ernsthaft Sorgen über Nusantias plötzliches Untertauchen machen konnte, vernahm er plötzlich erneut Schritte auf der engen Wendeltreppe, die vom Palastgarten in dieses abscheuliche Verlies herunterführte. Die metallisch klirrenden Geräusche verrieten unverkennbar, dass es sich wiederum um Soldaten handeln musste.

«Da muss wirklich einer in diesem Dreckloch stecken», hallte eine Männerstimme durch das Felsengewölbe. «Ich habe sein Geschrei deutlich durch den Nebel gehört.»

«Ich frage mich nur, wie er da hineingekommen ist?», wunderte sich ein anderer. «Die Zugänge sind doch alle versperrt.»

Anêrios stutzte. Er war sich sicher, dass diese zweite Stimme dem Priester Amonträkius gehören musste.

Aber der Rotgoldene mit der Löwenkrone war doch erst vor wenigen Augenblicken vor seinen Augen in Richtung Hafen entschwunden. Und hatte er ihn nicht selbst in diese Falle gelockt?

«Heute ist ein grosser Tag», stellte derselbe Mann in geradezu feierlichem Tonfall fest. «Wir werden das königliche Blut dieser Sirêna endlich dem Goldenen Mithras weihen.»

Anêrios hegte keine Zweifel. Es war wirklich Amonträkius, der ihn bereits wieder aufsuchte. Und er trachtete anscheinend tatsächlich danach, das Blut seiner Mutter diesem stierwürgenden Gott darzubringen. Zweifelsohne würde er ihr klägliches Schicksal zu teilen haben. Welcher seltsamen Laune der Götter mochte es bloss zuzuschreiben sein, dass er den Nachstellungen durch den falschen Drachengott Urâgus lediglich entronnen war, um nun auf dem Opferaltar dieses Mithras zu enden …?

Verzweifelt blickte der junge Mann sich um. Er konnte keine Nische oder Spalte in den Höhlenwänden ausmachen, wo er sich hätte verkriechen können. Das Licht der Fackeln war zu hell, um sich im Schatten zu verbergen. Wie hatte seine Mutter unter derartigen Bedingungen nur jahrelang in diesem grauenhaften Schlick überleben können?

Er musste schleunigst etwas unternehmen, wenn er den Männern nicht in die Hände geraten wollte. Hastig durchwühlte er seine Gürteltasche, um sich den letzten Knoten aus Alaïs' Nebelfaden zunutze zu machen – da hielt er unerwartet die zerzauste Feder aus Lïayellas Schwanenkleid in der Hand. Ohne lange zu überlegen, steckte er sich den feinen Federschaft zwischen die Lippen.

Sogleich traf es ihn wie ein Schlag. Für die Dauer einiger Herzschläge glaubte er, das Bewusstsein zu verlieren und in das schmutzige Wasser zu stürzen.

Aber als er sich wieder gefasst hatte, stellte er fest, dass er schwamm. Nicht *im* Wasser, sondern *auf* dem Wasser. Seine Beine, auf einmal ganz kurz und scheinbar verkümmert, paddelten rastlos unter seinem Leib. Die Arme hielt er seitlich an den Körper gelegt, sie waren mit prächtigen schneeweissen Schwungfedern besetzt. Und sein kleiner Kopf reckte sich zuvorderst an einem langen, biegsamen Hals vor. Anstatt eines Schreckenslautes entrang sich bloss ein abgehacktes Schnattern seinem zu einem breiten, gelben Schnabel umgeformten Mund.

Er hatte wahrhaft die Gestalt eines Schwans angenommen ...

Unbeholfen begann er, sich in seinem ungewohnten Vogelkörper zu regen, und versuchte zugleich, dessen veränderte Sinneseindrücke zu verarbeiten. Sein Gesichtsfeld hatte sich nämlich beträchtlich erweitert und sein Gehör nahm die Umgebungsgeräusche verstärkt wahr. Das quietschende Geräusch des aufschwingenden Gittertores schrillte geradezu schmerzhaft in seinen Ohren. Das aufgebrachte Fluchen der Männer, welche unwillig durch die Dreckbrühe stiefelten, klang laut und bedrohlich. Drei Legionäre fächerten mit vorgereckten Lanzen auf und durchkämmten den überfluteten Höhlenraum, während Amontrâkius beim Eingang stehen blieb und seine angestrengten Blicke durch die Grotte schweifen liess. Als er unerwartet den Schwan entdeckte, runzelte er argwöhnisch die Stirn, schenkte ihm aber keine weitere Beachtung. Er schien indessen äusserst irritiert zu sein, dass er Nusantia nirgends entdecken konnte.

Anêrios fragte sich ebenfalls, wo seine Mutter wohl stecken mochte? Seit er sie zurückgelassen hatte, um nach Aquileia zu sehen, war sie unauffindbar. Ob ihr Verschwinden etwas mit Yaïlils Zauberring zu tun hatte, den er ihr angesteckt hatte?

Das Gittertor steht jetzt offen. Zu seiner Erleichterung war ihm die Klarheit seines Verstandes durch die Verwandlung nicht abhandengekommen.

Soll ich die Gelegenheit nutzen und mich davonmachen? Dazu müsste ich aber meine Mutter im Stich lassen.

«Da unten ist keiner», murrte einer der Männer. Zu Amontrâkius gewandt fügte er hinzu: «Und die fischschwänzige Malefica ist auch fort. Neptûnus wird sie zu sich geholt haben.»

«Das ist höchst ungewöhnlich», erwiderte der Priester vom Höhleneingang her. «Der Magos hat mich ausdrücklich angehalten, den Qualen der Sirêna heute ein Ende zu bereiten und sie als Zeichen des Triumphes dem Goldenen Gott darzubringen. Ich kann mir nicht erklären, warum sie nicht mehr hier ist. Aber es dünkt mich überhaupt ein merkwürdiger Tag.

Ausgerechnet heute, da uns Mithras das ungetrübte Licht seiner strahlenden Sonne schenkt, finden wir den Palastgarten wie durch unheiliges Zauberwerk in dichten Nebel gehüllt vor. Und diesen Wasservogel habe ich hier unten auch noch nie angetroffen.»

«Vielleicht hat er sich durch den Schacht hierher verirrt», mutmasste einer der Soldaten höhnisch. «Das Wasserweib ist bestimmt längst abgesoffen oder die Fische haben es gefressen. Lasst uns endlich wieder aus dieser götterverlassenen Kloake verschwinden. Ich werde gleich meinen Pulmentum[91] von heute Morgen von mir geben.»

«Bevor wir uns wieder auf dem Forum blicken lassen können, müssen wir auf jeden Fall einen Abstecher die der Therma machen und uns diesen widerlichen Latrinengestank vom Leib waschen», bemerkte einer seiner Kameraden mit ärgerlich verzogenem Gesicht.

Erleichtert stellte Anêrios fest, dass sich die Legionäre rasch wieder zum Ausgang bewegten.

«Der Magos wird keine Freude haben an dieser Neuigkeit», schnarrte Amonträkius. «Aber wir dürfen keine Zeit verlieren. Er erwartet seine treuen Diener am Höhlentor des Mithräums. Wir müssen heute auf die Siegesfeier in der Stadt verzichten. Macht meine Barke klar zum Ablegen, wir laufen jetzt gleich aus, das unsterbliche Auge des Goldenen Löwen blickt auf uns.»

Der gedrungene Priester mit dem aufgeblasenen, herablassenden Gesicht warf einen letzten nachdenklichen Blick in die vermeintlich verlassene Sirenengrube, dann wandte auch er sich kopfschüttelnd ab. Krachend fiel das Gittertor hinter ihm ins Schloss, und die schmatzenden Schritte der Soldatenstiefel entfernten sich durch den überspülten Stollengang.

Erleichtert schlug Anêrios mit seinen weissen Flügeln. Die Gaben von Uyôlas Töchtern hatten sich einmal mehr als überaus hilfreich erwiesen. Eine Weile liess sich der junge Mann in seinem Schwanenleib auf dem Wasser treiben. Angespannt horchte er, ob sich erneut Menschen von draussen annäherten, aber es blieb ruhig.

Allerdings hatte sich auch Nusantia scheinbar in Luft aufgelöst. Als sich der Schwanenleibige allmählich zu sorgen begann, ob die Sirene wirklich

[91] Pulmentum (Lat.) = Getreidebrei (Grundnahrung der Romanen)

leblos im Wasser versunken und zur grossen Seemutter heimgegangen war, sah er sie unweit der Höhlenwand unvermittelt aus der Brühe auftauchen. Sie bewegte sich langsam und angestrengt auf ihn zu. Als er ihr schmutzstarrendes Gesicht erkannte, bemerkte Anêrios, dass in den Augen der Wasserfrau überraschend ein Funken Lebenswille glomm. In ihrem Ausdruck zeigte sich trotz aller Qual eine Spur frischer Entschlossenheit, als hätte sie unversehens wieder neuen Mut geschöpft. Mit ihren feinen Fingern fuhr sie dem Schwan über das schmutzige Gefieder und bewegte ihre schorfbedeckten Lippen zu wispernden Lauten. Es klang wie ein verzerrter, heiserer Gesang, welcher etwas von jener ursprünglichen Kraft zu beschwören versuchte, welche der Königin der Lindônen einst innegewohnt hatte. Anêrios verspürte auf erschütternde Weise Mitgefühl mit diesem Wesen des tiefen Wassers, welches dermassen schwer gezeichnet war von den unbeschreiblichen Qualen, die es jahrelang hatte erleiden müssen.

«Der See ... er raunt mir zu ... dass der Berg zornig ist», stammelte Nusantia und strich mit ihrer zitternden Hand über den anmutigen Schwanenhals. Anêrios konnte Yaïlils Ring erkennen, der an einem ihrer Finger glänzte. «Der Berg ... er wird sich bald ... mit dem See vermählen ... und diesen wüsten Ort verschlingen ... Es dauert nicht mehr lange.»

Anêrios wollte etwas erwidern und klapperte mit seinem ungestalten Schnabel. *Wo bist du gewesen, Mutter*, formte seine innere Stimme die Worte im Geist. Was ihm selbst nur als unverständliches Geschnatter vorkam, schien für die Sirene jedoch durchaus Sinn zu ergeben.

«Dein Ring ist es», flüsterte sie. «Er hat etwas in mir geweckt. Die Kraft des Wassers ... die Tiefe.» Sie spreizte die Finger vor ihrem Gesicht, um das Schmuckstück zu betrachten. Anêrios sah die bläulichen Schwimmhäute, die bei ihr noch viel ausgeprägter hervortraten, als dies bei ihm selbst der Fall war.

«Es gibt eine tiefe Stelle ... dort drüben», erklärte sie mit schwacher Stimme. «Zu Beginn ... meiner Gefangenschaft ... bin ich dort oft abgetaucht ... um den See zu spüren. Aber in letzter Zeit ... fehlte mir die Kraft ...»

Ihre Hände zitterten immer noch leicht, als sie Anêrios' Gefieder weiterhin liebkoste und seine ungewöhnliche Gestalt betrachtete. «Die Peiniger … sie sind fort …», murmelte sie schliesslich. «Spucke die Albiônenfeder wieder aus.»

Anêrios wurde erst in diesem Moment bewusst, dass ihm tatsächlich eine Feder im Schnabel klebte. Als er diese von sich gab, streifte ihn abermals ein beklemmendes Schwindelgefühl, ehe er sich mit durchnässten Kleidern im Brackwasser sitzend wiederfand. Die veränderte Sinneswahrnehmung seines zurückerlangten Menschenleibes betäubte ihn für einen Moment, doch als sich seine Augen wieder zurechtfanden, erkannte er deutlich das mitgenommene Gesicht seiner Mutter vor sich, das ihn aufmerksam musterte.

«Die Seemutter … hat mich noch nicht … vergessen», flüsterte sie mit einem schwachen Lächeln. «Die Wellen des Sees haben mir von dir erzählt, mein Sohn … Und auch Alâria … Aber dann erschien diese plötzlich nicht mehr …» Nusantia hob ihr versehrtes Gesicht zur Decke empor, wo immer noch ein grauer Lichtschimmer durch den Brunnenschacht herabfiel. «… und sie haben diesen Unrat auf mich herab geworfen … Der Eisenstaub im Wasser … das Sengen der Fackeln … es hat meine letzten Kräfte aufgezehrt … die Stimmen des Sees sind verstummt. Ich liege im Sterben, mein Sohn …» Ein krampfhafter Hustenanfall schüttelte den geschundenen Leib der Wasserfrau.

«Ich werde dir helfen, Mutter», versicherte Anêrios rasch. «Es ist noch nicht vorbei. Noch sind wir am Leben.»

Allerdings fragte er sich selbst, auf welche Weise er es bewerkstelligen wollte, mit seiner entkräfteten Mutter rechtzeitig aus diesem bestialischen Kerker entrinnen zu können.

«Die Verbindung ist schwach …», stöhnte Nusantia. «Es gibt … zu viele Störungen an diesem … geschändeten Ort. Die Risse und Spalten im Felsen … sie sind zu schmal für dich und mich. Wir können hier nicht fort.»

«Die Stadt wird heute untergehen», eröffnete Anêrios seiner Mutter mit betrübter Miene. «Und wenn wir es nicht schaffen, aus diesem Loch zu entwischen, dann werden wir ihr Schicksal teilen. Denn gewiss werden die erzürnten Dverîgen auch den Felsen schleifen, auf dem die Zitadelle des

Procurators steht.»

«Mutter Uyôla ...», seufzte Nusantia. «Sie alleine könnte uns jetzt helfen. Aber es steht nicht in ihrer Macht ... sonst hätte sie es längst getan. Das Wasser hat mir berichtet ... wie sehr sie um mich bangt.» Ein gequältes Lächeln stahl sich auf die verhärmten Züge der Wasserfrau. «Aber sie hat dich vor dem Ende ... zu mir geschickt, mein Sohn. So dass wir die letzten Momente gemeinsam erleben dürfen ... Bevor die gütige Seemutter uns ... in die ewig leuchtende Tiefe hinüberruft ... Erzähle mir von dir, mein Sohn. So lange ... habe ich darauf gewartet.»

Lange und ausführlich erzählte Anêrios seiner Mutter, wie er in Vernausium herangewachsen war und wie er schon seit seiner frühesten Kindheit immer wieder die Anziehungskraft des Sees gespürt hatte. Er vermochte es fast nicht zu fassen, dass Nusantia in dieser ganzen Zeit hier unter der Weissen Stadt eingesperrt gewesen war, ohne dass er oder sein Vater auch nur das Geringste davon geahnt hatten. Wohlweislich erwähnte er nichts von Ambaros' fortwährendem Kummer, von dessen verhängnisvollem Handel mit der Priesterschaft und wie der Bootsbauer letztlich alles mit ungewissem Ziel hinter sich gelassen hatte. Dieser unglückliche Bescheid über das Schicksal ihres einstigen Geliebten hätte Nusantias schwaches Herz womöglich auf der Stelle gebrochen.

«Und dazu kommt, dass die Priester unser Volk jahrelang mit ihrem Zaubergift betäubt haben», fuhr Anêrios fort. «Dieser falsche Lebenstrunk hat die Vendolindier von allen lebendigen Strömen des Landes und des Wassers abgeschnitten. Nur so war es möglich, die Lügen über den Drachengott und die regelmässigen Menschenopfer über so lange Zeit in ihre Seelen einpflanzen zu können. Der Magos, welcher hinter allen diesen Machenschaften zu stecken scheint, muss grosse Macht besitzen. Mutter, weisst du eigentlich etwas über diesen Mann? Hast du ihn je gesehen?»

«Er hat sich mir nie ... in seiner wahren Gestalt ... gezeigt», ächzte Nusantia und schauderte. «Aber er ist ... das ist gewiss ... ein Meister der Verwandlung. Er kommt manchmal ... in der Gestalt des Priesters ... mit dem roten und goldenen Mantel. Und manchmal ... der Rabe mit den goldenen

Augen … er hat mich beobachtet … immer wieder. Er sucht etwas … unter dem Berg … fieberhaft. Mein ganzes Volk leidet dafür …»

Nusantia seufzte schwer und schüttelte hilflos den Kopf. Sie war zu schwach, um weitersprechen zu können, obwohl noch viele Worte auf ihrer ausgedörrten Zunge zu brennen schienen. Kraftlos streckte sie sich im Wasser aus und lag lange Zeit ruhig da. Immer wieder griff Anêrios nach ihrer kühlen, rissigen Hand und fühlte ihren Puls. Die Sorge, dass sie ihren letzten Atem verhauchen könnte, nagte schwer an ihm. Ausser dem Murmeln des Wassers und dem Knistern der Fackeln war nichts zu hören. Nur ganz selten wehten Geräusche von draussen durch den Brunnenschacht zu ihnen herab. Das ferne Lärmen der feiernden Menge vielleicht. Oder das Brausen eines aufkommenden Unwetters.

Es waren bange Momente untätigen Wartens. Anêrios hatte sein lang ersehntes Ziel erreicht, er hatte seine Mutter gefunden. Aber nun steckten sie in diesem erbärmlichen Loch fest, in Erwartung ihres sicheren Endes. Es war eine unerträgliche Lage. Immer wieder richtete Anêrios seine Blicke in den Brunnenschacht hinauf. Mittlerweile war jeglicher Lichtschimmer in ihm erloschen. Die Nacht musste längst hereingebrochen sein. Von einem beunruhigenden Gefühl lähmender Ohnmacht erfasst, kniff er die Augen zu.

Plötzlich spürte er etwas.

Der Felsen um ihn herum schien in feinen Wellen zu erbeben. Staub rieselte von der Decke, kleine Steine bröckelten herab. Ein dumpfes Grollen wogte aus der Tiefe heran und versetzte die Leibesmitte des jungen Mannes unwillkürlich in Vibration. Durch das dunkle Brunnenloch wehte ein Rauschen herab, als hätte sich draussen ein starker Wind erhoben. Die Fackeln begannen unruhig zu flackern.

Nusantia schreckte auf wie aus einem beängstigenden Traum. «Fühlst du es … mein Sohn?», wisperte sie. «Die Fluten des Sees erzittern … Es hat begonnen.» Andächtig schloss sie ihre Augen, als wollte sie in ihr Innerstes hineinhorchen.

Unvermittelt gellte von oben der ferne Klang metallener Hörner herab. Ein Brausen wie von vielkehligem Wehgeschrei wurde laut. Hatten die Bewohner der Stadt bemerkt, was ihnen drohte?

«Die kleinen Erdhüter ...», raunte Nusantia scheinbar ungerührt, die Augen immer noch fest geschlossen. «Sie bringen den Berg zum Sprechen ... sie wurden ermächtigt ... jetzt. Ich spüre es.»

«Helva Zauberweberin hat ihnen gestattet, Raûlium zu zerstören», bestätigte Anêrios, was er von Uyôla durch das Gesicht im Kessel Albodunêbron vernommen hatte. «Der Procurator ist zu weit gegangen ... ihre Langmut ist wohl auch erschöpft. Nur schade, dass sie uns mitsamt der Stadt begraben werden. Ob sie wohl wissen, dass wir hier unten festsitzen?»

Nusantia lächelte und legte ihrem Sohn langsam die kühle Hand auf seine vor Aufregung erhitzte Wange.

An der Erdoberfläche erschütterte ein gewaltiges Krachen die Nacht. Das Felsengewölbe über den beiden Gefangenen knackte und knirschte. Kleine Gesteinsbrocken lösten sich und prasselten ringsum in das brackige Wasser herab. Aus dem Garten weit über ihnen war nun deutlich aufgebrachtes Geschrei zu vernehmen. Die warnenden Tubae[92] schallten unaufhörlich aus der aufgeschreckten Stadt.

«Mein Volk ... endlich wird es frei sein», sinnierte Nusantia und blickte geradezu verträumt in das Wasser hinein, als könne sie das Leuchten der Gläsernen Städte in dessen Tiefe wahrnehmen.

Ein erneuter Donnerschlag brachte den Felsen zum Wanken. Das dumpfe Grollen aus dem Innern der Erde schwoll bedrohlich an. Anêrios mochte sich noch nicht in die Unausweichlichkeit seines Endes schicken. Verzweifelt suchte er nach einem Ausweg.

«Vendolindia erwartet uns ... mit offenen Armen ... mein Sohn», flüsterte Nusantia und warf Anêrios einen tröstenden Blick zu. «Nach den langen Qualen ... wird es eine Erlösung sein ... endlich.»

Wenigstens ist Aquileia draussen, ging es dem jungen Mann durch den Kopf. *Aber was werden sie mit ihr anstellen? Werden sie sie in die Drachenhöhle verschleppen?*

Aus dem Treppenschacht war überstürztes Getrampel zu hören. Verzweifelte Klagerufe und Entsetzensschreie, die von Todesangst kündeten, mischten sich darunter.

[92] Tuba, -ae (Lat.) = Trompete, Metallhorn

Sie versuchen in den Hafen zu fliehen.

Mit einem ohrenbetäubenden Knall barst ein Teil der Gewölbedecke. Eine lange Spalte klaffte im Felsen auf, dann sackte der vordere Teil der Grotte ein und begrub den vergitterten Ausgang unter sich. Eine beissende Wolke zermalmten Gesteins schwappte über Anêrios und Nusantia hinweg, die sich hustend aneinanderklammerten.

«Helva Zauberweberin!», schrie der junge Mann plötzlich auf und riss sich von seiner Mutter los. Hastig fingerte er in seiner nassen Gürteltasche herum und zog den Garnstrang hervor, welchen er noch zurückbehalten hatte. Blitzschnell richtete er einen bangen Gedanken an Amalissa und Arîmus, und er hoffte, dass sie seine Anweisung befolgt und sich mit der anderen Hälfte des Zaubergarns ebenfalls schützend umgeben hatten.

Der Wollfaden war aufgeweicht, aber intakt. Hastig wickelte der junge Mann ihn ab und band die beiden losen Enden aneinander. Die grosse Schlaufe, die auf diese Weise entstand, warf er wie einen weiten Ring über sich und seine Mutter. Mit grossen Augen beobachtete sie sein geschäftiges Treiben und schwieg. Womöglich spürte sie den machtvollen Zauber aus der anderen Welt, der diesem Zwirn innewohnte.

Als das Rumpeln und Poltern der zur Hälfte eingebrochenen Höhle verklungen war, herrschte auch auf der Treppe draussen Totenstille. Vermutlich war sie durch den Einsturz verschüttet worden. Die wenigen Fackeln, die noch brannten, zischten und knisterten unentwegt.

Anêrios forderte seine Mutter auf, sich an dem Faden festzuhalten, dann drängte er sie an die rückwärtige Höhlenwand hinüber, möglichst weit weg von der Einsturzstelle, wo noch immer Gesteinstrümmer von der Decke abbrachen. Gemeinsam zogen sie den schützenden Ring aus Garn, der um sie herum ausgebreitet lag, durch das hüfttiefe Wasser mit sich.

Als Anêrios die feuchte Felswand berührte, spürte er, wie diese unter ständigen Erschütterungen erbebte. Das Donnergrollen aus der Tiefe des Berges war mittlerweile so stark, dass sich jedes weitere gesprochene Wort zwischen ihm und Nusantia erübrigte. Das Getöse hätte ihnen jegliche Lautäusserung gleich auf den Lippen zerrieben.

Anêrios schloss die Augen und fasste Nusantia bei den Händen. Er zitterte am ganzen Leib. Auch wenn er es in dem Gelärme nicht hören konnte, so spürte er doch, dass sie zu singen versuchte. Es war kein berückend schöner Sirenengesang, wie er ihn einst vernommen hatte, als er mit Beodân auf dem wundersamen Mantel den Sümpfen entlanggestreift war. Gewiss fehlte ihr die Kraft dazu. Aber sie stellte sich dem unausweichlichen Ende mit Würde. Tränen lösten sich aus Anêrios' krampfhaft zusammengekniffenen Augen und kullerten über die staubbedeckten Wangen in seinen struppigen Bart. Als wollte die gütige Seemutter Vendolindia ihren endgültigen Wassersegen durch ihn hindurch verströmen.

Wenn dereinst unser letzter Atemzug in den Himmel aufsteigt, dann sinkt unsere Seele in die Arme der Seemutter hinab.

So hatte es sein Vater Ambaros immer wieder gesagt. Ob dieser ihn wohl im Leuchtenden Land in Empfang nehmen würde? Und ob Tarvo inzwischen auch dort drüben eingekehrt war?

Plötzlich gab der Boden unter seinen Füssen nach. Als hätte sich eine breite Spalte im Felsengrund aufgetan, verlor er jeden Halt und stürzte ins Wasser. Seine Beine strampelten und suchten vergeblich nach Grund. Nusantia tauchte an seiner Seite auf, ihre Augen leuchteten im Fackelschein. «Es ist offen», hauchte sie. Er konnte es eher an ihren Lippen ablesen, als dass er die Worte verstand. Sie deutete in die Tiefe, die sich unter ihren Füssen aufgetan hatte.

Ich brauche den Ring, schoss es Anêrios durch den Kopf. *Sonst kann ich nicht atmen unter Wasser.* Hastig griff er nach Nusantias Hand und streifte ihr Yaïlils Zauberring vom Finger.

Er hoffte freilich, dass dessen zauberische Macht auch in dieser Welt wirksam war. Er warf seiner Mutter einen verzweifelten Blick zu, dann griff er wieder nach ihrer Hand und zog sie mit sich in die Tiefe. Er hielt den Atem an und öffnete entsetzt die Augen. Wirbelnde Finsternis umgab ihn. Mit der freien Hand tastete er sich der Felskante entlang und stellte fest, dass der Weg tatsächlich frei war. Der Sockel des Palastfelsens schien aufgebrochen zu sein und eröffnete ihnen einen unvermuteten Fluchtweg. Hatten sie diese Bresche der Macht von Helvas Zaubergarn zu verdanken?

Krampfhaft hielt der junge Mann den Atem zurück und spürte, wie ihm allmählich die Sinne schwanden. Da erinnerte er sich des Ringes an seiner Hand und vor seinen inneren Augen blühten unwillkürlich die unbeschreiblichen Bilder der Tiefwasserwelt auf, welche er mit der Schwanenjungfrau auf dem Seegrund von Funtaflauis besucht hatte.

Vertrauensvoll sog er den Atem ein und stellte sogleich fest, dass die Magie des Zauberrings auch im Vendolindon wirkte. Wie schwarze Schlacke flog es von seinen brennenden Lungen, als er in gleichmässigen Zügen durch das Wasser zu atmen begann. Immer noch glitt er mit seiner Mutter abwärts durch die flüssige Dunkelheit. Das geheimnisvolle Rauschen der Wassertiefe hatte das erschreckende Gedröhne des einstürzenden Berges längst aus seinen Ohren verdrängt. Nach und nach umfing ihn eine friedvolle Stille. Ein bläulicher Lichtfunken tanzte vor seinem Gesicht. Erst nach einer Weile wurde ihm klar, dass das Leuchten von dem kleinen hellblauen Edelstein ausging, der in seinen Ring gefasst war. In seinem schwachen Schein erkannte er den zerrissenen Rand der Spalte, die sich durch das Fundament des Uferfelsens von Raûlium wand.

Unvermittelt wichen die Felskanten zurück und sie trieben in endloser Dunkelheit. Anêrios spürte den schwachen Druck von Nusantias Hand in seiner Rechten. Er schwenkte den Lichtstein vor ihrem Gesicht und glaubte, schwach ein erleichtertes Lächeln darin zu erkennen.

Nach der beengenden Erfahrung des Eingeschlossenseins in ihrem Felsenkerker vermittelte ihm die grenzenlose Weite des Seewassers, welche sich ihnen derart unverhofft aufgetan hatte, ein berauschendes Gefühl der wiedergewonnenen Freiheit. Obwohl das Wasser in dieser Tiefe empfindlich kühl sein musste, durchlief ein warmes Pulsieren den Leib des jungen Mannes. Wie einst schon unter Uyôlas Seerosenpalast umfing ihn wiederum dieses behagliche Gefühl traulicher Geborgenheit, als würde er in der unendlich liebevollen Umarmung des Sees gewiegt. Einmal mehr bestätigte sich, dass er in diesem Element wahrhaft zuhause war. Obwohl seine Menschensinne nichts mehr wahrnahmen, befiel ihn nicht einmal ein Anhauch von Unbehagen oder Furcht. Die Gewissheit, dem bedrückenden Felsengrab entronnen und unversehens in das offene Wasser entlassen worden zu sein, versetzte ihn vielmehr in einen Zustand der Seligkeit.

Plötzlich tauchten weit unter ihnen bläuliche Lichtkugeln auf, die sich anmutig durch die dunklen Fluten bewegten. In ihrem milden Schein waren wunderschöne Gesichter von Männern und Frauen zu erkennen, die von feinen, silberhellen Haarschleiern umweht wurden. Anêrios spürte, wie kräftige Hände von allen Seiten nach ihm griffen und wie er zwischen geschmeidigen Leibern in die Mitte genommen wurde.

Die Lindônen waren gekommen, um ihre befreite Königin endlich in Empfang nehmen zu können.

Die Seemutter ist aufgebracht! Wir müssen tief hinabtauchen, um ihrem Zorn zu entrinnen. Es war eine sanfte Stimme, die er in seinem Kopf vernahm. Vielleicht war dies die Art, wie sich das Wasservolk hier unten verständigte, da die Ohren doch keinen Laut wahrzunehmen vermochten.

Vertrauensvoll schloss er seine ermatteten Augen und gab sich der liebevollen Führung durch die wohlwollenden Begleiter hin, die ihn sicher durch die nachtblaue Tiefe geleiteten.

In aufwühlenden Traumbildern sah Anêrios immer wieder, wie der erzürnte Berg über die Weisse Stadt herabstürzte und die berauschte Volksmenge in den Gassen und auf den Plätzen Raûliums jäh aus ihrem Sinnestaumel riss. Wie gewaltige Felsmassen mit Wucht über die stolzen, weissen Mauern hereinbrandeten und die glanzvollen Paläste unaufhaltsam niederwalzten. Wie die triumphale Feier des ausschweifenden Procurators in einer Woge aus Staub und Trümmern erstickt wurde. Dort wo das Geschiebe des zusammengebrochenen Gebirges in den See drängte, türmte sich eine baumhohe Woge auf und flutete mit unaufhaltsamer Gewalt über den Vendolindon. Boote und Barken, welche der Zerstörung der Stadt zu entfliehen suchten, wurden von der schäumenden Wasserwand erfasst und wie von einer zornigen Faust durch die Luft geschleudert. Hilflos versanken die Gefährte und ihre Besatzungen in den strudelnden Fluten, die sich über die ganze Seefläche hinwegwälzten und zuletzt mit donnernder Gischt an den Uferbänken zerstoben. Wie Reisig knickten die dicksten Bäume weg, Stege und Hütten wurden zerpflückt wie dürres Laub in einer herbstlichen Sturmhose.

Als der junge Mann das Bewusstsein wiedererlangte, wirbelten die erdrückenden Bilder der Zerstörung noch eine Weile durch sein Inneres und verebbten erst allmählich in demselben Masse, wie er realisierte, dass er selbst nicht Teil davon war.

Er war in Sicherheit!

Ein gütiges Geschick hatte ihn und seine Mutter im letzten Augenblick aus der sterbenden Stadt hinausgetragen und in die Arme der Lindônen geführt.

Er lag auf weichem Untergrund, der sanft unter ihm schaukelte. Fast als läge er auf einem Schiff ausgestreckt. Die verheissungsvollen Wohlgerüche des Sees umschmeichelten seine Nase. Hoch über ihm wölbte sich ein makelloser Sternenhimmel, dessen tausendfältiges Funkeln sich auf der leicht gekräuselten Wasseroberfläche brach. Die schöne Mondgöttin Belisâna hatte ihr blasses Gesicht inmitten dieses prächtigen Nachtgeschmeides hervorgestreckt und blickte rätselhaft und unnahbar auf ihn herab. Jegliche Sturmwolken waren vom Himmelsgewölbe gewichen, das vordem wütend aufgepeitschte Wasser des Sees lag wieder ruhig und gebändigt da. Ein feines Klingen wie von einem wundersamen Gesang hing in der Luft. Nichts deutete auf die furchtbare Katastrophe hin, die sich hier soeben zugetragen hatte.

Wo war er überhaupt?

Er lag in weiches, würziges Gras gebettet. Umgeben von Gebüsch und kleinen Weidenbäumen. Und trotzdem wurde er das Gefühl nicht los, die Bewegung der Wellen unter seinem Leib zu spüren. Tatsächlich befand er sich auf einer Art schwimmender Insel, gross genug, dass man ein Langhaus darauf hätte errichten können.

Viele Köpfe des Wasservolkes reckten sich ringsumher aus der glitzernden Flut, um zu jenem Ufer zu blicken, wo immer noch eine dichte Staubwolke den Berg Baranbanno verbarg – und jene Stelle, wo die Weisse Stadt zu dessen Füssen gestanden hatte. Kein einziges Schiff trieb auf dem See, was die Vermutung nahelegte, dass niemand der verheerenden Katastrophe entronnen war.

Niemand ausser Anêrios und Nusantia.

Der vielstimmige, wohlgefällige Gesang der versammelten Lindônen wob Harmonien der Erleichterung und des Friedens in die laue Nachtluft über dem See, in welcher die Erschütterungen des zornigen Berges und der brausenden Flutwelle immer noch fein nachbebten. Anêrios sog diese klingende Luft tief in sich hinein und wurde sich mit tränenvoller Erleichterung bewusst, dass er wirklich gerettet war. Er vermochte es kaum zu fassen. Raûlium lag darnieder, noch immer verbargen die Staubfahnen gnädig das tatsächliche Ausmass der Zerstörung. Und er schwamm unversehrt in der zärtlichen Umarmung des Sees inmitten von befreiten Angehörigen des Flossenvolkes.

Er befand sich nicht allein auf der treibenden Scholle, auf die er gebettet worden war. Nusantias spindeldürre Gestalt lag neben ihm, umgeben von einer Gruppe Sirenen mit langen, silberschuppigen Flossenschwänzen. Ihr wunderschöner Gesang galt wohl nicht zuletzt ihrer Königin, die sie nach langen Jahren des Leidens endlich wiedergefunden hatten.

Aber die Führerin des Wasservolkes bot einen erbarmungswürdigen Anblick. Auch wenn das Seewasser Schmutz und Schorf von ihrem Leib gespült hatten, so war dieser durch die jahrelange Auszehrung und die erlittenen Qualen doch beinahe zerstört. Ein schwaches Leuchten glomm noch aus den beiden grünlichen Augensternen in ihrem friedlich entspannten Gesicht. Wieder mit ihrem Volk vereint zu sein, schien für sie alles Leiden und allen Schmerz aufzuwiegen.

Als sie Anêrios wahrnahm, versuchte sie, sich mühsam aufzurichten. Aber ein heftiger Hustenanfall zwang sie sogleich wieder nieder. Viele feingliedrige Hände legten sich zärtlich auf ihren geschundenen Leib, die Gesänge des Wasservolkes strichen wie schmeichelnde Schleier über sie hinweg und hüllten sie tröstlich ein. Eine alte Lindona mit beinahe schwarzen Schuppen sprach ihr beruhigend zu, während ihre krummen Finger verschlungene Gesten über ihr Herz woben.

«Wir sind frei, mein Sohn», keuchte Nusantia. Ihr Atem ging stossweise und wurde von einem rasselnden Geräusch verzerrt. «Du hast ... mein Volk gerettet ... den See ... dieses Land.»

Anêrios sah, dass ein feiner, dunkler Blutfaden aus ihrer Nase rann. Sie schloss immer wieder für einen Moment erschöpft die Augen und zwang sich zu einem Lächeln.

«Du darfst jetzt nicht sprechen, Mutter», wisperte Anêrios und liess sich an ihrer Seite nieder. Die versammelten Lindônen gewährten ihm bereitwillig Platz. Eine Menschenfrau mit vertrauten Zügen kauerte ihm gegenüber an der Seite der Sterbenden und blickte ihn eindringlich an. Der Ausdruck ihrer leidvollen Augen erinnerte ihn auf seltsame Weise an Aquileia.

Da erkannte er sie wieder. Es war die Mutter der Prinzessin von Raûlium, Melomagûnos' Tochter, die ihm damals zur Flucht verholfen hatte. Ungläubig starrte er sie an, er hätte zuletzt erwartet, sie hier wieder anzutreffen. Erst recht nicht, nachdem ihr der hämische Mithraspriester von der grausamen Bestrafung berichtet hatte, die ihr Gemahl an ihr vollzogen hatte.

Er hatte sie damals zu Beginn ihrer Flucht nur ganz kurz ohne Maske gesehen, und doch war ihre Ähnlichkeit mit Aquileia nicht zu verkennen.

«Ich bin Alâria», bestätigte sie ihm und nickte. Ein schwaches Lächeln huschte über ihre Lippen. «Der Procurator hat meine verborgenen Anstrengungen nach eurer Flucht bald entdeckt und liess mich zur Strafe in den See werfen. Aber sie haben mir geholfen.» Dankbar blickte sie in die Runde der filigranen Gesichter. «Ein Teil von mir gehört zu ihnen. So wie du auch.»

«Ich habe deinen Vater wiedergefunden», platzte es aus Anêrios heraus. Die Gegenwart von Aquileias Mutter spendete ihm unverhofften Trost. «Melomagûnos, deinen richtigen Vater», fuhr er eifrig fort. «Er ist der rechtmässige Verunorêgios von Vendolindium. Die Schreckensgestalt, die dich mit dem Procurator vermählt hat, war in Wahrheit ein Trugbild, welches der Magos geschaffen hatte, um die Menschen jahrelang zu täuschen. Auch dich. Wir müssen unbedingt zu deinem Vater.»

Anêrios liess der verblüfften Frau gar keine Gelegenheit, um auf diese überraschenden Neuigkeiten reagieren zu können, zu sehr war er plötzlich von einer Idee eingenommen, die in ihm aufgekeimt war.

«Melomagûnos hat den befreiten Kessel der Wandlung zu einem wundermächtigen Brunnen am Seeufer geschafft», erzählte er hastig weiter. «Dieses Wasser quillt direkt aus Helysia hervor, aus der anderen Welt, wo Uyôla Nebelsang herrscht, die Valâda vom See. Wir müssen Nusantia mit diesem Wasser behandeln. Sie in den Kessel legen. Es wird sie heilen.»

Erfüllt von der untrüglichen Gewissheit, dass dieses Vorhaben glücken musste, richtete er sich hoch auf und blickte über die Köpfe der versammelten Wasserleute hinweg, die sich nun alle zu ihm gewandt hatten und ihn verständnislos anstarrten.

«Bringt uns nach Ceningânum», forderte er sie auf, und der entschlossene Tonfall in seiner Stimme liess keine Zweifel daran, dass er wusste, wovon er sprach. «Nur dort können wir Nusantia, retten.»

VIII

EIN BÜNDNIS GEGEN DEN ERZZAUBERER

Als der neue Tag anbrach, verhüllten noch immer dichte Staubwolken das Nordufer des Vendolindon. Totenstille lag über die Stätte der Zerstörung ausgebreitet. Zaghaft erhoben die ersten Vögel ihre Stimmen, als steckte das umwälzende Ereignis der vergangenen Nacht selbst ihnen noch in den Knochen.

Kräftige Schwimmer des Wasservolkes schoben die treibende Grasinsel wie ein lebendes Boot dem gegenüberliegenden Seeufer entlang. Auch hier bot sich allerorten ein Bild der Verwüstung. Die Flutwelle hatte die ausgedehnten Schilfwälder niedergewalzt und jahrhundertealte Uferbäume zerschmettert oder mitsamt den Wurzeln aus der feuchten Erde gerissen. Die meisten Seedörfer waren zum Glück auf Anhöhen errichtet und dadurch dem Zorn des Wassers entronnen, aber wo die Behausungen zu nahe an den See gebaut gewesen waren, lagen ihre Überreste heillos zerstreut durcheinander. Anzeichen für allfällige Opfer unter den Dorfbewohnern waren keine festzustellen. Überhaupt zeigte sich keine Menschenseele in Sichtweite. Vermutlich waren die Vendolindier in die Hügel hinaufgeflohen. Anêrios hoffte es zumindest, während seine Blicke über die erschütternden Spuren der nächtlichen Verheerung schweiften.

Noch immer sangen die Lindônen, welche sie in grosser Anzahl schwimmend begleiteten, um ihrer schwer gezeichneten Königin Beistand und Lebenskraft zufliessen zu lassen. Der friedvolle Klang der Sirenensänge strich wie eine versöhnliche Einladung über das verwüstete Ufergelände, um auf diesem Werk der Zerstörung eine hoffnungsvollere Zukunft zu begründen.

Unantastbar und stolz erhob sich das Castellum von Stralingânum über dem Eichenhügel. So hoch hinauf hatte der Zorn der aufgepeitschten Wasserfluten nicht gereicht. Von Weitem sah Anêrios, dass zahlreiche Menschen in der Umgebung von Theudoricius' Festung Zuflucht gesucht hatten. Sein Augenmerk galt aber weniger der eindrucksvollen Residenz des Landherrn als der kleinen Waldlichtung, die sich zu deren Füssen an das Seeufer schmiegte.

Erwartungsgemäss hatte die Wasserwalze breite Breschen in die Bewaldung am Saum des Sees gebrochen. Kreuz und quer lagen die niedergeworfenen Weiden und Pappeln übereinander. Angeschwemmtes Treibgut, Äste und Schlamm bedeckten die sanft ansteigende Wiese bis zum oberen Waldrand hinauf. Doch wie durch ein Wunder war der uralte Wildrosenbusch über der Quelle unversehrt geblieben. Munter wie eh und je sprudelte das kristallklare Wasser unter seinem gewachsenen, belaubten Torbogen hervor. Die erhabene Gestalt des weissgewandeten Hohepriesters war schon von Weitem zu erkennen. Melomagûnos stand unweit der Wunderquelle, umringt von anderen Göttergeweihten und Neophyten, und zelebrierte eine Fürbitte, um die aufgebrachten Götter des Landes zu beschwichtigen. An ihrer Seite stand der massive Kessel Albodunêbron im niedergedrückten Gras und schimmerte im ersten Licht des erwachten Tages. Am Rand der Lichtung fanden sich immer mehr Menschen ein, um nach dieser furchterregenden Nacht der Umwälzung bei ihrer Priesterschaft Zuspruch und tröstliche Worte zu suchen.

Anêrios dankte der gütigen Seemutter Vendolindia aus tiefstem Herzen, als er seine innigste Hoffung bestätigt fand, dass die katastrophalen Ereignisse Ceningânum und seinen Hüter verschont hatten. Wie als zusätzliches Zeichen für die Gnade der Unsterblichen stieg genau in diesem Augenblick die Sonne zwischen den firnbedeckten Berghäuptern der Drei Uralten Mütter empor und badete die Lichtung am See in einem weichen, goldenen Morgenlicht.

Melomagûnos schloss seine Andacht rasch ab, als er das Herannahen des ungewöhnlichen Gefährts auf dem Wasser gewahrte. Mit ausgreifenden Schritten eilte er Anêrios entgegen und nahm ihn überschwänglich in die Arme. Der ehrwürdige Greis weinte vor Freude, als er seinem jungen Gefährten immer wieder über den Kopf strich und mit strahlenden Augen dessen gezeichnetes Gesicht betrachtete. Das Erscheinen von Alâria, jener Frau mit dem ernsten Ausdruck im Gesicht und den grauen Strähnen im Haar, welche schweigend und mit vorsichtiger Zurückhaltung neben Anêrios trat, versetzte den Hohepriester erst recht in Aufregung, als er sie wiedererkannte. Nun floss Vendolindias Element reichlich über die Gesichter der tief in ihren Seelen bewegten Menschen. Nach so vielen Jahren der Ungewissheit begegneten sich Vater und Tochter ganz unverhofft wieder an einem geläuterten und verheissungsvollen Morgen, der auf eine Nacht voller Schrecken und banger Verzweiflung nachfolgte.

Nachdem er einen Blick auf das Grünfloss geworfen und sich in wenigen Worten über die Lage hatte unterrichten lassen, wies Melomagûnos seine ergebensten Schüler an, den Kessel der Wandlung zu richten und ihn flugs mit dem Wasser des Lebens zu füllen. Vier kräftige Männer in heller Gewandung, deren zerzauste Haarschöpfe ebenso nass waren wie die Säume ihrer Tuniken und Beinkleider, hoben Nusantias gebrechlichen Körper behutsam aus dem Gras der schwimmenden Insel und trugen ihn hinauf zur Quelle. Mit Verwunderung konnte sich Anêrios in diesem Moment selbst davon überzeugen, wie rasch die Angehörigen des Wasservolkes ihre Gestalt zu wandeln und sich den Gegebenheiten der menschlichen Landbewohner anzupassen vermochten.

Albodunêbron war so geräumig, dass Nusantia mühelos darin Platz fand. Anêrios und Alâria stützten sie, während sie sich mit sichtlicher Anstrengung in das dickbauchige Gefäss hineingleiten liess. Melomagûnos selbst schöpfte mit Hilfe seiner Getreuen das reine Wasser aus der rosenumflorten Quelle und übergoss den versehrten Leib der entkräfteten Seekönigin mit einem heilsamen Schwall nach dem anderen. Nachdem der schlohweisse Hohepriester der todkranken Sirene versichert hatte, dass sich unter all den vielen Metallen, welche in der Wandung des Kessels miteinander verschmolzen waren, kein Eisen befand, entspannte sich die Wasserfrau zunehmend in dem schimmernden Becken, auf dessen kunstvolle Reliefs das Morgenlicht geheimnisvolle Lichtspiele zauberte. Wechselweise sangen die Priester Vendolindiums und die menschengestaltigen Wasserleute für das Heil und die Gesundung Nusantias, und selbst die Flüchtlinge aus den Seedörfern, welche auf der Lichtung zusammengeströmt waren, bezeugten das unfassbare Geschehen mit grossen Augen und viel Anteilnahme. Obwohl sich Wunder und Schrecken in den vergangenen Tagen immer wieder die Hand gereicht hatten, lieferte der Anblick einer leibhaftigen Lindôna, die in den Kessel der Wandlung getaucht wurde, genau den richtigen Stoff für mannigfaltige Sagen und Wundergeschichten, die noch unzählige Generationen später um den See kursieren würden.

Lange Zeit blieb Nusantia im wassergefüllten Kessel versunken, und lediglich leichte Regungen ihres Körpers verrieten, dass sie noch einen Hauch Lebenskraft in sich barg. Anêrios anfängliches Bangen wandelte sich zunehmend in Erstaunen, als er feststellte, dass sich seine Mutter im Zauberbad des geweihten Kessels schliesslich regelrecht zu räkeln begann. Er beobachtete mit eigenen Augen, wie sich viele Wunden und Schwären auf ihrer Haut allmählich glätteten und narbenlos verschwanden. Ein frischer Glanz überhauchte die spröden und rissigen Schuppen, und auch das ausgefranste, schüttere Haar verdichtete sich zu neuer Festigkeit und Fülle.

Aber erst viel später, als der Sonnenwagen bereits in den Mittagspunkt aufgestiegen war, hob Nusantia ihren Kopf wieder aus dem Wasser und bedachte die Umstehenden mit dankbaren Blicken aus ihren edelsteinleuchtenden Augen. Als sie dem Gefäss entstieg, trug sie ein hellblaues Gewand, welches ihre schlanke, hoch aufgerichtete Gestalt vornehm umwallte. Erstaunlicherweise war das prachtvolle Kleid ausser an den feuchten Säumen völlig trocken. Silberglänzendes Haar fiel wie eine Schleppe aus Seidengespinst bis zu den Fesseln dieser wunderschönen Frau herab. Ihr Gesicht wirkte noch immer dünn und knochig, aber aus den fein geschnittenen, anmutigen Zügen waren jegliche Spuren von Harm und Verletzung gewichen. Die Haut glänzte hell und rein, die Augen leuchteten wie zwei Türkissteine. Alle Versammelten waren überwältigt vom Anblick der Seekönigin des Vendolindon, welche durch das heilende Bad im Kessel des Ewigen Wandels zu ihrer ursprünglichen Kraft und Ausstrahlung zurückgefunden hatte.

Melomagûnos pries die Gunst der Götter, er ehrte die Seemutter Vendolindia und erhob seine Blicke demütig zu den Drei Uralten Müttern, welche ewig über dem See wachten, als er Nusantia an ihrer zierlichen Hand fasste und sie zu einem Sitz auf der Lichtung führte, welchen die Neophyten in aller Eile aus Weidenruten geflochten hatten. Als würde sich der Boden selbst über die Anwesenheit der Seekönigin freuen, richtete sich darum herum ein Kranz aus bunten Spätsommerblüten auf, welche ihre Köpfchen anmutig aus dem niedergelegten Gras hochreckten.

Nusantias Gefolge brachte eine Stärkung aus dem See in Form jener fremdartigen Früchte, wie Anêrios sie bereits in Funtaflauis gekostet hatte. Melomagûnos wies seine Getreuen ausdrücklich an, die Kochfeuer in gebührender Distanz zu entfachen, da er um das Unbehagen des Wasservolkes in Zusammenhang mit dem glutheissen Element wusste.

Plötzlich erschienen Reiter auf der Lichtung, über deren Häuptern der goldene Pfeil auf dunkelrotem Feld, das Banner des Dux Theudoricius, flatterte. Der Landherr in Person schwang sich aus dem Sattel und trat auf die Versammlung am Wunderbrunnen zu, während seine Männer das Geschehen vorsichtig aus dem Hintergrund beäugten.

«Gott zum Grusse», sprach Theudoricius förmlich und verneigte sich vor den Anwesenden. Der Anblick von Nusantia und ihrem Gefolge schien ihn über alle Massen zu verwundern, und sein Blick ruhte lange auf der Seekönigin, ehe er weitersprach. «Ich habe eure wundersame Versammlung bemerkt und erlaube mir, mich zu euch zu gesellen. Es sind wahrhaft seltsame Zeiten. Aber nach all den langen Jahren voller Schrecknisse häufen sich gerade jetzt die Zeichen der Befreiung von allem alten Übel. Die Bannung des Drachen und das göttliche Strafgericht, welches letzte Nacht über den See gekommen ist, um die verderbte Stadt Raûlium hinwegzuraffen, sind nur zwei davon. Nun wurde mir heute Morgen die Kunde von einem lebendig grünen Boot zugetragen, auf dem diese bemerkenswerten Gäste hier eingetroffen seien. Überdies berichtete man mir von einer Melusine im Kessel des Hohepriesters. Und nun», er bedachte Nusantia abermals mit einem bewundernden Blick», werde ich Zeuge einer Gesandtschaft von wahrhaft aussergewöhnlichen Geschöpfen, wie sie mir in diesem Land nie zuvor begegnet sind. Verzeiht mir, wenn ich ohne Voranküdigung in eure ehrenwerte Runde hereinplatze, aber als Dux im Dienste unseres guten Königs Godemâr, welcher mich mit der Aufsicht über dieses Land betraut hat, komme ich nicht umhin, mir über die sonderbaren Kräfte Gewissheit zu verschaffen, welche sich neuerlich an den Gestaden des Vendolindon regen.»

Melomagûnos lachte begütigend über die etwas umständliche Weise, wie der junge Landherr seine Neugier zu rechtfertigen versuchte, und winkte ihn herzhaft in ihren Kreis. «Sei uns willkommen, *Patricius*», versicherte er wohlwollend. «Du und auch deine Gefolgsleute. Aber bitte seid so gut und belasst all euer Eisen bei den Pferden, denn unsere ehrenwerten Gäste hier gehören zum Volk der Sirenen und ihnen bekommt die Ausstrahlung dieses kalten Metalles nicht.» Der Hohepriester erklärte dem Herrn von Dûnon die Hintergründe dieser ungewohnten Massnahme und unterliess es auch nicht, Theudoricius mit den Anwesenden bekannt zu machen. Die Gegenwart der Lindônenkönigin vor seinem Stammsitz erfüllte den Dux sichtlich mit Hochachtung. Überhaupt erweckte er den Eindruck, als ob die Ereignisse der letzten Tage gehörig an seinem bisherigen Weltbild gerüttelt hätten. Anêrios entging nicht, dass der junge Kriegsheld trotz aller Förmlichkeit, die er zu wahren versuchte, seine Augen kaum von Nusantia abzuwenden vermochte. Das konnte er ihm allerdings auch nicht verübeln, denn wenn er sich nicht sicher gewesen wäre, dass Nusantia wirklich seine leibliche Mutter war, hätte er sie selbst eher für seine Schwester gehalten. Von ihrer äusseren Erscheinung her wirkte die Seekönigin in ihrer Menschengestalt nämlich kaum älter als er selbst. Und sie war von unbeschreiblicher Schönheit und Anmut.

Theudoricius entledigte sich ohne Einwände seiner ehernen Waffen und Insignien und deponierte alles bei seinen Männern, welche am Rand der Lichtung ein Lager aufschlugen. Ausser seinem graubärtigen Onkel und Ratgeber Giselhêrius nahm er niemanden aus dem Kreis seiner Vertrauten mit zu dem Konzilium an der Quelle.

Lange sprachen sie über die wundersamen Ereignisse der vergangenen Tage, über das Verschwinden des Drachen und den Untergang Raûliums, über die vielfältigen Bedrohungen und Schrecken, welche Vendolindium jahrelang in lähmender Angst gebunden hatten und die sie nun binnen weniger Tage überwunden sahen. Anêrios berichtete von seinem Abenteuer in der Weissen Stadt, das beinahe gescheitert wäre, und auch von der Entführung Aquileias durch den Pontifex Amontrâkius und die Soldaten des Procurators. Alâria war erleichtert, von ihrer Tochter zu hören, gleichzeitig bestürzte sie deren Schicksal sehr, zumal die Prinzessin allen Bemühungen zum Trotz nun schlussendlich doch noch in die Hände des Magos gefallen zu sein schien.

Anêrios seufzte, denn er spürte bei aller Erleichterung, welche die erfolgreiche Flucht aus der zerstörten Stadt und die wundersame Heilung seiner Mutter mit sich brachte, wie immer noch ein Gewicht auf sein Herz drückte. Unweit der staubverhüllten Stätte, wo die Weisse Stadt in Trümmern lag, ragte das ausladende Massiv des Drachenberges in den wolkenlosen Himmel empor. An seinem Fuss klaffte jenes Höhlentor, durch das er unlängst aus der anderen Welt in dieses Land zurückgekehrt war. Irgendwo dort vermutete er Aquileia und den Magos. Und möglicherweise auch jene machtvollen Schätze aus der Tiefe des Berges, welche den Frieden dieses freiheitsträchtigen Tages rasch wieder zu ersticken drohten. Solange sich der Magos in diesem Land aufhielt und hier seine heimtückischen Pläne weiterverfolgte, gab es keinen Grund, um sich vorschnell in der Freude eines flüchtigen Sieges zu verlieren.

«Eine neue Zeit bricht nun an und vieles wird zu bedenken sein», verkündete Nusantia und bedachte die Anwesenden ausgiebig mit dem türkisfarbenen Glanz ihrer Augen. «Auch wenn immer noch Gefahr über uns schwebt, so sind doch die erwachten Keimlinge einer neuen Hoffnung allgegenwärtig. Wir alle haben viel erlitten und bedürfen nun zunächst der Ruhe. Berg und See haben sich in ihrem Zorn vereint, um das Gleichgewicht der Kräfte in diesem Land wieder herzustellen.» Mit einem liebevollen Lächeln wandte sie sich ihrem Sohn zu. «Anêrios, nun, da du den Ring des Wasseratems an deiner Hand trägst, kannst du sorglos mit uns in die tiefen Gärten unter den Wellen untertauchen und die Gastfreundschaft unserer Paläste geniessen. Manches wird dir vertraut erscheinen, denn was du in Funtaflauis erschauen durftest, ist ein Teil von jener Welt, die auch wir bewohnen.»

«Bei Vendolindia und allem, was mir heilig ist», bekannte der junge Mann zu seiner Mutter. «Ich bin ewig dankbar dafür, dass wir den Schrecken der letzten Nacht heil entronnen sind. Und ich werde gerne in deiner gastlichen Halle einkehren, Mutter. Aber die Zeit der Ruhe ist noch nicht gekommen.» Er deutete mit der Hand hinüber zu der dunklen Masse des Aurîg. «Ich befürchte, alle diese hoffnungsvollen Wendungen der letzten Tage, das Verschwinden des Drachen, die Entlarvung des falschen Hohepriesters, der Untergang der Weissen Stadt, scheren den Magos letzten Endes nicht. Er strebt nach der Macht über dieses Land. Und die liegt immer noch greifbar vor seinen Händen. Was er wirklich begehrt, sind die Urnen der Zeit. Vielleicht hat er sie inzwischen bereits aus der Tiefe des Drachenberges geborgen. Ich weiss nicht, was wir dagegen tun können, aber wir dürfen ihn nicht tatenlos gewähren lassen.»

Viele der Versammelten warfen Anêrios verstörte Blicke zu, aber lediglich Atrogambîsos, der altehrwürdige Göttergeweihte aus Lyesia, wagte sich, seiner Verwirrung Ausdruck zu verleihen. «Die Urnen der Zeit? Du meinst damit die Archeolithen aus der Legende, mein Sohn, die Mirakelsteine?», fragte er ungläubig.

«Omrâs, Eliôm und Urmîn», bestätigte Melomagûnos an Anêrios' Stelle. «Ja, es sind die Aethersteine oder Archeolithen, welche seit dem Anbeginn aller Tage Vendolindiums unter dem Drachenberg dort drüben schlummern. Weiss uns denn das Seevolk etwas mehr über diese rätselhaften Gebilde zu berichten, Nusantia?»

«Nach unserer Überlieferung sind es die Ersten Essenzen der Drei Uralten Mütter», erwiderte die Angesprochene und nickte bedeutungsvoll. «Sämtliche Geheimnisse dieses Landes sind darin verschlossen. Wie Samenkörner bewahren sie alles in sich, was dieser Boden jemals gewesen ist, was es gegenwärtig ist und was es dermaleinst sein könnte.»

«Es heisst, sie tragen den Aether dieses Weltteils in sich», fügte der Hohepriester Vendolindiums mit sorgenzerfurchter Stirn hinzu, «den Urstoff all dessen, was die Götter je im alten Land Helveidion geschaffen haben, das Urfeuer, das die drei Gesichter der Wirklichkeit hier zusammenhält. Deshalb verleihen sie demjenigen, der sich ihrer zu bedienen weiss, grenzenlose Macht.» Auch ihm war bewusst geworden, dass die errungenen Erfolge der vergangenen Tage nicht über die Dringlichkeit bevorstehender Aufgaben hinwegtäuschen durften. «Es sind Keime der Göttlichkeit, welche einem Erdengeborenen Dinge ermöglichen, die sonst nur den Unsterblichen vorbehalten sind. Kraft dieser Steine vermag der Eingeweihte in das lebendige Gewebe des Landes einzugreifen. Das heisst, er kann die Muster allen Seins in den drei Welten zu seinen Gunsten beeinflussen.»

«Das bedeutet nichts anderes, als dass er sich göttergleiche Macht anzueignen vermag?», vermutete Atrogambîsos mit schreckgeweiteten Augen.

«Du sagst es, Bruder. Wer die Urnen der Zeit aufbricht, vermag sich selbst mit den Göttern zu messen.»

«Wenn dem wirklich so ist, was hat es dann geholfen, den Drachen zu vertreiben und den Zauberbann über eurem Volk zu brechen?», rief Theudoricius bestürzt. «Selbst die Zerstörung von Raûlium wird dieses Land nicht davor bewahren, noch schlimmeres Übel zu erleiden. Es fällt mir nicht leicht, all diesen Geschichten von uralten Zauberdingen meinen Glauben zu schenken. Aber was ich in letzter Zeit erlebt habe, bestätigt mir, dass in diesem Land noch ganz andere Geheimnisse schlummern, als ich sie mir je zu erträumen gewagt hätte. Ich meine, wenn dieser Magos wirklich kurz davorsteht, eine Sache von derartiger Macht aus dem Schoss des Gebirges zu reissen, dann schweben wir alle nach wie vor in höchster Gefahr.»

«Was auch immer geschieht», murmelte Nusantia, «der Magos wird selbst mit der Macht der Ursteine nicht der Einzige sein, der auf das Gefüge der Kräfte in diesem Land einwirkt. Wir dürfen unser Vertrauen in Mutter Uyôla nicht verlieren. Ihr ist die Obhut von Vendolindium besonders angelegen.»

«Mit Verlaub», räusperte sich Theudoricius, «wenn dieser Schwarzkünstler, von dem wir hier sprechen, derselbe Unhold ist, welcher unlängst anlässlich der Erntefeier nicht weit von hier vor meinen Augen überführt werden konnte, dann ist es höchste Zeit, ihm nun endgültig Einhalt zu gebieten. Mit Gottes Hilfe werden wir diese Gefahr bannen und in unserem Land endlich einen dauerhaften Frieden einkehren lassen.»

«Du berichtest, der Priester aus Raûlium sei mit dem goldäugigen Raben zu der Drachenhöhle unter dem Aurîg gezogen, um dort der Bergung der Aethersteine beizuwohnen?», wandte sich nun Melomagûnos an Anêrios.

Der junge Mann nickte. «Das hat er mehrmals gesagt, während ich in der Sirenengrube gefangen sass.»

«Das würde bedeuten, dass sich unser Widersacher nun mit grösster Wahrscheinlichkeit bei der Höhle aufhält», schloss der Hohepriester.

«Mit allen seinen verbliebenen Getreuen, die er dort versammelt hat.»

Nun war es der alte Giselhêrius, welcher das Wort ergriff. «Unsere Späher haben gestern Mittag in der Tat ein grosses Ruderschiff beobachtet, welches von Raûlium Richtung Aurîg gefahren ist. Es ist jenes neu gebaute Kriegsschiff, welches der Procurator im letzten Jahr nach dem Vorbild einer romanischen Liburne erbauen liess. Nach allem, was unsere Kundschafter feststellen konnten, war es mit vielen Soldaten bemannt. Schwer zu sagen, wie sehr ihnen die Flutwelle letzte Nacht zugesetzt hat. Vielleicht wurde der Kahn an die Klippen geschmettert, dann wäre die Sache erledigt.»

«Darauf würde ich mich nicht verlassen», wandte Theudoricius ein. «Selbst wenn die Liburne zerstört wurde, mag deren Besatzung sich auf festen Grund gerettet haben und immer noch am Höhleneingang lagern. Die Söldner des Procurators sind keine Grünschnäbel.»

«Und etwas dürfen wir nicht vergessen», gab Melomagûnos zu bedenken. «Der Magos ist ein Erzzauberer und ihm stehen noch ganz andere Mittel zu Gebote, als sie im Krieg üblicherweise zum Einsatz kommen. Wir haben es selbst erlebt, er arbeitet mit der Macht der Trugbilder. Wenn er seine Zauberkräfte aus Anunnion schöpft, dem Dunklen Land des toten Glanzes, dann steht er womöglich mit dem *Rex Phantasmagorius* im Bunde, dem sagenumwobenen König ohne Antlitz. Das macht ihn zu einem gefährlichen Gegner. Mit herkömmlicher Waffengewalt allein ist ihm nicht beizukommen.»

«Auf jeden Fall ist Eile geboten», stellte Anêrios klar. «Wir müssen um jeden Preis verhindern, dass der Magos die Urnen der Zeit an sich nehmen kann. Und er hat immer noch Aquileia in seiner Gewalt. Möglicherweise auch Beodân, denn wir haben nichts mehr von unserem teuren Freund gehört, seit dieser uns verlassen hat, um den Drachen aus dem Aurîg zu vertreiben. Es ist gut möglich, dass er den Söldnern des Magos vor der Höhle geradewegs in die Hände gelaufen ist.»

«Gott ist unser Herr und Richter», beteuerte Theudoricius inbrünstig. «Er wird diesen schurkischen Zauberer für seine Untaten genauso zur Rechenschaft ziehen, wie er es mit dem Despoten der Weissen Stadt getan hat.»

Melomagûnos erhob sich mit der erhabenen Würde seiner Autorität als höchster Priester Vendolindiums und bedachte die Runde mit bedeutungsvollen Blicken. «Wir sind uns also alle einig, der Magos stellt die letztendliche und wahrhaftige Bedrohung für unser Land dar», verkündete er. «Wir dürfen nicht länger zuwarten und ihn weiter gewähren lassen. Es gilt nun, rasch und mit geballter Kraft zuzuschlagen. Ich werde mit Anêrios und meiner Tochter Alâria die waffenfähigen Männer der Seedörfer und die mir ergebenen Priester aufbieten, um mit allen Booten und Nachen, die nach der grossen Welle noch seetauglich sind, über den See zu setzen. Vor morgen früh werden wir uns freilich nicht an der Drachenhöhle einfinden können. Und bis dahin wird es möglicherweise bereits zu spät sein. Patricius, bist du in der Lage, uns sofortige Unterstützung in dieser dringlichen Sache zuzusichern?» Mit ernstem Gesicht wandte sich der Hohepriester an seinen Landherrn.

«Die meisten unserer Schiffe, die vor Dûnon lagen, hat die Flut letzte Nacht zerstört», erwiderte der junge Aristokrat mit den dunklen Locken. «Aber zwei Segler sind noch seetüchtig, wie mir heute Morgen vermeldet wurde. Ich werde sie noch vor Sonnenuntergang flottmachen lassen und mit ihnen zum Drachenberg fahren. Wir werden den Zauberer dort von seinem verwerflichen Vorhaben abbringen und ihn und seine Schergen ihrer gerechten Strafe zuführen.»

Der graubärtige Giselhêrius verzog zweifelnd das Gesicht, als er seinen Neffen mit solcher Unternehmungslust sprechen hörte. «Wir haben nicht genug Männer unter Waffen, um uns mit einer voll bemannten Liburne anlegen zu können, Theudoricius. Möglich, dass der Kahn in der Flutnacht auf Grund gelaufen ist und die Legionäre grösstenteils ertrunken sind. Aber so sicher ist das nicht, wie du selbst sagtest. Wenn die Goldene Kohorte des Procurators noch steht, auch nur in Teilen, dann wird es ernst. Wir dürfen nicht riskieren, uns an ihr aufzureiben. Nicht jetzt, da du erst im Begriff bist, deine Macht in diesem Land zu festigen. Meiner Meinung nach muss diese Konfrontation noch warten.»

Melomagûnos nickte nachdenklich angesichts dieses unleugbaren Einwandes und richtete sich als nächstes an Nusantia. «Was ist mit deinen Leuten, Rigâna des Vendolindon? Könnten sie Theudoricius und seine

Männer in einem Angriff von der Seeseite her unterstützen?»

Nusantia schüttelte entschieden den Kopf. «Wir sind kein Volk von Kriegern», beteuerte sie. «Zu viele von uns sind bereits in die Arme der Seemutter gesunken. Wir werden uns durch die grosse Pforte im Abgrund des Vendolindon endgültig in die andere Welt zurückziehen und Mutter Uyôla bitten, den Durchgang hinter uns zu versiegeln. Dort sind wir sicher vor den Nachstellungen durch bösartige Menschen wie diesen Magos. Wir sehnen uns nach Frieden. Die Zeiten des qualvollen Leidens sind für uns vorbei.»

Anêrios war trotz allem Verständnis für die erlittenen Entbehrungen seiner Mutter bestürzt über diese Ankündigung. «Aber der Vendolindon ist ein Teil eurer Welt, Mutter», rief er aufgebracht, «und er wird für euch unwiederbringlich verloren gehen, wenn wir ihn dem Magos preisgeben.»

«Ich weiss», seufzte Nusantia. «Diesen Preis müssen wir bezahlen für ein Leben in Freiheit und Frieden. Wir sind bereit, dafür diesen geliebten See im Angesicht der Drei Urmütter endgültig hinter uns zu lassen.»

«Aber was ist mit uns, den Menschen, die hier am See ihre Wurzeln haben?», begehrte Anêrios auf. «Das Seevolk der Vendolindier, die Sippe meines Vaters, den du einst liebtest, ist mit euch durch uralte Bande verwandt. Diese Menschen können nicht einfach nach Helysia fliehen. Sie haben keine andere Wahl als hierzubleiben. Und wenn wir den Magos nicht bezwingen, müssen sie sich seiner Schreckensherrschaft beugen und werden zu einem unwürdigen Sklavendasein verdammt.»

Die Königin der Lindônen nickte traurig und erwiderte nichts, denn sie wusste genau, dass Anêrios die Wahrheit sprach.

«Und wer vermag schon zu sagen, dass der Magos seine begehrlichen Klauen nicht auch nach Helysia ausstrecken wird, wenn er erst die volle Macht der Mirakelsteine entschlüsselt hat?», setzte Anêrios nach und bemerkte, wie sich sein Herz schmerzvoll zusammenkrampfte. «Wir haben soeben gehört, dass diese drei Steine jenen Menschen göttergleiche Macht verleihen können, die sich ihrer zu bedienen wissen. Selbst in Funtaflauis werdet ihr euch nicht mehr in Sicherheit wiegen können, sobald der Schwarzzauberer die volle Kraft der Urnen entfesselt. Wir müssen ihm jetzt Einhalt gebieten, solange er die Macht der drei Steine noch nicht einzusetzen vermag. Verstehst du, Mutter, wir dürfen jetzt nicht zögern.»

«In dir glüht der entschlossene Kampfgeist deines Vaters, Anêrios», anerkannte Nusantia mit einem betrübten Lächeln. «Es entspricht dem Wesen der Menschen, sich in der direkten Auseinandersetzung Vorteile zu erstreiten. Uns ist dieses Streben fremd. Deshalb können wir nicht an eurer Seite gegen bewaffnete Männer ziehen. Die Ausübung von Gewalt und der Drang zum Töten sind bestimmend in der gegenwärtigen Geschichte eures Geschlechts. Wir aber haben keinen Anteil daran und werden uns deshalb aus dieser Welt zurückziehen.»

Theudoricius nickte schwer und blickte nachdenklich zu seinem Onkel hinüber. «So wie ich die Sache verstehe, werden die Menschen Vendolindiums diesen Strauss alleine auszufechten haben, Oheim. Uns bleibt keine Zeit, um ein Heer aufzustellen oder Verbündete zu suchen. Ich nehme Sigmârius und die Garde mit, das sind fast dreissig erprobte Kämpfer. Zudem können wir nun diese fremden Mietlinge beiziehen, die uns letzthin ihre Schwerter gegen Raûlium angeboten haben. Du hältst mit dem Rest der Besatzung derweil die Stellung in Dûnon. Das muss reichen. Wenn wir dem Feind jetzt nicht trotzen, werden wir auf sehr lange Zeit hinaus das Nachsehen haben. Gott stehe uns bei!»

Melomagûnos nickte ernst, als er die Entschlossenheit im Gesicht des jungen Landherrn sah. «Es ist das Einzige, was wir in diesem Moment ausrichten können», bestätigte er. «Nimm deine Männer, Theudoricius, und versuche den Magos so lange hinzuhalten, bis ich mit der versammelten Macht der Vendolindier anrücke. Viele Söhne dieses Landes werden bereit sein, für ihre Freiheit zu kämpfen. Aber um gegen die Zauberkraft des Magos bestehen zu können, bedarf ich der geschlossenen Unterstützung durch meine Priesterschaft. Deshalb kann ich euch erst morgen nachfolgen. Vendolindia und die Gunst aller Götter mögen mit uns sein.»

Der Dux bekräftigte sein Einverständnis mit einem Kopfnicken und erhob sich rasch. Bevor er sich zum Gehen wandte, trat er vor Nusantia und verneigte sich tief vor ihr. Ein sanfter Ausdruck trat in seine furchtlosen, blauen Augen. «Das Schicksal deines Volkes stimmt mich betroffen,

Seekönigin. Aber bitte brich deine Verbindungen zu diesem Land nicht allzu voreilig ab. Dein Verschwinden würde uns zutiefst betrüben und diesem prachtvollen See die Seele rauben. Ich versichere dir, dass wir alles, was in unserer Macht steht, unternehmen werden, um unserem gemeinsamen Feind Einhalt zu gebieten. Die Freiheit gebührt allen Bewohnern dieses Landes, ob sie nun im tiefen Wasser oder auf fester Erde beheimatet sind.»

Nusantia erhob sich und erwiderte Theudoricius' festen Blick ungerührt. «Ich sehe, dass du nicht nur beherzt bist, sondern auch aufrichtig. Ich werde die Überlebenden meines Volkes auf dem Seegrund versammeln und von dort aus den Fortgang eurer Bemühungen beobachten. Sei versichert, wir werden den geliebten Wassern des Vendolindon nicht unbedacht den Rücken kehren. Ziehe mit meinem Segen, edelmütiger Herr der Landbewohner von Vendolindium. Möge die gütige Seemutter dir und den Deinen einen günstigen Wind in die Segel blasen und deine Schiffe sicher über die Wellen geleiten.»

Als die beiden Byrgondiônen zu ihrem Gefolge zurückkehrten, blickte ihnen Anêrios unschlüssig nach. Er verspürte den unbändigen Drang in sich, ebenfalls so rasch wie möglich mit ihnen loszuziehen und nach Aquileia zu suchen. Er befand sich in ernster Sorge um ihr Wohlergehen.

Melomagûnos schien seine Gedanken zu erraten und nickte ihm wortlos zu.

Ohne weiteres Zögern sprang Anêrios dem davonstiefelnden Landherrn nach. «Ich werde mit dir ziehen, wenn du es erlaubst, Patricius», rief er hinter ihm her.

Der Dux drehte sich zu ihm um. «Sei mir willkommen», bestätigte er lachend. «Einen solch tapferen Burschen wie dich weiss ich in meiner Gefolgschaft wohl zu schätzen.» Er winkte dem jungen Mann auffordernd zu. «Am besten schliesst du dich uns gleich an. Wir laufen noch heute aus und überraschen den Goldenen Adler im Schutz der Nacht.»

«Sei vorsichtig», wisperte Nusantia ihrem Sohn zu und schloss ihn zum Abschied in die Arme. «Vergiss nicht, dass ich auf deinen Besuch in den tiefen Gärten warte. Dort ist immer ein Platz für dich. Schone deine Lebenskraft.»

Anêrios schenkte seiner Mutter ein zuversichtliches Lächeln und wandte sich Alâria zu. «Ich werde Lusilla Aquileia heil zurückbringen», versprach er feierlich.

«Die Götter sind mit dir», entgegnete sie, «das hast du nun schon mehrfach bewiesen. Aber fordere ihre Gunst nicht heraus. Vertraue auch auf die Männer, die dich begleiten.»

«Diesen Sieg wird Theudoricius nicht im Schlaf erringen können», wandte Melomagûnos nachdenklich ein. «Aber wenn er erfolgreich ist, wird sich der Dux einen festen Platz in den Herzen der Vendolindier verdienen und sich ihre treue Gefolgschaft auf Lebenszeit sichern.»

«Wir sind froh, dass du dich für das Wohl unseres Landes einsetzt», fügte Nusantia hinzu. «Aber setzte dein Leben nicht leichtfertig aufs Spiel, hörst du?»

Melomagûnos pflichtete ihr mit einem Kopfnicken bei und blickte Anêrios ernst in die Augen. «Von allen Abenteuern, die du bis jetzt bestritten hast, mein Sohn, wird dies wohl das Gefährlichste werden.»

IX

SCHWANENSCHLICHE

Wie überall an den Gestaden des Vendolindon hatte die Flutwelle auch in Dûnon sichtlich Spuren hinterlassen. Der kleine Hafen an der Ausmündung des Sees in die Arûra bot ein Bild der Verwüstung. Die hölzernen Anleger, wo die Lastkähne und die Nachen der Fischer festzumachen pflegten, waren von der Wucht der Wasserwalze regelrecht zerschmettert worden. Bis weit ins Hinterland hinein lagen zerborstene Wrackteile und zersplitterte Planken in den zerzausten Uferwäldern und auf schlammbedeckten Stoppelfeldern. Einer der Stege, der sich in den Schutz mächtiger Eschen und Erlen duckte, war noch einigermassen erhalten geblieben und ragte wie ein hölzerner, krummer Finger in das aufgewühlte Wasser hinaus. Auf Geheiss des Dux waren hier zwei einmastige Segelboote vertäut worden, welche die Katastrophe wie durch ein Wunder heil überstanden hatten. Üblicherweise beförderten diese behäbigen Kähne in ihren bauchigen Rümpfen allerlei Lasten über den See, doch in dieser Nacht sollten sie der schlagkräftigen Truppe von Theudoricius für ihren Blitzangriff über das Wasser dienen.

Noch immer hing ein dichter Staubnebel über der Trümmerstätte von Raûlium, doch hatte er sich in den oberen Lagen mittlerweile soweit aufgelöst, dass der fehlende Gipfel des Baranbanno jedem ortskundigen Betrachter sogleich ins Auge stach. Die kühne Felszinne des Berges, welche bis vor kurzem den golden gleissenden Wächteradler des Procurators in die Höhe gereckt hatte, war vollständig verschwunden. Seine gesamte Masse war über die Weisse Stadt herabgestürzt und hatte nur mehr einen kahlen, trostlosen Stumpf hinterlassen, der sich einsam über die zermalmten Wälder erhob. Was sich hinter den zäh über der Schreckensstätte haftenden Staubnebeln verbergen mochte, blieb weiterhin ein unergründliches Geheimnis.

Anêrios fragte sich, was wohl aus Amalissa und Arîmus geworden war. Ob der Zauberfaden aus Helysia ihnen ebenso wertvolle Dienste geleistet hatte wie ihm und seiner Mutter unter dem Felsen der Zitadelle. Er betete innig dafür und wandte seine Augen schaudernd ab. Das Knirschen und Ächzen des drängenden Felsgesteins, das Krachen der herabbrechenden

Bergtrümmer und das Wehgeschrei der heimgesuchten Stadtbevölkerung hallten immer noch quälend in seinen Ohren nach.

Nachdenklich beobachtete der junge Mann, wie sich die Soldaten aus dem Gefolge von Theudoricius unter den Anweisungen ihres Hauptmannes Sigmârius einschifften. Es mochten gut zweimal fünfzehn Krieger sein, welche der Landherr für den Einsatz am Drachenberg auserwählt hatte. Soweit Anêrios dies zu beurteilen vermochte, waren sie allesamt gut gerüstet, mit Panzerhemden, metallverstärkten Lederwämsern und schmucklosen Spangenhelmen ausgestattet. Als Bewaffnung führten sie Spathae, kleine Streitäxte und lange Dolche mit sich, die meisten zusätzlich einen runden Buckelschild und eine Lanze mit geschmiedeter Spitze. Gut die Hälfte der Männer war zudem mit leichten Bögen ausgerüstet. Theudoricius selbst trug seinen prachtvollen Kettenpanzer, der beinahe bis zu seinen Knien herabwallte, und hatte einen moosgrünen Umhang darüber geworfen, der an den Säumen mit grau-schwarz gescheckten Wolfspelz besetzt war. Er bot wahrhaft das Bild eines Helden, wie er dort am äussersten Ende des ramponierten Steges zwischen den beiden festgemachten Schiffen stand und mit seinem graubärtigen Onkel Giselhêrius nochmals das geplante Vorgehen durchging.

Anêrios vermochte noch nicht recht abzuschätzen, auf welche Art seine eigene Beteiligung an dem vermutlich äusserst gewalttätigen Zusammentreffen mit den Männern des Priesters Amontrâkius ausfallen würde. Er war kein geübter Kämpfer, und auch wenn er mit einer leichten Lederrüstung, einem halbkugelförmigen Helm und einer einfachen Spatha aus dem Arsenal des Landherrn versehen worden war, beschlich ihn bei dem Gedanken an einen Kampf auf Leben und Tod doch ein ziemlich flaues Gefühl. Eigentlich beabsichtigte er nur aus einem Grund, sich diesem tollkühnen Stosstrupp anzuschliessen: Er wollte möglichst rasch herausfinden, wo Aquileia steckte und wie sie aus der Gewalt ihrer Entführer zu befreien war.

Plötzlich begann der knarrende Steg unter Anêrios' Füssen zu schwanken, als sich von hinten schwere Tritte über die schlammverkrusteten Planken annäherten. Polternde Stimmen und ein schallendes Lachen rührten an eine verschwommene Erinnerung in ihm. War das nicht …

Beligomâgus!

Als der junge Mann jäh herumfuhr, um seinen Verdacht zu prüfen, hatte ihn der hünenhafte Mann bereits erreicht und riss ihn mit seinen kräftigen Pranken regelrecht von den Füssen.

«Furor furibundus, bei der brüllenden Bärenmutter!», dröhnte der baumstarke Mann und hob Anêrios mühelos auf die Höhe seiner funkelnden Augen hoch. «Du bist ja prächtig gediehen in der kurzen Zeit, seit wir uns aus den Augen verloren haben. Dann ist es also wahr, was die Leute erzählen – du hast aus einigen Monden viele Jahre gemacht.»

Der Mann aus Baranodûron stellte sein Gegenüber lachend wieder auf festen Grund und klopfte ihm herzhaft auf die Schultern. «Eine ausgemachte Freude, dich wohlbehalten wiederzusehen», rumpelte der Riese, «auch wenn mir dein derart schnell gewachsener Bart ehrlich gesagt unheimlich vorkommt.»

Das unerwartete Auftauchen von Beligomâgus rief in Anêrios eine unverhoffte Freude und Zuversicht wach. Wenn dieser gestählte Held zahlreicher Schlachten an ihrer Seite auszog, um gegen die Feinde Vendolindiums anzutreten, gab es wahrhaft nichts zu befürchten. Der Hüne trug noch immer seinen Kettenpanzer, den romanischen Messinghelm hatte er jedoch durch einen massiveren Kopfschutz aus geschwärztem Eisen ausgetauscht, aus dessen Seiten geschwungene Büffelhörner ragten, die das verwegene Aussehen des riesenhaften Mannes noch verstärkten. Wie immer hing die Kette aus Bärenkrallen um seinen Stiernacken.

«Ich habe ein paar alte Bekannte mitgebracht, die darauf brennen, Romûlius und seinem ehrlosen Haufen die Köpfe einzuschlagen», donnerte Beligomâgus und deutete auf eine Handvoll Begleiter, die sich scherzend hinter seinem breiten Rücken drängten. Auch wenn sie allesamt kleiner waren als ihr Anführer, so waren es gleichwohl eindrückliche Gestalten mit ihren langen, geflochtenen Haaren in blonden und roten Farbtönen, die kantigen Gesichter von struppigen Bärten umrahmt, und bis an die Zähne mit Äxten und breiten Klingen bewaffnet. Anêrios erkannte sie sofort an ihrem ruppigen Auftreten und ihrer rauen Sprache wieder. Es waren Ortwîn und seine letzten verbleibenden Waffengesellen aus den Nordwäldern.

«Wo hat der Kerl auf einmal seinen Bart her?», grölte der flammenhaarige Alamânier und drängte sich rüpelhaft an Beligomâgus vorbei über den Steg, um Anêrios mit überschwänglicher Begeisterung zu begrüssen.

Wenn mir jeder dieser Recken derart eifrig die Knochen drischt, bin ich zerschlagen, ehe der Kampf richtig losgeht, dachte Anêrios und liess die derben Scherze der Männer gleichwohl gutmütig über sich ergehen.

Auch wenn er sich nicht erklären konnte, woher diese Verbündeten so unerwartet aufgetaucht waren, so war er doch von Herzen froh über ihre schlagkräftige Verstärkung, und er spürte, wie sein Vertrauen in einen erfreulichen Ausgang ihrer Unternehmung wieder stieg.

Dem Befehlshaber ihres kleinen Feldzuges war das Auftauchen der lautstarken Krieger ebenfalls nicht entgangen. Theudoricius kam mit einem kameradschaftlichen Lächeln auf die Neuankömmlinge zu. Im Vergleich zu Beligomâgus und seinen Begleitern wirkte der Landherr zwar lediglich wie ein schmächtiger Halbwüchsiger, doch erwies er sich als ausreichend geübt im Umgang mit derartigen Raubeinen. Nicht nur, dass er sie bereits zu kennen schien, sondern auch, dass über die Beutebeteiligung und die Auszahlung der zusätzlichen Schwertarme wohl bereits vorgängig verhandelt worden war, denn Theudoricius wies seinen neuen Gefolgsleuten ohne Umschweife ihre Plätze zu. Beligomâgus und die Alamânier verstärkten die Besatzung des grösseren Segelbootes, welches von dem Dux selbst befehligt wurde, während der kleinere Kahn der Führung von Sigmârius unterstand, dem Hauptmann von Theudoricius' Leibgarde.

Als sich der Sonnenwagen des feurigen Lûgos in dunstigem Glühen allmählich hinter die Bergkämme westlich des Sees neigte, machten die erfahrenen Schiffer, welche die Fahrzeuge lenkten, die Leinen los und setzten die dreieckigen Segel, die sofort von einem kräftigen Wind gebläht wurden. In den Augen dieser Männer, welche üblicherweise Handelsgüter über den Vendolindon beförderten, war Furcht zu erkennen, doch musste ihnen der Herr von Dûnon genug Silber geboten haben, damit sie dieses Heldenstück mit den Kriegern eingingen.

Nachdem die Besatzung ihre Habe an Bord verstaut und auf dem ausladenden Deck ihre Plätze eingenommen hatte, liess Anêrios seine Blicke über die aufgeraute Seefläche schweifen, die an der niedrigen Bordwand des Seglers vorbeiglitt. Obwohl er mit dem See aufgewachsen und mindestens ebensoviel Zeit auf dem Wasser wie auf dem Land zugebracht hatte, war der Sohn eines Bootsbauers aus Vernausium noch nie auf einem derartigen Schiff gefahren. Das lebhafte Knattern des Segeltuches und das Knarren des Mastbaumes waren ungewohnte Geräusche für seine Ohren. Erstaunt beobachtete er, wie sich dieses geschickt konstruierte Gefährt der lenkenden Kraft des Windes bediente, um mit bemerkenswerter Geschwindigkeit die kleinen Wellen zu durchpflügen.

Beligomâgus hatte sich an seiner Seite niedergelassen und legte ihm seine Hand auf die Schulter, nachdem sie sich bereits ein Stück weit vom Ufer entfernt hatten. «Erzähle mir doch zunächst, was aus unserer kleinen Dulcissima geworden ist», sagte er nicht ohne Sorge. Er benutzte seine Muttersprache, so dass die anderen Männer um ihn herum nicht verstanden, wovon er sprach. «Seid ihr zusammen in das Land der Götter hinübergelangt?»

«Wir wurden auf der Flucht getrennt», erklärte Anêrios. «Die Legionäre waren uns nach Helicôna hart auf den Fersen. Doch die Dverîgen, welchen ich im Rasthaus zu ihrer Freiheit verholfen hatte, standen uns bei. Sie hatten Aquileias Affen den Weg zu einem verborgenen Ort erklärt, wo sie uns erwarteten.»

«Du nennst sie Aquileia?», warf der Hüne verdutzt ein.

«Sie hat den Namen Lusilla abgelegt», erläuterte der junge Mann. «Sie hat sich überhaupt stark verändert. Es hat mit unserem Aufenthalt in Helysia zu tun. Aber ich war dabei, dir zu erzählen, wie die kleinen Erdhüter uns zu einer unheimlichen Höhle mitten in Nemetônia führten, wo uns ... Uyôla Nebelsang ... die Valâda ... empfing. Während ich ihr sofort folgte, zögerte Aquileia, deshalb verloren wir uns aus den Augen.»

«Ihr halbt also das Reich der Göttin Helveidia betreten?», raunte Beligomâgus ehrfürchtig.

Anêrios nickte. «Es ist ein unglaubliches Land. Ich könnte dir viel darüber erzählen. Einen alten Freund habe ich dort drüben getroffen und manches erfahren über die Missstände in Vendolindium.» In knappen Worten erzählte er von seiner Rückkehr durch das Tal von Caram Lîn und über den Verlorenen Steig, wie er den wahren Verunorêgios gefunden und wie dieser das Blendwerk des Magos anlässlich der Erntefeier von Lugnosantia in aller Öffentlichkeit aufgedeckt hatte. Er berichtete von seinem Wiedersehen mit Aquileia und deren eigenen Abenteuern in der endlosen Ebene von Weielwind. Die Augen unter den buschigen Brauen des Kriegers wurden immer grösser, je weiter sein Gegenüber den Faden seiner Schilderung fortspann. Als Anêrios ihr Eindringen in die Weisse Stadt beschrieb und wie sie in der Sirenengrube durch abermalige Täuschung überrumpelt worden waren, schien Beligomâgus den Atem anzuhalten. Sein kantiges Gesicht verfinsterte sich unwillkürlich. «Dafür werden diese elenden Ausgeburten von Anunnion bluten», zischte er in der Lingua, so dass alle Umsitzenden ihn verstanden. «Amontrâkius, dieser verschlagene Diener eines dämonischen Zaubermeisters, hat hier lange genug sein Unwesen getrieben. Ich kann es kaum erwarten, ihn in die Finger zu kriegen. Ihn und diesen skrupellosen Kettenhund Romûlius.» Mit zornfunkelnden Augen starrte der gepanzerte Riese über den Bug des Schiffes, als wolle er seine finstere Drohung bereits über die Wellen vorausschicken. «Wir werden Lusilla Aquileia befreien», verkündete er schliesslich mit gepresster Stimme. «Und allen Dreck, der von Raûlium noch übriggeblieben ist, in die Fluten des Sees spülen.»

Inzwischen hatten sie beinahe die Höhe jener Stelle am Nordufer erreicht, wo sich einst die stolzen Mauern und Türme der Weissen Stadt erhoben hatten. Der Staub hatte sich inzwischen soweit gelegt, dass das Ausmass der Zerstörung, welche die aufgebrachten Elemente von Gebirge und See angerichtet hatten, zu erkennen war. Tatsächlich war die gesamte Spitze des Baranbanno weggebrochen und hatte die Stadt unter einer turmhohen Halde aus Schlamm und zerborstenen Felstrümmern begraben. Weit in den See hinaus reichte der Schuttkegel. Von dem goldenen Adler, dessen gleissendes Licht einst auf dem hochragenden Berggipfel geglüht hatte wie ein argwöhnisches Auge, war nichts mehr zu sehen, ebensowenig von den eindrucksvollen Standbildern, welche die Hafeneinfahrt flankiert hatten. Keine Spur zeugte mehr davon, dass unter diesem Feld der Verwüstung einstmals eine prächtige Stadt gestanden hatte. Dabei war noch nicht einmal ein Tag verstrichen seit ihrem denkwürdigen Untergang. Anêrios hatte das Gefühl, dass immer noch ein wütendes Brummen in der Luft über der Wüstenei vibrierte. Der junge Mann schauderte bei der Vorstellung, wie viele Menschen binnen einer Nacht unter dieser Felslawine ihr Grab gefunden hatten. Mochte die gütige Erdmutter Elovâna all jene Seelen gnädig in ihren leuchtenden Gefilden aufnehmen, welche unrechtmässig in der Stadt festgehalten und zu abscheulichen Sklavendiensten verurteilt gewesen waren.

Anêrios riss sich von diesem erschütternden Anblick los und wandte sich wieder seinem stämmigen Freund aus Baranodûron zu. «Aber erzähle nun du, wie du den Legionären hast entrinnen können, damals in Helicôna», erkundigte er sich. Er war immer noch sehr überrascht, ihren ehemaligen Führer durch die Wildnis in derart tadelloser Verfassung wieder angetroffen zu haben.

Beligomâgus lächelte grimmig und kratzte sich das kurzgeschorene Grauhaar unter dem wuchtigen Helm. «Ich schaffte es, Boriax unbemerkt aus dem Stall zu führen. Dann fiel ich von hinten in die Soldaten des Procurators ein, welche bereits in ein Gerangel mit Ortwîn und seinen Männern verstrickt waren. Ich habe Romûlius zu einem Zweikampf gefordert und wir haben eine Weile die Klingen gekreuzt. Leider gelang es mir nicht, diesen Bastard zu fällen. Aber immerhin habe ich einen ziemlichen Tumult verursacht. Auf ein verstecktes Zeichen dieses siebenmal verfluchten Centurio hin hat mir einer seiner Männer hinterrücks die Hasta[93] in das Bein gestossen. Furor furibundus, das hätte mein Ende bedeuten können! Aber ich konnte mich im letzten Augenblick auf Boriax' Sattel werfen und mich dem Zugriff der Legionäre entziehen. Der Grossteil der Truppe hat sich sofort auf meine Fersen geheftet und ist mir quer über die Lichtung nachgehetzt. Catûrix! Wie habe ich diese Brut hinter mir her durch die zerfallenen Gemäuer der zerstörten Stadt gescheucht! Etliche von ihren Pferden sind in dem tückischen Gelände gestrauchelt. Als ich sie beinahe

[93] Hasta (Lat.) = (Wurf-) Lanze

am Waldrand hatte, ist unvermittelt dieser schwarze Vogel aufgetaucht, dem du zuvor auch schon begegnet warst. Merkwürdigerweise ist daraufhin ein Teil meiner Verfolger abgeschwenkt und mit dem Raben in das Dorf zurückgekehrt. Chalybeïon, Romûlius' Optio[94], hat sich jedoch mit einem Dutzend Männer weiterhin in meinem Nacken festgesetzt. Offenbar wollten sie mich lebendig, sonst hätten sie mich längst aus dem Sattel geschossen gehabt. Ich schlug mich in den Wald und führte sie eine Weile an der Nase herum. Ich habe Boriax nicht geschont, und mein treuer Kamerad hat Blut geschwitzt. Zuletzt stellte sich uns eine steil abfallende Felswand am Rand einer tiefen Schlucht in den Weg. Ich hatte bereits ziemlich viel Blut verloren durch meine Wunde am Bein und war deshalb geschwächt. Zudem erkannte ich, dass Chalybeïons Männer daran waren, mich zu umzingeln. Hinter mir gähnte der Abgrund, vor mir rottete sich eine Abteilung kampferprobter Legionäre zusammen. Es sah böse für mich aus. Ich liess mich aus dem Sattel gleiten und duckte mich ins Gestrüpp. Die verdammte Verletzung zwang mich nieder, ich hatte nicht mehr die Kraft, mich aufrechtzuhalten. Doch dann geschah etwas ... Unerwartetes.»

Der abgebrühte Mann stockte in seiner Erzählung, und Anêrios las aus seinem Gesichtsausdruck, dass der Hüne immer noch bewegt war von dem Geschehen, welches er damals im Wald von Helicôna erlebt hatte.

«Dann überkam mich etwas», knurrte Beligomâgus und schüttelte sich. «Auf einmal spürte ich eine unbändige Kraft, die durch meine Adern wogte. Ich sah, wie krumme Krallen aus meinen Fingern sprossen und sich meine Haut mit einem dichten Pelz überzog. Mein Schädel dehnte sich und mein Maul war plötzlich voller Reisszähne. Ich sage dir, Junge, auf allen Vieren habe ich mich den Legionären entgegengestürzt. Ich hörte, wie ich ein markerschütterndes Brüllen ausstiess.» Mit weit aufgerissenen Augen fasste der vierschrötige Krieger an die Kette, die von seinem Hals baumelte. «Ich hatte plötzlich die Gestalt eines Bären, Anêrios», keuchte er. «Artiôna selbst ist mir zu Hilfe geeilt. Die Bärenmutter hat mir ihre Gestalt verliehen, und ich warf mich im Leib eines rasenden Raubtieres auf die Verfolger. Du hättest ihre Gesichter sehen sollen. Chalybeïon hatte rasch genug von mir. Er hat seine ganze Bande herumgerissen und eiligst

[94] Optio (Lat.) = Stellvertreter eines Centurio im romanischen Heer

den Rückzug befohlen. Das war zu viel für die Waffenknechte Raûliums.»

Ehrfürchtig betrachtete Anêrios seinen Gefährten. Dass in ihm die Kraft eines Bären steckte, zog er nicht einen Augenblick in Zweifel. Dennoch rief diese Vorstellung ein mulmiges Gefühl in ihm wach.

«Auf jeden Fall hielt ich mich anschliessend eine Weile verborgen und versorgte meine Wunde», setzte Beligomâgus seinen Bericht fort. «Erst in der Abenddämmerung schleppte ich mich nach Helicôna zurück. Boriax war beim Anblick meiner Bärengestalt durchgebrannt und ich konnte ihn nicht mehr ausfindig machen. Deshalb wurde es ein ziemlich harter Rückweg in das Dorf. Dort traf ich wieder auf Ortwîn und seinen Haufen, die ebenfalls übel zugerichtet waren. Das gute Weib des Wirtes hat sich in der Folge fürsorglich um uns gekümmert. Romûlius und seine Kerle liessen sich zum Glück nicht mehr blicken. Wir ruhten uns einige Tage in der Mansio aus und warteten auf ein Zeichen von euch. Da ihr nicht mehr aufgetaucht seid, rechneten wir mit dem Schlimmsten. Ortwîn schloss sich mir an und wir holten bei Beltrâmus in Lindînium Erkundigungen über euch ein. Er wusste nur zu berichten, dass Romûlius und seine Equites auf dem Rückweg nach Raûlium ziemlich niedergeschlagen an seinem Gut vorbeigezogen seien. Dafür traf ich in Beltrâmus' Stall wieder auf meinen guten Boriax, welcher nach seiner Flucht alleine den Rückweg aus Nemetônia gefunden hatte. Ich vermutete, dass ihr euren Häschern entschlüpft wart, sonst hätte Beltrâmus euch in Romûlius' Trupp gesehen. In deinem Dorf erhielt ich bald darauf die Bestätigung, dass du nicht zurückgekehrt warst. Also zog ich mich ein paar Tage nach Baranodûron zurück, um zuhause wieder zu Kräften zu kommen. Dort vernahm ich schliesslich von Theudoricius' Rückkehr und seinem Ansinnen, die Weisse Stadt dem Erdboden gleichzumachen. Da habe ich keinen Moment gezögert und bin wieder aufgebrochen, um mich seinem Heerhaufen anzuschliessen.»

Er liess seine Pranke herzhaft auf Ortwîns breiten gepanzerten Rücken knallen. «Und diese Mordskerle hier sind gleich bei mir geblieben.» Er sprach nun in der Lingua und erntete ein verschlagenes Grinsen des Alamânierführers.

«Die Wichte haben wir diesem vergoldeten Drecksack nicht liefern können», lachte Ortwîn und strich sich grimmig über den feuerroten, geflochtenen Bart. «Dafür holen wir uns unseren Lohn jetzt auf eine andere Weise. Was immer diesen Protzköpfen noch geblieben ist von ihrem Reichtum, wir werden es heute Nacht einheimsen.»

Als die herabsinkende Dämmerung den Anbruch der Nacht ankündigte, gesellte sich Theudoricius zu seinen kampferprobten Begleitern. «Es ist nicht mehr weit bis zu den Klippen am Fuss der Drachenhöhle», verkündete er und blickte seine Verbündeten erwartungsvoll an. «Hinter dieser bewaldeten Felsnase da vorne liegt unser Ziel. Wir sollten uns nun zunächst Gedanken über unser weiteres Vorgehen machen, bevor wir uns weiter annähern.»

Er wies die Schiffer an, das Segel zu reffen und die Geschwindigkeit zu drosseln. Sigmârius folgte seinem Beispiel und beide Boote glitten in den Schutz einer kleinen Bucht, die sich in das steile, felsendurchsetzte und mit knorrigen Bäumen bestandene Ufer einwölbte. Dort machten sie einstweilen fest.

«Wir werden uns hier etwas stärken und den Einbruch der Dunkelheit abwarten», erläuterte der junge Landherr. «Auf jeden Fall müssen wir leise sein. Womöglich hat der Feind im Gelände über uns Späher postiert.»

Theudoricius' Proviantmeister hatte die Expeditionstruppe gut ausgestattet. Die Männer konnten sich zur Genüge schadlos halten an Brot, Käse und Trockenfleisch. Dazu spülten sie ihre trockenen Münder mit byrgondiônischem Wein. Sie sprachen wenig und hielten ihre Stimmen gedämpft. Bald spreitete Nuithion, der schweigsame Gott der Nacht, seinen dunklen Mantel über den stillen Vendolindon. Beim Anblick des unbewegten Wassers hätte niemand vermutet, dass es sich um denselben See handelte, der noch in der Nacht zuvor in enfesseltem Zorn getobt hatte.

Als die ersten Sterne zwischen den treibenden Wolkenbänken aufblitzten, rief Theudoricius die Männer zusammen. Die beiden Boote lagen längsseits aneinander vertäut, so dass sich ihre Rümpfe berührten. Auf diese Weise konnten alle an Bord hören, was nun besprochen wurde.

«Es ist bald soweit», murmelte Theudoricius. «Aber bevor wir losschlagen, wollen wir uns einen vernünftigen Plan zurechtlegen.»

Ortwîn schnaubte verächtlich und schlug mit der Faust auf das Heft seines Skramasax. «Wir fackeln nicht lange», grollte er mit funkelnden Augen. «Wir fallen rasch über die Goldhelme her und hauen sie ordentlich zurecht. Hier sind genügend Schwerter, die nach Blut lechzen, und die Überraschung ist auf unserer Seite. Wie eine unerwartete Sturmböe werden wir über sie kommen. Kurz und heftig!»

«Dein Tatendrang gefällt mir», erwiderte Theudoricius und nickte dem entschlossenen Alamânier anerkennend zu. «Aber wir wissen nicht, was uns hinter diesem Felsvorsprung erwartet. Möglicherweise liegt die Liburne mit voller Bemannung unter den Klippen vor Anker. Vielleicht haben sie ihr Lager aber auch bei den Anlegern oder sogar weiter oben vor dem Höhleneingang aufgeschlagen. In diesem Fall könnten sie unsere Anlandung beobachten und sich in aller Ruhe auf unseren Angriff vorbereiten. Sollten sie sich gar in den Felsen verschanzt haben, kommen wir nicht an sie heran. Der Aufstieg ist zu schmal und zu steil für einen Sturmangriff.»

«Er hat recht», brummte Beligomâgus. «Wir können uns nicht erlauben, blindlings vorzupreschen. Nicht einmal in der Nacht. Diese Kerle werden immer noch genügend Eingemachtes unter ihren Helmen haben, um die Umgebung zu überwachen. Zudem sind sie mit den Gegebenheiten vor Ort vertraut. Der Eingangsbereich der Höhle hat Amontrâkius und den Soldaten Raûliums jahrelang als geheimes Mithräum gedient. Sie haben dort regelmässig blutige Riten zu Ehren des Goldenen Löwen abgehalten. Ich selbst war lange genug mit dabei. So leicht können wir sie dort jedenfalls nicht überraschen. Wir müssen wissen, was uns da vorne erwartet.»

«Alles ist möglich», bestätigte Theudoricius. «Im besten Fall schlafen sie alle an Bord der Liburne. Aber wir dürfen uns nicht zu sicher sein.»

«Jemand von uns muss die Lage auskundschaften», schlug Beligomâgus vor. «Es dürfte nicht allzu schwierig sein, über diese Felsrippe zu kriechen und einen Blick darüber zu werfen. Hast du ein, zwei gute Schleicher unter deinen Männern, Theudoricius?»

«Ich weiss etwas Besseres», brachte sich Anêrios unerwartet ein und griff in seine Gürteltasche. Er hielt den Kriegern Lïayellas zerzauste Schwanenfeder vor die verblüfften Gesichter.

«Treibst du Scherze, Jüngelchen?», knurrte Ortwîn und bedachte die Feder mit abschätzigen Blicken.

«Gemach gemach», beruhigte Theudoricius den hitzigen Rotschopf. «Dieser Mann hier steht mit den Elbischen im Bunde. Lasst uns hören, was er vorschlägt.»

«Damit kann ich die Gestalt eines Schwans annehmen», erklärte Anêrios ruhig. «Das wird am wenigsten Verdacht erregen. Ich schwimme hinüber und schaue mich um. Für eine Einschätzung der Lage wird es reichen. Dann wissen wir genug, um weiterzusehen.»

Die Männer blickten einander fassungslos an.

«Bloss weil du so schnell einen Bart gekriegt hast, meinst du etwa, du könntest dir nun auch Federn wachsen lassen, hä …?», brummte Ortwîn unwillig. Er schien der Sache nicht recht zu trauen.

«Mich nimmt wahrhaft wunder, was du dort drüben alles erlebt hast, mein Freund», grinste Beligomâgus. «Sobald wir diese Sache hier zu Ende gebracht haben, musst du mir das in aller Ausführlichkeit erzählen.»

Anêrios nickte und sah Theudoricius abwartend an. Der Befehlshaber ihrer Unternehmung lächelte wohlwollend und hiess den Vorschlag ohne weiteres Federlesen gut. «Unauffälliger könnten wir wohl nicht vorgehen, geh und schau dich im feindlichen Lager um», raunte er. «Wir halten uns derweil hier verborgen und warten auf deinen Bericht.»

Eilig schlüpfte Anêrios aus seiner Rüstung und legte Helm und Waffengürtel ab. Unter den angespannten Blicken der Krieger glitt er über den hölzernen Schiffsbord in das unbewegte Wasser, welches unterhalb der überhängenden Baumwipfel eine beinahe schwarze Färbung aufwies.

Ortwîn hatte sich aufgerichtet, um das Schauspiel mitverfolgen zu können. Bestürzt blickte er auf den anmutigen Schwan, der auf einmal zwischen den beiden Seglern dümpelte. Die Männer gaben leise Ausrufe des Erstaunens von sich und blickten dem grazilen, schneeweissen Wasservogel lange nach, der durch das dunkle Wasser lautlos davonglitt.

Schroffe Felswände und dunkle Wälder überzogen die breite Flanke des Drachenberges, die unverrückbar und schweigend über dem unbewegten Seespiegel aufragte. Wie glitzernder Mondstaub schwebte die stiebende Kaskade des Baches aus dem höher gelegenen Höhlenmund über eine letzte jähe Felsstufe zum schwarzen See herab.

Anêrios trieb langsam auf die beiden hölzernen Anleger zu, wo die Boote der Opferprozessionen jeweils festgemacht hatten. Nun, da der Schatten des falschen Drachengottes nicht mehr auf diesem Ort lastete, wirkte die Stimmung dieses Ortes beinahe erhaben. Im Licht des absinkenden Mondes, das schräg über den ganzen See fiel, war der schmale Fusspfad gut zu erkennen, welcher in vielen Windungen unter mächtigen Eiben und Eichen hindurch bis zum Höhlentor hinaufführte.

Das massige Ruderschiff des Procurators lag in seltsamer Schräglage an den Fuss der Felswand gelehnt, beinahe so, als habe es aus dem Wasser entfliehen und an Land kriechen wollen. Ehrfürchtig bestaunte Anêrios diese mächtige Konstruktion, welche alle anderen Fahrzeuge übertraf, welche er je auf dem Vendolindon erblickt hatte. Die Liburne musste sich über beinahe zwanzig Mannlängen erstrecken, doch ihre Heckseite war in das Wasser eingesunken. Der Goldene Adler vor dem Bugkastell reckte sich gegen die Felswand hoch, als wolle er sich mit aufgesperrtem Schnabel und gesträubten Schwingen in der Klippe festkrallen. Eine seiner beiden Klauen sprang auffällig weit vor und erweckte den Eindruck, als könne sie bei einem Rammangriff fürchterliche Wunden in die Beplankung feindlicher Boote reissen. Dieses Monstrum war unzweifelhaft für den Krieg gebaut und mochte für jedes andere Schiff auf dem Vendolindon eine tödliche Bedrohung darstellen. Doch gegen die nächtliche Flutwelle schien es machtlos gewesen zu sein, denn Anêrios erkannte nach und nach, dass die merkwürdige Position des Schiffsrumpfes daher rührte, dass die Liburne mit voller Wucht gegen die Klippe geschmettert worden war. Offenbar hing sie an einigen untiefen Felsen fest, sonst wäre sie womöglich längst in die Umarmung der Seemutter abgesunken. Der Mastbaum des Kampfschiffes war auf halber Höhe geknickt, die Rahe und das zerfetzte Segel hingen seitlich zum Wasser hinab. Zersplitterte Riemen standen wie schiefe Reisszähne aus der eingedrückten Bordwand hervor. Erst jetzt fielen dem Schwanengestaltigen die vielen abgebrochenen Ruderschäfte und zerrissenen Planken auf, welche im Wasser trieben und mit dem feinen Wellengang immer wieder gegen den havarierten Schiffsrumpf schlugen. Es war ein geisterhaftes Bild, diesen gebrochenen Riesen zu sehen, der sterbend am Fuss der Felswand kauerte, während der See mit unerbittlicher Gemächlichkeit an seinem geschundenen Leib zerrte. Das verbogene Gerüst der Spanten und Planken ächzte leise unter der Berührung des herandrängenden Wassers. Die gefürchtete Liburne des Procurators von Raûlium stellte gewiss keine Gefahr mehr dar.

Aber was wohl aus ihrer Besatzung geworden war? Jedenfalls schien sie das zerstörte Schiff verlassen zu haben, denn an Bord war alles ruhig.

Unweit des ebenfalls beschädigten Anlegers flackerten hingegen mehrere Feuer unter den Felsen. Anêrios bahnte sich schwimmend einen Weg durch das Treibgut, um näher heranzugelangen. Vor dem rötlichen Flammenschein zeichneten sich mehrere Gestalten ab, die sich um die Feuerstellen geschart hatten und sich leise miteinander unterhielten. Die Formen ihrer Umrisse und die Art und Weise, wie sie sich gebärdeten und sprachen, liessen auf Legionäre schliessen. Etwas abseits glaubte der Beobachter auch eine Anzahl ausgestreckter Männer zu erkennen, die schlafend in ihre Decken gewickelt lagen. Oder handelte es sich um Tote und Verwundete, welche dem Schiffsunglück zum Opfer gefallen waren?

Erst jetzt bemerkte Anêrios, dass am zweiten Steg, dessen geschnitzten Drachenkopfpfähle schief und teilweise geborsten dastanden, ein kleineres Boot mit schlankem Rumpf festgemacht hatte. Im silbernen Mondlicht schimmerte der unverwechselbare Galionsadler im Bug des grossen Nachens. Dies musste die Barke des Mithraspriesters sein, auf welcher Anêrios und Tarvo damals nach Raûlium verschleppt worden waren. Sie machte einen weitgehend unversehrten Eindruck und schien noch seetüchtig zu sein.

Auf diesem Boot bin ich Aquileia zum ersten Mal begegnet, erinnerte sich Anêrios. *Damals war sie noch eine Prinzessin, überheblich und herzlos. Ganz anders als jetzt …*

Wohin mochten sie seine Gefährtin gebracht haben? Der Zeltaufbau im Heck der Barke sah etwas mitgenommen aus, war aber deutlich zu erkennen. Gewiss ein geeigneter Ort, um eine Gefangene zu bewachen. Tatsächlich bewegte sich dort eine Gestalt über das Verdeck des Bootes. Vorsichtig paddelte Anêrios mit seinen klumpigen Schwanenfüssen näher heran. Obwohl er nicht in seinem gewohnten Leib steckte, fühlte er die prickelnde Aufregung, die sich seiner bemächtigt hatte. Nun konnte er erkennen, dass es ein Soldat war, der im Heck der Adlerbarke seine Runden zog. Offenkundig gab es an Bord etwas zu bewachen ...

Eine leise Stimme in seinem Innern machte Anêrios darauf aufmerksam, dass es jetzt an der Zeit war, sich behutsam zurückzuziehen und seinen Leuten Meldung darüber zu erstatten, was er hier gesehen hatte. Aber allein die Möglichkeit, dass sich Aquileia in unmittelbarer Nähe aufhalten konnte, trieb ihn vorwärts. Er musste herausfinden, ob sie sich auf der Barke befand. Er würde ihr ein Zeichen geben, dass Rettung nahte.

Er zwang sich, jegliche Anwandlung von Hast abzulegen, und schwamm möglichst ruhig auf den Landesteg zu. Dort wo dieser dem Felsenufer entsprang, war das Wasser seichter, und über die Felsblöcke konnte Anêrios seinen behäbigen Schwanenleib an Land steigen lassen. Er watschelte über die Holzplattform, bis er eine Stelle fand, wo die Barke so dicht anlag, dass er über ihr Schanzkleid klettern und an Deck gelangen konnte. Auch dieses Boot schien der grossen Welle nicht so unversehrt entronnen zu sein, wie der erste flüchtige Eindruck vermittelt hatte, aber es hatte im Vergleich zu der Liburne nur geringfügigen Schaden erlitten. Der baldachinartige Zeltaufbau im Heck war behelfsmässig wieder aufgerichtet worden, die Leinwände waren jedoch auf allen Seiten zugeschlagen, so dass der Blick auf das Innere verborgen blieb. Mit zunehmender Erregung tappte der Schwan über den Mittelgang, vorbei an den schlafenden Ruderknechten, die zwischen den Bänken zusammengekauert lagen. Mit Schaudern gewahrte Anêrios die rostigen Ketten, mit denen sie am Schiff festgemacht waren. Als er beinahe im hintersten Teil des Decks angekommen war, umrundete der wachhabende Soldat soeben das Zelt und trat unvermittelt aus dem Mondschatten hervor.

Anêrios fuhr in seinem Schwanenleib zusammen. Er hatte in seiner Aufregung die Wache vergessen!

Der kräftig gebaute Mann vor ihm trug den ledernen, mit Stahlnieten verstärkten Lamellenpanzer eines Legionärs, über den ein rotgoldener Umhang geworfen war. Sein Gesicht wirkte finster und verschlagen, was wohl nicht allein der nächtlichen Dunkelheit zuzuschreiben war. Womöglich rührte dieser ungemütliche Eindruck von der schwarzen Klappe her, welche das linke Auge des Kriegers bedeckte. Selbst im schwachen Mondlicht war ein feiner Riss zu erkennen, welcher sich über seine gesamte linke Gesichtshälfte zog und gewiss im Zusammenhang mit dem verlorenen Auge stand.

«Hier gibt es nichts zu fressen für dich», schnauzte der Wächter, und er hob den Schaft seiner Hasta, um den Schwan zu vertreiben. Erleichtert realisierte Anêrios, dass er immer noch in der Gestalt des Wasservogels steckte und dadurch gewiss weitaus weniger Argwohn erweckte.

«Was ist da draussen los, Chalybeïon?», schnarrte eine verdrossene Stimme aus dem Innern des Zeltes, deren dunkler, näselnder Klang unverkennbar war.

Amontrâkius war hier! Dann konnte Aquileia nicht weit sein.

Der Zelteingang wurde abrupt zurückgeschlagen und die gedrungene Gestalt des Mithraspriesters trat heraus. Anêrios stellte sofort fest, dass auch er den verheerenden Ereignissen der vergangenen Nacht nicht ohne Blessuren entgangen war. Dunkel geschwollene Prellungen entstellten sein feistes, brauenloses Gesicht, und sein linker Arm hing schlaff herunter. Die einst prachtvolle, rotgoldene Robe war stellenweise zerrissen und schmutzig. Am auffallendsten war aber gewiss, dass Amontrâkius das Insignium seiner Priesterwürde, den löwengestaltigen Mithrashelm, nicht mehr auf dem Kopf trug. Die langen, krausen Strähnen schwarzen Haares hingen wirr und verfilzt um sein dunkelhäutiges Gesicht.

«Nur ein Schwan», raunzte die Wache und wies mit der Lanze achtlos auf den Wasservogel, der auf dem Deck stand. «Vielleicht will er dich um eine Audienz ersuchen, ehrwürdiger Heliodromus[95].»

Die stechenden Augen des Priesters verengten sich, als er Anêrios fixierte. Für einen Moment befürchtete der junge Mann, Amontrâkius' Macht ermögliche ihm, seine Verhüllung zu durchschauen.

 [95] Heliodromus (Grch.) = Sonnenläufer, höherer Weihegrad im Mithraskult

«Nur ein Schwan, ja», murmelte der stämmige Mann mit den sengenden Augen. «Aber irgendwie will mir dieses Tier bekannt vorkommen.»

Er wandte sich ab und schlüpfte rasch in das Zelt zurück.

Jetzt, dachte Anêrios und setzte dem Priester nach, um einen Blick in das Innere des Heckaufbaus zu erhaschen. Zu seiner Überraschung verstellte ihm der Legionär den Weg nicht, sondern lachte lediglich amüsiert in sich hinein. «Willst sehen, ob der Heliodromus dir etwas zu Beissen hat, was?», nuschelte er.

Erst in jenem Moment, als Anêrios das Zelt betrat, wurde ihm klar, dass dies ein verhängnisvoller Fehler war. Im Licht zweier Ampeln erkannte er den Priester, der sich über eine kleine Schatulle gebeugt hatte und darin mit hastigen Bewegungen nach etwas Bestimmtem suchte. Eine notdürftige Liegestatt mit zerwühlten Decken, einige kultische Gegenstände unbekannter Bedeutung und verschiedene Behältnisse und Krüge waren alles, was sich sonst hier befand. An der Rückwand hing ein grosses Gemälde, dessen naturechte Darstellung das Interesse des Schwanengestaltigen unweigerlich auf sich zog. Darauf war ein kleiner nackter Knabe mit goldenen Locken zu sehen, der mit seinen blossen Händchen einen ungeheuren, schwarzen Stier mit drei Hörnern erwürgte. Ein Lichtstrahl fiel schräg auf den kleinen Helden und zugleich auf eine goldfarbene katzenartige Kreatur, welche zu dessen Füssen ausgestreckt lag. Dieses Geschöpf wirkte kraftvoll und geschmeidig und hatte eine dichte schwarze Mähne um Brust und Hals. Seine Augen erinnerten an den Ausdruck eines Luchses. Es musste sich wohl um einen Löwen handeln, jenes königliche Raubtier, welches die Romanen einst in dieses Land gebracht hatten und das dem Vernehmen nach immer noch an einigen Fürstenhöfen gehalten wurde. Links und rechts des stiertötenden Knaben stand je ein Fackelträger in aufrechter Haltung. Der eine reckte seinen Brand steil in die Höhe, während der andere ihn abwärts gegen den Boden hielt.

Ein faszinierendes Bild. Nach allem, was er bisher wusste, musste es den Gott Mithras darstellen. Aber Aquileia war nirgends zu sehen.

Amontrâkius war immer noch beschäftigt.

Doch plötzlich fuhr er ruckartig herum und streckte Anêrios einen kleinen, silbernen Spiegel entgegen. Dieser ähnelte der glänzenden Scheibe, welche Alâria in jener schicksalhaften Nacht seiner Flucht aus Vernausium benutzt hatte, um seine Verzauberung durch den betäubenden Trunk des falschen Hohepriesters aufzudecken.

Zu seinem Entsetzen sah Anêrios sein eigenes menschliches Gesicht im Spiegel. Auf dem Antlitz des Mithraspriesters erschien zunächst ein Ausdruck ungläubigen Erstaunens, doch sogleich verzogen sich seine Züge zu einer Fratze des Hasses. Seine dunklen Augen loderten auf, als er erstaunlich behände aufschoss und mit gellender Stimme nach der Wache brüllte.

«Dieser Schwan ist ein getarnter Späher!», schrie er aufgebracht und streckte seine wulstigen, üppig beringten Hände aus, um den Vogel zu ergreifen. Reflexartig liess Anêrios den biegsamen Hals nach vorne schnellen und schnappte mit seinem kräftigen Schnabel nach den zudringlichen Fingern des Priesters. Wutschnaubend riss Amontrâkius seine verletzte Hand zurück.

Mit flatternden Flügeln stürzte Anêrios zum Zeltausgang, wo bereits der Soldat auftauchte.

«Fange mir diesen heimtückischen Vogel, Chalybeïon», kreischte Amontrâkius. «Es ist ein feindlicher *Explorator*[96].»

Dass die Wache die mollige Gestalt des Schwans unterschätzte, war Anêrios' Glück. So schnell ihm dies sein schwerfälliger Vogelleib ermöglichte, zwängte sich der Verwandelte zwischen den eisengeschienten Beinen des Soldaten hindurch und watschelte zur Verschanzung der Barke. Er sprang mehr, als dass er lief. Mehrfach strauchelte er, rappelte sich wieder auf und wuchtete sich letztlich über die niedrige Brüstung hinweg in die dunkle Nachtluft hinaus. Flatternd taumelte er in den See hinab und schluckte gleich ordentlich Wasser. Aus den Augenwinkeln erkannte er Amontrâkius, der mit lohenden Augen von der Höhe der Barke auf ihn herab starrte. Der Soldat an seiner Seite hatte die Lanze zum Wurf erhoben und nahm Mass.

Anêrios fürchtete um sein Leben. Die Instinkte des Schwans zogen ihn in die Tiefe des Sees hinab, in panischer Angst zwängte er seinen Leib unter die Wasseroberfläche und spürte, wie etwas Schlankes, Kaltes über seinen gefiederten Rücken kratzte. Ein schwacher Anhauch von Schmerz

 [96] Explorator (Lat.) = Spion, Kundschafter

streifte ihn.

Die Hasta hatte ihn nur um Haaresbreite verfehlt. In seiner Schwanengestalt konnte er nicht lange unter Wasser bleiben, bald musste er wieder auftauchen und sah zu seiner Bestürzung, wie weitere Gestalten über den Steg hasteten. Die aufgebrachten Befehle des Wachsoldaten hatten das ganze Lager aufgescheucht.

Anêrios strampelte um sein Leben, aber er kam nur mit quälender Langsamkeit vom Fleck. In diesem Moment fühlte er sich in dem trägen Leib des Wasservogels regelrecht eingesperrt. Sie würden ihn gleich wieder unter Beschuss nehmen. Er musste schleunigst fort von hier.

Fliegen! Ungelenk spreizte er seine Schwingen aus und schlug sie verzweifelt, so dass die langen Federn auf das Wasser klatschten.

Ihm fehlte die innere Ruhe, um sich auf das Wesen des Schwans einstimmen zu können. Vielleicht hätte er herausgefunden, wie er diesen schwerfälligen Leib hätte in die Lüfte erheben können, wenn ihm dafür nur ein bisschen mehr Musse zur Verfügung gestanden hätte.

Tauchen! Dies war sein einziger verbleibender Reflex, der eine geringe Aussicht auf Erfolg verhiess. Als die nächste Wurflanze dicht an seiner Seite in das Wasser zischte, schlüpfte er erneut unter die dunkle Oberfläche des Sees. In der kühlen Tiefe würgte er die Schwanenfeder aus seinem Vogelschlund hervor und erlangte sogleich seine menschliche Gestalt zurück. Alles, was er vor seiner Verwandlung auf sich getragen hatte, war noch da. Auch Yaïlils Ring an seinem Finger, der ihm ermöglichte, den Atem aus dem Wasser zu ziehen.

Endlich war Anêrios wieder in seinem vertrauten Element. Seine schwimmhautbewehrten Hände schaufelten die Fluten kräftig hinter sich, und wie ein Hecht stiess er tiefer gegen den Seegrund hinab. Mit raschen Zügen schwamm er weiter hinaus, und als er sich nach einer Weile wieder an die Oberfläche wagte und zaghaft den Kopf hervorstreckte, befand er sich bereits in ausreichender Entfernung weit hinter dem Heck der Adlerbarke. Viele schattenhafte Gestalten wimmelten an den Feuern und auf dem langgestreckten Boot umher. Das ganze Lager befand sich offenbar in Aufruhr.

Wunderbar, dachte er mit bitterer Selbstanklage, *jetzt wissen sie, dass wir ihnen auf den Leib rücken, und jegliches Überraschungsmoment ist dahin.*

Ohne sich weiter aufzuhalten, schnellte er wieder in die Tiefe und schwamm zurück zum Versteck seiner Gefährten.

X

STURM AUF DEN DRACHENBERG

«Es ist schiefgelaufen», keuchte Anêrios, als er prustend aus dem Wasser schoss. Helfende Hände streckten sich ihm entgegen und hievten ihn an Bord. Sorgenvolle Gesichter umringten ihn von allen Seiten. Jemand streckte ihm eine Wolldecke hin.

«Sie lagern am Fuss der Felswand», japste der junge Mann aufgelöst, während er sich die nasse Tunika vom Leib zerrte. «Es sind viele Soldaten, aber das grosse Kriegsschiff ist zerstört. Sie haben dafür eine kleine Barke, die noch ziemlich unbeschädigt ist. Und der Priester ist da.»

«Amonträkius», schnaubte Beligomâgus.

«Er hat meine Zaubergestalt enthüllt», bestätigte Anêrios. «Ich wollte nachsehen, ob ich Aquileia finde. Aber ich habe keine Spur von ihr entdeckt.»

«Und der goldäugige Rabe?», erkundigte sich Theudoricius besorgt.

Anêrios schüttelte den Kopf, während er sich in die trockene Decke hüllte.

Argwöhnisch blickte der Dux von Dûnon in die Baumwipfel über den Booten, deren verschlungenes Astwerk sich schwach vor dem Nachthimmel abzeichnete. «Wenn der Magos gewarnt ist, wird er von nun an jeden unserer Schritte beobachten können», murmelte er und presste die Lippen zusammen. «Aber selbst wenn der Schwarzzauberer noch nichts von uns weiss, die Männer am Ufer werden nun auf der Hut sein. Wir können sie nicht mehr unvorbereitet überfallen.»

«Auf jeden Fall müssen wir jetzt rasch zuschlagen», knurrte Beligomâgus, «je länger wir zögern, desto besser werden sie ihre Verteidigungsstellung ausbauen. Können wir uns mit den Booten dicht an die Uferlinie halten?» Die Frage war an einen der Schiffer gerichtet.

«Es gibt hier viele verborgene Felsen unter der Wasseroberfläche, Dominus», erwiderte der Angesprochene. «Sie werden uns den Rumpf aufreissen. Wenn wir mit unseren Segeln die volle Wucht des Windes einfangen wollen, müssen wir uns vom Ufer entfernen.»

«Dann werden sie uns von Weitem kommen sehen und uns gebührend empfangen», brummte Theudoricius. «Haben sie Bogenschützen?», fragte er den zurückgekehrten Kundschafter.

Anêrios zuckte die Achseln. «Die Art ihrer Bewaffnung konnte ich in der Dunkelheit nicht feststellen», gestand er.

«Ich bin sicher, dass sie Schützen dabeihaben», beteuerte Beligomâgus, «und sie schleudern ihre Lanzen. Im schlimmsten Fall haben sie intakte Ballisten von der Liburne geborgen und unter den Felsen in Stellung gebracht.»

«Zu riskant», murmelte Sigmârius. «Sobald sie uns sehen, nehmen sie uns unter Beschuss.»

«Die Torsionsgeschütze der Romanen sind gemeingefährlich», bestätigte Theudoricius. «Ich habe davon gehört.»

«Wartet», keuchte Anêrios, der immer noch in seine Decke gehüllt an der Brüstung des Seglers kauerte. Die aufregende Flucht und das Schwimmen auf weite Entfernung hatten ihn an den Rand der Erschöpfung getrieben. Trotzdem war ihm soeben ein Einfall gekommen. «Ich habe noch einen letzten Nebelknoten ... Ich kann uns in eine Nebelbank hüllen, dann werden sie unsere Annäherung nicht bemerken.»

«Wieder eine deiner Zaubereien», murrte Ortwîn und verdrehte missmutig die Augen. «Wenn dieser Priester dein Schwanenkleid entlarvt hat, wird auch der Nebel nichts nützen. Sie werden uns gleichwohl sehen.»

«Wir müssen es versuchen», verkündete Theudoricius. «Gott ist mit den Gerechten. Vielleicht werden sie unsere Tarnung erst bemerken, wenn wir heran sind.»

«Und dann werden unsere Klingen sprechen», stiess Beligomâgus mit fester Stimme hervor.

Ortwîn schüttelte entschieden den Kopf. «Darauf lasse ich mich nicht ein», grollte er. «Ich vertraue diesen Alfenkünsten nicht. Aber wir sind ohnehin keine Seekrieger.» Er deutete auf den dunklen Wald, der sich oberhalb der kleinen Bucht an die Bergflanke schmiegte. «Wir werden uns so rasch wie möglich durch das Steilgelände annähern und sie von der Landseite her überraschen. Von oben können wir Steine auf sie herabhageln lassen. Gib mir fünf deiner schnellsten Männer, Theudoricius. Vuôdens Blut! Wir werden ebenso rasch über den Berghang huschen wie ihr über den See gleitet. So nehmen wir sie von zwei Seiten in die Zange.»

«Damit bin ich einverstanden», pflichtete ihm Theudoricius bei. «Dann macht euch jetzt bereit und brecht rasch auf. Gott stehe uns bei!»

Bevor sie die schützende Felsnase zur Gänze umschifft hatten und in Sichtweite der Drachenhöhle gerieten, knotete Anêrios seinen Nebelfaden auf. Da die geheimnisvolle Gabe aus dem Wasserreich ihre Magie nun verwirkt hatte, löste sie sich in seinen Händen unverzüglich in Luft auf.

Augenblicklich wallten dichte Nebelschwaden über das Wasser und verhüllten jegliche Sicht. Die erfahrenen Schiffer behielten den eingeschlagenen Kurs nichtsdestominder bei und segelten geradewegs auf das nahe Felsenufer zu. Mit gezückten Waffen und erhobenen Schilden drängten sich die Krieger in den Bugspitzen der beiden Boote. Anêrios hatte seine Lederrüstung wieder angeschnallt und starrte in banger Erwartung des bevorstehenden Kampfes in den dichten Nebel. Plötzlich spürte er eine kräftige Hand auf seiner Schulter. «Catûrix ruft zur Schlacht», raunte ihm Beligomâgus zu. «Auf uns wartet gnadenloses Schwertwerk. Das ist deine Sache nicht, halte dich zurück.»

Als sie den verwunschenen Nebelstreifen durchstossen hatten, dämmerte hinter den riesigen Felsenhäuptern der Uralten Mütter bereits das erste Zwielicht des grauenden Tages herauf. Kaum eine Pfeilschussweite von ihnen entfernt schälte sich die Klippe aus den verweichenden Schwaden. Ein Legionär, der auf der grösseren Anlegeplattform auf seinem Posten stand, fuhr erschrocken herum, als er die beiden grossen Schatten der angreifenden Schiffe unerwartet aus der Nebelbank wachsen sah. Noch ehe er einen Warnruf ausstossen konnte, hatte ein Pfeil den Weg in seine Kehle gefunden, so dass er nur ein ersticktes Röcheln von sich gab, ehe er kopfvoran in das Wasser stürzte.

Der gellende Schrei einer zweiten Wache, die auf der nebenan vertäuten Barke gestanden hatte, zerriss die geisterhafte Stille des frühen Morgens.

Theudoricius' Bogenschützen deckten die lagernden Männer am Ufer mit einem Pfeilhagel ein, noch ehe der Bug des ersten Seglers gegen das Holzgerüst des Anlegers krachte. Während die Schiffer Wurfanker auswarfen, um das Schiff an der Plattform festzukrallen, stürmten die ersten

Männer bereits auf den Steg und hielten mit markerschütterndem Gebrüll auf die Felsklippe zu.

«*Adiuva Deus*[97]!», schrien die byrgondiônischen Krieger aus Stralingânum.

«Artiôna!», donnerte es aus der Kehle ihres hünenhaften Anführers, dessen gehörnter Helm ihm das furchterregende Aussehen eines stierköpfigen Heidengottes verlieh.

Beligomâgus fegte wie ein Riese aus einer alten Sage vorneweg und schwang grimmig seine Spatha. Theudoricius folgte ihm dichtauf. Nachdem die Bogenschützen noch eine zweite Salve verschossen hatten, senkten sie ihre Waffen, um nicht versehentlich die eigenen Reihen zu treffen. Sie zogen nun ihrerseits die Klingen blank und stürzten sich in das Gefecht.

Kurz darauf rammte das zweite Segelboot die andere Seite des Anlegesteges und Sigmârius warf sich mit seinen Männern lärmend dem Feind entgegen. Als Anêrios als letzter über die Bordwand kletterte, sah er, dass der Kampf bereits voll entbrannt war. Die meisten Legionäre standen kampfbereit in voller Rüstung und stellten sich den Angreifern todesmutig entgegen. Obwohl der Vorstoss aus dem Nebel unerwartet gekommen war und einige von ihnen bereits im Pfeilhagel zu Boden gegangen waren, formierten sie sich unter den harschen Befehlen ihres Kommandanten rasch zu einem Schildwall, aus dem sich eine Reihe gefährlich blitzender Lanzen vorreckte. Anêrios erkannte den Einäugigen der vergangenen Nacht, welcher die Soldaten aus Raûlium befehligte. Mitten im ausbrechenden Getümmel agierte er mit der Gelassenheit eines erfahrenen Truppenführers und brachte seine Kräfte kaltblütig berechnend in Stellung.

Beligomâgus duckte sich an vorderster Front unter der vorstossenden Hasta eines Legionärs hinweg und rammte den verdutzten Soldaten mit der ganzen Wucht seines gepanzerten Riesenleibes in den weichen Grund. Sein Ansturm riss eine breite Bresche in die Verteidungungslinie, welche die Männer aus Dûnon sogleich nutzten, um in die Phalanx der Legionäre einzubrechen. Brüllend und von entfesselter Wut getrieben drangen die Kämpfer aufeinander ein. Stahl klirrte auf Stahl, Schilde barsten, Klingen und Lanzeneisen prallten auf verstärktes Leder und Metallpanzerungen,

[97] Adiuva Deus (Lat.) = Gott helfe uns

fanden ihren Weg zu ungeschützten Stellen und schnitten tief in lebendiges Fleisch hinein. Die Schreie der Verwundeten und Sterbenden hallten schauerlich von der hochragenden Klippe wider. Anêrios sah, wie einige Legionäre unter die Kaskade abgedrängt wurden und auf den glatten Steinen den Halt verloren. Unerbittlich setzten die Krieger des Dux ihnen nach und verrichteten ihr blutiges Handwerk. Rot schäumte das Wasser, wo die zuckenden Körper der Soldaten aufspritzend in den See stürzten. Beligomâgus wütete mit seinem blitzenden Schwert wie ein Schnitter im reifen Korn. Unter seinen wuchtigen Hieben zerstoben die Angreifer nach allen Seiten. Anêrios erkannte, dass er sich einen Weg durch die feindliche Reihe zu bahnen suchte, um den einäugigen Befehlshaber zu erreichen, der auf einem Felssims unterhalb der Fluh etwas erhöht stand. An dessen Seite reckte ein Legionär das Feldzeichen Raûliums in die Höhe, eine lange, geschmückte Stange, welche die Symbolfigur des mit Eichenlaub umkränzten Goldenen Adlers trug. Das Signum des vergangenen Imperiums.

Anêrios wandte sich von dem unerbittlichen Kampfgetümmel ab und hastete der Barke zu, welche nun verlassen dalag. Er stieg über den zusammengekrümmten Leib eines Legionärs, der von mehreren Pfeilen durchbohrt im Uferschlamm zitterte, und erreichte über den schmalen Steg jene Stelle, wo er sich mühelos über die Bordwand des Schiffes schwingen konnte. Zu seinem Erschrecken fand er die angeketteten Sklaven allesamt zusammengedrängt zwischen den Ruderbänken. Ihre verstörten Gesichter zeigten eine angespannte Mischung aus Hoffnung und Furcht. Aus Angst vor den herumschwirrenden Pfeilen und Wurfspiessen wagten sie nicht, ihre Köpfe über die Verschanzung hinauszustrecken.

«Ihr seid bald frei», stiess Anêrios hervor und duckte sich ebenfalls zu Boden. «Sagt mir, wo die Schlüssel sind, dann kann ich eure Ketten aufschliessen.»

«Der Priester hatte sie bei sich», keuchte einer der Ruderknechte. «Er hat das Schiff vor dem Morgengrauen verlassen, aber vielleicht liegen sie noch in seinem Quartier da hinten.» Er zeigte auf den zeltförmigen Heckaufbau.

In geduckter Haltung eilte Anêrios über den Mittelgang und schlüpfte rasch in das Innere des Zeltes, dessen Einrichtung er von seinem letzten nächtlichen Besuch bereits kannte. Das wundersame Gemälde, welches den Kampf des kleinen Knaben mit dem dämonischen Urstier darstellte, drohte erneut seine Aufmerksamkeit zu fesseln. Entschlossen riss er sich von seinem Anblick los und durchwühlte hastig die Habe des Priesters, der seine Unterkunft überstürzt verlassen zu haben schien. In der offenen Schatulle fand er den silbernen Spiegel, mit dem seine Schwanengestalt in der vergangenen Nacht entlarvt worden war. Einen kurzen Moment lang betrachtete er nachdenklich sein vorzeitig gealtertes Gesicht darin. Dann steckte er die Scheibe hastig in seine Gürteltasche, wer wusste, ob sie ihm vielleicht noch von Nutzen sein mochte, um die Täuschungen des Magos zu durchschauen. Als Nächstes wandte er sich einer grossen Truhe zu, die mit einem Eisenschloss gesichert war. Ohne zu überlegen hieb der junge Mann mit seiner Spatha auf den massiven Verschluss ein und stiess erleichtert den Atem aus, als dieser nach vielen erbitterten Schlägen endlich mit einem klirrenden Laut in die Brüche ging. Die Truhe enthielt prachtvolle Gewänder und priesterliche Insignien, kostbaren Schmuck und erlesenes Schuhwerk. Dazu kamen Schriftrollen und Schreibgerät, aber auch einige Utensilien, deren Bedeutung er in der Eile nicht erfassen konnte. Wütend schleuderte er den unbrauchbaren Plunder durch das Zelt. Die gesuchten Schlüssel waren nirgends zu entdecken. Angespannt fuhr er herum und liess seine Blicke nochmals fieberhaft durch den halbdunklen Innenraum des Zeltes schweifen. Eine der Ampeln brannte noch, der Priester hatte in der Hast seines Aufbruchs wohl vergessen, sie auszumachen. Er löste die Leuchte von ihrer Aufhängung und besah sich die Einrichtung in ihrem Lichtschein. Da fiel sein Blick unvermittelt auf etwas Glänzendes, das auf halber Höhe am Mittelpfosten hing.

Es war der gesuchte Schlüsselbund.

Anêrios blies das Licht aus und stellte es eilig auf den Boden. Dann ergriff er die Schlüssel und stürzte wieder ins Freie.

Zwei Dutzend verhärmte Gestalten streckten ihm sogleich ihre in Eisen geschlagenen Fussknöchel entgegen. Ein hoffnungsvolles Leuchten war in die eingefallenen Augen der Erbarmungswürdigen getreten.

«Hilf mir, Bruder», keuchte ein junger Mann, der in der Nähe kauerte. Bestürzt blickte Anêrios in sein Gesicht. Irgendwie kamen ihm die verzerrten Züge bekannt vor. «Ich bin aus Speica», ächzte der Angekettete. «Sie haben mich vor drei Jahren in die Drachenhöhle geführt. Nicht der Blutschlinger hat mich geholt, sondern der Herr von Raûlium. Öffne meine Ketten, damit ich endlich frei bin.»

«Ich stamme aus Lugokarnium», stöhnte ein anderer. «Ich wurde am hellichten Tag von Sklavenjägern des Procurators aus meiner Hütte gezerrt. Binde mich rasch los.»

Ein vielstimmiges Klagen und Flehen erhob sich unvermittelt auf der Barke, als die Gefangenen ihren unvermutet aufgetauchten Befreier allesamt bedrängten, sie von ihrem unglücklichen Geschick zu erlösen. Jeder wollte der erste sein. Überfordert blickte Anêrios die bedauernswerten Gestalten an.

«Seid doch leise», gebot endlich ein älterer Mann mit dürren Gliedern und verschorftem Gesicht. «Wenn ihr einen solchen Lärm veranstaltet, werden sie bloss auf uns aufmerksam. Sie sind immer noch da.» Er deutete mit seinem ausgemergelten Arm hinauf zum Höhleneingang.

Seit sie angekommen waren, hatte Anêrios seine Augen noch kein einziges Mal dort hinauf erhoben. Er sah einige Gestalten oberhalb des höchsten Wasserfalles stehen, die vor dem dunklen Höhlenmund allerdings nur undeutlich zu erkennen waren.

Plötzlich erstarb das Wehklagen der gefangenen Rudersklaven schlagartig. «Vorsicht!», zischte eine heisere Stimme.

Anêrios fuhr zusammen, als er polternde Schritte auf dem Mittelgang vernahm.

«Wenn das nicht ein Wohltäter an der leidenden Menschheit ist», höhnte eine brüchige Stimme, die vor Hass triefte.

Sie gehörte dem einäugigen Befehlshaber, der mit schwankenden Schritten auf ihn zutorkelte. Er sah mitgenommen aus, sein vordem schön polierter Lamellenpanzer war verbeult und zerschnitten. Seinen Helm hatte er verloren. Blut rann aus einer Platzwunde an seiner Schläfe und liess sein finsteres Gesicht noch furchteinflössender erscheinen. Der Offizier hielt eine Hand gegen seine Seite gepresst. Die andere umklammerte die Spatha, deren blutverschmierte Klinge bebte.

«Vielleicht werden diese Jammergestalten heute ihre Freiheit erlangen», belferte der Verwundete und verzog qualvoll sein entstelltes Gesicht. «Aber dich schicke ich zuvor noch in den Orcus.»

Mit erhobener Spatha taumelte der Soldat auf Anêrios zu und liess die Klinge unerwartet vorzucken. Der junge Mann war auf einen Angriff gefasst und sprang rechtzeitig zurück, um dem tödlichen Stahl zu entgehen, doch stolperte er dabei über eine Taurolle, die seinen Füssen im Weg lag. Ein erschreckter Aufschrei entrang sich seiner Kehle, als er den Halt verlor und rücklings über das Seilwerk hinweg zu Boden stürzte. Der Schlüsselbund entglitt seiner Hand und schlitterte klirrend über die Deckplanken. Mehrere Hände reckten sich sogleich fieberhaft danach. Doch Anêrios blieb keine Zeit, um sich darum zu kümmern, denn sein Gegner war bereits heran und richtete sich drohend über ihm auf.

«Unwürdige Barbarenbrut», zischte der Einäugige voller Verachtung, «hast du wirklich geglaubt, du könntest an der Macht des Imperiums rütteln? Dein Blut gebührt dem unbesiegbaren Mithras.»

Er richtete seine Schwertspitze auf Anêrios Kehle, doch bevor er zustossen konnte, angelte einer der Ruderer mit seinem angeketteten Fuss nach den Stiefeln des Kommandanten und brachte diesen mit einer ruckartigen Bewegung zu Fall.

Anêrios rollte sich rasch zur Seite, damit der Strauchelnde ihn nicht unter seinem massigen Körper begrub. Rasch brachte sich der junge Mann in Sicherheit, kam auf die Beine und wog seine eigene gezückte Spatha abwartend in der Hand. Das Gewicht und die Form der Waffe erschienen ihm immer noch höchst ungewohnt.

Umständlich stemmte sich der Einäugige wieder in die Höhe und tastete nach seinem entfallenen Schwert. Anêrios hatte beobachtet, wie einer der Sklaven es hastig unter eine Ruderbank getreten hatte. Mit flackernden Blicken musterte der Verwundete die ängstlich zusammengekauerten Gefangenen. «Widerliches Geschmeiss!», höhnte er und verfiel in einen röchelnden Hustenanfall, der ihm blutigen Schaum aus dem Maul trieb.

Eine schmierige, dunkelrote Lache war auf den Planken zurückgeblieben, wo er zuvor hart hingeschlagen war. Anêrios fragte sich, ob der gedemütigte Kommandant in seiner ohnmächtigen Rage nun auf die wehrlosen Ruderer losgehen würde.

«Chalybeïon!», donnerte unvermittelt eine kräftige Stimme über das Deck. Beligomâgus stapfte mit ausgreifenden Schritten heran. Der Hüne bot einen furchterregenden Anblick. Er war von Kopf bis Fuss mit Blut besudelt, ein Horn seines Helmes war abgebrochen, der runde Schild voller Spalte und Dellen. Das blanke Breitschwert in seiner Faust starrte geradezu schwarz vor Blut.

«Es ist vorbei, Chalybeïon, ergib dich», wiederholte der riesenhafte Krieger und trat vor den knienden Gegner, um ihm ins Gesicht blicken zu können. «Wo sind Romûlius und der Rest eurer Männer?»

Anêrios warf einen Blick zu der Stelle hinüber, wo eben noch die Schlacht getobt hatte. Die Krieger des Dux waren dabei, die überlebenden Legionäre zusammenzutreiben und zu entwaffnen. Andere kümmerten sich um die Verwundeten, deren Wimmern und Stöhnen von der hochragenden Fluh auf bedrückende Weise verstärkt wurde. Die Spuren der verübten Grausamkeiten riefen in Anêrios würgende Übelkeit hervor. Aber die Kämpfe schienen vorüber zu sein. So heftig wie sie entflammt waren, so rasch waren sie wieder verebbt. Lediglich eine Handvoll flüchtiger Legionäre hastete noch den schmalen Steig zur Drachenhöhle hinauf. Verzweifelt versuchten sich die Fliehenden hinter Felsblöcken und dicken Eibenwurzeln zu verbergen, als die Bogenschützen der Byrgondiônen ihnen einige schwirrende Pfeile nachschickten.

Trotzig richtete sich Chalybeïon auf seinen zitternden Knien auf und spie Beligomâgus blutigen Schaum zwischen die Stiefel. «Verfluchter Verräter!», keuchte er. «Wir hätten wissen müssen, dass du zu dieser abtrünnigen *Ambubaia*[98] hältst und dem Procurator in den Rücken fällst, nur weil dich das Schicksal ihres Töchterchens ans Herz gerührt hat. Aber ich warne dich, Beligomâgus, der Zorn des Herrschers von Raûlium wird fürchterlich sein. Die Goldene Kohorte wird dich unbarmherzig hetzen, bis an das Ende der Welt, wenn es sein muss.» Die Augen des Befehlsha-

[98] Ambubaia (Lat.) = liederliche Frau, Schlampe

bers loderten wie Fackeln und fixierten die hochragende Gestalt vor ihm mit unverhohlener Abscheu.

«Der Procurator wird gar nichts mehr tun», entgegnete Beligomâgus gelassen. «Der Berg hat ihn und seine Stadt unter sich begraben.»

Chalybeïons Augen weiteten sich ungläubig und sein Mund klaffte auf, ohne einen Laut von sich zu geben.

«Raûlium liegt unter Felstrümmern verschüttet», fügte der Hüne hinzu. «Letzte Nacht ist ein Stück des Baranbanno abgebrochen und hat die Weisse Stadt verschlungen. Keine Menschenseele hat diese Katastrophe überlebt, Chalybeïon, Raûlium existiert nicht mehr. Dein Herr ist tot.»

«Das Erdbeben letzte Nacht ...», röchelte der Kniende entgeistert und geriet ins Schwanken. «Die Flutwelle ... dann ist es der Untergang gewesen ...»

«Die Götter haben Raûlium gerichtet. Wir schonen dich und alle Überlebenden, wenn ihr die Waffen streckt», verkündete Beligomâgus ungerührt. «Ihr werdet der Gerichtsbarkeit des byrgondiônischen Landherrn unterstellt. Theudoricius ist jetzt der neue Herrscher in diesem Teil der Welt.»

«Die Macht des Imperiums ist gebrochen ...», grämte sich Chalybeïon und sackte vornüber, «dann ist es vorbei ... Mithras verfluche diesen unglückseligen Tag!»

Beligomâgus nickte und schob dem Besiegten die Breitseite seiner Klinge unter das Kinn. Behutsam, aber bestimmt zwang er sein Gegenüber, die Augen wieder zu ihm zu erheben.

«Romûlius Rapax?», knurrte er eindringlich. «Wo steckt der Kettenhund des Procurators? Und wo hat sich Amontrâkius verkrochen?»

Kraftlos hob Chalybeïon einen Arm und deutete mit bebender Hand bergwärts, in jene Richtung, wo der Höhleneingang über den silbern schimmernden Wasserfällen gähnte. «Sie sind alle dort oben», wisperte er.

«Was habt ihr mit Lusilla gemacht? Spricht rasch», forschte Beligomâgus eine Spur schärfer.

«Der Magos ...», stammelte der einäugige Veteran, «der Magos hat sie mitgenommen ... sie sind in die verfluchte Höhle gegangen ... der Orcus wird sie alle holen.» Sein versehrtes Gesicht zuckte und verkrampfte sich zu einer Grimasse des Elends.

Anêrios schluckte schwer, als er einmal mehr Zeuge wurde, wie die Herrschaftsträume der Mächtigen von Raûlium zerbröckelten wie verglühte Kohlen in einem niedergebrannten Feuer.

Theudoricius hatte aus dem erbitterten Gefecht schwere Wunden davongetragen und lehnte mit dem Rücken an einen grossen Felsblock, während Sigmârius ihn notdürftig versorgte. Zwölf seiner Männer hatten den Kampf nicht überlebt, einige waren ernsthaft verwundet. Insgesamt einundzwanzig Legionäre würden den Sonnenaufgang nicht mehr erleben, sechzehn waren in Gefangenschaft geraten, etwa ein Dutzend von ihnen befand sich noch auf der Flucht zum Höhleneingang oder war auf den offenen See hinausgeschwommen, um zu entkommen. Mehrere Gefolgsleute des Dux durchkämmten das Umland, um sie dingfest zu machen. Das erbeutete Signum der Goldenen Kohorte von Raûlium, die Stange mit dem imperialen Adler, war neben den Landestegen in die aufgewühlte Erde gerammt worden. Der hochmütige Glanz dieses einst machtvollen Herrschaftszeichens einer vergangenen Ära war nun auch in Vendolindium gebrochen.

Anêrios stellte zu seiner Erleichterung fest, dass sich die Männer aus Dûnon auch um verletzte Gegner kümmerten und ihre Gefangenen einigermassen anständig behandelten. Er war froh, dass die Gräuel einstweilen ein Ende fanden, er hatte fürwahr genug Blutvergiessen gesehen an diesem denkwürdigen Morgen.

«Ich werde nun die Verfolgung des flüchtigen Pontifex aufnehmen», erläuterte Beligomâgus dem angeschlagenen Dux soeben in schlichtem Tonfall. «Dafür nehme ich nur Ortwîn und seinen kleinen Trupp mit mir, sie müssten inzwischen da oben angelangt sein. Deine Männer lasse ich hier. Für die Jagd auf den Magos werde ich mich ohnehin auf die Priester der Vendolindier verlassen müssen. Die dürften erst im Verlauf des Vormittags hier eintreffen.»

Theudoricius versuchte zu lächeln und verzog qualvoll das Gesicht, als aufflammender Schmerz ihn peinigte. «Du bist ein Krieger von altem Holz», flüsterte er, «König Godemâr würde viel geben für einen solchen Schwertarm.» Er stockte und erbebte unter einem Hustenanfall, der seinen eingebundenen Brustkorb erschütterte. «Bei Gott, unserem Herrn, vergib' mir, dass ich dir nicht da hinauf folgen kann ..., aber mich hat es ... ein bisschen erwischt.»

«Ruhe dich aus, Patricius», riet Beligomâgus fürsorglich. «Es ist gut, wenn du jetzt mit einem der Boote zurückfährst und dich von deinem *Medicus*[99] anständig behandeln lässt. Sigmârius wird einstweilen hierbleiben und uns mit seinen Männern den Rücken freihalten. Sie werden überdies viel Erdreich umzugraben haben, denn es gilt, etliche Gefallene in den Schoss der Erdmutter zu betten.»

«Möge sich unser Vater im Himmel ihrer tapferen Seelen gnädig annehmen», hauchte Theudoricius und streckte die Hand aus. Beligomâgus umfasste nach Kriegersitte den dargereichten Unterarm und lächelte dem etwas zerknirscht wirkenden Helden von Dûnon aufmunternd zu. «Du kommst schon wieder auf die Beine, keine Angst.»

«Was sollen wir mit den befreiten Ruderern machen?», erkundigte sich der Dux bekümmert.

«Sie bleiben am besten hier, bis die Vendolindier kommen», klärte ihn Beligomâgus auf. «Sie können inzwischen Sigmârius zur Hand gehen. Einige sind schon wieder recht gut auf den Beinen.»

«Nehmt den zaubermächtigen Jüngling mit», wisperte Theudoricius zum Abschied. «Ihr werdet seiner Elbenkünste womöglich bedürfen, wenn es gegen den Magos geht.»

«Natürlich», bestätigte Beligomâgus. «Anêrios wird uns begleiten. Er hat diese Sache in die Wege geleitet, und er wird sie mit uns zu Ende bringen.»

Als die ersten Sonnenstrahlen des neuen Tages über die weissfleckigen Riesengestalten der Drei Uralten Mütter fingerten, begannen Beligomâgus und Anêrios den Aufstieg zum Höhleneingang. Derweil schiffte sich der verwundete Dux mit seinen Männern ein, um die Heimfahrt nach Dûnon

[99] Medicus (Lat.) = Arzt, beruflicher Heiler

anzutreten.

Kaum hatten sie die erste Felsstufe überwunden, trafen die Männer auf einem geräumigen, von krummwüchsigen Eichen umstandenen Sims zwischen den Kaskaden des Höhlenbaches auf Ortwîn und seine Männer. Sie hatten ein halbes Dutzend geflohener Legionäre auf deren Weg zum Höhleneingang abgefangen und gnadenlos niedergemacht. Die Erschlagenen lagen achtlos im blutgetränkten Gras ausgestreckt. Der Anblick ihrer entseelten Gesichter tat Anêrios leid, er wandte sich seufzend ab. Das fortwährende Töten war ihm zutiefst zuwider.

«Mehr konnten wir im Moment nicht tun», flachste der hartgesottene Alamânier geradezu entschuldigend. «Der Marsch durch den Wald hat uns mehr Zeit gekostet als erwartet. Verdammtes Gestrüpp! Aber wir kamen gerade noch rechtzeitig, um dieses Rabenaas hier in Hels dunkle Halle zu schicken.»

«Ich bin froh, wenn ihr noch einigermassen ausgeruht seid», entgegnete Beligomâgus unbeirrt. «Wir haben Romûlius noch nicht erwischt. Da oben mag noch ein hartes Stück Arbeit auf eure Klingen warten.»

Auf dem schmalen Pfad, der sich den Felswänden entlang über abschüssiges Gelände in die Höhe wand, konnten sich die Männer nur hintereinander fortbewegen. Beligomâgus schritt furchtlos vorneweg, Ortwîns und Theudoricius' Männer folgten dichtauf und nahmen Anêrios in ihre Mitte. Der bärbeissige Anführer der Alamânier bildete den Abschluss der kleinen Gruppe, welche entschlossen hangauf stapfte. Den jungen Mann aus Vendolindium beschlich ein mulmiges Gefühl, zumal er zuvor von der Barke aus eindeutig eine Schar von Gestalten beim Höhlentor gesehen hatte. Wie froh wäre er nun gewesen, wenn er nochmals einen schützenden Nebel hätte heraufbeschwören können. Aber er hatte inzwischen alle drei Knoten verbraucht. Auch Lïayellas Schwanenfeder war ihm im Eifer seiner nächtlichen Flucht durch den See abhandengekommen. Nun musste er sich auf seine eigenen Fertigkeiten verlassen.

Bald betraten sie das zerklüftete Plateau am Fuss jener gewaltigen, schroffen Felswand, welche den Eingang zu Auragôrs nunmehr verlassenem Höhlenreich überschattete. Seit Anêrios erstmals mit seinem Freund

Tarvo diesen geheimnisvollen Ort betreten hatte, war in Vendolindium beinahe ein Jahr vergangen. Er hatte freilich das Gefühl, dass seither ungleich mehr Zeit verstrichen sein musste.

Unverändert bot sich seinen Augen der Halbkreis aufgerichteter Steinsäulen dar, welcher den Zugang zum Felsenportal wie ein Schildwall urzeitlicher Wächter beschirmte. Die vielfältigen Gravuren und Motive auf den Stelen schienen ihm wiederum rätselhafte Botschaften zuflüstern zu wollen. Es trug zwar zu seiner Beruhigung bei, nun mit Sicherheit zu wissen, dass der einst gefürchtete Blutschlinger Urâgus nie im Innern dieses Berges gehaust und dass selbst der uralte Drache Auragôr seinen Unterschlupf darin inzwischen verlassen hatte, aber gleichwohl verspürte Anêrios ein unbehagliches Kribbeln über seine Herzgrube kriechen, welches ihn untrüglich auf eine unmittelbar bevorstehende Konfrontation von höchster Gefährlichkeit hinwies.

Zwischen den beiden Steinpfeilern, welche den Weg zum Höhleneingang einrahmten, erwartete sie ein leicht gebeugter, alter Mann mit tief herabwallendem Graubart und finsteren Augen in seinem verwitterten Gesicht. Sein verfilztes Haar wurde von der Schädelkappe eines Wildebers bedeckt, dessen borstiges Rückenfell wie ein Überwurf auf den ausgemergelten Schultern ruhte. Es war Creviocarnos, der Dorfpriester von Sudûbnum, einer der wenigen Priester, die Melomagûnos, dem neuen Verunorêgios Vendolindiums, bisher ihre Gefolgschaft verweigert hatten. Obwohl seine äussere Erscheinung angesichts der kraftstrotzenden Krieger geradezu schmächtig und zerbrechlich wirkte, umspielte eine bedrohliche Aura von Macht den düsteren Göttergeweihten, an dessen unbestrittene magische Kraft sich Anêrios von seiner ersten Begegnung mit ihm in Sudûbnum noch deutlich erinnerte. Damals hatte der eberhäuptige Zauberpriester Beodâns Vegetationszauber durch eine einzige fahrige Geste zunichte machen können. Mit furchtloser Gelassenheit hob Creviocarnos seinen eigenartigen drehwüchsigen Stab quer vor seine Brust, als wollte er ihn wie eine lächerliche Schranke zwischen die Steinkolosse klemmen, welche seine knorrige Gestalt flankierten.

Im Halbschatten des Torbogens hinter ihm, am Eingang in die dunkle Höhlenwelt des Aurîg, wo der rauschende Wasserstrom zwischen den aufgepflockten Stierschädeln aus dem Innern des Berges an das Tageslicht hinaussprang, waren weitere Gestalten zu erkennen. Eine davon musste Amontrâkius sein, der selbst auf diese Entfernung gehetzt und unruhig wirkte, im Gegensatz zu dem grauen Priester mit dem Keilerkopf, welcher sich der schlagkräftigen Schar um Beligomâgus unerschütterlich entgegenstellte. Eine unbestimmbare Ahnung raunte Anêrios aus tiefstem Seelengrund zu, dass sich unter den Gestalten am Höhlenmund auch eine Person aufhalten musste, die ihm auf unerklärliche Weise vetraut und seinem Herzen nahe war. Ob sie Aquileia dort festhielten? Aber er konnte im undeutlichen Zwielicht des Höhleneingangs beim besten Willen nichts Genaueres erkennen.

«So viel Blut, wie ihr heute vor Tagesanbruch an diesem Ort vergossen habt», erhob Creviocarnos seine krächzende Stimme, «hat der mächtige Urâgus in den ganzen vergangenen zwanzig Jahren nicht getrunken. Was treibt euch dazu, diese ehrwürdige Stätte einer uralten schlafenden Gottheit durch eure barbarische Blutrünstigkeit zu entweihen?»

«Erspare uns deine Lügengeschichten von einem zornigen Drachengott, alter Mann», erwiderte Beligomâgus ungehalten und baute sich eindrucksvoll vor dem hageren Priester auf. «Hier ist über viele Jahre hinweg unsäglich viel Blut für den Goldenen Mithras geflossen. Ich selbst habe oft genug an den Riten im Spelaeum[100] teilgenommen. Es waren beileibe nicht nur Stiere, die der Procurator dem Löwenhäuptigen geopfert hat. Und wir wissen wohl, welch verderbte Pläne ihr hier seit langer Zeit verfolgt. Ich fordere dich auf, uns den Weg unverzüglich freizugeben, denn wir haben viel begangenes Unrecht zu sühnen.»

Einen Moment lang hatte Anêrios den Eindruck, als wolle sein hünenhafter Freund das lästige Männchen vor sich einfach mit einem wütenden Hieb seiner Bärenpranke zur Seite schmettern.

«Ich begehre lediglich den Kopf des scheinheiligen Pontifex von Raûlium», fuhr er stattdessen mit entschlossener Stimme fort, «der sich hinter deinem Rücken verkriecht wie ein winselndes Balg. Und ich fordere die unversehrte Herausgabe von Lusilla Aquileia, der Tochter meines vorma-

[100] Spelaeum (Lat.) = Höhlenheiligtum des Mithras

ligen Dienstherrn.» Mit einer unmissverständlichen Geste tippte Beligomâgus auf das Heft seiner Spatha, die immer noch gescheidet an seiner linken Hüfte baumelte. «Sage mir ferner, wo ich Romûlius Rapax finde, diesen verkommenen Speichellecker eines entmachteten Tyrannen.»

«Das sind viele Wünsche auf einmal», schnarrte der Priester spöttisch und stand fest und unbeweglich wie ein alter, verdorrter Baum. «Ich muss dir kundtun, dass ich nicht geneigt bin, auch nur einen davon zu erfüllen. Ich bin mir hingegen sicher, dass du und deine Begleiter uns einen wertvollen Dienst erweisen werdet.»

Creviocarnos schlug unvermittelt die Augen nieder und seine blutleeren Lippen begannen tonlose Worte zu murmeln. Anêrios spürte das Aufwallen einer ungeheuren Macht, die sich knisternd um sie herum ausbreitete, und er wollte an Beligomâgus' Seite springen, um den Freund zurückzureissen, aber seine Füsse waren auf einmal bleischwer geworden.

«Schlage ihn nieder», keuchte er dem riesigen Mann angestrengt zu. Es bedurfte einer ungeheuren Überwindung, um die schleppenden Worte über seine Lippen zu zwingen. «Er ... will ... uns ... alle ... mit ... seiner ... Zaubermacht ... binden ...»

Seine Warnung blieb ungehört, denn die stattlichen und kampfbereiten Männer, die ihn umgaben, standen allesamt wie versteinert und starrten ausdruckslos auf den erbleichten Priester, dessen Mund sich immer noch kaum wahrnehmbar bewegte. Lanzen und Schilde entglitten ihren Händen und schepperten zu Boden. Ihre starken Arme erschlafften und baumelten kraftlos hinunter.

«N ... e ... i ... n ...», quetschte Anêrios mühsam zwischen seinen erstarrenden Zähnen hervor und fühlte, wie die Laute aus seinem Mund kraftlos zerbröselten, als würden sie zwischen den Mahlsteinen einer ungeheuren Macht zerrieben.

Während sich eine lähmende Kälte zunehmend in seinem ganzen Leib ausbreitete, fühlte er ein unnachgiebiges, heisses Pochen in einem seiner Finger, just an jener Stelle, wo er Yaïlils Ring trug. Wie ein letzter beharrlicher Funken bündelte der Zauberring seine verbleibende Willenskraft. Anêrios wehrte sich mit allem ihm zu Gebote stehenden Widerstand gegen den aufziehenden milchigen Nebel, der seine Sicht zu trüben und seine Ohren zu verstopfen begann. Mit einer geballten Anstrengung seines Bewusstseins fokussierte er seinen Blick auf die Gestalten am Höhleneingang. Dort musste jemand sein, der ihnen jetzt zu helfen vermochte. Ihre letzte Hoffnung.

Derweil Amontrâkius aus dem Hintergrund angespannt das Geschehen bei den Stelen mitverfolgte, trat einer seiner Begleiter einen Schritt in das Licht hinaus, um einen besseren Blick auf das Schauspiel erhaschen zu können. Sofort fiel Anêrios der schlacksige Bursche mit den roten Haaren auf, der die anderen deutlich überragte.

Er keuchte ungläubig und mühte sich, ein schärferes Bild zu gewinnen. Begann sich sein Geist nun bereits zu umnachten? Täuschten ihm seine schwindenden Sinne bloss ein Trugbild vor?

Nein, es war unzweifelhaft Tarvo, der dort drüben stand und reglos beobachtete, wie der Priester mit dem Keilerkopf die aufmarschierten Krieger in seinen Zauberbann schlug.

Anêrios konzentrierte sich auf die belebende Wärme des Zauberringes an seinem klammen Finger und liess die ganze ihm verbleibende Kraft in einen einzigen letzten Willensakt einströmen. Er riss die Lippen auf und schrie aus Leibeskräften.

«T ... A ... R ... V ... O ...!»

Die einzelnen Buchstaben brandeten wie Donnerhall an der himmelhohen Felswand empor. Nun sah Anêrios, wie schlagartig Leben in den Rothaarigen beim Eingang schoss. Als sei dieser aus einem tiefen Traumschlaf erwacht, sprang er plötzlich auf ihn zu.

«Êrio!», schrie er ungläubig. «Bist du das wirklich?»

Anêrios' Sicht verschleierte sich immer mehr. Er spürte, wie die Kälte der unheimlich auf ihn eindringenden Macht den letzten verzweifelten Widerstand in ihm zu ersticken drohte. Gleichsam aus weiter Ferne und rauschhaft verzerrt hörte er Tarvos Stimme in seinen verpfropften Ohren hauchen.

«Êrio, in Vendolindias Namen, du bist es!», schrie der Rotschopf und hetzte plötzlich wie von Sylvânen gehetzt auf die Megalithen vor dem

Höhleneingang zu. Als er bis auf wenige Schritte an Creviocarnos heran war, hob er unvermittelt einen faustgrossen, kantigen Stein vom Boden hoch und schleuderte ihn mit voller Wucht gegen den eberborstigen Hinterkopf des Priesters.

In Anêrios Schädel zerbarst ein Feuerball. Blendendes Licht überwältigte ihn und schien alle seine Sinne auf einen Schlag auszubrennen.

Als er seine Besinnung nach wenigen Herzschlägen wiedererlangte, spürte er, wie er heftig geschüttelt wurde. «Êrio!», hämmerte Tarvos Stimme dicht bei seinem Ohr. «Komm' zu dir, Mann!» Der rothaarige Jüngling hatte sich sorgenvoll über ihn gebeugt.

«Êrio, du bist es wirklich», stammelte er aufgebracht. «Aber wie siehst du denn aus, bei allen Göttern? Warum bist du plötzlich so viel älter als ich?»

Anêrios kauerte schwer atmend auf seinen Knien. Aber er spürte, wie frische Lebenskraft in seinen betäubten Gliedern erwachte. Der entfremdende Schleier fiel allmählich von seiner Wahrnehmung ab, und er erkannte Tarvos sommersprossiges Gesicht deutlich vor seinen Augen.

Es war der gute alte Tarvo, etwas mitgenommen wirkte er wohl, das einst lebenslustige Strahlen in seinen Augen war beinahe erloschen, aber ansonsten erweckte er einen unversehrten Eindruck.

Ganz langsam erhob sich Anêrios auf seine Beine und stellte zu seiner Erleichterung fest, dass sie ihm wieder gehorchten. Beligomâgus, Ortwîn und die übrigen Männer schienen aber nach wie vor dem unheimlichen Zauberbann verfallen zu sein. Wie versteinerte Statuen standen sie zwischen den Monolithen und stierten mit leeren Augen blödsinnig vor sich hin. Yaïlils Ring pulsierte immer noch warm. Anêrios war sich sicher, dass die magische Kraft dieser Gabe aus Helysia ihn davor bewahrt hatte, dasselbe Schicksal zu erleiden wie die Krieger, mit denen er hier heraufgekommen war.

«Was ist mit dem Priester, Tarvo?», brach es aus Anêrios hervor. Die beiden Freunde warfen einen beunruhigten Blick auf die Gestalt, die reglos zwischen den behauenen Steinsäulen lag. Ihr blasses Gesicht mit den ungläubig aufgerissenen Augen war zur Seite gewandt, die unheimliche Wildeberhaube zerborsten. Ein immer grösser werdender, dunkelroter

Fleck breitete sich unter Creviocarnos' zertrümmertem Schädel aus.

Einige junge Männer in den erdbraunen und moosgrünen Tuniken der Neophyten waren vom Höhleneingang herbeigesprungen und beugten sich bestürzt über den leblosen Leib ihres Meisters.

«Er ist tot», keuchte Tarvo erbleichend. «Ich habe einen Göttergeweihten getötet.»

«Du hast uns vermutlich gerettet», murmelte Anêrios und drückte den lang vermissten Freund seiner scheinbar weit entfernten Jugendtage dankbar an sich. Er vermochte es kaum zu fassen, dass er ihn endlich wiedergefunden hatte.

«Vendolindia stehe mir bei, ich habe einen Priester getötet», wimmerte Tarvo immer noch haltlos in Anêrios' Armen. «Aber ich konnte nicht anders, als dir beizustehen. Ich ertrug es nicht, dass er dir ein Leid antut, Êrio.»

«Es ist gut, alter Junge», beschwichtigte ihn Anêrios. «Creviocarnos diente einer unheiligen Macht. Einen Augenblick länger und sein Zauber hätte mich endgültig übermannt. Das wäre das Ende gewesen.»

«Êrio, was ist bloss mit dir geschehen?», stammelte Tarvo, als er sich wieder gefangen hatte, und schaute den Älteren immer noch verstört an.

«Ich werde dir alles erklären, mein Freund. Es erfüllt mich mit einer unbeschreiblichen Freude, dich so unerwartet wieder anzutreffen. Wo hast du nur gesteckt? Und wie konntest du dich bloss ganz alleine auf den Verlorenen Steig wagen?»

Tarvos Augen flackerten und der Ausdruck bodenloser Verwirrung erstarrte plötzlich auf seinen Gesichtszügen. «Sie haben mich da unten gefunden, Êrio. Und nun warten sie auf die Ankunft ihres Meisters, der unser Land von den Heimsuchungen durch den zornigen Drachengott Urâgus befreien soll. Ich verstehe nicht mehr, was das alles zu bedeuten hat.»

«Alles Täuschungen», versetzte Anêrios und warf einen hastigen Blick zum Höhleneingang hinüber. «Dieser angebliche Meister trachtet danach, uns alle in seine Knechtschaft zu zwingen. Dort steht sein Handlanger. » Er deutete zu Amontrâkius hinüber. Dieser hatte sich abgewandt und begann umständlich, über Felsbrocken hinweg in das Höhleninnere hineinzusteigen.

Der verschlagene Mithraspriester darf nicht entkommen!

Anêrios' Gedanken überschlugen sich. Was sollte er bloss tun? Beligomâgus war ausser Gefecht gesetzt. Er und Tarvo waren die einzigen, die im Moment noch handlungsfähig waren.

«Schnell, Tarvo», zischte er seinem Freund schliesslich zu, «wir dürfen Amontrâkius nicht entwischen lassen.»

Unvermittelt schallte der durchdringende Klang mehrerer Hörner vom See herauf und brach sich dumpf an der gewaltigen Felswand, unter der sie standen. Anêrios gewahrte eine Vielzahl von Weidlingen und Booten, welche sich dem Anlegeplatz am Fuss des Wasserfalles näherten. Der grösste Nachen hatte bereits festgemacht, und die unverkennbare weisse Gestalt von Melomagûnos stieg an Land, gefolgt von seinen Priestern und entschlossenen Männern mit Speeren und Äxten. Sigmârius war ihnen entgegengeeilt und sprach gestikulierend auf die Ankömmlinge ein.

Ein Seufzer der Erleichterung entrang sich Anêrios' Brust. Endlich strömten die guten Kräfte zusammen, um gemeinsam gegen jene heimtückische Bedrohung vorzugehen, welche Vendolindium immer noch ihre Herrschaft aufzwingen wollte.

Aber mit Schrecken wurde ihm bewusst, dass zu viel kostbare Zeit zerrinnen würde, bis Melomagûnos seine Leute gesammelt hätte und zum Höhleneingang hochgestiegen wäre. Inzwischen würde Amontrâkius gewiss seine Verbündeten in der Höhle warnen. Und den Magos, der sich irgendwo dort drinnen aufhielt.

Anêrios sah den verstörten Ausdruck in Tarvos Gesicht und ihm war schlagartig klar, dass es jetzt allein an ihnen beiden lag, das drohende Unheil abzuwenden.

So wie es die Valâda einst vorausgesagt hatte.

Um Beligomâgus und seine verzauberten Krieger würden sich die Priester kümmern, sobald sie hier oben angelangt waren.

Anêrios zerrte entschlossen an Tarvos zerschlissenem Ärmel und zog ihn hinter sich her, um dem entwischenden Mithraspriester Amontrâkius nachzusetzen, dessen Gestalt bereits von der Schwärze des Höhleneinganges verschluckt worden war.

XI

IM HERZEN DES BERGES

«Hier ist es», rief Tarvo aus und blickte angestrengt in einen dunklen Winkel der Höhlenwand, der nur spärlich vom einfallenden Tageslicht beleuchtet wurde. Obwohl er mit lauter Stimme gesprochen hatte, gingen seine Worte im Getöse des Wassers beinahe unter, das unmittelbar hinter ihnen aus der Tiefe des Berges hervorschäumte.

Der rothaarige Junge kauerte sich nieder und begann mit geschickten Bewegungen, einen Feuerstein zu schlagen. Funken stoben auf und beleuchteten flüchtig ein Bündel Fackeln, das hier verstaut lag. Jetzt begriff Anêrios, warum sein Freund darauf bestanden hatte, zunächst hier innezuhalten. Sie brauchten natürlich dringend Licht, um die finstere Welt im Innern des Drachenberges betreten zu können. Staunend beobachtete er, mit welcher beispiellosen Fertigkeit Tarvo es zustande brachte, rasch eine der Fackeln in Brand zu setzen. Darin war ihm der rothaarige Junge stets überlegen gewesen. Vielleicht lag es an Anêrios' Verbindung zum Wässerigen, dass er sich vor dem heissen Element eher scheute und kaum jemals ein anständiges Feuer hatte entfachen können.

Im zuckenden Flammenschein war nun ein kostbar aus verschiedenen Hölzern gearbeiteter Schrein zu erkennen, der ebenfalls in der Nische abgestellt war. Sein Anblick verursachte in Anêrios unwillkürlich ein unbehagliches Gefühl. Etwas Dunkles, Unheilvolles schien darauf zu lasten. Daneben lehnten eine Anzahl Rundschilde, Lanzen und allerlei Soldatengepäck am Felsen. Als hätte sich hier ein Trupp Legionäre seiner sperrigen Ausrüstung entledigt, ehe er in die Enge des Berginnern aufgebrochen war.

Tarvo sah Anêrios eindringlich an. «Dieser dunkelhäutige Priester ist mir unheimlich, Êrio», bekannte er. «Er scheint überall gleichzeitig zu sein.»

Als sie beide vor einem Jahr an dieser Stelle gestanden hatten, war Anêrios derjenige gewesen, den die aufwallende Panik beinahe von Sinnen gebracht hatte. Nun erkannte er dieselbe Furcht in Tarvos weit aufgerissenen Augen.

«Wir dürfen ihn nicht entkommen lassen», rief der Ältere mit laut erhobener Stimme. «Kennst du dich hier drinnen aus, Tarvo? Du bist doch vor nicht allzu langer Zeit aus der Höhle gekommen.»

Der Junge zuckte die Achseln und huschte mit der Fackel voraus. Anêrios hielt sich dicht hinter ihm. Dem brausenden Wasser entlang, das sich ungestüm durch die enge Felsenkluft zwängte, stiegen sie über feuchtglänzende Felsbrocken hinweg tiefer in den gähnenden Bergschlund hinein. Der Lärm des Wildwassers hallte so laut zwischen den dunklen Höhlenwänden, dass er jedes andere Geräusch verschluckte. Die donnernde Gischt, die wie ein feiner Dunst durch den Felsengang stob, liess ihre Fackel zischend flackern.

Anêrios hoffte, dass der behäbige Mithraspriester mit seinem langen Gewand zu unbeweglich war, um auf diesem beschwerlichen Weg rasch vorankommen zu können. Als sie um eine Biegung gekrochen waren, konnten sie weiter vorne tatsächlich einen schwachen Lichtschein wahrnehmen.

«Da vorne ist er», stiess Anêrios aufgeregt hervor. Er spürte, wie sich alle Muskeln in ihm anspannten. Tarvo hielt zögerlich inne und blickte seinen Freund ratlos an. Da das Getöse jeglichen Wortwechsel verunmöglichte, nahm Anêrios die Fackel hastig an sich und bedeutete seinem Gefährten, ihm zu folgen. Er war sich bewusst, dass er diesen Weg schon einmal in umgekehrter Richtung gegangen war, aber damals hatten sie kundige Führer vom Kleinen Volk bei sich gehabt. Es kostete ihn höchste Konzentration, um sich auf dem rutschigen Untergrund und bei den undeutlichen Lichtverhältnissen zügig fortbewegen zu können, ohne unversehens auszugleiten und in den brodelnden Bach zu stürzen.

Sie rückten dem tanzenden Fackelschein immer näher. Anêrios vergewisserte sich mit einem flüchtigen Blick über seine Schulter, ob sein Freund noch da war. Tarvo blieb ihm tapfer auf den Fersen. Der junge Mann fragte sich, wie sie den stämmigen Priester am besten überwältigen konnten und ob er wohl bewaffnet war. Immerhin waren sie zu zweit, das verschaffte ihnen gewiss einen Vorteil. Und er hatte immer noch die Spatha aus Theudoricius' Waffenkammer bei sich.

Unvermittelt gelangten sie an eine Abzweigung. Zu ihrer Linken schoss der Bach brüllend aus einer aufsteigenden Felsspalte herab, auf der anderen Seite verlief der Gang ebenen Fusses weiter, an dieser Stelle plätscherte lediglich ein feines Rinnsal über die bizarr verformte, milchig weiss schimmernde Steinkruste, welche den Boden bedeckte. Anêrios konnte sich nicht vorstellen, dass der schwerfällige Amontrâkius am Wasserfall entlang in die Höhe geklettert war, aber zu seiner Verwunderung war auch der andere Gang stockfinster.

Vielleicht hat er eine Biegung umrundet und sein Licht ist deshalb verborgen, vermutete er und hastete in den stilleren Tunnel hinein, ohne sich länger aufzuhalten. Das Dröhnen des Höhlenbaches fiel rasch hinter den beiden Verfolgern zurück, so dass sie bald den Widerhall ihrer Schritte und das Keuchen ihres Atems hören konnten. Unvermittelt versperrte ihnen ein Engnis den Weg. Sie mussten sich platt auf den Bauch legen und ein Stück weit rutschend vorankriechen.

«Bist du sicher, dass er seinen feisten Wanst hier hindurchgezwängt hat?», keuchte Tarvo, sichtlich erschöpft von der erbrachten Anstrengung. Sein stossweisser Atem entliess träge Dampfwolken in den Lichtschein der Fackel hinaus.

«Ich weiss es nicht», gab Anêrios zu. Obwohl er lediglich flüsterte, klang seine hallende Stimme unheimlich in dem feuchten Gewölbe. «Aber es ist noch viel unwahrscheinlicher, dass er in die Kluft hochgestiegen ist, wo das ganze Wasser herabstürzt.»

«Auf jeden Fall sind wir nicht den Wasserfall entlang gekommen», erinnerte sich Tarvo. «Ja, doch, ich bin mir fast sicher, dass dies hier unser Weg war.»

Das Geräusch kollernder Steine liess sie zusammenfahren.

«Da vorne ist etwas», zischte Anêrios und rappelte sich hoch. Da der Gang sich hinter der Engstelle wieder etwas aufweitete, konnten sie ihren Weg in aufrechter Haltung fortsetzen. Sie beschleunigten ihre Schritte und hasteten durch einen gewundenen Stollen, der leicht anstieg. Zahlreiche dunkle Nischen zu beiden Seiten mochten Eingänge zu abzweigenden Seitenästen des Höhlenlabyrinthes darstellen, aber sie hatten nicht genug Zeit, um sie alle zu untersuchen. Konzentriert folgten sie weiter dem Verlauf des schräg hinaufführenden Tunnels.

Bald erreichten sie eine geräumige Kaverne, die von einer überwältigenden Fülle fantastischer Steinfiguren bevölkert war. Anêrios erinnerte sich, dass er auf seiner Reise mit Horaurix auf zahlreiche derartige Wunder gestossen war. Um sie gebührend bestaunen zu können, fehlte ihm freilich die Musse. Fieberhaft überlegte er, in welche Richtung sich der fliehende Priester gewandt haben mochte, denn im Fackelschein waren mehrere weiterführende Wege zu erkennen.

«Vielleicht hat er sich unterwegs verborgen und wir sind an ihm vorbeigehetzt, ohne etwas zu bemerken», mutmasste der junge Mann und zuckte ratlos mit den Schultern.

«Dieser Kerl verfügt ganz bestimmt über magische Kräfte», bemerkte Tarvo leise und blickte sich unsicher um. «Nachdem er mich da unten zusammengelesen hatte, konnte ich beobachten, wie er immer wieder in ein merkwürdiges Zauberglas geschaut hat, welches ihm offenbar den Weg durch dieses Labyrinth gewiesen hat. Du magst es mir nicht glauben, aber es war so.»

Anêrios erkannte, dass in den Augen seines Freundes eine Furcht flackerte, die sich tief in seiner Seele festgekrallt hatte. Was mochte der Junge in den Abgründen dieser verborgenen Welt alles erlebt haben?

«Amontrâkius hat dich da unten gefunden?», suchte er sich zu vergewissern.

«Ich sage dir, es war dieser hochnäsige Priester mit seiner prunkvollen Löwenhaube, der uns damals auf sein Boot genommen hat. Ich wunderte mich, wie er hier unten ständig mit diesem ganzen Zierrat herumkriechen konnte. Heute Morgen habe ich ihn zum ersten Mal ohne den ganzen Plunder gesehen. Er schien mir richtig aufgewühlt, euer Überfall muss ihn mächtig durcheinander gebracht haben …»

«Aber wer war es denn, der dich wieder an die Oberfläche hinaufgeführt hat, Tarvo?», forschte Anêrios. Irgendetwas an der Erzählung seines Freundes machte ihn stutzig.

«Na, dieser Amontrâkius eben. Kaum hatte er mich draussen bei diesem widerlichen Alten mit dem Keilerschädel abgesetzt, verschwand er sogleich wieder spurlos. Nach zwei Tagen kehrte er dann plötzlich auf dem grossen Kriegsschiff zurück und brachte eine Menge Legionäre mit. Sie hatten auch eine Gefangene dabei, eine junge, schwarzhaarige Frau mit seltsamen grünen Augen.»

«Aquileia!», entfuhr es Anêrios, und er verspürte unweigerlich einen Stich im Herzen. «Wohin sind sie anschliessend mit ihr gegangen?», fragte er rasch.

«Amontrâkius hat sie mitgenommen, als er kurz darauf wieder in die Höhle stieg», erklärte Tarvo, «ich musste mit dem Eberhäuptigen und seinem Gefolge am Eingang wachen. Aber ich weiss, dass der Raûlianer etwas gefunden hat hier unten, Êrio. Etwas ungeheuer Bedeutsames.»

«Ja, die Urnen der Zeit», hauchte Anêrios. «Aber du sagst, Amontrâkius ist in die Höhle zurückgekehrt, um den Schatz heraufzuholen?»

«Ich vermute ja, es muss gestern gewesen sein», bestätigte der rothaarige Junge.

«Und wie kommt es, dass ich ihn letzte Nacht auf seiner Barke angetroffen habe?»

«Ich verstehe es nicht.» Tarvo verwarf ratlos die Hände. «Wie ich schon sagte, dieser Kerl ist ein Zauberer, er hält sich überall gleichzeitig auf.»

Anêrios stiess eine Verwünschung aus. Hinter diesem Verwirrspiel steckte bestimmt einmal mehr der Magos. Der Erzzauberer schien jede beliebige Gestalt annehmen zu können. Diese erschreckende Fähigkeit hatte er bereits mehrfach bewiesen. Allem Anschein nach hatte er die Urnen der Zeit tatsächlich gefunden. Aber warum hatte er Aquileia in diesen Abgrund hinuntergeschleppt? Amontrâkius hatte gesagt, weil er sie seinem Gott Mithras als Opfer vermachen wollte. Würden sie die Tochter des Procurators tatsächlich töten?

Der junge Mann spürte, wie die aufwallende Ohnmacht ihm den festen Boden unter den Füssen zu entziehen drohte. Er musste jetzt einen klaren Kopf behalten. Sie durften sich auf keinen Fall in diesen verschlungenen Höhlengängen verlieren.

«Was machen wir jetzt, Êrio?», riss ihn Tarvo aus seinen Gedanken. Seine flüsternde Stimme klang verzweifelt.

«Der Priester kann noch nicht weit gekommen sein», stellte Anêrios klar und bemühte sich um einen ruhigen Tonfall. «Er bewegt sich viel langsamer als wir. Tarvo, versuche dich an den Weg zu erinnern, auf dem du gekommen bist, als Amonträkius dich aus der Tiefe zurück ans Tageslicht geführt hat.»

Der Rothaarige nahm die Fackel und leuchtete die Kaverne aus, wobei er jeden einzelnen der Ausgänge genauer in Augenschein nahm. Schliesslich bewegte er sich zögerlich in eine bestimmte Richtung und betrat eine eindrückliche Felsengalerie, die von wunderlich geformten Säulengebilden durchwachsen war und sich nach einigen Schritten wieder zu einem schmalen Tunnel verengte. Anêrios folgte ihm schweigend.

Lange Zeit tappten sie durch verwinkelte Gänge, stiegen über herabgebrochenes Geröll hinweg, quetschten sich durch beklemmende Klüfte und wateten durch heimlich murmelndes Wasser, von dem sie nicht erahnen konnten, woher es stammte und wohin es sich wandte. Von dem flüchtigen Priester Amontrâkius fanden sie freilich nicht das geringste Anzeichen. Anêrios war sich sicher, dass sie seine Spur längst verloren hatten.

Plötzlich streifte sie ein warmer Lufthauch. Ein befremdender Geruch wob sich durch die Dunkelheit. Ein Geruch, der sich leicht ätzend in die Nase bohrte.

«Da», wisperte Tarvo und deutete auf ein hochgewölbtes Felsenportal, aus dessen geschwungenem Bogen grosse Zacken wie die Zähne eines steingewordenen Ungeheuers herab ragten. Staunend traten die beiden Freunde darunter hindurch und gelangten in einen geräumigen Höhlensaal, dessen kuppelförmige Decke sich hoch über ihren Köpfen in der Dunkelheit verlor. Ein unverkennbarer Schwefelgeruch erfüllte die riesige Grotte und es war hier merklich wärmer als zuvor. Der glattgeschabte Untergrund aus dunklen Felsplatten war von wulstigen Strängen eines silberschimmernden Erzes durchzogen. An einigen Stellen erweckten helle, beinahe weisse Sprenkel im Boden den Eindruck von funkelnden Sternen, die hier in der Bergtiefe festgebannt waren. Staunend betrachteten die jungen Männer diese unerwartete Entdeckung. Tarvo beugte sich über eine der Silberadern und senkte die Fackel dicht auf den Boden herab. Im zuckenden Schein der Flamme erkannte Anêrios, dass das silberne Band an dieser Stelle aufgeplatzt war. Glänzende Klumpen und glitzernde Körner in allen Grössen lagen weit verstreut umher. Andächtig strich der rothaarige Junge über die zerborstenen Brocken und steckte einen davon ein.

«Mondfeuer», brummte plötzlich eine tiefe Stimme hinter ihrem Rücken.

Erschrocken fuhren die beiden Freunde herum. Ihre Bewegung war so abrupt, dass die Fackel beinahe Tarvos Hand entglitt.

Ein kleinwüchsiges Männchen von gedrungener Gestalt stand lächelnd hinter ihnen. Es trug einen bodenlangen, grauen Mantel und eine kegelförmige Kappe, an deren Frontseite ein leuchtender Kristallsplitter befestigt war.

«Horaurix!», entfuhr es Anêrios in fassungslosem Erstaunen.

Der Bergkönig schmunzelte und streckte den ungleich grösseren Jünglingen seine kleine schwielige Hand zum Gruss entgegen. Obwohl der Dverîg für einen Angehörigen seines Geschlechts stämmig gebaut war, reichte er den beiden Menschen kaum über die Hüfte hinaus.

Er richtete seine dunklen Augen auf die aufgebrochene Silberader am Boden. «Das ist Mondfeuer», wiederholte er. «Man trifft diese kostbare Materie heutzutage nur noch äusserst selten an, denn sie bildet sich ausschliesslich dort, wo ein alter Drache über undenkliche Zeiträume hinweg seinen Leib immer wieder an derselben Stelle zur Ruhe gebettet hat.»

Horaurix hob seinen bärtigen Kopf zu den jungen Männern und bewegte bedeutungsvoll seine buschigen Augenbrauen. «Deshalb pflegen eure Gelehrten dieses seltene Erzgestein auch Draconium zu nennen. Ihm wohnt die machtvolle Eigenschaft inne, die Wirkung von jeglicher Zauberei aufheben zu können. Bei uns kennt man diese Rarität deshalb auch unter dem Namen Bannglanz.»

«Der Drache hat hier gelebt?», brachte Anêrios verwundert hervor.

«Ja, dies war Auragôrs Hort», bestätigte Horaurix mit leuchtenden Augen. «Man kann es förmlich riechen, nicht? Die Wärme seines Feuers ist auch nach seinem Verschwinden immer noch gegenwärtig hier drinnen. Spürst du denn die ungeheure Macht dieses uralten Geschöpfs nicht, die ungebrochen in der Höhlenluft knistert?»

Staunend liess Anêrios seine Augen durch diese gewaltige Halle im Innern des Berges schweifen, die über undenkliche Zeiträume hinweg einen leibhaftigen Drachen beherbergt hatte.

Da fiel sein Blick unvermittelt auf eine Gruppe von menschlichen Gestalten, die am Eingang eines breiten Ganges standen und wortlos zu ihnen herüberblickten. Sie waren schützend umringt von einer Schar Dverîgen mit Leuchtkristallen, deren sanfter, bläulicher Lichtschein eine feierliche Stimmung erzeugte. Einer der Ankömmlinge trat soeben vor. Es handelte sich um einen grossgewachsenen, alten Mann, der ein langes Gewand trug und dessen Gesicht von einem wallenden Graubart gezeichnet war. Mit gemessenen Schritten kam er Anêrios entgegen. Erst jetzt erkannte der junge Mann die strahlenden Augen, die ihm aus dem freundlich zugewandten Antlitz entgegenleuchteten.

«Beodân!», stiess Anêrios hervor und sprang dem alten Freund entgegen. Ein Gefühl beglückender Überraschung scheuchte die bedrückende Schwermut hinweg, die ihn auf seinem Irrweg durch die Höhlenwelt je länger je mehr befallen hatte.

«Wer hätte das gedacht?», lachte Beodân und umarmte seinen Gefährten lange und innig. «Dass du mir hier unten zu meinem Empfang entgegeneilst. Gelobt sei Gott, du bist wohlauf, mein Freund.»

Fassungslos betrachtete Anêrios den Wanderer aus dem fernen Hibernia, dessen lang vermisste Herzenswärme und unerschütterliche Zuversicht ihm in diesem trostlosen Moment wie ein Segen der Götter erschien. «Du hast den Drachen fortgeschickt», lächelte er. «Ich habe es gesehen. Aber sag an, was hat dich denn in das Innere des Aurîg getrieben, wo du doch deine Aufgabe bereits hinlänglich erfüllt hast?»

Mit einer ausholenden Geste deutete Beodân auf seine Begleiter, die sich neugierig annäherten. Im Glanz der Kristalllichter erkannte Anêrios viele unbekannte Gesichter mit glückstrahlenden Augen.

«Diese Menschenseelen gehören zu jener Gemeinschaft, die im Tal der Goldenen Stadt Zuflucht gefunden hat. Angehörige deines Volkes, die als angebliche Drachenopfer in die Sklaverei geführt werden sollten und stattdessen durch das Kleine Volk gerettet und in Sicherheit gebracht wurden.»

Beodân bedachte Horaurix und seine Gefolgsleute mit einem warmherzigen Lächeln voller Hochachtung und Zuneigung. «Kaum dass ich Auragôr heimgewiesen hatte, erschien mir nämlich der Bergkönig und geleitete mich über verborgene Pfade in das friedliche Tal jenseits der Weltenschwelle. Nicht alle, die ich dort vorfand, waren gewillt, sich mir anzuschliessen. Aber etliche haben den Ruf ihrer alten Heimat vernommen und befinden sich nun mit uns auf dem Rückweg nach Vendolindium. Das Feiern am See wird kein Ende nehmen, wenn diese Verlorengeglaubten wieder in die Obhut ihrer Sippen zurückkehren.»

Tarvo stiess plötzlich einen überraschten Schrei aus und sprang auf eine der Gestalten zu, die sich aus der Gruppe im Hintergrund gelöst hatte. «Salassîna!», rief er lauthals und fiel überglücklich einer jungen Frau in die Arme. Es war seine einstige Leidensgenossin, die Jungfrau aus Berenis, mit der zusammen er den Opfergang angetreten hatte. Sie schien ebenfalls zu denjenigen zu gehören, die sich wieder auf den Heimweg begeben hatten.

Bei aller Wiedersehensfreude erstarrte Anêrios' Lächeln unvermittelt, als er sich darauf besann, aus welchem Grund er selbst in die Höhlen unter dem Drachenberg vorgedrungen war.

«Du bist nicht unseretwegen hier», vermutete Beodân sogleich und runzelte nachdenklich die Stirn.

«Euch schicken die guten Götter», beteuerte Anêrios und ergriff den Arm seines vorzeitig gealterten Gefährten. «Aber du hast recht, mit dieser Begegnung haben wir nicht gerechnet. Wir verfolgen einen Handlanger des Magos, der uns in die Höhlen entwischt ist. Wir hofften, dass er uns zu seinem Meister führen würde. Aber ich fürchte, wir haben seine Spur verloren.»

In knappen Sätzen fasste er anschliessend die Ereignisse der letzten Tage zusammen. Seit Beodân über den See gerudert war, um sich dem Drachen zu stellen, hatten die Geschicke Vendolindiums abermals eine bedeutende Wende genommen. Bestürzung spiegelte sich auf den Gesichtern der Umstehenden wider, welche inzwischen einen engen Kreis um die beiden Freunde gebildet hatten, als sie die unerwartete Kunde vom Untergang der Weissen Stadt und der verheerenden Flutwelle vernahmen.

Horaurix trat vor Beodân und blickte mit ernster Miene zu ihm auf. Das urtümliche Gesicht des Bergkönigs war von Sorge umwölkt. «Drachenfratz!», grollte er. «Dieser vermaledeite Magiker ist ein furchtbares Übel! Wir müssen schleunigst zu Urowîs und unseren Vettern eilen, die im Herzen des Berges Wacht halten, und uns vergewissern, ob ihnen noch zu helfen ist. Mein Bruder Humblorix wird dich und deine Schützlinge derweil sicher zum See hinausführen, Mann mit dem Himmelsglanz in den Augen. Er kennt den Weg so gut wie ich.»

Der Halbling mit dem grauen Mantel deutete auf einen weissbärtigen Dverîg an seiner Seite, der wortlos nickte.

Als Anêrios sah, wie Horaurix mit drei Begleitern aus seinem Gefolge Anstalten machte, in denselben Höhlengang zurückzukehren, aus dem er soeben mit seiner Schar aufgetaucht war, sprang er rasch zu ihm. «Ich komme mit dir», verkündete er ohne Umschweife. «Der Magos hat jemanden in den Abgrund verschleppt, den ich dringend suche.»

Der Bergkönig runzelte seine verwitterte Stirn und blickte den jungen Mann aus Vendolindium unschlüssig an. «Du scheinst dich ständig auf der Suche nach irgendwelchen Verlorenen und Verirrten zu befinden.»

«Auf mich kannst du auch zählen», rief Tarvo. Der rothaarige Junge küsste seine Gefährtin auf die Stirn und löste sich von ihr, um sich Anêrios mit entschlossener Miene anzuschliessen.

«Na gut», brummte Horaurix, «vermutlich kennt ihr euch mit diesen Groblingen besser aus als wir und wisst, wie ihnen am einfachsten beizukommen ist.» Unwillig winkte er den beiden Jünglingen, ihm zu folgen.

Anêrios verbiss sich die Bemerkung, dass er gegen die Künste des Magos im Grunde genommen auch keinen Rat wisse. Aber sie durften jetzt keine kostbare Zeit mehr mit langen Reden verlieren. Wer wusste schon, wie weit hinab sie noch steigen mussten, um jenen verborgenen Ort in den tiefsten Abgründen der Welt zu erreichen, wo die Urnen der Zeit verwahrt wurden.

Auf ihren kurzen Beinen huschten die Dverîgen mit erstaunlicher Geschwindigkeit und untrüglicher Ortskenntnis durch ein verschlungenes Netzwerk von Gängen und Stollen, die sich immer tiefer in das Berginnere hineinzogen. Mit der blakenden Fackel in seiner Faust bemühte sich Anêrios, den Anschluss nicht zu verlieren, Tarvo folgte ihm dichtauf.

Plötzlich blieb Horaurix so abrupt stehen, dass die beiden Vendolindier beinahe ineinander prallten.

Der Bergkönig hielt unvermittelt einen blühenden Zweig der Cilandrum-Pflanze in der Hand. Die betörende Schönheit der rosafarbenen Blütentrauben erschien unwirklich in dieser kalten, mineralischen Höhlenwelt.

«Dieses zaubermächtige Gewächs wird uns den schnellsten Weg in das Herz des Berges auftun», murmelte Horaurix zu seinen menschlichen Begleitern gewandt. «Es erschliesst verborgene Pforten zu den Schätzen der Tiefe.»

Wie einen merkwürdigen Schlüssel steckte er die Rute in eine Öffnung im Felsen und augenblicklich klaffte ein Einstieg in der Höhlenwand auf, der zuvor nicht sichtbar gewesen war.

«Haltet euch dicht hinter mir», forderte Horaurix die beiden jungen Männer auf und wies seine Gefährten an, den Abschluss der kleinen Gruppe zu bilden.

Jenseits der offenen Höhlenwand gähnte ein bodenloser Schacht, durch den sich eine unregelmässig gewundene Wendeltreppe in den schaurigen Abgrund hinab schraubte. Die Stiege war äusserst abschüssig und schmal, eine abenteuerliche Abfolge schräger und unterschiedlich geformter Felsstufen, und sie bot keinerlei Absicherung durch ein schützendes Geländer. Mit erstaunlicher Behändigkeit schwang Horaurix seine behäbige Gestalt auf den schwindelerregenden Abgang. Anêrios schluckte leer und überwand sich, dem kleinwüchsigen Anführer rasch zu folgen. Tarvo zögerte nicht und blieb unmittelbar hinter ihm. Die leuchtenden Kristalle der Dverîgen warfen ausreichend Licht auf den Steig, damit sie sicher einen Fuss vor den anderen setzen konnten.

«Das Herz des Berges», raunte Horaurix, während er geschickt in die Tiefe stieg, «bettet sich in das Fundament dieses Gebirges, gleichsam zwischen die festen Wurzelstränge der Mittleren Welt. Dort unten hält Urowîs, der Urälteste unseres Geschlechts, seit unaussprechlichen Zeiten Wacht über jene Kleinodien, deren Schutz uns anvertraut ist. Drei Auserwählte aus der Binge von Horhardûr leisten ihm jeweils für die Dauer von sieben Sonnenläufen Gesellschaft. Ich sorge mich ehrlich gesagt beträchtlich um ihr Wohlergehen. Denn nach allem, was ich mittlerweile gehört habe, kennt dieser verschlagene Meistermagiker keine Skrupel, wenn es darum geht, seine Ziele zu erreichen.»

«Wie konnte er es nur schaffen, den Weg in diese unzugängliche Tiefe zu finden?», fragte Anêrios beklommen.

«Mit dem Bergspiegel meines leichtgläubigen Vetters», knurrte Horaurix und schüttelte wütend seine kleine, knorrige Faust. «Dieser Unhold bedient sich dieses einzigartigen Zauberkristalls, den ihm der törichte Rostbart bedauerlicherweise in die Hände gespielt hat. Viel besser als alles, was du dir vorstellen kannst, bezeigt er Wege durch festes Gestein und tiefen Erdengrund. Der Magos muss seinen dreisten Raubzug von äusserst kundiger Hand vorbereitet haben.»

«Können wir ihn überhaupt noch abfangen?»

«Ich weiss es nicht. Aber dieser verborgene Abstieg erspart uns auf jeden Fall einen langen Umweg durch die zahlreichen Ebenen des verschlungenen Höhlenreiches. Der Erzfrevler mag schlau sein, aber wir kennen das Innenleben des Berges besser als unsere eigenen Eingeweide.»

Je weiter hinab sie gelangten, desto deutlicher veränderte sich die Beschaffenheit der Schachtwände. War der Fels zu Beginn noch feucht und schwarz glänzend gewesen, nahm er in tieferen Bereichen allmählich eine hellere Färbung an und warf das Licht der Lampen immer strahlender zurück. Zuletzt waren die Höhlengänger umgeben von einem einzigen überwältigenden Gleissen und Funkeln. Die Kluft, durch die sie hinabstiegen, bestand in dieser unvorstellbaren Tiefe aus lauterem Kristall, über dessen Flächen und Kanten Lichtkaskaden in allen Regenbogenfarben flimmerten. Dieses atemberaubende Schauspiel verdrängte für einen Moment jegliche Anspannung aus Anêrios' Brust.

Als sie auf dem untersten Punkt des schier endlosen Treppenschlotes angelangt waren, badeten sie in funkelnden Schleiern reinsten Kristallglases. Horaurix benutzte wiederum den blühenden Cilandrumzweig und öffnete einen verborgenen Durchschlupf, der den Zugang zu einer geräumigen Grotte freigab.

Dieser Ort jenseits menschlicher Vorstellungskraft war in denselben unwirklichen Lichtglanz getaucht wie die untersten Bereiche der langen, gewundenen Treppe, welche sie in diese sagenumwobene Tiefe geleitet hatte. Ein ganzer Wald von gläsernen Pyramiden und funkelnden Säulen umschloss das Gewölbe im Schoss der Erde. Die schneidend klare Luft war von einem feinen Klingen durchwoben, das sich zu ätherischen Melodien von unbeschreiblicher Schönheit verdichtete.

Aber ein verwirrender Misston beleidigte dieses berückende Lied der Tiefe. Es war das erschütternde Wimmern dreier Halblinge, die auf einem Haufen trüber Kristallsplitter zusammengesunken waren. Die drei weiss, blau und silbern gewandeten kleinen Männer mit ihren ehrwürdigen, eisfarbigen Bärten boten ein Bild des Jammers.

«Albêro, Rowîn und Gôrm», hauchte Horaurix und beugte sich in väterlicher Fürsorge über die aufgelösten Gnome. «Seid ihr unversehrt?»

Einer der Angesprochenen erhob sein von unsäglicher Trauer verzerrtes Gesicht und blickte den Bergkönig untröstlich an. Die Tränen, die seinen Augen entsprangen, schienen sogleich zu Kristallperlen zu gerinnen. «Sie sind fort!», schluchzte der Dverîg, «sie haben sie einfach mitgenommen. Rüpelhafte Grosslinge mit Eisenhemden und dräuenden Spiessen und ein feister bartloser Goldrock, der hier mit einem Bergspiegel eingedrungen ist und uns mit einem unverschämten Lächeln wie unfolgsame Rabauken fortgescheucht hat. Dieser Kerl muss Macht in seinem Blut haben. Er hat Urowîs einfach einschlafen lassen.» Der Sprecher deutete mit zitternder Hand auf eine Empore im rückwärtigen Teil der Kristallgrotte.

Anêrios folgte seiner Bewegung und erblickte auf der anderen Seite des beinahe kreisrunden Raumes einen gläsernen Thron, der gleichsam aus Eis gegossen schien. Darauf sass reglos ein uraltes, schlummerndes Männchen, dessen schneeweisse Bartpracht bis auf den Boden herabfiel. Obwohl seine Gestalt gewiss nicht grösser war als diejenige der anderen Dverîgen, war es von einer Aura unerschütterlicher Autorität und majestätischer Würde umgeben. Beim Anblick dieses erhabenen Greises befiel Anêrios unwillkürlich eine tiefe Ehrfurcht. Nie zuvor war ihm ein Wesen begegnet, das einen derartigen Frieden ausgestrahlt hatte wie dieser Urälteste im tiefsten Herzen des Berges.

Am Fuss der Empore lag eine ungleich grössere Person an den Kristall gelehnt, die Anêrios auf den ersten Blick gar nicht aufgefallen war. Mit Bestürzung erkannte der junge Mann das blasse Gesicht der schwarzhaarigen, jungen Frau, um deren Stirn ein rotgefleckter Verband geschlungen war.

«Aquileia!», keuchte Anêrios und sprang rasch zu ihr.

Sie hatte die Augen geschlossen, ihre Gesichtszüge wirkten entspannt und auf eine befremdliche Weise entrückt.

Anêrios berührte seine Gefährtin sanft an der Schulter und flüsterte ihr ins Ohr.

Sie regte sich nicht.

Beunruhigt ergriff er ihre bleiche Hand, um den Puls zu fühlen. Zu seiner Erleichterung war sie warm und schien noch von Lebenskraft erfüllt zu sein.

«Vielleicht steht sie unter einem Zauberbann», mutmasste Tarvo vorsichtig, der lautlos an die Seite seines Freundes getreten war.

«Meinst du, der Magos hat sie …?», stammelte Anêrios. Er war unglaublich froh, dass er Auquileia endlich gefunden hatte, und dass sie noch am Leben war, aber ihr unerklärlicher Zustand verwirrte ihn. Umso mehr, als sie in ein vornehmes Seidengewand gehüllt war, in dem sie erneut wie eine Prinzessin aus edlem Hause wirkte, ganz anders als die amazonenhafte Kämpferin, die er zuletzt angetroffen hatte. Der Anblick ihres verklärten Gesichtes verunsicherte ihn jedoch. Und diese Empfindung war nicht allein der schrecklichen Wunde auf ihrer Stirn zuzuschreiben, sondern auch der Tatsache, dass eine Zerbrechlichkeit aus ihrer Miene sprach, die sich überhaupt nicht mit jenem Ausdruck innerer Stärke vereinen liess, den sie nach ihrer Rückkehr aus Helysia ausgestrahlt hatte. Was mochte mit ihr geschehen sein?

Die brummende Stimme des Bergkönigs riss den jungen Mann aus seiner sorgenvollen Betrachtung.

«Der Raub der Ursteine kann noch nicht lange zurückliegen», mutmasste Horaurix. «Die Eindringlinge haben die junge Frau als Opfergabe an einen ihrer launischen Götter hier zurückgelassen. Wir müssen uns beeilen, dann können wir sie noch einholen. Auch wenn sie den Bergspiegel bei sich haben, werden sie sich nur mühsam durch die tiefe Welt bewegen können und wesentlich langsamer vorankommen als wir.»

«Wir müssen zuerst Aquileia wachkriegen», wandte Anêrios betroffen ein. «Unter keinen Umständen können wir sie hier unten zurücklassen.»

Der Bergkönig brummelte etwas in seinen Bart und musterte aufmerksam das ausdruckslose Gesicht der schlafenden Menschenfrau. «Sie ist verzaubert», stellte er schliesslich fest. «In diesem Zustand kann sie uns unmöglich folgen.»

«Tarvo und ich könnten sie tragen», schlug Anêrios unbeholfen vor und wurde sich im gleichen Augenblick bewusst, dass sie dadurch für eine Verfolgung viel zu schwerfällig würden.

«Wir müssen versuchen, die Verzauberung von ihr zu nehmen», liess sich Tarvo vernehmen, während er nachdenklich die Stirn kräuselte.

«Das Mondfeuer aus Auragôrs Hort würde jetzt helfen», bemerkte Horaurix, «aber ich habe es unglücklicherweise unterlassen, ein Stück davon mitzunehmen.»

Tarvo zückte einen kleinen, glänzenden Klumpen und grinste verschmitzt. «Meinst du vielleicht so etwas wie das hier?», schmunzelte er.

«Lege ihr den Silberstein auf die Stirn», wies ihn der Bergkönig sogleich an. «Wenn sie unter einem Zauber steht, wird der Bannglanz ihn rasch brechen.»

Tarvo reichte Anêrios das Mondfeuer und dieser legte die schimmernde Knolle oberhalb von Aquileias Nasenwurzel sachte auf. Er bemerkte, wie sich der kühle Stein rasch erwärmte und in seiner Hand zu pulsieren begann.

«Da, schaut», japste Tarvo ungläubig. «Ihr Gesicht nimmt wieder Farbe an.»

Nach wenigen Augenblicken lief ein Schauder durch Aquileias Leib und sie fuhr seufzend zusammen, als wäre sie jäh aus einem Traum hochgeschreckt.

Unvermittelt schlug sie ihre grünen Augen auf und starrte Anêrios verwirrt an.

Der junge Mann sprach beruhigend auf sie ein und erklärte ihr in wenigen Worten, was vorgefallen war.

Aquileia fing sich erstaunlich rasch. Sie warf einige hastige Blicke in die Runde und stutzte, als sie Horaurix und seine Gefährten entdeckte.

«Das sind unsere Freunde vom Kleinen Volk», erklärte Anêrios, als er die Irritation in Aquileias Gesicht bemerkte. «Bergkönig Horaurix und seine Gefolgsleute haben uns hierhergeführt. Ohne ihre Hilfe hätten wir dich niemals gefunden.»

«Amontrâkius, dieser Schurke», stiess die junge Frau zwischen den gebleckten Zähnen hervor, als sie ihre Stimme wiedergefunden hatte. «Er hat mich mit diesem Flitter behängt, um mich hier als Opfergabe für seinen goldenen Gott zurückzulassen. Wo steckt der verfluchte Stierschlächter?»

«Er ist entwischt», erwiderte Anêrios. «Aber wir werden ihm nachsetzen. Kannst du gehen?»

«Ich denke schon», murmelte Aquileia und rappelte sich mühsam hoch.

Horaurix trat zu ihr und streckte ihr ein kleines Steingutkrüglein entgegen. «Hier, trink das, Mädchen. Ein Kraftelixier aus unserer Binge. Wir trinken es vor langen Märschen durch den Untergrund. Es wird dein eingedicktes Blut wieder in Fluss bringen.»

Ohne zu zögern, führte die junge Frau den dargereichten Trunk an ihre Lippen und nahm einige kräftige Züge davon. Ein kühnes Blitzen glomm sogleich in ihren Augen auf. Sie wischte sich mit dem Handrücken über den Mund und stiess ein entschlossenes Schnieben aus. «Ich bin bereit», bemerkte sie knapp. «Nur dass mir dieser untaugliche Tand ein rasches Vorankommen erschweren wird.» Unwillig zerrte sie an ihrem feinen Gewand. «Und wo sind meine Waffen?»

«Hier, das ist alles was ich dir bieten kann», seufzte Anêrios und streckte ihr seine blanke Spatha hin. Er hatte sowieso das Gefühl, dass er damit im Ernstfall nicht viel auszurichten vermochte.

Dankbar ergriff Aquileia das Kurzschwert mit der breiten Klinge und fetzte sich in aller Eile die Säume ihres Gewandes ab, um sich dadurch etwas mehr Bewegungsfreiheit zu verschaffen.

Horaurix übernahm nun wiederum die Führung und geleitete seine angewachsene Schar zurück auf die steile Treppe. Er reichte seinem Gefolgsmann, welcher die Nachhut bildete, den Blütenzweig, damit dieser die geheime Pforte zum kristallenen Herzen des Berges sorgsam wieder versiegeln konnte. Anschliessend huschten sie mit eilenden Schritten den Treppenschlot hinauf. Anêrios staunte, wie behände sich Aquileia bereits wieder bewegte, obwohl sie durch ihre Verletzung und die lange Gefangenschaft geschwächt sein musste. «Bist du wohlauf?», fragte er etwas besorgt über die Schulter, da sie direkt hinter ihm ging.

Sie stiess einen knappen bestätigenden Laut aus, und als der junge Vendolindier das entschlossene Funkeln in ihren Augen bemerkte, verflogen seine letzten Zweifel rasch. Offenbar verlieh die Wut der jungen Frau geradezu übermenschliche Kräfte.

Kaum waren sie über den kristallenen Bereich der Treppe hinausgestiegen, liess sich Horaurix die Cilandrumrute reichen und erschloss mit deren Zauberkraft an einer völlig unerwarteten Stelle einen neuen Durchgang. Anêrios hatte den Eindruck, dass der Bergkönig die verborgenen Wege durch das Innere des Gebirges regelrecht zu erspüren vermochte.

Ohne sich weiter aufzuhalten, schlüpften sie durch den engen Durchlass und betraten einen unbekannten Höhlenstollen. Die Fackel, welche die beiden Männer von draussen mitgebracht hatten, war inzwischen längst hinuntergebrannt, aber die blauschimmernden Kristalle der Dverîgen sorgten für eine ausreichende Beleuchtung.

Unaufhaltsam hastete Horaurix weiter voran durch ein Gewirr verwinkelter Gänge und Grotten, wobei er jederzeit genau zu wissen schien, in welche Richtung er sich wenden musste. Für Anêrios grenzte es an Zauberei, dass sich jemand in dieser labyrinthischen und endlosen Dunkelwelt dermassen mühelos zurechtzufinden vermochte.

Plötzlich lag ein ungewohnt scharfer und geradezu beissender Geruch in der kühlen Luft.

Horaurix verhielt unvermittelt seinen Schritt und schnupperte vernehmlich. Aufmerksam betrachtete er die umliegenden Höhlenwände. Seine kleinen, wulstigen Hände glitten kundig über die zerschrundete Oberfläche des feuchten Felsens.

«Da», raunte er plötzlich und deutete auf einen Riss im Gestein. Mehrere Kristalllampen richteten sich auf die bezeigte Spalte, und selbst Anêrios erkannte, dass hier eine ungewohnte Kraft am Werk gewesen war. Der Fels wirkte nachgerade aufgeplatzt, und überall zogen sich wellenförmige Wülste von den Rändern der Bresche gegen den Boden hin, als wäre das Gestein unter enormer Hitzeeinwirkung geschmolzen und kurz darauf wieder erstarrt.

Horaurix schüttelte angewidert den Kopf. «Hier haben sie sich mit Kelimônengalle den Durchgang erzwungen», stellte er fest und kniff lauernd die Augen zusammen. «Dieser eklige Saft aus dem Gekröse der mürrischen Bergschrate zerfrisst festes Gestein wie Säure. Dieser Schurke ist wahrhaft mit allen Erzen beschlagen. Er bedient sich unserer altehrwürdigsten Hilfsmittel, um sich einen Weg durch das Innere des Berges zu bahnen.» Die Zornesröte stieg ihm in das Gesicht.

«Sie sind hier erst vor kurzem durchgekommen», bemerkte einer der drei eisbärtigen Urnenwächter, die sich ihnen angeschlossen hatten. «Das Licht der geraubten Ursteine glimmt noch immer in den Adern des Felsens nach.»

«Gut», knurrte der Bergkönig, «dann lasst uns keine Zeit verlieren. Sie können noch nicht weit sein.»

XII

SCHRECKEN IN DER DUNKELHEIT

Zweimal stiegen sie noch durch derartige widernatürliche Öffnungen, welche die Diebe gewaltsam in das Gestein gebrannt hatten, dann vernahmen sie unvermittelt verdächtige Geräusche voraus. Männerstimmen, die sich erregt miteinander unterhielten, waren ebenso zu hören wie das Schaben und Klirren metallischer Rüstungen auf dem felsigen Untergrund. «Romûlius ist da vorne», zischte Aquileia mit einer Schärfe, welche Anêrios unwillkürlich aufschrecken liess. «Dieser ehrlose Schuft gehört mir. Er hat mich unter der Zitadelle hinterrücks niedergestreckt.»

Ohne Vorwarnung hielt Horaurix inne, so dass die kleine Kolonne hinter ihm unweigerlich auflief.

Aquileia unterdrückte nur mühsam einen Fluch. «Was ist los?», fauchte sie ungehalten.

Der Bergkönig wandte sich langsam zu ihr um. Das Leuchten des Kristalls auf seiner Stirn hob die Strenge seines Gesichtsausdrucks hervor. «Halte dich zurück, Mädchen», herrschte er Aquileia an, ohne dabei laut zu werden. «Es sind zu viele Soldaten. Wir haben dich da nicht herausgeholt, um dich durch eine Torheit gleich wieder an sie zu verlieren.»

Er winkte diejenigen seiner Gefolgsleute, die zuhinterst in der Reihe gegangen waren, näher zu sich heran. So dicht wie es in dem Höhlengang möglich war, rückten sie alle zusammen.

«Wir sind gleich bei ihnen», erläuterte Horaurix mit gedämpfter Stimme. «Nach allem, was Albêrio, Rowîn und Gôrm ausgesagt haben, hat dieser Magos eine Eskorte von mindestens einem Dutzend eisengepanzerter Grosslinge bei sich. Er will sich seine Beute offenbar nicht mehr streitig machen lassen. Aber wir müssen vorsichtig sein. In einem offenen Kampf sind wir dieser Übermacht nicht gewachsen.»

Mit einem durchdringenden Blick aus seinen harten, grauen Augen fixierte er die drei Menschen. «Wir werden uns um die Bewaffneten kümmern», teilte er ihnen mit. «Ihr stürzt euch auf den Zauberer. Wenn er flieht, heftet euch an seine Fersen. Er kennt sich hier unten nicht aus, er kann euch nicht mehr abschütteln. Jagt ihm solange nach, bis ihr ihn gestellt habt. Benutzt den Bannglanz, um seine Macht zu binden.»

«Wie viele Ausgänge gibt es aus diesem Höhlenlabyrinth?», versuchte Tarvo zu klären.

«Für breitfüssige Grosslinge wie euch nur einen», versicherte Horaurix. «Es ist derselbe, durch den ihr hereingekommen seid.»

«Dann kann uns der Kerl ohnehin nicht entwischen», versetzte Tarvo triumphierend. «Denn vor dem Eingang warten die Vendolindier.»

«Wir müssen vorsichtig sein», warnte Horaurix. «Es wäre nicht das erste Mal, dass dieser verschlagene Erzzauberer uns narren würde. Er scheint mit seinem Haufen in der Grotte da vorne zu lagern. Wir werden jetzt zunächst Verwirrung stiften und die Truppe ablenken. Sobald die Eisenmänner fort sind, macht ihr den Magiker dingfest. Los jetzt und gutes Gelingen!»

Ohne weitere Erklärungen scharte der Bergkönig seine sechs Getreuen um sich und setzte sich mit seinem Gefolge lautlos in Bewegung. Aquileia heftete sich unverzüglich an ihre Fersen. Anêrios hielt sich dicht bei ihr, um sie bei Bedarf von unbedachten Handlungen abhalten zu können. Tarvo bildete den Abschluss.

Der schmale Gang beschrieb eine Biegung und mündete bald in eine weitläufige Grottenhalle, die vom zuckenden Schein zahlreicher Fackeln erhellt wurde. Die hallenden Stimmen eines erbitterten Streitgesprächs waren zu hören. Anscheinend war Amontrâkius mit dem Anführer seiner Legionäre aneinandergeraten. Sie schienen sich nicht einig zu sein, welchen Weg sie einschlagen wollten. Unwilliges Murren und beschwichtigende Stimmen aus den Reihen der Soldaten begleiteten das lautstarke Wortgefecht der beiden Männer.

Horaurix nutzte die Gunst dieser angespannten Situation und trat, ohne zu zögern, in die flammenerhellte Halle hinaus.

«Euer böses Spiel ist zu Ende!», polterte der Bergkönig rundheraus. Zu Anêrios' Erstaunen verstand er sich mühelos auf die Lingua Romana. «Rückt sofort die geraubten Gemmen heraus, dann lassen wir euch vielleicht lebend aus dem Berg entweichen.»

Anêrios hielt die vorpreschende Auqileia am Arm zurück und zerrte sie in eine Nische unweit des Eingangs. Atemlos beobachteten die drei Menschen aus ihrem Versteck heraus den tollkühnen Auftritt der Dverîgen.

Die beiden Streithähne liessen schlagartig voneinander ab, als die ersten Worte des Bergkönigs fielen. Der eine der beiden war tatsächlich jener kräftige Offizier, welcher Aquileia aus der Sirenengrube geschleppt hatte. Als einziger der versammelten Männer trug er einen Helm, dessen kammartige Zierbürste eigenartigerweise quer über den Scheitel verlief. Ihm gegenüber stand die aufgedunsene Gestalt des Priesters Amonträkius. Anêrios fiel sogleich auf, dass sich seine Robe in tadellosem Zustand befand. Er trug wieder die löwenhäuptige Kopfbedeckung auf seinem schwarzlockigen Kopf. Erstaunlicherweise waren jegliche Spuren der erlittenen Verletzungen aus seinem Gesicht gewichen. So wie sich seine Erscheinung in diesem Augenblick darbot, erweckte der Priester nicht den Eindruck, erst kürzlich Opfer eines Schiffbruchs geworden zu sein. Anêrios fragte sich verwundert, wie sich der zuvor ziemlich lädierte Mann so rasch wieder hatte herstellen können. Noch mehr erstaunte ihn die Tatsache, wie er vom Höhleneingang her alleine den Weg zu seinen Bundesgenossen hatte finden können. Und wo steckte wohl der Magos?

«Wie bedauerlich, dass ihr meiner wohlgemeinten Warnung nicht die gebührende Beachtung geschenkt habt», teilte Amontrâkius seinen kleinwüchsigen Herausforderern mit geheuchelter Freundlichkeit mit. Er schien nach dem ersten Schrecken bereits wieder Herr der Lage zu sein. «Romûlius, sei so gut und kümmere dich um diese rührigen Störenfriede. Versuche, mindestens einen von ihnen lebend zu fangen, damit er uns den rechten Weg aus diesem Irrgarten weisen kann.»

Ein schmieriges Lächeln trat auf die Lippen des Centurio. «Ihr habt gehört, Männer, lasst uns Pumili[101] jagen. Dreht dem Geschmeiss ordentlich die kurzen Hälse um. Aber den Graumantel überlasst mir.»

Anêrios zuckte zusammen, als zahlreiche Schwertklingen mit scharrenden Geräuschen aus ihren Scheiden fuhren. Aquileia ruckte bei diesem Anblick impulsiv vor, und die beiden Männer mussten sie mit erheblichem Kraftaufwand zurückhalten, damit sie sich nicht wutentbrannt aus ihrem Versteck hervorstürzte. Mit zornfunkelnden Augen starrte sie Anêrios an, doch dieser schüttelte nur stumm den Kopf.

[101] Pumilus, -i (Lat.) = Zwerg, Wicht

Horaurix Gravacucullus, der Bergkönig von Horhardûr, schoss mit wirbelndem Mantel herum, als die aufgescheuchten Legionäre auf ihn eindringen wollten. Flink stoben die Dverîgen auseinander und flitzten den schwerfälligen Soldaten um die gepanzerten Beine. Die grobschlächtigen Männer waren solcher Wendigkeit nicht gewachsen. Unbeholfen sprangen sie herum und folgten den entwischenden Gnomen mit verblüfften Blicken.

«Ergreift sie!» donnerte der Befehl ihres Kommandanten durch den Höhlensaal. Mit gezückten Schwertern und blakenden Fackeln nahmen die Legionäre die Verfolgung auf. Horaurix und seine Leute hatten sich in verschiedene abgehende Höhlengänge zerstreut, um die Truppe aufzusplittern. Das flackernde Licht der Fackeln, das Scheppern der Rüstungen und die fluchenden Stimmen der Männer entfernten sich rasch in verschiedene Richtungen.

Amonträkius war allein in der Grotte zurückgeblieben. Breitbeinig stand er vor einer schwarzen Öffnung in der Wand, wo sich ein weiterer Gang in der Dunkelheit verlor. In der einen Hand hielt er eine erhobene Fackel, in der anderen einen grossen unförmigen Lederbeutel, dessen unübersehbare Ausbeulungen verrieten, dass er eine massige, schwere Last enthielt.

Die Urnen der Zeit! In diesem Sack trägt er die begehrten Mirakelsteine mit sich.

Anêrios blickte seinen Gefährten prüfend in die Augen und sprang rasch auf. Mit pochendem Herzen trat er aus dem Schatten der verbergenden Nische heraus und schritt in die Höhle, Schulter an Schulter mit Tarvo und Aquileia. Die Prinzessin von Raûlium hielt ihr Schwert drohend vorgestreckt.

Das amüsierte Lächeln im feisten Gesicht des Priesters erstarb schlagartig, als er die drei Gestalten unerwartet auf sich zukommen sah.

«Romûlius!», schrie er entgeistert und schleuderte seinen Verfolgern die Fackel entgegen.

Abwehrend riss Anêrios die Arme hoch und spürte einen scharfen Schmerz, wo ihm der brennende Stock die nackte Haut versengte.

Tarvo ergriff eine andere Fackel, welche in einer nahen Felsritze steckte, und wollte sich auf den Priester stürzen.

Doch Amontrâkius war bereits herumgeschnellt und enteilte mit raschen Schritten in den Höhlengang, der sich hinter seinem Rücken auftat.

Mit klirrenden Schritten kam Romûlius in die Halle zurückgestürmt, er schien sich nicht allzuweit von seinem Meister entfernt zu haben.

«Sieh an, die Prinzessin macht sich nichts aus ihrer Hochzeit mit dem göttlichen Mithras», spottete er und hob drohend seine Klinge. «Nun denn, der Weg in den Orcus ist sowieso nicht mehr weit für dich, Filia Aurea.»

Aquileia fuhr herum und stürzte dem Truppführer mit einem wütenden Aufschrei entgegen. Ihr erster Angriff zielte direkt auf die Kehle des Gegners. Mit der Gewandtheit eines erfahrenen Fechters riss Romûlius seine Spatha hoch und lenkte Aquileias vorschnellendes Schwert zur Seite. Die junge Frau nutzte den Schwung ihres Vorstosses, um mit atemberaubender Geschwindigkeit um die eigene Achse zu wirbeln und einen gefährlichen Seitenhieb gegen den Hals des Romanen zu vollführen. Romûlius fing auch die zweite Attacke mühelos ab und trieb die ungestüme Angreiferin nun seinerseits mit einer Serie präziser Schläge zurück.

Mit gebannter Bestürzung verfolgte Anêrios den erbitterten Waffengang. Mit kraftvollen Hieben drangen die Widersacher aufeinander ein, klirrend prallten die stählernen Klingen immer wieder aufeinander. Aus Aquileias Augen sprühten Funken des Hasses, während Romûlius' Mundwinkel fortwährend von einem spöttischen Lächeln umspielt wurden. Die zuckenden Flammen der brennenden Fackeln warfen ein übergrosses Schattenspiel der Kämpfenden an die schimmernden Höhlenwände, das wie ein unheimlicher Tanz umhergeisterte.

Tarvo riss die Aufmerksamkeit seines Freundes von dem rasanten Kampfgeschehen los. «Wir dürfen den Priester nicht entwischen lassen», rief er ihm eindringlich zu.

Da realisierte Anêrios, dass er nun selbst rasch handeln musste, sonst war der lebensgefährliche Einsatz seiner Freunde vergeblich. Bei aller Sorge um Aquileia musste er sie ihren Kampf alleine ausfechten lassen. Seine Aufgabe war es nun, Amontrâkius zu stellen und sich der Mirakelsteine zu bemächtigen.

Tarvo war bereits losgerannt, der Widerschein der fauchenden Fackel jagte den glitzernden Wänden des Höhlenganges entlang. Anêrios beeilte sich, seinem Freund auf den Fersen zu bleiben. Schon einmal war ihnen dieser abgefeimte Priester entwischt.

Der Abstand zwischen ihnen war diesmal freilich bedeutend geringer. Die massige Gestalt des Schurken war gut zu erkennen, sie bewegte sich ungelenker als ihre Verfolger. Zudem hatte sich der Priester mit der sperrigen Last der Steinkugeln abzumühen. Sein Vorsprung schrumpfte rasch dahin.

Unvermittelt bog der Priester seitlich ab und verschwand aus dem Blickfeld der beiden jungen Männer. Der Widerschein seiner Fackel auf den Felswänden erlosch schlagartig.

Keuchend blieben Anêrios und Tarvo an der dunklen Spalte stehen, in welche Amonträkius entschlüpft war. Sie lauschten angestrengt in die Dunkelheit des Seitenganges. Aber nur das wummernde Pochen ihrer eigenen Herzen war zu hören. Es war stockfinster in der Kluft, als hätte der Berg ihren Widersacher einfach spurlos verschluckt.

«Das kann nicht sein», stöhnte Tarvo entmutigt. «Dieser Bursche hält uns zum Narren.»

In ihrem Rücken ertönte plötzlich ein dumpfes Scharren auf dem felsigen Untergrund des Höhlenstollens, gefolgt von einem durchdringenden Knurren.

Verblüfft fuhren die beiden Männer herum und leuchteten mit der Fackel in jene Richtung, aus der sie gekommen waren.

Da gefror ihnen das Blut in den Adern.

Aus der Dunkelheit des Tunnels löste sich eine Kreatur, die aus den finstersten Abgründen Anunnions hervorgekrochen zu sein schien.

Es war der kraftvolle Leib einer übergrossen Raubkatze, die sich auf beinahe lautlosen Tatzen annäherte. Anêrios fühlte sich an die Darstellung der Löwen erinnert, welche er auf dem Wandbild im Schlafgemach der Prinzessin in Raûlium als Begleiter der Jagdgöttin betrachtet hatte. Genau wie die Tiere auf diesem Gemälde trug auch das Geschöpf vor ihm eine stattliche Mähne, welche seinen Hals üppig umwallte. Sein Fell war aber nicht von derselben edlen, goldbraunen Farbe wie bei den gemalten Raubkatzen, sondern schwarz wie erkaltete Glut. Schwärzer noch als die Dunkelheit der Höhle, die sie umgab. Der massige Leib des namenlosen Wesens schien die umliegende Finsternis geradezu aufzusaugen und sie in sich zu verdichten.

Aber es war nicht der Anblick dieses gewaltigen nachtschwarzen Raubtierkörpers, welcher Anêrios den Atem verschlug.

Es war vielmehr das Gesicht der Kreatur. Denn dieser riesige Löwe hatte das hassverzerrte Antlitz eines Mannes mit dunklen, glosenden Augen. Es war das schrecklich entstellte Abbild eines menschlichen Gesichtes, welches hohnlachend seinen Mund aufsperrte und nadelfeine Reisszähne daraus hervorblitzen liess. Ein bedrohlich zischender Laut entfuhr dem dämonischen Maul.

Anêrios sah, wie sichelförmige Krallen aus den pelzigen Pranken des ungestalten Löwenungeheuers fuhren und sich darauf vorbereiteten, sich in das Fleisch ihrer wehrlosen Opfer zu graben. Hinter dem muskulösen Rücken der Bestie, welcher beinahe der niederen Höhlendecke entlangschleifte, zuckte ein vielgliedriger, stachelbewehrter Insektenschwanz hoch, der wie das Hinterteil eines gigantischen Skorpions anmutete.

Von einem ohnmächtigen Schwindelgefühl erfasst, wichen die beiden Vendolindier zurück.

Mit tödlicher Gelassenheit, aber unaufhaltsam rückte der Dämon näher. Er schien sich absolut sicher zu sein, dass nichts und niemand ihm seine Beute abspenstig machen konnte. Der furchterregende Skorpionschwanz richtete sich bedrohlich auf, die grässlich verfälschten Gesichtszüge entblössten abermals das abscheuliche Gebiss.

«Vendolindia steh uns bei», stammelte Tarvo. Mit weit aufgerissenen Augen taumelte er zurück und liess seine Fackel fallen. Zischend stürzte diese zu Boden und flackerte auf.

Der Vormarsch der Bestie stockte unverzüglich. Sie blieb unschlüssig stehen und bedachte das brennende Holz mit argwöhnischen Blicken aus ihren grausamen Augen. Das Feuer schien sie zu irritieren.

Unwillkürlich hörte Anêrios in seinem Innern die Stimme von Melomagûnos, welche ihn über die Wirkung des Feuers gegen jede Form von Phantasmagorie aufklärte.

Sollte diese abscheuliche Kreatur wiederum bloss ein Trugbild des Magos sein?

Vorsichtig erkühnte sich der junge Mann, einen Schritt auf das Ungeheuer zuzugehen und bückte sich rasch nach der Fackel. Mit einer schwungvollen Bewegung liess er den Brand hochschiessen und schwenkte ihn vor dem Gesicht des Menschenlöwen. Der mächtige Leib des Untieres fuhr zusammen.

«Es ist eine Täuschung», rief Anêrios seinem Freund über die Schulter zu. «Das Mondfeuer, schnell.»

Tarvo verstand sofort. Er entnahm den kleinen, glänzenden Steinklumpen aus seinem Beutel und schleuderte ihn mit einem wütenden Aufschrei gegen das Monstrum.

Augenblicklich zerstob die furchtbare Erscheinung zu schwarzem Staub. Das Bild des ungeheuerlichen, menschenköpfigen Löwen war nur mehr eine alptraumhafte Erinnerung, die in den Köpfen der erschütterten Freunde weiterspukte. Wo die Bestie eben noch gestanden hatte, flatterte ein flüchtiger Schatten auf und stiess ein durchdringendes Krächzen aus, das erbost durch die Höhlengänge schrillte. Anêrios entgingen die goldenen Augen des schwarzen Vogels nicht, die im Fackelschein aufblitzten.

Es war der Magos!

Der hinterlistige Schwarzzauberer hatte sie durch sein furchterregendes Blendwerk beinahe dazu gebracht, sich von ihrer eigenen Angst überwältigen zu lassen.

An jener Stelle im Höhlengang, wo sich das schauerliche Mischwesen in Luft aufgelöst hatte, war ein grosser, gefüllter Lederbeutel auf dem Boden zurückgeblieben. Darin mussten sich die kostbaren Gemmen befinden!

Ohne zu Zögern sprang der junge Vendolindier darauf zu und hob den Packen auf. Er hatte ein beträchtliches Gewicht.

Doch ehe er einen Blick in den Sack werfen konnte, schoss der Rabe unvermittelt aus der Dunkelheit heran und stiess auf ihn nieder. Die Krallen des grossen Vogels bohrten sich in seine Wangen, sein scharfer Schnabel hackte gegen seine Schläfen. Schreiend liess Anêrios den Ledersack fahren und hob beide Hände schützend vor sein Gesicht. Tarvo sprang an seine Seite und hieb mit der brennenden Fackel auf den rasenden Vogel ein. Zeternd flog der Rabe auf, prallte gegen die Höhlenwand und taumelte zu Boden. Anêrios wischte sich das warme Blut aus dem Gesicht und versuchte den gestürzten Raben zu erwischen. Es gelang ihm, eine der kräftigen Schwingen zu packen. Entrüstet begehrte der Vogel auf und setzte sich mit wütenden Schnabelhieben zur Wehr. Der Anblick der kalten, goldenen Augen jagte dem jungen Mann einen Schauder durch Mark und Bein. Von jähem Schmerz durchzuckt, liess er den Rabenflügel schliesslich wieder los.

«Tarvo, wir müssen ihn erwischen», rief er seinem Freund energisch zu. «Bring das Mondfeuer her.»

Der Rabe hatte sich inzwischen wieder gefangen. Er flog auf und schoss kühn zwischen den beiden Männern hindurch. Noch ehe Tarvo den Silberstein behändigt hatte, war der unheimliche Vogel bereits in der Finsternis verschwunden.

«Im Gegensatz zu diesem Ungeheuer war der Vogel wirklich gefährlich», keuchte der rothaarige Junge und spie verächtlich aus. «Êrio, er hat dich böse erwischt.» Betroffen blickte er Anêrios ins Gesicht und tupfte ihm das Blut mit seinem Ärmelsaum ab.

«Auf jeden Fall haben wir ihn in die Flucht geschlagen», bemerkte Anêrios voller Genugtuung. «Und wir haben ihn genötigt, uns seine Beute zu überlassen. Bring einmal die Fackel her, Tarvo.»

Gemeinsam beugten sie sich über den Ledersack, der immer noch auf dem Felsboden lag. Mit zitternden Fingern löste Anêrios die Schnur, welche den Beutel verschloss, und legte den Inhalt frei.

Ein mildes, mehrfarbiges Licht fiel auf die staunenden Gesichter der beiden Jünglinge, als drei kindskopfgrosse Steine von annähernd kugeliger Beschaffenheit zum Vorschein kamen. Sie waren durchscheinend, beinahe gläsern, doch in ihrem Innersten barg jeder von ihnen einen glühenden Kern, der ein zauberhaftes Licht verströmte. Eine der leuchtenden Knollen war reinweiss, die zweite von flammendem Rot wie die versinkende Sonne, die dritte glomm in einem leuchtenden Blau, als läge sie im tiefen Seewasser. Anêrios berührte vorsichtig eine der Kugeln und stellte zu seiner Verwunderung fest, dass sie wider Erwarten nicht warm war, sondern kühl wie glatt polierter Stein.

«Was ist das, Êrio?», hauchte Tarvo überwältigt.

«Die Mirakelsteine, mein Freund», erklärte Anêrios, dessen Augen im Widerschein der Edelsteine verzückt leuchteten. «Ein Schatz der Götter. Sie verleihen demjenigen, der sich ihrer zu bedienen weiss, gewaltige Kräfte. Deshalb begehrt der Magos, sie an sich zu reissen. Er trachtet danach, mit ihrer Macht die Herrschaft über unser Land zu erlangen. Und vielleicht sogar über die ganze Welt.»

«Ich vermag es nicht zu glauben», sinnierte Tarvo, «dass etwas so Schönes einen Menschen zu niederträchtigen Absichten verleiten kann. Wir sollten uns vorsehen, dass sie nicht noch einmal in die falschen Hände geraten. Wir müssen sie rasch wieder einpacken und nach draussen schaffen.»

Plötzlich hielt er abrupt in seiner Bewegung inne. Er verdrehte die Augen und sank seufzend zusammen.

Anêrios schreckte aus seinen Gedanken hoch, die immer noch um das Wunder der Mirakelsteine kreisten.

Hinter seinem niedergestürzten Freund stand Aquileia und blickte ihn eindringlich an. Sie hielt die Spatha in der Faust, welche er ihr ausgehändigt hatte. Die breite Klinge des Schwertes war schartig und blutverschmiert.

Entgeistert stierte Anêrios der jungen Frau ins Gesicht, die hoch aufgerichtet über ihm stand.

«Er ist ein Schwätzer», zischte sie, «und ein scheinheiliger Betrüger, der sich insgeheim dem Magos geweiht hat, um uns hinters Licht zu führen.»

«Aquileia, wie kannst du nur …», stammelte Anêrios. Das ungebändigte Lodern in den Augen der jungen Frau verunsicherte ihn über alle Massen.

«Vergiss nicht, dass der Zauberer ihn irgendwo da unten vorgefunden hat. Dieser heimtückische Schuft hat den Jungen zu seinem Werkzeug gemacht. Beinahe wären wir auf seine Schliche hereingefallen.»

Fassungslos schüttelte Anêrios den Kopf. «Das kann nicht sein, Aquileia, er ist mein bester Freund ...»

«Du hast selbst gesehen, wie weit die blendende Macht des Magos reicht. Sie verdirbt selbst diejenigen, die uns am nächsten stehen. Ich sage dir, Anêrios, dieser Junge war durch schwarze Kunst an den Zauberer gebunden, und er hätte nicht gezögert, uns hinterrücks zu ermorden, wenn sein Meister ihm den Befehl dazu erteilt hätte.»

Anêrios spürte, wie ihn ein jäh aufflammender innerer Schmerz in schwindelerregende Abgründe zu schleudern drohte.

«Tarvo», schluchzte er und beugte sich über den erschlafften Leib seines Freundes. «Wie konnte das geschehen, das ...»

«Er ist nicht tot», versicherte ihm Aquileia. «Ich habe ihn lediglich mit dem Schwertknauf niedergeschlagen. Er wird wieder zu sich gekommen sein, wenn die anderen hier eintreffen.»

«Welche anderen?», fragte Anêrios verwundert.

«Seine Komplizen, die Legionäre», beschied ihn Aquileia. «Ich vermochte Romûlius zwar zu besiegen, aber seine Soldaten haben deine kleinen Freunde aufgerieben. Wir dürfen keine Zeit verlieren, Anêrios. Rasch, nimm die Mirakelsteine an dich und folge mir, bevor wir entdeckt werden. Gegen so viele bewaffnete Männer können wir nicht bestehen. Sie werden uns töten, wenn sie uns erwischen. Genauso, wie sie die kleinen Bartbrummler erledigt haben.»

Es fiel Anêrios schwer, sich von seinem bewusstlosen Freund loszureissen und ihn einmal mehr feindlichen Mächten zu überlassen. Aber wenn es wirklich stimmte, dass er dem Magos verfallen war, würden sich dessen Gefolgsleute gewiss seiner annehmen. Draussen würde ihm Melomagûnos den Belisanto einflössen und den Zauberbann von seiner Seele lösen. Einstweilen galt es, die Urnen der Zeit in Sicherheit zu bringen. Das war nun das Wichtigste.

«Wie wollen wir ohne die Dverîgen den Rückweg aus dieser Unterwelt finden», stöhnte Anêrios verzweifelt. Er hatte keine Ahnung, wo sie sich befanden.

«Folge mir», forderte ihn Aquileia auf. «Ich werde mich auf mein Gefühl verlassen. Ich vermeine, einen leichten Lufthauch zu spüren. Er wird uns den Weg weisen. Nimm die Fackel, ehe sie erlischt.»

Anêrios' Gedanken überschlugen sich, als seine Gefährtin ohne weitere Reden lossputete. Wie von unsichtbaren Stimmen geleitet, wählte sie ihren Weg durch das Labyrinth der Höhlengänge und Felsengalerien. Es schien ihr keine Mühe zu bereiten, sich in diesem unüberschaubaren Wirrsal von Möglichkeiten zurechtzufinden. Als stünde ihr eine innere Führung zur Seite, verharrte sie an jeder Abzweigung jeweils wenige Augenblicke, ehe sie zielsicher eine bestimmte Richtung einschlug. Mit geschmeidigen Bewegungen schlüpfte sie durch die engsten Spalten, sprang über zerklüftete Hindernisse hinweg und hangelte sich über schmale Felskanten. Wo immer möglich, blieb sie im Laufschritt, denn anscheinend befürchtete sie, dass Romûlius' Männer sie weiterhin verfolgten.

Als er unvermittelt in die riesige Kaverne von Auragôrs verlassener Heimstatt hinein taumelte, war Anêrios bereits völlig ausser Atem. Der anhaltende Dauerlauf durch diese beschwerlichen Gänge hatte seine Kräfte aufgezehrt. Zudem lastete der Ledersack mit den Steinkugeln schwer auf seinem Rücken, der dünne Tragriemen schnitt schmerzhaft in seine Schulter. Aquileia beschrieb einen weiten Bogen dem Rand der weitläufigen Halle entlang und mied das schimmernde Geflecht der Mondfeuerfasern, welches den geglätteten, dunklen Boden der Höhlenhalle durchäderte.

Keuchend rang Anêrios nach Atem. Seiner Gefährtin schienen geradezu übermenschliche Kräfte innezuwohnen. Erstaunlich, dass sie trotz ihrer Kopfwunde und der Entbehrungen der langen Gefangenschaft immer noch zu solchen Leistungen fähig war.

Erst jetzt fiel Anêrios auf, dass Aquileia den Verband um ihre Stirn gar nicht mehr trug. Obwohl sie ihm meistens den Rücken zuwandte, weil sie ihm vorauslief, hatte er plötzlich den Eindruck, an ihrem Kopf gar keine Anzeichen einer Verwundung mehr wahrgenommen zu haben.

In Anêrios' Brust regte sich plötzlich ein eigentümliches Gefühl. Wie mochte das möglich sein? Er selbst hatte den klaffenden Schnitt in ihrer Stirn gesehen. Wie konnte eine solch schwerwiegende Verletzung plötzlich einfach verschwinden?

«Lass uns einen Moment innehalten und Atem schöpfen», bat er seine Gefährtin. Er musste sich dringend bedenken, denn er wurde den leisen Verdacht nicht los, dass irgendetwas nicht stimmte. «Aquileia, warte, ich kann nicht mehr.»

Die schwarzhaarige Frau wandte sich unruhig zu ihm um. Ihre grünfunkelnden Augen waren unablässig in Bewegung, als müssten sie fortwährend die Umgebung sichern. Auch ihre angespannte Körperhaltung verriet, dass ihr unbehaglich zumute war. «Nicht hier», schnappte sie, «dieser Ort ist zu gefährlich. Weiter vorne ist eine besser geeignete Stelle, um zu verweilen. Aber nur ganz kurz, wir müssen unseren Schatz unbedingt in Sicherheit bringen.»

Anêrios schleppte sich aus der grossen Halle, welche bis vor kurzem der verborgene Schlupfwinkel eines leibhaftigen Drachen gewesen war, und folgte Aquileia zu einer benachbarten Grotte, wo plätschernde Rinnsale über säulenförmige Gebilde aus milchigem Gestein herabliefen. Der junge Mann liess sich auf ein Felssims fallen und stiess erleichtert den Atem aus. Zu seinem Schrecken stellte er fest, dass die Fackel in seiner Hand beinahe abgebrannt war.

«Setz dich einen Moment zu mir, Aquileia», wisperte er und winkte seine Gefährtin zu sich heran. Nun sah er es deutlich, Aquileias Stirn war unversehrt, nicht einmal eine Narbe war zu erkennen.

Unwillkürlich durchlief ihn ein Frösteln. Der Magos hatte ihn schon einmal getäuscht, indem er ihm Aquileias Erscheinung vorgegaukelt hatte. Falls seine Gefährtin, der er sich hier unten bedingungslos anvertraut hatte, nur ein Trugbild war, befand er sich in grösster Gefahr. Er führte die begehrten Mirakelsteine mit sich, und vieles – wenn nicht gar alles – hing nun von ihm ab.

Es gab nur eine Möglichkeit, sich unverzüglich Gewissheit zu verschaffen. Verstohlen schob er die Finger seiner rechten Hand in seine Gürteltasche und tastete nach dem Silberspiegel, welchen er Amonträkius auf der Barke abgenommen hatte. In diesem Moment der Ruhe spürte er das untrügliche Pochen von Yaïlils Ring, den er noch immer trug. Dieselbe stille

Warnung, die ihm bereits aufgefallen war, als Creviocarnos seinen Beherrschungszauber über ihn und seine Gefährten geworfen hatte. Er musste seine Lage unbedingt überprüfen, aufgrund so vieler verdächtiger Anzeichen riet seine innere Stimme immer dringlicher, der blossen Erscheinung Aquileias nicht vorbehaltlos zu trauen.

Inzwischen hatte sich Aquileia neben ihm niedergelassen. Anêrios gewahrte, dass sie ihn forschend betrachtete, als suche sie seine aufgewühlten Gedanken zu ergründen.

Jetzt oder nie, dachte er. Mit einer ruckartigen Bewegung riss er die kleine Silberscheibe hoch und hielt sie schräg vor Aquileias Gesicht.

Der Spiegel zeigte ihm ein fremdes, dunkles Männergesicht mit stechenden Augen wie glühende Kohlen.

Der Magos!

Ehe Anêrios aufzuspringen vermochte, hatte ihn der Zauberer bereits gepackt. Sein Angriff kam schnell und überraschend, so dass der junge Mann keine Gelegenheit hatte, auszuweichen. Lange, schlanke Finger legten sich um Anêrios' Kehle und drückten mit unerbittlicher Kraft zu. Die Augen von Aquileia, hinter deren Gesicht sich der Schwarzkünstler immer noch verbarg, funkelten ihn wutentbrannt an.

Anêrios rang nach Atem und versuchte, sich dem lähmenden Würgegriff zu entwinden. Mit unnachgiebiger Gewalt wurde er festgehalten. Ein kühles Glitzern trat in die triumphierenden Augen seines Widersachers, ein goldener Schimmer legte sich darüber. Der junge Mann fühlte, wie ihm die Sinne schwanden, Lichtpunkte tanzten vor seinen Augen, seine zusammengepresste Gurgel brannte.

Da stiess er mit einer letzten Kraftanstrengung die beinahe erloschene Fackel in das Gesicht der jungen Frau, die nicht Aquileia war.

Mit einem gellenden Aufschrei zerplatzte das Trugbild. Anêrios kam frei. Keuchend sank er auf die Knie und fasste sich an den schmerzenden Hals. Die Wundmale, welche die würgenden Hände auf seiner Haut zurückgelassen hatten, brannten wie Feuer.

Die erloschene Fackel glomm nur noch schwach. Anêrios war fast gänzlich von beklemmender Finsternis umgeben. Bedrohliche Schatten schienen aus allen Winkeln zu kriechen.

Irgendwo in der Dunkelheit flatterte ein grosser Vogel. Der Magos war noch da.

Bevor ihn Panik übermannen konnte, öffnete er die Verschnürung des Lederbeutels, der noch immer um seine Schulter hing, und befreite das tröstliche, sanfte Leuchten der Mirakelsteine, welches die bedrückende Dunkelheit sogleich verscheuchte.

Anêrios hängte sich den Beutel vor die Brust und hielt ihn mit beiden Händen so weit offen, dass der herausfallende Lichtschein die Umgebung ausreichend zu erhellen vermochte. Angestrengt hielt er Ausschau nach einer Spur seines Widersachers. Er konnte nichts erkennen, auch der Rabe war verschwunden.

Er schalt sich einen Narren dafür, dass er sich einmal mehr hatte täuschen lassen und auf das Verwirrspiel des Blenders hereingefallen war. Er hatte durch seine leichtgläubige Unachtsamkeit nicht nur Tarvo im Stich gelassen, sondern auch die wirkliche Aquileia. Voller banger Sorge fragte er sich, was wohl aus ihnen geworden war. Er konnte nur hoffen, dass der Sieg der Legionäre über die Dverîgen lediglich eine Lüge des Magos gewesen war, um ihn irrezuführen, und dass die kleinen Helfer die Situation stattdessen gemeistert hatten. Horaurix war uralt und listenreich, und er war in dieser Umgebung zuhause. Gewiss würde er sich nicht von einem Haufen orientierungsloser Söldner übertölpeln lassen.

Den Rückweg zu ihnen würde Anêrios auf keinen Fall finden. So blieb ihm nur die Möglichkeit, sich in Richtung Höhlenausgang zu bewegen. Immerhin befand er sich bereits auf der Höhe der Drachenbehausung. Auf ihrem Hinweg war er mit Tarvo auf eigene Faust bis zu dieser Stelle vorgedrungen. Fieberhaft durchforstete er sein Gedächtnis, um sich an den richtigen Weg zu erinnern, der ihn zurück ans Tageslicht führen würde. Dies war die einzige ihm noch verbleibende Hoffnung.

Während Anêrios sich im schummrigen Licht der Mirakelsteine langsam vorwärts arbeitete, bedrängte ihn unaufhörlich die Angst vor überraschenden Angriffen durch den Magos. Er war sich sicher, dass sich der Unhold immer noch in seiner Nähe aufhalten musste. Auch wenn er ihn mit der Fackel möglicherweise verletzt hatte, so war seine Gier nach den begehrten Mirakelsteinen gewiss ungebrochen. Selbst wenn sein täuschendes Spiel mittlerweile durchschaut war und er keine Verbündeten mehr an seiner Seite hatte, so verfügte der Erzzauberer wahrscheinlich noch über ganz andere Kräfte, um Anêrios den begehrten Schatz wieder abjagen zu können.

Der junge Mann aus Vernausium vermochte sich später nicht mehr zu erklären, wie es ihm letztlich gelungen war, den richtigen Weg durch die ewig dunklen Abgründe unter dem Aurîgmassiv zu finden und all jene Irrwege zu vermeiden, welche ihn in sein sicheres Verderben hätten führen können. Ob die Macht der Mirakelsteine ihn geleitet hatte – oder die Kraft aus Helysia, welche kaum merklich durch den Zauberring an seinem Finger in ihn einströmte, auf jeden Fall vernahm er nach unzähligen bangen Schritten durch die Dunkelheit plötzlich jenes unverkennbare Donnern aus der Tiefe des Felsgesteins, welches ihm die Nähe des Höhlenbaches ankündigte. Jenes unterirdischen Wasserlaufes, der alle verborgenen Rinnsale aus der tiefen Welt in seinem schäumenden Strom vereinte, um sie unter das Licht der Sonne und in den dunkelblauen See Vendolindon hinausschiessen zu lassen. Die Nähe dieses tosenden Gewässers bestätigte Anêrios, dass der ersehnte Ausgang nicht mehr fern sein konnte.

Die Vorfreunde auf das beinahe erreichte Ziel liess seine Wachsamkeit schwinden, und er vergass für einen Moment, sich vorzusehen.

In einem unachtsamen Augenblick wurde er unvermittelt von hinten angerempelt und taumelte kopfüber auf den glitschigen Höhlenboden. Die glosenden Steinkugeln entglitten seinen Händen und kullerten zu Boden. Voller Entsetzen erwartete Anêrios, dass die Kristallknollen durch den Aufprall auf dem harten Felsen zerbersten würden, aber sie überstanden den Sturz unbeschadet und rollten der Neigung des leicht abschüssigen Ganges folgend davon. Ehe der junge Mann sich wieder aufrappeln und ihnen nachsetzen konnte, traf ihn von hinten ein unerwarteter Schlag am Kopf. Benommen schlug er hin und verlor für einen Moment das Bewusstsein.

Als er wieder zu sich kam, pochte sein Schädel äusserst unangenehm und eine würgende Übelkeit betäubte ihn. Verschwommen nahm er wahr, wie sich eine gedrungene Gestalt zu den verstreut herumliegenden Lichtkugeln niederbückte, um sie hochzuheben und in einer Falte ihres gerafften Gewandes verschwinden zu lassen. Das konnte nur der Mithraspriester Amonträkius sein, der ihm aufgelauert und ihm die Urnen der Zeit auf hinterhältige Weise entrissen hatte. Hohnlachend hastete der verschlagene Priester davon. Er hielt die weisse Gemme als Lichtquelle in der einen Hand, um seinen Weg auszuleuchten.

Zähneknirschend stemmte sich Anêrios vom Boden hoch. Ein feuchter, pulsierender Fleck an seinem Hinterkopf verriet ihm, wo er getroffen worden war. Aber er unterdrückte den Schmerz und konzentrierte sich auf den hellen, tanzenden Punkt vor seinen Augen, welcher ihm die Position des vorwärts schwankenden Diebs anzeigte. Obwohl Anêrios von den erlittenen Entbehrungen geschwächt war, biss er sich mit eisernem Willen an der flüchtigen Gestalt fest, die sich mit erstaunlicher Geschicklichkeit dem brausenden Höhlenbach entlangbewegte. Er schaffte es zwar, den Abstand zu Amonträkius allmählich zu verringern, aber er holte ihn nicht mehr ein, ehe sich unvermittelt ein Schimmer hereinfallenden Tageslichtes vor ihm abzeichnete. Ein heller Lichtbogen kündigte das Höhlentor an, wo das sprudelnde Wasser nach seiner langen Reise durch abgründige Klüfte und Schlüfte aus dem Berginnern hinaus unter den weiten, offenen Himmel hinaus enteilte.

Die Umrisse von Amonträkius waren im dämmerigen Zwielicht des Höhleneinganges deutlich auszumachen. Er war stehengeblieben und starrte auf eine zweite Gestalt, welche unversehens vor ihm aufgetaucht war und ihm den Weg nach draussen versperrte. Ungläubig blinzelte Anêrios mit den Augen.

Es erweckte den Anschein, als stünde der Mithraspriester dort vorne einem Abbild seiner selbst gegenüber. Das Getöse des Wildbaches verschluckte den Wortwechsel der beiden, aber sie klangen beide höchst aufgebracht. Als sich die Augen des jungen Mannes etwas an die Helligkeit gewöhnt hatten, konnte Anêrios geringfügige Unterschiede zwischen den beiden fast identischen Gestalten feststellen. Derjenige Amontrâkius, der den Ausgang versperrte, entsprach dem Erscheinungsbild des Priesters, wie es sich ihm zuvor im Beisein der Legionäre in der Grotte geboten hatte. Seine Gewandung war ordentlich und unversehrt und sein Kopf mit dem löwengestaltigen Mithrashelm bedeckt.

Der andere jedoch, der immer noch die Mirakelsteine an sich drückte und lautstark Durchlass forderte, war in eine zerschlissene Robe gehüllt, trug keine Kopfzier und machte allgemein einen verwahrlosten Eindruck. Er gebärdete sich wie ein gehetztes Tier und sprach immer heftiger auf sein Gegenüber ein. Dieser heruntergekommene Kerl schien der echte Mithraspriester zu sein, derjenige, der Schiffbruch erlitten hatte und dem Anêrios nachts auf der Barke begegnet war.

In der makellosen Hülle des anderen konnte demnach nur der Magos stecken, der sich wieder in sein bevorzugtes Tarnkleid gehüllt hatte. Nun waren diese beiden ursprünglichen Verbündeten zu guter Letzt anscheinend auch noch aneinandergeraten und rangen in ihrer Gier um den erbeuteten Schatz aus dem Herzen des Berges. Sie waren dermassen in ihre Auseinandersetzung verstrickt, dass sie Anêrios nicht beachteten, der sich immer noch im Hintergrund verborgen hielt und auf einen günstigen Zeitpunkt wartete, um vorschnellen und die Schurken überrumpeln zu können. Um jeden Preis musste er verhindern, dass einer der beiden mit den Urnen der Zeit entkommen konnte. Anêrios wollte sich nicht darauf verlassen, dass seine Freunde draussen auf der Lauer lagen, um die Räuber abzufangen, sobald sie die Höhle verliessen. Wer vermochte schon zu sagen, was sich in der Zwischenzeit vor dem Felsentor abgespielt hatte?

Das Schicksal Vendolindiums lag nun allein in Anêrios' Händen. Er musste selbst mit den beiden Unholden fertig werden. Umso vorteilhafter für ihn war es, dass sie nun auch untereinander zerstritten waren und sich ihm nicht geeint entgegenstellten.

Vorsichtig huschte Anêrios von Deckung zu Deckung, um näher an die beiden Männer heran zu gelangen. Da schreckte er plötzlich zurück.

Vor ihm auf dem nassen Höhlenboden lag eine weisse Schlange.

Sie hatte ihren Kopf hoch aufgerichtet und fixierte ihn unverwandt mit ihren schwarzen Kugelaugen. Das Kriechtier trug ein feines Silberkrönchen auf dem dreieckigen Kopf.

Anêrios sog ungläubig die Luft ein. Es handelte sich unweifelhaft um die Vertraute der Valâda, welche die rätselhafte Herrin von Funtaflauis üblicherweise als lebendigen Leibschmuck auf sich zu tragen pflegte. War sie gekommen, um ihm etwas mitzuteilen?

Als der junge Mann behutsam einen Schritt auf das Tier zugehen wollte, stiess es ein warnendes Zischen aus und reckte seinen züngelnden Kopf noch höher hinauf.

Anêrios kam es vor, als wollte ihn die Schlange daran hindern, weiter vorzurücken. Aber warum sollte sie dies gerade jetzt tun, wo er sich dem begehrten Ziel, die unschätzbar wertvollen Mirakelsteine in seinen Gewahrsam zu nehmen, näher wähnte als je zuvor? Vorsichtig wagte er einen Versuch, sich an dem lauernden Kriechtier vorbeizustehlen. Doch Uyôlas Gefährtin war wachsam und wendig. Sie schnellte ruckartig vor und reckte ihm drohend ihren weiss geschuppten Kopf mit der zitternden Silberkrone entgegen. Anêrios prallte zurück und schluckte. Er hatte den Eindruck, das zauberhafte Geschöpf aus dem Wasserreich sei vor seinen Augen unversehens ein bisschen grösser geworden. Ohne Zweifel beabsichtigte es, ihm den Weg zu verwehren.

Als auch ein dritter Versuch scheiterte, die Wächterin zu umgehen, gab Anêrios seine verzweifelten Bemühungen auf. Er erwog, das widerborstige Kriechtier mit einem Stein zu verscheuchen, um sich den Durchgang zu erzwingen. Notfalls musste er es gar totschlagen. Denn er konnte die Mirakelsteine um keinen Preis den Widersachern Vendolindiums überlassen.

Es muss freilich einen Grund dafür geben, dass dieses Geschöpf aus Funtaflauis ausgerechnet jetzt hier auftaucht und mich zurückhält.

Anêrios verharrte unschlüssig an Ort und Stelle und verfolgte weiterhin den Fortgang des Streits mit, der beim Höhlenausgang immer mehr zu einem regelrechten Handgemenge ausartete.

Der echte und der falsche Amonträkius rangen erbittert um die Urnen der Zeit. Die beiden schwerfälligen Männer fielen schnaufend und ächzend übereinander her, zerrten sich an den langen, schwarzlockigen

Haaren, zerkratzten sich die aufgedunsenen Gesichter und droschen mit den Fäusten aufeinander ein. Die leuchtenden Steinknollen waren ihnen längst entglitten und lagen verstreut im Geröll des Höhlenbodens. Jedes Mal, wenn einer der beiden Kontrahenten nach den umkämpften Kugeln greifen wollte, um sie an sich zu reissen, stürzte sich der andere wieder auf ihn und hinderte ihn daran. Brüllend wälzten sich die beiden Goldberobten übereinander, und keiner brachte es zuwege, Herr über den anderen zu werden.

Schliesslich gewann einer der Priester dennoch die Oberhand, indem er seinen Gegner mit einem wuchtigen Faustschlag zu Boden gehen liess. Anêrios vermochte die beiden inzwischen äusserlich nicht mehr voneinander zu unterscheiden, denn in der Hitze der Auseinandersetzung hatte auch das Trugbild des Magos seine Löwenkrone verloren und Blessuren eingesteckt. Hastig klaubte der Sieger die verstreuten Steinkugeln zusammen und raffte sie triumphierend an seine Brust. Anêrios wollte losspringen und ihm nachsetzen, aber die weisse Schlange wiegte ihren aufgerichteten Hals sogleich in einer drohenden Gebärde hin und her und zischte unmissverständlich.

Wollte die schlangengestaltige Vertraute der Valâda etwa, dass er den Räuber der Mirakelsteine einfach entkommen liess?

Atemlos gewahrte Anêrios, wie der davoneilende Priester plötzlich zurückprallte und rückwärts wieder in das Höhleninnere taumelte. Noch ehe sein Widersacher hochkommen und sich ihm abermals entgegenwerfen konnte, hatte ihm der Zurückgekehrte die Steine mit einer fahrigen Bewegung in den Schoss geworfen.

Binnen eines Herzschlages verschwand er daraufhin aus Anêrios' verblüfft starrenden Augen. Ein raues Krächzen hallte durch die Eingangsgrotte und der flüchtige Schatten eines grossen Raben huschte davon, um sich sogleich im gleissenden Licht des Höhlenausganges aufzulösen.

Während Anêrios sich noch wunderte, warum der Magos die begehrte Beute auf einmal so unerwartet verschmäht und sie seinem Gegner einfach überlassen hatte, war der echte Amonträkius umständlich auf die Beine gekommen, um mit den drei leuchtenden Edelsteinknollen in seinen Armen dem Ausgang entgegen zu stolpern.

Er kam freilich nicht weit.

Ein markerschütterndes Brüllen dröhnte plötzlich in das Innere der Höhle herein und liess die Felsen ringsum erbeben. Staub und kleine Steine rieselten von der Decke herab. Ein mächtiger Schatten verdunkelte die lichterhellte Öffnung am Höhlentor, als hätte sich unverhofft ein wuchtiger Felsbrocken vor den Eingang gewälzt.

Nein, es war kein Fels!

Anêrios erkannte die Masse eines riesigen Geschöpfes, welches sich in den Höhlenmund herein zwängte. Zwei flammende Augen, gross wie glühende Wagenräder, richteten sich auf den Pontifex von Raûlium, der durch das unerwartete Auftauchen dieses Schreckens unwillkürlich erstarrt war.

Undeutlich erkannte Anêrios einen gewaltigen Drachen, der seinen mächtigen Schädel in den Höhleneingang herein reckte. Bläuliche Flammenzungen lohten aus seinen geweiteten Nüstern und zersprühten knisternd an der nassen Höhlendecke. Furchterregende Hörner scharrten kreischend über den Felsen.

War Auragôr zurückgekehrt?

So altersschwach, wie er von den Halblingen geschildert worden war, sah dieser geschuppte, Flammen schnaufende Koloss allerdings nicht aus. Handelte es sich bei ihm womöglich doch um den leibhaftigen Drachengott Urâgus?

Anêrios zögerte keinen Augenblick und ging hinter einem schützenden Felsblock in Deckung. Die weisse Schlange rührte sich freilich nicht vom Fleck, unbeirrt blieb sie an ihrem Platz, als wolle sie weiterhin den Ausgang versperren.

Von seinem Versteck aus konnte Anêrios beobachten, wie das klaffende Maul des Ungetüms plötzlich vorruckte und sich wie eine wuchtige Zange blitzartig um den Priester schloss. Zappelnd und mit einem erstickten Schrei verschwand Amontrâkius im Schlund des Ungeheuers. Ein hässliches Knirschen und Knacken erfüllte die Höhle, als der Drache sein Opfer zwischen malmenden Kiefern zerkaute, um es nach wenigen Herzschlägen zu verschlingen.

So rasch und unerwartet, wie er aufgetaucht war, schnellte der schlangengleiche Drachenhals wieder aus dem Höhleneingang zurück und gab das lichtdurchflutete Felsenportal frei.

Wie gebannt kauerte Anêrios hinter dem Felsen und versuchte zu begreifen, was sich soeben vor seinen Augen abgespielt hatte.

Von draussen war auf einmal das Rauschen mächtiger Schwingen zu vernehmen, welches selbst das Gebrause des Höhlenbaches übertönte. Aus grösserer Entfernung drang nochmals ein durchdringendes Gebrüll heran, dann zeugte nichts mehr von der Gegenwart des unwirklichen Ungetüms.

Anêrios war alleine zurückgeblieben. Sogar die weisse Schlange hatte sich mittlerweile scheinbar in Luft aufgelöst.

Es dauerte eine Weile, ehe der junge Mann wagte, wieder aus dem Schutz des Felsblockes hervorzukriechen. Sein Kopf schmerzte, als er sich mit zaghaften Schritten auf den Ausgang zubewegte. Wo eben noch der Magos und der Mithraspriester verbissen um die Mirakelsteine gekämpft hatten, war nichts mehr zu sehen. Das unverwechselbare Glühen und Glosen der drei verschiedenfarbigen Gemmen war verschwunden. Ob die Steinkugeln im Eifer des Gefechtes in den Bach gerollt waren?

Anêrios starrte lange in die schäumenden Strudel des Wildwassers, aber er konnte nichts erkennen, was auf die leuchtenden Steinknollen hingedeutet hätte.

Waren alle Bemühungen umsonst gewesen? Waren die Mirakelsteine nun unwiederbringlich verloren gegangen?

Verzweifelt presste er die Augen zusammen und spürte, wie sich erstickende Ohnmacht in seiner verengten Brust ausbreitete.

Als er durch das Höhlentor in den hellen Tag hinaus wankte, umfing ihn augenblicklich blendendes Sonnenlicht. Die Hitze eines Spätsommernachmittags schlug ihm am Fuss der hochragenden Felswand wie ein unerwarteter Schwall entgegen. Aus der Tiefe glitzerte die dunkelblaue anheimelnde Fläche des Vendolindon zwischen den knorrigen Wipfeln der uralten Eiben und Eichen hindurch. Dahinter reihten sich die unverrückbaren Berggestalten von Albenônas Garten in immer höher ansteigenden Kämmen und Gräten und grüssten von schneidend klaren Höhen herab.

Selten zuvor hatte dieser Anblick Anêrios dermassen bewegt wie in diesem Moment. Erst jetzt, da er wieder die weite Himmelskuppel über sich spürte, wurde ihm bewusst, wie sehr ihm das bedrückend lichtlose Höhlenreich im Innern des Berges zugesetzt hatte. Entkräftet und zerschunden sank der Zurückgekehrte in das dürre Gras, dessen würzige Wohlgerüche vertraute Empfindungen in ihm wachriefen.

Noch bevor ihm die schweren Augenlider zufielen, beugten sich von allen Seiten Gestalten über ihn. Aber sein schwindender Verstand war nicht mehr in der Lage, sich Gedanken darüber zu machen. Anêrios' Bewusstsein glitt in ein Reich wispernder Schatten, dessen Schwärze noch durchdringender war als die tiefen Abgründe unter dem Drachenberg.

In bewegenden Träumen durchlebte Anêrios nochmals die erschütternden Erfahrungen der vergangenen Tage. Die unbarmherzigen, goldenen Augen des Magos suchten ihn genauso heim wie die alptraumhafte Löwenkreatur mit dem todbringenden Skorpionstachel, deren grotesk verzerrte, menschliche Gesichtszüge jeglicher Schöpfung zu spotten schienen. In anderen Bildern schwamm er hingegen mit seiner silberflossigen Sirenenmutter durch die blauen Weiten des Vendolindon und vernahm das tröstliche Raunen des Sees, das aus den entferntesten Bereichen seiner Seele aufzusteigen schien. Und immer wieder tauchten die machtvollen Schlangenaugen von Uyôla Nebelsang auf, der geheimnisvollen Herrin von Funtaflauis, die selbst über seine innersten Traumwelten zu wachen schien.

Der Schrecken ist vorüber, hörte er ihre Stimme tief in seinem Bewusstsein widerhallen. *Die Kräfte sind wieder im Einklang. Was vordem schief und verschoben war, ist nun wieder gerichtet und gerade.*

Als er schliesslich zu sich kam, erblickte er über sich eine gewölbte Felswand, auf welcher der rötliche Widerschein eines prasselnden Feuers tanzte. Darüber blinkten die Sterne am samtenen Nachthimmel. Verlockende Gerüche nach Gebratenem und Gesottenem schmeichelten seiner Nase. Unterschiedliche Stimmen, die sich leise miteinander unterhielten, drangen an sein Ohr. Vereinzelt erklangen Gelächter und Scherzworte. Aus dem Hintergrund waren verhaltene Saitenklänge zu hören.

Er lag in wollene Decken gehüllt auf einem Lager aus Moos und Farnkraut.

Als er sich regte, um sich zu vergewissern, wo er sich befand, beugte sich eine schmale Gestalt über ihn. Es war das immer noch etwas ungewohnt zerfurchte und bärtige Gesicht von Beodân, welches ihm sogleich ein strahlendes Lächeln schenkte. «Alles in Ordnung, mein Freund?», erkundigte er sich leise.

Anêrios nickte und richtete sich mühsam auf. Die erlittenen Entbehrungen steckten ihm immer noch in den Knochen. Forschend liess er seine Blicke über die Umgebung schweifen. Die Anwesenheit seines treuen Freundes war tröstlich und erleichternd.

Er lag unweit des Höhleneinganges in einer schützenden Nische unter der schroffen Fluh des Drachenberges. Um das Feuer, welches in seiner Nähe knisterte, hatten sich zahlreiche Menschen geschart. Soeben wandte Melomagûnos sein weissbärtiges Gesicht zu ihm um und lächelte ihm freundlich zu. Zwischen den Steinstelen brannten noch weitere Lagerfeuer. Anêrios sah Panzerhemden im Flammenschein schimmern und fröhliche Soldatengesichter, die einander in munteren Gesprächen zugewandt waren. Von irgendwoher schallte das unverkennbare, dröhnende Lachen von Ortwîns Bärenstimme zu ihm herüber.

Beodân war dem frisch Erwachten beim Aufsitzen behilflich und streckte ihm eine Schale mit dampfendem Eintopf hin. «Du hast lange geruht», murmelte er begütigend, «aber du warst sehr unruhig und hast wohl manchen erlittenen Schrecken verarbeitet im Schlaf.»

«Der Drache ...», stammelte Anêrios bestürzt, als er sich an die Erscheinung des riesenhaften Ungeheuers am Höhleneingang erinnerte.

«Er ist weg», versicherte ihm Beodân beruhigend. «Er ist bloss für einen kurzen Augenblick aufgetaucht und hat sich den Priester geschnappt, als dieser die Höhle verlassen wollte. Ich habe keine Ahnung, um was für ein Geschöpf es sich gehandelt hat. Auf jeden Fall war es nicht der alte Auragôr, mit dem ich im Berginnern verhandelt habe. Dieser Drache war weitaus grösser und mächtiger. Ein ehrfurchtgebietendes Geschöpf. Beinahe wie der furchteinflössende Leviathan der alten Propheten.»

«Was ist mit Tarvo?», brach es aus Anêrios hervor. «Wo sind Aquileia und die Dverîgen?»

«Sie sind kurz nach dir allesamt aus der Höhle aufgetaucht. Es geht ihnen den Umständen entsprechend gut. Horaurix und seine Halblinge sind drüben beim Höhlentor und suchen nach den Wundersteinen. Deine Freunde schlafen da hinten, sie waren nicht minder erschöpft als du … und sie haben etliche Wunden davongetragen.»

Als Anêrios aufspringen wollte, um sich selbst ein Bild vom Zustand seiner Gefährten zu verschaffen, hielt ihn Beodân kopfschüttelnd zurück. «Sie sind gut versorgt», beteuerte er. «Der Schlaf wird ihnen helfen, sich von den durchlebten Entbehrungen zu erholen. Sei ohne Sorge. Es ist vorüber. Friede ist eingekehrt in dieses Land.»

«Aber der Magos …», entfuhr es Anêrios bestürzt. Er fühlte, wie sich sein Körper abermals anspannte, als könne der Unhold immer noch in der Nähe lauern.

«Auch er ist fort», erklärte Beodân. «Der Drache hätte ihn wohl auch erwischt, wenn er nicht im letzten Augenblick seine Vogelgestalt eingenommen und sich davongemacht hätte. Kaum war der unheilvolle Rabe draussen, hat sich ein grosser, weisser Seeadler auf ihn gestürzt und ihn davongejagt. Wir konnten seine Flucht mitverfolgen bis zu den Bergkämmen dort drüben.»

«Dann hat Agîlion den Unhold vertrieben?», hauchte Anêrios.

«Er hat ihm wohl den Rest gegeben, ja. Nach seiner Niederlage wird der Magos nun hoffentlich dahin zurückkehren, wo er ursprünglich hergekommen ist. Das löwengestaltige Ungeheuer, dessen Gestalt er da unten offenbar angenommen hat – denn du hast im Schlaf immer wieder davon gestammelt – ist unzweifelhaft die *Mantichora* aus dem Land Parsâva gewesen, wo die Wiege der Sonne liegt. Das ist weit weg von hier, Junge. So rasch wird sich der Bursche nicht mehr in unseren Teil der Welt wagen. Auf jeden Fall ist es dem Erzzauberer nicht gelungen, die machtvollen Gemmen aus diesem Berg zu entführen.»

«Bist du sicher?», fragte Anêrios beunruhigt. «Habt ihr sie gefunden?»

«Horaurix und seine Getreuen durchstöbern noch immer den Eingangsbereich der Höhle auf der Suche nach ihnen. Der Magos in seinem Federkleid musste so überstürzt um sein Leben fliehen, dass er die Aethersteine nicht zu bergen vermochte. Für uns hat die Not vorerst ein Ende, Anêrios. Die Urnen der Zeit sind gerettet, der Magos ist vertrieben, Raûlium liegt darnieder. Bedauerlich bloss, dass dieser Sieg so viele Menschenleben gekostet hat. Aber Gott allein weiss, wann und warum er die Menschenseelen wieder zu sich beruft.»

«Dann sind auch die letzten Soldaten des Procurators tot, welche den Mithraspriester in die Höhle begleitet hatten?» Anêrios erinnerte sich an den erbitterten Zweikampf, welchen Aquileia dem Befehlshaber der Legionäre geliefert hatte.

Beodân neigte seinen graubärtigen Kopf und seufzte. «Horaurix hat sie mit Dverîgenenmacht im Berginnern eingeschlossen. Der Bergkönig behauptet, es gäbe nun kein Entrinnen mehr für sie, und sie hätten Zeit bis in alle Ewigkeit, um ihre Übeltaten zu bereuen. Mögen diese Bedauernswerten da drinnen ihren Frieden mit Gott und sich selbst schliessen.»

Ein Schauder durchlief den jungen Mann. Offenbar hatte das Kleine Volk seine eigene Art und Weise, um den Frevel an seinen Heiligtümern zu ahnden.

Unvermittelt trat eine riesenhafte Gestalt neben Anêrios' Lager. Es war Beligomâgus, der ein breites Grinsen auf seinem vierschrötigen Gesicht vorführte. «Der Bärenmutter sei Dank», raunte der Hüne mit erstaunlich sanfter Stimme, als er sich neben dem jungen Mann niederliess. «Du scheinst die ganze Sache einigermassen unbeschadet überstanden zu haben.» Er legte seinem einstmaligen Schützling wohlwollend die Pranke auf die Schulter. Aus seinen Augen sprach grosse Erleichterung.

«Du auch», entgegnete Anêrios mit einem Lächeln. «Der Zauberbann ist von dir abgefallen.»

Beligomâgus nickte. «Euer neuer Hohepriester hat uns aus der Starre erlöst. Ein fähiger Mann. In ihm lebt das Erbe der alten Druiden fort.»

«Hast du Aquileia schon gesehen?», fragte Anêrios.

«Aquileia?», fragte Beligomâgus verwirrt. «Ach ja, Lusilla.» Ein breites Freudestrahlen überzog unvermittelt sein Gesicht. «Ihr gütigen Götter, ja, auch meine Dulcissima ist endlich wieder zum Vorschein gekommen. Und sie muss Romûlius übel zugesetzt haben. Aber sie ist kaum wiederzuerkennen. Eine wahrhaftige Kriegerkönigin wie aus der altvorderen Heldenzeit. Ich sagte dir doch, dass in ihr stets etwas Grossartiges geschlummert hat. Ich wage mir nicht auszumalen, was ihr dort drüben in den Gefilden der Götter alles erlebt habt. Auf jeden Fall scheint ihr mächtig in der Gunst der Unsterblichen zu stehen, du und Lusilla.»

«Ich werde dir alles erzählen», versicherte Anêrios und zwinkerte Beligomâgus vielversprechend zu. Er war froh, auch diesen treuen Gefährten nach allem unversehrt wieder vor sich zu haben.

«Da kommen unsere kleinen Freunde», murmelte Beodân und deutete zum Höhlenmund hinüber.

Aus den Schatten der Nacht trat eine Schar kleinwüchsiger Gestalten mit kräftigen Gliedmassen und stattlichen Bärten in den Lichtkreis des Feuers. Der lange, graugeschuppte Mantel ihres Anführers war unverwechselbar. Horaurix trug ein zufriedenes Lächeln zur Schau. In seinen Händen hielt er mit grösster Behutsamkeit einen vieleckigen, gläsern schimmernden Gegenstand.

«Ich bin froh, dass du dem Drachen nicht in den Schlund gesprungen bist», brummte er scherzhaft an Anêrios gerichtet. «Du hast dich ja mächtig ins Zeug gelegt, um dem Goldrock seine Beute noch abzujagen.»

«Habt ihr die Steine gefunden?», erkundigte sich Anêrios besorgt. «Waren sie noch da?»

«Weit und breit keine Spur von den Urnen der Zeit», meldete der Bergkönig trocken und setzte gleichwohl eine belustigte Miene auf. «Wir gehen davon aus, dass der Drache sie zusammen mit dem feisten Grossling verschluckt hat.»

«Dann hat sie jetzt dieses Ungeheuer», seufzte Anêrios enttäuscht. «Ob das wirklich eine Wendung ist, über die wir uns freuen können ...»

«Wer immer dieser Drache war», erwiderte Horaurix mit einem listigen Funkeln in seinen kleinen, grauen Augen, «er schien es einzig und allein auf die Schatzräuber abgesehen zu haben. Denn diese ganzen Menschen hier, die sich zum Zeitpunkt seines Eintreffens ebenfalls vor der Höhle aufhielten, hat er nicht einmal beachtet. Vielleicht war es ein Wesen der Alten Welt, welches so wie wir mit dem Schutz der Aethersteine betraut ist. Auf jeden Fall befinden sich die Kleinodien nun in seiner Obhut und werden nicht mehr so schnell in falsche Hände geraten.»

«Du hast gleichwohl etwas gefunden?", fragte Anêrios mit einem neugierigen Blick auf das funkelnde Ding in den Händen des Dverîgen.

„Oho, den köstlichen Saxospex!", rief der Bergkönig mit leuchtenden Augen aus. „Den Bergspiegel meines Vetters Arnorix. Der grantige Rostbart wird sein Glanzstück nicht ganz umsonst zurückkriegen. Aber wir sind alle froh, dass der Magiker dieses kostbare Artefakt zurücklassen musste. Er hat sich allein mit seinem nackten Leben davongemacht, der elende Wurmpicker."

XIII

DIE QUELLE UNTER DEM BRENNENDEN ROSENBUSCH

Obwohl die Tage bereits merklich kürzer geworden waren, bot die Sonne über Vendolindium noch einmal ihre ganze Kraft auf, um ein ereignisreiches Jahr gebührend zu verabschieden. Ihre leuchtend goldenen Strahlen fächerten anmutig durch das leichte Gespinst des Dunstes, welches über die dunkle, glatte Fläche des Sees gewoben war. In diesen friedvollen Morgenstunden zog Anêrios das Ruder seines Weidlings mit bedächtigen Bewegungen durch die bleigraue Flut und bewunderte das zauberhafte Schauspiel, welches Lichtstrahlen und Nebelschleier um ihn herum zelebrierten.

Das plätschernde Geräusch des Wassers um den Rumpf des schlanken Bootes schmeichelte den Ohren des jungen Mannes. Er hatte Vernausium zeitig verlassen, um einem Aufruf des Hohepriesters Melomagûnos zur Feier des Jahreswechselfestes *Samûnios* in Ceningânum zu folgen. Eigentlich hätte er die kurze Strecke zur Waldlichtung am Seeufer auch in einem beschaulichen Fussmarsch über die Hügelkuppen bewältigen können, aber das Erbe seiner Mutter zog ihn zu jeder sich bietenden Gelegenheit hinaus auf den See. Die gleichmässige Weite der offenen Wasserfläche und die erhabene Stille fernab der belebten Ufer vermochten seinem Gemüt noch immer am besten Friede und Entspannung zu verschaffen – und hier draussen fiel es ihm überraschend leicht, all jene turbulenten Erfahrungen in seinem Innern ordnen zu können, welche ihm in den vergangenen Monden widerfahren waren.

Zu seiner Rechten erhob sich die breite, massige Gestalt des Drachenberges, der seit Anêrios' Rückkehr aus seiner Tiefe viel von seinem einstigen Schrecken verloren hatte. Unweit davon dehnte sich als immer noch ungewohnte leere Schneise in der vertrauten Landschaft der Schuttkegel des eingestürzten Berges Baranbanno aus, welcher die zerstörten Überreste der Weissen Stadt bedeckte. Wie eine riesige Narbe entstellte die Wüstenei das nordwestliche Ufer des Sees. Obwohl die Katastrophe mittlerweile beinahe drei Monde zurück lag, lastete immer noch ein beklemmendes Schweigen auf dieser Stätte des Zerfalls. Die Menschen mieden diese Stelle genauso wie die Tiere, als hafte die unheilvolle Ausstrahlung des verschütteten Raûlium weiterhin an dem verwüsteten Gelände.

Mit der Zeit würden die unbehaglichen Erinnerungen daran gewiss verwehen, der Wald würde zwischen den Felstrümmern neue Wurzeln schlagen, Wind und Wogen die beunruhigenden Dünste der Vergangenheit verdrängen. Aber es bräuchte viel Zeit, damit das geschändete Gewebe des Landes gründlich verheilen konnte.

Seufzend wandte Anêrios seine Blicke von dem zusammengesunkenen Bergstumpf des Baranbanno und der Felsenöde an dessen Fuss ab und drehte seinen Weidling bei, um sich dem Südufer anzunähern. Hinter dem knisternden Schilfwald, der sich unter mächtigen Weiden und Pappeln ausbreitete, wölbte sich dort der sanft geschwungene Hügel von Stralingânum empor. Auf seiner Kuppe thronte das Castellum des Dux Theudoricius zwischen den uralten Eichen, überragt von den wuchtigen Felsgestalten des Andûrios und des Karnorîg. Nach allem, was Anêrios vernommen hatte, war der tapfere Landherr inzwischen wieder recht gut von den schweren Verletzungen genesen, die er im Zuge des grausamen Kampfes gegen die letzten Kräfte Raûliums erlitten hatte. Zum Erstaunen aller Vendolindier hatte man den edelmütigen jungen Mann, der nun in diesem Teil der Welt die Hoheit des Königs Godemâr von Byrgondia vertrat, letzthin vermehrt auf dem See beobachten können, wo er anscheinend einer neu entdeckten Zuneigung zum Wasser frönte. Dieses Sehnen konnte Anêrios indes nur allzugut nachvollziehen. Für ihn war es sowieso unvorstellbar, dass jemand an den Gestaden des Vendolindon leben und sich zugleich der Bezauberung durch den grossen See entziehen konnte.

Andächtig strich der junge Mann über die geschnitzte Sirenenfigur, welche den Bug seines Nachens schmückte. Seine Finger glitten über das glatte Holz der hoch aufgerichteten Gestalt, welche sein Vater Ambaros einst aus einem Stück Ahornholz geschnitten hatte. Er vermochte es immer noch nicht recht zu fassen, dass dieses beseelte Gefährt ohne seinen Schöpfer nach Vernausium zurückgekehrt war. Eines Morgens hatten es die Fischer leer und verlassen am Strand unterhalb des Dorfes vorgefunden. Niemand wusste, was aus seinem Besitzer geworden war, welcher es Monde zuvor mit unbekanntem Ziel in die Sümpfe hinausgelenkt hatte. Ambaros, der begnadetste Bootsbauer von Vendolindium, war seinen letzten Weg gegangen, ohne Spuren zu hinterlassen. Anêrios weilte in Gedanken oft bei seinem Vater. Wie sehr hätte sich dieser jetzt darüber gefreut, dass Nusantia allen Befürchtungen zum Trotz noch am Leben war, dass die Rigâna der Lindônen nach langen Jahren des Leidens ihre Freiheit wieder erlangt hatte und zu ihrem erlösten Volk zurückgekehrt war.

In den Tagen des Hohen Festes Samûnios, wenn die aufziehenden Seenebel den Übergang zwischen den Jahresläufen umwoben, nahmen die Dahingegangenen einen besonders wichtigen Platz in den Erinnerungen der Lebenden ein. Es war die Zeit, da man sich in Vendolindium und anderswo von alters her mit dem Vermächtnis der Ahnen beschäftigte.

Als hätten seine Gedanken Wellen über die Seefläche geschlagen, schoben sich in diesem Moment schlanke Leiber aus dem Wasser und glitten beinahe lautlos neben Anêrios' Nachen dahin. Flüchtig blitzten silberne und goldene Schuppen im Morgenlicht auf. Der junge Bootsführer lächelte versonnen. Seit Nusantia wieder frei war und die Knechtschaft des Wasservolkes ein Ende gefunden hatte, liessen sich die Sirenen wieder des Öfteren im See blicken. Alles deutete darauf hin, dass diese geheimnisvollen Bewohner des Vendolindon zu ihrer alten Würde und Lebendigkeit zurückgefunden hatten. Ob Nusantia der Einladung des Verunorêgios ebenfalls folgen würde?

Immer wieder hatte sie versucht, ihren Sohn zu einem Besuch in den tiefen Gärten auf dem Grund des Sees zu bewegen. Er hatte bis jetzt gezögert, sich darauf einzulassen. Die durchlebten Fährnisse standen ihm immer noch zu nahe. Nicht selten fuhr er nachts schweissgebadet aus furchteinflössenden Träumen hoch. Die Schatten der Tiefe quälten ihn noch zu sehr, als dass er die tröstliche Gegenwart des weit aufgespannten Himmelszeltes jetzt schon wieder hätte hinter sich lassen wollen. Nein, es war noch zu früh, um in die abgründige Tiefe des Sees hinabzutauchen. Er wollte sich vorerst an der frischen Luft weiden, am Anblick der glitzernden Seefläche, an der allgegenwärtigen Kraft der unerschütterlichen Gebirge, die sich hoch über Vendolindium auftürmten, gekrönt von den eisschimmernden Gipfeln von Albenônas Garten und den weissen Häuptern der Drei Uralten Mütter.

Und er wollte sich an der Gesellschaft jener Menschen erfreuen, die in diesem Landstrich lebten und deren Freundschaft ihm viel bedeutete. Die meisten hatte er freilich nicht mehr gesehen, seit sie sich nach der Vertreibung des Magos am Drachenberg voneinander getrennt hatten. Die Männer hatten sich damals wieder in alle Richtungen zerstreut. Anêrios war mit Tarvo und dessen Vater Gobanôr nach Vernausium zurückgekehrt, wo er sich in der verwaisten Hütte seines verschollenen Vaters niedergelassen hatte. Die Dorfbewohner hatten ihm ein warmes Willkommen bereitet und sich hingebungsvoll um ihn gekümmert. Kein Abend war seither verstrichen, an dem er alleine an der Feuergrube hätte sitzen müssen. Oft war er bei Tarvos Familie zu Gast gewesen. Gleichwohl hatte sich im Zusammensein mit dem alten Freund nicht mehr dieselbe Vertrautheit eingestellt, wie sie zuvor zwischen ihnen bestanden hatte. Anêrios vermochte nicht recht zu sagen, ob diese Befangenheit mit seiner vorzeitigen Alterung zusammenhing. Immerhin war er vordem stets der Jüngere gewesen, und nun erschien er zumindest äusserlich wesentlich älter als der rothaarige Sohn des Korbflechters. Vielleicht weilten Tarvos Gedanken seit seiner Rückkehr aus der Goldenen Stadt aber auch einfach vermehrt bei Salassîna, der jungen Frau aus Berenis, die mit ihm zusammen durch das Los erwählt worden war und der er sich seither sehr verbunden fühlte.

Zweifelsohne hatten die durchlittenen Abenteuer aus ihnen allen andere Menschen gemacht und sie kämen wohl nicht umhin, sich allesamt wieder neu kennenlernen zu müssen.

Anêrios hoffte auf jeden Fall, möglichst vielen seiner Gefährten anlässlich des Treffens in Ceningânum endlich wieder zu begegnen.

Knirschend lief der Weidling auf Grund. Anêrios hatte das rohrgesäumte Ufer unweit der Waldlichtung erreicht. Wie überall am See waren die Spuren der Flutnacht auch hier noch längst nicht getilgt. Entwurzelte Bäume und niedergewalztes Pflanzenwerk zeugten noch immer von den Verheerungen jener gewaltigen Wasserwalze, welche den Untergang der Weissen Stadt am Ende des vergangenen Sommers begleitet hatte.

Ein vertrautes Lachen empfing den jungen Mann, kaum dass er seine Füsse auf trockenen Boden gesetzt hatte. So viel Gemütswärme und aufrichtige Freundlichkeit schwang in dieser Stimme, dass Anêrios sogleich ein wohliges Gefühl in seiner Brust verspürte, dem kein Unbehagen widerstehen konnte. Beodâns schlicht gewandete, graubärtige Gestalt trat zwischen den dürren Schilfhalmen hindurch auf ihn zu und breitete in einer herzlichen Geste des Willkommens ihre Arme aus.

Überschwänglich begrüssten sich die beiden Gefährten und blickten sich lange in die Augen. Auch sie hatten sich inzwischen eine Weile nicht mehr gesehen. Gleich nach seiner Rückkehr aus dem Aurîg hatte Beodân sein unstetes Wanderleben nämlich abgelegt und sich am Eingang der Drachenhöhle eine neue Bleibe geschaffen. Seither lebte er als Eremit in einer kleinen Grotte unweit des weiten Felsenportals, wo das brausende Wasser aus den Tiefen des Berges ins Freie trat und über die Klippen in den See hinunterstürzte. Es war jene Höhlung, welche Amontrâkius und die Soldaten des Procurators lange Jahre als Sanktuarium für ihren Sonnengott Mithras genutzt hatten. Als Vendolindier, Byrgondiônen und Alamânier sich nach jener denkwürdigen Nacht, in der sie gemeinsam den Sieg über den Magos gefeiert hatten, wieder auf den Heimweg begeben hatten, hatte Beodân allen verkündet, dass er diesen bedeutungsvollen Ort an der Schwelle zum verborgenen Reich des Drachenberges fortan hüten und dort die heilsame Kraft des liebenden Gottes an der Grenze zwischen Licht und Dunkelheit vertreten wolle. Horaurix hatte keine Einwände dagegen erhoben und dem Gottesfreund sogar seine wohlwollende Unterstützung zugesichert. Von verschiedenen Seiten hatte Anêrios seither vernommen, dass sich letzthin vermehrt Menschen des Seevolkes an den Fuss des Drachenberges begaben, um sich von den tröstlichen Erzählungen des neuen Höhlenhüters berühren zu lassen und in dessen Gegenwart den inneren Frieden mit sich selbst zu finden. In Anlehnung an die legendäre Geschichte über den Drachenbezwinger von Vindocînum begannen die Leute rund um den See, diesen wohltätigen Einsiedler allenthalben ehrerbietig Beâtus zu nennen. Sie hielten ihn für einen wundermächtigen Drachenbanner, obwohl er selbst stets darauf beharrte, dem alten Lindwurm lediglich den Heimweg gewiesen zu haben.

Unerwartet gesellte sich ein weiteres vertrautes Gesicht zu den beiden

Männern am Seeufer. Amalissa sprang in ihrer tänzerischen Leichtigkeit geradewegs auf Anêrios zu und fiel ihm freudestrahlend in die Arme. Mit grosser Freude und Erleichterung hatte Anêrios erfahren, dass sie und ihr Onkel Arîmus der Schreckensnacht von Raûlium wie durch ein Wunder entronnen waren. Ihre kleine, windschiefe Hütte vor der Stadtmauer hatte die furchtbaren Zerstörungen unbeschadet überstanden, obwohl ringsumher alles von den herabstürzenden Geröllmassen verschüttet worden war. Ohne Zweifel hatte Helvas Zaubergarn aus Helysia diese wundersame Rettung bewirkt. Trotzdem war es das erste Mal seit seinem abenteuerlichen Aufbruch in die Weisse Stadt, dass Anêrios die zierliche, junge Frau wieder zu Gesicht bekam. Mit einem glückseligen Seitenblick zu Beodân verkündete sie, dass sie nun dessen neue Jüngerin sei und ihm in seiner Einsiedelei bei der Höhle Gesellschaft leiste.

«Wie du unschwer erkennen kannst», lachte der graubärtige Mann, «bin ich nicht mehr der Jüngste, obwohl ich dich noch vor einem Jahresrund an Lebenszeit kaum überboten habe. So ist des Lebens Lauf, dieses merkwürdige Schicksal hat mir der gütige Gott in seiner unerschöpflichen Weisheit zugedacht. Und er hat mir die liebenswürdigste Menschenseele dieses ganzen Landes Vendolindium in Gestalt von Amalissa zur Seite gestellt, damit ich in der Wildnis des Drachenberges nicht einsam verkümmern muss.»

Anêrios lachte vergnügt. «Und was ist eigentlich aus deinem Onkel Arîmus geworden?», begehrte er von Amalissa zu wissen.

Die junge Frau strahlte. «Der Gute konnte sich nicht mit der Vorstellung abfinden, fernab der Menschen in einer Höhle zu hausen. Deshalb ist er nach Sudûbnum zurückgekehrt und hat seine alte Hütte am Rand des Dorfes wieder bezogen. Jetzt, wo der bedrückende Schatten seines Bruders nicht mehr auf ihm lastet, kann er dort im Kreis seiner Sippe noch einmal aufleben. Ich statte ihm ab und zu einen Besuch ab, wir sind ja gleichwohl Nachbarn geblieben.»

«Aber für die Winterzeit werden wir hier in Ceningânum bleiben», warf Beodân ein. «Vielleicht kannst du dich entsinnen, mein Freund, dass Theudoricius mir gestattet hat, bei der Wunderquelle eine Capella zu errichten. Mit dem Einverständnis von Melomagûnos werden wir die kalte Jahreszeit jeweils hier verbringen und lediglich den Sommer hindurch die Höhle bewohnen. Das wird meinen alten Knochen ungleich besser behagen. Und du weisst ja inzwischen, dass es mir nicht sonderlich Mühe bereitet, über den See zu setzen.» Schmunzelnd berührte er mit seiner knorrigen Hand den ockerfarbenen Mantel über seinem erdbraunen Gewand, der trotz der vielen durchstandenen Abenteuer immer noch einen unversehrten Eindruck machte.

Nachdem Anêrios seinen Nachen festgebunden hatte, zogen sie selbdritt auf die nahe Lichtung, wo den Neuankömmling bereits die nächste Überraschung erwartete.

Obwohl er die Wunder Helysias gesehen hatte, erstarrte Anêrios in ehrfürchtigem Erstaunen, als er den brennenden Wildrosenbusch gewahrte, der die sprudelnde Zauberquelle überspannte. Der nunmehr bereits winterkahle Dornenstrauch war gleichsam in ein Kleid aus lohenden Flammen gehüllt, die ihn lautlos umtanzten und umwaberten. Überall am See hatten die Menschen in letzter Zeit davon gesprochen, dass ein riesiger, schwarzer Drache nach Ceningânum gekommen sei, um das Rosengehölz über der Heiligen Quelle mit einem Feuerstoss aus seinem Schlund in Brand zu stecken. Seit mehr als zwei Monden brannte dieses Feuer nun bereits, ohne dass es den Busch verzehrte. Anêrios war sich sicher, dass dieses Werk demselben Drachen zuzuschreiben sein musste, welcher in den Kampf zwischen Amonträkius und dem Magos eingegriffen und letztlich den Priester verschlungen hatte. Gewiss hatte dieses gewaltige Ungetüm hier ein Zeichen gesetzt. Denn augenscheinlich diente das Drachenfeuer keineswegs dazu, die Quelle zu zerstören, sondern vielmehr, sie zu schützen. Fassungslos starrte der junge Mann auf die unwirkliche Erscheinung des brennenden Rosenstrauches von Ceningânum.

«Gottes Wundermacht offenbart sich immer wieder neu in diesem Land», murmelte Beodân an seiner Seite, als er die Überwältigung seines jungen Gefährten bemerkte.

Unweit der brennenden Quelle erwartete der weissbärtige Hohepriester von Vendolindium seine Gäste. Melomagûnos hatte das Gelände mithilfe seiner Priesterschaft für die bevorstehende Samûnios-Feier vorbereitet. Auf die kommende Neumondnacht hin würde viel Volk aus den Seedörfern hier zusammenströmen, um in der Gemeinschaft den Übergang zum nächsten Jahresrund zu begehen und den Belisanto aus dem Kessel der Wandlung zu empfangen. Wie würde es erst den Vendolindiern ergehen, wenn sie die flammende Wunderquelle erblickten, welche für das Schicksal ihres Volkes eine derart wichtige Bedeutung hatte? Anêrios fragte sich, ob Melomagûnos ihn hergebeten hatte, um ihm dieses neue Wunder vorzuführen.

«Nun bin ich sehr gespannt darauf zu erfahren, aus welchem Grund du mich an diesen Ort gerufen hast», gestand er dem geistlichen Oberhaupt Vendolindiums rundheraus, nachdem sie sich herzhaft begrüsst hatten.

Der Verunorêgios lächelte etwas verlegen und schüttelte sein schlohweisses Haupt. «Ehrlich gesagt, mein Sohn, die Einladung stammt nicht von mir», bekannte er unumwunden. «Ich habe dir lediglich übermittelt, was mir ein wundersames Gesicht in der Quelle verkündet hat, ähnlich demjenigen, welches uns damals den Untergang der Weissen Stadt vorausgesagt hatte. Dieser Ort hier scheint mir wahrhaft günstig zu sein, um Botschaften aus der anderen Welt zu empfangen.»

Vom Seeufer her näherten sich bereits neue Gäste. Eine Abordnung Lindônen in ihrer Menschengestalt trat mit fliessenden, weissen Gewändern auf die Lichtung. Ihnen voran schritt Nusantia Wellentänzerin in würdevoller Haltung. Als sie ihren Sohn erkannte, erstrahlte ihr liebreizendes Gesicht. Anêrios konnte es immer noch nicht fassen, dass diese unbeschreiblich schöne Jungfrau seine leibliche Mutter war. Obwohl die Wasserbewohner üblicherweise jegliches Feuer mieden, näherten sie sich dem brennenden Rosenbusch ohne Scheu. Erst jetzt fiel Anêrios auf, dass dem wundersamen Brand keine Hitze entströmte, genausowenig wie er Geräusche verursachte oder Rauch abgab.

«Auch uns hat der Aufruf des ehrwürdigen Geheimnishüters von Vendolindium herbestellt», säuselte die Königin des Wasservolkes. «Aber sag an, Melomagûnos, darf ich damit rechnen, heute auch deine Tochter Alâria hier anzutreffen?»

«Sie hat sich unlängst nach Westen aufgemacht», teilte der Hohepriester mit. «Um in Aventia eine ihrer Halbschwestern aufzusuchen, der sie stets sehr nahestand. Aber dafür ist meine Enkeltochter hier, denn der Aufruf galt ganz besonders auch ihr.»

Aquileia war hier! Anêrios horchte auf. Er hatte seine eigenwillige Gefährtin nach dem Abschluss ihres gemeinsamen Abenteuers kaum mehr zu Gesicht bekommen. Am Folgetag ihrer Rückkehr aus dem Drachenberg hatten ihre Mutter und ihr Grossvater sie aufgrund ihrer Verletzungen mit nach Speica genommen, wo sie sich in aller Ruhe von den erlittenen Strapazen hatte erholen können. Einige Wochen später hatte sie kurz bei ihm in Vernausium vorbeigesehen, nachdem sie ihre Stute Vivinda bei Arîmus in Sudûbnum abgeholt hatte. Verständlicherweise hatte sie sich um das treue Tier grosse Sorgen gemacht, aber es war der Katastrophe von Raûlium genauso wie die beiden Menschen, in dessen Obhut es sich befunden hatte, heil und unversehrt entronnen. Wo sich Aquileia seiher herumgetrieben hatte, vermochte Anêrios nicht zu sagen. Dem Vernehmen nach hatte sie es nicht lange im Dorf ihrer Sippe in Speica ausgehalten.

Melomagûnos schien seine Gedanken zu erraten und deutete zum Waldrand am Fuss des Eichenhügels von Stralingânum hinüber. Tatsächlich stand Vivinda dort auf der Wiese und rupfte genüsslich an den letzten Grashalmen, welche dem nahenden Winter noch in aller Frische trotzten. Ohne sich weiter aufzuhalten eilte Anêrios hinüber, um nach der Besitzerin der edlen Falbstute Ausschau zu halten.

Er fand sie an einen dürren Eichenstamm gelehnt, das Gesicht der fahlen Sonne zugewandt, im Zwiegespräch mit einem seltsamen Vogel, der auf ihrem Unterarm kauerte. Es schien sich um einen Falken zu handeln, dessen Gefieder in weissen und silbernen Farbtönen schimmerte. Als er die Annäherung des jungen Mannes bemerkte, hob der Raubvogel ruckartig seinen Kopf und musterte den Ankömmling mit seinen dunklen, goldumrandeten Augen.

«Da bist du ja endlich, Amicus», lachte Aquileia und warf Anêrios einen unternehmungslustigen Blick aus ihren funkelnden Smaragdaugen zu. Erstaunlicherweise zeugte nur mehr ein feiner weisser Strich auf ihrer

Stirn von der hässlichen Wunde, welche Romûlius ihr im Felsen unter der Weissen Zitadelle zugefügt hatte. Darüber hinaus erweckte sie einen munteren Eindruck, offenbar war sie inzwischen wieder vollständig zu Kräften gekommen. Sie trug ein Gewand aus hellem Wildleder und hatte ihr verwegenes Waffengehänge immer noch gegürtet, ebenso wie Pfeil und Bogen einsatzbereit an Vivindas Sattel hingen. Unverändert war auch der unternehmungslustige Ausdruck in ihrem Gesicht.

«Ich bin seit gestern Abend hier und dachte schon, du würdest nicht mehr kommen», sagte sie in gespielt vorwurfsvollem Ton.

Anêrios liess sich neben der jungen Frau im dürren Gras nieder und zog seinen Umhang enger um sich. Die Sonne vermochte ihn nicht mehr recht zu erwärmen, aber der Anblick von Aquileia erfüllte ihn mit grosser Freunde. «Ich bin über den See gekommen», erklärte er leichthin, «und habe mir etwas Zeit gelassen dabei.»

«Wärest du zu Fuss über den Hügel nicht viel schneller gewesen?», fragte die junge Frau belustigt. «Oder noch besser im Sattel?»

Anêrios setzte ein breites Grinsen auf. «Du weisst, dass ich am liebsten über das Wasser reise. Von anstrengenden Fusswanderungen und zermürbenden Ritten habe ich einstweilen genug. Aber wen hast du da bei dir? Diesen Falken habe ich noch nie gesehen.»

«Oh, verzeih mir», erwiderte Aquileia. «Natürlich, du kennst sie noch nicht. Das ist Aryndaïa Wildherz, meine Freundin vom Singenden Gras. Sie hat mich zurückbegleitet.»

«Du warst wieder drüben?» Anêrios riss erstaunt die Augen auf.

«Nur ganz kurz», bestätigte Aquileia und zwinkerte ihm schalkhaft zu. «Aryndaïa hatte mich an Dubosantion abgeholt, als ich für ein paar Tage bei Beligomâgus in Baranodûron auf Besuch weilte. Und da die Zeit in Helysia einem anderen Lauf unterworfen ist als hier, ist währenddessen in der anderen Welt wohl nur gerade eine einzige Woche verstrichen. Ich hatte die endlose Weite von Nuyônas Steppe so vermisst. Es ist einfach wunderschön dort, Anêrios, ich glaube ein Teil von mir ist wirklich in Weielwind zu Hause.»

Sie warf einen verklärten Blick zu Vivinda hinüber. «Und ihr gefällt es nirgendwo so gut wie im Grasmeer ...»

«Leider gibt es kein Wasser dort», seufzte Anêrios. «Das würde mir wahrhaftig fehlen ...»

«Ja, ich weiss», bekannte Aquileia mit einem wehmütigen Glanz in den Augen. «Aber wie du siehst, bin ich dem Ruf nun ebenfalls hierher gefolgt.»

«Dein Grossvater sagt, die Einladung stamme nicht von ihm.»

«Nein», hauchte Aquileia und richtete ihren Blick auf einmal hoch in den Himmel hinauf. «Sieh selbst.»

Anêrios folgte ihren Augen und erkannte einen grossen Raubvogel, der über der Lichtung majestätisch seine Kreise zog. Der silbergefiederte Falke flog augenblicklich von Aquileias Arm auf und strebte in die Lüfte empor, als wolle er seinem grösseren Verwandten zur Begrüssung entgegeneilen.

«Der weisse Seeadler», stellte Anêrios nach einer Weile andächtig fest. «Ob das wohl Agîlion ist?»

Aquileia nickte und wandte sich wieder dem jungen Mann zu, der fasziniert die Flugkünste der beiden Greifvögel beobachtete.

«Weisst du ...», nahm sie den Faden etwas umständlich wieder auf, «es gibt eigentlich nicht mehr viel, was mich hierbehält. Die Stadt, in der ich aufgewachsen bin, ist nicht mehr. Die Erinnerungen an meine Kindheit sind unter Schutt und Geröll begraben. Meine Mutter und meine Tanten sind sehr gut zu mir, aber ...» Sie hielt inne und liess ihre Blicke lange auf der Wüstenei am gegenüberliegenden Seeufer verharren. «Nuyôna Windmähne hat mir angeboten, mich weiterhin in ihre Dienste zu nehmen.»

«Und, möchtest du das?» Anêrios spürte die Befangenheit, mit der er rang. Die Vorstellung, dass Aquileia aus seinem Leben verschwinden könnte, betrübte ihn zutiefst. Obwohl es ihn bisweilen immer noch reichlich verwirrte, wenn er sich vergegenwärtigte, dass diese lebensfrohe, junge Frau dieselbe Person war, die ihn einst als hochmütige und widerwärtige Prinzessin einer sagenhaft reichen Stadt unaufhörlich gepiesackt hatte.

Aquileia zuckte mit den Achseln und erhob sich überraschend. Ihr Blick war unverwandt nach Norden gerichtet. «Sie kommt», murmelte sie und wies mit dem ausgestreckten Arm auf den See hinaus.

Anêrios erkannte den langgestreckten, schlanken Nachen, der auf das schilfbewachsene Ufer zuhielt. Es war die schimmernde Barke mit dem kunstvoll geformten Schwanenhals am Bug. Eine hochgewachsene Gestalt in einem nachtblauen Kapuzenumhang stakte das Gefährt anmutig durch das ruhige Wasser. Im Kielwasser des wundersamen Kahns glitten drei grosse, strahlendweisse Schwäne dahin.

«Komm», forderte ihn Aquileia auf und zog ihn am Ärmel mit sich. «Wir werden wohl gleich erfahren, warum wir heute alle hier zusammengerufen worden sind.»

Melomagûnos begrüsste die Valâda mit einer huldvollen Verbeugung neben dem brennenden Rosenstrauch und hiess sie im Kreis der Versammelten willkommen. Die dunkelblaue Gestalt schob die Kapuze ihres Mantels betusam zurück und offenbarte ihr ebenmässig schönes, blasses Gesicht. Die reinblaue Gemme auf ihrer Stirn funkelte im Widerschein des kalten Drachenfeuers. Wie immer flocht sich die weisse Schlangengefährtin anmutig um den schlanken Hals der hoheitsvoll aufgerichteten Frau.

Anêrios erkannte unzweifelhaft die Gebieterin von Funtaflauis wieder. Ihre dunklen, geheimnisvollen Augen von der Farbe unergründlicher Seetiefen wanderten langsam über die Anwesenden, als wollten sie die Stimmung eines jeden einzelnen in der Runde erforschen. Aus den Augenwinkeln nahm Anêrios wahr, wie das Gesicht seiner Mutter Nusantia vor Glückseligkeit erstrahlte.

«Ich bin gekommen, um Abschied zu nehmen von diesem Land», verkündete Uyôla Nebelsang ohne Umschweife. «Das drohende Unheil konnte abgewendet werden, ihr und viele andere habt euch darum verdient gemacht. Die Wunden, welche zurückbleiben, werden mit der Zeit verheilen. Friede und Eintracht mögen nun wieder in Vendolindium einkehren.»

Einen Moment lang verweilte ihr Blick auf dem Castellum, dessen beflaggte Türme sich im Hintergrund über die Waldwipfel erhoben. «Gute Kräfte machen sich in Vendolindium ans Werk. Die Herzen der Menschen sind befreit und erfüllt von frischem Tatendrang. Der Kessel der Wandlung ist wieder in den rechten Händen. Meine Kinder sind endlich wieder Herr ihrer selbst.» Sie bedachte die anwesenden Lindônen mit einem warmherzigen Blick voller mütterlicher Fürsorge.

«Dennoch ist nun die Zeit der Entscheidung gekommen. Die Drei Hohen Schwestern haben verfügt, dass jene verbleibenden Pforten, welche das alte Land Vendolindium noch mit Helysia verbinden, in Bälde versiegelt werden sollen. Meine Insel in den Schwarzaugensümpfen wird endgültig und unwiederbringlich in die Nebel entgleiten, und ich muss mich ebenfalls aus der Mittleren Welt zurückziehen. So entspricht es dem Willen meiner Schwester Helva. Auch die Durchgänge in den Tiefen des Sees werden sich schliessen. Allein den Verlorenen Steig unter dem Berg Aurîg belassen wir in der Obhut von Horaurix und seinem Gnomengeschlecht. Die Dverîgen mögen entscheiden, ob sie diese Verbindung weiterhin aufrechterhalten oder sie ebenfalls abriegeln wollen.»

Ungläubige Augen waren auf die Valâda gerichtet. Atemlos folgten die Versammelten der schwerwiegenden Verkündung Uyôla Nebelsangs.

«Es fällt mir nicht leicht, diesen Schritt zu vollziehen», bekannte die Frau im nachtblauen Gewand, «aber er entspricht dem Gebot unserer Zeit. In der Mittleren Welt regen sich unberechenbare Mächte. Die Menschenkinder sind beherzt und kühn, aber in etlichen von ihnen schwelen Gier und Machthunger wie ein gefährliches Seelengift. Euer Geschlecht verfügt grösstenteils nicht mehr über die erforderliche Bewusstheit und das innere Gleichgewicht, um die Schätze der anderen Welt mit Bedacht und Weitsicht handhaben zu können. Der Magos, den ihr erfolgreich zu vertreiben vermochtet, wird nicht der einzige bleiben, der seine begehrlichen Finger nach jenen Urkräften ausstreckt, welche das Gefüge der Welten zusammenhalten. Es werden andere kommen, die mit allen Mitteln danach trachten, sich Zugang zu verschaffen zu den Geheimnissen von Helysia. Es bleibt uns nichts anderes übrig, als angesichts dieser Bedrohung möglichst viele Verbindungen zwischen den Welten zu kappen. Vielleicht wird dies nicht für immer sein, aber gewiss für eine lange Zeit.»

«Die Archeolithen», erhob Melomagûnos seine Stimme. «Was ist mit ihnen geschehen?»

«Meine Schwester Helva Zauberweberin hat sich ihrer bemächtigt», erwiderte Uyôla. «Der schwarze Drache, welcher die Gemmen verschluckt hat, war eigens von ihr ausgesandt worden, um die kostbaren Kleinodien sicherzustellen. Sei unbesorgt, oberster Geheimnishüter Vendolindiums, sie sind nun in guter Obhut und unerreichbar für die Bewohner eurer Welt. Derselbe Drache hat auf Helvas Geheiss auch diese Wunderquelle mit seinem Feueratem gezeichnet, damit sie fortan gegen jegliche unlauteren Absichten gefeit ist. Kein böser Gedanke kann im Angesicht dieses magischen Feuers bestehen. Meine Schwester lässt euch zugleich kundtun, dass in jenem Landstrich, den ihr Nemetônia nennt und der ihrer unmittelbaren Obsorge untersteht, etliche verborgene Tore weiterhin offenstehen werden, so dass unsere Welten gleichwohl nicht gänzlich voneinander geschieden sind. Nemetônia ist gut geschützt und seine Pforten sind nur unter ganz bestimmten Umständen begehbar. Diejenigen unter euch, welche weiterhin mit unserer Wirklichkeit in Verbindung stehen möchten, werden erfahren, auf welche Weise die Wege zu uns künftig zu beschreiten sind. Wir werden es verstehen, euch zu gegebener Zeit die entsprechenden Zeichen zu offenbaren. Mein Segen bleibt diesem Land insbesondere in Gestalt dieser Wunderquelle erhalten. Die Kraft, die hier aus dem Verborgenen strömt, entspringt aus dem Herzen meines Wasserreiches Funtaflauis. Deshalb seid versichert, auch wenn ich nicht länger als Valâda auf diesem Erdengrund wandeln werde, so wende ich mich doch nicht vollständig von euch ab. Im Raunen dieses Quellwassers spreche ich weiterhin zu euch. Darum lege ich euch ans Herz, Ihr Weisen dieses Landes, diesen Ort besonders sorgsam zu hüten und ihn stets reinzuhalten. Auch wenn das Drachenfeuer aus Helysia ihn schützt, bedarf er der fortwährenden Pflege durch offenherzige Menschen.»

Melomagûnos und Beodân nickten einhellig.

Uyôla trat sodann auf Nusantia zu und berührte sie sanft an der Schulter. «Am schwersten wiegt unser Beschluss für dich und dein Volk, mein Kind», sprach sie zu der Rigâna der Lindônen. «Denn er bedeutet, dass ihr fürderhin nicht mehr beliebig zwischen den Welten wechseln könnt. Ihr müsst euch entscheiden, ob ihr in Vendolindium verbleiben oder euch endgültig nach Funtaflauis zurückziehen wollt. An euch liegt es nun, ob das Wasservolk den Vendolindon weiterhin bevölkert oder ob es dieses Gewässer allein den Wesen der Mittleren Welt überlässt.»

Anêrios war erstaunt, mit welcher Fassung seine Mutter diesen schwerwiegenden Bescheid ertrug. Sie erweckte beinahe den Eindruck, als hätte sie diese einschneidende Wendung der Dinge längst erahnt und sich innerlich darauf vorbereitet.

«Wir werden uns reiflich bedenken, Mutter Uyôla», entgegnete Nusantia gelassen. «Ich hoffe, du lässt uns etwas Zeit, damit wir in gebührender Weise in uns gehen können.»

Uyôla nickte wohlwollend und küsste Nusantia auf die Stirn. «Die Tore zwischen den Welten werden sich erst in der längsten Nacht dieses Jahres endgültig verschliessen, bis dahin bleibt euch Zeit.»

Als Nächstes trat die Herrin des Wasserreiches zu Anêrios und Beodân und legte ihnen ihre feinen, weissen Hände auf die Schultern. Lange und innig betrachtete sie die beiden Männer. «Euch beide versichere ich meiner besonderen Gewogenheit. Ihr habt uns allen einen unschätzbaren Dienst erwiesen. Ihr habt die Aufgaben, mit denen ich euch betraut hatte, unter Aufbietung all eurer Kräfte erfolgreich ausgeführt. Ihr seid mir stets willkommen an meinem Seerosenhof. Wie ich sehe trägst du immer noch den Ring des Wasseratems, Anêrios. Mit seiner Hilfe kannst du jederzeit durch Aumênas schwarzen Weiher in den Bergen Nemetônias zu mir gelangen. Im Übrigen bleibt Agîlion mein Bote in eurem Land. Und auch meine Freundin hier wird sich wohl nicht so einfach von Vendolindium lösen können.» Sie lächelte geheimnisvoll und strich versonnen über die feinen Schuppen der weissen Schlange, die sich anmutig über ihrer Brust ringelte.

Nachdem die Valâda Ceningânum wieder verlassen hatte, lenkte sie ihre zauberhafte Barke in eine Nebelbank hinaus, welche geheimnisvoll über dem See aufgewallt war – und verschwand aus den Augen all jener, welche ihr wehmütig nachblickten.

Fortan wurde die geheimnisvolle Seherin im nachtblauen Kapuzenmantel in Vendolindium nicht mehr gesichtet.

Kurz darauf erschienen die ersten Gäste der Samûniosfeier und versammelten sich sogleich sprachlos um den flammenumwobenen Rosenstrauch an der Fons Mirabilis. Nusantia winkte Anêrios zu sich, als sie sich anschickte, mit ihrer Gefolgschaft ebenfalls den Heimweg anzutreten. Dem jungen Mann schwante, dass sie ihn nun möglicherweise ebenfalls mit einer schwerwiegenden Entscheidung zu konfrontieren beabsichtigte. Falls sie sich mit ihrem Volk aus dem Vendolindon zurückzöge, würde sie ihn gewiss dazu bewegen wollen, sie zu begleiten. Der Gedanke daran stürzte ihn in eine tiefe Ratlosigkeit.

«Wirst du nun mit mir kommen und die tiefen Gärten auf dem Grund des Sees besuchen, mein Sohn?», fragte sie ihn mit einem bedeutungsvollen Glanz in ihren wasserblauen Augen. «Viel Zeit bleibt dir nicht, dein Versprechen einzulösen. Bald wird die Pracht der gläsernen Städte aus diesem Wasser verweichen. Und auch für mich nur mehr eine sehnsuchtsvolle Erinnerung bleiben.»

Fassungslos starrte Anêrios die Herrin der Lindônen an. «Aber wirst du denn nicht mit hinübergehen, Mutter?»

Mit einem wehmütigen Lächeln schüttelte Nusantia den Kopf. Wie ein geheimnisvolles Leuchten huschte ein Ausdruck von Entschlossenheit über ihr schönes Gesicht. «Die meisten von uns werden gewiss mit Mutter Uyôla in die andere Welt ziehen», offenbarte sie leise. «Denn wir spüren, dass sich unsere Zeit in der Mittleren Welt dem Ende entgegen neigt. Aber es gibt einige wenige, deren Herz zu sehr an diesem Land hängt.» Beinahe beiläufig streiften ihre Blicke das Castellum auf dem Eichenhügel. «Ich gehöre zu diesen wenigen.»

Aquileia hatte Vivinda fertig gesattelt und aufgezäumt. Die Stute schnaubte freudig in Erwartung des bevorstehenden Aufbruchs. Nachdenklich hielt Anêrios seine flache Hand unter die feuchten Nüstern des edlen Pferdes und genoss die letzten Augenblicke von Aquileias Gegenwart.

«Viele Abschiede», raunte der junge Mann und wagte kaum, der Gefährtin vergangener Abenteuer in die Augen zu blicken. Sein Herz war schwer bei dem Gedanken, dass er sie möglicherweise lange Zeit nicht mehr wiedersehen würde. Auch wenn sie sich in ihrem Wesen auf mannigfaltige Weise voneinander unterschieden, so mutmasste er doch, dass es für sie beide noch manche Gemeinsamkeit zu entdecken gäbe. Sie mochten damals entsetzliche Strapazen zusammen ausgestanden haben, doch sehnte er sich in diesem Moment beinahe nach jenen aufregenden Zeiten zurück, in welchen sie sich wider Erwarten nahegekommen waren.

«Es wird nicht für immer sein», bemerkte Aquileia aufmunternd. «Ich habe mich entschieden.»

«Wofür?»

«Ich werde Nuyônas Angebot annehmen.» Die Augen der jungen Frau blitzten abenteuerlustig.

Anêrios seufzte und senkte betreten den Blick «Ich wünsche dir, dass du in Weielwind findest, wonach du dich aus tiefstem Herzen immer gesehnt hast.» Er meinte es aufrichtig, doch zugleich empfand er einen schmerzhaften Stich in seiner Brust.

Aquileia grinste verschmitzt und verpasste Anêrios einen scherzhaften Knuff. «Nun mach einmal nicht ein solches Gesicht», versetzte sie rundheraus. «Ich werde schon nicht spurlos in Weielwind untertauchen. Vielmehr hat Nuyôna mich darum gebeten, in ihrem Namen einen Auftrag hier in Vendolindium auszuführen.»

Anêrios war sprachlos. Ungläubig starrte er die junge Frau an. «Eine Aufgabe in Vendolindium ...? In Nuyônas Namen?»

«Ja, Anêrios», erwiderte Aquileia begeistert. «Ich werde mich um Hardûrs Hengste kümmern.»

«Hardûr?» Anêrios verstand die Welt nicht mehr. «Ist das nicht dieser furchterregende Riese, der in unseren Bergen sein Unwesen treibt?»

«Ganz richtig, und er hält sieben wilde Rosse gefangen, die ihm nicht gehören», verkündete Aquileia und deutete in Richtung des Drachenberges. «Hinter dem Aurîg oberhalb von Avacheron liegt eine verwunschene Hochweide, wo die sieben wilden Hengste umherschweifen? *Epônas Garten* hat man diesen Ort angeblich früher genannt, weil er schon in alten Zeiten der Pferdegöttin der Helvêten heilig war. Ich werde die Pferde des Riesen zähmen, Anêrios. Nuyôna hat mir dafür ein magisches Halfter anvertraut. Falls du dich gelegentlich vom Wasser losreissen kannst, wird es mir eine Freude sein, wenn du mir dabei ein bisschen zur Hand gehst. Ich finde, in der Weissen Stadt haben wir es eigentlich ziemlich gut hingekriegt zusammen. Na ja, abgesehen von einigen Einzelheiten jedenfalls. Du bist zwar immer noch ein erbärmlicher Reiter, aber das heisst ja noch lange nicht, dass du dich nicht verbessern könntest …»

Schwungvoll stieg sie in den Sattel und übergoss Anêrios mit einem sprühenden Lachen. «Und vielleicht bringst du mir im Gegenzug ja irgendeinmal das Schwimmen bei. Auf jeden Fall bis bald, Amicus. Wenn es den Göttern gefällt werden wir unseren eigenen Weg finden, um Wind und Wellen miteinander tanzen zu lassen. Vale.»

Vivinda hob schnaubend den Kopf, als wollte sie Anêrios ebenfalls ihren Abschiedsgruss entbieten, und trabte aus dem Stand los.

Aquileia winkte ihm ein letztes Mal zu, dann preschte sie davon und glitt rasch zwischen die Bäume des eindunkelnden Waldes.

Anêrios stand lange reglos da und spürte der Wirkung von Aquileias abschliessenden Worten nach. Tief in seinem Innersten glaubte er bereits entfernt den Vorgeschmack eines neu heraufziehenden Abenteuers wahrzunehmen. Unwillkürlich huschte ein Schmunzeln über seine Lippen.

Plötzlich spürte er einen warmen Arm, der sich vertraulich um seine Schultern schmiegte. Beodân war lautlos an seine Seite getreten und lächelte ihm aufmunternd zu.

«Lass uns Amalissas unvergleichlichen Eintopf verkosten, mein Freund», summte der bärtige Mann mit den himmelblauen Augen, denen selbst die einbrechende Dämmerung ihren strahlenden Glanz nicht streitig zu machen vermochte. «Dies ist ein gutes Leben. Und es gibt nun wahrhaft einiges zu feiern.»

Schulter an Schulter schritten die Gefährten auf die Lichtung hinab, aus deren Herzen der Schein des brennenden Rosenstrauches weit in die Nacht hinaus strahlte. Lachende Stimmen und gemeinschaftliche Wärme erwarteten sie dort.

EPILOG

Nach endlosen Tagen bangen Ausharrens an der prasselnden Feuergrube merkten die Bauernleute in der eingeschneiten Hütte endlich, wie der wütende Wintersturm sich allmählich zu legen begann. Das aufgebrachte Heulen des übermütigen Windes im Kaminschlot besänftigte sich. Lediglich das Dachgebälk knarrte und ächzte weiterhin unter der Last der angewehten Schneemassen. Die treibenden Schleier des aufgepeitschten Schneegestöbers lösten sich zunehmend auf und gaben den Blick auf die bleigraue Fläche des Wendelsees frei, welche sich wie ein dunkler, glanzloser Spiegel inmitten der weissen Waldhügel ausbreitete.

Missmutig klaubte der alte, graubärtige Bauer seine letzte Prise Kraut aus dem Tabakbeutel. Es wurde höchste Zeit, dass er Nachschub erhielt. Sein Vorrat war in Qualm aufgegangen während all der langen Tage, die er schmauchend am einzigen warmen Plätzchen im ganzen Haus zugebracht hatte. Die Kinder waren in dieser ganzen Zeit kaum von seiner Seite gewichen. Sie waren wie gebannt an seinen Lippen gehangen und hatten ihm jedes Wort von der Zunge gepflückt. Ja, er hatte sich schon seit einer Ewigkeit nicht mehr so viel Reden gehört. Zahllose Geschichten und Mären, welche die Altvorderen seit Generationen an den Herdfeuern rund um den Wendelsee zum Besten gegeben hatten, waren aus den staubigen Gewölben seiner Erinnerung hervorgetreten. Einen Vorteil mochte diese Zeit untätigen Herumsitzens doch mit sich gebracht haben. Die althergebrachten Überlieferungen hatten nun ihren festen Platz im Gedächtnis der jüngsten Mitglieder seiner Sippe eingenommen.

«Noch eine Geschichte, Grossatt», drängte das Mädchen mit den flachsblonden Haarflechten im Widerklang dieser Gedanken. «Die letzte noch, bevor die Sonne wieder hervorblinzelt.» Dieses niedliche Geschöpf mit den Augen blau wie Enzianblüten konnte nicht genug kriegen von seinem Geschwätz. Nun gut, dachte er, eine Erzählung würde er noch zustande bringen, ehe der Jungbauer den Schlitten rüsten und

sich auf den Weg in die Stadt machen konnte, um die dringend benötigten Vorräte zu besorgen. Er durfte bloss nicht vergessen, eine gute Portion Pfeifenkraut bei ihm zu bestellen. Wer vermochte schon zu sagen, wie lange sich der Winter heuer noch hinausziehen wollte.

«Mir bleibt noch die Sage vom schlafenden Heer im Berg», raunte der Alte und zwinkerte schalkhaft. «Dann ist meine Hutte[102] leergeräumt.»

Erwartungsvoll richteten sich alle Augen auf den Ältesten des Hofes.

«Also, dann hört mir nochmals gut zu: Einst hütete ein junger Bursche aus Battenberg seine Schafe an den Hängen jenes Gebirges dort hinten, das die Leute früher den Drachenberg nannten. Es ist just jenes Gebirge, aus dessen Schlünden und Klüften diese schrecklichen Stürme jeweils in das Land herausfahren. Auf jeden Fall kannte dieser kleine Hirte jeden Winkel und jede Spalte auf der Kuppe des Berges.»

Wie immer, wenn der alte Mann seine murmelnde Stimme erhob, rückten die Menschen an der Herdstatt zusammen und tauchten in den Strom der Worte ein, welcher sich unwillkürlich zu Bildern und Gefühlen verwob und wundersame Blüten in den Seelen der Lauschenden trieb. Ein jeder, der durch das Toben der Elemente im Innern der Hütte festgebannt war, mochte auf seine Weise dankbar sein für die Beredsamkeit des Grossvaters.

«Auf jeden Fall fiel dem Jungen auf, dass eines seiner Schafe immer wieder ausblieb, wenn er seine Schützlinge am Abend zusammenmusterte. Es war stets dasselbe Tier, und wo er sich das erste Mal noch Sorgen gemacht hatte, der Wolf hätte das vermisste Schaf womöglich geholt, stellte er bald fest, dass sich der Ausreisser nach ein oder zwei Nächten jeweils von selbst wieder einstellte. Diese Angewohnheit schien dem Hirtenknaben merkwürdig und er beschloss, das unternehmungslustige Mitglied seiner Herde fortan etwas besser im Auge zu behalten. Bald fand er heraus, warum dieses eine Schaf immer wieder vorübergehend abhandenkam. Es begab sich nämlich wiederholt zu einer abgelegenen Höhle, wo es mir nichts dir nichts einfach im Innern des Berges verschwand. Dies fand der scharfsinnige Beobachter umso bemerkenswerter, als seine Schafe doch ansonsten eher ängstliche Tiere waren und sich nur ungern aus dem

 [102] Hutte (Schweizerdtsch.) = Kiepe, Tragekorb

angestammten Herdenverband entfernten. Von der Neugierde gepackt, was dieses sonderbare Kerlchen wohl dazu treiben mochte, ausgerechnet in dieses finstere Bergloch hineinzuschlüpfen, nahm er eines Tages eine Kerze an sich und beschloss, die geheimnisvolle Höhle selbst zu erkunden. Er folgte einem langen, abschüssigen Gang immer tiefer und tiefer in das Innere des Drachenberges hinein. Kleine Häufchen von Schafdreck, die sich wiederholt am Weg fanden, verrieten ihm, dass er sich noch auf der richtigen Fährte befinden musste. Die Zeit wurde ihm schier endlos, wie er weiter und weiter in die Höhle hinabstieg. Plötzlich nahm er einen ungewohnten Geruch wahr, der sich durch die kalte Felsenluft wob. Es roch abgestochen wie in einem Pferdestall. Und ehe er sich versah, fand er sich mitten in einem ausgedehnten Gewölbe wieder, wo eine ganze Reihe behäbiger Gäule die massigen Köpfe in eine Krippe streckte, welche aus dem baren Felsen gehauen war. Ungerührt mahlten sie würziges Heugras und achteten sich des kleinen Besuchers nicht, der atemlos hinter ihnen stand und mit kugelrunden Augen dieses unvermutete Bild bestaunte. Zwischen zwei breiten Rosshinterteilen entdeckte der Hirtenjunge nun auch seinen Ausreisser, der sich seinerseits an den Futtertrog drängte und eifrig nach den schmackhaften Halmen haschte. Dieses ausgekochte Schlitzohr hatte sich also eine zusätzliche Futterquelle erschlossen. Und was für eine Sorte Heu musste dies sein, welches diese Pferde fernab vom Tageslicht hier zu sich nahmen? Wem mochten die Tiere überhaupt gehören? Rösser von dieser Art hatte der Bursche seinen Lebtag lang noch nie zu Gesicht bekommen. Und überhaupt, ein verborgener Stall in seinem Berg ... Dem kleinen Hirten kroch unwillkürlich eine Gänsehaut über Arme und Beine. Da erkannte er ein breites Portal mitten in dieser unterirdischen Stallung, welches in einen angrenzenden Saal hinüberführte. Erfasst von einer Mischung aus Furcht und Vorwitz tappte er mit seinem Kerzenlicht durch die Öffnung und betrat eine weiträumige Halle voller glitzernder Steingebilde und absonderlicher Felsfiguren. Um ihn herum war ein einziges Funkeln und Schimmern. Der Glanz rührte aber nicht alleine von den Tropfsteinen her. Nein, da lagen weitherum verstreut schlafende Männer in Rüstungen, auf deren metallenen Schnallen und

Schuppen der Widerschein seiner Kerzenflamme tanzte, als wären sie allesamt frisch geölt. Der Anblick verschlug dem Jungen den Atem. Diese Männer sahen genauso aus wie die altertümlichen Soldaten auf einem Bild, welches er einst in einem Buch des Pfarrers gesehen hatte, wo die römischen Legionäre den Herrn Jesses an das Kreuz hängten. Wie unvorstellbar lange mussten diese armen Kerle schon hier unten schlafen, denn die Zeit der Römer war doch längst verwichen. Ungläubig tappte der Hirte durch die Reihen entrückter Männer und versuchte einen Blick auf ihre Gesichter zu erhaschen. Tot sahen sie nicht aus. Plötzlich stiess er aus Versehen mit dem Fuss gegen einen der Schläfer und stolperte. Der Länge nach fiel er über die gerüstete Gestalt und veranstaltete dabei ein lautes Scheppern und Rasseln. Unheimlich hallte der Lärm durch den weiten Saal und drang durch Spalten und Klüfte bis tief in den Berg hinab. Erschrocken biss der Hirte die Zähne zusammen und warf verstohlene Blicke ringsumher. Der Radau störte auf ungebührliche Weise die erhabene Stille auf, in welcher das schlafende Heer versunken gewesen war. Zu allem Schrecken begann sich der Mann, über welchen der Junge durch sein Ungeschick gestrauchelt war, auch noch zu regen. Quietschend bewegten sich seine gepanzerten Arme, und er hob verwundert den bärtigen Kopf. Furchtsam sprang der Hirte hinter eine Felssäule und beobachtete mit entsetzt aufgerissenen Augen, wie der geweckte Soldat seinen Oberkörper aufrichtete und sich benommen umblickte. ‹Zenturio›, erklang seine dröhnende Stimme durch den Saal. ‹Ist es eigentlich schon Zeit?› Da reckte ein anderer seinen Kopf in die Höhe, auf dem immer noch ein Helm sass. Eine Art merkwürdige rot gefärbte Bürste zog sich quer über den glänzenden Scheitel. Der zweite liess seine Augen über die ausgestreckte Schar schweifen und schüttelte schliesslich energisch den Kopf. ‹Nein, es ist noch nicht Zeit›, liess er mit fester Stimme verlauten, unheimlich hallten die Worte durch das Höhlengewölbe. Beide Soldaten seufzten schwer, dann betteten sie sich ächzend wieder auf den feuchten Felsboden, wälzten sich eine Weile unbehaglich hin und her, bis sie schliesslich eine Position gefunden hatten, in welcher sie wieder einschlafen konnten. Bald senkte sich erneut bedrückende Stille über die Kaverne. Der Junge hatte genug gesehen. Der Kerzenstummel in seiner Hand flackerte. Jeden Augenblick, den er länger an diesem Ort zugebracht hätte, wäre zu viel gewesen. Mit hastigen Schritten eilte er aus dem Saal hinaus, vorbei an den Pferden, die immer noch an ihren Futtertrögen standen, den langen aufsteigenden Gang entlang. Ohne Pause hastete er durch das Berginnere und blickte sich immer wieder verängstigt umher, um sich zu vergewissern, ob die seltsamen Soldaten, die er aus ihrem Schlaf aufgeschreckt hatte, ihm auch nicht folgten. Zu seiner Beruhigung erreichte er unbehelligt wieder das Tageslicht. Unter der strahlenden Sonne breitete sich vor seinen Augen die vertraute Landschaft des Weideberges aus. Weit unten in der Tiefe leuchtete die blaue Fläche des Wendelsees. Gipfel an Gipfel reihten sich die ewigen Schneeberge darüber, deren stumme Gestalten dem verstörten Jungen tröstlich zuzuraunen schienen. ‹Du hast die Geister einer längst verwichenen Welt aufgestört. Lasse sie ruhen tief im Berg, ihre Zeit ist nicht die deine.› An diesem Abend lag der junge Schäfer noch lange wach auf seinem Strohsack und sah vor seinem inneren Auge immer wieder das Bild der schlafenden Soldaten vorüberziehen. Je mehr er darüber nachdachte, desto kühner wurden seine Gedanken. ‹Hätte ich doch nur eine Kleinigkeit mitgenommen›, sinnierte er. ‹Einen Dolch oder eine jener goldenen Gürtelschnallen mit den eingearbeiteten stolzen Adlerfiguren. Ei, was würden die Leute unten im Dorf bloss für Augen machen.› Bis in die Morgenstunden reifte ein verwegener Plan im Kopf des Burschen heran, und nachdem er seine Herde versorgt hatte, wollte er nochmals zum verborgenen Höhleneingang hochsteigen und sich erneut Zugang in die rätselhafte Grotte verschaffen. Fast den ganzen Tag lang streifte er zwischen den zerklüfteten Felsen umher und suchte die Stelle, wo er am Vortag sein entlaufenes Schaf hatte untertauchen sehen. Aber er fand die Öffnung nicht mehr. Obwohl er sich sicher war, den besagten Ort noch zu kennen, war da kein Höhleneingang mehr zu sehen. Niedergeschlagen trat er schliesslich den Rückweg an. In den kommenden Tagen versuchte er noch mehrmals, den Eingang wiederzufinden. Aber es war wie verhext. Das Einzige, was von seiner wundersamen Entdeckung blieb, war eine Erinnerung wie an einen aussergewöhnlich lebhaf-

ten Traum. Und die Tatsache, dass sein vorwitziges Schaf nun endgültig verschwunden blieb.»

Die Augen des alten Erzählers leuchteten geheimnisvoll, als er sich aufrichtete und in die andächtig schweigende Runde blickte. «Manche Geheimnisse in unseren Bergen lässt man einfach am besten ruhen», murmelte er bedeutungsvoll, «wer weiss, welche ungeheuerlichen Geschehnisse aus altersgrauen Tagen sich darunter verbergen.»

«Grossatt, schlafen denn diese Römer immer noch im Drachenberg?», fragte der Junge mit dem Wuschelkopf, dessen Augen immer noch gross und rund waren vor Staunen.

Der alte Silberbart zuckte die Schultern, und die Andeutung eines Lächelns huschte über sein verwittertes Gesicht.

«Weisst du, mein Junge», erwiderte der Grossvater bedächtig, «alle diese Geschichten erzählen von einer Zeit, die einst war und die nie wiederkehren wird. Allein, unsere Berge und der See haben ein unauslöschliches Gedächtnis, und das eine oder andere dieser Dinge, die sich hier im Verlauf undenklicher Zeiten zugetragen haben, mag noch in der Erinnerung des Landes herumspuken. Dann kann es geschehen, dass der einsame Hirte im Nebel abgelegener Berghöhen mitunter einen verwehten Fetzen davon zu Gesicht bekommt.»

«Aber vielleicht ist es nicht nur das», gab das Mädchen mit den blonden Zöpfen zu bedenken und streckte dem alten Mann am Feuer seine kleinen Hände hin. Die Fingernägel der Kleinen waren auf eine ungewöhnliche Weise bläulichgrün verfärbt. Sie trug diese einzigartigen Male seit ihrer Geburt und niemand wusste sich einen Reim darauf zu machen. Sie bewegte sich im Wasser des Sees wie ein Fisch, obwohl ihr niemand das Schwimmen beigebracht hatte. Versonnen betrachtete der Sippenälteste den verträumten Gesichtsausdruck seiner Enkeltochter und strich begütigend über deren eigenartig gezeichneten Hände.

«Du hast recht», murmelte er lächelnd, «vermutlich gibt es immer noch mehr zwischen Berg und See, als wir alle zu erahnen vermögen. Bestimmt schlummert auch in dir ein Geheimnis, meine kleine Linda.»

NACHWORT DES VERFASSERS

Anmerkungen zu den historischen und sagenkundlichen Hintergründen

Drachenberg ist ein fantastischer Roman, aber er bettet sich in reale Grundlagen ein. Die Landschaften der Thunerseeregion und des westlich angrenzenden Schwarzenburgerlandes, aber auch die historischen Verhältnisse in der Westschweiz zur Zeit der Völkerwanderung sowie vor allem die lokale Sagenwelt im Verbund mit den vorchristliche Mythen Mitteleuropas haben wesentliche Akzente zur Gestaltung der vorliegenden Geschichte gesetzt.

Im Volksmund ist *Drachenberg* noch heute eine umgangssprachliche Bezeichnung für das Niederhorn am nördlichen Thunerseeufer. Im Innern dieses Kalkmassivs erstreckt sich ein weit verzweigtes Höhlensystem, dessen äusserster Bereich als *St.Beatus-Höhlen* für Besucher zugänglich gemacht wurde und das nach wie vor mit einem bunten Legenden- und Sagenkreis rund um den *Heiligen Beatus* verbunden wird. Nach der Überlieferung hat Sankt Beatus – im Berner Oberland auch Sankt Batt genannt – im 2. oder im 6. Jahrhundert (je nach Lesart) einen Drachen aus der Höhle vertrieben und ihn auf den Grund des Sees gebannt. Da ich in dieser populären Schauhöhle lange Jahre als Guide gearbeitet habe, bin ich mit der einmaligen Atmosphäre im Innern des Berges, aber auch mit den zahlreichen Sagen, Mythen und Überlieferungen, die sich darum ranken, sehr vertraut geworden. Im Zuge zahlloser Führungen durch die faszinierende unterirdische Landschaft ist in mir das Vorhaben gereift, diesem aussergewöhnlichen Schauplatz einen fantastischen Roman zu widmen, welcher die Magie der Höhlenwelt einfängt und sich auf den reichhaltigen lokalen Sagen gründet.

Vieles, was wir heute über den Heiligen Beatus wissen, entstammt der offiziellen Hagiographie, welche der Basler Franziskaner Daniel Agricola 1511 im Auftrag der Chorherren des Klosters Interlaken verfasste. Vermutlich bediente sich der mythenkundige Mönch zur Ausgestaltung seiner Erzählung der französischen Legende um den Heiligen *Saint Béat de Vendôme* und passte dieselbe den lokalen Gegebenheiten an, was ich im Roman durch Beodâns Erzählung über Beâtus von Vindocînum aufgreife.

Die Volkstradition hat diese christliche Überlieferung aber vielfältig weiterentwickelt und zahlreiche ältere Sagenmotive mit der Heiligengestalt verknüpft, so zum Beispiel den Untergang der Stadt Roll, den schwimmenden Mantel und das verborgene Tal jenseits des Höhlensystems mit seinen wundermächtigen Bewohnern. Auch den Umgang des frommen Eremiten mit den Zwergen, seinen Kampf mit dem Drachen und seine Verbindung zu den sagenumwobenen Sieben Hengsten thematisieren verschiedene lokale Sagengeschichten, welche allesamt im Roman ihren Platz gefunden haben.

Darüber hinaus habe ich mich zahlreicher weiterer Elemente aus der Sagenwelt der Thunerseeregion bedient. Gerade das geheimnisvolle Wasservolk, welches eine Brienzer Sage aufgreift, habe ich zu einem wesentlichen Bestandteil meiner Erzählung erhoben. Einen bedeutenden Part in der Geschichte haben zudem die legendären Herren von Strättligen erhalten, deren Taten Gegenstand eines eigenen farbenprächtigen Sagenkreises sind, welchen der Spiezer Chronist Elogius Kyburger im Auftrag der Edlen von Bubenberg im 15. Jahrhundert dokumentiert hat. *Dietrich von Strättligen*, der Held von Burgund, welcher seinen Gegner im Schlaf überwindet, tritt im Roman unter seinem latinisierten Namen Theudoricius auf und ist sozusagen der Urvater derer von Strättligen, einer Adelssippe, welche dem Volksmund zufolge später sogar die burgundische Königsdynastie der Rudolfinger hervorgebracht hat.

Das Kleine Volk der Dverîgen (oder Twirglinge) entspricht natürlich den in der Sage vielzitierten Zwergen, welche im alpinen Raum eine wichtige Rolle spielen. Das gefangene Zwergenpärchen, welches mittels eines Fadenknäuels aus dem Käfig ausbrechen kann, nimmt Bezug auf eine entsprechende Überlieferung aus dem Schwarzenburgerland. Der Bergkönig Horaurix indes lehnt sich an das *Hauri* an, einen sagenumwobenen Berggeist aus dem Hohgantgebiet. Der Riese Hardûr schliesslich findet seinen Widerklang im Felsengesicht des *Hardermannes* bei Interlaken. Auch die weisse Schlange mit dem Krönchen auf dem Haupt tritt als mythische Wohltäterin und Vollstreckerin wiederholt auf, z. B. in einer romantischen Sage aus dem Lauterbrunnental.

Um die Bedeutung, welche diesen Sagen innerhalb meiner Geschichte innewohnt, zu betonen, habe ich eine begleitende Rahmenerzählung gesponnen (Prolog, Interludien, Epilog), in welcher ein alter Bauer im Jahrtausendwinter anno 1709 seiner Sippe am Feuer exemplarisch vier lokale Sagengeschichten zum Besten gibt, die alle auf ihre Weise mit der Handlung des Hauptstranges verwoben sind. Diese unserer Epoche und unserem Weltverständnis etwas näherstehende Parallelhandlung soll darüber hinaus verdeutlichen, wie aus mythisch-magischen Erlebnissen der Vorfahren durch orale Tradition im Verlaufe ungezählter Generationen jene Sagen entstanden sind, auf die wir uns heute noch beziehen können. Demnach erzählt der alte Pfeifenraucher an der Feuergrube die Sagen ungefähr so, wie sie noch heute überliefert sind (mit einigen minimen inhaltlichen Anpassungen). Die Haupthandlung verbindet diese volkskundlich authentischen Einzelbausteine sodann zu einer epischen Fantasy-Geschichte mit vielfältigen historischen Anklängen, welche weit über die ursprünglichen Sagensujets hinausgreift. *Helvetic Fantasy* möchte ich dieses durch die heimische Sagenwelt beseelte und in lokalen historischen und geografischen Gegebenheiten verwurzelte Genre der Fantastik nennen, welches der uralten Bildkraft unserer heimischen Mythen in literarischer Form neues Leben einhaucht.

Über eine Zeit zu schreiben, welche 1500 Jahre zurückliegt, und über die nur wenige zeitgenössische Quellendokumente und archäologische Befunde Zeugnis ablegen, ist natürlich stets ein äusserst spekulatives Unterfangen. In diesem Zusammenhang möchte ich unbedingt darauf hinweisen, dass *Drachenberg* nicht den Anspruch erhebt, ein akkurater historischer Roman zu sein. Mir war es wichtig, ein *mögliches* Bild von den damaligen politischen Verhältnissen, den Lebensumständen und den religiösen Vorstellungen zeichnen zu können, und ich habe diesbezüglich auch ausführliche Recherchen angestellt, aber vieles, was im Buch zur Sprache kommt, entspringt meiner persönlichen Vorstellungskraft und kann nicht durch entsprechende Quellen belegt werden. Vielfältige Fragmente aus altersgrauen Zeiten, die heute noch greifbar sind, so zum Beispiel Flurnamen, archäologische Funde und Bezeichnungen von historischen Völkerschaften, Ereignissen und Personen, habe ich mittels meiner Imagination miteinander verknüpft und weiterentwickelt. Dass viele in unserer Zeit noch gebräuchliche Toponyme auf vergessene keltische und galloromanische Bezeichnungen zurückgehen, ist unter Historikern inzwischen unbestritten. Über die Herkunft des alten Namens *Wendelsee* für den Thunersee wird aber nach wie vor gerätselt. Von den geläufigen Herleitungen (Vandalensee, Wendelinsee) vermochte mich keine einzige zu überzeugen, deshalb habe ich hier auf die für viele ähnliche Fälle nachweisbare Erklärung zurückgegriffen, dass eine keltische Gottheit für diesen Namen Pate gestanden hat. Eine Göttin *Vendolindia* (oder ein entsprechender Gau namens *Vendolindium*) findet sich freilich in keiner keltologischen oder historischen Abhandlung. Allein das keltische Wort *Lindon* für See oder Gewässer ist verbürgt (siehe die Flüsse *Linth/Lenda* und *Limmat/Lindimacos* in der Ostschweiz). In Allmendingen wurde darüber hinaus eine römische Tempelinschrift mit Hinweis auf eine *Regio Lindensis* entdeckt. Alle diese Mosaiksteine haben mich dazu veranlasst, dem verdeutschten Namen Wendelsee einen keltischen Ursprung zugrunde zu legen. Viele weitere Flurnamen, welche im Roman auftauchen, nehmen Bezug zur aktuellen Ortsnamensforschung, andere sind aber – wie so vieles im *Drachenberg* auch – meiner eigenen *Interpretatio Mythica* entsprungen.

Die Verknüpfung der sagenumwobenen untergegangenen Stadt *Roll* am rechten Thunerseeufer (heute Schloss Ralligen) mit einer spätrömischen *Civitas Rauliensis* ist beispielsweise pure Fiktion. Aber die Vorstellung, dass nach dem Zerfall der imperialen Hegemonie in dieser Region vereinzelt römische Verwaltungsstrukturen fortgedauert haben, ist durchaus plausibel. Die Dekadenz des romanischen Procurators und seiner Untertanen passt auch hervorragend in den Kontext der Geschichte. Meines Wissens ist unterhalb der Spitzen Fluh bei Ralligen jedoch nie auch ein einziges Ziegelstück gefunden worden, welches auf die Existenz einer antiken Stadt in diesem Raum hindeuten würde. Ein grösseres Bergsturzereignis ist an dieser Stelle aber geologisch nachweisbar.

Die religiösen Praktiken und Glaubensvorstellungen der verschiedenen im Roman auftretenden Völkerschaften (Keltohelvetier, Alemannen, Römer, christianisierte Burgunder) habe ich teils aus historischen Quellen, teils wiederum aufgrund meiner eigenen Mutmassungen so rekonstruiert, dass sie die verwirrende Vielfalt der im 6. Jahrhundert bei uns herrschenden Zustände möglichst adäquat wiedergeben. Im Zeitalter der Völkerwanderungen (4. bis 6. Jahrhundert) wurde die antike Weltordnung komplett demontiert und im anschliessenden Frühmittelalter (6. bis 11. Jahrhundert) neu zusammengefügt; dies muss ein umwälzender und über Jahrhunderte nachhallender Prozess gewesen sein, welcher verschiedenste Kulturströmungen wahllos miteinander konfrontierte und zu einem brodelnden Schmelztiegel amalgamierte.

Das Magisch-Mythische, welches in meinen Erzählungen per se viel Raum einnimmt, mag die Menschen jener Epochen in ihren Anschauungen und in ihrem Lebensgefühl massgeblich geprägt haben. Davon gehe ich aus, da die naturwissenschaftliche Revolution, welche unser heutiges Denken und Fühlen vollständig durchdringt, damals noch weit entfernt lag. Animistische Vorstellungen einer beseelten Natur, wie wir sie heute beispielsweise noch bei indigenen Völkern antreffen, bestimmten seit Urzeiten den Umgang der Hirten und Bauern, Fischer und Jäger mit ihrer natürlichen Mitwelt. Die institutionalisierten Kulte der Kelten und Germanen haben diese archaische Weltschau aufgegriffen und weiterentwickelt, sie lebte im Volksglauben aber noch mindestens tausend Jahre lang bis in die Neuzeit hinein fort. Zu diesen langlebigen Traditionen gehörten unter anderem die *Hohen Feste*, welche regelmässig im Jahreslauf wiederkehrenden und mit astronomischen Konstellationen (Sonnwenden, Äquinoktien, Mondphasen) verknüpften Zeiträumen sakrale Bedeutung zuschrieben. Die Mythologie der vorchristlichen Kulturen scheint in hohem Mass mit dem Zyklus der Jahreszeiten und den entsprechenden natürlichen Phänomenen verbunden gewesen zu sein. So stark war dieses Paradigma im Bewusstsein der Bevölkerung verwurzelt, dass die christliche Lehre es später in ihr liturgisches Kirchenjahr integrieren musste (Allerheiligen, Weihnachten, Lichtmess, Ostern etc.). Im modernen Gebrauch werden häufig irische oder germanische Begriffe für die Bezeichnung dieser überlieferten Jahresfeste hinzugezogen (Beltane, Samhain, Yul, Litha). Ich habe versucht, daraus helvetisch-gallische Namen zu rekonstruieren, die jedoch – dies sei ausdrücklich erwähnt – keine historische Grundlage aufweisen.

Der *Mithraskult* ist eine religiöse Erscheinung aus spätrömischer Zeit, welche vor allem in der Soldatenkultur starke Verbreitung erfahren hat. Auf Schweizer Boden konnte bis dato lediglich in Martigny ein Mithräum ausgegraben werden. Den Beatushöhlen eine solche Funktion beizumessen, ist natürlich einmal mehr höchst gewagt, aber nicht völlig von der Hand zu weisen, da die Passwege über die Alpen gewiss häufig von Soldaten begangen wurden. Zumal die Riten der Mithrasanhänger vorzugsweise in verborgenen Höhlenheiligtümern, sogenannten *Spelaea*, abgehalten wurden, kann unsere Beatushöhle als Verehrungsstätte für den geheimen Sonnenkult der Legionäre und Beamten in diesem Zusammenhang zumindest in Betracht gezogen werden. Dass diesem vermutlich aus persischen Vorbildern hergeleiteten Sonnengott auch die verborgenen Goldlager im Berginnern oblagen, ist eine für die Dramaturgie meiner Geschichte erdachte Erweiterung ohne Anspruch auf historische Authentizität.

Das Christentum, welches Beodân in seiner Rolle als Vorbild für den späteren *Beatus* ins Spiel bringt, war damals lediglich *eine* Strömung von vielen, die sich nach Anschauung einiger Experten zunächst vermutlich vor allem in der Aristokratie etablierte – und in der Landbevölkerung noch über Jahrhunderte hinweg vielfältige Verbrämungen mit autochthonen polytheistisch-animistischen Glaubenskonzepten erfuhr. Möglich ist durchaus, dass auch unser Beatus letzten Endes lediglich die christianisierte Form einer älteren Gottheit oder religiösen Gestalt darstellt, welche in der gleichnamigen Höhle vor der Erstarkung des Christentums kultisch verehrt worden war.

Das Feenland von *Helysia*, die Anderswelt der Nymphenkönigin Uyôla und ihrer elbischen Schwestern, nährt sich vornehmlich aus keltischen Mythen, welche der Existenz einer paradiesähnlichen Parallelwelt, welche von magischen Geschöpfen und übernatürlichen Mächten beherrscht wird, grosse Bedeutung beimessen. Die antiken Vorfahren der heutigen Schweizer, die helvetischen Stämme, waren keltische Gallier – und ihnen waren derartige Vorstellungen gewiss höchst vertraut. Die Vision einer verborgenen Wirklichkeit hinter den sichtbaren Erscheinungen der physischen Welt findet sich in vielen neuzeitlichen Fassungen der Sagentradition immer noch sehr ausgeprägt, zum Beispiel im Walliser Motiv vom verborgenen *Krämerlital*, welches als Friedenshort *Caram Lîn* in den vorliegenden Roman eingeflossen ist.

Das Unterwasserreich Funtaflauis mit den drei darin wohnenden mannstollen Schwanentöchtern wurde durch eine Sage vom freiburgischen Schwarzsee inspiriert, in der drei Schwanenjungfern einen Hirtenknaben in ihren tiefen Garten herablockten.

Im Schwarzenburgerland hat sich zudem eine bemerkenswerte Sage über die *Feenkönigin Helva* erhalten, von der im *Drachenberg* zwar nur am Rande die Rede ist, die aber in meiner *Helisee-Saga* eine zentrale Rolle spielt. Im keltischen Weltbild verkörperten solche numinosen Wesenheiten die Macht des Landes selbst und lenkten mit ihren magischen Kräften insgeheim die Schicksalsfäden aller darin lebenden Wesen. Der Name *Helva* suggeriert eine Verbindung mit den keltischen *Helvetiern* und der modernen Identifikationsfigur *Helvetia* als ideologisch-mythischer Beschirmerin des Schweizerischen Bundesstaates. Vielleicht geht diese sagenumwobene Feenkönigin aus Schwarzenburg demnach auf eine mythische Schirmherrin des gesamten vormaligen helvetischen Territoriums zurück. Feen und andere Sagengestalten mögen im Volksgedächtnis noch lange Zeit die Erinnerung an vorchristliche Gottheiten aufrechterhalten haben. Heute könnte man sie als personifizierte Verkörperungen wesenhafter Naturkräfte betrachten und sie im Sinne einer ökologischen Sensibilisierung neu zu beleben versuchen.

Einer keltischen Urmythe entspricht ferner *Albodunêbron*, der Kessel des Ewigen Wandels, welcher dem Menschen die im Wasser verstofflichte Essenz der Göttlichkeit vermittelt, indem er Inspiration und Weisheit spendet, jegliche Krankheiten an Leib und Seele heilt und sogar Tote zu neuem Leben erweckt. Dieses Motiv leitet sich von der walisische Überlieferung um den wundermächtigen *Kessel der Cerridwen* ab und hat in der christlichen Legende des Mittelalters einen starken Widerhall im *Heiligen Gral* erfahren, welcher Wasser zu Wein verwandelte (dem Blut Christi im kirchlichen Kultus) und der in dem daraus trinkenden Menschen das Bewusstsein um seine eigene Göttlichkeit erweckte.

Ich schreibe meine Romane grundsätzlich in dem Bestreben, einer seelenvollen Wiederverzauberung der modernen industrialisierten Welt Vorschub zu leisten und damit einen neu erstarkenden Dialog des modernen Menschen mit den natürlichen Kräften des ihn beherbergenden Landes anzuregen. *Drachenberg* mag in vielerlei Hinsicht fiktiv-utopische Verhältnisse postulieren, aber in mir lebt die feste Überzeugung, dass eine harmonische Koexistenz aller lebendigen Geschöpfe im *Grossen Gewebe*, wie es allegorisch von den Drei Hohen Schwestern in Helysia geknüpft wird, nicht nur wünschenswert, sondern geradezu unabdingbar für ein sinnstiftendes und gedeihliches Fortbestehen unserer menschlichen Spezies auf dem Planeten Erde ist.

Mögen Vendolindia und Helveidia uns in diesem Sinne inspirieren, damit uns eine heilsame und umfassende *Religio* mit allen Aspekten des irdischen Daseins in naher Zukunft gelinge.

Andreas Sommer, Eriz, im Gewittersommer des Jahres 2024

DRAMATIS PERSONAE

VENDOLINDIUM

Amalissa	*Tochter des Priesters Creviocarnos, lebt bei ihrem Onkel Arîmus*
Ambaros	*Begnadeter Bootsbauer aus Vernausium mit altem Liebeskummer*
Anêrios, Êrio	*Sohn des Bootsbauers Ambaros, der nach seiner unbekannten Mutter forscht und die Zeichen des Wasservolkes trägt*
Ariovinna	*Tochter des Fischers Drugantos, die sich von Anêrios abwendet*
Arîmus	*Bruder des Priesters Creviocarnos in Sudûbnum, Ziehvater von Amalissa*
Atrogambîsos	*Priester von Lyesia*
Avolûdorix	*Sagenhafter König der Helvêten*
Carodrûnos	*Priester von Vernausium*
Creviocarnos	*Priester von Sudûbnum*
Drugantos	*Fischer aus Vernausium*
Eridâna	*Base von Amalissa in Tamârnis*
Gobanôr	*Korbflechter aus Vernausium, Vater von Tarvo und Reido*
Hardûr	*Sagenumwobener Berggeist bei Sudûbnum*
Lys	*Kleines Mädchen in Vernausium*
Melomagûnos	*Verratener Hohepriester von Vendolindium*
Ratinêa	*Base von Anêrios*
Reido	*Tarvos kleinerer Bruder*
Relemînos	*Fischer in Tamârnis*
Salassîna	*Junge Frau aus Berenis, eine der «Erwählten»*
Tarvônius, Tarvo	*Sohn des Korbflechters Gobanôr, Anêrios' bester Freund*
Tumbîlo	*Dorfoberhaupt von Vernausium*
Valâda	*Mystische Seherin in den Schwarzaugensümpfen*

Verunorêgios	*Hohepriester von Vendolindium, «Oberster Geheimnishüter»*
Visûrix	*Priester*
Ylûra	*Sagenumwobenes Ungeheuer in den Schwarzaugensümpfen*
Yôn	*Hirtenjunge*

RAÛLIUM

Amontrâkius	*Pontifex der Weissen Stadt und Heliodromus des Mithraskultes*
Aquileius Ostiarius	*Procurator der Weissen Stadt*
Beligomâgus	*Dekurio und Renegat der Goldenen Kohorte*
Catuso	*Söldner*
Chalybeïon	*Optio in der Goldenen Kohorte*
Lusilla Aquileia	*Prinzessin, Tochter des Procurators und der Vendolindierin Alâria*
Lutinus	*Zahmer Affe von Lusilla*
Magos	*Erzzauberer aus dem Osten, Verbündeter des Procurators und der Priesterschaft vom See*
Matugênia	*Dienerin in der Weissen Zitadelle*
Meleas	*Söldner*
Procurator	*Herrschertitel der Weissen Stadt*
Romûlius Rapax	*Centurio Primus der Goldenen Kohorte, Oberbefehlshaber des Procurators*
Rufius	*Söldner*
Valecunda Alâria	*Gemahlin des Procurators*

BYRGONDIA / NEMETÔNIA

Adullîna	*Wirtshaustochter in Helicôna*
Ammantis	*Alte Mutter des Wirtes Resîlio*
Beltrâmus Alderînius	*Gutsverwalter in Lindînium*

Dunensia	*Magd auf Beltrâmus' Gut*
Giselhêrius	*Onkel und Berater von Theudoricius*
Godemâr	*König von Byrgondia*
Hutto	*Stallknecht in Helicôna*
Marîa	*Wirtshaustochter in Helicôna*
Marulus	*Wirtshaussohn in Helicôna*
Orênia	*Wirtshaustochter in Helicôna*
Resîlio	*Wirt in Helicôna*
Sigmârius	*Gardehauptmann von Theudoricius*
Theudoricius	*Centenarius von Dûnon, vom König später zum Dux von Byrgondia Minor erhoben*
Veromîna	*Wirtin in Helicôna*

HELYSIA

Agîlion Wolkenreiter	*Vertrauter von Uyôla, mitunter in Gestalt eines weissen Seeadlers unterwegs*
Alaïs	*Schwanenjungfrau, Mittlere von Uyôlas Töchtern*
Albêro	*Einer der Wächter der «Urnen der Zeit»*
Amylâdra	*Eine Sylphe, die mit der Schwanenjungfrau Lïayella befreundet ist*
Aryndaïa Wildherz	*Tochter von Nuyôna, mitunter in Gestalt eines weissen Falken in Nemetônia anzutreffen*
Arnorix Fulguroferron	*Ein Bergkönig der Dverîgen, Meister der Zauberschmiede*
Aumêna	*Albiôna aus Helvas Gefolge, welche einen schwarzen Weiher in Nemetônia bewacht*
Aûn	*Der König ohne Antlitz im Dunklen Land Anunnion*
Auragôr	*Ein uralter Drache, der sich nach dem Heimweg sehnt*
Beleriân Legendensänger	*Herold der Königin Helva von Helysia*
Beriberinna	*Dverîga aus dem Gefolge des Bergkönigs Gandorix in Nemetônia*
Borobûr	*Gefährte von Beriberinna*

Elvedîr	*Sagenumwobener letzter Hochkönig von Elezîrum*
Gandorix Barbalba	*Ein Bergkönig der Dverîgen, Meister der Gemmenschneider*
Gôrm	*Einer der Wächter der «Urnen der Zeit»*
Helisantia	*Sagenumwobene letzte Hochkönigin von Elezîrum*
Helva Zauberweberin	*Eine der Drei Hohen Schwestern, Herrscherin von Helysia*
Horaurix Gravacucullus	*Ein Bergkönig der Dverîgen, Wächter unter dem Aurîg*
Humblorix	*Bruder von Bergkönig Horaurix*
Lïayella	*Schwanenjungfrau, Jüngste von Uyôlas Töchtern*
Nuyôna Windmähne	*Eine der Drei Hohen Schwestern von Helysia, Hüterin der heiligen Pferde im Singenden Gras*
Nusantia Wellentänzerin	*Königin der Lindônen im Vendolindon*
Rowîn	*Einer der Wächter der «Urnen der Zeit»*
Sasarinda Sonnenfunke	*Eine von Nuyônas Töchtern*
Urowîs	*Urältester Wächter im Herz des Berges*
Uyôla Nebelsang	*Eine der Drei Hohen Schwestern von Helysia, Herrin von Funtaflauis*
Vivinda	*Falbstute aus Nuyônas Herde, Aquileias Pferd*
Yaïlil	*Schwanenjungfrau, Älteste von Uyôlas Töchtern*
Zaraïa Sternenschweif	*Eine von Nuyônas Töchtern*

DIVERSE

Alêsia	*Sagenumwobene Drachenjungfrau im Lande Carnôtium*
Ambisâgros	*Hunnenkämpfer der Artiônen, Urahne von Beligomâgus*
Beâtus	*Heiliger Drachenbanner in Vindocînum*
Beligomâgus	*Artiône aus Baranodûron, der die Seite wechselt*

Beodân	*Gottesfreund, Wandermönch aus Hibernia*
Boriax	*Beligomâgus' Pferd*
Childebertus	*König der Farancier*
Hârubrand	*Alamânier, Ortwîns gefallener Bruder*
Ortwîn	*Alamânischer Abenteurer*

GLOSSAR

Adiuva Deus (Lat.)	*Gott helfe uns*
Aedrînios (Kelt.)	*Herbstmonat (September)*
Aether (Grch.)	*Numinoser Urstoff der Schöpfung, «Urfeuer»*
Aethersteine	*Die «Urnen der Zeit», Mirakelsteine, Archeolithen*
Alamânier	*Ehemaliges Waldvolk, welches nördlich des Flusses Rinôna ein eigenes Königreich begründet hat*
Albiônen	*Feenwesen, Elben*
Albodunêbron	*Der Kessel der Wandlung, uraltes Kultgefäss der Vendolindier*
Alembios (Kelt.)	*Erntemonat (August)*
Alfen	*Alamânische Bezeichnung für die Albiônen*
Alfheim (Germanisch)	*In der Kosmologie der Alamânier das Reich der Elben und Feen*
Ambubaia (Lat.)	*Liederliche Frau, Schlampe*
Amicus (Lat.)	*Freund*
Aqua Aurefica (Lat.)	*Goldwasser*
Archeolithen	*s. a. «Aethersteine»*
Artiônen	*Volk der Bärenmutter, alter Teilstamm der Helvêten mit Zentrum in Baranodûron*
Auguren (Lat.)	*Traditionelle Seher der antiken Völker*
Augustus (Lat.)	*Titel für den Romanischen Kaiser (Imperator)*
Auricula	*Alpenaurikel, in der Schweiz «Flühblümchen» genannt*
Auerflamme, Auriôm	*Magisches Artefakt der Dverîgen, angeblich einer der vier Königsschätze der Helvêten*
Bannglanz	*Anderer Name für das Zaubermetall Draconium*
Belisanto	*Lebenstrunk, der in Vendolindium an den Hohen Festen im Jahresrad aus dem Kessel der Wandlung verteilt wird*

Benna (Kelt.)	*Zweirädriger Handwagen, Wurzel für das schweizerdeutsche Wort «Bänne» (Hand-/ Schubkarren)*
Bergspiegel	*Kristallprisma, welches die verborgenen Erdschätze enthüllt*
Blutschlinger	*Bezeichnung für den Drachengott Urâgus*
Byrgondiônen	*Volksstamm, welcher das Königreich Byrgondia bewohnt*
Cameraria, -ae (Lat.)	*Kammerdienerin*
Capella (Lat.)	*Bethaus, Kapelle*
Carnyx (Kelt.)	*Hornartig gebogene Bronze-Trompete, die beim Blasen aufrecht gehalten wird*
Castellum (Lat.)	*Burg, Festung*
Cella (Lat.)	*Heiligtum eines romanischen Tempels*
Centenarius (Lat.)	*Verwalter mit richerlichen Befugnissen in einem kleinen abgegrenzten Gebiet*
Centurio (Lat.)	*Führer einer Hundertschaft im romanischen Heer*
Centurio Primus (Lat.)	*Oberbefehlshaber innerhalb einer romanischen Kohorte*
Commilitio (Lat.)	*Kriegskamerad, Waffenbruder*
Cilandrum	*Seidelbast, in der Schweiz «Zyland» genannt*
Decurio (Lat.)	*Militärischer Führer einer Zehnerschaft*
Dienende	*Gemeinschaft aller vierzehnjährigen Vendolindier (Männer und Frauen), welche sich dem Opferorakel stellen müssen*
Dies Ater (Lat.)	*«Schwarzer Tag», regelmässig wiederkehrende Unglückstage im romanischen Kalender*
Dies Natalis (Lat.)	*Geburtstag*
Dominus, -a (Lat.)	*Herr, Herrin*
Donnerschlacke	*Seltenes Erz, welches die Dverîgen zu einem erstklassigen Stahl verarbeiten*
Draconium	*Mondfeuer, Bannglanz, silberfarbenes Erz, welches Zauberkräfte neutralisiert*
Druiden	*Traditionelle Zauberpriester, Heiler und Gelehrte der keltischen Helvêten*

Dulcissima (Lat.)	*«Süsseste», Kosename für eine Frau oder ein Mädchen*
Dux (Lat.)	*Führer, Lokalherrscher, Herzog*
Dverîg, -a, Dverîgen (Mz.)	*Kleinwüchsige Bergbewohner, Zwerge, Gnome, Halblinge*
Eburônen	*Keltischer Volksstamm in Kallium*
Ecclesia, Mater E. (Lat.)	*Christliche Kirche*
Episcopus, -i (Lat.)	*Bischof*
Equites (Lat.)	*Berittene militärische Einheit der Romanen*
Erwählte	*Durch das Orakel ermittelte Jungmannen und Jungfrauen der Vendolindier*
Explorator (Lat.)	*Spion, Kundschafter*
Farancier	*Mächtige Völkerschaft, welche in den ehemaligen gallo-romanischen Provinzen ein aufstrebendes Königtum errichtet hat, Rivalen der Byrgondiônen und Alamânier*
Filia Aurea (Lat.)	*«Goldene Tochter», Titel für die Prinzessin von Raûlium*
Forum (Lat.)	*Marktplatz einer romanischen Stadt*
Furor furibundus (Lat.)	*Wütender Wahnsinn*
Göttergeweihter	*Priester der Vendolindier*
Goldene Kohorte	*Söldnereinheit des Procurators von Raûlium*
Hasta (Lat.)	*(Wurf-)Lanze*
Heliodromus (Grch.)	*«Sonnenläufer», höherer Weihegrad im Mithraskult*
Helvêten	*Keltische Urbevölkerung des Landes Helveidion*
Hierophant (Grch.)	*Hohepriester*
Hohe Schwestern	*Drei albiônische Herrscherinnen des Landes Helysia*
Hydromantia (Grch.)	*Wasserschau, -orakel*
Imperator (Lat.)	*Kaiser des Romanischen Reiches*
In vino veritas (Lat.)	*Im Wein liegt die Wahrheit*
Karnûten	*Keltischer Volksstamm in Kallium*
Kelimônen	*Launische Berggeister*

Kohorte	*Militärische Einheit der Romanen, zusammengesetzt aus sechs Centurien (Hundertschaften)*
Kosmokrator (Grch.)	*Weltenschöpfer*
Lararium (Lat.)	*Romanischer Hausaltar*
Leuge	*Keltisches Längenmass, 1 Leuge = ca. 2.2 km*
Liburne	*Romanisches Kriegsschiff, von Rudersklaven und einem Segel betrieben*
Lindônen, -a	*Flossenschwänziges Wasservolk, Nixen, Sirenen*
Lingua Romana (Lat.)	*Sprache der Romanen (Latein)*
Lure	*Hornähnliches Blasinstrument aus Bronze, Horn oder Holz*
Lyra, -ae (Lat.)	*Leier, Saiteninstrument*
Magister, -ri (Lat.)	*Gelehrter, Lehrer*
Malefica (Lat.)	*Böse Zauberin, Schwarze Hexe*
Mantichora	*Legendäres Ungeheuer aus dem Orient, eine Chimäre aus Löwe, Skorpion und Mensch*
Mansio (Lat.)	*Romanisches Rasthaus für staatliche Beamte und reisende Soldaten*
Mechanica (Lat.)	*Mechanische Vorrichtung, Aufzug in Raûlium*
Medicus (Lat.)	*Arzt, beruflicher Heiler*
Mirakelsteine	*Andere Bezeichnung für die «Urnen der Zeit», Aethersteine*
Mittlere Welt	*Die von Menschen bewohnten irdischen Länder (im Unterschied zur Oberen Welt der Götter und der Unteren Welt der Dämonen)*
Mondfeuer	*Andere Bezeichnung für Draconium oder Bannglanz*
Namensstein	*Persönlicher Stein in Form eines Anhängers, den jeder Vendolindier bei seiner Geburt erhält*
Neophyt (Grch.)	*Priesterschüler in Vendolindium*
Nuithônen	*Das Nachtvolk, geisterhafte Bewohner von Nemetônia/Nuithônia*

Omrâs, Elîom, Urmîn	*Die «Urnen der Zeit», mythische Steine, welche den Urstoff des Landes in sich tragen und göttliche Macht verleihen, Omrâs ist karminrot, Elîom reinweiss und Urmîn tiefblau*
Oppidum (Kelt.)	*Keltische (befestigte) Stadt*
Optio (Lat.)	*Stellvetreter eines Centurio im romanischen Heer*
Paktfeier	*Opferzeremonie zu Ehren des Drachengottes Urâgus*
Patricius (Lat.)	*Ehrentitel für einen Lokalherrn, «Landesvater»*
Phiale (Grch.)	*Opfer-, Orakelschale*
Pontifex (Lat.)	*«Brückenbauer», Priester des Romanischen Götterkultes*
Porta Occidentalis (Lat.)	*Westtor*
Primicerius (Lat.)	*Vorsteher der Verwaltung*
Procurator (Lat.)	*Romanischer Verwalter, Herrscher der Weissen Stadt Raûlium*
Pulmentum (Lat.)	*Getreidebrei (Grundnahrung der Romanen)*
Pumilus, -i (Lat.)	*Zwerg, Gnom, Dverîg*
Romanen	*Akkulturierte Angehörige des Romanischen (Römischen) Reiches*
Reda (Kelt.)	*Robuster vierrädriger Transportwagen*
Rex (Lat.)	*König*
Rex Phantasmagorius (Lat.)	*König der Täuschung, gelehrte Bezeichnung für Aûn, den König ohne Antlitz, den Herrscher des Dunklen Landes*
Rigâna (Kelt.)	*Keltische Königin*
Rix (Kelt.)	*Keltischer König*
Roma Victrix (Lat.)	*Ausruf: «Rom ist siegreich!»*
Sacrificium (Lat.)	*Opfer*
Saeculum (Lat.)	*Jahrhundert*
Salus vobiscum (Lat.)	*«Gesundheit mit Euch» (Grussformel)*
Salus et Pax tecum, Amicus intimus (Lat.)	*«Gesundheit und Friede mit Dir, teuerster Freund»*

Salve, -ete (Lat.)	*Romanische Grussformel («Heil Dir, Euch»)*
Samolus	*Zauberpflanze mit apotropäischer (Unheil abwehrender) Wirkung*
Saxospex	*s. a. «Bergspiegel»*
Schicksalsurne	*Orakelgefäss, in welchem die Namenssteine für die Losziehung gesammelt werden*
Sedûner	*Keltischer Volksstamm in Vallensia*
Seevolk	*Andere Bezeichnung für die Vendolindier*
Silentium (Lat.)	*Ruhe, Stille*
Siliqua, -ae (Lat.)	*Silbermünze*
Sirêna, Sirenîden	*Angehörige des Wasservolkes*
Sirene, Sirenen	*Dto.*
Skramasax	*Alamânisches Hiebschwert*
Solidus, -i (Lat.)	*Goldmünze*
Spatha, -ae (Lat.)	*Zweischneidiges Breitschwert des Frühmittelalters*
Stimmen des Unergründlichen	*Die zwei zahmen Raben des Verunorêgios, welche das Orakel vollziehen*
Spelaeum (Lat.)	*Höhlenheiligtum des Mithras*
Stuba (Lat.)	*Bade»stube»*
Sylvân (Lat.)	*Waldgeist*
Thaumaturg (Grch.)	*Wundertäter*
Toga, -ae (Lat.)	*Faltengewand der noblen Romanen*
Therma, -ae (Lat.)	*Romanisches Bad*
Tuba, -ae (Lat.)	*Trompete, Metallhorn*
Tunika (Lat.)	*Halblanges Obergewand*
Tunna (Lat.)	*Fass, «Tonne»*
Turma (Lat.)	*Berittene Militäreinheit des Romanischen Heeres, bestehend aus Equites (Kavalleristen)*
Twirglinge	*Alamânische Bezeichnung für Dverîgen, Zwerge*
Uranolithen	*Meteorsteine*
Urnen der Zeit	*Andere Bezeichnung für Mirakelsteine, Aethersteine, Archeolithen (Omrâs, Elîom, Urmîn)*

Valâda	*Seherin*
Vale (Lat.)	*Lebe wohl*
Vendolindier	*Keltischer Stamm in Vendolindium (auch das Seevolk genannt)*
Verunorêgios	*Hohepriester der helvêtischen Stämme, «Oberster Geheimnishüter»*
Via Publica (Lat.)	*Öffentliche Strasse*
Vicus (Lat.)	*Dorf, Marktflecken*
Vilicus (Lat.)	*Gutsverwalter*
Villa Rustica (Lat.)	*Romanisches Landgut*
Wasservolk	*Lindônen, Sirenen*
Weidling	*Kleines Boot, Nachen*

DIE ACHT HOHEN FESTE DER VENDOLINDIER IM JAHRESRAD

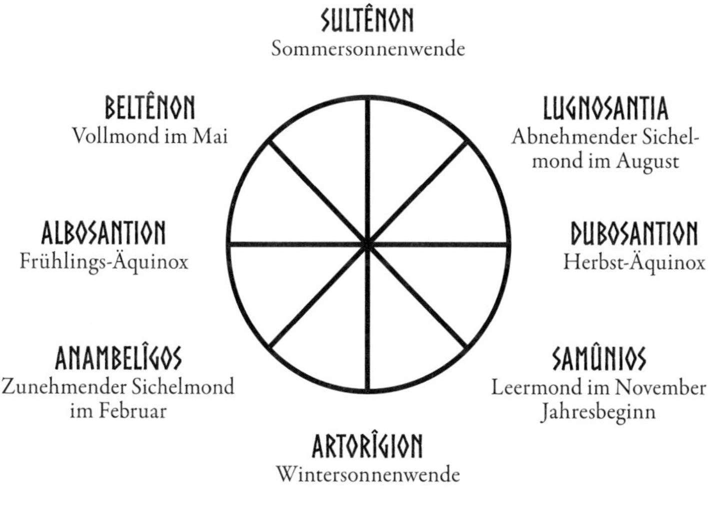

GÖTTERWELT

VENDOLINDIER/HELVÊTEN

Abêlios	*Gott der Barden und Dichter, Funke der Inspiration und Erwecker der Frühlingssonne*
Akârnos	*Der Gehörnte, Hüter der Wilden Welt und Beschützer der Waldläufer und Jäger*
Albenôna	*Die Weisse Urmutter, Göttin des erwachenden Frühlings, der Geburt und der Lebenskräfte*
Artiôna	*Nährende und schützende Bärenmutter, Stammesgöttin der Artiônen von Baranodûron*
Arûra	*Flussgöttin*
Belisâna	*Mondgöttin*
Catûrix	*Beschützer der Krieger*
Daranos	*Gott des Sommers, der Hitze und des Wetters*
Dubaugra	*Die Schwarze Urmutter, Göttin des Sterbens, der Ahnungen und der Geheimnisse*
Elovâna	*Herrin des Leuchtenden Landes, Göttin der Anderswelt und Spenderin der nie versiegenden Fülle*
Epôna	*Pferdegöttin vieler keltischer Völker*
Helveidia	*Schirmherrin von Nemetônia, Beschützerin des Kleinen Volkes, Herrin der wilden Tiere*
Jôl	*Göttervater, Schirmherr der Fürsten und Richter*
Lûgos	*Lenker des Sonnenwagens, Gott des Feuers und Schutzherr der Schmiede und Handwerker*
Nemetôn	*Heiliger Bezirk, Tempelareal*
Nuithion	*Gott der Nacht und der Sternenwelt*
Rosmyrta	*Kornmutter, Göttin des Getreides, der Heilpflanzen und der Mütterlichkeit*

Sirôna	*Göttin des Wassers und der Heilkunst*
Urâgus	*Der zornige Gott, drachengestaltiger Wächter der Dunkelheit*
Vendolindia	*Die Mutter der nachtblauen Tiefen, Hüterin des Sees Vendolindon, Stammesgöttin der Vendolindier*
Vermêna	*Die Rote Urmutter, Göttin der Liebe, des Rausches und der Ehe*

ROMANEN

Augustus	*Göttlicher Kaiser (Imperator) der Romanen*
Diâna	*Göttin der Jagd und der wilden Tiere, Beschützerin der Frauen und Mädchen*
Iûno	*Muttergöttin, Schirmherrin der Frauen*
Iuppiter Optimus Maximus	*Höchste Gottheit der Romanen, Herr des Himmels und des Wetters, Beschützer der Fürsten und Könige*
Minârva	*Romanische Göttin der Weisheit, der Kunst und des Handwerks, Schützerin des Imperiums*
Mithräum	*Verborgene Tempelhöhle des Mithraskultes*
Mithras Sol Invictus	*Soldaten- und Herrschergott in Gestalt eines goldenen Löwen, in Raûlium auch Hüter der verborgenen Goldadern*
Neptûnus	*Meeres- und Wassergott*
Orcus	*Unterwelt der Romanen*

ALAMÂNIER

Alfheim	*Reich der Elben und Feen*
Hel	*Göttin der Unterwelt und des Todes*
Hels dunkle Halle	*Totenreich der Alamânier und der nördlichen Waldvölker*

Norne	*Schicksalsgöttin*
Hugîn und Mugîn	*Rabenbegleiter des Gottes Vuôden*
Tûnar	*Gott des Wetters, der Fruchtbarkeit und des lebendigen Landes*
Vuôden	*Gott der Mysterien, des Todes, der Dichtkunst und der Ekstase*

CHRISTENTUM

Christos	*Jesus Christus, der Gottessohn der christlichen Überlieferung*

SPECTACULI LOCA

Albavallis	*Hochtal inmitten schneebedeckter Berge, alter Passweg*
Albenônas Garten	*Mächtiges Gebirge im alten Europa, die Alpen*
Amasûlis	*Den Göttern geweihte Titaneneiche in Nemetônia an der Via Aventica Silvestris*
Andûrios	*Berg in Vendolindium mit markanter Dreiecksform*
Anunnion	*Das Dunkle Land, die Untere Welt, Reich der Täuschung*
Arûra	*Fluss, welcher den Vendolindon entwässert (auch Name der Schutzgöttin desselben Flusses), Ostgrenze von Nemetônia*
Augustodûnum	*Stadt, welche von Byrgondiônen und Faranciern umkämpft wird*
Aureoclastis	*Die Goldene Stadt, lebendiges Bild des vergangenen Elezîrum*
Aurîg	*Der stark goldhaltige Drachenberg in Vendolindium*
Avacheron	*Waldtal östlich des Drachenberges*
Aventia	*Grosse Stadt im Königreich Byrgondia,*
Baranbanno	*Von Goldadern durchzogener Hausberg von Raûlium*
Baranodûron	*Alte Königsstadt der Helvêten, Hauptort der Artiônen*
Berenis	*Ort am Berolindon*
Berolindon	*Einer von zwei grossen Seen im Land Vendolindium*
Byrgondia	*Das erste Königreich Burgund, welches aus dem zerfallenen Imperium hervorgegangen ist*
Byrgondia Minor	*Comitatus (Grafschaft) im äussersten Osten von Byrgondia*
Byzanthium	*Grosse Stadt des Romanischen Reiches am östlichen Meer*

Caram Lîn	*Das Friedenstal in Helysia*
Caram Sûlis	*Passübergang zwischen Vendolindium und Vallensia*
Ceningânum	*Waldlichtung am Vendolindon, wo die Wunderquelle entspringt*
Chandra	*Fluss an der Grenze zu Nemetônia*
Drachenberg	*Das Aurîgmassiv am Nordufer des Vendolindon*
Drachenhöhle	*Eingang in das unterirdische Reich des zornigen Gottes Urâgus in der Südflanke des Aurîg*
Dûnon	*Bedeutender Vicus am Ausfluss der Arûra aus dem Vendolindon*
Elysion	*In der Mythologie der Vendolindier das Leuchtende Land oder Lichtland, wo die Götter und die Seelen der Verstorbenen und Ungeborenen hausen*
Elezîrum	*Versunkene Stadt des Goldenen Zeitalters, deren Ruinen mitten in Nemetônia liegen*
Eriû	*Insel im Meer von Hibernia*
Fons Mirabilis	*Wunderquelle von Ceningânum*
Funtaflauis	*Das Heim der Wasser, Nebelreich der Albiôna Uyôla in Helysia*
Genâva	*Grosse Stadt im Königreich Byrgondia*
Hardûrsstuhl	*Bergmassiv nordöstlich des Vendolindon, Heimat der Zwerge von Horaurix*
Helicôna	*Kleiner Vicus und Rastort an der Via Aventica Silvestris in Nemetônia*
Helysia	*Entrücktes Reich der Albiônen, welches von den Drei Hohen Schwestern beherrscht wird*
Hibernia	*Land im hohen Norden*
Horhardûr	*Reich des Bergkönigs Horaurix unter dem Berg Hardûrsstuhl*
Imperium des Goldenen Adlers	*Das Romanische Reich; aus seinen ehemaligen Provinzen sind im 5. Jhd. neue Königreiche entstanden*
Isoldis	*Fischerdorf am See Berolindon*

Kallium	*Kernland der Farancier, das alte Gallien*
Karnorîg	*Markanter Felsturm westlich von Dûnon*
Leuchtendes Land, Lichtland	*Andere Bezeichnung für Helysia*
Limâva	*Gebirgsfluss, der bei Sudûbnum in den Vendolindon mündet*
Lindînium	*Vicus westlich von Dûnon an der Grenze zu Nemetônia*
Lirôna	*Fluss im Land Carnôtium*
Lousôna	*Stadt im Königreich Byrgondia*
Lyesia	*Ort am See Vendolindon*
Lugokarnium	*Stadt im Land Urônia*
Muritânia	*Nordafrika*
Nemetônia	*Das verfluchte Land, unbesiedelte, der Göttin Helveidia geweihte Sakrallandschaft im Königreich Byrgondia*
Nuithônia	*Das Land des Nachtvolkes, andere Bezeichnung für Nemetônia*
Parsâva	*Das alte Persien*
Raûlium	*Die Weisse Stadt, romanische Reliktstadt am See Vendolindon*
Rinôna	*Grosser Fluss an der Grenze zwischen Byrgondia und dem Reich der Alamânier*
Riûsa	*Grosser Fluss in Urônia*
Schicksalsturm	*Mythisches Bauwerk an der Schwelle zu Helysia*
Saladûron	*Stadt im Norden des Königreiches Byrgondia*
Sapaudia	*Antike Waldwildnis in der Westschweiz und in Savoyen*
Schwarzaugensümpfe	*Unwirtliches Marschland zwischen den Seen Berolindon und Vendolindon*
Senôna	*Fluss an der westlichen Grenze von Nemetônia*
Sidrium	*Grosser Wald in Vallensia, wo noch lange Nachfahren keltischer Stämme lebten*
Singendes Gras	*Endlose Steppenebene, Heimat der Albiôna Nuyôna in Helysia*

Sirenengrube	*Grotte unter der Weissen Zitadelle, wo Nusantia gefangengehalten wird*
Speica	*Ortschaft am Vendolindon unterhalb des Berges Andûrios, bedeutender Kultort der Vendolindier*
Stralingânum	*Stammburg des Dux Theudoricius westlich von Dûnon*
Sudûbnum	*Fischerdorf am Fuss des Drachenberges am Vendolindon*
Tamârnis	*Fischerdorf am unteren Berolindon*
Taralêgis	*Ort am Vendolindon*
Urônia	*Gebirgsland östlich von Vendolindium*
Vallensia	*Grosses Gebirgstal mit vielen Seitentälern südlich von Vendolindium*
Valtrimatrônas	*Heiliges Tal in Vendolindium, wo die Erwählten auf ihren Opfergang vorbereitet werden*
Vendolindium	*Landschaft an den Seen Berolindon und Vendolindon, Heimat der keltischen Vendolindier*
Vendolindon	*Einer von zwei grossen Seen in Vendolindium*
Verlorener Steig	*Verbindungsweg zwischen Helysia und Vendolindium unterhalb des Aurîggebirges*
Vernausium	*Fischerdorf am Vendolindon*
Via Aventica Silvestris	*Alte Verbindungsstrasse der Romanen, welche durch Nemetônia verläuft*
Vindemis	*Ortschaft am Westrand von Vendolindium*
Vindocînum	*Castellum im Land Carnôtium*
Vindonissa	*Vicus zwischen Vendolindium und den Ländern der Alamânier*
Weielwind	*Das Singende Gras in Helysia*
Weisse Stadt	*Anderer Name für Raûlium*
Weisse Zitadelle	*Palast des Procurators in Raûlium*
Wendelsee	*Späterer Name für den See Vendolindon, den heutigen Thunersee*

Weitere magische Sagenbücher
und Romane von Andreas Sommer
im Neptun-Verlag

Das Abenteuer geht weiter ... 400 Jahre nach der Auseinandersetzung mit dem Magos taucht unverhofft einer der Mirakelsteine in Nuithônia wieder auf ...

Helisee
Der Ruf der Feenkönigin

Andreas Sommer
Klappenbroschur, 530 Seiten
ISBN 978 3 85820 354 0

Im 10. Jahrhundert gehört der westliche Teil der heutigen Schweiz zum Königreich Birgunt. Es ist eine wilde Gegend voller Wälder und Sümpfe, wo viele Menschen noch im Glauben an die alten Götter und Geister leben. Die gute Königin Bertha schützt dieses Land tapfer gegen räuberische Einfälle der mediterranen Mauren. Als der Hirtenjunge Ernestus im verrufenen Landstrich Nuithônia einen aussergewöhnlichen Fund macht, gerät er in einen Strudel abenteuerlicher Ereignisse, die ihn nicht nur tief in die magische Wirklichkeit der Feen und Elben verwickeln, sondern auch seine Geliebte Anathêna, die Tochter des Dorfschmieds, in grosse Schwierigkeiten bringen. Und auf welche Weise ist sein Schicksal wohl mit dem verwegenen Ritter Durestân Karassius verwoben, den es auf der Jagd nach einem weissen Hirsch ebenfalls nach Nuithônia verschlägt?

Eine tiefgründige Heimatgeschichte um Macht und Magie, Liebe und Freundschaft, Wunder und Wandlung, welche die überlieferten Sagen und Mythen der alten Schweiz zu neuem Leben erweckt.

Erscheint im Herbst 2025

Helisee II
Der Fluch des Drudenberges

Andreas Sommer
Klappenbroschur, ca. 750 Seiten
ISBN 978 3 85820 361 8

Die Fortsetzung der Westschweizer Saga, welche in der magischen Zeit der guten Königin Bertha angesiedelt ist, steigert die Handlung zunehmend in dramatische Dimensionen: Der verlorene Helistein ist in den Dreiseenlanden wieder aufgetaucht. Ernestus erhält von seiner Tante, der geheimnisvollen Wasserelbe Uyôla, den heimlichen Auftrag, ihn diskret wiederzubeschaffen. Seine elbenblütige Gefährtin Anathêna begleitet ihn auf dieser gefährlichen Reise. Derweil mehren sich in Nuithônia die Anzeichen dafür, dass sich die getrennten Welten der Feen und Menschen einander weiter annähern. Dadurch erwachen unheilvolle, längst überwunden geglaubte Mächte zu neuem Leben. Ein uralter Feenfluch, der den düsteren Drudenberg im Herzen des Elbengaus seit zweihundert Jahren in seinem Bann hält, steht kurz vor seiner Auflösung. Ein hellsichtiges Bauernmädchen und ein junger Edelmann vom Wendelsee sind durch eine Prophezeiung ausersehen, sich gemeinsam auf eine tollkühne Queste zu begeben, deren Ausgang das Schicksal der unterschiedlichen Wirklichkeiten von Grund auf erschüttern wird ...

Zahlreiche Motive aus heimischer Sagenüberlieferung, keltischer Mythologie und lokaler Historie bilden wiederum die Grundlage dieser Erzählung. Die wilde Landschaft der frühmittelalterlichen Schweiz wird zum Schauplatz einer epischen Geschichte voller Magie und Abenteuer.

Als Edward an der alten Bushaltestelle die Augen öffnet, ist für ihn sofort klar; sein irdisches Leben ist vorbei. Doch der kleine Noah, der neben ihm auf der Bank sitzt, hat dieses grosse Abenteuer noch vor sich – er weiss aber nicht so Recht, wohin er gehen soll und ist froh um einen Begleiter. Und so machen sich die beiden Gefährten auf eine wunderschöne Reise voller Erinnerungen und Erzählungen aus dem langen Leben Edwards, der gewissenhaft und ehrlich versucht, Noahs Fragen zu beantworten. Und dabei immer wieder überrascht ist über den kindlichen Wissensdrang, mit dem Noah ihm begegnet. Im Verlauf ihrer Reise wird aber doch auch immer klarer, dass nicht nur Edward viel Weisheit und Erkenntnisse über dieses wundervolle Leben weitergeben kann, sondern sein kleiner Begleiter auch ihm noch dabei helfen kann, seine eigene Lebensgeschichte auf den Punkt und zu einem würdigen Ende zu bringen.

«Manche Bücher sind wie Ferien. Gelungene Ferien. Sie helfen einem, zur Ruhe zu kommen, einen langen Arbeitstag zu vergessen. Sind wie eine Bilderreise. Laura Haussener hat genau ein solches Buch erschaffen.» (Robert Arba)

Laura Haussener: Alles, was das Leben ist.
Die Geschichte einer einzigartigen Reise.
160 Seiten, Hardcover mit Schutzumschlag
ISBN: 978-3-85820-350-2
Auch als E-Book erhältlich

Der ehemalige Sigriswiler Pfarrer Thomas Lindt hat die Chroniken von Kuhn und Howald aus dem 19. Jahrhundert auf-gearbeitet und in die heutige Sprache umgewandelt. Entstanden ist eine reich bebilderte Chronik der hoch über dem Thunersee im Berner Oberland gelegenen Gemeinde mit 11 Dörfern. Ein Buch voller Geschichten und Geschichte.

Lindt, Thomas: E Hutte voll Zyt. Geschichte und Geschichten von Sigriswil.

196 Seiten mit durchgehenden Farb- und sw-Abbildungen, Hardcover

ISBN 978-3-85820-323-6

Der Maler Peter Stähli hat Skizzen und Aquarelle gezeichnet und gemalt auf Wanderungen durch das Berner Oberland: vom Sustenpass bis zum Lauenensee.

Peter Stähli: Mein Berner Oberland

84 S., durchgehend Illustrationen mit Lageplan der gemalten Orte, ausführliches Inhaltsverzeichnis, Pappband In Deutsch / Französisch / Englisch

Das Buch bietet sich auch als Ideensammlungen für Wanderungen an, da alle abgebildeten Orte mit einem Lageplan versehen sind.

ISBN: 978-3-85820-318-2

NUITHÔNIA – REIHE

1. Auflage

info@neptunverlag.ch

Layout und Satz: Dominique Bischofberger, Winterthur
Titelbild: Mirjam Helfenberger, Guggisberg
Innenillustration und Karten: Martin Aeschlimann, Oppligen
Autorenporträt: Yves Hug
Bild Beatushöhlen: David Birri
Druck: AZ Druck und Datentechnik GmbH, Kempten

ISBN 978 3 85820 360 1

Dieses Buch ist auch als E-Book erhältlich
Produktsicherheit (GPSR)
Verantwortliche Person gemäss EU-Verordnung 2023/988 (GPSR):
Westarp Verlagsservicegesellschaft mbH, Kirchstrasse 5, D-39326 Hohenwarsleben
Deutschland / Telefon: 039204 850-20
E-Mail: produkthaftung (at) westarp.de
Dieses Produkt enthält Komponenten, die bei ordnungsgemäßem Gebrauch für den Benutzer unbedenklich sind und den Anforderungen der REACH-Verordnung (EG) Nr. 1907/2006 entsprechen.

Die Drachenhöhle am Wendelsee kann auch heute noch besichtigt werden ...

Man muss nicht zwingend Gipfel besteigen, um die Schönheit der Natur zu sehen. Die verbirgt sich auch im Berginneren. Bester Beweis sind die St. Beatus-Höhlen im Niederhorn-Massiv. Dort hat sich Wasser über Millionen von Jahren mit ungeheurer Kraft einen Weg durch den Fels gebahnt – und eine einzigartige Unterwelt erschaffen. 14 Kilometer des gigantischen Gängelabyrinths sind bislang erforscht. Einer davon ist so gut ausgebaut, dass ihn Gross und Klein bequem besuchen können. Das ganze Jahr über. Der spektakulär ausgeleuchtete Rundgang führt durch Hallen und Schluchten, vorbei an Bachläufen, Wasserfällen und gewaltigen Tropfsteinformationen. Das Museum gibt spannende Einblicke, wie diese Welt entstanden ist und wie man sie erforscht. Sollte sich beim Besuch der St. Beatus-Höhlen bei jemandem ein Loch im Bauch bemerkbar machen, empfiehlt sich eine Pause im «Stein & Sein». Dort kann man, umgeben von Felsen, eingebettet am Berg und mit Blick auf den Thunersee, regionale Köstlichkeiten geniessen – und die oberirdische Schönheit der Natur.

www.beatushoehlen.swiss

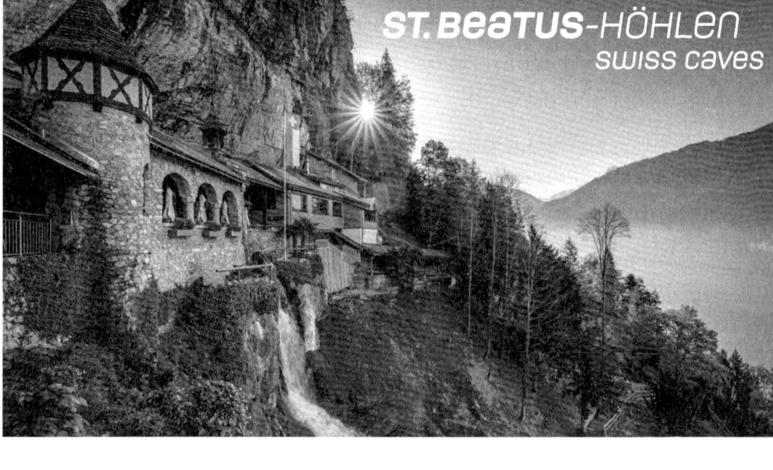